サドと二十世紀

サドと二十世紀

エリック・マルティ
森井良訳

水声社

目次

序言　

序言

なぜ、二十世紀はサドの言うことを真に受けたのか？

あらゆる問いの核心には、一つの命題が潜んでいる。実際、二十世紀はサドを真剣に受け止めた。この真剣さは恐れであり、重々しさであり、硬直した笑いに転化してゆくユーモアであり、サドを重罪院へ送り込むことであり、彼の思想家としての重要性を考慮することであり、倒錯主体に突如として解放者の役を宛てがうことであり、人類の歴史と世界を測るための参照軸として死の欲動が出現したということであったのだろう……。そして結局のところ、この真剣さの規模を確かめ、そのニュアンス、さまざまな形態、矛盾点を評価するだけで、「なぜ」という問いに対する答えは、わざわざ捻出しなくても、おのずと見えてくるのだと思う。

したがって、この序言の数ページではあえて別の問題に迫ってみたい。世紀の問題である。二十世紀とはいかなる世紀か？

変化を伴う断絶は、既存の状況からしか生まれてこない。密やかにそこにあるもの、未熟な状態で存在しているもの、地下に息づいている、埋もれた、誰にも気づかれていない事実。これらは後から振り返って見てはじめて断絶の予兆として立ち現れてくるものであり、まさにそこでこそ歴史の活動じたいが、つまりその仕事が位置づけられる。その仕事は未来に向かっているだけでなく、過去をたえず貪り食い、吐き出し、再構成する。過去を現在時において再び整理し、そうすることで、過去を魅力的なもの、興味をそそらせるもの、そして我々が生きる時代とほとんど同時代の出来事に仕立てあげる。過去との対話が可能だと思わせるまでに。

たとえば、二十世紀はたしかに前世紀のサドという人物を発見し、それを輝かしいものにした。おそらくその存在を創造さえしたのかもしれないが、いずれにしても過剰に際立たせ、サドが沈黙のなかで――一八一四年十二月二日、ナポレオンの時代の荒廃と混沌のさなか、一八〇三年四月二十七日以来収監されていたシャラントンの精神病院において彼が息絶えた後、彼とその作品を覆うことになった沈黙のなかで――生き延びてきたという錯覚を我々に与えることができたのだ。

十九世紀の沈黙のなかにあっても、サドの実質的な読者はたしかにいた。たとえば、スタンダールである[1]。実際、『赤と黒』をサド的な小説として読むことができるかもしれない。スタンダールはサドと歴史や政治についてマキャベリ的な物の見方を共有している。死をめぐるエネルギーと無気力、死刑囚の人物像、恐怖政治といったサド的なカテゴリーを駆使している。刎ねられた首――スタンダールの小説におけるマチルドによって、『ジュリエット物語』におけるフランス女王によって掲げられた首――という共通の幻想を演出している。しかし、それだけに、彼の日記のなかにサドという名前がほとんど言及されていないのには失望させられるのだが。「サド侯はただ一つの感情しか描かない。地位を失ったことへの痛恨である。人間の性格一般の描写はない。バルザック氏よりも率直で、モラルに欠けた人間のスタイルをもつが、そこに優しいもの、愛らしいもの、人間的なものは皆無だ[2]」。

実際にサドを読んだ者、あるいは読んだと想像される者は他にも大勢いる。シャトーブリヤン、バルザック、バルベー・ドールヴィイ、ミルボー、ユイスマンス、ゴンクール兄弟、テーヌ、サント＝ブーヴ。とりわけ、サント＝ブーヴはサドを「近代人（モデルヌ）」にひそかに影響を与えた人物と見なしていた……。[3] そしてランボーは、一八七三年のロンドン滞在中、大英図書館にサド全集の閲覧を申請していた。[4] また「赤裸の心」を書いたボードレールは、ラクロの『危険な関係』の「注釈」のなかで、次のような有名な言葉を残している。「サドに劣るジョルジュ・サンド[5]」。この言葉のうちには、すでにサドに対する真剣さの最初で強烈なモティーフが形成されている。あらゆる進歩主義と戦うための武器として、サドを転倒させること。ボードレールにとって、ジョルジュ・サンドは左翼の「美しき魂」の象徴そのものであったからだ。さらに『悪の華』の作者とともに、サドが彼の登場人物たちのなかでも最も残虐な者の一人であるサン＝フォンに次のようなボードレール的台詞を吐かせていることを想起せずにはいられない。「私は自然がバルサムの木の根元に生やした有毒植物だ[6]」。世紀末には、ブランショと同じくサドとロートレアモンの偉大な読み手であったレオン・ブロワがいる。彼はバルベー・ドールヴィイについてこう書いている。「サディズムが意味するものとは、絶対を熱狂的に欲する飢餓、情念の領域に転位された飢餓、残虐な振る舞いに対して破廉恥行為の刺激を求める飢餓でなくして何であろうか？[7]」

しかしながら、ボードレール、ランボー、ブロワがいたにもかかわらず、十九世紀はサドよりもむしろサディズムを相手にしている。サド自身のサディズム、サドのうちにある特異な悪を相手にしているのだ。そのことはもう一つのブロワの反応から証明される。一八九七年五月四日、バザール・ド・ラ・シャリテで火事が起こった際——百三十名もの死者を出した大火事だった——、ブロワは次のように反応している。「親愛なるアンドレ、こういうふうに言って君が気を悪くしなければいいのだが、私はこの常規を逸した事件の第一報を読んだとき、何か巨大な鎚の感覚、私の心から取り除くこともできたであろう鎚の、しっかりとした、甘美な感覚に襲われたのだ。実際、犠牲者の数が少なかったことによって、私の歓びは制限されてしまった[8]」。

そして、十九世紀の人々がサド自身に関心を寄せるとき、彼らはまったく欠陥だらけの作品しか読むことができなかった。事実、サドの著作は前世紀の終わりから再版されることがなかった。今まで挙げてきたサドの読者たちは、どの作品を読んでいたのか？　読んだとすれば、『ジュスティーヌ』。あと他には？　おそらく、サドはまだ一種のフォークロアに属していた。自由思想（リベルティナージュ）＝猥褻のフォークロア――実際には、サドは自由思想とはあまりにも無縁であるが――、図書館の閲覧禁止棚（アンフェール）＝地獄の、いかがわしく、漠然としたフォークロア。

だからこそ十九世紀は、全体として二十世紀とは真逆のポジションをとる時代として特徴づけられるのだ。つまり、十九世紀はサドを真剣に受け止めていない。そしてこのことから、ゴンクールが提示したフローベールの肖像を想起することができる。

> フローベール、サド侯爵に取り憑かれた一つの知性。彼は一つの謎に魅惑されるようにサドへとつねに立ち返る。破廉恥な言動に実はそそられながら、それを求め、糞尿汲み取り人が糞を食らうのを見て喜び、サドを話題にするときはいつもこう叫ぶのだ。「こんな愉快な馬鹿には会ったことがない！」[9]

このような発言の価値をすぐに理解してもらうために、バタイユが描いたサドの肖像を対置させてみよう。

> ある地点から、冗談を言うことはできなくなるのだ。まさしく、ふざけることはできない。なぜなら、情念の暴発が生じているからであり、情念の暴発とはすなわち善だからである。この善によって、つねに人類は我々が見てきたようなかたちで活気づくことができたのであり、比類なき残虐さをもって行動することを許されたのだ。他方で、彼らが善を我々がよく知るところの貧しいものに還元しているとしても。[10]

我々はこのきわめて重要な発言、二十世紀に露呈した、前例のない、歴史的な残虐さをほのめかすこの発言について後述するつもりだが、さしあたりここでは、「暴発(デシエヌマン)」というカテゴリーに付与された極端な比重、あるいは極端な秘教的性格がすぐに見極められるだろう。バタイユが大文字の歴史の核心に据えたこのカテゴリーこそ、冗談を言うことのタブーを設営しているのである。

バタイユの言葉――「冗談を言うことはできない」――は、おそらく、あらゆる二十世紀人がサドを受容し、読み込むときの真剣さの典型である。アポリネールはサドについて次のように書いていなかったか？「十九世紀の間中ずっと何ものでもなかったこの男は、たしかに二十世紀を席巻するかもしれない」(11)。このようなあまりに予言的な言明は、一九七〇年のミシェル・フーコーの指摘によって追認されている。「サドが行った選択は、十九世紀人にとってよりも、我々にとってずっと重要である」(12)。

反証はそこまで多くない。スウィンバーンは、サド作品に現れる怪物じみた殺人、荒廃、大虐殺(ジェノサイド)が十九世紀や二十世紀の大量殺戮の先駆的事件であることを見抜いた最初の人であり――彼はナポレオンが成し遂げた一連の血にまみれた壮挙のことを思って言っているのだ――、したがって、サドのおかげで人類の恐怖がもうまもなく普遍化されることを予知していた。スウィンバーンはサドの現代的な読みを最初にものにした者の一人なのである。

> この騒がしい帝政期の壮挙(エポペ)＝叙事詩のさなかには、撃ち殺された人間の首が燃えあがり、その広い胸が閃光の筋で刻まれるのが見える。そして男根的人間(オム＝ファリュス)、厳めしく臆面のない横顔、おぞましく崇高な巨人のしかめ面も見える。この呪われたページのうちには無限の戦慄(わなな)きのようなものが巡り、焼かれた唇のうえにはさながら猛り狂った理想の息づかいが震えているのが感じられる。近づいてみたまえ、そうすれば、この泥と血にまみれた死骸のなかに、普遍的な魂の動脈と神聖な血に膨れた静脈のうねる音が聞こえるだろう。この汚水溜めには天上の紺が満ち満ちている。この汚れた便所には何か神的なものがある。銃剣がかちゃかちゃとかち合う音や、大砲のぎゅんぎゅん鳴る音に耳を塞いでみたまえ。勝ったり敗けたりする戦いの留まること

のない泥沼から、目を逸らしてみたまえ。そうすれば、その影のうえに巨大で、輝かしい、何とも説明のつかない幽霊が立ち上がるのを目にするだろう。星々を撒き散らされた一つの時代全体のうえに、巨大で不吉なサド侯爵の像が立ち現れるのを目撃するだろう。(13)

よって、サドが本当の意味で真剣に受け止められるためには、二十世紀の到来を待たなければならない。ごく単純に言えば、モーリス・エーヌら多くの人々の仕事のおかげで——エーヌは紛失したと思われていた傑作、『ソドム百二十日』（一九三一年〜一九三五年）の最初の正確なエディションを世に出した(14)——、サドが読まれるようになるためには、二十世紀の到来を待たなければならないのだ。

だとすれば、二十世紀は異なる二つの時期をつうじてサドに直面したと言えるだろう。まず第一の時期——我々はこの時期について突っ込んで論じることはないかもしれず、あるとしてもごくわずかだろう——がある。この最初の時期には、一方にアポリネール、他方にジャン・ポーランという両極の名があり、それらを収斂するポイントとしてシュールレアリスムがあるだろう。そして第二の時期だが、これは我々の二十世紀ということになる。クロソフスキーからパゾリーニまでの時代である。

もちろん、この二つの時期を隙間のない仕切りで分かつことはできない。サド的な二十世紀の最初の時期は、神話的な素材を構築し、さまざまなイメージ、伝説、情報、知を蓄積してゆく時代である。それは積極的な出版活動が展開された重要な一時期でもあり、この時期を迎えたおかげで、検閲があったにもかかわらず、サドの作品は再版され、普及し、ごく単純に言えば『ソドム百二十日』の場合がそうであるように、発見されはじめる。それだけではない。というのは、この時期からクロソフスキーの決定的なサドに関する最初の発言が世に出されるからである。(15) もちろん、バタイユの発言もそうだ。

このとき捏造されるサドにまつわる神話は——そもそもこの神話は第二次世界大戦の時期まで生き延びるだろ

う——、非常に単純でありながら、強いものだ。それはサドを絶対的な犠牲者に仕立てあげる。しかし、犠牲者と言っても、セリーヌやその後のジュネといった作家たちにとって多かれ少なかれ意識的なモデルとなるような、黒い犠牲者である。[16] 革命家としての、過激な、フランス革命を引き起こしたも同然のサドという神話。実際、本当でもあり嘘でもあるような伝説が流布される。その伝説によれば、当時バスティーユに投獄されていたサドの叫びによって、つまり彼が「ブリキの管」を拡声器にして市民たちに呼びかけたことによって、[17] 一七八九年七月十四日、パリ市民はバスティーユを襲撃したにちがいないという。正体不明（サン・ヴィザージュ）のサドという神話。サドの最終的な願いは「おのれの地上での生の痕跡をあとかたもなく消し去る」ことであり、「自分にまつわる記憶が人々の頭から消去される」ことであったという神話。[18] ほとんどコミュニスト同然のサドという神話、無実ながらあらゆる権力の犠牲者となったサド、王政、共和政、革命政府、ナポレオン帝政、それぞれの権力の犠牲者サドという神話——それらの権力はサドをヴァンセンヌ（一七七八年～一七八四年）、バスティーユ（一七八四年～一七八九年）、シャラントンの宗教養護施設（一七八九年～一七九〇年）、マドロネット、カルムの施設、そしてサン＝ラザールの監獄、ピクピュス（一七九三年～一七九四年）、サン＝ペラジー、ビセットル（一八〇一年～一八〇三年）へと閉じ込め、そして一八〇三年からその死まで再びシャラントンに幽閉した……。人々が時にナイーヴなやり方で、もしくは天使のように無垢なやり口でその名誉を回復させようとつとめるところの人物。そのような試みは特にサディズムの碩学たちによってなされたものだが、たとえば、サドの偉大なる編集者であり伝記作者でもあったモーリス・エーヌとジルベール・ルリィは、この作家を「人類の歴史において最もむごたらしく不当に非難されてきた天才」と定義づけ、その存在を「英雄的」と形容しうるほどの天才と見なしている。[19] すなわち、聖サドの誕生だ。

　ある意味において、こうした二十世紀におけるサド受容の最初の時期を締めくくるように思われるのは、ジャン・ポーラン——過渡期の人物——である。彼は一九四五年に『美徳の不幸』——『ジュスティーヌ』の最初のヴァージョンであり、一九〇九年にアポリネールによってその草稿を発見され、一九三〇年にモーリス・エーヌによって出版されるまで日の目をみなかった作品――のための序文を発表したからだ。ポーランはサドの熱心な読者であり、バタイユやおそらくティエリー・モーニエとともに、ブランショにサドを発見させた張本人にちがいないが、大体において戦前の読み手にとどまっている。アポリネールと同じく、彼はサドを「神の侯爵」と呼び、この作家に着せられた犯罪の汚名をすすぐことに多くの時間を割いた。しかし、このような少しばかり時代遅れな態度だけではない。まったく違うところでは、世界をサド化しようという彼の主張があり、この主張は非常に現代的なものだ（マルクス、ボードレール、ジョゼフ・ド・メーストル、スウィンバーン、ロートレアモン、プーシキン、シャトーブリヤン……）。また彼はサドを啓蒙の世紀の思想家たちに、『ソドム百二十日』を『百科全書』の構造に結びつけもしたが、こうした発想はサドをあたうかぎり最も厳格な百科全書派、すなわち「いんちきをしない者」に仕立てあげるものである[20]。そこにはサドにとっての絶対的他者、たとえば、ルソーを論じるだけの配慮がわずかながらあった。最終的に、ポーランは非常にブリリアントな言い回しでジュスティーヌをオイディプスに比している[21]。それについて彼は説明を加えていないが、さしずめ次のように理解することができるだろう。スフィンクスと向き合うオイディプスのように、ジュスティーヌは、他の犠牲者たちとは違って、最終的に殺戮者たちとの対決から生き延びることに成功する、と。オイディプスがスフィンクスに「それは人間だ」と返答し、その返答によって人間に一つの地位を与えるように――この地位のおかげで、人間は「朝は四本足、昼は二本足、夜は三本足……」というスフィンクスが無理やり宛てがおうとした怪物的でアルカイックな外見から解放される――、ジュスティーヌは彼女を亡き者にしようとする怪物たちや欲望をめぐる謎かけに対峙しながら、執拗にこう答えるのだ。「それは女です」。

それでもなお、ポーランが二十世紀前半に特有の物の見方のなかに押し込められ、現代的な読み手（モデルヌ）と同じ列に並ぶことができないのは、彼がサドを一つの症例、一つの特殊として見ずにはいられなかったからであり、だからこそ、サドを完全な真剣さをもって受け止めることが不可能なところに自らを置いてしまったからである。ポーランは序文を気の利いた言い回し——オイディプスについてのそれよりはずっと浅薄だが——で締めようとして、サドについて次のように述べる。「ジュスティーヌは彼だ！」[22] 結局、フローベールとボヴァリー式に、ポーランは作中人物を作者に帰し、作者を作中人物に帰してしまうのだ。支離滅裂な（サン・シュイット）＝その先の展開がないピルエット〔片足を軸にして回転するスピン〕を踊ることによって。

二十世紀前半の時期は、初めから終わりまで、このポーランによってすっかり体現されているような揺動のなかにある。アンドレ・ブルトンがサドを『黒いユーモア選集』（一九三九年）に収録した事実は、些末なエピソードとして片づけられるものではない。ブルトンはサドの真剣さを疑っている。サドを紹介する際、彼は本質的に我々の関心を「明らかな誇張」を帯びた文章に、すなわち「作者は確信犯であると思わせることで読者の緊張を解くような」誇張を帯びた文章に向けさせるのである。[23] ブルトンは付け足してこう言う。

> もちろん恐ろしく苦い経験を経たうえのことだろうが、まさにサドこそが、その人生において、ジャック・ヴァシェが後に言う意味での「快楽殺人」に紙一重の、不吉なまやかしというジャンルを創設した人だと思う。[24]

ここでのブルトン以上にサドの悪しき読者になることはできない。[25] 彼が選集で提示する抜粋には、『ジュリエット物語』の一節が引かれている。そこでは、マンスキが若い全裸の少女たちで作られた「家具」を押し出して動かす場面が描かれている。彼女たちは座るための椅子として、また食用として供されるのだが……実際、これほど「シュールレアリスム的な」シーンもない。ただしシュールレアリスムが時折見せる悪趣味の発露という点においてそう言えるのであり、ルイス・キャロルの美学ともコクトーの映画の美学ともつかないシーンだ。[26]

シュールレアリストによるサド読解の統一を欠いた詳細のいちいちに、ここで立ち入ることはできない。たとえば、サドをめぐって一九三〇年代に起こったブルトンとバタイユの論争――『シュールレアリスム第二宣言』においてその詳細が報告されているが――に立ち入ることもできない。論争は薔薇の伝説をめぐって展開される。狂人たちとともにシャラントンに幽閉されていたサドが「肥溜めの肥」のうえの薔薇を摘み取っていたというもっともらしい伝説のことだ。これはバタイユによって伝えられた伝説だが[27]、ブルトンはこの伝説をバタイユの「病理的な」思想へと帰し、この思想家の汚れや汚物に対する狂的な趣味へと帰する。さらに、この伝説を厳密に寓意的な解釈によって、サドの「思想と実人生の完全に調和した状態」の擁護によって殺菌してしまうのだ[28]。今日このような論争は、俎上に載せられた諸々の問題の性格からして、時代遅れだと思われる[29]。

もちろん、きわめて深遠にサドを読み込んだシュールレアリストもいたことを無視するわけにはいかない。たとえばルネ・シャールがそうだが、彼のサド読解は、フーコーが一九六一年に『狂気の歴史』のために書いた序文のきわめて重要な箇所に深い影響を与えている。あらゆる読み手のうちでも、最もサド的で、最もサディズムを体現したシャール。しかし、そのサド読解はどうしても官能的で秘教的なものになってしまうだろう。彼が造形した「紫色の人間」としてのサド像、主人としての、友人としての、地下に隠れた秘密の指導者としてのサド像が証明しているように[30]。実際にも、シャールはサドと非常に個人的な関係を結んでいた。彼はファミリー・ロマンスのなかに浸り、自分の親戚の一人がサドの公証人の末裔であったという事実に執着し、ラ・コスト城やソーマヌといったサドゆかりの土地と、自らの故郷でありバックグラウンドの土地でもあったリル＝シュール＝ラ＝ソルグとが地理的に近いという事実に親しんでいた。あまりにも神話的で詩的な関係を結んでしまっているために、シャール作品におけるサドは、シャール自身の秘められた分身、実質的な同志以外の何者でもなくなっている[31]。さらに忘れることができないのは、マン・レイの『サド侯爵の肖像』（一九三八年）という忘れがたいほど見事なテクストである。この魅力的な肖像は、決定的に、偉大な作家サドについてのあらゆる現実的ないしは想像的な表象に取って代わるものだ。

シュールレアリスムの世代は、大まかに言って、サドをエロティシズムを表象する人物と見なす。ポール・エリュアールの表現を採用すれば、「想像上の恋人」[32]に関わる人物として捉えるのである。サドは玩ばれるのだ。さまざまなシュールレアリスム的演出のなかで、新しい恋愛の言説の発明において、シュールレアリスム的な女性をめぐる言説において、サドは模倣される。シュールレアリスム的な女性の主題については、次のようなアポリネールの見事な表現によって先取りされていた。

ジュスティーヌ、彼女は古い女だ。奴隷のように服従した、悲惨な、およそ人間的とも言えないような女。逆にジュリエットは、男が漠然と予見していた新しい女を表象している。今まで人が思いつきもしなかった存在、人間性から解放されている存在、翼をものにし、やがて全世界を一新するであろう存在を表象しているのだ。[33]

この引用は、まったくもって幻想の遊戯についてのすべてを物語っている。シュールレアリストたちがやがてそのうちで悪戦するところの遊戯、彼らが行った紙片のモンタージュ、催眠、夢の覚醒という千枚余りの鏡のなかでの遊戯……。ブランショ、クロソフスキー、フーコー、ラカン、その他の者たちの登場によって、すべてが変わってしまったようだ。サドに由来するエロス、官能的なユートピア、可塑的な想像世界、サドから夢想され練り上げられたそれらは消え失せてしまった。サド的な悪夢、死、拷問、大文字の歴史、理性による理性の破壊……いまやこういったものしか残されていない。変わったことはまだある。一九五〇年代になると、サドをめぐるシーンの前線に立つのは、もはや作家でもなく、小説家でもなく、詩人でもなくなる。[34]代わりにそこに立つのは哲学者だ。しかも彼らの大半は、ジョルジュ・バタイユが創唱した言葉をつかうなら、「反哲学者」である。[35]

今後問題とされる「真剣さ」は、まぎれもなく「現実的なもの（レエル）」と関係していて、「症例」や、特殊や、常軌を逸したものや、病理的なものや、「神的なもの」とはまったく逆のところにあるものである。いま列挙したカテゴリーのなかにサドはこれまで閉じ込められ、時に悪趣味な人物像に仕立てあげられてきたのだ。彼の相方であるザッヘル＝マゾッホもまたそうした人物像にされてきたのであり、その点がジル・ドゥルーズの大いに悩むところであった。ザッヘル＝マゾッホという作家については、ドゥルーズを例外として、本当の意味で真剣に受け止められることがなかった。これはマゾヒズムに固有の原因からであろう。[36]ごく簡単に言えば、サドを真剣に受け止めることは、サドが我々すべてに関係しているのであること、サドが我々の現実、正面から見据えなければならない一つの現実であることを意味しているのである。

このように我々の二十世紀は素描される。それは本質的に現代性（モデルニテ）の世紀であり、第二次世界大戦が終わるときに産声を上げ、一九八〇年代の果てに終焉を迎えた世紀である。しかし、一つの世紀とは何だろうか？　一世紀がきっかり百年つづくのは稀なことだ。我々の世紀はひどく短いと思うこともできる。このように過激に縮めてしまうのは、量で測れる歴史を捻じ曲げて解釈する一つの戦略である。これまで綴ってきたページが証明しているように、我々は二十世紀前半に展開されたサドをめぐる冒険の内容と詳細を正当に評価していないわけではない。その時期の最も重要な人物としてアポリネールからポーランまでを挙げてきたが、彼らがいなければ、現代の冒険はありえなかったであろう。しかし、我々がシュールレアリスムにおけるサドに数ページ、あるいはアポリネールにおけるサドに数語しか費やさなかったのは――それじたいで一冊の本に値するかもしれないにもかかわらず――、サド本人を、あまりに大きくて雑然とした繕われすぎの衣装のうちに見失わないようにするためである。そのような衣装に気をとられてしまうと、サドを現代的な真剣さのなかで把持することが叶わなくなってしまっただろう。この真剣さのうちには、まるで暗い鏡のうちのように、二十世紀全体が反映されている。

二十世紀におけるサド読解を網羅的なパノラマとして示すことよりも、[37]我々はある特権的な部分について大まかな見取り図を描くことを選んだ。この部分が全体にも当てはまり、もしくは全体にとって一種の中心紋（ミ・ザン・ナビーム）になり、つまりミニチュア的な反映となり、最も濃密な解釈にもなると予測したからである。二十世紀前半に言われたことのすべては、世紀後半にも見出せる。時にそのままのかたちで、時に裏返されたかたちで。とはいえ、そこではばらばらで、時に優柔不断で、しばしば混乱した態度や、あまりに独善的な明晰さが問題となっているのだが、それでも我々の世紀は、サド的な不調和全体に対して真正かつ系統的な意味を付与し、何事かを生み出す特異な力を与えているのである。

我々の採り上げる思想家たちそれぞれが、サドと強烈で個人的な関わりをもちつづけるとすれば、それは彼らにとって決して私的な問題ではない。サドは際立った名へと生成する。何事かを集積し、分割するような名であり、したがってこの名は系統的なもの、多産な差動装置となる。この装置のおかげで、現代性（モデルニテ）はまったく新しく、未曾有で、奇異ともとれる地形を描くことができるのだ。当然の結果として、一種の「反系統（コントル＝ジェネアロジー）」が産み出される。というのは、現代性の歴史――サドという名から展開される現代性の歴史――は、今日世を席巻している紋切り型の聖典とはあまり内容を同じくしていないからだ。むしろ現代性の歴史は、精緻で、変化に富んだ、複雑な風景、秘密の後背地や深淵や尖った山の頂をいっぱいにたたえた風景を描き出しており、これこそ我々が発見しなければならない風景なのだ。サドは差異の名である。現代（性）と呼ばれるこの厄介な時代を特徴づける名であり、そこから別の思考が展開されるのを可能にする主要な定点の一つなのである。

したがって、いま言ったような理由から、サドを幻想的で時に衝撃的な存在、本質的に詩的な存在と捉える単純な夢想のなかに、二十世紀前半という時代を置き去りにしていかなければならない。プルーストのある箇所にはサド的なものが読みとれるし、時にはサドのある箇所にプルースト的なものが読みとれることさえある。たとえば、『新ジュスティーヌ』の非常にプルースト的なパラグラフがそうだが、このパラグラフは、『花咲く乙女たちのかげに』や『ゲルマントの方』において、語り手が習慣、恋愛、死、罪悪を話題にしながら自身の祖母について考えをめぐらす場面を思わせる。

長らく二人でいた後、初めてひとりになるとき、存在に何かが足りないように思ってしまう。馬鹿な奴らはそれを恋愛の効果と取り違えるが、彼らは間違っている。このような空虚をとおして感じられる痛みは習慣の効果でしかなく、その習慣は逆の習慣によって想像以上にすばやく一掃される。旅路の二日目、私はもはやジョゼフィーヌのことを考えなくなっていた。あるいは、彼女のイメージが再び目に映りこんできたとしても、それは一種の残酷な快楽の兆候をともなってのことであり、愛や繊細さの兆候よりもはるかにいやらしいものであった。私は心中でこう思っていた。「彼女は死んだ。ひどい苦しみのなかで死んだのだ。そして、彼女を解放したのは私なのだ[38]」。

ならば、『ソドムとゴモラ』やシャルリュスの世界が出現する次のような箇所において、サドはきわめてプルースト的ではないだろうか？

そのとき、こうした甘美な考えが私のうちにかくも快楽の躍動を掻き立てていたのだ。我が愛しの御者の尻を掘るために、私はしばしばその躍動を押しとどめなければならなかった[39]。

＊

一九四七年は基礎となる年である。ある意味において創立の年、いくつかの主要なテクストの出版によって、サドに対する現代的な真剣さが確立された年である。そこではクロソフスキー、バタイユ、ブランショが登場するわけだが、彼らに加えて、『南方手帳 *Cahier du sud*』の「サドへのアプローチ」と題された号[40]——アンドレ・マッソンやイヴォン・ブラヴェルが参加した[41]——を挙げることができるし、さらにモーリス・ナドーによってジュンヌ・パルク社から出版された序文付きの非常に重要なアンソロジーも挙げられるだろう。

クロソフスキーの『我が隣人サド』は、一九四七年に出版される。ジョルジュ・バタイユにかんしては、『クリティック』誌に発表されたサドについてのテクストがあり[42]、これは『文学と悪』（一九五七年）に収録されるが、その他に「サドとモラル」という講演もある[43]。モーリス・ブランショは「サドを迎えに」を『タン・モデルヌ』誌の十月号に発表し、これは「サドの理性」というタイトルで一九四九年の『ロートレアモンとサド』に収録されている[44]。一九四七年という年は、この後見ていくように、アドルノとホルクハイマーの「ジュリエット、あるいは理性とモラル」——『理性の弁証法』に収録[45]——という重要なテクストがヨーロッパで初めてお目見えした年だ。一九四七年はまさしく定点となる日付だが、この日付は非常に変動的なものである。上に挙げたテクストの初版が再版され、再録され、延長され、否定され、あるいは自己批判の対象とされるにしたがい、一九四七年という日付はそれじたいを越えて漂流してゆく。

ハンナ・アーレントは、この時期まだアイヒマンのうちにある悪の凡庸さに心を奪われてはいなかったが、たとえば『全体主義の起源』のある箇所において、戦後のフランスがサドに熱狂するさまに怯えていなかっただろうか[46]？

以上挙げてきたコーパスのすべては、この本の第一部、すなわち「サド的主体の創設」の核心をなす。おそらく「サド的主体の出現」と言うこともできただろうが、実際、それくらい形成過程というものが問題となっているのだ。最初に行うのはそういうことだ。サドという人間——いわんや「神の侯爵」——は消え去る。というよりもむしろ、サド的人間、サド的主体、一種の概念上の怪物と化してしまった人物と混同されてしまう。こうしたカテゴリーを考えることが、いまや問題となっている。

何を考えるというのか？　サドがもつ強度をまるごと形成するとてつもない否定性、サドという絶対的なスキャンダルの原因となる否定性、突如として人類を大文字の善のまやかしから完全に解放する否定性を、である。最後に挙げた否定性にかんして言えば、まやかしが保守的な権力に由来し、同じくその偽りの反対勢力——すでにボードレールがジョルジュ・サンドについて留意していたように、左翼的進歩主義はこうした反対勢力の主要な代表例である——に由来するとしても、事情は変わらない。途方もない野望を含んだサドが突然顔を出す。哲学的野望、政治的野望、歴史的野望、美学的野望——これらの野望は、時に矛盾したかたちで、しかし構造としてはきわめて等質的なかたちで、アドルノ、クロソフスキー、バタイユ、ブランショのうちに見出せる。したがってサドのおかげで、歴史の新しい主体としての倒錯主体の出現を探究することが可能となるのだ。サドのうちにファシスト的な主体の前兆を見る否定派のアドルノにおいても、その他の肯定派の者たちにおいても、同じことが言える。後者のなかでも、モーリス・ブランショはサドという倒錯的主体に——監禁されたがために、あるいは監禁されたにもかかわらず、この主体は歴史のなかに、我々の歴史のなかに押し込まれたわけだが——、「正常な人間（オム・ノルマル）」の運命が賭けられた、人類の解放という最も高尚な計画を負わせている。

ここで問題とされる歴史は、まったくもって現実の歴史である。ドイツ・ファシズム、フランス革命、そして極度に観念的なものでないとすれば、幻想的な歴史と言うことができるかもしれない。というのも、ある意味において、そこではマニ教的な＝善悪二元論的なドラマの現代版リハーサルが演じられているからであり、ドラマのうちでは、大文字の悪——言うなれば、ラディカルな否定性——が、黙示録的・暴露的・破壊的・解放的な機能を担っているのだ。

我々が行う探索の第二期〔本書の第二部〕は非常に重要なものだが、この時期もまた、第一期とまったく同じように、一九六一年という便宜上の日付によって識別することができる。一九六一年という年は、ミシェル・フーコーの『狂気の歴史』が出版された年であり、ジル・ドゥルーズがザッヘル＝マゾッホについて最初の考察を

『アルギュマン』誌に発表した年であり、ジャック・ラカンの『精神分析の倫理』に関する偉大な講義（セミネール）（一九五九年～一九六〇年）が始まってまもない年だ。『精神分析の倫理』について言えば、そこに現れるサド像が後のラカンにとってどれほど重要であったかは周知のことである。

我々はこの第二部のタイトルを「サド的主体との対話」とした。なるほどたしかに、五〇年代に出現し、フランスの知的シーンのなかにしっかりと腰を据えたことによって、サドは対話相手になりえたのだ。対話すること、それはすでに分割されているということだ。事実、サドに対して焼けるように熱い共感を寄せた五〇年代が終わると、対決の時期がやってくる。人はサドと力を競う。なぜならサドは尺度そのものとなるからだ。この尺度にけしかけられて、現代性（モデルニテ）は謎めいた発言をつぎつぎに産み出してゆく。まるでサドの淫乱な言葉によって、これ以上ないほどの大胆さ、一種の思想の新しい狂気を吹き込むことができるとでもいうように。この尺度は矛盾をも産み出す。ラカンのように、サドと治療者の厳しい目を対置するためであれ、ドゥルーズのように、サドを倒錯の王子の位から引きずりおろし、そこにもう一人の候補者ザッヘル＝マゾッホを据えるためであれ。フーコーはといえば、一九六〇年代の初期にサドと結んだ情熱的な絆に相応するくらい、サドとの断絶が後からやってくるし、それはひどく問題を含んでいるだろう。

このような三つの対話は本書の主要部分を占めるが、実際、最も重要なところである。賭けられているのは、諸々の教義（ドクトリーヌ）である。悪や否定的（ネガティフ）なものの問題は多元化し、より個別的な主題へと分散している。これらの主題のうちでは、現代的な断絶の重要な場面が演じられている。限界、侵犯、大文字の他者、法、快楽、去勢、昇華……。

サドに挑むことは、挑む者を無傷のままにしておくような作業ではない。諸々のシステムそれじたい――哲学的、フーコー的、ラカン的、ドゥルーズ的なシステム――が、サドと突き合わされることで、再検討の段階に入ってしまったのだ。再検討を経たのちの結論は、必然的に宙吊りになったままだ。このような宙吊りこそ、続く三章で展開される我々の分析の核心にあるものである。この三章は、たとえばサドとカントの邂逅をつうじて、互いに交差し、対話し、対立してやまないものだ。実際、両者の邂逅は、フーコーをして限界と侵犯の戯れ(ジュー)に向き合わせ、ドゥルーズをして法の空虚さと残酷さに向き合わせ、ラカンをして快楽のサド的で断定的な命令に向き合わせる。今挙げた三人それぞれにとって、サドは過剰な名である。サドという名によって、見せかけの思想を打ち壊すことが可能となり、あらゆる実証主義を免れた真の合理主義、つまりその有限性じたいのなかに無限の狂気と倒錯と快楽が染み込んだ合理主義を構築することが可能となるのだ。

本書の第三部は「サド的主体の利用」と題されているが、それまでの二部と同じく、またおそらくそれら以上に、フェティッシュな日付を抱えている。すなわち一九六七年であり、『テル・ケル』誌のサド特集号が上梓された年である。この号には新しい時代の指導者となる三人が結集している。ロラン・バルト、フィリップ・ソレルス、そしてまったく新たな言説とともに再登場するクロソフスキーである。これまでのサド読解を彩っていた観念的な仰々しさは、消え失せた。サド的主体はいまや親しい友人となり、分身となり、賭けのパートナーとなる。倒錯者の肖像はもはやきな臭いものではなくなり、「倒錯者」という言葉じたいがラディカルな再定義を被る。こうした現代的サディズムの新しい領野が自由を見出すのは、この領野に固有のフォルマリズムのなかにおいてである。記号とコードとテクストの理論によってサドは軽くされ、一種の美学的な恩恵、時の力であり時代の力でもある価値転覆の力のもとに連れていかれるのだ。これまでのサド像とまったく同じく、政治的なサドである。しかし、政治のほうが変わってしまったのだ。サドと当時新たな経済的脅威として立ち現れていた脱(ポスト)工業社会との対決は非常に犀利なものとなる。ブランショ、フーコー、ラカンの手による以上に、サドを主人(メートル)=指導者とする価値転覆は、とりわけ単なる社会批判に貶められてはならないし、道徳主義や社会の道徳化に利する糧として役立てられてはならない。したがって、新しい社会との対決においてサドのテクストが動員されるのは、権力と疎外化のプロセスに抗してのことであり、これとまったく同様に、間違った解放のプロセスに抗してのことなのである。より具体的に言えば、サドによって、二つの敵を白日の下にさらすことが可能となるだろう。人々を支配し、隷属させ、圧し潰すブルジョワ階級と、そうした支配に対して進歩主義の痛ましいステレオタイプで応える小市民階級（プチ=ブルジョワジー）。クロソフスキー、バルト、ソレルスには、こうした二重の照準がある。そもそもブルジョワジーとプチブルジョワジーという二つの標的のうちには、倒錯的主体に付与された貴族的特権が見出せるのだが、この特権は偽りの解放のまやかしや、群集にまさしく特有の欺瞞を保護するものである。

一九六七年は、三つの冒険へとつづく出発点である。共通していながら互いに独立した三つの冒険のなかで、サドのテクストは完全に現代的なものとなる。サドの利用、『テル・ケル』誌の特集号が象徴的に開始したサド的主体の利用は、開かれた利用でもあり、サドのテクストを伝達と移行の場に仕立てあげる。サドのテクストはこの時期からほぼ自由に読むことができるようになり、流通してゆく。一九五七年にサド作品を出版した廉で敗訴したジャン=ジャック・ポーヴェールの一件は、いまや遠い昔のことである。

まさにこうしたサドの祭典が、一九七五年、パゾリーニの「ソドムの市」〔原題は「サロあるいはソドム百二十日」〕の公開によって中断されることになる。そしてパゾリーニとともに、本書のエピローグが始まるというわけだ。ラカンがヴェルドゥー・ド・シャプラン氏のうちにサドの相貌を見出していたほど「慈善を施すのはよいことだ／しかし誰に対して？　これがポイントだ」[47]、サドはこれまで至る所に遍在していたわけだが、ついに最後の仮装衣装を見つけてしまったのだ。今後他のものを着ることが許されなくなるような究極の衣装、すなわちファシズムである。このコスチュームは、一九四七年、アドルノとホルクハイマーがすでにサドの身体と顔に纏わせていたものだ。

実際、何かが中断されているのだが、同時に何かが回帰している。現代の冒険の始まりは、その終焉と符合しているのだ。

本書はそうした符号をめぐる物語である。

第一部　サド的主体の創設──アドルノ、クロソフスキー、バタイユ、ブランショ

第一章　サドの恐怖政治（テルール）

パゾリーニ――サド的ファシズム？

本書が締めくくりとして扱う予定のものから、始める必要があるだろう。つまり、パゾリーニの「ソドムの市」（一九七五年）から始めるということだが、この映画は二十世紀がサドを把持するときにもってした真剣さをこれ以上ないほどに体現している。パゾリーニにおいては、あらゆるものが仰々しい身振りのうちにある。この身振りによって、彼は作品に究極的で壮麗でぞっとするような意味を与え、同時に作品の舞台をムッソリーニが失脚する時期（一九四四年〜一九四五年）のイタリア、ファシズムを実践するサロ共和国に移し替える。そこには四人のサド的な虐殺者、政権を担う高官たちがおり、彼らとともに、地方住民から徴集された犠牲者たちがおり、そして「語り部の女たち」――乱交、拷問、恐怖のシーンを際立たせた猥談の担い手たち――と死刑に処される者たちがいる。ファシズムが黙示録的な無秩序の形態――暴露と破壊というファシズムの真の形態――を呈した奈落の時期の装飾・武器・器具・人員とともに、まさしくサドが言うような「ソドム」が我々の歴史の時間と空間のなかに樹立されるのだ。

パゾリーニの真剣さは、サドとファシズムとのアナロジーを超え、サド作品に突如染みついて長い間そのままとなった深刻さをも超越してゆく。こうした別種の真剣さは、究極的かつ絶対的な残酷性を映画によって再現したことからじかに発揮されている。一言で言えば、快楽が可視化されているからだ。美的装置の成功、イメージの成功そのものによって、パゾリーニは危険（リスク）のなかに巻き込まれる。登場人物たちが体現する諸々のアレゴリーと同じ資格をもってとは言わないまでも、サド的であると同時に舞台制作にも関わる語をつかうとすれば、少なくともその管理人＝監督と見なされることで、死の儀礼に参加することの責任をとらされるのだ。

映画には随所にいくらかの解毒剤が撒かれている。城付きの黒人メイドと寝ているところを急襲され、主人たちに殺される若い男が拳を振り上げるところ、[1] リベルタンの共犯者であった語り部の女の一人がサド的恐怖に茫然として自殺するところ……。しかし、これらの解毒剤はバカバカしいものに思えるし、純情な観客しか騙せない護符、イデオロギーへの奉納物、あるいはアリバイのように見える。つまり見せかけ（シミュラークル）であり、そこでは善の態度――たとえば、振り上げられたコミュニストの拳――があまりに紋切り型で、あまりにお粗末な象徴表現を提示しているために、サド的主人の勝利に対する添え物、つまり主人の絶対的な快楽に付加される余分な要素となってしまっている。主人の快楽はといえば、象徴の威力によってたぶらかされることのない絶対的快楽なのだ。

しかも、パゾリーニの映画は、サド＝ファシズム的世界に対して、強烈な文化権力の威光を釣り合いがとれないほどに与えている。この文化権力は後ろ盾と見なされるものであり、そこでの後ろ盾とは、聖パウロであり、ボードレールであり、ニーチェであり、ダダである。「血が流れないところに赦しなどない」という言葉は、主人の口からいま挙げたような名前がひけらかされる機縁となる。[2] こうした文化的威光は、そこに詩人のエズラ・パウンドの名が加わることで、一種の現実的保証を得る。[3] かくして映画の最終シーンでは、『キャントーズ』の詩篇九十九の断片がムッソリーニのラジオから流れてくるのが聞こえるわけだが[4]、他方で、我々は悪と快楽、欲望と死との到底容認できそうにない結合を体験しているのであり、この結合は我々の視線と重なったファシスト的放蕩家たちの視線から直に経験される。彼らが次々に利用する双子たちをとおして――対象を増大させ、細分化し、濃密化してゆくようなこのフィルターをとおして彼らは見るのだ――、我々は快楽にふける倒錯者に同化しながら、サド的殺人としてのホロコーストに釘づけとなった観客になってしまうのである。映画、イメージ、大文字の他者の視線と一体化した視線を極限にいたるまで噛み合わせること(アンガージュマン)。つまりパゾリーニのこのうえない真剣さである。

こうしたパゾリーニの真剣さはあまりに深遠であるため、キルケゴールにおいてこのカテゴリーが纏わせることができていたような、宗教的色調に似てきてしまう。実際、パゾリーニは次のように言明している。「『ソドムの市』は中世的な謎であり、非常に謎めいた、聖なる表象である。この映画は理解されてはならない。理解されたとしたら、何と不幸なことか！　映画のことを私は言っているのだ。もちろん、私自身が誤解されるおそれがあるのだが、そのことは映画の不可欠な要素となっている[5]」。

パゾリーニがここで表明する不透明さ〔難解さ〕への希求は、他者や世界に対する不透明さへの希求であり、この不透明さはあまりに完全であるので、良心の裁きにまで侵入してくる。さらに一切の光を拒絶すると、たちどころに暗い部屋へと変わりかねない。こうした不透明さへの希求と光の拒絶は、まったく観念的な沈黙に一致していて、おそらく、不安の概念によってこの沈黙の強度をそっくり評価することができるだろう。

つまり、そこには非常に特異なパゾリーニの真剣さがあるのだ。超越的で神聖で非人称的な真剣さであり、こう言ってよければ、その真剣さに、まるでサドと提示された映画とを自分自身のものにしようとする署名のように、まったく主観的というかその人特有の荘重さが加わるのだ。それがイタリアであり、同性愛であり、彼のタイプの何人かの俳優であり、ダンテであり、執拗に猥褻さを捉えたいくつかのカットなのだ……。

しかし、パゾリーニの真剣さは観念的で個人的であるばかりでなく、最も同時代的な現在のうちに登記されている。サドがいままでそこに動員されてきたところの現在、パゾリーニの世代に特徴的な政治的現在のうちにである。この真剣さは、彼が映画冒頭のクレジットのなかに書誌という形で宛てた一種の献辞によって証明される。ロラン・バルト、モーリス・ブランショ、シモーヌ・ド・ボーヴォワール、ピエール・クロソフスキー、フィリップ・ソレルス。これら五人の名を挙げることによって、パゾリーニは自らが抱える深刻さを別の段階に繋ぎ留めようとし、そうすることで——シーンとして同時代の歴史的な時期にねらいを定めながら——「時代の深刻さ」を暴露する。その「深刻さ」のなかで、彼の目から見ても我々の目から見ても明らかになるのは、二十世紀が——この二十世紀が——、パゾリーニのように、サドを真剣に受け止めたということだ。

　五人の名を作品と結びつけながらも、パゾリーニは自らの真剣さを一つの時代全体の真剣さ（現代人の真剣さ）に引きつけることで満足しない。彼は同時代の全体を自らの真剣さのなかに巻き込み、おそらくそうすることで、礼節のしきたりを逸脱してゆくのだ。

　悪を映画のイメージの引き延ばされた表面に投影し、自らの芸術を完璧なものに磨き上げ、サドをファッショ化し、サドをナチスのスペクタクルに巻き込みながら、パゾリーニは真剣さを先へと推し進めるのだが、あまりに遠くまで推し進めるために、それを共有不可能なものにしてしまう——彼はそれが共有不可能なものであることを知っているのだ。彼の映画に対するバルト[6]やミシェル・フーコー[7]の否定的な反応、ジル・ドゥルーズのためらいがちなコメント[8]、それらが当時語っていたのは、ある世代の人間たちが感じた困惑のすべてであり、突如として粉砕する何か、人を凍りつかせるような何かを目にしたときの困惑すべてであって、つまりサド的な真剣さを目の前にしたときの困惑すべてなのである。

　ある意味において、人々がサドを読みはじめたときに以（もっ）てした真剣さを真面目に受け止めたのだから、パゾリーニは我々が興味を抱くところのシークエンスを逆説的にも閉じてしまっている。彼は現代性（モデルニテ）によって手をつけられたサドとの対話を暴力的に断ち切り、そこに終局点を提示したのであって、しかもその終局点は彼自身の死、つまり暗殺と符合しているのである。[9]

パゾリーニの過激さが中断の効果をもっているとすれば、それがおそらく暴露でもあるからなのだろう。

権威的アナーキスト

こうした暴露の機能は非常に内容豊かなので、我々はその悲劇的・皮肉的・倒錯的機能を理解する作業をエピローグの章にまで先送りしなければならない。おそらくそのとき、悲劇的・皮肉的・倒錯的という語は同義語になっていることだろう。しかし、我々はすでにパゾリーニ的暴露のさわりの部分を垣間見ることができている。その部分は、まさしくサドとファシスト＝ナチス的比喩との結びつき――現代の読み手たちが解こうとした結びつき――に関係している。政治の問題、とりわけファシズムの問題について、現代性はつねに明晰さを望み、時に紋切型の姿勢やピューリタン的な態度を取り入れる危険を冒してでも、その明晰さから自らの公理を作り上げた。しかし、パゾリーニ的暴露の原理の一つは、明晰さの対極にあるものにほかならない。すなわち、混沌である。

パゾリーニの映画に登場するサド的リベルタンの一人はこう説明している。「我々ファシストは、真のアナーキストである［……］。唯一真のアナーキーとは、権力のそれだ」。

我々はサドから離れてしまっているのか？　そんなことはない。アナーキーは、サドにおいて「権力への意志」という表現に最も適う政治的現実として現れてくる言葉だ。たとえば、『ジュリエット物語』には次のようなよく知られた言葉がある。

人々に望まれるであろうこのような政体のもとで、無秩序（アナーキー）の諸世紀と法が最も効力を発揮していた諸世紀とを比べてみてほしい。最終的に確信するであろう。最も偉大な行為が炸裂したのは、法が沈黙していたこの一時のあいだでしかないということを。最も偉大な行為が再び専制政治を敷くとき、危険な嗜眠状態がすべての人間の魂を鎮めるのだ。[10]

こう語るのはローマの内務警察のトップであるジジ閣下だが、彼は権威的アナーキストであるパゾリーニの登場人物と完全に一致している。物語のもう少し後のところで、ジジ閣下は放火の首謀者となるだろう。彼が焚きつけた何件かの火事によって、三十七の病院が破壊され、その最中に「二万人以上の人間」が死亡する。[11] 彼は快楽の人であり、カオスの人であり、最も激しい無秩序を秩序づける人である。つまり権威的アナーキストなのだが、パゾリーニの場合、こうした人物像は突如として光を放つファシズム精神の表現となる。

サド作品には、他にも「権威的アナーキスト」が大勢いる。たとえば、大臣であり王の友人でもあったサン＝フォンがそうだ。彼は公金を破壊的快楽の享受のために惜しげもなく使う偉大な浪費家であり、つねに馬鹿げた大量殺戮計画の虜（とりこ）になっている。彼にとって、欲望の専制政治は最大限の社会的無秩序を産み出すものであり、そこでの秩序とは、快楽に最大限の残忍さを許すためのものでしかない。たとえば、サン＝フォンの権威的アナーキーは、彼が「風俗を最高度の退廃の状態にまで」引き上げなければならないという治安規定を制定しようとつとめることから証明される。[12] 同じことはノワルスイユについても言えるかもしれない。ジュリエットの友人であり庇護者でもある彼は、今度は自分が大臣になるためにサン＝フォンを殺し、物語の最終シーン、つまり殺人と拷問と快楽のさなかに、王から宰相に任命されることになるだろう。

「権威的アナーキスト」という撞着語は、現代性（モデルニテ）にとっては、何らショッキングなところがない。実際、権威的アナーキストという人物像は現代性とまったく無縁なものではないからだ。そもそもドゥルーズはサドのなかにこの人物像をしっかりと探し当てている。法を拒否するサドの態度は、法が制度としてのアナーキーをとおしてでしか乗り越えられず、破壊されないことを前提としているというのだ[13]——またしても撞着語法である。

さらに言えば、アルトーには「国家のアナーキスト」というパゾリーニ＝サド的主題が見出せはしないだろうか？「戴冠せるアナーキスト」という副題の付いた『ヘリオガバルス』、とりわけ比類なきサド的残酷劇が展開される「アナーキー」と題された第三章のなかに、そうした主題があるのではないか[14]？ ヘリオガバルスはサドが模範とする人物の一人だったが、彼もまた権威的アナーキストである。彼は秩序を最大限の無秩序、快楽、死のために奉仕させる者であり、暴君とアナーキストという二重の地位を占めている。

またしてもドゥルーズが、神でも人間でもない「戴冠せるアナーキスト」を分子革命の英雄、器官なき身体をもつ主人公に仕立てあげてしまうだろう[15]。そして最後に、状況をフランスだけに限るならば、あの残虐で滑稽なユビュ親父〔アルフレッド・ジャリの『ユビュ王』の主人公〕が登場するまでに、権威的アナーキストの人物像をすでに予見できているのではないか。「彼はむしろ完璧なアナーキストなのかもしれない。我々が完璧なアナーキストになるのを永遠に妨げる以下の事実からすれば[16]……」。

したがって、アナーキストの人物像そのものにかんしてというより、むしろ権威的アナーキストとファシズムの同化という点で、パゾリーニ的混沌は問題なのだ。両者の同化という現象は、ジュネを除いて、あまり他に見出せるものではない。たとえば、『葬儀』と『泥棒日記』における親独義勇兵とナチス親衛隊員の人物像をめぐってそれは見出せるのだが、これらの作品では、ゲシュタポとともに、「警察と犯罪の」結託、秩序と侵犯の結合が「一塊の真実」をなしており、この真実には我々を長らくぞっとさせるであろう強烈な魅力が装填されている[17]。

「我々ファシストは、真のアナーキストである〔……〕。唯一真のアナーキーとは、権力のそれである」。

政治の分野において、主にファシズムにかんしてのフランス的明晰さは、おそらくこの国の歴史と関係があるのだろう。自衛のためにやむを得ずファシストになったフランスにとっての歴史であり、革命的ファシズムを味わうことがなかった歴史であり、ファシズムを老いぼれた形、つまりペタン主義という形でしか経験しなかった歴史であり、したがって是非はともかく、そこでは本質的なものが何も危険にさらされなかったと信じられた歴史なのである。

パゾリーニはといえば、彼はこれらとは違うファシズムの政治的経験をしたのだ。明晰さ、つまり非常に古くからあるフランス的明晰さに屈しなかったとしても、彼は許されるのであろう。

アドルノ

さて、我々はパゾリーニという最後のところから論を始めた。しかし、最初からも始めなければならないだろう。この最初とは、我々が序言で一九四七年という便宜的な日付に結びつけ、クロソフスキー、バタイユ、ブランショという三つの重要な名によって位置づけた最初のことである。

しかし、それは本当の最初ではない。一つの前例、一九四七年という最初の時期にはまったく問題にされず、そのために人に知られていない、あるいは知られていないと思われる前例に付き従った始まりなのである。その前例とは、「ジュリエット、あるいは理性とモラル」を書いたアドルノにほかならない。「ジュリエット、あるいは理性とモラル」は、アメリカのニューヨークで一九四四年に、ヨーロッパでは例の一九四七年に発表された[18]。彼がマックス・ホルクハイマーとともに書き上げた主著『理性の弁証法』の「余談Ⅱ」となるテクストであるが、この著作のフランス語版は一九七四年になってやっと出版されたにすぎない。

最初と最後、つまりアドルノとパゾリーニを結ぶ絆とはどういったものなのか？　映画詩人であり、カトリックであり、コミュニストであり、イタリア人であるパゾリーニと、ヴァルター・ベンヤミンの友人であり、フランクフルト学派の創設者の一人であり、西洋マルクス主義の抜本的な刷新をつうじて過激なまでに新しい「批評理論」の始祖となった哲学者アドルノとは、どのように結ばれているのか？[19]

本書に関係するところで言えば、この絆は単純なものである。パゾリーニとアドルノの発言は、両者ともにサドとファシズムを同一視したことによって特徴づけられる。[20] この同一化に抗して、まさしくフランス人の現代的な「真剣さ」が形成されてゆくだろう。バタイユからバルト、ブランショからフーコー、クロソフスキーからソレルスに至るまで、あらゆる現代性（モデルニテ）は、サドとファシズムの同化というこの仮説を転倒しようとし、消し去ろうとし、忘れさせようとつとめるだろう。サドの脱ナチス化は、現代性にとって、非常に重要である。この作業は、別のところでニーチェのために行われた脱ナチス化の作業と並行して読み解かれなければならない。[21]

したがって、パゾリーニとアドルノ――イタリア人とドイツ人――とを結びつけるのは、サドの偉大な読み手たちのうち、この二人が現実的で、歴史的で、私的な経験をした唯一の人たちであり、ファシズムを肉体をとおして経験した唯一の者たちとされている点である。というのも、この二人は自国においてファシズムが産声を上げ、台頭し、政治的な勝利を得るところを体験したからだ。現実のファシズム、恐ろしく生き生きとしたファシズムによって、諸々の身体――民衆の個別的身体と集団的身体――が投資されてゆく状況を体験したのである。ごく単純に言えば、この事実こそが、自らのサド読解に歴史の個人的経験を詰め込むという彼らの身振りを正当化し、[22] 彼らの読解が明らかに重大なトラウマとなる経験から影響され、おそらくは寄生されているということを説明するのだろう。

反面、何かが両者を根本的に隔てている。すでに見たように、パゾリーニは自身の映画が理解されることを望まなかったし、そこに打ち立てられたサドとファシズムとの結びつきの性質を見分けられるのを嫌った。逆にアドルノにかんしては、すべてが非常にわかりやすいのだが。

アドルノとマックス・ホルクハイマーの「ジュリエット、あるいは理性とモラル」[23]は、ナチス経験と同時代のテクストである。そこには深いところで当時の情勢だけでなく、阿鼻叫喚の時代を思考する切迫感が浸透しており、この時代の哲学的基盤と認識体系（エピステーメー）を洞察しようという生々しい欲求が染み込んでいる。この欲求は「理性」という言葉でまとめられ、要約されている。理性、より正確に言えば、「啓蒙（アウフクラルンク）」である。というのも、この本の原題は『啓蒙の弁証法』、つまり『光明（リュミエール）＝啓蒙の弁証法』であり、このタイトルは、カントの有名なテクスト『啓蒙とは何か』（一七八四年）――周知のとおり、後期フーコーはこのテクストに非常な愛着を抱いた――に対する応答もしくは異議申し立てであるからだ。

『理性の弁証法』がカントのテクストと対立しているのは、アドルノとホルクハイマーの目から見て、理性の弁証法がファシズムの系統そのもの、ファシズムの可能性の条件にほかならないからだ。このことはカントをとおして、またサドをとおしても言える。

周知のことだが、第二次大戦中のアメリカ滞在のおかげで、アドルノはどれほど支配的なマルクス主義――合理主義的な断絶の継承者になろうとしたマルクス主義――のクリシェに対して、まったく独自の距離を置くことができたことか。また、どれほどそうしたマルクス主義の批判的力について深く再考することができたことか。アドルノが築きあげたサドとファシズムとの関係は、啓蒙哲学から受け継がれた形式主義的なブルジョワ合理主義についてのきわめて緻密で激烈な分析を経るわけだが、そこでのブルジョワ合理主義のうちには、あらゆる全体主義の哲学的下部構造がはっきりと姿を現している。

サドとファシズムを結びつけるのは、パゾリーニの場合のようにソドムでもソドム百二十日でもなく、形式化された理性、つまりその最も目につく兆候が人間の物象化、人間の物への転化であるところの理性である。もちろん、こうした解釈を提示するのはアドルノだけではないだろう。こうした解釈は、アドルノ以後の者たちにおいては、時に下品で戯画的な形をとった。しかし、その卓越さからしてみても、きわめて深遠な解釈であることは疑いをいれない。アドルノが発揮した侵犯の威力、カントに対して、とりわけカントの衣鉢を継いだ合理論的実証主義に対して発揮されたその威力は、ハンナ・アーレントが後に行ったアドルフ・アイヒマンの「カント主義」をめぐる分析、ジャン＝クロード・ミルネールが民主的ヨーロッパについて最近発した提言[24]、あるいは『アンチ・オイディプス』でのドゥルーズの分析に深いところで啓示を与えている。ドゥルーズは歴史上の諸々の悲劇について次のように述べる。「怪物が産み出されるのは、理性が惰眠をむさぼるからではない。むしろ合理性が用心深くなり、夜を徹して眠らずにいるからである」[25]。ついでに言えば、ジャン＝リュック・ゴダールが「中国女」（一九六七年）においてこの問題の処理法を提示しているのを、どうして忘れることができよう。この映画では、人民の敵に宛てられた掲示板にフーコーの『言葉と物』の表紙が貼られ、その隣に次のような落書きを読むことができる。「エマニュエル・カント　西洋哲学の［アイヒマンの写真］」。

アドルノによれば、カントにおける存在と純粋理性の形式主義と、サド的転倒に含まれる虚無の形式主義とは、パラレルの関係にある。カントもしくはサドのこうした形式主義の問題はきわめて重要であり、似た形をとったりまったく異なる形をとったりしながら、繰り返し現れてくるだろう。たとえば、シモーヌ・ド・ボーヴォワールと彼女が著した『サドは有罪か』とともに、反人間主義的な衝動をつうじてフーコーとともに、あるいは、ラカンと彼の名高い論考である「カントとサド」とともに[26]。しかし、ドゥルーズのザッヘル＝マゾッホとともに、でもある。この問題にかんして、ドゥルーズは倫理の領域におけるカントのコペルニクス的転回を見事に――というのも非常に簡潔に――要約している。すなわち、カントのおかげで法は善に依存しなくなるが、今度は善が法に依存するようになる。だからこそ、空虚が法の最も本来的な構造として法の核心部に導入される。なぜなら、法の純粋な形式こそが法じたいを保証するからであり、このことは法がもつ能力、つまり道徳的格率の普遍性を試す能力のおかげなのである[27]。

アドルノとホルクハイマーは、ただ単にサド的なサド、他者の関心から免れているサドを描くだけで満足していない。彼らはサドの傍らにカント的道徳律を演出するのだ。カント的道徳律はサドの姉妹となり共犯者となるが、まるで純粋に合理的で形式的な機能のために、具体的な合目的性がことごとく取り除かれてしまったかのようだ。純粋に形式的な機能については、カントの「実践理性分析」の第三定理に例証が見出せる。「道理をわきまえた存在が自らの行動基準を普遍的な実践法則のように思い描くとしたら、意志を決定づける原理としてでしか、つまり内容をとおしてではなく、ただ単に形式をとおしてでしか思い描けない」[28]。

アドルノはサドとファシズムとブルジョワ的理性を接近させるわけだが、この作業は非常に早い時期のテクストにおいてすでに行なわれている。あまりに具体的で、興味深く、異様なかたちで行われていることから、そこに現実的で個人的な経験、そしてまぎれもなくトラウマ的経験――ナチス・ファシズムのスペクタクルや、ナチス世界に特有の可塑性、突撃隊やヒトラー親衛隊の手中にある街や通りがプラスティックのように形を絶えず変えること――が影を落としているのは明らかだ。このように、アドルノには三つのプランが接合されている。ひとつは、生の組織をめぐるカントの「建築的」構造、内容をもつ目的をことごとく奪われた構造があり、二つ目は、サドの乱交と拷問のピラミッド、最後に、街角やスタジアムで繰り広げられるスポーツ的・政治的・ナチス的スペクタクルの演出――これら三つのプランは、重ね合わせの効果と、ほとんど映画に近いモンタージュの効果を示しており、そこには問題とされているものの感覚的で有機的な経験が読みとれるのである[29]。

アドルノによれば、カント以来、純粋な機能性の体制に組み込まれた理性は、理性の最も恐るべき形式を支える柱になるという。理性そのものは決められた目標を置かないので、あらゆる情動は等間隔の距離を保ちながら配置され、理性は諸々の衝動を格付けすることができない[30]。だとすれば、アドルノが言うように、さまざまな命令――むろん、互いに矛盾し合うに違いない命令――の絶え間ない動きに奉仕するために感覚を解消することこそが、全体主義国家の特徴なのである[31]。

以来、この地平から、サドはすべての支配階級が胸に秘める信念（クレド）として現れてくるだろう。産業社会の理想を実現する信念である。[32] アドルノとホルクハイマーは、サド的主体のうちに、現代世界の実際的で気さくな人間——アメリカで出会えるような——、人間関係の衛生や形成のために信仰告白を自らの性生活にまで敷衍する人間の前兆を見ている。[33]

しかし、倒錯的主体は現代の主体と等質のものではない。なぜなら前者は自らの倒錯の特性をすべて保持しながら、そのモデルとなるからだ。倒錯的主体とは、「主体なき資本主義」の現実において、感覚の破壊を盲目的に遂行する主体のことである。彼は共同体のうちにとどまるが、自らが正しいという証明を感覚の破壊から得ようと期待する反抗的主体としてとどまる。一種の政治的主体であるこの主体は、共同体を自前の武器で破壊したがっているように見せかけて、実はサドの作中人物のように、退行的でアルカイックなリビドーを発揮しつつ、[34] 共同体の意図を実現し、またその暴力性を更新しながら、暴露し、強化するのだ。いわばマブゼ博士〔フリッツ・ラングの映画の悪役主人公〕のように、黒く、地下に息づいた、アウトローの影として。しかし実際は、現代のカオスと権力で凍りついた土地の中心的な影として。物と化した人間たち——倫理的・性的・社会的な形態として分類され、フェチの対象とされ、解体された人間たち——に訴えて、「自発的な愛」を「倒錯的な愛」に置き換えながら、彼は新しい神話を作り出す。現代の共同体と匿名的で粗暴な生を破壊する新しい条件にぴったり見合った神話である。[35]

我々はここで、パゾリーニを語る際に言及した奈落（アビーム）を再び見出すことになる。バタイユ、アドルノ、ベンヤミンほか多くの者たちによってよく探知されてきた奈落である。侵犯的反抗の周縁と余白に位置づけられたこの空間から、ファシズムは大衆の暴力・過剰性・妄想を動員でき、また、解放的な情念を死の欲望に転化できるのであるが、こうしたことは、革命的行為を混沌と解放への二重の渇望として培ってゆくという両義性に基づいてなされるのである。「ファシズムは、絶対的な感覚（サンサシオン）であった」[36]。

こうしてサドは、ファシスト集団とまったく同様に、ブルジョワの叙事詩的行為、すなわちブルジョワがもつ最後の美徳のアリバイ、最後の遺産、最後の伝統から解き放たれた行為を表現するようになる。アドルノがサドの任意の作中人物、たとえば、ジュリエットの女友達であるクレールヴィルの兄、ブリザ＝テスタのうちに見ることができている——文字どおり見ている——のは、「ファシズムの顔」[37]である。実際、ブリザ＝テスタの経歴は、とりわけ彼がスウェーデンに滞在しているとき、ギャングの手下かファシストの扇動者のそれに似通っているだろう。彼のうちには、「水晶の夜」や「長いナイフの夜」（賊がもたらす恐怖、略奪、盗み、強姦、殴り合いの趣味）を執り行う歓びが見てとれる[38]。サドが描く革命的騒擾は、むろんフランス革命から着想を得ているわけだが、（時代錯誤でないとすれば）民衆によるクーデタの典型を思わせる革命である。こうした大革命の意味じたいについて記した一片のメモから、彼が当時抱いていたヴィジョンを垣間見ることができる。「人々が王の専制政治を嫌う動機は何か？——嫉妬、野望、自惚れ、支配されることの絶望、自分が他の者たちを虐げたいという欲望——彼らの見立てのなかに、民衆の幸福は関係してくるのだろうか？——私はそこに自分自身の幸福しか見ていない[39]」。

　乱交が完全な形式主義に陥ってゆくにつれて、ジュリエットが我々に垣間見させてくれるのは、サディスト的主体の冷淡で残酷な顔のうえに浮かぶ次のような観念である。すなわち自己統制の反映としての無感動であり、これがなければ、カントの教義が主張しているように、「感情と性向が人間を支配してしまうことになるだろう」[40]。こうしたことすべて、こうした多くの正確な接合には、ヴァルター・ベンヤミンの言葉を借りるなら、何かしら「夢幻的な（ファンタスマゴリック）」ところがある[41]。弁証法的唯物論は、政治・経済的現実のほとんど幻覚的な把握へと変貌する。というのも、この現実は疎外され歪曲されたかたち、怪物的なかたちでしか現れてくることができないからだ[42]。

現代性と反現代性

つまり、アドルノはサドを真剣に受け止めている。彼は西洋文化の内部に出現したファシズムとナチズムを理解可能なものにする媒介者であり、そこでのサドは、カントとアウシュヴィッツを繋ぐべき鎖の欠けた環なのである。

怪物的なもの／野蛮なものを西洋社会の「道徳的」下部構造／西洋社会によって容認された観念的上部構造に関係づけることは、二つのあいだに夢幻的な断絶があるとはいえ、あいかわらず弁証法的なもの、つまり歴史の総合へと向かう作業に帰される。現代性（モデルニテ）はこうした弁証法のうちに留まらないだろう。もっと言えば、目が眩むほどの力であろうと侵犯的な力であろうと、そこでの総合の力を否定するにちがいない。ここで言うなら、サド、カント、ヒトラーを総合するようなものである。現代人にとって、サドと対話する相手は彼ら自身であり、あるいは彼らがその到来を待ち望むところの新しい主体なのであって、カントやヒトラーではないのだ。

しかし別の一面からみれば、アドルノはやはり現代人なのである。弁証法の巧みな手つきから、そう言えるのだ。特異性・過剰・例外を圧し潰してしまうという理由から、あるいはつねに過去形の行為でしかないという理由から——ヒトラーはサドやカントのなかにすでに存在している——、総合が現代的な行為でないとすれば、一方の弁証法的反転のプロセスは、その暴力性からして、現代的（モデルヌ）なものの秩序に属している。なぜなら、そのプロセスは否定的（ネガティフ）なものを巻き込むからだ。

こうした弁証法的反転は、アドルノにもホルクハイマーにも存在している。とりわけ、彼らがサドの暴露的でその実ポジティブな性格を強調するときに見出せる。もしサドがあらゆる支配階級にとっての秘密の信念であるとすれば、彼は少なくとも間接的に、ただこの秘密を暴露することによって、つまり暴露という行為だけで、虐げられた人々を表象できるだろう[43]。むろん、こうした考えはきわめて現代的なものである。

たしかにアドルノは次のように言うことで、このポジティヴな特徴にニュアンスをつけている。サドが虐げられた人々を表象できるとしても、それはファシズムが彼らを表象できるのと同じく、偽りの文明に対する抗議としてである、と[44]。しかし、サドはこれよりもっと貴重な存在である。憐れみを一貫して容赦なく徹底的に批判するなかで、サドは支配階級の善き感情というイデオロギーを粉砕するだけでは満足しない。このイデオロギーが抱える通常の内容を飛び越して、その機能のメカニズム、本来の詭弁的構造、操作的な虚偽性を暴いてゆくのである。実際、サドは憐れみの核心に潜んでいる不正義（つまり憐れみがはらむ宿命的な矛盾としての不正義）を指し示し、確認している。というのも、憐れみが働くとき、それは除外という営為に立脚しているからだ。つまり憐れみは残忍さ＝非人道性（イニュマニテ）の規範を克服できると思い込んでいるが、実際はこの規範を乗り越えられないものとして認めている。サドのおかげで、憐れみは自らが緩和しようとする普遍的疎外の法則のアリバイであることが明らかとなるのだ[45]。

そしておそらく、憐れみをめぐって、サドの憐れみに対する徹底的な批判のまわりで、アドルノはポジティヴなものへの反転の可能性を明らかにできるのだろう。逆説的にも、サドは全体主義を促す理性の泥沼から理性じたいを救い出すことを可能にする原動力となる。支配の秘密は暴かれ、その地平には累々と死体の山が広がっているのだ。そして理性と罪とを結びつける秘密の絆（進歩主義が否定するこの絆）は、いまやサドのおかげで、我々の視界のもとにさらされ、サドのテクストと西洋の政治的現実のなかに同時に存在するようになった。だとすればニーチェと同じく、サドは人間のうちにある揺るぎない信念、慰めとなる主張が発せられるたびに露呈される信念を逆説的なかたちで救っているのである[46]。この定式は非常に強烈で、パラドックスを最大限にまで推し進めるものだが、サド的信念とまったく調和しており、より一般的に言えば、現代性（モデルニテ）の反人間主義的な信念と調和している。いずれモーリス・ブランショとともに見てゆくことになるが、現代性はこうした反人間主義を一種の善悪二元論にまで、つまり否定的なものに超越的な徳、疎外不可能な真実の徳を付与するような一つの態度にまで推し進めてゆく。

アドルノからしてみれば、サドの二重になった状況がある。つまりサドはブルジョワ的イデオロギーの反映として、物象化を促すその形式主義を再現するものでありながら、同時に自らが映し出すものを大げさに誇張することで、自らを増大させ、物事を解明してゆくような反映でもあるということだ。この意味において、サドは解放者である。アドルノの弁証法は全的なものであり、というのも、弁証法が総合というかたちだけでなく（サド、カント、ヒトラーの総合）、純然たる批判的否定のかたちで展開されるからだ。暴露という自らに固有の機能によって、サドはカントだけでなく、ヒトラーをも破壊する。ヘーゲル的弁証法がその最終的な帰結、つまり全体化の能力と価値転覆の可能性のほうへと赴きさえすれば、我々はこの弁証法の神髄を認めたことになるのだ。

我々は問題の核心にたどり着いた。核心とは、すなわちヘーゲルであり、ヘーゲルと現代性の担い手たちである。

反（アンチ）ヘーゲルとしてのサド

一九四七年はサドに関する数多くの書物が出版された年であるだけでなく、アレクサンドル・コジェーヴの『ヘーゲル読解入門』が世に出た年でもある。この著作は、レイモン・クノーの編集協力によって、コジェーヴが高等研究院で一九三三年から一九三九年にかけて行った『精神の現象学』についての講義を集成したものである。この講義に出席した聴衆がどれほど重要であるかは周知のとおりだ。バタイユ、ブルトン、クノー、ラカン、アロン、カイヨワ、クロソフスキー、メルロ・ポンティ、カンギレム、コイレ、エリック・ヴェイユ[47]……。

一九四七年の時点で、この講義はすでに聴講されていただけでなく、先取りして発表されたいくつかのテクストをとおして部分的に読まれていた[48]。またこのときすでに議論の的となっており、刊行されるやいなや、瞬く間に研究の対象となった。この事実を証明するものとしては、若きアルチュセールが同年に書いたヘーゲルに関する哲学博士論文、『南方手帳（カイエ・デュ・シュッド）』の下半期号に発表した「人間は今夜」があり[49]、ブランショが同年末と翌年始めに『クリティック』誌に発表した「文学と死への権利」がある[50]。ブランショのテクストは、完全にコジェーヴから影響を受けたもので、我々がここで明らかにしようとすることにとって非常に重要な意義をもつ。

おそらく、こうした五〇年代から六〇年代のフランスにおけるサド読解にかんして、仮説となるべき定式を差し出すことができるだろう。コジェーヴを顔ごと受け入れた一部の世代は、サドという一つの名をとおして、逃れえぬヘーゲルの牢獄——この牢獄のなかでコジェーヴの読解は知識人の地位を永遠のものとしたわけだが——から抜け出せると考えたのではないか。この世代にとって、サドはヘーゲルから価値転覆や欲望の解放としての否定性（否定）だけを取り出しておく手段であり、総合という不可避の展開、欲望を必然的にヘーゲル的システムによって思考させてしまうこの展開のなかに自己が監禁されるのを忌避する手段なのである。サドをとおしてヘーゲルから抜け出ようとする意志は、ミシェル・フーコーの「侵犯行為への序言」（一九六三年）においてこれ以上ないほど明確に言い表されているであろうし[51]、「一般化された反ヘーゲル主義」の時代としての同時期についてドゥルーズが発言していることもここで想起されるだろう[52]。

サドはヘーゲルから免れるために拠り所となる唯一の名ではない。アルチュセールにおいて——サドの名は出てこないが、出てこないだけにかえって目立つ——、この役割を割り当てられるのはマルクスということになるだろう。しかも徹底して反ヘーゲル的なマルクスである[53]。サルトルにとっては——根本においてヘーゲル的理性に屈しているが——、内面的な解毒剤としてのキルケゴールがその役を担うだろう。キルケゴールの世界では、特異なものが手元に残され、大文字の「システム」への従属を装うすべてのものに逆らいつつ、それらに対するかたちで、維持されるにちがいないからだ。そしてサルトルは、サドの代わりに、少なくともその類似物の一つであるジャン・ジュネを持ち出してくるだろう。『聖ジュネ――役者にして殉教者』（一九五二年）において、彼は倒錯的主体を理解し、取り込もうとし、擁護し、おそらく破壊さえしようとつとめながら、サドが喚起するのと同じいくつかの問題に取り組もうとするだろう。いずれにしても、倒錯的主体と社会との関係を思考したうえで、最終的にヘーゲルに忍従した者として、ジュネにとってエクリチュールと作品は救済であると謳う弁証法的解決を見出そうとするのだ。むろんこれは反現代的な態度というほかない。結局のところ、シモーヌ・ド・ボーヴォワールの『サドは有罪か』（一九五五年）が世に出たことで、サルトルは自らが書かなかったであろうテクストを我がものにし、そこから着想を受けたうえで、サドを『弁証法的理性批判』（一九六〇年）のなかで骨抜きにしてしまうことになるだろう。

ブランショ、バタイユ、クロソフスキー……といったサドの読み手の大半は、ヘーゲルの熱狂的読者である。彼らの著作にはヘーゲルの影響が染み込んでいるし、両義性の傾向が激しいという点で、ヘーゲルに取り憑かれている。コジェーヴが講じたヘーゲルは彼らを魅了し、虜にするが、いわゆる知識人がそこに与（くみ）するのを妨げる何かがある。実際、そこでのヘーゲルは知識人の決定的な死を悼み、彼らを葬りさえしたのであり、彼らを「美しき魂」の象徴に戯画化して楽しんでいるときだけでなく、彼らを善や真実の想像的宇宙のなかに逃げ込む者として描いているときでさえそうだった。そこでの知識人は、自分が利害関係から解き放たれていると思い込んでいながら、実際は自分のこと、周りから隔絶した自らの特殊性にしか興味がない者として描かれ、「盗む者＝盗まれる者」がつどうただ一つの共和国にしか帰属していない者とされている。[54] 知識人を歴史に踊らされた最後の主体――最後のというのは、最も念入りに偽装されているからだ――と定義づけながら、コジェーヴのヘーゲルは知識人を自滅へと追い込む。しかし、これよりも魅力的な自己破壊の名としてサドがいるのではないか？

クロソフスキーと革命的主人としてのサド

ピエール・クロソフスキーは、この世代のなかでも、サドの転換期を築きあげた第一人者にほかならない。彼のキャリアは一九三〇代末、バタイユが主宰した社会学研究会(コレージュ・ド・ソシオロジー)の時代にまで遡れるが[55]、時代を画す仕事となった『我が隣人サド』は、我々が基礎的な起源の日付として選んだ一九四七年に出版されている[56]。クロソフスキーはきわめて重要な人物である。というのは、彼と同時代の人々が唯一本当に興味をもった出来事、すなわち大革命とサドとを突き合わせたからだ。しかもこの突きあわせは、サドがフランス革命を横断してきたという事実を神話的かつ深遠に書き換えることでなされている[57]。そこにあるのは、おそらく哲学的フィクションや建国物語のような、幻覚的で、叙事詩的で、本質的にアレゴリックな横断である。

このうえなく明瞭なやり方で、クロソフスキーはフランス革命に流通する根深い誤解を、というよりもむしろ、フランス知識人が継承する革命の伝説を解明してゆく。彼によれば、二つのパラレルで両立不可能な筋書きがあるという。ひとつは、伝統的な政治の物語である。左翼の歴史学者たちの著作で読めるような、民衆神話に基づく物語であり、そこでは自由・平等・同胞愛の価値が、フランス式共産主義が継承・実現すべき共和国の遺産とされている。他方で、第二のシナリオ、つまりサド的シナリオがあるのだが、次のように要約される。サド的主体、大ブルジョワ、放蕩貴族、高い生活水準と至高のレベルの明晰さを持ち合わせた人間は、革命的行為のうちに、後ろめたさ〔悪しき良心〕を客体化し、自らがもつ問題含みの構造を普遍的なものとして容認させようとする。彼らが抱えるその構造は、自身の欲望と過剰さを進行中の歴史的解放の規範に仕立てあげるものであり、暴動はそうした構造を映し出す鏡なのである。よって、大革命は人間の構造、多様な感性をもつ「全体的人間」のイメージに取り憑かれた人間の構造――こうした傾向はサド作品において可視的になる――を全面的に作り変えることを対象・目的としているのだ。この時点まで、つまり大革命の前提が現れてくるまで、大文字の主人〔le Maître〕は偽りのイデオロギーの伝統的なアリバイのなかで――家系、名前、信仰、財産、血統――、民衆に対する支配を維持できていた。しかし革命前夜にいたって、主人はこの支配を自らの快楽のために役立てるようになり、奴隷のうちに自らの絶対的権力の共犯者と観客を探し求める。民衆に対しては、神を殺したのは主人である俺だと言い、主人の特権とは犯した罪を罰せられないことでしかなかったと証明してまわるのだ。

全体的人間とは、クロソフスキーに特有の表現だが、そこに不吉なコノテーションが含まれていることも併せて、五〇年代のすべての精神に棲みつく歴史的で新しい主体を命名するのにまったく的確な表現である。そもそも、どういった点でこの表現がヘーゲル的理想を示した同じ表現と対立しているかが見てとれるだろう。後者はコジェーヴが『我が隣人サド』と同じ年に出版したヘーゲルに関する講義のなかでつかったものであり、普遍的で等質的な国家の市民というヘーゲル的理想、歴史の終局の主体、つまり階級間の対立がもはや存在しない全体主義化された社会に帰属する主体のことである(58)。クロソフスキーのサドの登場とともに、全体的人間はこうしたヘーゲル的国家の主体から遠く離れ、バタイユの表現を持ち出すなら、自らが置かれた状況の**還元不可能な異質性**(59)――バタイユが神聖視し、その伝播効果を期待したところの異質性(60)――を「ファシスト的」主体と共有することになるのだ。ただし、この全体的人間は同時にファシスト的主体の対極でもあるのだが。

もし暴力のなかで、暴動の融合的危機において、サドのような貴族と民衆の邂逅という幻想が浮かび上がってくるとすれば、クロソフスキーが言うように、サド的主体は具体的な歴史上のプロセスという現実との繋がりのすべてを急速に失うことになる。なぜならサド的主体は、結局のところ、自らが侵犯する諸々の価値と連帯しているからである。彼が愚かな大衆の犯罪的な熱狂を前に狂喜する一方で、民衆は縫合のポイント、すなわち「自由」「民衆」「共和国」「平等」「美徳」といったスローガンを増殖させ、共和国の人間、「自然」人、有徳の市民といった人物像の陰に隠れながら、自らの犯罪的衝動を絶えず覆い隠してゆくのだ。こうした市民は、主人の神に対する反抗に共犯者として加担しようとはつゆほどにも思わない。そこから、サドと大革命との一連の利害衝突が生じてくる。まず最初の衝突は恐怖政治の有神論と至高存在（不滅性）[61]の祭典に対して、その次は平等という概念をめぐってである。というのも、サド的主体にとって、平等は自然人〔自然状態にある人間〕の社会契約に基づく平等であってはならないからだ。サド的平等とは、個別的不正を共同で行うことであり、こうした営為を正当化しているのは、共有された原初的殺人の実現、すなわちルイ十六世の処刑である。

最も重大な衝突は次のようなものだ。サドは大革命をまことしやかな命題――抑圧的な王政に揺さぶりをかける国民は、すでに犯罪のうちに身をおいているので、別の犯罪を犯すことでしか自分自身を維持できないという命題のなかに押し込めようとしている。命題は次のように言い換えることができるだろう。大革命は永久的な内乱状態にある君主制というかたちでしか革命として成立しえない[62]。

主人と奴隷

クロソフスキーが同世代の人間すべてにもたらしたのは、基礎となるような一つの物語である。そこでは大文字の主人とカオスを表象する人物像が、後のパゾリーニやアドルノが描いたような褐色のシャツのイメージではなく、一七九三年のテロリスト、つまり暴徒のイメージのうちでないまぜになっている。我々はここで「権威的アナーキスト」から「革命的主人」へと移行したわけだ。こうした物語の供与は、主人の革命的冒険が実現してしまうという誤算があるにせよ、決定的なものである。

否定的結論――サドが民衆を前にして挫折し、倒錯がイデオロギーに直面して挫折するのと同様、特殊なものは一般的なものに向き合うと座礁に乗り上げてしまう――によってヘーゲル的なパースペクティヴに身を置いているにもかかわらず、クロソフスキーは、自らが築きあげた神話をとおして、ヘーゲルの弁証法を別の物語に、つまりまったく新しい哲学的神話に書き換えることを可能にしたのだ。我々はこの神話の内容を展開してゆくつもりだが、そこではクロソフスキー自身が絶えず展開の道筋を指し示してくれている。

つまりここでのサド神話は、ヘーゲルのうちにある主人と奴隷の弁証法の倒錯的書き換えなのだ[63]。この弁証法はよく知られたものである。ヘーゲルにとって――コジェーヴが解釈したようなヘーゲルにとって――、主人が無為に過ごすのは、自分にとって何の価値もない認識を得たことに苦しむことで袋小路に行き当たっているのであり、実際、彼はそうした無価値の認識を差し出してくる奴隷を認識していない。逆に、奴隷は最初から主人を認識しながら、この認識じたいのうちに自らの置かれた状況の出口を見出す。つまり彼にとっては、主人に必要とされることで十分なのだ。復讐の手段がそこにある。すなわち、労働である。無為の袋小路に直面して、労働を介した奴隷の服従があらゆる進歩の起点として立ち現れてくるのであり、以来、人類の歴史は奴隷の労働の歴史以外の何物でもなくなるのだ。労働によって、奴隷は大文字の自然〔la Nature〕の主人になるのであり、未来は彼の手中に入るのである[64]。

もしサドがヘーゲル的な歴史の全体化に対するオルターナティヴになりうるとすれば、気詰まりな弁証法的総合の外側で、独自の至高性を発揮する可能性を維持できるとすれば、それは彼が――サディズムの関係、一般的な意味での倒錯的な関係が――ヘーゲルの神話に対抗しうる別の神話を提起することができるからにほかならない。ヘーゲルの神話における弁証法では、認識も労働も歴史も賭けられることがまったくない。

サド的主人は、ヘーゲル的主人の失敗や悲劇を経験しない。彼は自分が認識していない誰か（奴隷）に認識されていないことで苦しんだりは決してしないし、無為が彼を悩ますこともない。ニーチェと同じく――真の道徳の系譜（学）を作成したことによって、またあらゆる価値の参照軸として権力への意志を肯定したことによって、サドはニーチェの主題を部分的に先取りしているわけだが[65]――、サドは意識の弁証法とまったく無縁のままでいるのだ。最初に主人と奴隷との闘い――そもそもこの闘いは絶えず反復されるのだが――、死の危険(リスク)を冒す能力が決定的要素となる戦いがあったとしても、作品を読めば、サドにおける死の危険がヘーゲルの寓話とは比べものにならないくらいの強度をもっていることが理解されるだろう。サド作品において、主人の欲望は一貫して死の欲望、自らの死を求める欲望であり、絶頂時には快楽を支える基盤となる。ヘーゲル的主人はある一つの死、他者(競合する者)の死しか望まず、この死を獲得するために自らの生を危険にさらすのだが、サド的主人は死そのものを望み、この死を引き寄せるために自らの生を危険にさらし、性的快楽としての死、つまり喪失や至高性の支配者としての死に近づこうとするのだ[66]。サド的奴隷――犠牲者――は、あまりに腰抜けで脆弱であるがゆえに、主人の欲望と同じだけの欲望をもつことができない。そこで、サディズムが主人の奴隷の反転なき弁証法を生み出す新たな方法として現れてくる。つまり奴隷による支配が回復されるプロセスを含まない弁証法のことなのだが、というのも、善あるいは自分自身の善を超えた欲望としての死に接近することへの拒否(不能)によって、奴隷は隷従的なポジションに決定的に追い込まれてしまうからだ[67]。奴隷は労働力の再生産や種の永続としてでしか、自らの欲望と性行為を経験することがないのである。

したがって主人こそ、自らが置かれた無為な状態から、奴隷の反抗をすすんで組織するのであって、その意義や真実といったものは、主人が占有しているのである。そもそも淫蕩で倒錯的な主人の忠告に従うことなく、善、真実、自然的平等、総合、歴史の終焉を信じ、死の可能性や欲望と死との同化の可能性に直面してただちに(ア・プリオリ)尻込みしていても、ひとたび暴動の熱狂が冷めてしまえば、民衆はすぐ奴隷に逆戻りしてしまう。彼らは封建的主人よりもずっと不寛容な新しい主人、つまりブルジョワ的主人の奴隷になるのであり、この主人自身もまた自らが作り出したシステムの奴隷なのである[68]。それでもなお、この奴隷は自分自身の解放を実現したと言えるかもしれないが、それは「抑圧された」奴隷のままで主人になったということでしかないのだろう[69]。

サドとともに、我々は以下のことを理解している。逆説的にも、革命的プロセスの真実・理由・意義はすべて貴族的主人が所有しているのだ。なぜなら真実とは――政治的変動のうちで唯一の真実とは、快楽であるからだ。主人こそこの快楽の価値を熟知する唯一の存在なのである。無為の状態が彼の役に立ったのは、まさにこういった点に対してなのだ。

結局のところ、サドはフランス革命を血に塗れた一種の喜劇、純粋に流血を好む活動とさまざまな欲望からなる喜劇――たとえば『ジュリエット物語』に見られるような喜劇――に帰しながら、大文字の歴史をヘーゲル的概念のなかで転倒させ、まるで中身のないフェルト製の操り人形のように扱うのだ。サドは歴史の意味を構造的に分散させせようとするものを明らかにする。この分散化の作用によって歴史は、共通した起源=原因に還元することもできず、「全体」として理解される一つの時代の精神に片づけることもできない、さまざまな事実の混沌とした集合のようなものにされてしまう。歴史は騒音と熱狂からなる混沌であり、それは一人の愚か者によって物語られるのである。[70]

サドと知識人

クロソフスキーとともに、サドはファシズム的な恐怖政治に共犯者の一人としてつきまとうのをやめ、今度は「善き」恐怖政治、革命的な恐怖政治、民衆暴動――基本となる出来事であり、この時代のフランス知識人にとって政治的なものの原風景のような出来事――の恐怖政治に取り憑くことになる。我々がパゾリーニのうちに発見し、アドルノのなかに再発見した権威的アナーキストは、いまやサド的なものではなくなっている。サドのおかげで、新たな神話的人物像、暴動を扇動する主人という人物像が誕生することができたのだ。

現実的アナーキストとしてのファシストは、古典的アナーキストを想像的アナーキストの立場、すなわち善の幻想のうちに囚われ、ブルジョワジーの保守的幻想（価格、同胞愛、尊敬、非暴力……）によって作りあげられたアナーキストの立場へと送り返すのだが、革命的主人がもたらすのは、さらに別のことである。クロソフスキーは、サド的枠組みのなかでの人間の反抗をその根底から再考する可能性への道を拓いている。サド的枠組みにおいては、革命的主人が導入した異質性によって、純粋なまやかしではない世界の変革が約束されているのである。

しかも、サドは貧困にあえぐ当時の知識人にまったく見合った実存的神話、すなわち革命的主人という神話をもたらしてもいる。この人物像は時代に気に入られる役回りとなるだろう。知識人が大文字の主人に纏わせようと望むことのできた最後の衣装であり、この衣装は、同時代の政治的動乱を自らの支配が可能となる場ないし空間と見なすのだ。サドとともに、知識人は――以上のことは知識人以外の誰に関係しえるというのか？――、デモ行進や暴動のなかで一種の存在感を発揮したがるようになる。労働組合の代表やただの軍人と混同されないような存在感、群衆や行進する人波のなかほとんど気づかれないまま消えてしまうことがないぐらいの存在感、そして賭けられている唯一の側面、すなわち自らの快楽としての知に訴えかけるような存在感。

知識人は労働者階級主導の解放運動という考えに同調する一方で、自分自身の仕事をおろそかにするのだが、こうしたサボタージュのなかに何かしら貴族的な要素を維持するために、サドという名は格好のものであるのだろう。こうしたサド的貴族主義は、貴族的思想の極みでありながら、知識人の宿敵であるブルジョワジーに抗して展開される思想をまずは本質的に表象しているだけに、いっそう魅力的なのである。同じような無為を経験していると幻想のなかで信じられる知識人が、こうした貴族的立場に同化できるというのは、誰もが理解できるところだ。

明晰さと共感をにじませながら、ブランショは決まって次の事実を指摘するだろう。サドの英雄たちは最上層と最下層から成る社会の両極、つまり法の無効化を心底から望む稀有な二つの集団に属している。ひとつは貧民であり、これは彼らがあまりに法の届かない下層にいるので、身を滅ぼさずには法に順応することができないからである。他方は強者であるが、実際、彼らはあまりに法を越えたところにいるために、身を落とさずには法に従うことができない[71]。いまや二十世紀のフランスにおいて、こうした最上層と最下層の結合を考えることができる唯一の存在は、言うまでもなく知識人である。知識人は最も脆弱な存在でありながら（なぜなら、新たな経済プロセスの圏外にいるから）、同時に最も力をもった存在でもあり（その明晰さによって）、十八世紀末の貴族のように、実態のない権力の資格、つまり貴族の称号しか持っていない[72]。

貧民——存在論的に反抗者であるところの貧民——との結合の局面において、知識人が放蕩貴族に取って代わることは、ある意味でサドによって許可されている。というのも、サドはこういった交替の典型例そのものであり、貴族でありながら作家——彼の言い方に即せば、「文人（オム・ド・レットル）」——になったからである。こうした許可を得て、知識人——現代社会の小貴族——はまったく新しい明晰さのもとへ通じてゆくのであり、そこでの明晰さは、思考するという至上の行為のいかなる結果によってもたじろぐことのない言説の暴力性が可能にしてくれているのだ。

クロソフスキーの消極性

最終的に、クロソフスキーはサドを新ヘーゲル主義的に読解することに留まり、コジェーヴから直接に着想を得たこの読解から先に進むことがない。したがって、彼はサドのテクストのおかげで自身が行き着くことができた過激さを早急に和らげなければならなくなる。

悪のユートピアは、実現不可能であるために（なぜなら自己破壊的だからだ）、批判的な役割しかもちえないように限定されている。そして、我々は再び弁証法的総合を見出すことになる。サドは世界に再統合され、彼が構想した虚無的で純粋な否定性は中和され、まるで単なる知的操作、万人に利するべき捌け口の機能のようなものにされてしまう。つまりサドはただの教育者にすぎなくなってしまうのだ。

　クロソフスキーはサドに二つの制限を課している。一つ目は次のような読みを定めるものだ。サドが個人化（アンディヴィデュアリザシオン）に対する批判の端緒をひらき、その結果、倒錯がもつ破壊的力を存分に解き放って、多形的倒錯を現出させているとしても、サドの物語は、その叙述的で荒唐無稽（ロマネスク）な形式をとおして、通常の意識へと通じる道を、意識が繰り広げる数々の冒険・誤解・罠とともに、再び見出している——つまり、最終的に個人性（アンディヴィデュアリテ）が勝利を収めると言っているのだ。この命題は、注目すべき例外であるラカンを除いて、サドの読み手すべてから反駁されている。すなわちバタイユ、ブランショ、フーコー、バルト、ソレルスなどだが、彼らは逆にサドをエクリチュールによって意識の構造を完全に破壊する作家と見なしていた。二番目の制限はより厄介なものになるだろう。というのも、この制限はサドのうちに宗教性が維持されていることを肯定し、それゆえに彼の無心論者的傾向を真剣に受け止めることを拒んでいるからだ。実際、クロソフスキーはサドを原始キリスト教の思想、マニ教的霊知（グノーシス）の思想と邪悪神の神学に結びつけた。概して言えば、サドの無神論を単なる仮面にすぎないものとしてしまったのだ。クロソフスキーは、サドのうちに堕落への恐怖が——合理主義的な用語体系が使われているにもかかわらず——存在していると考えたわけだが、つづく彼の主張によれば、十九世紀の偉大なサド主義者（サディヤン）であるボードレールとジョゼフ・ド・メーストルこそ、こうした恐怖を現在のドグマとともに再確認する権限をもっているにちがいないという。

　結局、クロソフスキーはサドをただの特殊な存在に仕立ててしまうのだ。大革命を前にした特殊、セクシュアリティに向き合う特殊、イデオロギーに対峙した特殊。こうしたすべてのことで、クロソフスキーは激しく非難されることになるだろう。そして、サドに関する二番目のテクストである『悪虐の哲学者』（一九六七年）のなかで、彼は公的に謝罪するはめになる。このテクストに付けられた、まったく驚くべき序文のなかで――驚くべきというのは、サドが当時の知識人たちの力関係のなかでいかに真正な争点であったかを示しているからであるが――、クロソフスキーはかつての自分が「ロマン主義的」だったことを詫びている。

このような自己批判は、現代的な「真剣さ」を完璧に表すものだ。サドについて「ロマン主義的な」立場をとったこと、それは自分が充分に現代的ではなかったということを認めるにひとしい。クロソフスキーが犯した真の罪とは、サドを特殊性のうちに留めおき、歴史の全体化こそ唯一の全体化であると考え、大革命に対してサドが陥った袋小路を明らかにしながら、自身はヘーゲル主義者でありつづけたことである。コジェーヴに忠実なクロソフスキーからしてみれば、大文字の主人は自らの特殊な価値をあまねく認めさせることに失敗しているのであり、この失敗は認識という必要不可欠な媒介の欠如、端的に言うなら、媒介そのものの欠如に起因していることになるのだ。コジェーヴに忠実なクロソフスキーにとって、人間関係は――コジェーヴの表現によるならば――一人の人間がもう一人の別の人間によって認識されること以外の何物でもなく、そこでの認識こそ媒介そのものにほかならない。つまりヘーゲルにとって人間の本質とは、媒介として存在することなのである。

いまや次のことが理解されるだろう。現代性（モデルニテ）がヘーゲル的全体性から何とかして抜け出ようとするのは、媒介や認識といったコンセプトを免れるという条件の下でのことなのだ。現代性にしたがえば、それらのコンセプトは人類の和解という観念的神話、つまりブルジョワ的支配システムの土台となる神話の構成要素なのである。この神話を源泉として、進歩主義、左翼的ヒューマニズム、共産党に代表されるような、集団解放のたぶらかされた勢力すべてが生まれてくる。こうした意味において、サドは一人の主人である。彼はあらゆる媒介を打ち壊し、否定しているからだ。

しかしクロソフスキーは、人々がサドを読むときにもってしなければならない真剣さの問題をさらに推し進め、その真剣さをエクリチュールの問題に引き寄せることでしか、「ロマン主義的」言説、つまり彼にあれほど多くの好意的批評をもたらしたヘーゲル的言説から脱出できないだろう。そこでのエクリチュールの問題はまた別の現代性（モデルニテ）へと通じていて――バタイユやブランショのそれとも異なるものだ――、それは記号・文字・散種（ディセミナシオン）の問題をめぐって展開される現代性である。また、クロソフスキーの「修正稿」（『悪虐の哲学者』）が――バルトのサドに関する最初のテクスト（「サド、犯罪の木」）と同じ年に発表されている――一九六六年五月十二日に「テル・ケル」において行われた講演を下敷きにしているとすれば、それは偶然ではない。(73)

そこで浮き彫りにされるのは、まったく別種の真剣さである。この真剣さによって、サド的恍惚が文字と記号の反復のプロセスに結合され、異常な行為がそこから理路整然と無限に再生産されてゆくのである。

第二章　現代的主体としてのサド

不安と戦慄のなかでサドを読む

いまや本書は問題の核心に達している。我々はすでにパゾリーニ、アドルノ、クロソフスキーとともにサド的真剣さに迫ってきたわけだが、その真剣さは次の三つの基本的なシークエンスをつうじて歴史の現実と結びついていた。すなわち、イタリア・ファシズム（パゾリーニ）、ドイツ・ファシズム（アドルノ）、フランス革命（クロソフスキー）である。しかしもっと深刻なものがまだあるだろう。深刻さを超えた真剣さ、不安や戦慄からさほど遠くない真剣さというものがあるはずなのだ——不安と戦慄とは、典型的な「真剣さ」を体現する哲学者ゾーレン・キルケゴールに馴染みのカテゴリーであり、彼が聖パウロから借り受けたものである[1]。

現代的意識——つまり分裂した主体の意識——にとっての不安と戦慄は、調和を希求したギリシャの都市国家にとっての不安と憐れみと同じ価値をもっている。後者における憐れみは、アリストテレスが理論化したカタルシス、つまり悪しき情念の浄化によって可能となるものだった。周知のとおり、現代人から見れば、この浄化法はブルジョワ的でだらしのない緩和法の典型となった。よって、まさにサドが古典的なカタルシスを茶化し、その機能を反転させたとすれば、単なる偶然ではない。サドによれば、人間の悪徳を映し出すスペクタクルには、我々を情念から引き離すどころか、大文字の悪、殺人、姦通、拷問、虚偽、最も残酷な快楽へと駆り立てるねらいがあるという。そして逆にサド的なカタルシスが我々に教えてくれるのは、自分のうちから不安や憐れみを取り除く術なのである。というのも、これらの感情が人類の不幸の原因であるからだ。(2)

『不安と戦慄』——キルケゴールの著作——はといえば、これは本質的に供儀の問題と、宗教的なものによる供儀の宙吊りの問題をめぐった考察である。供儀というのは、サド的な行為と語彙の核心にありながら、リベルタンとその犠牲者のあいだに生起する事態を示すものである。(3) そこではこう言うことができるだろう。サドが不安と戦慄をもって読まれるとき、つまり読者がサドのおかげで供儀をめぐる問題の重要性をこの問題がもつ最も過激な強度において認識するとき、サドは本当の意味で真剣に受け止められているのだ、と。最も過激な強度においてというのは、供儀を廃することとの不可能性と不能性を確認することによって、という意味だ。この不可能性＝不能性のうちには、宗教的なもの、倫理的なもの、イデオロギー的なものが見出せるからである。

過激な強度というのは、サド的供儀——殺人——がそれ自体のもつ執念、人間が（性別を超えた）性的対象としての他者に対して抱きうる唯一にして真の計画でありたいという執念に帰されているからである。以上のような不安と戦慄から生じた読解は、大量虐殺による死体の山が人々の目に焼きついている戦争直後においては、偶然によってなされるものではない。

いったい誰が不安と戦慄をもってサドを読むのか？　まさしくここで、バタイユとブランショという二つの名が立ち現れてくる。サドによって恐怖のただなかに投げ込まれたのは、彼らなのだ。

彼らはまずサドを読むという行為じたいにこだわった最初の人たちであり、この行為を特殊な経験として映し出した。もっと言えば、真の試練として映し出したのだ。サドを真剣に受け止めるという行為は、読むという行為それじたいを真剣に受け止めることを条件にしている。後者はモーリス・ブランショによって明確に体現されている真剣さであり、彼はあらゆるサドの読み手のうちで最も真剣な者である。しかし、読むという行為を過剰なほど真剣に受け止めたのは、現代性（モデルニテ）全体ではなかったか？　バルトからラカン、フーコーからドゥルーズ、はてはパゾリーニにいたるまで、読むという行為を最高度にまで引き上げることが問題にされていたのではなかったか？　読むことは真剣な行為であり、こうした真剣さ、つまり現代的な真剣さがなければ、まちがいなくサドは珍本マニアや色情狂の好奇心の対象に留まりつづけていることだろう。

真剣さの条件とは、反射性（レフレクシヴィテ）＝反省性である。反射性のないところに真剣さはない。物事がそれ自身に返ってくることがなければ、物事がそれと関係を結んでいる主体のところに反射してくるのでなければ、読む行為が読者に跳ね返ってくるのでなければ、読む行為がその行為じたいに跳ね返ってくるのでなければ、真剣さなどありえないのだ。事実、サドの真剣さを語ることはすなわち、サドを読むという行為のうちに賭けられている真剣さを語らなければならないということなのである。

サドに引き起こされた恐怖について語りつつ不安と戦慄を喚起するのは、まずバタイユである。サドにおいて「情念の暴発」は誰も望まない一つの世界を構成しており、「なぜならそれは人を怖がらせるからだ」[4]。こうした本質的恐怖は、ブランショの場合でもそうだが、人間のうちにある根源的な断絶へと通じていて、そこから人間の奥底に「自らの恐怖に決して屈したくないという要求」があることがわかる[5]。しかしあまりに根源的な恐怖であるがゆえに、この恐怖に向き合うためには、サドを読んでいる間じゅう飛びのいていなければならない[6]。この恐怖は内面的な断絶にだけでなく、世界との関係のなかでの断絶に由来している。なぜなら、この恐怖は現実的なものを剥き出しにすることができるからだ。サド作品のおかげで、「人間の精神はありのままの姿と釣り合っている」[7]。つまり供儀と相応になるということだ。というのは、バタイユにとって、供儀は現実的なものと同義語であり、現実的なものに向かって開かれた扉であるのだから[8]。

ブランショもまた同じくらい強烈な真剣さをもってサドを読む。彼が我々に伝え、検討をせがむ最初の事柄は、サドのスキャンダルがもつ力であり、キルケゴールが言ったのときわめて近い意味での力である。というのも、サドが引き起こした傷は計り知れず、そこではまさに「絶対的なもの」が問題とされているからだ[9]。

別のところで、ブランショはサドを読む行為——「内に暴力を秘めた読書」であり、そこでの暴力は「残酷なストーリー展開」をはるかに超えてゆくだろう[10]——によって想定される過激な暴力を明らかにしている。こうした話題をとおして、彼は「過剰」というカテゴリー、つまり「過剰の要請」を捉え直しながらバタイユに合流するのだ。そこでもまた、ブランショは読むことの強度を真剣に受け止められた罪としての犯罪と結びつけている。「犯罪には輝かしい力、挑発の自由、訴えかけてくる美しさがある。これらはつねにサドの言葉を高ぶらせ、同時に彼の心を煽り立てるのだ[11]」。

しかしながら、ブランショの喚起した恐怖は必ずしもバタイユのそれではない。前者は後者と同じものでありながら、違うものでもあるのだ。バタイユのパニックのような激しい恐怖に(「聾者でもないかぎり、病気にならずに『ソドム百二十日』を読みとおせる人など誰もいない[12]」)、ブランショは「無気力的」と言えるような恐怖——『ジュリエット物語』の過激なリベルタンたちが欲望について言っていたような「無気力」——を対置する。冷静で、完全に統制された恐怖、凍りついた恐怖、端的に言うなら、茫然とした恐怖である。

しかし『終わりなき対話』の別の一節において、ブランショは自身にとってサドを読む行為がどれほど意味のあることかを遺憾なく語っている。「サドの理性」について論をエスカレートさせてゆくところで、彼はすでにこう書いていた。「サドを読むことは、ほとんど不可能である[13]」。

私が思うに、読むことの純粋な幸せ、読むことのうちにある必然的に清らかで高潔なものは、サド作品に対立することでしかもたらされない。ある時は作品を実際よりも無邪気なものに仕立てあげ、ある時は逆に単純に淫らな意味づけをして、作品がもつ真にスキャンダラスな力から非常に遠ざかった意味合いを含ませる。作品のスキャンダラスな力とは、正確に言えば、人々が軽蔑をもって読みづらさと呼ぶところのものである。そう、サド作品は読みづらい、しかしそのことで、読むという無邪気な行為を再検討に付すことができる。

――しかしサドは読まれることを望んでいる。

――彼自身はそう望んだが、彼の作品はそう望んでいない。

――にもかかわらず、彼の作品は読まれている、読むという行為とは無関係に読まれている。[14]

ブランショ以上にサドを真剣に受け止めることがどうしてできようか？

サドのテクストのおかげで、読むという行為は自身の本質を捨て去る。一つの幸せな本質、書物の平穏な内在性のうちにとりついた純然たる幸福を放棄してしまうのだ。サドのうちの何かがこうした読書の本質的幸福をかき乱しにくるわけだが、そこでの読みづらさとは特効薬のない毒である。「読みづらさ（イリジビリテ）」はきわめて重要な言葉であり、サド的スキャンダルの表面上の効果、ブランショが言うところの「単純に淫らな意味」を和らげるねらいをもつ。「読みづらさ」は他の読者たちにおいてはかなり多様な意味を呈している。ラカンにとっては退屈すぎて「耐えられない読書」という意味であり、[15]あるいはモニック・ダヴィッド＝メナールの場合のように、性的刺激が強すぎて耐えられないという意味もある。「自慰をするために定期的にテクストから離れることなしに、『閨房哲学』を読むことはできない」[16]。つまりサドの読みづらさとは、下品な意味においてではなく、エクリチュールが過剰なかたちであらゆる可能な読み方（レクチュール）に及んでいるからなのだ。

サドを徹底して真剣に受け止めると、必ず同一化のリスクがつきまとってくる。だからこそバタイユは、自らの発言にニュアンスをつけ、そこからいつでも反転しかねない事柄、まるで幻想の罠に引っ掛かったかのように意味が逆転してしまう事柄を入念に取り除くのである。こうして彼は自らが設営した「冗談を言うことのタブー」の傍らにおいて、反対推論（ア・コントラリオ）に従いながらこう述懐する。サドを字義どおりに受け止めることほど虚しいものはないだろう、と。[17] 彼がサドに対してとる態度は、サルトルのジュネに対する態度と重なるときがあるようだ。すなわち、ジュネを称賛することができないという態度なのだが、我々がジュネを称賛すれば、彼の思想の面白味を失わせることになるので、サルトルはこの不可能性のなかに我々を追い立てるのである。[18] 結局、時折であり非常に束の間のことであるが、バタイユにはサド思想の哲学的力を疑うふしがある。実際、バタイユは、サド思想が作中人物たちをとおしても行動原理そのものを伝えられず、悪の原理や呪われた要素の原因を提示できていないことを証明したがっている。[19]

バタイユより控え目であるが、ブランショはサドを大げさに読んでいるにもかかわらず、この作家に特有の「感じ取れないほど微かなユーモア」を指摘している。[20] ある意味での予防原理、つまりはユーモアがあるというのだ。ただしこのユーモアは「感じ取れないほど微かな」と形容されており、おそらくこれは、サドの笑いがその感知不可能性じたいからして恐怖政治に由来していることを言いたいのであろう。我々はフローベールの子供じみた哄笑からも、ブルトンが好んで聴取した詐欺師の笑いからも遠いところにいる。だとすれば、「感じ取れないほど微かなユーモア」にかんして、キルケゴールが『不安の概念』のなかでユーモアとアイロニーを対置しながら書いたのと同じことがここで言えるのかもしれない。すなわち、ユーモアは倫理からの脱出と解放を一時的に可能にしてくれるということ。[21] ユーモアによって、どんなものにもあらゆる意味を与える可能性が守られ、物事を互いに無差別なものにすることでき、そうなることで物事を弄ぶことが許され、すべてが可能となる。

要するに、サドを真剣に受け止めるには、純情なお人好しであるよりも、狡猾な目利きになることがより強く求められているのだ。

サドの脱ナチス化

バタイユの悲壮なパトスとブランショの無気力なパトスは、読書という絶対的な経験を際立たせるだけのものではない。これらのパトスがもつ真の影響力とは、哲学的なそれである。

哲学的とは現代性（モデルニテ）が言う意味での哲学的であり、つまり本質的に政治的という意味だ。そのときのサドは時代――現代――のパラダイムを変えるような言説のいくつかを作り出すきっかけであった。サドが真剣に受け止められたのは、彼が究極の同時代人、我々自身がそうありえたよりもずっと同時代的な存在、つまりは最重要の同時代人にされたからである。

こうしたサドの真剣な受容の前提条件は、アドルノとパゾリーニが鎖の両極端の時期（一九四七年と一九七五年）に行った作業のそれとまったく逆である。つまり、今度はサドを脱ナチス化しなければならないというわけだ。

サドからナチス的なものを除去すること。というのも、戦後直後において、サドはナチスの恐怖を表すのに便利な象徴のステレオタイプになってしまったからであり、逆に言えば、ナチスの恐怖はサド的比喩のなかで捉えられ、理解されるきらいがあったからである。アウシュヴィッツの囚人たちの皮膚でできた入れ墨模様の電灯の笠（シェード）――これはセリーヌやジュネが喜々として喚起し[22]、逆に美しい魂の持ち主たちが慄きながら語ったところのものだ。レイモン・クノーは「サドが想像した世界がゲシュタポ、拷問、収容所の支配する世界の幻覚的予兆である」ことについて語り[23]、ミシェル・レリスは一九四七年にガス室、死体焼却炉、優生学をサドと絡めながら語るわけだが[24]、これらの発言は、サドの英雄たちが――ブルトンがおそらく思い描いたように――シュールレアリスム的なまやかしの次元にいないことを表している。いくつかの極限状況があり、サドはそこで歴史的現実のなかに地位を占めることができているのだろう。つまりサドの脱ナチス化とは、抑えきれないイメージに向けて発せられた具体的な至上命令なのであり、問題となる諸々のイメージは、強制収容所から来た最初の写真や最初の証言によって、サドの重大なシーンや激しい拷問の描写を読んだときの記憶と重ね合わされてしまうのだ。

この問題は違うふうに言い換えることができる。ナチス的主体を倒錯的主体、サド的主体として表象するという問題である。ナチズムをサド化してしまうこうしたリスクに対して、互いに矛盾した多くの応答が差し出される。たとえば、ハンナ・アーレントが考え出した悪の凡庸さはその一つだが、彼女はナチスの威光の想像的部分を割り引いて本質を捉えようとした。ラカンも同様に応答したが、彼は現代の黙示録の原因を倒錯者の快楽にではなく、官僚の非人称的服従に帰した[25]。さらに、クロード・ランズマンは「ショアー」という映画によって応答する。というのも映画なら恐怖が絶対的にそこにあり、ショアーのイメージがもつ悲壮的不安によって歪められることが決してなく、またこうした傾向によって倒錯的関係が抑制・緩和されるからである。快楽との関係の核心部分に、ガス室のなかでの出来事を見ることへの幻想があるのは言うまでもない。これについては、セリーヌが『ギニョルズ・バンド』の草稿のなかで完璧に描いてみせた[26]。

サドをナチズムから救うのは、厄介な仕事である。絆をすべて打ち消してしまえば両者を近づけることになり、否応なく伝染のプロセスが発動してしまうからだ。これはバタイユとともに、つまり一九四七年五月十二日の大掛かりな講演（「プラトニズムにおける悪、サディズムのなかの悪」）につづく質疑応答の議論のなかで浮上してくる問題だ。ナチズムの問題は講演中には明らかなかたちで話題にされず、間接的にほのめかされている程度なのだが[27]、死体焼却炉のテーマにかんして聴衆の一人から質問が及ぶと、突然この問題が回帰してくる[28]。バタイユの回答は以下のとおりだ。

その観点からすると、核心はサドによってもたらされたように私には思われる。事実、彼は自身に固有のものであった諸々の暴発のなかに冷淡な関心が介入してくるのを一瞬たりとも認めない。まさにこの意味で、『閨房哲学』で提示されている悪の定義が、我々の目撃したドイツ人の所業すべてに対する激しい糾弾になっているのだ。なぜなら、これは明らかな事実だが、サドが『閨房哲学』で考察していた恐怖政治期の処刑に比べられると、ナチスの処刑はサドが提示した諸々のイメージや暗示とよりいっそう合致していたのだから。またそれだけでなく、サドが恐怖政治期の処刑に対して唱えた基本的な異論にも始終対応していた。というのも、ブーヘンヴァルトやアウシュヴィッツで猛威をふるった情念の暴発は、最初から最後まで、理性の統治下での暴発であったからだ。[29]

非常に重要な発言であり、一語一語が重い意味をもっている。まずバタイユは強制収容所のイメージとサド的イメージのあいだに視覚的な照応関係を認めている（「ナチスの処刑はサドが提示した諸々のイメージや暗示とよりいっそう合致していた」）。しかし、一つの差異がすべてのアナロジーを無効にしてしまう。さまざまな恐怖がかつてないほど暴発した場としてのアウシュヴィッツは、理性の支配のもとで成立したというからだ。ところで、バタイユによれば、国家の死刑に対するサドの批判は、殺人の根拠としての理性の非合法化を根拠にしているという。

サド作品、とりわけ『ジュリエット物語』と『新ジュスティーヌ』——後者では殲滅の計画がそのまま具現化されている[30]——に多く見られる大量虐殺にかんしては、次のことに気づかされるだろう——怜悧な理性こそ大量虐殺の原動力にほかならず、つまりそれは無気力という概念をつうじて行われる[31]。犯罪が単純な性的衝動や一時の気まぐれといった脆弱な偶然性と無関係に行われるためには、無気力によってリベルタンが抑制されていなければならない[32]。そもそもサドを論じる際に理性の領域が排除されているというのは別の問題をいくつか生じさせるのだが、実際、先の質疑応答で別の聴講者は、バタイユが理性という概念についてあまりに不完全で限定的なヴィジョンしかもっていないことを批判し、正確にもカントの名を引き合いに出している。アドルノのおかげでその重要性がすっかり確認されたところのカントである。これに対して、バタイユは次のようにしか答えることができない。「この点について、私は答えるよりもむしろ学びたいと思っている」[33]。当時、サドを合理化するのに、アドルノしかいなかったわけではない。シモーヌ・ド・ボーヴォワールもまた、『サドは有罪か』において、サドとカントの結びつきを主張している。彼女はこう書く。「カントの厳格さと類比的な厳格さ、同じピューリタンの伝統を起源とする厳格さによって、サドは自由な行為を感性がことごとく除去されたかたちでしか理解しない。もし彼が情動的な動機に従ったとしたら、我々を自立した主体にではなく、自然の奴隷に再び仕立てあげてしまうことだろう[34]」。

ボーヴォワールとアドルノは真実を突いている。サドの残虐行為には理性も冷徹さも排除されていないのだ。サドの死刑批判のなかで非正当化されているのは法であり、理性ではない。そもそも法はサド作品において何事につけ否認されており、こうした否認によってサドは、一個人に逆らって集団が打ち出した限界のすべてに対して、厳密な意味で貴族主義的な視点を呈示しているのである[35]。しかし、サド作品における理性の地位にかんしてバタイユが犯した間違いを超えたところに、彼が悪戦苦闘するところの、重大で不可避な混同を表す別の事柄がある。彼が手始めにアウシュヴィッツとサド的シーンのあいだに認めるイメージの類似性である。なぜならこの類似性を認めることでバタイユは、サドの想像物がアウシュヴィッツで作動しうるという考え、つまりその想像物がサドのテクストから逃れて歴史的現実――拷問という総合が行われるだろう現実――に移転できるという発想を暗黙のうちに飲み込まざるをえないからだ。ここにはバタイユが行った操作の脆弱性――たしかにそれは即興的になされている――が見てとれる。だからこそ、サドとナチズムのあいだに厳密な仕切りを打ち立てなければならないとき、たとえばフーコーなどはバタイユほど念入りな予防策をとらないのである。フーコーはこう書いている。「ナチズムは二十世紀の偉大なるエロティックな狂人たちではなく、これ以上ないほど不吉で退屈で下衆なプチブルジョワたちによって発明されたのだ。ヒムラーはほとんど農学者であり、一人の看護婦を妻としたのだった。強制収容所は病院看護婦と養鶏業者の想像力の結合によって誕生したということを理解しなければならない[36]」。

しかし我々はもはや一九四七年に身を置いておらず、一九七五年にいるのだ。この間にパゾリーニはタブーと縁を切った。よってナチスの人間たちにかんして言うなら、諸々のイメージじたいのなかでこそ、彼らのサド的側面を否定しなければならない。

虐殺者に抗するサド

サドの脱ナチス化が敬虔なものでありつづけるには、サドを現代的な用語で語らなければならない。つまり内容の単純な突きあわせ、情念と理性の対立、両者の相似や相違によってではなく、公理的方法に則って語らなければならないのだ。

国家の残酷性に対してサドの残酷性を避難させる作業は、バタイユにおいて、二つの時期にわたって展開される。最初は一九四七年九月・十月号の『クリティック』誌に掲載され、後に『文学と悪』に収録された論文の時期である。第二期は、第一期よりはるかによく練り上げられており、一九五七年の『エロティシズム』に収められた「サド、至高の人間」の時期に相当する。

『クリティック』誌の論文は、情念的論理と合理的論理のあまりに素朴な区別を忌避しているが、この区別はそもそも同年に行われた講演で提案されているものだった。論文の要諦は罪と罰とを対立させることにある。問題は高いレベルにまで、すなわち快楽と秩序、侵犯と抑圧とを峻別するまったく概念的なレベルにまで引き上げられている。サドから引き離されなければならないのは、ナチズムだけではない。支配は権力の同義語でしかありえないと主張するすべての言説からサドを引き離さなければならないのだ。こうした分離は体系化を促すような一つのパラダイムを生み出す。そこでは、サドの側に立つと、罪・過剰・危険・消費・本来性が見出され、逆の立場に立てば、処刑・抑圧・権力・国家・有用性が得られるであろう……。

自らの思想をこれ以上ないほど正確に表現したがるバタイユは、その思想を彼が言うところの「現代人（モデルヌ）」の権威の下に置く。「現代人は、欠点を含みながらもより正確な用語をつかって物事を語る。情念が引き起こす犯罪は、危険なものであるとしても、依然として真正である。抑圧にかんしては事情が異なる。抑圧は一つの条件に従っているからだ。もはや真正なもの＝本来的なもの（オタンティック）ではなく、有用なものを求めなければならないという条件である(37)」。

これで十分なのか？　おそらく十分ではないだろう。バタイユは『エロティシズム』でさらに先へと行っているからだ。経験（論）的な概念を超えていかなければならない。上述のように現代人が語る言説の一つ――その意味がもつ力と強度によって時代を席巻することになるだろう――を定式化しなければならない。

以下のことが公理である。真の虐殺者は、サドと違って、自らの暴力を語らない。暴力をそのものとして語ることが決してない。彼は暴力の言語ではなく、もっぱら権力の言語をつかうのであり、この言語は彼の行為に高尚な理由を付与し、善と必要性の言説を展開させるようなアリバイをもたらすことで、暴力を弁解かつ正当化するのだ。虐殺者の言語とは国家の言語である(38)。これはフーコー、とりわけ六〇年代のフーコー、そして現代性（モデルニテ）を標榜する大半の人たちに見出せる基本的命題であろう。たとえば、バタイユのこうした発言を、後のドゥルーズがサドとナチズムの邂逅可能性を決定的に無効にするために取り上げている事実に注目しよう(39)。

サドと虐殺者（ナチスであろうとなかろうと）との区別は、具体的経験・内容・意志といった面においてはもはや問題にならないが――この点で我々は現代性のなかにいる――、言語・形式・構造という面では意味をもつ。サドと虐殺者があらゆる内容を超えたところで決定的に峻別されているのは、言語のなかで両者が互いに独立した関係、全く逆のポジションを呈しているからなのだ。虐殺者は自らが科す暴力を黙して語らず、サドの虐殺者はそれを語らずにはいられない。言語じたいが、言語のみが、両者を大きく分かつ厳密な場ないし空間なのであり、そこでは言語に対する基礎的地位の付与だけでなく、言語の政治的・倫理的解釈の構築が求められている。

　つまりバタイユにとっては、一方に大文字の社会や悪しき支配の代表、抑圧や秩序の同義語として、自らが犯す犯罪の暴力を語らない虐殺者がおり、他方には虐殺者ではないサド的主体がいる。虐殺者でないというのは、彼が自らの暴力を語り、それを善の言説の陰に隠蔽しないからだ。唯一真の暴力とは虐殺者のそれ、つまり語られることがない暴力のことらしい。サド的主体はといえば、彼は「暴力の特質であるこの深い沈黙、暴力の存在を決して語らず、それが存在する権利も決して認めない沈黙、この権利を何も語らぬまま存続する沈黙に背いているのだ[40]」。

　こうして、サドのテクストの暴力は非暴力となり、社会の語られない、隠蔽された、従属的な営為だけに宛てられた暴力から免れるのである。言語がすべて、言語のなかでの態度鮮明がすべてだとしたら――一方には沈黙するという態度、他方には語るという態度――、絶えず反転を繰り返しながら、諸々のパラドックスを極限まで展開していかなければならない。その結果、サド的暴力は語り（パロール）となり、暴力の語りとなるのだ。語りによってこの暴力は消去されるわけだが、そこでのサド的語りはそれじたい根本的な沈黙と結びついていることが明らかとなる。サドは「沈黙の生の名において、完全なる孤独、否応なく無言の孤独の名において」語るのだ[41]。こうした「無言の」あるいは「沈黙の生」は国家の沈黙とまったく逆のところにあるものにほかならない。国家の沈黙とは、陰険な沈黙であり、暴力を黙して語らないことであるが、実際は果てしなく語っているのであり、そこでの虐殺者は、同胞たちに向けて国家を正当化しアリバイを確保するような演説をぶっているのだ。

国家の沈黙とサドとの対立がついに反転してしまった。一方には饒舌な沈黙、国家と法の沈黙があり、他方には、沈黙の語り、サドの語りがある。沈黙の語りというのは、それが言語の核心にあるコミュニケーションの原則と手を切っているからである。サドは同胞をもたない孤独な人間であり、その語りは決して何かを正当化する弁解ではない。だからバタイユは「孤独な人間」――サドを寓意する名――を「段階を追って」全的な否定へと赴き、果ては自分自身の否定にまで行き着き、「自らが起こした数々の罪の泥沼のなかで犠牲者として滅びてゆく」人間として描いている。そしてこう結論づける。「このように暴力は、あらゆる言説の可能性に終止符を打つような形振り構わぬ否定を内に抱えている」[42]。こうした結論は、存在と言語が行き着く窒息状態を示している点で非常にブランショ的と言えるが、現代の思弁的行為に特有の否定的解体の力、すなわち一般的意味の破壊を極限まで導いてゆくものである。

すべてが無に帰されてしまう。すべてが？　いや、沈黙と不可能なものの究極の哲学に回収されない一つの概念がまだ残っている。なぜなら、政治的な概念、つまり犠牲者という概念、犠牲者としてのサドという冗漫な概念が問題とされているからだ。これは究極のパラドックスであり、サド的な語りを非暴力の語りにだけでなく、犠牲者の語りに変えてしまうものだ。「虐殺者の言語の対極にあることで、サドの言語は犠牲者のそれとなる」[43]。

この究極のパラドックス、サド的主体を犠牲者に仕立て、彼の言語を犠牲者のそれに変えるパラドックスを根拠づける命題は、次の基本的な考えに立脚している――犠牲者だけが拷問や責苦を語ることができる。虐殺者はといえば、彼はこの主題についていつも嘘をつく。この命題は厄介である。なぜなら強制収容所の状況を唯一の出処にしているからだ。まるで、是が非でも消去すべきものが執拗に視界のなかに入ってこないと、サドの「脱ナチス化」を遂行できないとでもいうように。実際、バタイユは自分が提出したパラドックスに対して無防備で、これを論理づけする義務にも無頓着であるため、一つの例を急ごしらえで用意する。収容所で自らが被った責苦を語る「抑留者」の話に基づくものだが、バタイユはそこから次のことを確認している――証言の立場を逆にしてみても、同じ話を虐殺者の口から語らせることは不可能である[44]。以上の事実のなかで、虐殺者は自らが科す暴力を語ることができないことの証明――言語的テストによる証明――が得られる。最初に掲げた命題がここで確認され、さらに次のごとく充実化されたわけだ――拷問の描写は虐殺者の作品では決してありえず、犠牲者の視点からでしか生まれえないのであって、犠牲者のみが拷問の／についての言説を語ることができる。

我々はサドをめぐる言説のスパイラルの核心にいる。サド的語り、つまり拷問についての語りは、ナチスの世界と一定の関係をもっているが――バタイユが一九四七年の講演で認めたように――、そこで打ち立てられた関係はナチス親衛隊や虐殺者といった拷問執行人との関係ではない。サドの言説がアウシュヴィッツと取り結ぶ真の関係とは、強制収容所の人間、犠牲者、拷問された人間との関係なのである。

こうした見方――サドに関する絶対的パラドックス――は、虐殺者と犠牲者との構造的区別を温存しているだけに、あるいはこの区別に否定しがたい決定的根拠を与えているだけに、なおさら強烈なものとして現れてくる。そもそもバタイユは、彼の思想をしばしば汚しにくる一種の心理主義に譲歩しながらも、この区別を取り払うことが可能だと信じていたのだ。虐殺者と犠牲者を分かつこの区別は、一九八〇年代から二〇〇〇年代にかけて頻出したショアーをめぐる決まり文句へと通じてゆくだろう。「虐殺者は我々の同胞である」[45]。

バタイユがここで提出する権力の言語とサドの言語の対立はきわめて重要だ。なぜなら、この対立はまさに現代性（モデルニテ）が決定的なやり方で展開していこうとする重大なドグマと一致するからである。たとえば、ロラン・バルトはブルジョワ社会を匿名的社会、沈黙の社会と定義するだろう。永遠にアリバイの言説を述べ立てつづける社会であり、この言説は社会という存在の暴力性を婉曲語法の言説のなかで溶解させることを重要な課題としている。バルトが言うところの（「前命名 ex-nomination」）の実践であり、そこでは彼自身の固有名――「ブルジョワジー」――にかんしてまでも、沈黙が要求されている[46]。もちろん、こうしたバルトの分析はバタイユが描いた虐殺者にも適用される。そこでの虐殺者は自らの行為を欺瞞的で神話的で教化的な語りによって言語化することで、その行為から現実的な暴力を引き離すのであり、そうした語りのなかで彼の暴力は虚構をとおして消去されてしまうのだ。

我々はここで、これまでにないほど現代性の言説の渦中に浸かっている。歴史的・経験(論)的・個人的・挿話的なサドが消え去り、自身が表象する概念に生成しているからである。つまり国家的暴力の語られることのない本質と、逆にすべてが語りつくされる、拷問としての暴力の本質とが対置されているのだ。サドのテクストは一種のオペレーターになってしまった。このオペレーターをとおして、完璧に練りあげられた言説装置、サド作品の個別の問題を超えて形成される言説装置がその真価を発揮しているのだ。

こうした言説装置は現在の我々自身を理解しようともくろみながら、解放の思想に重くのしかかる障害物、すなわち善という障害物を取り払うことを本質的な目的にしている。よき感情の古典的倫理を体現する「大文字の善 Bien」、二十世紀はこれを破壊することを自らの使命にしている。しかもこうした破壊は、構造としての言語に——サルトルが考えつづけたような意志・投企・道徳的規定にではなく——基本的役割を付与することで、つまり言語じたいがもつ弁証法的分割の無限の可能性のなかでこの役割を宛てがうことでなされる。真の道徳とは、善の抽象的で欺瞞的なカテゴリーのそれではない。真の道徳は、主体が言語のなかで/に対して採用する構造主義的立場のうちにしかない[47]。

サドとナチズムとの区別が重要なのは、第二次世界大戦の諸事件との親和性だけでなく、哲学的議論それじたいのせいでもある。したがって次の点に留意しておくことが肝要だ——バタイユはここでサルトルが『存在と無』で行ったサディズムについての見事な分析と真っ向から対立しているのである。『存在と無』の出版が一九四三年であることを忘れないようにしよう。

猥褻・恩寵・美・人為性・サディズムをめぐるサルトルの非常に優れた分析については、ラカンを論じる際に、再び採り上げることになるだろう。ここで我々にとって重要なのは、サルトルが最終的に犯した逸脱であり、この逸脱のせいで彼は現代的な読み手（モデルヌ）たちから引き離されてしまうのだ。例の重要な章全体をつうじて犠牲者と虐殺者との関係をサド的なサディズムの用語をつかって分析しているにもかかわらず、サルトルは突然「拷問」から政治的尋問へ、あるいは尋問の際の拷問へと話題を変えてしまう。(48)犠牲者はもはや常軌を逸した快楽の対象ではなくなり、サツに尋問される囚人になってしまうのだ。そして拷問執行人の質問に答えることを受け入れるとき、囚人の自由は消滅する。『ジュスティーヌ』から『壁』の最初の短編へと密かに移行がなされたのだ。(49)ところで、バタイユが言ったことは正しい。ファシスト、コミュニスト、ナチスといった虐殺者が行うサディスト的尋問とは違って、サド的儀式はいつだって過激で、激情に駆られた、大げさな言葉（パロール）を差し出しているのであり、その言葉は恍惚と戦慄を熱望しているのだ。いかなる明快な答えも、期待されていない。

サドの戦慄

『エロティシズム』の「サド」の章末において、バタイユは最も突出した命題のすべてを深く掘り下げようとつとめる。暴力をただそれが反省的性格を呈しているという理由だけで真逆のものに反転させてしまう、サドの言語にまつわる命題である。おそらく、明かしえぬ神学のようなものに満ちた命題なのだろう。(50)この命題がバタイユにとって古典的倫理の袋小路から脱出するための道具であることが容易に見てとれるし、また、この命題が現代性の領野にとっていかに重要なものであるかがすっかり見極められる。この領野においては言語の反射性＝反省性という概念が支配的であるからだ——とりわけ『言葉と物』のフーコー、「盗まれた手紙」を読解するラカン、『S／Z』のバルト、『『資本論』を読む』のアルチュセール、『意味の論理学』のドゥルーズの周辺において。

バタイユによれば、サドのエクリチュールじたいが、単調さ、度重なる中断、過剰さ、妄想と支離滅裂な言動の混交によって、我々を暴力から守ってくれているという。ひたすら我々にリスクへの意識を持たせることで我々をそのリスクから引き離すという、高山の頂の効果と同じだ。さらにバタイユはこう付け加えている。もしそこで我々が震え慄くとすれば、震え慄く自分自身を目の当たりにしているからである、と。

こうした震えは――我々はここに不安と戦慄のテーマを再び見出すわけだが――、意識が真の恍惚状態に陥る可能性のことである。もはや意識はいかなるかたちでも秩序に復帰することができず、そこでは疎外の領域が偽装された形態で表されることだろう。バタイユにとって、サドは意識の作動条件を現実的に変更することができるのだ。意識はもはや欲望を刺激する対象をとおして自分自身を意識することがない。ただちに、意識はこうした欲望の高まりのなかだけでしか息づくことができなくなり、その高まりにおいて、主客の区別を抹消する機縁となる暴発が起こるのである。[51] つまり一つの空虚、つねに反省的な空虚の形、存在が真に恐れ慄く場所、バタイユが定義したような供犠的なものの空間が生じてくるのだ。周知のとおり、これはラカンが倫理に関する講義(セミネール)において厳しく批判する命題である。ラカンが言うように、サドは「錯乱としての存在の引き受け」を可能にするどころか、社会的なものへの基本的なリファレンスを保持しているのである。[52]

第三章　モーリス・ブランショとサド的否定

ヘーゲル、サド、否定

　バタイユの発言の裏側あるいは行間に、モーリス・ブランショの微かな声をしばしば聞かずにはいられない。ブランショの真剣さは、最も極端で、最も大胆で、おそらく最も謎めいた真剣さである。

　ブランショは想像力を駆使してサドを次のように描写したが、そこには彼自身の肖像が描かれていないだろうか？「彼は一人の貴族である。自らが居を構える中世風の城の銃眼に愛着をもっていた貴族、寛容でやや臆病で、慇懃無礼な人間。しかし彼はものを書いている。ただひたすらに書いている[1]」。

　ブランショにはサドについて三編の偉大なテクストがある。ちなみに、それらに先立つ序文的役割を果たしうるきわめて印象主義的なテクスト、一九四六年以来ブランショが『クリティック』誌に発表したサド論があるが、これは「サドに関するいくつかの考察」というタイトルでまとめられながらも、著作に収録されることはついになかった[2]。偉大な三編のテクストとは以下のものである。ひとつは『現代』（タン・モデルヌ）誌の一九四七年十月号に掲載された「サドを迎えに」であり、これは「サドの理性」と改題されて一九四九年の『ロートレアモンとサド』に再録された。次に一九四七年十一月と一九四八年一月の『クリティック』誌に発表され、翌年の『火の分け前』〔邦題は『焔の文学』〕に挿入された「文学と死への権利」があるが、これは内容すべてがサドに関するものではない。最後に一九六五年十月の『新フランス評論』に発表された「重大な無作法」〔邦題は「法を破ることの不可抗性」〕、これは「蜂起、書くことの狂気」というタイトルで一九六九年の『終わりなき対話』に収録されている[3]。

我々は再びヘーゲルの問題を取り上げなければならない。難しい問題だ。なぜなら、ブランショの著作におけるヘーゲルの地位はきわめてわかりにくく、時に矛盾を孕んでいるからである。ブランショをヘーゲルの「犠牲者」と捉え、彼のエクリチュールが「システム」から免れえていないと判じる読者もいれば、一九七六年のフーコーのように[4]、ブランショを反ヘーゲル的機械とまで見なす者もいたわけだが、ここでもう一つ別の仮説が提示されるだろう。この仮説は二つの時期に要約される。最初の時期に確認できるのは、コジェーヴやバタイユによって発見されたヘーゲルの肖像に魅惑されながらも、ブランショが非常に早い段階でヘーゲルの否定性の不十分さを前提として指摘したことである[5]。第二の時期に認められるのは、サドが特別な名であり、ヘーゲルを何とかして乗り越えようとつとめた時期に援用されつづけた名の一つであるということだ。これはあくまで一時期の間のことである。というのは、サド的否定は最後までその威光を維持できないからだ。『明かしえぬ共同体』（一九八三年）において、サドとの決別が執り行われることになるが、この決別はレヴィナスという第三の名をとおしてなされるだろう[6]。

問題が込み入ってくるのは、ヘーゲルのうちに認められる否定性が欠陥だらけにもかかわらず、ブランショがあいかわらずその否定性に立ち返り、ヘーゲルの懐に再び落ち込んでいかずにはいられないということがあるからだ。誰もがそこから離れたいと願っている対象――ヘーゲル――はあいかわらず維持されている。不可抗力の場合はそこに立ち戻れるように、「システム」の外での自由の眩惑があまりに底知れない（アビサル）とき、ヘーゲルの欠陥を一種の逃げ場——休憩所——にできるように。(7)

したがって、ブランショが彼に相応しい思想を展開する場所であるところのこうした深淵（アビーム）は、サドという名をはらみながら、否定という概念を抱き込んでいる。弁証法的総合には還元しえない、何ものにも還元しえない否定である。「還元しえない」という語では弱い。なぜなら、この語はあまりに抽象的であるために、ブランショが否定のなかに投資するエネルギーや力を指し示すことができないからだ。とりわけ『現代』誌に発表され、『ロートレアモンとサド』に収録された彼の最初の偉大なテクストの場合がそうである。ブランショによれば、サドはまさしく「否定の超越性」、否定のもつ超越的な権力のもとに我々を導いてゆくのであり、この点においてサドは唯一の存在なのだ。

否定の超越性

まずブランショはクロソフスキーの解釈を次のように要約する。サドにおいて、否定は自身が消去するものを最終的に再導入するのであり、そこでは、まるでヘーゲルの教理のように、神が「隣人」とまったく同じく——両者がともにサド的主体によって否定されるにもかかわらず、あるいは否定されるがゆえに——放蕩家（リベルタン）の意識と分かちがたく結びついていることが前提とされている、と。しかしブランショは恭しい回収の手つきとして現れる可能性のあるものに反駁し、そこで弁証法を一つの機能に送り返してしまう。ブランショ自身に固有のものであったにちがいないその機能とは、アルチュセールがこれについて後に行った批判を信じるなら、秩序への回帰である。

こうした反駁はきわめて印象的な言い方で表されている。

> 我々が思うに、サドの独自性は、否定の超越的な力を人間の至高性の根拠にするという極端に堅固な思い上がりのうちにある。否定の超越的な力は、自らが破壊する対象にまったく左右されず、諸々の対象を破壊するにあたって、それらの来歴を想定することさえしない。なぜなら、破壊するときに、それらの対象をつねに、すでに、以前から無価値のものと見なしていたからである[8]。

この魅力的な発言においては、あらゆる要素が重要性を帯びている。エクリチュールとそれが描き出すものとの著しい密着を表す副詞と形容詞（「つねに、すでに、以前から」「極端に堅固な」）、パラグラフの核心にある概念――「否定の超越的な力を人間の至高性の根拠にする」――、あるいはサド的プロセスが示される最終部分も重要だ。「なぜなら、破壊するときに、それらの対象をつねに、すでに、以前から無価値のものと見なしていたからである」。

こうした否定の超越性は、きわめてサドに特徴的であり、サドを唯一の存在に仕立てあげるものであって、かりそめの思想ではない。ブランショはこの超越性を三つ目のサド論（一九六五年の「蜂起、書くことの狂気」）で再び主張するのだが、そこでは幾度となくヘーゲルに反抗しつつ、「否定の超越的な力を人間の理に適った至高性の根拠にするという何よりもサド的な思い上がり」を強調して書いている[9]。

否定が肯定するもの、それはヘーゲルの場合のように消去されたものを思考された形で復元することではない。それは「折衷」とまったく反対のものだとブランショは言っている。それは衝撃的な出来事であり、その経験のあらゆる瞬間と一致し、そこから「全体的人間」が語られるところの出来事なのである[10]。ヘーゲルをとおしてもサドは理解できず、サドの弁証法はヘーゲルのそれではない。それは「現代的な意味での」弁証法なのだ、とブランショはこれ以上の説明をすることなく書いている。[11] 総合なき弁証法、あるいは総合によって新奇なもの、未知なもの、不可能なものが現実的に露わになるような弁証法である。

ブランショのテクストは時に曖昧であり、そうしたなかでしばしばヘーゲルに立ち返ってしまう。ヘーゲルの哲学的に突出したいくつかの部分を誇張しながら、それらをサドに適合させてしまうのである。しかし実際は、別のことが問題になっている。サドを反ヘーゲル的存在に仕立てるというだけでなく、もっと大胆に、同時代の十八世紀からヘーゲルをすでに乗り越え、先取りし、予告し、あらかじめ無効にした者として捉えるということ——なぜならサドは、全体から出発したからこそ、唯一のものを獲得するにいたるのだから。これが「現代的な」弁証法なのだ。全体性の問題に取り組むことを諦めるのではなく、全体性をその乗り越えの内容そのものにすることで問題を克服してゆく。すなわち、例外や唯一のものにアクセスするということである。

サドは「すべてを語る」ことによって『ジュリエット物語』を締めくくり、「すべてを知る」ことによって『ソドム百二十日』の世界をつかさどる。全体化を志向するサド的な力は、否定によって大仰になるきらいもありながら、唯一的人間という純粋できわめて特異な存在へと導いてゆくものなのだ。フーコーはこうしたブランショの命題を以下のような説明によって正当化するだろう。「すべてを語ること」——サド的「全体」——には、「あらゆる可能な言語、すべての来るべき言語を、おそらく誰も聴取できないであろうこの唯一的言説の至高性に帰着させるという計画」が示されている、と。[12]

つまりサドはキルケゴールのようなもので、言うなれば成果を挙げたかもしれないキルケゴールなのだ。ヘーゲルを乗り越えることを可能にしていたのは、純粋さでもなく、似た意味をもつ言葉で多重化された貧弱な自画像でもなく、[13] 放蕩や残虐性あるいは欲望であり、全体に対する躊躇のまったき欠如なのである。

全体から唯一へのこうした移行、全体のなかに唯一のものを挿入する手つきは、ヘーゲルとの関連から重要であるというだけではない。唯一のものがサドの概念的な名になるという事実からも重要なのだ。ブランショはサドを寓意するこの変名を絶えず用いている。「こうした動きをとおして、唯一のものは……から免れる」「唯一のものはただちに主張する」[14]。我々はバタイユとともにすでに予感していたものを再び見出している。すなわち、サドは特殊なものの名、「特殊な症例」の名であることをやめ、こうした名づけ——唯一のもの[15]——のバイアスをとおして、自身が表象する概念へと生成してゆくのだ。人間が概念になり、概念は人間になるのである。

やがてブランショはサドが道筋をつけた「現代的弁証法」を詳細に解説することになるだろう。サド的否定のあらゆる段階に自由を与え、この否定が論証的・合理的次元に組み込まれてゆくことを許容するわけだが、そうした作業は彼が絶えず立ち向かうことになる三つの審級をとおして行われる。すなわち、人間・神・自然の三位一体である[16]。

サドにおいては、否定の対象は重要ではない。否定じたいが超越的性格を有しているからである。否定されるそれぞれのカテゴリー——人間・神・自然——は、否定を経る瞬間に、一定の価値を受けとるように思われるが、実際はまったきかたちで実現された経験がそれらのカテゴリーを次から次へと破棄してゆくことになるのだ。この作業は円環が再び閉じられる最終地点までつづけられるわけだが、そこでの最終地点こそ、否定の至高性の地点なのである。否定の地平にあるのは、まさにこの世の終わりを思わせる黙示録的光景、人類だけでなく、地球や宇宙をも殲滅させる大惨事でしかありえないのだ[17]。それはサド的主体の核心にある全面的な天変地異であり、いわば彼が最も乞い願ったところのものである。そこでは存在のごく些細な痕跡さえもが無に帰された物のなかに、無化という行為じたいのなかに、あるいはこうしたかつてない行為——犯罪——のなかに追いつめられ、消却されてゆく。そこでの犯罪的行為は、自身の計画を完遂するために、存在するという事じたいを否定しなければならない[18]。実際、サド的主体は絶えず犯罪の存在じたいを否定し——犯罪は存在しない——、その淵源を人間を信じる教説、つまり生命の神聖性を信仰する人間中心主義に帰してしまうのである。

ブランショは否定というサド的概念が覆い隠しつつ展開する形而上学的深層を暴いてみせる。形而上学的というのは、世界の意義と意識の意義とが超越的否定によって存在論的に結びつき（連動し）、分かちがたいものにされているからである。

ブランショが否定を例外的に強調して論じたことは、この概念が二十世紀思想――フロイト、サルトル、ハイデガーなど――の特権的な言及対象の一つであるだけに、よりいっそう重要な事実である。しかし否定がブランショの場合ほど際立って取り上げられることはなかった。これはサドのおかげである。

他の者たちは皆、アドルノのひそみにならうかのように、一つの罠におびえている。否定が絶対の高みに達するとその形式上の限界、その本質を超えてしまうのではないかと恐れているのだ。否定の本質とは、結果に至る可能性をつねにより遠くへと先送りすることにほかならない[19]。

彼ら全員に欠けているのは、ブランショがサドから借り受けた大胆不敵さである。否定はただ存在の舞台裏に取り憑くようなものではなく、超越的で純粋な力であり、すべてに対して絶対的に先立つア・プリオリな力なのである。こうした大胆不敵さをサドが備えているのは、まさしく彼が否定を恐れていないからだ。それは次のような単純な理由から説明できる。否定を媒介する主体として、サド的主人は否定の超越性を正当化し、組み入れ、体現し、一種の力――ニーチェ的な意味での力――によって享受するのであり、そこでの力には憎悪という大胆不敵さが読みとれるのである。

これもまたブランショにとっては、愛と民衆の同胞愛を調合したスターリン流共産主義という道徳的ソースにまみれながら全世界が紛争を繰り広げた一九五〇年代において、あらゆる現象学を破綻させた憎しみの真の姿を描写する機会なのだ。憎しみは志向性（アンタンシヨナリテ）――現象としての対象によって構成され、育まれる志向性――として理解できるものではない。なぜなら、憎しみは絶対的な何かであり、どんな対象もそこでは重要でなくなるほど激しく際限のない絶対であり、あらゆる限界を超越しているものだからだ[20]。古典的弁証法を「現代的弁証法」のために破壊することは、現代的断絶の核心にある一つのカテゴリーによって支えられている。すなわち、エクリチュールである。エクリチュールがもたらす中性的で空虚な深淵のおかげで、憎しみはついに意味の世界と非意味の世界を結びつける侵犯のポイントを指し示し、引き寄せることができるようになるのである。[21]

サドという福音

ブランショのテクストは否定にとどまっているわけではない。否定的なものを過剰に掻き立てるだけにとどまっていないのだ。彼はまた別の争点——政治的な争点——をものにしており、そこで今度は彼が「福音(ボヌ・ヌヴェル)」を定式化することになる。そしてバタイユをはじめとするすべての現代の読み手たちと同様、ブランショもまた、現代の基本的公理の一つ、おそらく現代性(モデルニテ)の公理そのものとなるであろうものを表明するのである。

ブランショが最終的に差し出す非常に重要な発言は、レトリックを弄しながら周到に、ライトモティーフの形をとった次のような告知によって準備される。サドとともに今後露わになるのはこれまでにないまったく斬新なものである、という告知だ。サドが作り上げた醜聞(スキャンダル)はずっと昔から確認されてきているとはいえ、彼の思想のスキャンダラスな大胆さは我々にとって長らく未知のものでありつづけてきた。サドという怪物的例外はもはや我々を恐れ戦かせるものではないかもしれないが、「我々はこれをやっと真剣なものとして捉えはじめたばかりなのだ」[22]。この真剣さはいまや次のテクストの末尾に現れることになるだろう。

> [サドの思想は]我々に以下のことを示している。サディスト的人間を袋小路に閉じ込める正常な人間と、この袋小路を出口に変えるサディスト的人間とのあいだにあって、後者は自らの置かれた状況の真実と論理的必然性を最もよく知悉し、それについて最も深遠な知性をものにしている人間なのだ。正常な人間が自分

自身を理解するのを助け、あらゆる理解の条件を変更するのを手伝うことができるまでに。[23]

「あらゆる理解の条件を変更する」。これは現代性(モデルニテ)全体が願うところではないか？　厳密に哲学的な観点から言えば、ブランショの発言は「大文字のシステム」、つまりヘーゲル的システムから脱出する可能性を求めている。むろん、ヘーゲルのそれだけでなく、あらゆる「システム」から抜け出る可能性である。知識人がブランショが言うところの正常な人間であるかぎりにおいて、[24] この世代に提供されているもの、与えられているものとは、ごく単純に自らが陥っている正常な人間の虚無から脱出する可能性、至上の仕方で思考する可能性なのである。つまりは思考が実践(プラクシス)となる可能性をいうのだが、そこでの実践とは、思考に固有の所与の諸条件じたいを乗り越えることであり、システムが思考を閉じ込めてきたところの疎外された場所から解放されることであり、あらゆる決定論の軛から解放されることなのである。

そもそもブランショの発言においては、監禁と出口が本質的に問題とされているのではないか？　そこでは正常な人間がサド的人間を袋小路のなかに監禁し、後者がその袋小路を出口に変えるとされている。出口とはつまり、巧妙な短絡である。自らを疎外する行為――監禁という行為じたい――を解放という行為に変えること。これが「サディストはその袋小路を出口に変える」ということの意味なのだ。

こうしてサディストが最も事情に通じた人間であることが明らかになる。彼が通じているのは、外面的でも抽象的でもない知、耐え抜かれた知、監禁された主体の状況や欲望と完全に結びついている知、正常な人間の知に反対する知である。なぜなら、こうした知こそ倒錯という実践の唯一の成果なのだから。倒錯は実践であり、行動であり、移動であり、純然たる行為である。

しかし監禁された主体の知、つまりサディスト的主体の知は、自己や自らの真実あるいは自分が置かれている状況の論理的必然性をめぐる知であるというだけでなく、「正常な人間」が自分自身を知り、「あらゆる理解の条件を変更する」のを助けなければならない知なのである。

「狂人」や「倒錯者」が「正常な人間」の自己理解を手助けするというのは、よくよく考えてみれば、古い考え方でしかない。この古い考えにしたがうなら、狂人のおかげで、彼の奇矯さと差異をとおして、私は己の姿を知ることができるのかもしれない。しかしブランショが提示しているのは、こうした旧来の人間主義的な考え方ではない。我々は〈同一のもの〉と〈他なるもの〉の古びた弁証法、〈他なるもの〉が私をつねに私自身へと送り返してくれるところの弁証法を問題としているのではない。フーコーはブランショに影響されてこの古めかしい弁証法を嘲弄し、「人間の〈他なるもの〉が彼と〈同一のもの〉にならなければならない方向に進んでゆく」という理由から[25]、失敗が約束されたものとして説明している。

もし狂人、倒錯的主体、サディストが私の自己理解を助けるとすれば、それは私が「あらゆる理解の条件を変更する」のを助けるからである。したがってサド的主体は、私自身を歪めて映すただの鏡ではまったくなく、分かりやすさの条件じたいをずらしたり、断ち切ったり、変換したりする能動的な行為者なのであり、パラダイム変換、というよりむしろパラダイム破壊の元凶なのである。

ここで明らかになるのは、倒錯者は主体を意識の弁証法の袋小路から脱出させる張本人であるということ——しかもこの点が最も重要であるということ——であり、弁証法という罠のうちでは、ブルジョワ思想——人間主義——のせいで、あたかも真に世界を変えることが永遠に不可能とされているかのように、人間は同じところを旋回せざるをえなかったのだ。我々を意識という壁なき牢獄から救い出し、諸々の問題を全面的にずらしてくれるからこそ、倒錯的主体はまさしく実践の主体なのであり、その唯一の主導者なのだ。実践とは、内面に立ち籠めていた霧を晴らし、そこにあった袋小路や罠をことごとく打ち消して、現実的なものへの到達を可能にするものである。実践によるこうした意識への批判は、現代性(モデルニテ)の公理となるであろうし、実際、ますます濃密で強烈になってゆくさまざまな定式のなかに認められる。たとえば、ドゥルーズが提示する次の定式がそうだ。「すべての問題は本質的に意識の埒外にある。意識の役目はそこから偽の意識を作り出すことにある」[26]。

しかし事態をこれ以上ないほど明確に定式化するのは、アルチュセールである。ブランショはサドの力を借りることで現代性（モデルニテ）のうちで最も激しい反ヘーゲル主義者を先取りし予告したわけだが、当のアルチュセールは『マルクスのために』において次のように述べている。

> マルクスにおける基本原理とは、いかなる形態の観念的意識もそれじたいのうちに自身の内的弁証法によって自己から脱出させるものを含むことができないということ、厳密な意味で意識の弁証法など存在していないということである。自らが抱える諸々の矛盾の結果によって現実そのものに到達する意識の弁証法などない。要するに、ヘーゲル的な意味での「現象学」は何であれ不可能なのだ。なぜなら意識が現実的なものに到達するのは、その内的な発展によってではなく、自己とは別のものの根源的な発見によってであるからだ[27]。

我々はたしかにこの一節を読んだ。「意識が現実的なものに到達するのは、その内的な発展によってではなく、自己とは別のものの根源的な発見によってである」。なぜ、自己とは別のものはサディスト、倒錯者、サド自身ではないのだろうか？　これこそアルチュセールがすぐにでも思考しえた問題であった。しかし彼は思考しなかった。ブランショはといえば、彼ははっきりと語っている。

ブランショの例の発言――あの発言が彼のサド論を結論づけているのは偶然からではない――をより深く理解するにはどうしたらよいのか？　彼自身があれ以上の説明を自らに禁じているのだから、一体どうすればよいのだろう。

サディスト的主体は「正常な人間」が従うべきモデルとして素朴に捉えられてはならない。ブランショは前者が行う諸々の侵犯を解放的イデオロギーを抱えた行為に決して還元していないのだ。彼はサドのイデオロギーにまったくと言っていいほど騙されていないので、サドの政治的ユートピアのうちに彼が皮肉的に言うところの「風紀の誠実なコミュニズム」を見てとることがいかに滑稽なことかを証明している。[28]

もしサディストが正常な人間を助けているとしても、それは人権派の闘士が教育的配慮から悪人の仮面を脱ぎ捨てるというようなことではない。だからこそ事はいっそう複雑なのであり、ブランショ自身がそのことについてこれ以上語らないのはもっともなことである。彼はすでに、前もって、大いに語ったのであり、それで十分なのだ。我々がすでに知っているとおり、サド的人間は「全体的人間」でありながら、同時に「唯一のもの」なのであり、[29]平凡な生の「不確かさ」から免れ、普通の個人が抱えている「存在の希薄さ」を超越し、それを目にして「世間が離れていった」ところの狂気を体現しているのだ。こうした肖像の背後にニーチェの超人やバタイユの至高者と似た主体のシルエットが浮かび上がってくるとしても、そんなことはどうでもよい。なぜならブランショの企図は、フーコーが正しく理解していたように、新しい人間学のモデルを作り出すことではまったくないからだ。ブランショにとって重要なのは、新しく過激な弁証法、つまり反転・破壊された弁証法を作り出すことであり、こうした弁証法の否定性の切込みによって、世界あるいは世界の所与が強制的に交代・中断・自滅させられるのである。

他人抜きの他者

だからこそ、「正常な人間」を解放する絶対的他者のモデルとなるサド的主体が、まさしく他性(アルテリテ)の完全な否定のうえに形成され立脚しているという事実は注目に値する。彼の存在は他人(オトリュイ)の廃棄を根拠にしているのだ。注目に値するというのは、こうした他性の完全の否定のなかでこそ、真の他性が正常な人間の目前に立ち現れることができるからである。

つまりそれは分身（オルター・エゴ）という偽の他性、ひたすら〈同一のもの〉のイメージを更新しつづける他性とはまったく逆のところにある他性である。純粋な暴力であり、純粋な破壊であり、純粋な深淵であるところの他性。他者なき他性、他人を欠いた空虚な他性なのだ。

こうした他人抜きの絶対的他者の人物像は不透明であり、高度な合理性へと向かわせるものだが、同時に明白なものでもある。というのも、サディスト的主体に他人がいないのは、平凡な意味での他性を欠いていながら、この他性をただちに失うことがないからである。分身は、それが認められるやいなや、私に似ている、私の生き写しであるという事実によってすでに他者としての自律性を失っている。侵すことのできない本物の他性は、完全に異質で閉鎖的な他者、ここで言うところの非常に逆説的な他者、つまり他人抜きの絶対的他者からしか生まれえない。(30)

こうした定式には、現代性（モデルニテ）の本質的な特徴が見出せる。すなわちブランショが言うところの現代的な弁証法であり、古典的な意味での弁証法ではない、論理矛盾を孕んだ言説を絶えず産み出すような弁証法であり、そこでは効果・結果・最終的存在――他性――が先立つ存在のうちに既存のものとして含まれておらず潜在もしていない。実際のところ、そこでの総合はまったく斬新なものであり、筋の通った因果律の枠組みでは予想しえないものとなっている。したがって「正常な人間」が「サディスト」から受けとる他性は、効果に同等の原因に根を下ろしていない、まったく新たな存在のタイプなのであり、世界の所与のなかでの跳躍と断絶によって産み出されたものなのである。実際、サドによってもたらされるこの他性は、他性というものをまるごと定義し直して純粋な差異として肯定することで、あらゆる理解を覆すのである。(31)

まさしくそこにブランショは「正常な人間」に対する倒錯主体の役割を位置づける。内容のイデオロギー的な場にではなく、厳密に終末論的な次元、つまり現在を破棄するには是が非でも望まれるべき道の終末＝目的の次元に位置づけるのである[32]。未知なるものとは、それがいまここにしか根拠をもたないかぎりにおいて、存在していないものの拒否である。恐怖政治こそが唯一の方法であり、不可能なものこそが唯一の表現（定式化）なのだ。

ブランショはここで典型的な現代人になりえているのだが、だからと言って、時代のロジックに従っているというだけで、かつて自分が一九三〇年代に大革命について提示した考えから遠ざかっているわけではなく、少なくとも構造の点においては離れていない。

> 成功しなかったのだから、革命は不可能なのだ。厄介な結論である。最も驚くべきは、この結論が実際にあらゆる革命的運動の正確な定義を含意している点だ。というのも、革命は在るものに不条理で信じがたい余分な実在性を付け加えるからである。［……］革命は世界を消滅させるという行為のうちにまったきかたちで表現されている。［……］その破壊が革命の現実となるところの現実状況によって、革命はある意味で自らの無限の不可能性を確信することになる[33]。

しかし、サドによって認可された純粋に終末論的なパースペクティヴにおいて、ブランショは過去の自分だけでなく、革命の可能性という問題に立ち向かう現代性（モデルニテ）全体ともすれ違っている。ジュネと対峙したサルトルでさえ――ジュネは彼にとってのサドにほかならないが――、この問題に近づかずにはいられない。「かくして、いまや不可能なものでなくなったモラルのすべてが、人類の神話化と疎外に寄与している[34]」。ルイ・アルチュセールが書いているように、革命的であることは、「古い言葉に新たな内容を詰め込む作業を未来の歴史に」委ねることではないのか[35]？

しかし、次のことが理解されるだろう。古い言葉に新たな内容を詰め込む作業を「サディスト的人間」に委ねながら、ブランショはサルトルやアルチュセールより先を行っているのだ。両者よりずっと先を行っているのだ。この点で彼は現代人の一人なのであり、というよりむしろ、一九四七年における唯一の現代人なのである。

犯罪と解放

もし常識をとおして他人抜きの絶対的他者に矛盾が見受けられるとしても、偉大なる終末論的な拒否──「存在することや孤独であることとの過度な欲求によって我々一人一人に引き起こされる拒否」[36]──のうちに身を置いているブランショにとって、それはさしたる問題ではないのだ。またそれはサドにとっても問題ではない。ブランショによれば、「人がサドを名乗るとき、そこには何の問題もない。そこに［他人との矛盾のうちに］何かしらの問題を見ることとさえ不可能なのだ[37]」。

ブランショがサドの名を捉えるときの真剣さを真剣に受け止めなければならないのだろう。彼はこの貴族の名にシニフィアンの機能を付与するが、そこから唯一の主体の可能性が出来してくるのである。サドは世界の超越性も含めたあらゆるものに抵抗する名であり[38]、この名のおかげで、否定をその最も過激な表現によって思考することが可能となるのだ。究極のエネルギー、慎みと完全に手を切った犯罪のエネルギーに到達するために、否定は欲望・快楽・自己を含めたすべてのものを極限以上にまで後退させるのである。

ブランショが身を寄せる純然たる終末論は、サディストに解放者の使命──その内容は我々を不可能なものへと送り返す──を割り当てながら、召喚される否定性の意味とこの召喚の意味について問いを投げかけている。「正常な人間」が自らの条件から解放されるかもしれないという解放的なブランショの言説は、どのようにして超越的否定の言説、つまり否定が絶対的段階、全面的破壊の段階に達しているという倒錯者の言説と両立可能になるのか？
「唯一のもの［サド］が突き進む世界は、砂漠である」[39]。しかしこの世が砂漠だとしたら、この砂漠は我々とどう関係しているのか？「砂漠」という言葉の意味を理解するためには、ブランショが先の引用のなかで超越的否定をどのように定義づけているかを再見しなければならない。

我々が思うに、サドの独自性は、否定の超越的な力を人間の至高性の根拠にするという極端に堅固な思い上がりのうちにある。否定の超越的な力は、自らが破壊する対象にまったく左右されず、諸々の対象を破壊するにあたって、それらの来歴を想定することさえしない。なぜなら、破壊するときに、それらの対象をつねに、すでに、以前から無価値のものと見なしていたからである。[40]

ブランショのテクストの最終部では、ラディカルな犯罪というものが最も正確に定義されている。この最終部は文字どおり殺人の形而上学、言ってしまえば、殲滅そのものの形而上学、皆殺しの計画をつかさどる／つかさどってきた形而上学と符合しているのだ。[41]その力は自らが打ち壊す「諸々の対象を破壊するにあたって、それらの来歴を想定することさえしない。なぜなら、破壊するときに、それらの対象をつねに、すでに、以前から無価値のものと見なしていたからである」。あのことを思わずにいられようか？　アドルノとパゾリーニがそれぞれのやり方でサドをアウシュヴィッツになぞらえたのは、当時そんなに驚くべきことだったのか？

驚くべきは、ブランショがファシズムやナチズムといった言葉をつかわずに事態をかくも明晰に定式化していることであり（「破壊するときに、それらの対象をつねに、すでに、以前から無価値のものと見なしていた」）、この明晰さはプリモ・レヴィがアウシュヴィッツについて語った報告と対照をなしている。我々はここでクロソフスキーとアドルノを論じる際にすでに垣間見えていた、ファシスト的主体と革命的主体の危険な隣接状態を再び目にしているのだ。ブランショは自身のテクストの結末に次のように書いているが、いかに慎重であるかがわかるだろう。「我々はこうした思想［サドの思想］が実現可能であるとは言わないでおこう」[42]。

政治的主体は、共産主義に則った解放というマルクス主義の伝統のうちにありながら、逆に等質的主体の姿をとって現れている。等質的主体とはプロレタリアの名であり、「市民（シトワイヤン）」という別の等質的主体と同じく、フランス革命を強烈に名指すところのものだ。すでに見たように、倒錯者の異質性と政治的主体の等質性との対立は、「全体的人間」という概念のなかに見出せる。サドの読者たち――クロソフスキー、バタイユ、ブランショ――において、この概念は唯一者や例外者といった人物像を参照させるものであり、逆にコジェーヴのような古典的マルクス主義者にとっては、融和した社会に帰属して完全に社会化された存在としての等質的主体を意味するものだ。

しかしブランショは、サドをとおして、解放を説く言説のなかにファシストの概念的モデルをひそかに導入しているのではない。自身の昔の思想に表面的にしか譲歩していなかったとしても、青年期に身を寄せた極右的思想を捨てていなかったのかもしれないのだ。彼の青年期は一九四七年の時点ではそこまで昔のことではないのだから[43]。ブランショの一九四七年の発言と一九三〇年代のそれとを根本的に区別しているのは、まさに後者が――少なくとも戦闘的なテクストにおいて――まったく同一化できない内容に奉仕しているという点だ。その内容とは、諸々の伝統であり、フランスであり、力（フォルス）であり、勇気であり、血であり、国家（ナシオン）＝民族であり、名誉である。サドについての言説はといえば、こちらは何も言ってない。つまり、いま列挙したような内容とはまったく別のことを語っている。

しかし実際は、ブランショを超えたところで、現代性（モデルニテ）全体がこれらの問題［内容］と関わっており、とりわけ以下の事実と向き合うことになる。現代性が「コミュニズム」[44]という思想――その定義やモデルがいかなるものであろうと――を全面的に支持するとき、この思想といわば両立しえないものを必然的に引き受けなければならないという事実であり、そこでの両立しえないもののなかに、サドやニーチェがいるのだ。コミュニズムへの賛同は、第二次大戦後の国土解放の際にはあまりに大規模で均一的な現象であり、ジュネのような秘教的な人物にまで及んでいる。こうした新参者たちにとってコミュニズムへの賛同は、解放を目指す政治的試みと善を標榜するあらゆるモラルとを分離し、すべての進歩主義から身を遠ざけて、共産主義はマルクスが歴史的唯物論を唱導したにもかかわらずいまなお閉鎖的だ、という古典的認識の乗り越えを考えるための行為でしかないのだ。サドを引き受けることは、大革命という思想によってもたらされた定言命令の一つなのである。

つまり、サドを引き受けることで、我々は解放と根源的悪との結びつきという問題、大革命は悪と何らかの関わりをもっている、悪との対話を取り結んでいるはずだという考えに送り返されるのだ。

よって、サドと大革命がはっきりと物語を見出すこの地点に、哲学的な神話ないしエクリチュールの壮挙〔叙事詩的エクリチュール〕を積極的に見てとらなければならない。この壮挙＝叙事詩によって現代的な「両立しえないもの」すべてが認可されるのであり、これらのものがなければ、知識人には共産党に入党して存在するのをやめることしかもはや道が残されていないのである。

サドという固有名詞が革命の名そのものとなるまさに勇壮な＝叙事詩的なこの時代のことは、ブランショが「ロートレアモンとサド」と同時期に書いた「文学と死への権利」（一九四七年〜一九四八年）の、サドに関する短いながらも衝撃的な箇所において言及される。非常に重要なテクストであり、そこでブランショはサド的な否定の弁証法を拡大解釈し、歴史の現実に投影しながら、あらゆる作家は「私が革命だ[45]」と本当に思っていると書くだろう。しかもブランショによれば、あらゆる作家のうちで、こうした貴族と革命の同一化を最も深く推し進めるのはサドだという。彼のつかった言葉で言うなら、サドは「典型的な作家」なのである[46]。

「すべてを思考せよ」とサドは言う。それは我々を永続的な蜂起へと誘うのだが、この瞬間において、革命とエクリチュールは互いのうちに共通の存在証明を見出す。ブランショが書いているように、革命とエクリチュールがいずれも無から全への移行の可能性を提示している点でしか価値をもたないというのが本当ならば[47]。サド的な態度は「非現実」に満足できないタイプの否定であり、不幸な意識のなかで揺れ動いているのであって[48]、つまりこうした否定こそ「革命」という名をうちに抱えているのだ。ブランショが描く革命は、フランス革命の勇壮で歴史的なモデルとして捉えられているのだが、実際は恐怖政治の供儀的プロセスとしての革命にほかならない。供儀的というのは、革命もしくは暴動と蜂起のなかでは、「もはや誰も自らの生に対する権利をもっていない」からであり、「すべての市民は死への権利をもっている」からである。それは死を押しつける権利であり、死を受けとる権利である。こうした恐怖政治の世界では、死が反乱分子に対する罰ではなく、まるで万人が望んでいるような不可避の決済になっているのであり、つまり自由な人間のなかで自由が作用した結果なのである[49]。

恐怖政治以前の政治的主体——『社会契約論』の命題に賛同する共和主義的主体——は、自らを一般意志の弁証法を構成する一要素として、部分と全体、分析と総合との純粋な相互性・交換の利害関係者として位置づけている。しかし恐怖政治が到来すると——死刑台が普遍を代表するようになる——、革命は市民に対してその犠牲と引き換えに与えるものが何もないことを認めてしまうのだ。そのとき市民は恐怖政治の普遍が彼に伝えるべきメッセージとして次のようなものしかもっていないことを理解する——おまえは何ものでもない。「弁証法の裏面[50]」——ジェラール・ルブランの表現を借りるなら——とはまさにこういった事態をいうのであり、ブランショはそこに我々を導いているのだ。

ギロチンの刃がサン＝ジュストとロベスピエールのうえに落ちるとしても、それはある意味では誰も捉えていないのだ。ロベスピエールの徳とサン＝ジュストの厳格さは、すでに消去された両者の存在、両者の死の先取りされた現前にほかならず、自由が彼らのなかで肯定されるがままにし、自由の普遍的性格によって彼らの生の本来的現実を否定しようとする決意にほかならないのである。彼らはおそらく恐怖政治を君臨させるだろう。しかし彼らが体現する恐怖政治は彼らが与える死にではなく、彼らが受けとる死に由来しているのだ。［……］恐怖政治家（テロリスト）とは、絶対的自由を求めながら、それによって自らの死さえも望んでしまうことを知っている者たちである。彼らは自らが肯定するこうした自由を自らが実現する己の死とともに意識しているのであり、その結果、彼らは生前のうちから、生者の世界で生きている人間としてではなく、存在を剥ぎ取られた存在として、普遍的な思想として、歴史を越えつつ歴史全体の名において物事を判断したり決定したりする純粋な抽象概念として行動するのである。[51]

ここでのブランショの燃え立つように激しい知性は、バタイユよりはるかに的確に供儀的空間を定義し、クロソフスキー以上の手つきでサド的な革命の物語を創り出すことに成功している。死を個別的な次元において否定する瞬間であり、こうした瞬間をとおして存在が絶対的なものとして浮かび上がってくる。なぜなら、存在は普通の人間が服従するところの自由と死の単調さを克服したのだから。[52]

こうした革命とテロリズムの過程の描写によって、犯罪を経由した至高性への到達をめぐる「サドの理性」の分析が更新されることになる。犯罪のなかでのサド的否定は、「大多数を巻き込む規模で」成し遂げられ——まるで歴史的事件のなかで起こるかのように——、「特殊な症例」の凡庸さからも免れるのであり、つまりは人間という存在の平面をずらすようにできているのである。[53]

ブランショの恐怖政治に関する発言には——単純に歴史の論法という観点から——、二つの驚くべき要素がある。というより三つあるのかもしれない。ひとつは、テルミドール（ロベスピエールとサン＝ジュストの逮捕・処刑）を恐怖政治それじたいが抱える供儀のプログラムに組み込んでいるという点であり（「ギロチンの刃がサン＝ジュストとロベスピエールのうえに落ちるとしても」）、しかもこの二つの時期のあいだにまったく区切りを設けていないことだ。しかしこれは供儀の論理からすればそこまでおかしいことではない。供儀の論理はつねに失敗を否定的行為あるいは否定の構成要素として含めるからである。

二つ目の要素は——厳密に歴史的事実という観点からすれば一つ目よりずっと興味深い——、事実に基づくあらゆる真理に抗いながら、サドを恐怖政治を体現する主体、「革命と恐怖政治に完全に同化する者」、恐怖政治家と同じく「死は最も偉大な情念であり、単調さの極致である」と考える主体に仕立てあげている点である。[54]サドは次のような者に喩えられている。「人間の首をまるでキャベツの頭のように切り落とし、あまりに無関心に切り落とすので、彼が与える死よりも非現実なものは何もなくなってしまうのだが、それでも彼ほど死のうちに至高性があるとか、自由とは死だとかいうことを強く感じた者はいなかった[55]」。

ブランショはわざと忘れているにすぎないのだが、サドが恐怖政治の犠牲者であり、まさにテルミドールのおかげで救済された（首を刎ねられずに済んだ）ことは周知の事実である。サド作品そのものは恐怖政治を馬鹿にしつつ批判しているのであり、彼が恐怖政治のうちに見ることができたのは、自らの思想の戯画（カリカチュア）のみだ。つまり貴族的な思想ということだが、この思想は、垢抜けないが徳高く、清廉ながら融通のきかない、官僚的でルソー的なプチブルジョワたちの手によって、有徳の士と同様に平板なリビドーしかもたない小市民たちの手によって具現化されたのである。

しかしこれは単なる忘却ではない[56]。ブランショが描くのは——我々がいましがた指摘した二つの特異点が証明してくれるように——、フィクションの革命であり、彼自身とサドだけがそのシナリオを書くところの恐怖政治なのだ。ブランショが喚起したフランス革命は、彼が自らに固有の叙事詩を書くのを可能にする基盤ないし下書きにすぎないのである。

彼が喚起する蜂起とは、まさしく主人の蜂起であり、主人となった知識人の蜂起のことなのだ。我々が第一章の最後で解説したところの蜂起であり、そのフィクショナルな性格によって成功を収める蜂起にほかならない。

そもそも、驚くべき冷静さと現実に対するこのうえない軽蔑をもってサドを恐怖政治の真の主体に仕立てあげるとき、ブランショは、問題とされているのが一人の貴族であることを明示して辛辣な挑発を怠っていない（「彼は一人の貴族である。自らが居を構える中世風の城の銃眼に愛着をもっていた貴族[57]……」）。まるで恐怖政治が貴族的な出来事であったかのように語っているのだ。ここにはヘーゲルの主人と奴隷の弁証法を書き換え・反転させる完璧な技巧が見てとれる。サドを介した供儀は、理性＝主人の哲学、合理性を闘争の弁証法的帰結とする哲学、過剰・快楽・死によって浸食されないような知の思想をことごとく破壊するものとなるのだ。そこでの死はいかなる理性の策略よりも、大文字の精神〔Esprit〕よりも現実的であり、サドからみれば、大文字の精神などというものは、真の貴族階級によってのみ認可される、あらゆる法の否定を諦めることの最後の象徴なのである。ラカンはこうした歴史の弁証法を珍妙なやり方で、次のような考え方をとおして表現するだろう——サドにとって法は「自由」でなければならない、つまり「寡婦（ヴーヴ）」、つまり「ギロチン」と「死」でなければならない[58]。

　あらゆる法の否定は、倒錯的世界において、必然的に自由と死との悲劇的融合に行き着いてしまわなければならないのか？　それはおそらく出来事の核心にあるものであり、歴史のなかで死の欲動の出現が贖われるところの代償なのであろう。しかし、倒錯的主体はこうしたモデルに基づいて形成されるのだろうか？　我々はこの点を以下のようなジュネの発言をとおして疑うことができる。「あらゆるサン＝ジュストは暴君の死に賛成票を投じることができ、夜と孤独と夢想の奥底で自らを飾り立て、首を斬られた王が遺した王冠や百合の花飾りがついたマントを身に纏うことができる[59]」。

　ブランショの物語における自由と死の同化は、むしろ大革命を絶対的断絶としての出来事に帰属させるための条件ではないのか？　すなわち、マルクス主義的な歴史の弁証法が割り当てる地位から革命を脱却させるための条件である。その地位とはすなわち、革命がただ単に客観的な歴史の情勢の成果、生産手段と対峙する生産力との矛盾の産物にすぎず、歴史の与件じたいによってあらかじめプログラミングされていて、実際はまったく何も変革することがないというものだ。

ブランショの発言には三つ目の驚愕の種がある。サド的なプログラムのなかから、なぜブランショは斬首という死によって約束された平等だけを取り上げるのか？　なぜ彼は乱交によって約束され与えられる平等を忘れているのか？　快楽における平等は実際にサド的である。なぜなら、いくつもの過剰な身体によって支えられたエロティックな乱交は、実際に主体なきプロセスであり、平等を志向する共同的な実践であるからだ。しかしこの乱交は（庶民的な）欲求の充足ではなく、（高貴な）欲望の満足を目的としているかぎりにおいて、貴族的でもある。「あなたの体の一部を私にお貸しくださいな。それはひとときのあいだ私を満足させてくれるでしょう。よろしかったら、私の体の一部を楽しんでちょうだい。きっとあなたのお気に召すでしょうから[60]」。

しかしおそらくブランショにとって、死は快楽よりも貴族的なものなのだろう。まぎれもなく、より感興をそそられる何かなのだ。サドは否定の領域の内部においてのみ（全的に）考えうるのであり、サドが「フランス人よ、共和主義者になりたければあと一息だ」〔『閨房哲学』の一章〕のなかで提示した乱交は――たしかにこの乱交もまた致命的なものだが――、ブランショが発掘した否定の領域をあからさまなやり方で掻き乱すのである。しかしジュリエットの言葉を信じるならば、「犯罪友の会」の狂躁は、暴動を行う政治的身体の融和的合一という様式にのっとって乱交を繰り広げているのであり、そこでの政治的身体は、たとえばサルトルが『弁証法的理性批判』のなかで理論的に説明するものと同じだ。「私は社会の全成員がただ一つの集団しか構成していない瞬間を生きたのだ。能動的でも受動的でもない者など一人としていなかった。もはや吐き出すような叫びと溜息しか聞こえなかった[61]」。

我々は改めてここでブランショのサド論の限界に到達したのだ。誰もが見てとれるように、きわめて暴力的な限界であり、たとえばクロード・ルフォールが耐え難いと評したところの限界である。ブランショのサド論から四十年以上も経った後、たいして成功しているわけではないが、ルフォールは懐疑主義の立場をとりつつ嘲笑の交じった尊大な態度でブランショの発言を失効させようと試みている。ルフォールによれば、ブランショはサド作品をつかさどる遊びの部分に気づくことができなかったにちがいなく、その部分を読みとるには、適切な「作法」をもってさえすれば十分で、そこからサド作品の何よりも喜劇的でパロディ的な側面をつかむことができるという。[62]

それでも、こうした限界をブランショは自ら設定したのであり、彼自身の意見表明の域を出なかったとはいえ、それは過激な表明として捉えることができるものなのだ。実際、彼が言った以上のことで何を言えるというのか？

解放と恐怖政治

まず最初に、ブランショが意図的に身を置いた深淵に光を当てなければならないだろう。いわゆる「文脈」によってではなく、そこにさまざまな反響をまとわせつつ解明しなければならない。たとえば、ディオニス・マスコロがほぼ同時期に書いたテクストと突き合わせてみることによってである。すなわち『サン＝ジュスト選集』の序文（一九四六年）であり、非常に重要なテクストだ。レジスタンスの闘士であったディオニス・マスコロは、『人類』の著者で強制収容所を体験したロベール・アンテルムと同じグループに属している。ブランショはマスコロをよく知っていたわけだが、実際、彼らはすでに戦時中の一九四三年にガリマール社のオフィスで出会っている。

『サン＝ジュスト選集』の序文にサドの名は出てこない。代りに引用されるのはランボーなのだが、「恐るべき労働者」の一人であるこの詩人にとって、悪や恐怖といったものは何よりもまず存在の可能性の条件であり、悪と恐怖の暴露と経験こそがその条件なのである。[63]というのも、サドはたしかにこの「恐るべき労働者」の一人であり、そうしたサドの肖像をランボーは例の「見者の手紙」のなかで描いているからだ。そもそも、マスコロが数年のちにコミュニズムに捧げる著作において、サドはランボーの傍らにその席を占めることになるだろう[64]。

ヒューマニズムを掲げる知識人へのマスコロの批判（「理想主義的で、道徳家ぶった、人間主義的な古物商」）は、ブランショが行ったそれと非常に似ている。両者が異なるのは、マスコロがあくまでレジスタンスや戦争といった現実の歴史的事件を論じ、フィクションとしてのフランス革命を論じていないという点だけだ。ブランショとマスコロに共通するのは、まったく必要なものであるという理由で、悪や歴史的事件の否定性を欲望をそそるような何かにすっかり変えてしまうことである。「ランボーが探求したような『恐怖』を前にして彼ら「人間主義的な古物商」が尻込みしてしまったことに、すべての原因がある。戦争が自らそうした恐怖を可能性（シャンス）に引きつけたばかりであったというのに」[65]。こうした批判は「神聖なもの」にまで及んでいるかぎりにおいて、「否定的なものの権力」を演出している[66]。

しかし事はそれだけでは済まない。否定の問題に関するマスコロの発言のうちには、より厄介なものが含まれている。彼はこう書いている。

> 一九四〇年の危機と占領は、しばしの間ではあるが、あらゆる事象に意味を与えることになった。恐怖と抑圧、今日の我々はそれらが諸々の事象にどのような光を投げかけたのかを当時以上によく知っている。恐怖と抑圧を奪われたという思い、その後の我々があの光によって抱かされた感情とともに、よく知っているのだ。ある晴れた日に、消滅した暴政の喪に服しながら、我々は互いの目を見つめあったのである[67]。

ブランショの場合と同じく、「死ぬことなど何でもない」ということが言われているのだから、我々は「文学と死への権利」の慎重を要する箇所ときわめて近いところにいるのではないか[68]？　超越的否定によって開放されたあの危険で純粋な空間全体の至近距離にいるのではないか？　さらに言えば、悪の肯定性、歴史に直面した現代的主体にとっての否定的なものの役割といったあの執拗な問題にかぎりなく近づいているのではないか？　答えはイエスだが、ブランショの場合と同じく、マスコロの発言を素朴に解釈しないという条件においてである。むろん、彼の発言はナチスの恐怖政治におもねるようなものではない。それはランボーやサドがいかなる解放思想も思考しえなかった事柄として現代の知識人の眼下に暴いたものを射程に収めている。つまり、解放を説くどんな思想もひたすら悪を相手にしつづけており、悪と関係を結んでいるということだ。これこそマスコロが引用の数行後であいかわらず挑発的な激しさをもって語っていることにほかならず、彼の発言の真の裏面をなしているところのものだ。

もはや奴隷状態と不正のほかに必要なものなど何もない。それらがなければ、生きていけないのだ。しかし正確に言うなら、革命の特質（ジェニ）とは、新たな奴隷状態、新たな不正をつねに発見しつづけることにあるのではないか？[69]

我々はここでブランショのサドのなかに舞い戻っている。ブランショにとってサドの非凡な才能（ジェニ）とは、限界なき無限のなかで世界の否定性を暴き立てることにあるのだから。そこでの世界の否定性を、体制はごまかそうとし、体制の言説は隠蔽しようとし、体制の諸々のイデオロギー装置は、つねにあらゆる反抗を何の影響力もない愚かで臆病なものにするために、つとめて覆い隠そうとする。こうした体制側のタスクに、人間主義を掲げる左翼の進歩主義者たちが参加し、普遍的人間という既存のよきイメージの陰に――既存というのは虚構なのだが――、来るべき戦いがはらむ過激性・重大性・暴力性、つまりこの世界を拒否することの過激性・重大性・暴力性を隠蔽するのである。[70]

現代的な善悪二元論

マスコロのおかげで、いまや我々はブランショのサドをめぐる概念的空間、言うなれば、現代的な善悪二元論を正確に定義することができる。

この善悪二元論は三つの大きな論理学的要点に分割できるだろう。まず最初は終末論である。この善悪二元論は現代的主体の疎外に一つの解決策を提示するわけだが、そこでの疎外はあらゆる理解の条件じたいが根本からずらされることを経て、未知のもの、予期しえないもの、遥か遠くの終末＝目的へと通じてゆく。

ブランショは「正常な人間」というカテゴリーを導入するが（その後の『エロティシズム』[71]におけるバタイユのように）、「正常な人間」とはすなわち疎外された主体、あるいは現代の人間性を論じたアドルノの用語を借りるなら、「毀損された」意識のことである。キルケゴールで言えば普通の人間、ニーチェが言うところの幸福な人間であり、同時期にラカンが話題にする「感動的な犠牲者」や「虚無の存在」、つまり「現代的人間」の同義語でもある。[72] もっと後の時代で言えば、パゾリーニの「テオレマ」に登場する父親のことなのだが、実際、この映画はサディスト的主体によってではなく、少なくともそれとは正反対の主体、正常な人間の生のなかに突如現れるパゾリーニ的天使の力を借りることで、あらゆる理解（コンプレアンシオン）＝内容を変更できるようになる。

たしかにブランショの正常な人間というカテゴリーの使い方はきわめて政治的なのだが、それでもマルクス主義的な用法を超えていることは言うまでもない。ブランショは疎外された人間を指し示しているのであり、この人間は、サディストのメッセージを人間世界の合目的性に影響を及ぼしかねないメッセージに作り変えることのできる人間なのであって、そこに現れる非人間的なものは何一つとして人間世界と無関係ではないはずなのだ。

第二の要点として、次のことが言えるだろう。終末論が必要とされるのは、批判的態度が機能的欠陥ひいては組織的欠陥を告発する以上のことをなしえるからである。問題に付されているのは社会だけではなく、世界でもあり、おそらく現実界それじたいでもあるのだろう。それらは疎外化のプロセスを経て、すっかり自律性を失っているのである。以上のことは、いまここにもはやイノセントなものが何もないにもかかわらず、イ、ノ、セ、ン、ス、じたいが自らに特有の無思慮のなかに執拗で横柄な愚鈍さ、盲目的で時代錯誤の愚鈍さ、支配の社会的プロセスに直接奉仕するような愚鈍さを隠蔽しているということを前提にしている。こうして、社会の悪への告発がイノセンス――たとえば、進歩主義が主張する「貧民のイノセンス」――を起点として行われることになるだろう。この告発はひたすら疎外化と支配の条件を再生産するばかりで、それらと共謀しているのである。

たとえば、アドルノは『ミニマ・モラリア』のなかでこう書いている。「花を咲かせた木でさえ嘘をつく。人がそこに悪の影があったことを忘れて、花が咲いているのを目にする瞬間から。『なんて綺麗なんだ！』こうした無邪気(イノサント)な嘆声があがりさえすれば、存在の卑しさが正当化されることになるのであり、これは美しさとはまったく別のものなのだ[73]」。これこそまさにサドが各ページごとに我々に喚起するものではないか？

そしてアドルノはさらに先へと筆を進める。「社交的であることは、すでに不正に関わっているということなのだ。我々がいま生きている冷酷な世界はいまなお互いに語り合える世界なのだ、という幻想を生み出しているのだから[74]」。いたずらにサドを読まなかったアドルノは、同じ論法で次のように書いている。「ゲームに再び参入し、接触のなかで他者たちに関心を示しながら人間的な態度をとる瞬間から、非人間的なものの暗黙の受け入れを偽装してゆくしかない。人類の苦しみに寄り添わなければならない。しかし、彼らの歓びに寄り添おうと踏み出す足は、いつだって苦しみを強化する方向に進んでゆくのである[75]」。

今度は、ブランショのサドが内側から照明をあてられる。アドルノが現代的な善悪二元論の反転を明らかにするときの極端な正確さによって照明をあてられるのだ。善悪二元論の反転は、アドルノの一九四七年のテクストでの発言をよりよく理解させてくれるものでもなかったか？　第一章で我々が引用したその発言によれば、サドはニーチェと同じく、揺るぎのない人間信仰、「慰めるような肯定の言葉が発せられるたびに裏切られる」人間信仰を逆説的に救い出すのである。[76]　否定的なものだけが真正であり、それだけが人間に対する確固とした信仰を救済できるというのだ。

ブランショとアドルノを根本的に分かつのは、後者がサドを最後まで信用していない点である。花を咲かせた木がつく嘘、肯定的なものの虚偽、あらゆる社交性の欺瞞についての先の発言は、強固で揺るぎのない主体＝主語によって語られておらず、結局のところ、人間嫌いの苦々しい駄弁でしかなくなっている。そもそも単なる風刺のきいた戯言として読めるだろう。ブランショはといえば、人間について際限なく語ることはせず、罠から逃れている。否定性を身体や欲望の限りない高まりのうちに引き受けるという役割を、倒錯的主体としてのサディストに――自身の不平不満に満ちた発言にではなく――委ねているからである。こうした怪物めきながらも絶対的に真である他者によって、超越的立場が設置される。「人類の苦しみに寄り添わなければならない」という一文――そこでは「彼らの歓びに寄り添おうと踏み出す足は、いつだって苦しみを強化する方向に進んでゆくのである」と言われるわけだが――は、サディスト的主体によって担われるやいなや、その一文がもつ物事を変容させるような意義をもれなく帯びることになるのである。

どういった点であれ、こうした否定は取り入れられるべき規範にはなりえない。しかし、否定はある意味で諸々の幻想を白紙に戻し、あらゆる希望と「慰めとなるような」思想を破壊するのであって、こうしたことにより、正常な人間はかくも荒れ果てた砂漠のただなかに置かれ、硫黄の立ち込める山の前に立ち尽くすのだ。実際、この山は登るにはあまりに過酷であるため――パゾリーニの「テオレマ」に出てくる父親にとって過酷であったように――、自分自身に向き合った正常な人間は、丸裸の状態にならざるをえず、自らが纏っていたまさに非人間的で偽りの人間性を脱ぎ捨てずにはいられないのである。

ブルジョワ的疎外の根本的な脱神話化を可能にする唯一の公理とは、典型的なサド的命題、悪が善よりも現実的であることを認め、否定が同意よりも真正であると定める命題のことなのだ。善が完全に疎外されている一方で、悪は完全に疎外不可能なものとしてあるのだから。結局、この公理は悪こそ唯一現実的なものだと言っているのである。

　こうした現代的な善悪二元論は、ブランショの発言のきわめて複雑な部分を解明する手立てとなるわけだが――あまりに一意的すぎる手立てかもしれない――、そこにはいまこそ解きほぐさなければならない三つ目のわだかまりが含まれている。アドルノの描く知識人が彼の怨嗟のうちに閉じ込められているとしても、主体が抗議しているところでさえ欺瞞的でブルジョワ的な普遍が支配をつづけているとしても、[77] ブランショにおいてこうしたことは何一つとして起こらない。なぜなら、ブランショの言説、彼がサドから導き出すような言説は、見かけがどうであれ、まったく「モナド論的」ではないからだ。彼の言説は、意識的であろうとそうでなかろうと、自らに先立つあるいは自らがおそらく準備するであろう知の大変動、つまり現代性（モデルニテ）の大変動と結びついているのである。

　ブランショのサドによって可能となる反人間主義、現代人が逢着する一大テーマとなるであろうこの反人間主義は、最も基本的なやり方で、いわゆる秘教的立場、霊知（グノーシス）の悪魔主義、悪に対する不純で厭世的でロマン主義的なおもねりや幻惑といったものを忌避する。現代的な反人間主義は、ひけらかすように延々と悪を想像的に描き出すというよりはむしろ、決定的な理論を実行することで問題を除去してゆくのであり、この身振りは簡単になしえる。つまり、人間を葬り去ることで事足りるのだ。世界を秘教的立場から批判する者たちが信じているように、すべての言葉が偽物なのではない（同胞愛、イノセンス、コミュニケーション、幸福、心……）。嘘を完全になくすには、ただ一つの言葉、哲学者の言語に属する一つの言葉――人間――を消去しさえすれば十分なのだから。現代的な反人間主義の最も基本的で明快な定式は、ルイ・アルチュセールの有名な一文のなかに見出せる。「人間にまつわる哲学的（理論的）神話を是が非でも灰塵に帰さなければ、人間について何事かを知ることなどできない[78]」。

　このようなタスクの遂行に、フランス知識人の一世代全体がとりかかることになるだろう。ブランショのおかげでサドは蘇り、輝かしく禁欲的な沈黙、虚無主義的な駄弁や反啓蒙主義的なおとぎ話を導き出すことを許さない沈黙のなかで息づくようになるのだ。「彼［サディスト］は自らの置かれた状況の真実と論理的必然性を最もよく知悉し、それについて最も深遠な知性をものにしている人間なのだ。正常な人間が自分自身を理解するのを助け、あらゆる理解の条件を変更するのを手伝うことができるまでに」。

ロートレアモン、サド、カフカ

　本章の冒頭で、我々は以下のことを指摘しておいた。ブランショにおいては、棄て去られたばかりのもの——たとえばヘーゲル——への揺り戻しと回帰がさまざまなかたちで戦略になっているということ。

　しかし他方で、均衡や思慮分別への回帰というケースもある。おそらく、『ロートレアモンとサド』の「ロートレアモン」のうちに、悪の経験に対する歯止めないし制限、否定の超越性への制限を読みとらなければならないのだろう。実際、そこには次のようにある。「マルドロールが悪だけで満足できないというのは、ほとんど明白な事実である[79]」。というのも、ブランショは絶えずサドとロートレアモンのあいだに微妙で密かな対比関係を築いているからだ。否定性、無気力、意識と世界との繋がり、真剣さ、悪の砂漠と対になった善の砂漠[80]……。対比のなかで、悪と否定性が少しずつ霧消してゆく。「ロートレアモン」は、初めから終わりまで、悪の善への反転をめぐる長大な考察であるからだ。この反転は、サド的でマニ教徒的なブランショの自画像が感じとれる奇妙なページにおいて絶頂を迎える。突如としてブランショは善と生の凡庸さに立ち返り、踵を返すのだ。

彼にとって、悪はいかなる瞬間においても単なる理論的な偶像であったためしがない。だとすれば、「悪」は彼のうちにあり、ほとんど彼自身にほかならないと言うことができるだろう。この悪が彼を自由にさせておかないので、彼は目覚ましい戦闘を開始したのだ。悪についての意識という、彼がいみじくも確固たるものとした至高の力を除いて、悪以外のものを何一つ自分のなかに見出していなかったので、彼は悪と手をたずさえてでしか悪に立ち向かえなかったのだ。悪と共謀しながら、悪を可能なかぎり先へと推し進めて、自身の決意の揺るぎない勇敢さ——同時に、幻惑された勇敢さ——のうちに追いやり、それを自分自身のもとに帰したり、すべてを超えたところに投げ出したりできるような徹底的な転覆を実現したいという希望のなかに押し込んだのである。ゆえに、もし彼が今の時代にあって秩序や分別を説くとしても、矛盾した行動をとっていると言うことはできない。なぜなら、彼の悲劇的な戦いは生きるための戦いであったわけで、はっきりと物事を見ることこそ、彼がつねに望んだことであったからだ。この意味で、彼は自分自身にまったく忠実でありつづけているのであり、彼自身がある書簡で言っているように、「結局のところ人が讃えているのは、あいかわらず善なのである(81)」。

ブランショは誰のことを語っているのか？　まるで話題になっている人の意識そのもののなかに自身の姿を認めているかのようだ。ロートレアモンのことなのか？　自分自身のことなのか？　このテクストをごく単純に彼のサド論——彼は彼なりのやり方でサドを要約し、おそらくそこに反駁を加えている——と共鳴させつつ語らせなければならない。

しかしもう少し後になると、ロートレアモン以上に今度はカフカと手をたずさえて、ブランショはサドに対する一種の歯止めを設計することになるだろう。それはサドを排除することではまったくない。与えられた死、サド的否定の超越的力の後には、「人は死ぬ」というカフカの命題がつづく。それはすなわち、終わりなき死、死への権利を欠いた死、真の否定的超越性であり、もはや否定の超越性ではなく、まさにその裏返しなのである。[82] 死ぬ力が失われたところで、死から否定の力が取り去られ、「ノン」は豊穣な不確定さ、始まりも終わりも受け入れないものの永続性、回帰の永遠なるざわめきとなる。死ぬことは、もはや到来することのないものなのだ。恐怖政治によって開かれた死の可能性、死への権利となるべき死の可能性は、サドの登場以降、消え去ってしまったようだ。

では、カフカとサドのあいだには何が残されているのか？　つまり否定的超越性と否定の超越性、カフカ的な瀕死の人間が発する「人は死ぬ」という命題と、自由を肯定する恐怖政治がキャベツの頭のように切り落とした諸々の首とのあいだには、何が残っているというのか？　そこにはロベール・アンテルムの著作『人類』をめぐる驚くべき対話が残されている。この著作は作者が強制収容所から帰ってきた際に書かれたものであり、件の奇妙な対話は『終わりなき対話』に収録され、そこでブランショは見知らぬ者との対話を繰り広げている。対話は次の問いから始められているが、いかにそれが決定的なものであるかは一目瞭然であった。「「他人」とは何者か？」[83]

この問いに対して、答えは与えられていない。あるいはテクスト全体にわたって弔鐘のように鳴り響く次の悲痛な警句のなかにその答えがあるのかもしれない。「人間は破壊されうる不滅の存在である」。我々が到達できない他性、通常の時間においては到達することのない他性のすべてが、不幸のうちにある我々のもとに現れてくるということなのだろう。ある意味において、強制収容所はその不幸を体現する絶対的空間である。破壊されうる不滅な存在であるという点で、我々は「自分の本来の姿ではないところの他人」なのであり、[84] そうした境地に到達できる。つまりは他人というものの秘密に近づけるのである。

実のところ、ロベール・アンテルムの著作の命題、「人類」という命題は、ブランショが言うよりもずっと単純で、ある意味では平凡なものである。この命題は様々なかたちで言われるわけだが、ことごとく次のような考えに組み込まれている――人間とは、乗り越えることのできない地平である。強制収容所の人間がナチス親衛隊という殺戮者の眼差しによって無に帰されるときでさえ、欲求がなおも現れている。剥き出しの生との関わり、ある意味では快楽との関わり、つまり生との関わりとしての欲求である。要するにアンテルムが語っているのは、いかなる権力も最後の肯定的命題としての「人類への帰属という究極の感情」を消し去ることはできないということなのだ。[85]

しかし、アンテルムの著作においてブランショの関心を引きつけるのは、彼が言うところの「神人同形論」ではない。むしろ逆に、あまりにくだくだしく例の定式を述べたてて、そのなかで否定の無限性を暴き立てているからである。絶えず再帰してくるその定式とはつまり、人間は破壊されうる不滅の存在であるということだ。

「人間は破壊されうる不滅の存在であると？　私はひきつづきこの定式を信用しない」
「他にどう言えば？　しかしその定式を消去しなければならないとしても、それが我々に教えてくれたより明らかな事実を残しておきましょうよ。そうです、我々はそれを語り、一瞬記憶に留めておかなければならないと私は思っているのです。人間は不滅の存在であり、しかもそのことは人間の破壊活動には限界がないことを意味しているのですから」[86]

人間は不滅の存在だという命題から、ブランショはまったく違う結論を導き出せたかもしれない。すなわちアンテルムの人間主義的な結論であり、人間を最後まで人間でありつづける存在に仕立てあげ、人間という名を剥奪されえない存在にしてしまう結論である。

しかしブランショの筆のもとに到来したのは正反対の結論である。「人間は不滅の存在であり、しかもそのことは人間の破壊活動には限界がないことを意味している」。

次のことが理解されたであろう。不滅の存在とは、同じ一つの言葉のうちに合わされたサドとカフカのことなのだ。一方には、死の不可能性としてのカフカがおり（「人間は不滅の存在である」）、他方には、否定と死に対する制限の欠如を体現したサドがいる（「人間の破壊活動には限界がない」）。こうしたサド的犠牲者の不滅性は、後で見てゆくように、ラカンが突き当たった大いなる謎であり、この謎から美についての彼の理論が出来することになるだろう。

サドとカフカが対立関係を解消して対話を繰り広げる場所とは、強制収容所である。この忘れられ否認されもした地平は、その時代時代の哲学のなかに執拗に回帰してくるのだ。

サド的な不滅の存在とカフカ的なそれ、限界なき破壊の不滅性と死ぬことの不可能性としてのそれとを両立させることが、ブランショに固有の幻想（ファンタスム）ではまったくない。こうした両者の妥協は、ある意味で客観的な操作であり、二十世紀全体、つまりサドとカフカの世紀を物語っている。

このように虚無主義をその本質じたいにおいて純粋に定式化してゆくなかで、ブランショは思考を展開するのであろうし、そこに彼自身の反転＝豹変の可能性が潜んでいるのだろう。

第二部　サド的主体との対話——フーコー、ラカン、ドゥルーズ

第一章　フーコー――サドと語る現代の譫言（うわごと）

サド――信奉と撤退

サドを深く読み込み、真剣に受け止めた現代の読み手たちのうちでも、ミシェル・フーコーは最も情熱的な一人である。「情熱的」という言葉は、彼自身が一九七二年にイタリアの哲学者ジュリオ・プレティとの重要な議論のなかで用いているものだ。フーコーがこの語を参照するのは、現代的な情熱の特性、謎めきながらすでにして問題でもあるにちがいないその特性をよりよく理論化するためである。「なぜ今日の我々がかくも情熱的にサドに関心を抱くようになるのか、その理由を知らなければならない」(1)。

しかし「我々」という世代を表す主語を用いているにもかかわらず、実際のフーコーはそこでは例外になっている。というのも、他の者たち以上に現代のサド神話の形成に寄与しておきながら、彼は自らのサドに対する幻惑を祓い去り、きわめてあからさまなやり方で否定さえした唯一の人だからだ。

唯一の人？　いや、必ずしもそうではない。すでに見たように、モーリス・ブランショもまた――フーコーよりはずっと控えめなやり方で、時間をおいてからだったが――、同じようなかたちでサド作品から撤退することになるからだ。かつてはサドに比類なき解放者の役割を宛てがったにもかかわらず。こうしたサドとの決別は、フーコーのそれよりかなり後、一九八三年の『明かしえぬ共同体』においてようやくなされ、道を踏み外しつつまた近づきながら、新たな方向へと舵を切っている。この決別は本書のエピローグにおいて問題とされるだろう。

他方でフーコーの撤退は一九七〇年代の中盤から始まるわけだが、これは彼が一九六〇年代の仕事から距離をとる時期に一致している。そもそもこの撤退には、少なくとも忘却や軽視といったかたちでの、文学的事象への「嫌気」が滲んでいる。[2]

非常に図式的に言えば、フーコーのサドをめぐる冒険は次のように展開されてゆく。最初の時期はサドという人物像を熱烈に支持する時期であり、『狂気の歴史』（一九六一年）から始まるのだが、こうしたサドへの信奉は、同時期になされたいくつかの発言、たとえば一九六三年の「侵犯への序文」（バタイユへのオマージュ）と「言語の無限反復」（ブランショへのオマージュ）によって補強され、確認されている。それから『言葉と物』（一九六六年）やその他同趣のテクスト、――「外の思考」（一九六六年）、「『バタイユ全集』序文」（一九七〇年）――によって、また数多くの対話において、サドという人物像の重要性が理論化され、強調されることになる。こうしたサドに対する幻惑が絶頂に達したのは、一九七〇年五月にバッファロー大学で行われた一連の講演においてであり[3]、これはフーコーの仕事のうちでもサドを専らの対象とした唯一のものである。

最初の時期において、サドは異議申し立ての完璧な表象、ブランショが言う存在論的な意味での純然たる異議申し立ての表象として現れる。フーコーが書くところによれば、この「不可解な遊戯」――サドの遊戯――を展開していかなければならず、そこに息づく基本的な異議申し立ての記号は、言語（ランガージュ）に取り憑いて、これを燃き尽くし、焼けただれた箇所に逃げ込んで、そうした逃避じたいのうちに自らの姿を露わにするという[4]。

断絶が人目を引くかたちで現れるのは、一九七五年に「サド、性の法務官」と題された対話が発表されるときである。この対話のなかで、サドは規律的社会を体現する月並な存在になってしまう。「［サド］は我々を退屈させる。彼は性の懲戒者であり法務官、尻とそのさまざまな等価物を帳簿につける会計士なのだ(5)」。一見軽快に見えるフーコーの口ぶりは、我々を騙すつもりのものではない。すでに数年前から、少なくとも一九七二年以降、あいかわらず一定の慎重さをもってなされているとしても、かつて肯定されたサドの預言者的性格は否定されているのだ(6)。特に『知への意志』(一九七六年)が発表されてから、フーコーのサド否定は揺るぎのないものとなり、理論化されさえした。一九六〇年代にサドは「侵犯」の主要な仕掛け人として輝かしい地位を占めていたわけだが、いまや格下げされて、「性の話をしろ、性を語れ」と社会・文化的なレベルで命令を下す官吏でしかなくなってしまったのだ。そこでの命令とは、西洋社会全体の命令であり、たとえば、古典主義時代が少なくとも三世紀にわたって科してきたものである(7)。サド的な無限は、言説(ディスクール)に基づくこうした命令、言説の考古学のなかでも前例のない命令の有限性のもとに後退してゆくのである。しかも『知への意志』で提示された新たな力関係によって、フーコーが言うところの「抑圧仮説」、セクシュアリティないしセックスの抑圧は社会や権力に由来するという仮説が激しい音を立てて崩れ去る。以後この仮説は支配的な社会通念(ドクサ)に帰せられてしまうのだ。その結果、犠牲者としてのサドという神話——フーコーは一九七〇年の時点ではまだこの神話を語っていたが——、「［サド］に襲いかかった追放のシステム(8)」という神話は消滅し、これに連動して、侵犯をめぐる一つの問題系全体もまた消滅してしまうのだ。

以上のような転回は、大規模で対称的で暴力的であるがゆえに、厄介な問題を呈している。まず第一に、哲学的言説の問題に触れながら、そこに前言撤回という一つの文彩(フィギュール)——あらゆる公理の根本的反転——を刻み込んでいるということがある。前言撤回というのは、まずソクラテスが『パイドロス』で理論化したプラトン的カテゴリーであり、その後ボードレールの登場によって、現代性(モデルニテ)に固有の言説カテゴリーとなったものだ。

フーコーにおいて連続性の切断、断絶の効果は、彼が「哲学的作品（ウーヴル）」という概念に対して一貫して否定的な態度をとってきただけに、きわめて重要な意味を呈している。『狂気の歴史』の結末において「作品をつくる」行為を全面的に批判して以来、アクチュアリティとしての現在、自らの仕事を特徴づける限界としての現在を価値づけするに至るまで、一貫してそう言えるのだ。彼の仕事とは、作品を拒否し、真実に純粋な「干渉」としての地位を与え[9]、自らが実践する「経験としての書物」と「真実としての書物」ないし「証明としての書物」とを対置させ[10]、哲学の仕事を純粋な実践（プラクシス）として、「フィクション」として定義することである[11]。こうした断絶の実践、限界経験としての哲学的言説の実践は、一部の人々に疑問を抱かせるものであったにちがいない。すなわち、フーコー哲学というのはあるのか、それは言表可能なものなのかという疑問である[12]。

フーコーのサドに対する転回的態度は、こうした態度が突然現れる時期（一九七四年から一九七五年）、とりわけ展開される時期（一九七六年から一九八四年）――まさしく現代性（モデルニテ）が根源的かつ持続的な危機を迎える時期――をつうじても、問題含みのものである。初期の煌びやかなフーコーにつづいて、賢明で落ち着いていてほとんどカント的なフーコー、サドやニーチェがその象徴でありえたところのフーコーが現れたわけだが、いまやそうしたフーコーにまつわる神話が危機にさらされている。

結局、こうした転回はサド自身にかかわる第三の問題を投げかけている。この問題については、ただちに総括的な仮説を提示できるだろう。戦後すぐに現れたサドを真剣に受け止める最初のムーヴメント――クロソフスキー、バタイユ、ブランショの名が挙げられる――がサド作品を真正面からきわめて推移的かつ直接的なやり方で包囲したとすれば、第二世代――一九六〇年代からサドについて書き始めたラカン、ドゥルーズ、フーコーの世代――はまったく違うやり方で、より雑然と、ある種の二重性のもとで作戦を実行する。ラカン、ドゥルーズ、フーコーという三人の思想家に共通の兆候とは、サドの名が名目上の奇妙な置き換えの対象になっている点だ。事実、ラカンはサドを大いに論じた『精神分析の倫理』の講義において、サドの名――そしてジュスティーヌやジュリエットの名――の代わりに、アンティゴネーの名を持ち出すことでようやく結論に至っている。ドゥルーズの巧妙さ、きわめて大胆不適な抜かりなさは、サドの名の代わりにザッヘル＝マゾッホの名を持ち出すこと――撞着的な置き換え――にあるわけで、これは同時代人たちとの対決姿勢を示すものにほかならない。

ならばフーコーはどうか？　彼においては、サドの名にいかなる別人の名が取り憑いているというのか？　他に検討すべき問題があるなかで、これが我々の研究テーマの一つとなるだろう。なぜなら、別の名が一つ存在しているからである。おそらくサドによって、フーコーの哲学的言説の内実に深く切り込むことができるだろうし、つまりはフーコーがサドに対して取った転回的態度、現代の読み手のなかでも前例のないこの態度の謎に答えを出すことができるだろう。

「狂気の歴史」における二人のサド

フーコー的反転の意味じたいをその例外的性格や仰々しさも含めて理解するには、フーコーの仕事のなかでサドがいかに独特の地位を占めているかを問わなければならない。そうしたサドの位置づけは、一九六一年に発表された最初の大著、『狂気の歴史』以来のものだ。したがって『狂気の歴史』では、デカルトが作り上げ、ジャック・デリダが暴力的に際立たせた盲点が備えられているだけでなく、[13]おそらくサドがそうした問題よりもずっと脆弱で謎めいた箱舟のようなものになっているだろう。

実際のところ、『狂気の歴史』には二人のサド、つまり一人以上のサドがいる。一人目のサドは、フーコーの経験的で具体的な一種の構造主義にかなりしっかりと繋ぎ留められており、狂気の神話的な性格――バルト的な意味で――を証明することを目的にしている。

フーコーから見れば、狂気は客観的経験を欠いている。狂気は精神医学の知が成立する以前に存在した観念的実体ではなく、この知によって発見されたとされているが、実はむしろこの知によって産み出されたものなのだ。「狂気」とそれを対象として作り上げる「知」との関係は、とりわけ狡智に富んでいる。というのも狂気をめぐる精神医学的知は、バルト的な神話と同じく、狂気じたいに対して疎外〔自立性の喪失〕をもたらすからであり、こうした疎外は、狂気が対象としての地位を受けとることに起因している。そこで作動している実証主義は、医学的詐術にほかならないもの、精神医学的言説という権力の言説から引き出されたイデオロギー的策略にすぎないものを、自然的事実もしくは明白な事実として通してしまうのだ。つまりこうしたフーコーの主張は、「狂気」が構造のほかにいかなる地位も有していないことを想定しているのである。この構造は、科学的言説の内部において、「狂気」と「理性」、「狂気」と「無分別（デレゾン）」のあいだに「分岐点」や折り返し点を設ける。狂気は括弧つきで読まれ書かれるべき言葉になってしまうのだ。狂気が対象（オブジェ）＝物のようになってしまうこと、それは狂気を対象＝物として解体することと同じであり、いまや狂気は偽りの対象＝物、歴史的なフィクションなのである[14]。そもそも対象＝物の論理的に矛盾した性格は、フーコーの著作のリーダビリティに影響を与えずにはいない。その複雑さは、「狂気」という語を使用するたびに生じてくる動揺によって、はっきり感知される。「狂気」という語は、厳密に精神医学の欺瞞的利用を覆い隠すべきものでしかなくなるわけだが、とはいっても、「無分別」という的確な語――「狂気」の反概念（アンチコンセプト）――の同義語として使用されることもままある[15]。

狂気という概念の「不埒な」性格が現れるのは、狂気が認識論的に脱構築されたせいだけではなく、フーコーが哲学者として強烈で決然とした態度をとり、それを言明したことにも起因している。黎明期の精神医学による狂気の発明は、十八世紀末のフィリップ・ピネルによって、「狂人たち」を解放するというアリバイのもとに行われるわけだが、実はこの解放によって、狂人は古典主義時代の大がかりな監禁よりもずっと疑わしい病理学の客観性のうちに閉じ込められてしまう[16]。『狂気の歴史』最終章――「人間学上の円環」――の哲学的争点は、狂気を人間的なものにするように見せかけているものはすべて反対に無分別の疎外として解釈されなければならないということ、十八世紀末に行われる狂人の「解放」は実のところ一種の退行であるということを証明する点にある。こうして狂人は、古典主義時代よりも[17]、精神科医の監視下に置かれる現代のほうがずっと「狂人」として生きる自由を奪われていることが明らかとなる[18]。なぜなら、ピネルをはじめとする他者が狂人に与える「自由」とは、狂人が客観性のなかに転落することの裏返しでしかないからだ[19]。

古典主義時代が狂気に沈黙を強いてきたという事実を信じることができたとすれば、いまや次のことが明らかになるだろう。その沈黙は、真の沈黙であったのだから、被監禁者による沈黙の占有、つまりフーコーが言うところの「闘争としての無言の対話」であったにちがいない。ところが、この対話はピネルの登場とともに緊張を解かれてゆくことになる。つまり言葉で語り、絶えず語りまくるわけだが、逆説的にもこうした試みこそ絶対的沈黙、言葉の氾濫の核心にある完全な沈黙なのである[20]。結局、似非の解放が狂人をそれまで囚われていた「悪」との親近性——そこで狂人は悪魔的と見なされていた——から「解放する」とすれば、それは一連の決定論、悪魔に対する狂人の現代的な「無実(イノサンス)」が非常な高値で購われるように仕向ける決定論のなかに狂人をようまく閉じ込めるためなのである。無実の対価は客体化の絶対であり、これが狂人の無実を科学的に保証する。狂人にとっては、狂気をとおして悪と同一視されるほうが、知によってその「無実を証明される(イノサンテ)」よりもずっとよかったのだ。

つまり十八世紀末に狂人の「解放」などなく、あったのは狂人の客体化なのである。科学が描き出す狂気の肖像は、実際は合理的主体が経験する天変地異、「正常な人間」が陥った危機的状況を物語っている。というのも、狂人や狂気をとおして、西洋の思想は自分自身のことをもっぱら語っているのであり、そこには狂人を否定的保証とする規範的な人間学を打ち立てる以外のことは何も企図されていないのである。

疎外という概念のラディカルな批判をつうじて、情熱的な反ヘーゲル主義者であるフーコーは、精神医学における疎外と哲学における疎外をわざと混同している。彼によれば、両分野における疎外の概念はいずれも同一の弁証法、すなわち人間の真実としての真実やこの真実の喪失としての疎外をめぐる偽りの弁証法によって規定されており、こうした操作によって、主体は自分自身と疎遠な存在になってしまうという。[21] おそらくフーコーは時代の空気に組み込まれているのだろう。ラカンが「カントとサド」において——少なくともこの論文が一九六三年に『クリティック』誌に掲載されるとき——、フーコーの「見事な『狂気の歴史』」に敬意を表するのは何ら不思議なことではない。[22] 結局のところ、フーコーは『狂気の歴史』のなかで心理学の出現そのものを可能にした事象の系譜(ジェネアロジー)を築いてもいるのだから。

　こうした構造主義的系譜の枠内において、サドを検討することが可能となるだろう。他の人物たちと同じ資格で、ドゥルーズが言う意味での「古文書(アルシーヴ)」的な対象として、つまり「人 on」という不定人称の言説体制にいわば服従した存在として、サドを捉えることができるということだ。サドは古文書として「矯正的世界」に属し、放蕩(リベルティナージュ)は諸々の自由の発揚とはまったく逆のものとして「隷属状態の核心に」位置づけられる。[23] したがってまた、サドは単なる言説的事実として、似たような他の主体ならどんな者とも接合できるようになる。たとえば、モンクリフ神父とも接合できるわけだが、フーコーは同時代の古文書からこの神父の人物描写を引用し、サドの傍らに引きつけている。[24] そもそも問題とされているのは、「十八世紀末の大衆文化的事象」としての「サディズム」なのであり、[25] 実際、サドは自らが反復する根源的装置、監禁という装置の一要素でしかないらしい。この装置によって、フーコーはサド、サディズム、サドの小説、サドの登場人物を同じタイプの言説のなかに合流させることができるのだ。「ある一人の人間の名を擁する個別的現象としてのサディズムは、監禁から、監禁のなかで生まれたのだ。そして[……]サドの全作品は、城塞、独房、地下室、修道院、絶海の孤島のイメージによって要請されているのであり、これらのイメージは、無分別の天然の地というべきものを形成しているのである」。[26]『狂気の歴史』第三部の脚注において、フーコーはサドを諸々の規律的計画における一種の保証人に仕立てあげるまでになるだろう。十八世紀末において、この計画は「あらゆる悪の世界のうちで可能なかぎり最良の世界」[27]、とりわけジャック・ピエール・ブリソ的な世界のうちで極力最良のものを描き出している。フーコーはブリソ的世界をサド的計画と関連づけているが、後者において問題とされるのは、「国家に役立てるかたちで保存するために犯罪者を利用する然るべき方法」なのである[28]。

つまり、サドは人物像を形成しているのではない。彼は単なる繰り言でしかないように思われる。サディズムの構造が再生産する監禁のプロセスそれじたいの冗長な繰り言でしかないのだ。サドの名は一種の匿名性のうちに回収されてしまう。したがって、フーコーは一貫してサドの名を固有名詞の特異性を解体するもの、すなわち「サディズム」という普通名詞と同一視しているのである。

しかし、『狂気の歴史』には二人目のサドがいる。この第二のサドは巨大かつ神話的で、無分別にまつわる古来からの原始的な秘密を収める主要な人物像として現れ、未来のため無分別〔理性を欠いた存在〕に預言者としての意義を与えており[29]、したがって、他のどんな人物の名より熱烈な名となっている。というのも、このサドはフーコーが著作全体をつうじて呪文を唱えるように繰り返す一連の名の先頭に現れるからだ。一連の名とは、ヘルダーリン、ネルヴァル、ニーチェ、ヴァン・ゴッホ、アルトーらのことである。

一九六一年の序文、以降の版には再録されなかった序文において、サドの名は詩的でかつてないほど秘教的な存在感(プレザンス)を誇示してさえいる。たとえば、サドを狂気の象徴に仕立てあげるために、その名を口にせぬまま喚起しつつ、サドを隠れた登場人物にしているルネ・シャールの一編の詩を注釈するときがそうだ。まさしく、目利きの読者にしか理解できないコード化された引用の戯れである[30]。こうして暗号化された現前性(プレザンス)によって、サドは匿名のまま狂気の固有名詞となり、非常に精緻なエクリチュールの戯れをとおして、神話の存在論的レベルにまで引き上げられるのである。

つまりきわめて奇妙なことだが、二人のサドがいるのだ。一人目は普遍的なサドであり、サディズムという同時代的言説の襞を指し示している。二人目は崇高なサドで、一編の詩における狂気――迫害され、脱走した狂気――の定義を暗号化するわけだが、そこでは隠されたサドの存在が神秘的な栄光を表す記号になっている。

二人の「サド」はフーコーの著作が抱える二つの渇望に一致している。フーコーの第一の野望は、構造主義的系譜の構築によって、狂気という「概念（コンセプト）」を脱神話化することである。系譜（学）は、方法の中立性によって、狂気というコンセプトからそれ自体を支える欺瞞的で、虚偽的で、秘められた内容、すなわち人間という内容を除去するのだ。フーコーによれば、科学による「狂人」の形成は、それ以上に決定的な意図、人間学的な意図によって支えられている――すなわち、人間を創造するという意図である。なぜなら無分別は、監禁が行われた古典主義時代のようにその本質的な他性に帰されるどころか、人間をモデルとする〈同一のもの〉の人間学をとおして「狂気」に再編成されてしまうからであり、つまりは「狂気」という病理学的概念が「無分別」に取って代わるからである。「無分別」はといえば、「それを白日のもとにさらすものすべてのもののなかで」消滅してしまうのだから、概念化されえないものだ[31]。

フーコーの計画は非常に厳格で、一九五〇年代に解禁された構造主義のプログラムに完全に組み込まれ、もっぱら襞や分割線や装置からなるさまざまなシステムによって要請されているのだが、実はこうした計画の傍らに第二の計画が控えている。ニーチェから着想を受けた、きわめて叙情的で、幻惑された計画であり、つまりそこではサドを先頭において奇妙に連なった狂人たちの名が、連祷を唱えるがごとく、讃えられているのである。論争的な計画であり、現代的な善悪二元論の暴力性に捉えられた反人間主義、システムは「人間的」であればあるほど虚偽になる、という公理を掲げた反人間主義を体現する計画なのだ。

構造と装置の研究をつうじて一定の方法にしたがいながら「人間」を中性化すること〔骨抜きにすること〕はたしかに必要な作業である。しかし、これだけではきわめて不十分だ。なぜなら、最終的にこの作業は、事実の帝国において絶大な権力をふるう、経験的実証主義しか産み出せないおそれがあるからだ。したがってこの中性化はもう一つ違うタイプの中性化、すなわち人間と人間の支配に対する激烈な異議申し立て――ブランショ的な意味での――を伴っている。[32] だからこそサドは、矛盾しているようだが、装置の単なる襞にすぎないながらも、巨大で厄介な神話的人物像として燦然と輝きを誇っているのである。

だとすれば、構造主義的系譜の傍らには、「反歴史」――「世界の反時間性」[33]――が控えていることになる。反歴史とは歴史〔物語〕なき歴史のことなのだが、というのも、この歴史が悲劇の揺るぎない構造を抱えているからであり、[34] 有機的に構成された歴史の完全性に抗して、もっぱら執拗なざわめき、たったひとりで語る言語(ランガージュ)のざわめきを対置しているからであり、[35] つまりは作品の欠如であるからだ。[36] しかもこうした反歴史は、あらゆる物語と引き換えに、我々が先に言及した名の羅列、強迫的に繰り返され、若干の変更を加えられつつも『狂気の歴史』全体を貫いている一連の名しか抱え込んでいない。すなわち「ヘルダーリン、ネルヴァル、ニーチェ、アルトー……」といった名の列であり、その先頭に来るはいつだってサドなのだ。[37]

フーコーには第二のサドが必要なのだ。歴史を脱臼させるようなエネルギーを抱え、反歴史を打ち立てる能力をもつサド、狂気という偽りの姿をまとわせることで無分別を疎外してゆく動向に反抗するサドが必要なのである。無分別の古代からつづく謎と現代的な「狂気」のあいだをつなぐ鎖があるとすれば、サドはそこに欠けている環である。現代的狂気は自らの疎外、知のなかに転落することに「反抗し」、病理学のカテゴリーのなかで沈黙を強いられる。狂気の反抗は眩いばかりの閃光のきらめきのうちに証明されるわけだが、そのきらめきは、ヘルダーリンとともに文学が作り出してゆくものであり、叫び、虚無、闇、怒りといったかたちで現れてくるものだ。

サドがこうした使命を遂行できるというのは、結局において古典主義時代の監禁が、地下室や監獄の暗がりのなかに、中世的な「無分別」をありのままのほとんど無傷の状態で保存してきたからであり、サドがそうした「無分別」の継承者であるからだ。しかし、彼は過去の継承者であるだけではない。現代的な作家の嚆矢でもあるかぎりにおいて、彼のなかには創立者あるいは預言者としての側面がある。

こうしたサド像、つまり現代的なサドという捉え方は、だいたいにおいてブランショから借用したものである。借用はあまりに明々白々なので、当のブランショの目を欺くことができない。一九六一年に書かれた『狂気の歴史』の書評において、[38]ブランショは自分の思想からフーコーが借り受けているものを執拗に指摘する。とりわけ著作を締めくくるにあたって持ち出した「作品の欠如」、「無為（デズーヴルマン）」、「書物の不在」といった概念は自分に負っているのだと主張するのである。[39]

ブランショは書評の最後にサドを持ち出して、『狂気の歴史』全体を表象する主要な人物像に仕立てている。「独房の一室で無分別（デレゾン）と出会い、無分別もろともそこに閉じ込められてきたサドは、一世紀以上の沈黙の後にこの理性を欠いた狂気を解放し、世界の騒乱のさなかに、それを言葉や欲望として顕在化させるのだ」。[40]こうした手つきはフーコーのテクストと自分のそれとを結びつけるものでもある。というのも、サドの発言は膨大な数にのぼり、ブランショをとおして間接的にフーコーが引用しているからである。

サドとルソー

こうした無分別＝狂気の解放者としての役割がサドに宛てがわれるのは――他方で、二十年後の祓魔式の際にそうされたように、「矯正のための世界」のスポークスマンとしての役割にとどめおかれた可能性があったにしても――、ある別の人物の名を排除しなければならないからだ。まさに思想史と文学史においてサドの偉大なライバルとなる人物、すなわちルソーである。

フーコーにおいてルソーの名は、実はサドの名のうちに取り憑いているのだ。ラカンにおけるアンティゴネー、ドゥルーズにおけるザッヘル＝マゾッホと同じように。ルソーは文学史上最初の偉大な狂人であり、まさしく正当な理由でヘルダーリンと結びつけられているし、[41] ネルヴァルの兄弟、ニーチェと敵対する兄弟にもされている。しかも彼の凋落――転落――は、ヴァン・ゴッホやアルトーのそれを先取りする一種のモデルとなっている。

では、なぜサドがルソーに取って代わらなければならないのか？　ごく簡単に言えば、現代の狂気がほかならぬ人間学の思想家、人間に基礎的な地位を与える可能性の条件を提供した思想家を父にしてはまずいからだ。フーコーから見れば、「狂気」とは――いかなる時も本来的に展開されるだけで――人間学を不可能にするもの、人間を禁じるものであり、沈黙、欠如、沈黙の監禁への道を拓くものである。フーコーによれば、ルソーはサドとは反対に、あらゆる可能な人間学をものにした思想家にほかならず、彼を起点にして哲学上の人間学の基礎が与えられるという。

フーコーのテクストには暗黙の三段論法が潜んでいる。狂気は作品の不在であるのだから、自身の「錯乱（デリール）」が作品に組み込まれているかぎりにおいて、ルソーはこの世界に帰属することができない、という論法だ。[42]

一九六二年、ルソーの『対話――ルソー、ジャン＝ジャックを裁く』のために書いた「序文」のなかで、フーコーは奇妙かつ執拗なやり方で同じ論法を蒸し返している。最後のまったくもって謎めいた「対話」の一種をつうじてなのだが、そこではある匿名の人物が次のような問いを投げかけている。

『対話』は狂人の作品ではないのか？[43]

これに対する答えもまた匿名のかたちでなされるのだが、どこかブランショの『終わりなき対話』を思わせるものだ。

もしそこに意味があるとすれば、この問いは重要なのかもしれない。しかし作品は、定義上、非狂気（ノン＝フォリー）である。

「作品があるところに狂気はない」[44]という『狂気の歴史』の公理に立ち返るような答えである。対話はその後もつづき、難解な一連のアフォリズムによって閉じられることになる。たとえば、「もしそれが一つの作品だとすれば、信仰がそこに付け加えられることを要請する作品とはどのようなものなのか?」、あるいは、「言語活動だけが錯乱を呈しうる。錯乱（デリラン）を呈するという語は、ここでは現在分詞である」。そして締めくくりは、執拗に質問する対話者に向けて発せられた、呼びかけのない次のような定式である。

以上のことは心理学の問題だ。結局のところ、私の問題ではない[45]。

ルソーは、フーコーが連禱式に唱える名前のリスト（サド、ヘルダーリン、ネルヴァル、ニーチェ……）から排除されているだけでなく、「狂気」からも排除されている。言うなれば、フーコーはごく単純にルソーの狂気を真剣に受け止めていないのである。

サドから着想を得た時期全体をつうじて、フーコーはルソーの「錯乱」を事実として認めながらも、絶えず彼の「狂気」を非合法化しようとするだろう。たとえば一九七〇年、サドがいまだ重大な人物像であった時期に、フーコーはサドのために再びルソーを排除し、新たにサド／ヘルダーリンという組み合わせを主張する。サドは現代文学の創立者として現れ、ヘルダーリンは現代詩の本質に最も肉迫した存在とされるのだ[46]。

しかし、さらに重要なことを付け加えている。

興味深いことに、ルソーにかんして言えば、彼は狂人になる可能性を執拗に拒否している。自分は狂気に陥る不安に眩惑されていないという確信と、人から狂人扱いされているにちがいないという確信に苛まれていたのだ。実際は狂人ではなかったにもかかわらず。〔……〕今日、狂気に陥る危険に向き合うことなく、エクリチュールという奇妙な経験を企図することはできない。そのことを私たちに教えてくれたのはヘルダーリンであり、またある意味では、サドである。[47]

この意味において、ルソーは十九世紀の実証主義から出来するまったく新しい意識を先取りしているのであり、この意識が『狂気の歴史』全体をつうじて告発されている。それはすなわち、「狂気外」という仮説、自ら進んで狂気から離れる意識があるだろうという幻想である。

まぎれもなく、サド／ルソーという対立的な組み合わせは無意味なものであるはずがない。互いの言説が根本的に対立しているかぎりにおいて、歴史上まれにみるカップルだ。ルソーから文学史上最初の狂人という役割を奪いとり、これをサドに宛てがうフーコーの操作は、もしサドの作品——とりわけ『ジュリエット物語』——が「ルソーの大いなる模倣（パスティッシュ）」でなかったとしたら、[48] つまりフーコー式に言うと、ルソーの捉え返し、廃棄、反復、無効化でなかったとしたら、[49] これほど重要なものにならないだろう。サドが模倣をとおして破壊するのは、ルソーの人格だけでなく、イデオロギーとしてのルソー主義そのもの、つまり「理性」あるいは虚偽的な理性としてのルソー主義でもあるのだ。サドによるルソーの模倣は、「彼〔ルソー〕と同時代の哲学」の無益さ、ルソーの虚しさ、「人間と自然にかんする彼のまったく無駄なお喋り」を証明しているのである。[50]

もっとはっきり言うなら、ルソーの代わりにサドを持ち出す必要性が露わになるとき、以下のことが明らかになってくる。つまりサドのおかげで、ルソーだけでなく、ヘーゲル（したがってマルクス）までもが疎外という概念のラディカルな批判のなかで槍玉にあげられるのだ。

十八世紀の哲学者たちと同じく、ヘーゲルにとっても、欲望の孤独な狂気は最終的に人間を自然の世界に突き落とすものであり、この世界はすぐさま社会的世界に回収される。サドにとってこの狂気は、人間を自然が遠巻きに支配されるような空虚のなかに、共同体や調和をまったく欠いたところに、充足感の絶えずぶり返される欠如状態のうちに投げ込むものなのだ。したがって、狂気の夜には際限がない。人間の暴力的な本性（ナチュール）と見なされえたものは、実は非自然（ノン＝ナチュール）の無限でしかなかったのだ[51]。

ヘーゲルやルソーにおいては、すべてが人間の本性へと至り、人間を規範化された人間学のうちに回収する手つきに通じてしまうのだが、サドにおいては事情がまったく逆なのだ。サドとともに、我々は人間からも人間の本性からも解放されている。この点においてこそ、サドは先駆者なのであり、単に無分別の原始的な秘密を託された存在ではないのである。実際、彼のおかげで「無分別は夜中じゅう目を光らせつづける」のだが、フーコーが付け足して言っているように、「こうした寝ずの番をとおして、無分別は若い力と手を結ぶ。[……]非存在であった無分別は、いまや無化の力となるのだ」。フーコーはこう結論づける。サドとともに——同じく、当時サドと関係のあったゴヤとともに——、「西洋世界は自らの理性を暴力において乗り越える可能性と、弁証法の取り決めを超えたところに悲劇的経験を再び見出す可能性とを手に入れたのだ[52]」。悲劇的とは、つまり**現代的**ということだ。というのもサドによって、無分別が「あらゆる作品がはらむ殺人的で強制的な」ものに通じてゆくからであり[53]、サドからしてみれば、「あらゆる作品がはらむ殺人的で強制的な」ものこそ現代世界の特性なのである。

ルソーをサドに置き換える試みは、一九六六年の『言葉と物』でも繰り返されるだろう。まずエクリチュールの存在論という観点から、模倣の問題がまた蒸し返されるのだが、今度はサドと『ドン・キホーテ』が比較対照に付される。セルバンテスにおいて、表象が相似の法則によって掘り下げられ、類似のシステムに基づいた一種のアイロニカルな作用に行き着くのに対し、他方のサドにおいては、「欲望の謎めいた反復的暴力」が表象の限界を打ち破りにくる。[54] 次に、以下の事実をとおして模倣が問題となるだろう。言葉と物が共通の本質のなかで結合するという、理想的な透明性を素朴に希求するルソーの態度は（このことからルソーはラシーヌの同時代人とされる）[55]、現代的なシークエンスを創始するサドのエクリチュールと対立しているという事実である。なぜなら後者においては、言語（ランガージュ）が「その原始的で絶え間ないざわめき」のなかで即物的な荒々しさをまといながら立ち現れてくるからだ。[56] そして改めてサドの名は当初の地位に到達し、来るべき名の羅列（セリー）の先頭に躍り出る。このセリーによって、進歩主義的イデオロギー、左翼的な人間主義のイデオロギーが〈同一のもの〉にしか逢着できない思想として無に帰されてしまうのだが、このセリーじたいは人間の絶対的な〈他なるもの〉にアクセスできると信じているのである。[57]

　つまり第二のサドは、とりわけ狂気や無分別の系譜学を可能にする批判の担い手なのであり、人間主義の哲学的基盤を根本から破壊することを目論んでいるのだ。第二のサドには、同時代に構造主義の冒険へと乗り出した者たちと比べたときの、フーコーの特異性がすっかり体現されている。実際、構造主義の知的シーンのなかでも、フーコーは言語的あるいは言説的パラダイムの向こう側を探索しにゆく唯一の人である。あらゆる境界を掻き乱しながら、彼はブランショ、バタイユ、ニーチェから哲学的イデオロギーを破壊するための武器を借り受ける。[58] この意味で、フーコーは哲学的イデオロギーに対してだけでなく、自らの知的領域、自らが身を置く構造主義の認識体系（エピステーメー）に対しても強権を発動するのであり、最終的には自らに固有の計画——理性／無分別、無分別／狂気の組み合わせに基づいた系譜学——に対しても同じことを実行するのだ。最後の強権を発動するにあたって、彼は計り知れない、問題含みの、名前だけの実体を導入する。すなわち、固有名詞としてのサドである。

まるでファイルを入れ替えるように、フーコーはむしろルソーに当てはまりそうな表現をサドに対してつかうのだが、実際そうしたときはいつでも、サドの名が問題含みのものとなっている。たとえば、サドにかんして次のように書くときがそうだ。旧制度(アンシャン・レジーム)の社会がサドを監禁の身にしつづけることで、中世において気のふれた人間が担う「宇宙的規模の葛藤」であったものが、「心を介在させない弁証法」のなかに移転してしまった、と。またサド的放蕩を定義するために、卓越した定式でありながら、ヘーゲルがルソーを語るとしたら口をついて出てくるかもしれない表現を付け加えるときも事情は同じだ。「それ〔サド的放蕩〕は、心が理性を欠いた状態(デレゾン)にあるなかで、疎外された理性を行使することである」[59]。

以下の点においても、サドの名は疑わしいものだ。フーコーにとって、ルソーが錯乱状態にあるにもかかわらず、サド作品によって創始された狂気の反歴史に属することができないとしたら、錯乱状態にないにもかかわらず、どうしてサドは反歴史の創立者としての役割を果たすことができるというのか？　事実、サドのフィクションがどんなに奇抜を極めていようと、我々はサドを読みながら錯乱的な言説、狂人の言説に直面しているわけでは決してないのだ。そもそもこの問いに答えるのはあまりに難しいので、フーコー自身、いかなる局面においてもサドにまつわる精神医学的資料に本気で手をつけていない。サドが一八〇三年四月から死ぬまで過ごしたシャラントンでの日々を調査することもないし、この入院時期にサドがド・クーミエ氏という院長の援助と同情を受けながら展開した、きわめて重要な演劇活動を分析することもないのである。サド当人はこの活動のうちに治療の効果を認め、実際に数多くの患者を癒したと豪語している[60]。サドをめぐる冒険の精神医学的「実態」をたしかに参照したといえるのは、狂気を実証主義的に捉えた代表者の一人、ロワイエ＝コラールを告発するときだけだ。フーコーがロワイエ＝コラールを告発するのは、この哲学者がサドを狂人の世界から引き離そうとしたからであり（「この男は精神異常者ではない」[61]と彼は言っていた）、その結果、サドをシャラントンという、当時から無分別／狂気を分割する元凶の一つであった精神病院から追放しようとしたからである。つまり、ロワイエ＝コラールは「もはや狂気の病的な声しか聞きとれないようにするため、無分別の発言を封殺し」ようとするのである。[62]

結局のところ、『狂気の歴史』とサドを注意深く読む読者は、フーコーが『ジュリエット物語』のある決定的なエピソードをまったく看過していることに驚きを禁じえない。なぜなら、そこではまさしく癲狂院が舞台となっているからだ。小説の第五部において、ジュエットはクレールヴィルとともにナポリに滞在している。サレルヌに着いた彼女たちは、美しいオランプを伴いながら、ヴェスポリという凶悪な男のもとへと赴く。この男にはさる有名な感化院の「独裁的経営」が任されており、そこには町の狂人すべてが監禁されている。[63]まさしくヴェスポリは、フーコーが脱構築しようとつとめた人間主義的な眼差しを表象するピネルと真逆の人物であるが、[64]サドが小説を執筆していた時期にこの世に生を享けているとすれば、ピネルとまったく同時代の人間でもある。病人たちを治そうとするどころか、また彼らの狂気を「疎外化」として客観視しようともまったく思わず、ヴェスポリはまさにサド的な拷問執行人として狂気に狂気を加え、錯乱に錯乱を重ねて、サド的計画を一種の中心紋〔入れ子〕にしてゆく。その計画とはすなわち、倒錯者が経営する狂人の収容所という仮説である。[65]ヴェスポリが経営する収容施設の建築モデルは、古典主義時代のそれ、狂人や狂暴な者を閉じ込める監獄や「独房」に代表される「大いなる監禁」のそれにほかならない。[66]スタッフは看守によって構成され、狂気じたいがそこではあたうかぎり最も基本的かつ滑稽なやり方で再現されている。ある者は自分を神だと思い、ある者はマリアと同化し、ある者はついにキリストを自任する。しかし実のところ、これらの狂人は本質的にサドの英雄たちの犠牲者であり、同時に彼らの範となるべき存在なのである。ヴェスポリは狂人たちに折檻と拷問を加えながらこう叫ぶ。

「狂人の尻はなんて気持ちがいいんだろう！　これで俺も狂人さ、神ってのは二重に罪つくりな奴さ！」[67]。そしてクレールヴィルがつづける。「こんな見世物見せられて、私、火照ってきちゃう。さぁ、みんな、私の真似をして。そこの悪ガキさん、あんたの手下の看守たちをつかって、私たちを裸にしてよ。独房に閉じ込めてちょうだい。私らも狂人として扱ってよね。みんなで気がふれた真似するからさ」[68]。狂人たちとの乱交は、施設に収容されていた三人の狂人の殺戮によって幕を閉じる。放蕩家たちにとってこの施設は、犠牲者をいっぱいにたたえた生簀（いけす）にほかならない。

要するにフーコーの計画の真の意義は、ロワイエ＝コラールとフロイトまでつづく彼の継承者たちの仕事を解体すること[69]、狂気／無分別の分離作業を破棄することにあり、分離に逆らう原点としてサドという非狂人を据えることにあるのだ。

無分別とは何なのか、なぜ無分別の先駆者が「非狂人」でなければならないのか？　答えは簡単だ。無分別とは、狂気という概念、狂人を医学的に対象化し疎外化するこの概念に反抗するものである。サドは自らの無分別から出発して、これを自身の可能性の極限にまで推し進めながら、他方で精神科医の眼差しに打ち勝ったのだ。狂気に反抗したかぎりにおいて、サドは非狂人なのである。

この意味で、非狂人としてのサドは英雄的な人物像である。なぜなら無分別を決して手放すことなく、狂気によって発動される疎外化に反抗し、無分別を病理化する狂気という概念の暴力性に反抗するからだ。こうしたことから、サドはこれ以上ないほど純粋な異議申し立て、際限なき異議申し立ての英雄なのであり、ついには権力に反抗する英雄になるのだ。

だとすれば、フーコーが『狂気の歴史』のなかで発した次の問いの意味が理解されるだろう。この問いは言うまでもなく、現代世界の本質そのものに関わっている。「なぜ、無分別の差異のうちにとどまることができないのか？」あるいは「一度でも直視した者を石に変えてしまうこの権力とはいったい何なのか、無分別の試練に挑んだ者すべてに狂気を押しつけるのは誰なのか？[70]」

サドが例として選ばれるのは、メデューサと対峙するペルセウスのように、彼の無分別が精神科医の石化作用をもつ眼差しに反抗したからである。要するに、狂人ではないから、自分を狂人として作り上げなかったから、サドは選ばれるのだ。こうした反抗は類義語となるさまざまな名を受け入れることになるだろうし、それらの名によって、サドの「無分別」が「狂気」をめぐる非常に局所的で特殊な問題をはるかに超えていることがわかるだろう。類義語となる名とはすなわち、侵犯、外の思考、言語活動（ランガージュ）、エクリチュールであり、フーコーはこれらすべての用語をつかって、一部の同時代人の後につづくように、一種の反哲学を構築しようとするだろう。

狂気と反哲学——狂った哲学者

狂気は権力が構築した装置への従属であるのだから、狂気に抗して、サドと無分別があるというわけだ。無分別とはつまり「歴史を廃棄する言語活動、感覚的なものの最も不安定な表面において古来からある真実の切迫性を輝かせる言語活動のなかへ純粋に沈潜すること」である。[71]古来からある真実とは何なのか？　問題はそこにはない。というのも、こうした経験は目的語のない自動詞的なものであり、「純然たる沈潜[72]」、「無条件回帰[73]」、「真実との本質的な結びつき[74]」、「きわめてアルカイックでありながらきわめて我々と近しく、非常に静かであるにもかかわらず非常に脅迫的な人間の真実[75]」であり、それを暴露しようとしたとたんに消えてしまうような経験であるからだ。

こうした無分別は、ブランショが『火の分け前』以来「永久反復」と定義する「文学的」経験の同義語でもある。さらに言えば、サドの登場以来、この「無分別」は——客体化しようとしてくる「狂気」に反抗するかぎりにおいて——重大な表現、現代文学の表現しか抱え込むことがなくなるだろう。「十八世紀末から、無分別の生はいくつかの作品が放つ閃光のなかでしかもはや露わになることがない。たとえば、ヘルダーリン、ネルヴァル、ニーチェ、アルトーらの作品である——これらの作品は矯正を行う疎外化に決して還元されえず、自身に固有の力によって道徳的で大がかりな監禁に反抗している。反語的な言い方かもしれないが、そこでの監禁とは、ピネルやデュークによる精神病者の解放と呼び習わされているものだ(76)」。

これらの「作品」は、そこに誇示されている仮構的な錯乱によってではなく、むしろ作品の不在であり、ざわめきであり、反復であり、レトリックの破壊のなかでのエクリチュールであるという事実によって特徴づけられている。そこでは書くという行為が、フーコーがブランショやシャールの口ぶりで語っているように、「自らの起源に際限なく接近した」行為となっている(77)。そうなると、『狂気の歴史』の後をうけて、サドが果たす役割はしだいに壮大で、恐ろしく、目の眩むようなものとなり、ある意味ではますます神話的になるだろう。サドに関するおびただしい数の表現が一気に花ひらく。「あらゆる可能な言語活動、来るべき言語活動のすべてを、おそらく誰も聴取することのできない、唯一にして至高の言説のもとへ帰着させるという計画(78)」。サドは「我々を神のいない夜のもとに引き上げてくれたのであり、そこで我々は神を冒瀆しながら神の不在に訴えかけている。冒瀆は神の不在を指し示し、それを退け、そのなかで力尽き、それによって侵犯なき純粋性に還元されてしまうのだ(79)」。サドは「外」の経験を展開するが、そこでは言語活動の焙焼と反復が構造の機能を果たしていない。しかし、しつこいモノローグのなかで、言語活動は逸脱と分散を繰り返し、自らの極限に身をおきながら、その分散を際立たせるのだ(80)。

この時期にフーコーがバタイユやブランショと結びつけられたサドから選び出して繰り返し援用した記号表現（シニフィアン）のなかに、侵犯というのがあるが、これはきわめて重要である。侵犯という概念は二つの野望を支える基盤となっている。一つ目の野望は、いわば言表作用の領域に属することだが、「無防備」とされてきた哲学的伝説を根本から批判することをねらいにしている。[81] 二つ目は、弁証法的思考の策謀を決定的に挫折させることであり、矛盾という概念が弁証法に対して果たしてきた役回りを新しい思考経験において侵犯に担わせることである。

こうした二重の争点は同時代の哲学、すなわちテクスト注釈の時代に特徴的な哲学、メタ言語のうちに閉じ込もった哲学、言語活動の至高形態として自らが死んでゆくさまに見とれている哲学への激しい批判のなかに組込まれている。この批判は、バタイユが『エロティシズム』の「結論」で示唆した反哲学のテーマに限りなく近づいている。エロティシズムは、反哲学の表象そのものだからだ。

こうした理由から、賢者としての哲学者の死とともに、フーコーのうちに新しい可能性が生まれてくる。「狂った哲学者の可能性」であり、[82] つまり自分自身あるいは自らの語りの遂行じたいのうちに哲学者としての存在の侵犯を見出す可能性である。フーコーのこうした発言には、ブランショのサドの結末をほぼ言い換えているだけの説明が見られ、[83] とりわけバタイユが『エロティシズム』の結末で表した偉大な発想もまた見出せるだろう。『エロティシズム』は、「労働」の立場に位置づけられた哲学者と、我々を「我々の外へ」放り出し、「狂気と隣り合った可能性へ」向かわせるエロティシズムの経験とを対置しているからだ。[84]

フーコーによって定式化された「狂った哲学者」の仮説のうちには、ブランショやバタイユの説明的言い換えがあるだけではない。フーコーの人格そのもの、彼個人のエートスのなかに非常に深く根づいたテーマ系も存在している。さらにすすめて、現代のエートスのなかにと言えないわけがあろうか。たとえば、かつて我々の心を占拠した一人の「狂った哲学者」、ルイ・アルチュセールのことを思えば、むろんのことである。[85]

こうした「狂った哲学者」の問題はあまりに重要であるため、フーコーは、すでに『狂気の歴史』において支配的実証主義――存在様式を権力の立ち位置である「狂気外」に固定することで、狂わずに生きる可能性を提示する実証主義――の斬新さを定義したにもかかわらず、次のことを歴史の基本的要請――定言命令――として定めている。すなわち、狂わずに生きる可能性を改めて「不可能」にすること、[86]「狂気外」を不可能にすることである。

サドとカント

「侵犯への序文」というまさに反哲学の計画書において、サドに取って代わられているのはルソーではなく――このテクスト以外の場所ではルソーなのだが――、カントである。この置き換えはたしかに奇妙で、ルソーの場合とはかなり違ったやり方でなされている。

実際、カントの批判哲学が召喚されるのは、この哲学をまずサド的立場に近づけるためなのだ。カントは出発点になりうるような存在として――彼の思想が限界の思想、理性の限界についての思想であるかぎりにおいて[87]――、それと連動している侵犯を実行に移すために必要な出発点として指名されている。たしかに出発点ではあるが、それ以上のものではない。というのもフーコーによれば、カントの問いかけは一つの人間学的計画を呑み込んでしまったからだ。その計画は、存在と限界を問題化しつづけるどころか、やがてヘーゲルに、つまり矛盾と全体性の思考としての弁証法的思考に行き着いてしまう[88]。

しかしフーコーから見れば、カントはなおも基本的な人物でありつづける。なぜなら、限界という概念の出現はあらゆる思考の転覆を含意しているからであり、フーコーが非常に見事な言い回しで書いているように、限界が前提にしているのは「すべての言葉を超越する特定の言葉を支障なく言語活動に付け加えること」の不可能性であり、これは現代性(モデルニテ)のパラダイムとなるべきものであると同時に、フーコーがバタイユの『エロティシズム』から無断で借りてきたものである[89]。超越論的なものを何であれ拒否すること、つまりラカンが行ったようなメタ言語の拒否であり、他の言葉あるいは他のすべての言葉の鍵となりうるような言葉の拒否である。

これこそ侵犯を可能にし、限界と侵犯を一種の相互性のなかで結びつけるものだ。それはカントとサドだけでなく、カントとニーチェ、さらにはカントとバタイユあるいはブランショをも強烈なやり方で結びつける。カントがまず最初に限界を描き出し、サドがこの限界を侵犯と分かちがたく結びつけ、ニーチェはアーメンの限界を確認し、バタイユは侵犯行為のなかで限界を形成かつ解体し、ブランショは異議申し立ての原理をつうじて限界を回収する。[90] ブランショによれば、「異議を申し立てること、それは存在が自らの限界に到達し、限界が存在を定義づけるところの空虚な核心にまで突き進むことである」[91]。

カントとサドを結びつけた多くの思想家たちのなかでも、フーコーは同じことをアドルノのようにそこから批判を引き出すことなく、ラカンのようにアイロニーを込めることも一切なくやりとげる唯一の人である。おそらく、以下のことを何の躊躇いもなく書けるのは彼だけだろう。

こうしたさまざまな人物像のもとで、「エロティシズムの哲学」と性急に名づけられた思想がどうして可能となるのか？　しかし可能であるとしたら、この思想のうちにカントとサド以来我々の文化に本質的なものとなっている一つの経験（それ以下のものであると同時にはるかにそれ以上のものでもあるもの）を認めなければならないだろう——有限性と存在という経験、限界と侵犯という経験を。[92]

つまり、サドは限界をめぐるカント的身振りを現代的主体の身振りにしてしまうのである。なぜならサドは、侵犯によって、限界にまさしくその輪郭としての価値、設計図としての価値、分岐としての価値を保証することになるからだ。サドのおかげで、限界は不在を指し示すようになり、この不在に訴えかけるようになり、思考を不可能なもの・遊戯・差異をめぐる冒険そのもののなかに引き入れるようになる。哲学の主体が住まう領域に、彼の至高性を破壊するような一つの空虚が穿たれたのだ。まさしくサドによって、限界の言語活動は非弁証法的エクリチュールという独自の書法を見出すのである。

フーコーがこの時期全体をつうじてサドに付与した役割の途方もない振幅がいまや見てとれる。

そして我々が思うに、フーコーが差し出すサド読解には初めから終わりまである一つの仮説――仮説でありながらサドにかんしてきわめて重大なことが――抜け落ちている。すなわち倒錯についての仮説であり、これはラカンの思想の核心にあるものだろう。そもそもフーコーがサドを社会や精神科医が押しつけようとする狂人のイメージに無分別の立場から反抗する者として規定するとき、尊大なやり方ではありながらそのことを上辺では意識することなく、倒錯的主体を定義づけていないだろうか[93]？　フーコーが倒錯について言及したのは、アメリカのバッファロー大学での講演、原則として発表を意図せずに行われたこの講演だけである。サドを話題にしつつ、バタイユから借用した不規則性（イレギュラリテ）の概念や「脱去勢」の概念をめぐりながらであるが、とりわけリベルタンの言説を非常に優れた手つきで分析するなかで倒錯を持ち出したのだ。リベルタンは倒錯者である。なぜなら、彼は大勢を占める哲学的言説によって肯定されるすべてのものを否定しているからであり、それだけでなく、とりわけ自らの犠牲者を純然たる標的として扱い、対話相手として向き合わせることが決してないからだ。リベルタンにとって真の対話相手とは、実際にその場にいようといまいと、別のリベルタンにほかならない。しかしこうした講演のうちに、フーコーの著作においてシステムに穿たれた空虚な枠を埋めにくるものは何もない。空虚な枠とはすなわち、倒錯者である。

萎縮――知への意志

サドという名の価値が転倒されるのが一九七〇年代の半ばだとすれば、それは偶然ではない。きわめて図式的に言えば、この転倒はいわゆる現代的な善悪二元論の敗北を例証するものとして解釈できる。現代的な善悪二元論とはすなわち、人間や人間化にまつわる思想はすべて真の解放を妨げる最初の障害であるという考え方、結果として否定性は進歩主義的イデオロギーよりもごまかしが少なく「現実的」で疎外されていないという考え方に基づいた反人間主義的計画のことである。フーコーはこうした立場の難しさをすでに予感していた。一九六三年以来、彼は否定や否定性のうちになおも残存する弁証法的なものを中性化〔無力化〕しようとし、「否定」に代えて侵犯の思想を打ち出そうとしたわけだが[94]、この思想は否定よりも遊戯や差異へと開かれており、超越論的なものの誘惑に屈することが少なく、内在性や有限性のプロセスのなかに深く根を下ろしていた。

しかし一九七四年から翌年にかけてのフーコーにとって問題だったのは、それとはまた別のことだ。それ以上のことであり、それ以下のことでもある。問われているのは、権力というきわめて重要な案件であり、権力を破壊するものと見なされ、侵犯的とされてきた否定性のうちにひそむ支配リビドー（リビドー・ドミナンディ）的なもの、権力への渇望、支配の大がかりな構造との根本的な共謀がことごとく問題にされている。なぜなら権力は、哲学のドクサがそう信じてきたような「外的な」力ではなく、至るところにあり、内在的な戦略、マキャベリが最初に描き出したところのさまざまな戦略のなかに巻き込まれているからだ。一九七二年以来、フーコーはあらゆる二項対立論、とりわけ支配者／被支配者の対立の神話を根本から検討し直している[95]。一九七六年に発表された『知への意志』は、ある意味において、本来的に遂行不可能な批判のプロセスを完結させているのだ。遂行不可能な批判とはすなわち、哲学のイデオロギー、二項対立を商標あるいは言説の本質とするようなイデオロギーを根絶することである。この意味において、『知への意志』は『言葉と物』で展開されたラディカルなマルクス批判を続行し、顕在化し、完遂しているのである。

以上の問題はフーコーの方針転換の主要な犠牲者であるサドにだけ関わるのではなく、明らかに意味深いことだが、すべての狂人たちにも関わってくる。サドは彼らの主人となっていたわけだが、彼は検討されるべき主人であり、狂気に反抗した者として一番最初に名が挙がる主人である。『『狂人たち』は創造性や怪物性の外に置かれている。しかし、彼らは組織網に捕らえられているのだ。権力の諸々の装置のなかで自己を形成し、そこで機能しているのである」(96)。

しかし、サドはフーコーによって偶像化されたのだから、我々はサドという症例の特殊性に注意を払い、そのうえで以下の事実に注目しなければならない。すでに確認したように、サドの魔力を公式に清める作業は、パゾリーニの「ソドムの市」の封切りと時を同じくしているという事実である。

こうした悪魔祓いの作業は、いまなお謎に満ちている。フーコーの「サド、性の法務官」(一九七五年)は、まず冒頭でパゾリーニをきわめて激しい調子で批判しているが、これはパゾリーニが身を投じるサドのナチス化に関する批判である。この批判の前年、リリアーナ・カヴァーニの「愛の嵐」(一九七三年)が封切られた際、フーコーは新たな現象として認知されたナチズムのエロス化について問いをめぐらせていた。この分析は、民衆の無知を根拠にしたマルクス主義的なファシズム解釈ときっぱり手を切る機会でもある(97)。パゾリーニに対しては、極端なまでに距離をとっている。サドは「ソドムの市」のなかにいないというのだ。フーコーによれば、それはサドが映画的エクリチュールの性に合わないからというだけでなく(98)、サドがナチスの想像世界と無縁だからでもあるという。ナチスの想像世界は「徹底的な潔癖さを追い求めるプチブル的夢想」でしかなく、そこにエロスは存在していない(99)。

しかし非常に奇妙なことに、「サド、性の法務官」の第二部において、フーコーはサドをファシズムのモデルから救い出す試みを完全に断念し、逆説的にもパゾリーニの映画が提示するのとさして違わないサド像を描き出している。とりわけこのサド像は、かつて彼が最も重要な名として規定したサドと正反対のものである。フーコーによって、サド的エロティシズムは「規律社会に固有の」エロティシズムとして描かれるようになる。規律社会とは「念入りに配分された時間、碁盤目状に区画された空間、服従と支配のシステムをともなった、規定どおりの、解剖学的な、階層化された社会」であり、そこから脱出することがぜひとも必要なのだ[100]。

サドを遠ざけるこうした手つきは、『知への意志』（一九七六年）において確認され、正当化され、徹底化されさえする。すでに見たように、この作業は一方で西洋に特徴的な「性を語れ」と要請する大きな動きとサドとを同一視することによって、他方で先駆者としてのサドという神話に関与してきた「抑圧仮説」をきわめて挑発的なやり方で排除することによってなされる。以上の点において、フーコーはコペルニクス的とも言える転回を行っているのだ。権力はもはや何かを禁じるものではなく、逆に義務的な審級として定義される。決して偶然ではなく、フーコーは数年前にバルトが示した直感をここで展開しているのだ。バルトはサドに関する著作のなかでこう言っていた。「同じく言語（ラング）は、自らが言わせないこと（言語のレトリック上の規則）よりも、自らが言わせること（言語の義務的な項目）によってよりよく定義される。同じく社会的検閲は、語るのを妨げられるところではなく、語りを強制されるところに存在している[101]」。

しかもフーコーにとって、性に関する言葉のタブーは、性を語れという命令に比べると副次的なものでしかない[102]。だからこそサドは十七世紀のキリスト教的な司牧者権力（「無限に回りつづける語り（パロール）の水車[103]」）によって開放されたムーヴメント——言説の爆発的増加——に属しているのであり、フーコーが皮肉を交えて書いているように、サドはそこでの権力の命令を「霊的指導論から書き写したような用語をつかって」再び打ち出しているのだ[104]。

サドによって、「侵犯」もまた消え去る。昔日の思想のうちには「限界」しか残っておらず、もはやこの「限界」を乗り越えるものも、穿つものもない。「限界」はいまや方法や言説の合言葉になってしまったのだ[105]。現代性（モデルニテ）に対して、少なくとも現代性のもう一つの計画である反現代性（アンチモデルニテ）に対して、侵犯なき限界は根本的な態度の反転を表明しているのである。

以上のやり方によって、フーコーはその反弁証法的な野望を先鋭化させてゆく。それはサドの語りをキリスト教的司牧権力とともに生まれた命令〔性を言葉で語れという命令〕と同一視しながら、西洋の言説に特有の何らかの矛盾をはらむ機能や役割をことごとく解釈の領域から締め出すことでもある。サドはもはや理解可能な存在ではない。彼はまるで普遍的言説の網目じたいなかに溺れ、そこに混同されてしまったかのようだ。彼は普遍的な「人 on」の画一的で切れ目のない流れのもとに帰っていったのであり、この不定人称こそ何の矛盾も生じることのない普遍的言説を支配するものなのだ。

『知への意志』はサドの特異性や差異を棄却するだけでなく、倒錯的主体——「狂気」、狂気を疎外化する言説、臨床的言説に反抗する主体——が体現しうるような解放の潜在能力を検討し直している。なぜなら「倒錯者」は性をめぐる語りの爆発的増加の発現そのものであるからだ。[106] 性に関する支配的言説の発展は、倒錯を追放するどころか、逆に倒錯の氾濫と増殖に寄与している。[107] 権力は禁止するのではない。むしろ可視化したり、確固なものとするのであって、「自らが監視する異常なものたち」を呼び寄せたり連れ出したりする一種の召集機構として機能しているのだ。[108] 権力は法の形態をとらず、禁忌の効果をもたらすこともなく、ただ特異なセクシュアリティの力を拡大することで、法や禁忌がねらうのと逆のことを推し進めてゆくのである。[109] そこで倒錯は権力が講ずる精密な手続きの単なる相関項、つまり権力が身体と肉体的快楽に対して行う干渉の産物にすぎないものとされてしまう。したがってフーコーは次のように書くことで以上の問題に結論を下すことができるだろう。倒錯には権力に対するいかなる弁証法も棲みついていない、と。この点でフーコーは決定的にバタイユやブランショと区別される。倒錯者は反権力の一要素ではまったくなく、諸々の権力装置が推し進める終焉的セクシュアリティの孤立化に相当しているのだ。こうした権力、たとえば、倒錯的快楽の精神医学的解釈における権力は、自らすすんでさまざまなセクシュアリティを産み出し、強化し、語るように仕向け、それらの耐久力を補強してゆくのである。[110]

以上のことと並行して、フーコーにはある興味深い試み、すなわちアメリカのゲイカルチャーが崇拝するような倒錯の原型（アーキタイプ）に反抗する試みがある。フーコーは幾度となく快楽と身体の恍惚について語っているのだが、それはアメリカ的なフーコー、セックスショップ的なセクシュアリティに囚われているフーコーという神話に真っ向から反対するようなトーンで語られているのだ。(111)

フーコーによれば、法に基づくセクシュアリティの思想は何であれ棄却しなければならない。至高性、死、象徴的なもの、侵犯、つまりサド的善悪二元論のカテゴリー、バタイユ的でもあるこれらのカテゴリーをことごとく捨てなければならないというのだ。(112) 今後はセックスの思想、規範・規律・調整・監視についての思想を求めていかなければならない。サドはフーコーにとってアナクロニックな存在となってしまったのだ。なぜなら、サドによって、我々はセックスの分析論を旧権力のメカニズムのなかに、この権力の古色蒼然とした威光のもとに連れていかざるをえないからである。

フーコー、カント、ストア派、キュニコス派

このような変化、こうしたパラダイム転換はきわめて重大な結果をもたらす。というのもサドは、彼を死や血の傍らに置くようなシステムの享受者になるからだ。その結果、彼は初期の優生学者たちと縁続きになり、図らずも大虐殺の思想を生み出す心的空間のなかに登録される。大虐殺の思想を最も大規模なかたちで、最も巧妙に表現したものとしてナチズムがあるわけだが、実際、この思想は「血をめぐる幻想(ファンタスム)」と「規律権力の最盛期」とを結びつけるのである。(113)

ここにはもはやサドにかんして銘記しておくべきことは何もない。自身にまったく固有の道筋をたどることで、フーコーはアドルノやホルクハイマーが提示した分析に合流しているようだ。後者二人にとって、サドの思想の根底には大虐殺というヴィジョンが開けている。(114) しかしすでに見たように、これらのドイツ哲学者たちがサ

ドをカントのうちに閉じ込め、カントをサドのなかに監禁する一方で、フーコーはまったく逆の操作を行っている。二人の先達と同じくカントとサドの親縁性を信じたのち、フーコーはサド抜きのカントを再び問題にするからだ。それはまったくフーコー的なカントであり、非常にフーコーらしい哲学的試みに釣り合ったカントである。その試みの真の意味は、『啓蒙とは何か』の冒頭とそれについての彼の注釈によって明らかにされる[115]。そこでは「現在」、「いま何が起こっているのか」、フーコー自身が帰属する「我々」を問うものとしての哲学が主要な問題とされており、この「我々」に対して彼は自らの立ち位置を定めなければならない。フーコーから見れば、以上のことが「現代性(モデルニテ)の言説」としての哲学を今後特徴づけてゆくのだ[116]。

後期フーコーのカント参照は、サドと手を切ることを可能にする終局点でありつづけている。この参照は、晩年の彼の言説がことごとくそうであるように、いかがわしくすっきりとしない。恐怖政治があったにもかかわらず、カントがフランス革命に忠誠を誓っていることをフーコーは執拗に解き明かそうとするのだが[117]、これは自身が最後にイラン・イスラム革命にコミットしたことの意味をカントという副署によって裏書きしているように見える。しかしこうしたカントの参照は、あらゆるユートピアの終焉を告げることで、侵犯をむやみに繰り返すことを控えるための方途でもある。なぜなら、フーコーはカントを注釈する別の稿で次のように書いているからだ。「我々の存在様式、権威や性の関係性を思考する様式、我々が狂気や病を知覚するやり方にかかわるいくつかの領域において、ここ二十年の間に起こったであろう諸々のはっきりとした変化を私はより好んでいる。実際的分析の相関関係のなかで、まったく新しい人間が現れるかもしれないという希望、二十世紀の間じゅう最悪な政治的システムの数々が繰り返し唱えてきたこの希望のなかで、部分的ではありながら生じてきたこれらの変化のほうが私には好ましい[118]」。

一九八三年、すなわちフーコーがカントを――カントだけを――現代的な哲学者のモデルに仕立てあげるとき、サドは長らく忘れられた存在になっており、その魅力はことごとく祓われ、栄光と「おぞましさ」になおも寄与しえていた最後の要素さえも取り除かれている。サドに残されているのは「偽のおぞましさ」だけであり、これは要するに一般的な名声（ファーマ）の陰に隠された一面でしかないのだ。フーコから見れば、こうした名声によって倒錯者は権力者でありつづけ、逸脱なき主体にとどまっているのである。[119]

カントを超えて、後期フーコーはストア派とも友好関係を結ぶ。ある意味において、彼はストア派を自身が同一化すべき最終的なコーパス、自らが体現すべき最後のコーパスの一つにしている。サド的な無気力（アパシー）の後に――思い起こしてみれば、無気力とは、サド的主体が苦悶と快楽の身体としての他者を超越論的に否定することを可能にする心的装置であった――、ストア派的な無気力がやってくる。同じ語でありながら、内容はまったく正反対である。なぜならストア派の無気力はただ自己への配慮に導くものだからだ。六〇年代に境界侵犯という経験の傲慢（ヒュブリス）のなかで温められてきた、狂人としての哲学者という仮説の後に来るのは、賢者としての哲学者であり、以後この哲学者は禁欲主義に慣れてゆくだろう。なぜなら彼は遠からず自分が死ぬことを知っているのだから。

しかし死と悟りの境地にあるフーコーに付き従うのは、ストア派ではないのだ。彼が一九八四年に行ったコレージュ・ド・フランスの最終講義は、キュニコス派を主人公に据えて、「真理への勇気」と題されている。キュニコス派は多くの面でサドの対極にあるにもかかわらず（たとえば、前者の貧窮を好む馬鹿げた性向）、フーコーがサドの名を公の場で口にする最後の機会は、キュニコス派を話題にしたときに訪れるのだ。フーコーはキュニコス派についてのドイツの哲学書を俎上にのせながら、そこにサドが姿を現していないか自問している。[120] これは的を得た問いだ。実際、サドにはキュニコス主義的〔反俗的〕なところがある。同じく真実を嗜好する態度が、サドの勇気のなかにもサドのスキャンダルのなかにも認められるのだ。一九七〇年三月のバッファロー大学での講演において、フーコーはこうした真実をサド的エクリチュールの核心に据えていた。小説の真実でもなく、理性の真実でもないところの真実、キュニコス派の哲学者たちが習慣としていたような、公共の場で繰り返される、限界を無限化する営為としての自慰（マスターベーション）と結びつく真実である。フーコーによれば、こうした自慰行為のうちにサド的エクリチュールの本質が見出せるという。

この真実はあまりに強烈なので、自慰に耽る者に対して、完全なる自己になるために自己の一部を棄てなさいと言える人は誰もいなくなる。いみじくもフーコーが一九七〇年三月のある日にバッファローで語っているとおり、あまりに強烈な真実であるために、誰も彼に「ノン」とたしなめることができないのである。[121]

第二章　ラカンとサド的なもの

『世界とは非存在の純粋性における一つの欠陥なのだ』という怒鳴り声が発せられるような立場に私は身を置いている。それは理由のないことではない。なぜなら、こうした立場は存在自身を退屈させるからだ。この立場には快楽という名がつけられている。だとすれば、まさに快楽の欠如こそが世界を虚しいものにするのであろう」
――ジャック・ラカン「主体の転倒と欲望の弁証法」

ラカン的な真剣さ

ラカンと我々の問い――「なぜ、二十世紀はサドを真剣に受け止めたのか？」――を関連づけるものは、まさしく真剣さの問題、つまりラカン的な真剣さの問題にかかわってくる。

ラカンはその非凡な才能を発揮して、思想家が読者と取り結ぶ真剣さの契約をくしゃくしゃに丸め、すり潰し、引き裂いて、読解不能なものにしてしまったわけだが、そんなことをしたのは彼をおいてほかにいない。『超自我』の役割そのものの喜劇における裏切者」という「ユーモア」の定義はあまりに真であるため[1]、この定義によって主人の立場――すなわち思想の立場――が変容させられ、歪曲され、未知のもの、考えられないもののなかに移転され、つまりは謎というそれに相応しい場所に片付けられてしまうのだ。

とはいえ、サドの真剣さとはラカンにとってどのようなものなのか？　まぎれもなく、ラカンはサドの真剣さから正真正銘の迷路を築き上げてしまった人である。サドにかんして、次のような完璧に言い表された問いを投げかけたのだから。「まったくその気がないのに、我々は目の前に立ち現れてくるものをより真剣に受け止めようという気になるだろうか[2]？」

ラカンからしてみれば、この時点でサドの真剣さ、サドのうちにある一抹の真剣さは、カントの名を捉えているのだ。すなわち、際限なく快楽を享受できる権利に基づいたサド的格率は——あらゆるサド的主体はこの権利を他人に対して振りかざす——、定言命令を名目とするカント的道徳律を検証しうるということである。

カントとサドの結びつきというこの問題に、我々はフーコーやアドルノとともにすでに直面してきた。思い起こしてもみれば、アドルノにとってサド的モラルは実践理性と支障なく両立しうるものであった。なぜならカント的道徳律は、自身を条件づける内容や対象をことごとく取り除かれたために、その普遍的価値のみによって認められているからだ。だからこそラカンもまた、安らぎの善と道徳律の善を区別するカントの手つきのうちに[3]、サド的な転倒と符合する重大な分断を見てとるのである。これは歴史的な符合というだけでなく——我々はここで『閨房哲学』が出版されたのが『実践理性批判』の八年後にすぎないことを想起してしまう[4]——、互いを補完し、修正し、暴露しあうような符合でもある。

ここでサドがカントから区別されるとすれば、極端なカント主義によってでしかない。格率の普遍性と現象的対象としての善に対する格率の無関心という、二つのカント的戒律に徹底的に従うことでしか両者は区別されないのだ。カントがモラルに対して開放する形式上の空虚から、サドは諸々の結論をラディカルに引き出すことができる[5]。そこで欲望は悪と繋がることができるのだ。

ラカンはさらに先へと進むだろう。一九六四年の講義（セミネール）のなかで、彼は次のことを認めている。カント的道徳律それじたいは、ラカンが言うところの病理的対象（何であれ情念の対象）を倫理的決定が行われる領域の外へ隔離することで、サド的な転倒を必要とせずとも、「対象の供犠と殺害にまで[6]」、つまり対象を生贄にして殺すまでに至ってしまう、と。カントはサドをとおして読まれる必要がなく、ましてやサドによって転倒される必要もない。ニーチェがすでに説明していたように[7]、道徳律の主体を残酷さに導くのに、そうしたものは必要ではないのだ。こうしてラカンはアドルノに追いつくわけだが、新たな結論をいくつか伴っている。というのも、問題とされる「供犠」——対象の供犠——はまさしくホロコースト、今日の我々がショアーと呼ぶものを可能にするものだからだ[8]。

こうしたサド抜きのカントを待つあいだ、ラカンは『精神分析の倫理』（一九五九年〜一九六〇年）において次のように言うことができていた。

> モラルから感情的な要素を根こそぎ取り除き、我々の感情のうちにある行動原理をことごとく我々から抜きとって無効にすれば、その極限においてサディズムの世界は想像可能なものとなる。ラディカルな倫理によって、すなわち一七八八年に登録されたカント的倫理によって統治される世界の可能的な実現の一つとして——たとえそうした世界の裏返しあるいはカリカチュアであるとしても——想像可能なものとなるのだ[9]。

したがって、実際にサドは真剣に受け止められていると考えてよいだろう。ラカンがサドの出現を現代的な言説——その起点にいるのはこの場合カントである——のなかに記録しているからであり、またこの出現が分析的言説から出来する一つの応答を要求しているからでもある。その応答とは、ラカンにとって、それを書きつけることができないとはいえ——なぜなら講義という口頭の段階に留まっているのだから——、一つのモラルないし倫理を定式化する機会となるような応答である。つまり一方では、二人の同時代人——サルトルとハイデガー——が定式化できたにもかかわらず実現しえなかった約束をそのまま引き継ぐということであり、他方では、六〇年代に現代性——フーコーの構造主義的なそれ、アルチュセールのマルクス主義的なそれ——がこのうえなく横柄な態度で眺めたものに今後も難攻不落の地位を与えてゆくということである。[10]

ラカンの真剣さは大学人的な真剣さではない。カントとサドを接近させるという手つきには、哲学史に新たな章を付け加えるというのとはまったく別のねらいが含まれている。ラカンによって、我々はアドルノの危険な「夢幻（ファンタスマゴリー）」のなかにも、フーコーの認識体系（エピステーメー）のなかにも、ヘーゲルとマルクスの弁証法のなかにも、ニーチェの系譜学――当時のラカンはこれとの違いを明確に示している――のなかにさえ身を置けなくなるのである。[11]

サドをカント的に読むという作業は――アドルノ、ボーヴォワール、フーコーが行ったのとは反対に――、もっぱら倫理にまつわる諸カテゴリーの再考を可能にするパロディの衝撃としてなされるのであって、その分析的言説は新たなエクリチュールをもたらすはずなのだ。再考に付されるのは、法、大文字の他者、欲望、病理的なもの、善、隣人といったカテゴリーであり、したがってカントをめぐるラカンの言説の哲学的妥当性を学識をもって子細に検討しようとしても意味がなく、無駄でさえあるのかもしれない。[12] おそらくカントの問題はそれじたいとしては何の面白味もないと認めるところまでいかなければならないだろうし、そもそもこの問題は、反哲学者であるラカンが哲学者たちに対して仕掛けた罠でしかないのだろう。それ以上に真の問題は、ラカンがサドやサド作品の英雄／犠牲者のまわりに配する分身たちの側にあり、そこで最も重大なのは最後の分身、すなわちソフォクレスのアンティゴネーである。しかしながら、彼女は最後から二番目の分身であるのかもしれない。というのも、アンティゴネーにつづいて、クローデル作品のなかで出くわしたキリスト教的人物像、シーニュ・ド・クーフォンテーヌが登場することになるからだ。

そもそも、どうすればラカンがサドに課したカント的試練について深く思考することができるだろうか？ 対決の根拠となるサド的格率は、ラカンによって完全に書き換えられたものであり、実際のサド作品のなかには存在していないのだから。ラカンは「カントとサド」でこう書いている。「格率を述べておこう。誰でも私にこう言うことができるのだ。『俺にはおまえの体を享受する権利がある。この権利を、俺は行使するだろう。いかなる制限にも引き留められることなく、自分が好んで満足させたい権力濫用の気まぐれのなかで』[13]」。
ラカンはこうしたサドの書き換えをあらゆるカント的考察の根拠にし、たとえば、前者が相互性そのものを排除していると結論づける（「復讐の義務ではなく、相互性を」とはっきり言っている）[14]。ところが、このことはラカンによって創造され言表化された格率にとっては真であるとしても、本物のサド的格率に照らしてみるとまったくそうではなくなる。たとえば、デルベーヌ夫人はジュリエットに対して次のように提案していた。

> あなたの体の一部を私にお貸しくださいな。それはひとときのあいだ私を満足させてくれるでしょう。よろしかったら、私の体の一部を楽しんでちょうだい。きっとあなたのお気に召すでしょうから[15]。

見てわかるとおり、サドの英雄は相互性をまったく排除していない。それどころか逆に、自らの欲望の普遍性を想定している。絶対的支配と他者の掌握というサド的主体の幻想（ファンタスム）は、犠牲者がいかなる時も同意し、つねに欲望を掻き立てられていて、基本的に共犯者でいてくれる――いやいやながらも共謀関係を結んでくれる――と仮定するまでになるのだ。

つまるところカント／サドの比較対照に欠点があるのは、アドルノやボーヴォワールの場合と同じく、ラカンがカントのうちから基本的な法の条文しか取り上げていないからだ。基本的な法とは、道徳的行為をそれじたいがもつ可能性、つまり普遍的な法の原理になれる可能性に限定するものである。他の者たちと同様、ラカンはカントが最終的に展開した議論をわざと引用していない。いかなるサドとのアナロジーも許さない最も有名なもの、すなわち人間を手段としてつかうのではなく、目的として見なすよう要請する格率を無視している[16]。

したがって、たとえラカンによるカントとサドの比較対照がもともとバイアスのかかったものであるからという理由にすぎないとしても、我々はこの比較対象を我々の主題の決定的な参照軸にはしないつもりだ。この選択はつまるところ、一九六三年に発表された「カントとサド」という『エクリ』の有名なテクストをこれ以上問題にしないということである。[17] それよりも我々は、『精神分析の倫理』と題された一九五九年から翌年にかけてのセミネールと、サドが言及されるその他いくつかのセミネールを集中的に検討していこうと思う。[18]
『精神分析の倫理』は「カントとサド」よりもずっと真正に、レトリカルではないやり方でサドを精読している。そこでのサド読解は、カント的眼差しよりも決定的な問題、たとえば〈物〉という『エクリ』では役割が小さく見積もられていた問題から始められているのだ。

〈物〉

〈物〉〔la Chose〕とは――すべてはこの点を中心にめぐっているわけだが[19]――、無言の対象であり、歴史以前の、忘れることのできない、アルカイックな対象である。〈物〉に最も相応しいイメージがあるとすれば、メラニー・クラインが言うように、母の身体であろう。[20] 最も奇抜でおそらく最も真正なイメージであれば、ラカンが提示した「物言わぬ」冷酷な人間の微笑み――尋問して人の気を動転させる、吐き気を催すような人間の微笑み――、すべてを深淵と虚無のなかに投げ込むことが得意なハーポ・マルクスの微笑みを挙げることができるかもしれない。ラカンはこうした微笑みを最も過激な倒錯性に属すもの、最も完璧な愚かさに帰されるものとして説明している。[21]
しかし言うまでもなく、あらゆる物は〈物〉でありうるのだから、そのイメージは数限りなく存在する。たとえば、なぜ――ブランショがそうしたように――モビー・ディックというメルヴィルが小説に登場させたクジラをイメージとして想起しないのだろうか？[22] というのも、ラカンは〈物〉を「投網にかかって海から引き揚げられた得体の知れない不快なもの」と定義してもいるからだ。[23] しかしモビー・ディックだけでなく、この怪物を刺し抜いた一本の銛もまたたしかに「物」として問題になっていることはたしかである。

〈物〉は「それに対して快楽原則が機能するところの対象」と定義されるフロイト的カテゴリーからラカンが短絡的に一般化した代物なのだが[24]、実際はそれ以上のものである。それは「真の秘密」であるとラカンは言っている[25]。「秘密(スクレ)」という語は、ここではまったく意味のないものではない。なぜなら、〈物〉はフロイト的対象ないしメタ心理学の対象というだけでなく、ハイデガーのうちに起源をもつものでもあり、まさしく彼の「物 *Das Ding*」と題されたテクストにおいて問題にされているからだ[26]。このテクストのフランス語版は『講演と論文集』に収録されて一九五八年に出版され、多大な反響を巻き起こした。

ラカンとハイデガーが共有する「秘密」という語は、〈物〉を死の方へと導いてゆく[27]。実際、死の問題をめぐって、サドはある意味でフロイトとハイデガーに通底する三角形の頂点をなしているだろう。死の欲動についての深遠な考察をめぐって、より正確に言うなら、いわゆる死の欲動の歴史性にかんする考察をめぐって、こうした三角形が形成されるのだ。死の欲動は本質的に主体の――現代的主体の――歴史的役割の限界を表しているのだから[28]。したがってフーコーにおいて――『狂気の歴史』の序文におけるフーコーにおいて――そうであるように、歴史をめぐる弁証法の幻想から離れたところで、サドは我々を人間主体が経験する一種の悲劇的停滞へと導いてゆくのである。

〈物〉は「主体の背後に」あるもの[29]、主体の秘密と呼ばれてきたものへと通じているのだ。

予防策

ラカンのエクリチュールは複雑をきわめているので、本書の読者がその罠にかかってしまうのを防ぐためにも、我々は前置きとして分析の大まかな行程を提示しながら自説を開陳するのを躊躇ってしまう。

　我々が思うに、一見矛盾しているように見えながら、実はきわめて弁証法的に構成された三つの発言をラカンは呈示している。サドに対するラカンの最後の発言は、一九六三年の「カントとサド」でのものだが、これは全体として見れば臨床家倫理の言説として片づけられる。つまり分析家が倒錯者にほどこすレッスンなのである。ある意味では、やや型にはまったレッスンであり、去勢の永遠なる掟、倒錯者が逃れたいと願う象徴的去勢の掟を教材としてつかっている。[30] 結論の時点で、サドは真剣に受け止められておらず、彼に対してなされるレッスンは、その神話性を解くようなものとなっている。

　しかしこれ以前の時期がラカンにはあって、そこでの発言は上述の結論のネガティヴ——写真の陰画（ネガ）という意味で——になっているのだ。その時期とはすなわち、『精神分析の倫理』についてのセミネール（一九五九年〜一九六〇年）の時期である。そこでのラカンは一部においてサドに幻惑されている。まさしくそこで、法と〈物〉の応酬ないし戦闘という一種の「哲学的ドラマ」が演じられているのだ。この局面において、ラカンは自らのダークサイドであるところの霊知（グノーシス）の部分をさらけ出しており、そこでは第二の死という主要な概念、ラカンがサドのなかで幻惑された概念が、悲劇的かつ黙示録的な言説の枠組みとしてつかわれている。

　こうしたサドへの幻惑、つまり倒錯的立場に対する幻惑は、置換を方法として駆使する第三の言説のなかに捌け口を見出している。自身のサドに対するアンビヴァレントな態度に身動きがとれなくなったラカンは、対象を変えたり置き換えたりするのだ。すなわち、ジュスティーヌからアンティゴネーへの移行である。倫理のセミネールのなかで行われる置換によって（「カントとサド」にもこうした置換は見出せるが、お粗末なやり方でしかない）、沈黙の瞬間を打ち立てることが可能となり、その結果、美のカテゴリーをめぐって精神分析の倫理が表明されるのだ。

　以上つづけざまに紹介してきた三つの発言は、ラカンにおいては時系列に沿った順序で述べられているわけではまったくない。実際のところ、それらの発言は一つの結び目〔要点〕を形成している。この結び目のなかに、ラカンの思想の基礎的な三つの要素を見出すことができるかもしれない。すなわち、象徴界（分析家の職業倫理上の立場がはっきり示される領域）、想像界（倒錯的言説に対する幻惑が露呈する領域）、現実界（サドからソフォクレスへと対象が移動する領域）である。

結局、分かちがたく結びついたリングのように、互いにぶつかり合いながら音を立てているこれら三つのポジションのあいだに、何らかの序列を設けることはできない。たとえ職業倫理的立場を幻惑された立場よりも危険が少ないものと見なすことが許されているとしても、後者の立場が倫理をめぐる発言の出処である置換の操作より実りが少ないものであるとしても。

I　サドにほどこされるレッスン

一、傲慢

したがって最も明白なところから、つまり臨床家が倒錯者にほどこすレッスンから説き起こさなければならない。そこで争点となっているのは、臨床家の威信をしぼませることである。こうした意図は『精神分析の倫理』よりも「カントとサド」において顕著だ。直接的なメッセージは、倒錯が隠蔽する不能性〔無力さ〕を我々に見せること、こう言ってよければ、直観で知らしめることにある。というのも、ラカンによれば、サド的主体は「快楽に服従した状態で出発するからであり、そこには快楽をその目標にいつだってあまりに突然に転化させる法則があるのだ[31]」。

しかし、こうしたレッスンは奇妙で少々わざとらしく聞こえる。それほどにラカンは、「カントとサド」の大部分において、サドを真剣に受け止めることを可能にする要素をいくつか提示したうえで、最終的にいささか性急な調子で、一連の機知に富んだ嘲弄や冷やかしの言葉を思うままに吐き散らし、積み重ねてゆくのだ。それらの言葉は、テクストの最終部に現れるかぎりにおいて、少しばかり唐突なやり方で、サドの権威が完全に失墜したことを結論づけている。

詐術は少々陳腐な口ぶりのなかにまで見られるのだが、実際、彼は次のようにサドを嘲弄している。「あいつはそこで少しばかり説教をしすぎる」[32]。性急さにくわえて漠然としてもいるのだが、こうした傾向は詳細に及ぶと一種の優柔不断に変わり、唖然とするような発言を伴うことになる。「［サドを話題にしながら］こうした単調さは、挑発的なモニュメントから陰鬱な美が輝き出すのを妨げるものではない」[33]。一方ではサドが悪意を「かくも的確にその超越性のなかに」位置づけていると言い[34]、他方でこの悪意から我々が「心の抑揚」について新しく学ぶことはあまりないと言っているのだが[35]、こうしたラカンの発言をどう受け入れたらよいのか？　そして彼が『閨房哲学』にかんして次のように言明するとき、ブルジョワ特有の浅薄さがいくぶん露呈してはいないだろうか？「性教育についてあるべき事情がどうなっているかという点については、現代の同じ主題を扱った医学の小論文を読んでいる気がするし、それはすべてを語るということである」[36]。

最も象徴的なのは、ラカンがサドの不能、つまりサドの失敗を主題として執拗に取り上げている点だ。ラカンによれば、サドのしくじりは、『閨房哲学』に結実させた教育論のなかで、彼が倒錯者のスキャンダルを推し進めることさえせず、他者の否定の論理必然的な反映である自らの失敗や不能を引き受けたり言明したりするところまで至らないだけに、なおさら絶対的なものなのだ[37]。しかも矛盾しているのだが、ラカンはサド作品には誘惑の成功例が決して紹介されることがないという事実を、サドの「無能」を表す補足的兆候と見なしている。まるでよりこっぴどくサドを貶すためであるかのように、ラカンは次のことを付け足している。しかしそこでの誘惑は「それによって犠牲者がたまたま拷問執行人の意志に同意してしまい――たとえ犠牲者が末期の痙攣を起こしているだけだとしても――、同意の勢いに乗じて相手の側に与してしまうところの誘惑」なのだ、と[38]。ここでの過剰な文体は我々を悩ませるものだが、同時に幻想(ファンタスム)のなかに陥っているのは誰なのか——サドか、それともラカンか——という問いを突きつけてくる。サド的主体は、ラカンが思い描くこの種のハリウッド映画的な同意をまったく期待しておらず、まったく別種のものを待ち受けている。というのは、倒錯者にとって、犠牲者の「ノン」は「ウィ」の完全な同義語にほかならず、犠牲者が抵抗してもがく動きは受け入れの身振りそのものであり、後で見るように、苦痛のうめきは快楽のそれにほかならないからだ。

二、キリスト、フロイト、隣人

しかし、ラカンにはこうした曖昧で人を馬鹿にした冷やかし以上のものがある。言うなれば、倒錯的立場を根底からほとんど形而上学のレベルで覆そうとする態度が鮮明に現れているのだ。

最初の態度表明——テクストの結末にも現れるのだが——、最も驚くべきその表明は、サドに彼よりも高尚で真正な侵犯者を対置することにある。その侵犯者とは、キリスト自身にほかならない。ルナンが法と対立する者として、パリサイ人の法に立ち向かう者として描いたようなキリストである。「高貴な嘲りの極みとして、彼の顔立ちは戦線において偽善者と似非信者の肉体に刻みつけられた。他と比べようもない顔立ちであり、神の子にふさわしい顔立ちだ！　神だけがそんなふうに人を殺せるのだ」[39]。ラカンは彼にとっての真の侵犯を定義しているのであり、それは的確な弁証法のなかに組み入れられている。キリストの反パリサイ人的侵犯は、パリサイ人の法を廃棄するどころか、ひたすらそれを普遍化しながら強化したというのだ[40]。

ラカンは主人を表象する二人の人物像を対置している。まずはイエス・キリストだが、彼の暴力と侵犯（サバトのそれ、投石のそれ……）は豊穣なものである。なぜなら、それらは旧弊な内容を取り除かれた法をまさしく普遍化することを認可し、まるで先取りするかのように、カント的命令に従っているからだ[41]。そして、しくじった主人としてのサドがいるわけだが、彼は悪の普遍化をしそこねたのであり、ラカンによれば、その失敗は「やや貧弱な」言い訳のなかに示されている。サドは讒言を擁護する『閨房哲学』のなかで、「紳士（オネットム）はつねにそれを克服するだろう」と主張し、そうした言い訳で満足しているのだ(42)。

最初の真剣な反駁は以上のようなものである。というのは、こうした反駁に背中を押されて、ラカンが自身の態度を鮮明にするからであり、その態度はキリスト教的主体のそれ、あるいは法をになう現代的主体のそれであるからだ。

サドへの反駁の第二点は、クロソフスキーに対する非常に辛辣な批判——一見おもねるような発言をしているように思えるが——を経由している。この反駁は、侵犯は「法の婉曲的な同意」にすぎないというラカンの精神分析に伝統的な論拠に基づいている(43)。しかし、こうした古典的命題の背後には、より曖昧模糊とした言説が隠れている。古典的なものとは、反転という方法のことだ。たとえばラカンによれば、サドと死刑とのよく知られた対立は、前者の法に対する拒否が「隣人愛の相関物」の一つにすぎないことを論理的に証明しているという(44)。ラカンにとって重要なのは、法に対するサドの並外れた執着を手掛かりにすれば法を侵そうとする彼の熱意を理解できる、という公理の確証をサド本人のうちに見出すことなのだ。

サド的主体は〈物〉に到達できるどころか——クロソフスキーはそう信じているが——、全能を虚しく追い求める倒錯者に典型的な夢想のなかに住まっている(45)。サドに追い打ちをかけるかのように、ラカンは〈物〉が禁じられたままになっていることを証明するのだが、それはサド本人の同意によって明らかになる。というのは、『閨房哲学』の結末において、母親——年若いウジェニーの母親であるミスティヴァル夫人——はとりわけ残酷なやり方で放蕩家たちと自身の娘の欲望の「生贄にされる」わけだが、彼女が受ける最後の辱めは、まるで母親であることを禁じるかのように、性器と肛門を縫い閉じることだからだ。ラカンの言葉を借りれば、「梅……にかかり、あそこを縫い閉じられ、母親は禁じられたままだ。我々の評決はサドが法に従っているという点をめぐって確認されたのだ(46)」。

「評決（ヴェルディクト）」という語が、ラカンの立場をよく物語っている。たしかに倒錯的立場をそれ自身に向けながら、無化しなければならないのだ。キリストがその侵犯的振る舞いじたいにおいて「法の主体」であるのに対し、サドは法に拘束された者でしかない。

しかし、重要なのはこの点ではない。サドへの根本的反駁は、「法」という語にではなく、ラカンがクロソフスキーの語彙から取り上げるまったく別の語にまとわりついている。すなわち、隣人という語である。[47] 実際、ラカンはつづけて次のように書いている。「我々が思うに、サドは自らの悪意と充分に隣接していないので、そこで自身の隣人に出会うことができない[48]」。

謎めいた発言だが、次のように翻訳できるだろう。サドが実のところサド的でないとすれば――「自らの悪意と充分に隣接していない」――、彼は自らの主体構造のなかに、他者と自分とを区別するほどの異常性――怪物性――ではなく、そこで隣人という姿をとった他人、主人を表象する人物像としての他人に出会えるような普遍的構造を見出すにちがいないということだ。換言すれば、サド的主体が自らを「悪人」と思うことができるとすれば――つまり他の人間たちとは違うと思っているということだが――、それは彼が実際は「悪人」でないからである。実際、もし「悪人」であるとしても、彼は悪意を自分の専売特許にしておかないだろう。ある意味において、サド的主体が抱える観念的な孤独（サドの言い回しをつかえば、「孤立主義[49]」）とは、自らの悪意に密着するのではなく、一歩引いてそれを精神的異常として眺めていることの表れなのである。

つまり、倒錯者への反駁のなかには実のところまったく新しい何かが潜んでいるのだ。あまりに斬新なものであるために、ラカンはいささか奇妙なことを付け加えている。すなわち、先に示したサドの特性――隣人を持たないこと――は彼に固有の特性というだけでなく、他の多くの人間たちの特性でもあり、サドはこの特徴をフロイトと共有している……。

だとすれば、ラカンの見解を次のようなかたちで要約できるだろう――フロイトや多くの者たちと同様、サドは法が根底において指し示しているもの、イエスやパウロによって普遍化されたユダヤ法の戒律、すなわち「汝自身を愛するように隣人を愛せ」という戒律を理解できない[50]。

三、大文字の他者

サドの領域のなかにフロイトやキリストといった隣人が奇妙なかたちで出現することを理解するには、まだ時期尚早なのかもしれない。「隣人」という語によって、我々の論点は図らずも臨床医学の職業倫理的言説から倫理の言説へと移行したのだ。

　したがって、この問題を取り上げる前に、臨床の見地からサドに反駁するラカンの態度を引きつづき精査しなければならないし、より教条主義的で、より精神分析的な語彙に立ち返らなければならない。なぜなら、隣人に出会えないという以前に、サド的主体は、脱神話化されるために、ラカンの手によってまず自身が抱える主要な矛盾の一つに直面させられるからだ。その矛盾のなかで、サドは大文字の他者〔l'Autre〕と対峙するのである。

　我々はすでにクロード・ルフォールの批判的なブランショ読解を扱った際に、こうした大文字の他者の問題に直面している。ルフォールは次のことを確認するにとどめていた。すなわち、サド作品の英雄は、絶対的権力をものにしているにもかかわらず、他人を必要としているということ[51]。しかし、ラカンの視点はルフォールのそれより緻密である。なぜならラカンにとって、大文字の他者は小文字の他者〔l'autre〕や他人〔autrui〕とはまったく混同されないからだ。しかし、ラカンとルフォールいずれの分析もブランショに抗するものであり、サドにおける他者の超越的否定という彼の仮説に異議を唱えるものだ[52]。ルフォールのように、サド的人間は自らの欲望を満足させるために他人を必要とするという平凡な説を証明するのではなく、大文字の他者が本質的役割を果たすところの、倒錯的欲望の特殊な構造を暴露しなければならない。その特異な構造は次のことを前提にしている――小文字の他者と大文字の他者は、見かけ上は同じ場所に立つことができるとしても、一体にはならない[53]。

ラカンはきわめて明瞭にサドにおける大文字の他者との関係のパラドックスを定式化している。サド的快楽は一時的な快楽であり、というのも大文字の他者のなかで、この快楽じたいが到底容認できない振る舞いによって小文字の他者（対象、パートナー）を消し去ることでしか生み出せない一つの反応に依存しているからだ、と。

倒錯的欲望と「正常」と言われる欲望を根底から分かつのは、後者の場合、欲望のただなかで「大文字の他者は応答しない」ということだ。大文字の他者が応答しないからこそ、「正常な」主体はパートナー（小文字の他者）のうちに自らの最初の要求の効果そのものを見出し、そのことに満足する[54]。ところが、倒錯的主体――とりわけサド的主体やサディスト――が絶えまなく想定し、探し求め、要求するのは、大文字の他者の応答にほかならない。つまり彼の幻想（ファンタスム）に釣り合った応答であり、そこでの問いは対象の破壊そのものと混同されているのだ[55]。対象の背後に隠れた大文字の他者の欲望を実現するには、対象としての小文字の他者を否定するほかないのである[56]。

ある意味において、非倒錯的主体とは、自身の欲望の対象に対して「おまえは腹の底に何を抱えているのか」と尋ねるのを諦めている者のことである。サルトル的な言い方をすれば――というのは、サルトルは『存在と無』においてラカンの先取りをしているからなのだが――、「正常な」主体は他人の応答に満足し、その応答を自らの快楽としながら、裏切られたり偽られたりするリスクも満足のうちに含めるのであり、ごく単純に言ってそのリスクとは、自分と同類の他人が自由に振る舞うおそれのことなのだ[57]。これとは逆に、文字どおりサド的な態度は――対象から小文字の《a（アー）》としての機能を切り離しながら[58]――対象に対して「その存在の奥底に至るまで」尋問をしつづけ[59]、その結果、サド的な拷問執行人にとって、問いが対象の破壊と混同されてしまうのである[60]。

ラカンの発言をよりよく理解するための最も簡単な方法は、ひきつづきサド作品に直接あたることである。とりわけ、四人の城付き修道僧の一人であるクレマンが堕落したジュスティーヌの前で開陳する主張を検討してみることだ。クレマンは――登場人物としてかなりまずい名前のつけ方だが――、男の快楽はセックスのパートナーとしての女と共有されることでより完璧なものとなる、という考え方に反駁している。クレマンはありとあらゆる論拠と例を駆使してこの考え方を否定しようとするのだが、そのなかでも一つの論拠が我々の関心を引くだろう。彼はそこで前提を覆している。つまり、逆に対象としての他者に科された苦痛こそ——他者にもたらされた快楽ではなく——、サド的主体の快楽を増大させことができ、それを完全なものにすることさえできると主張するのだ。数多くの公理が展開されるなかで、最も重要なのは次のことである。女は快楽を装うことができるが——クレマンによれば、ほとんどつねにそうだという——、苦痛を装うことはできない。対象としての他者が発する苦悶の叫びだけが完璧に真なのであって、つまりは対象が被る行為と完全に一致しているというのだ(61)。

こう言い換えることができるだろう。対象が発する苦悶の叫びとはつまり、サド的主体が自らの欲望する身体に投げかける問いへの唯一現実的な応答なのだ、と。この応答は真の応答であるからこそ、小文字の他者の背後に隠れた大文字の他者の応答なのである。苦悶の叫びという応答のなかで、小文字の他者（対象）は、拷問や打擲といった自らの被る破壊的行為をつうじて、自身が大文字の他者と混同されることに同意するわけだが、こうした大文字の他者の応答こそサド的主体が期待し待ちわびていたものであり、この応答があればこそ、彼の欲望の現実的実態が確認され、男根（ファルス）つまり男根的権力の現実性が確立されるのだろう(62)。

小文字の他者の背後に隠れた大文字の他者、サド的主体が訴えかける絶対的他者とはいったい何者なのか？ようやく我々はわかりはじめてきた。大文字の他者とは、サド的主体の対話相手となる絶対的他者のことなのだ。対話は否定と否認のなかで行われるわけだが、サド的主体は自身の目前にいる性的対象としてのパートナーをそのなかに位置づけかつ据えるのである。大文字の他者は、倒錯者が幻覚によって感知する対話相手であり、物理的にそこに存在する小文字の他者、打擲・恥辱・鞭打ちのもとに打ちのめされ、否定され、無に帰される他者に取って代わる。大文字の他者は、こうした匿名の男根的権力なのであり、サド的主体はこの権力に仕えるために自身の儀礼としきたりを築きあげるのであって、こうした権力の存在は、神のそれと同じく、生贄にされる犠牲者が反応として発する叫びによって証明されるのだ。大文字の他者とは、男根なのである。[63]と言うよりむしろ、倒錯者が大文字の他者という空虚な場所を男根的権力によって、つまり自身が召喚する男根によって満たしているのだろう。実際、そこでは男根と大文字の他者の同化が行われているのだ。

倒錯者の大文字の他者に対する隷属（アリエナシオン）――性的対象の否定と破壊を経由するこうした自己疎外――によってもたらされる主な結果の一つは、反転である。最終的に、サド的主体自身が対象の地位を引き受けることになるのだが、この引き受けは「しかし知らぬうちに、大文字の他者に利するために、自らの実践するサディズム的倒錯が大文字の他者の快楽のためになるように」なされる。[64]よって、結論はまたしても評決のような調子を帯びてくる。被支配者と支配者の立場を可逆的にするサド／マゾのカップルをとおして、サドの威信がことごとく崩れ去るからだ。診断を確かなものにするために、ラカンは『美徳の不幸』に付されたジャン・ポーランの序文を引き合いに出す。ポーランは「サド的想像力とその対象との結託」について語っていたが、この結託はそもそもサドが当時の諸々の支配的審級に対して行った振る舞いによって証明されているというのだ。「サドが毎度そうしてきた以上に、社会が科してくるあらゆる酷い扱いに身をさらすのは容易なことではない[65]」。

ラカンはこう付け加えている。「サド的主体は対象としての自己を失うのであり、この点において、彼はマゾッホ作品のなかで我々のもとに現象学的に現れてくるものと通じている。すなわち、マゾ的快楽の終点あるいは絶頂は、進んで任意の身体的苦痛を甘受するかどうかという点にあるのではまったくなく、つまりは自らが対象となっているかぎりにおいて主体の厳密な意味での消滅が［生じている］という、きわめて特異な状況のなかにあるのだ[66]」。ある意味において、サド的主体が最終的にマゾヒストの立場に身を置くようになるのは、男根的権力の場としての大文字の他者の欲望を保証したいがために、彼が自らの欲望、自らに固有の欲望の問いを引き受けるのを差し控えるからなのである。

四、隣人

しかしこのとき、つまりサドに打ち克つと同時に、図らずもラカンは一種の袋小路に陥ってしまう。なぜなら倒錯者の不能、「打ちのめされた状態で、不能を約束されたまま出発する」[67]サド的主体の不能を非難したところでむなしく、彼に隣人がいないとか、彼は信仰の最後の守り手であるとか、彼は大文字の他者に隷属しているとか、彼は結局のところマゾヒストなのだと言ってみても無駄であり、しかもこうしたやり口で真剣にサドと距離をとってゆく最中にも、倒錯者の欲望を神格化しようという誘惑に屈してしまうことがあるからだ。他者を破壊すること、他者をその存在の奥底にいたるまで質問攻めにすること、こうした質問攻めが他者の破壊——言い換えれば、「存在を突き通すこと」——と等しくなるぎりぎりの段階までつづけることは、「誰にでも理解できる」わけではない[68]。

そもそも比較すると、非倒錯的欲望、単なる神経症患者の欲望はひどく魅力に欠けている。ラカンはセミネールの聴衆にこう語りかけていなかったか。

［……］半数以上の人たち、つまりあなたがたは皆、何を信じることができようとも、倒錯がどのようなものか、真の倒錯とはいかなるものか、理解できない。それはあなたがたが自分自身が倒錯者であることを夢見ながら、倒錯にあこがれているからではない。倒錯を夢見ることはまったく別のことに役立つだろう。とりわけ神経症にかかっているとき、欲望を維持するのに役立ちうる。ここでの欲望とはつまり、神経症にかかっている人がたしかに必要とする欲望のことである[69]。

つまり一方では、サド的主体が他者の破壊を経たうえで大文字の他者に対して偏執狂的な呼びかけを行い、他方では、理想化され過大評価されたパートナーのイメージに利するように、単なる神経症の主体が大文字の他者を無視・忘却しているのである。[70] したがって、ラカンはきわめて特異な第三の可能性を示唆しているのであり、そこに我々は一時棚上げにしていた「隣人」という語を再び見出すだろう。そこでラカンの口吻に上るとき、「隣人」は突如として本質的な言葉となる。

サドをその最後の砦というべき立場に追い詰めようとしているにもかかわらず、倒錯的主体と接したラカンは、ある意味で臨床的言説の不十分さを見極めなければならなくなる。あたかも臨床的言説の限界を超えるよう駆り立てられて、ひたすら満足できる立ち位置を精神分析的言説にまったく回収されないシニフィアンのなかに求めているかのようだ。精神分析の創始者——フロイト自身——がそこから締め出されているところのシニフィアン、すなわち「隣人」である。[71]

我々が先に尻込みしたのも、このシニフィアンを前にしたときだった。「隣人」はあまりに問題の多い言葉であるため、この語が余剰であるのは、何も精神分析の臨床的言説に対してだけではない。あらゆる言説に対して余剰なのであり、哲学的言説もまたその例外ではなく、だからこそラカンは、キリスト教はまだ持てる力を出し切っていないと予言できるのだ。[72]

キリストが取り上げた律法書〔モーセ五書〕の記述のなかで、これほど基本的なものがほかにあるだろうか？ なぜいまここで宗教的なリファレンスが出来してくるのか、これを理解することが真に問われているのだ。以下のことがすでに認められるだろう。サドを読むことで生じてきた諸々の問題、欲望の完全なる破壊というサド的姿勢に導かれなければ、ラカンがこのリファレンスを思いつくことはないということだ。[73] したがってサド的欲望を真に理解するためには、エホバの言葉を経由しなければならない。『レヴィ記』〔モーセ五書第三の書〕十九章十八節に現れる言葉、すなわち「汝自身を愛するように隣人を愛せ」である。

つまりサドのうちには、偉大なる知識人(マンダラン)の姿勢に根底から逆らう何かがあるのだ。知識人の姿勢とはラカンが

「カントとサド」の結末で借り受けた姿勢であり、そこには一種の幻惑が読みとれる。「不吉な星のめぐり（シデラシオン）と闇、結合は機知とは反対にこういったものであり、これらのシーン［サド的なシーン］のなかで、炭火のように燃えるその輝きによって我々を魅惑するのである[74]」。

II　サドがラカンにほどこすレッスン

一、倫理

実のところ、ラカンにおける「隣人」という語の極端な振幅を把握するためには、このカテゴリーが出現し醸成されるところまで遡ってみなければならない。すなわち、『精神分析の倫理』のセミネールまでということだが、これは「カントとサド」の起源となる天才的な講義だ。ラカンが残した口述の仕事のうちでまさに記念碑的なものであり、現代性（モデルニテ）の主要な著作の一つである。すべてのことが探求されているかぎりにおいて、そこではあらゆる閃きが回答を避けながら即興で打ち出され、露見しており、またラカンはフロイトを介しながら、自身の発言の野望をはっきりと示している。

> フロイトは神経症患者や精神病患者といった病気の個人をそういうものとして相手にしている。つまり彼は生の権力と直接に関わっているのだ。生の権力が死の権力に通じているかぎりにおいて。つまり善と悪についての知に由来する権力と直接的な関わりをもっているというわけだ[75]。

「カントとサド」に数年先立つこのセミネールは、むろん前者と矛盾するものではない。ただし扱う資料（サド、カント、ソフォクレス……）が同じであるにもかかわらず、もしくは同じであるせいで、「カントとサド」と緊張関係にあり、少なくとも険悪な関係にあると言えるだろう。とはいえそこでもラカンは、いわゆる倒錯者に対する職業倫理的かつ臨床的立場の論理にしたがって、サドへの一種の軽蔑を露わにしている。だからこそ、彼はセミネールを始めるにあたってまず倒錯者の失敗を俎上にのせ、とりわけある精神分析的言説が倒錯者に対して売る一種の媚び、不遜にも彼が「物わかりのよい道徳主義」と形容し[76]、教会の道徳・教義上の堕落に結びつけたところの媚び[77]に異議を唱えるのだ。「カントとサド」の場合と同じく、彼はサドを奨励・崇拝した者たちとはっきり一線を画している[78]。おそらくサド作品が文学的に冗長であると断を下すことで、すでにブランショを標的にしているのだろう。ラカンにとってサドのエロティシズムは貧しいものと思われたのだ[79]。

「カントとサド」の口ぶりが少なからず聴取できることもあるのだが、ここでラカンが提示した留保を際立たせているのは、この留保が結論ではまったくなく、最終評決的な価値をもつものでもなく、つまりはサドという厄介な身体を葬り去るという機能を果たしているわけでもないという点だ。『精神分析の倫理』において、留保はおもに冒頭でなされているか、もしくは実際の影響が出ないよう本文中にうまく散らされている。こうした留保的発言は、「カントとサド」において反復され増幅されることになるが、『精神分析の倫理』では実際的な公理として現れてこないのだ。『精神分析の倫理』は、我々に「隣人」という語の根本的かつ基本的解釈への道を開いてくれている。ラカンのセミネールのうちで、これほど必要以上に神学的なものに従属し、囚われているものはほかにない。

二、モーセ

モーセに魅せられたラカンは[80]、基本的な弁証法の枠組みのなかで、十戒と人間のもつ二重の可能性とを結びつける。二重の可能性とはつまり、言語活動と社会のそれである。十戒は主体と〈物〉との距離を規定するものであり、なぜならこの距離は言葉（パロール）が言葉としてあるための条件、言葉の存続の条件であるからだ[81]。

ここでの〈物〉はごく単純に母の身体を示している。ラカンの定義によれば、十戒は主体があらゆる近親相姦の実現から距離を保っていられるように定められたものだからだ。もっとも、基本的なことだが、こうしたタブーは直接的に定式化されているわけではない[82]。ラカンにおいては、慣例的にこのタブーは言葉が存続するための条件であり、それは精神分析的な意味というだけでなく、人間学的な側面、言うなれば、神聖な側面においてでもある。こうした人間学的側面は、十戒と社会の可能性とを結びつける際にも、あらゆる社会生活の条件――「我々が絶えず行う取引のリストと場面」と言われるところの社会生活の条件――として留意されている[83]。しかし、ラカンはこうも付け加える。我々が十戒を破ることに時間を費やしているかぎり社会は成立しうる、と。

それだけではない。ユダヤ法が「選ばれし民として異彩を放つ人々」を結集しているかぎりにおいて[84]、このうえなくラディカルに、細部にいたるまでこの法を称揚してもいるのだ。十戒のいくつかが検討されている。たとえば、第二の戒律である偶像の禁止は想像的（イマジネール）なものの機能の隔離、象徴的次元における啓示の原理と見なされ、安息日（サバト）は人間の生活のなかに「穴」を穿つこと、倫理的生活に関わるすべての有用な法に対して彼岸を導入することとして捉えられているが、以上のことは「大勢の主人たちにおいて[85]」見られる傾向なのだとラカンは明言している。最後に嘘の禁止というのがあるが、ラカンはこれを嘘つきのパラドックス――ヘレニズム時代にエピメニデスが言った「すべての人間は嘘つきである」――によってギリシャ思想が陥った詭弁（ソフィスト）の袋小路と対置している[86]。「嘘をつくな」という戒律のうちには、最も基本的な欲望としての嘘の可能性が含まれており、この欲望を基にして、逆説的にも人間を人間として尊重する可能性が生じてくる。ラカンによれば、嘘をつくことによって人間は動物と根本的に区別されるのであり、というのも動物は騙すことしかできず、騙すふりをすることはまずできないからだ。騙しから嘘への移行によって、もう一つ別の場――大文字の他者の場――が必要になってくる。なぜなら、私が自分と同類の他人に対して嘘をつけるようになるためには、真実を他のどこかに置いておく必要があり、そのどこかとは大文字の他者がいる場所であるからだ。ラカンはここでレヴィナスを予告し、また彼に追いついてもいる。レヴィナスにとって、「真実と誤りの条件とは絶対的他者の言葉（パロール）であり、この言葉はあらゆる嘘によってすでに想定されているのだ[87]」。

こうしたユダヤ法の読解から、まず二つの要素を取り出すことができるだろう。ひとつは、欲望と法の弁証法に関係している。まさしく法によって欲望が築き上げられ、人間と〈物〉との関係が理解可能となるのだ。なぜなら、主体は〈物〉を禁じる法をとおしてでしか〈物〉について知ることがないからであり、この法はつまりモラルのなかに「エロティックなもの」を導入しているのであって、カントは逆にこのような法を遠ざけて顧みず、そこでの聖書的なパースペクティヴを「宗教的夢想」に属するものとして軽蔑しているのである[88]。以上のことからラカンは、社会的に脈絡がないという点で、カント的倫理は失敗が約束されていると結論づける。それは形式的な運動（「体操」）でしかないからだ[89]。同時にラカンは「サディストの」倫理も同じく不可能であると断定しているが[90]、サディストの倫理は、セミネールのこの時期において、カントの思想の単なる裏返しにすぎないと見なされていたのである。最終的にそこから次のような新たな指摘がなされることになる――実のところ、あらゆる革命は十戒という宗教的掟を据え置きのままにして、さらに強固なピューリタニズムの方へ押しやりもしたのであり[91]、つまりは律法書（トーラー）のモラルがカント／サドのカップルに対して決定的な勝利を収めたのだ、と。

しかし、この勝利はサドに関するかぎり見かけ倒しにすぎないのかもしれない。法にはもう一つ別の基本的要素があるのだから。つまり「隣人」の問題であり、ラカンから見れば、このカテゴリーはあらゆる法に先立ちながら、それらを解明するものなのだ。問われるべきは、まさしくこの隣人との関係、渇望の禁止を説く第十の戒律の核心にある関係、『レヴィ記』のなかで文字どおり定式化された関係（「汝自身を愛するように隣人を愛せ」）なのである。

法が〈物〉を遠ざけておくというだけではおそらく足りないのだ。必要なのは――いずれにしても、ラカンは以上のように次の格率を解釈しているのだが――、主体が「欲望との関係のなかで自らの隣人となる」ことであり、[92]そこにこそ快楽の問題が賭けられているのである。

三、サドと隣人

ラカンからしてみれば、隣人というカテゴリー——サドにかんして発見されたカテゴリー——が人間主体の構成(エコノミー)のなかに占める地位が名指しされたのである。ユダヤ的格率をめぐるラカンの解釈はきわめて逆説的であり、いずれにしても、これまでの解釈の分野では言われてこなかったことを多く含んでいる。隣人はもはや他人ではなく、少なくとも自発的意識によって捏造されるような他人ではないというのだから。隣人を愛せよという態度のうちには、外部との関係、小文字の他者によって体現される他性との関係よりもむしろ、何よりもまず主体自身に関わる一つの指針が存在している。その指針とはすなわち、主体は欲望との関係のなかで自らの隣人にならなければならないということである。

ところで、ラカンがユダヤ＝キリスト教的格率をきわめて逆説的に解釈しているというのは、彼がそこから倒錯によって明らかにされる一つの読解、より正確に言えば、超サド的な読解を導き出すからである。[93]ラカンの読解は、「汝自身を愛するように隣人を愛せ」という格率が凡庸な利他主義とはまったく関係ないこと——通常はこうした利他主義に還元されてしまうのだが——を明らかにしている。[94]彼の読解はまさに倒錯者の言葉(パロール)、サド作品の英雄の言葉を裏返したものなのである。

こうした隣人についての解釈は、当時の知識人のコミュニティのなかでラカンを完全に孤立させるものだ。「隣人」という用語によって主体がいかなる眩暈を引き起こし、深淵と目されるいかなる場所に陥ってしまうのか、ラカンと同じくこの問題に気づいていたのは、レヴィナスとブランショのほかにほとんど見当たらない。ブランショにとって隣人とは、死にゆく者、「死にゆく隣人」のことである。[95]レヴィナスにとっての隣人は、サドの深淵と逆のところにある深淵のことだ。それは確かなことであり、なぜなら倫理の惑乱が問題とされているからなのだが、この惑乱は、真正なものであるために、隣人が殺人や虐待を想定しうるということを意味している。いずれにせよ、レヴィナスにおける隣人が主体性にとって本来的要素であることは確かで、ラカンにおける隣人が主体にとってそうであるのと事情は同じなのである。[96]

ラカンは「汝自身を愛するように隣人を愛せ」という一節を次のように敷衍している。「私は自分自身と同じように隣人を愛することに尻込みしてしまう。その先には、何だかよくわからない、許しがたい残酷さのようなものが存在しているからだ。その方向で隣人を愛してしまうと、最も残酷な道に至ってしまう可能性がある」[97]。

この極端かつ深遠で逆説的な解釈は、フロイトもまた――ラカンによれば――、「残忍＝非人間的」に見えるからという理由で、同じく隣人愛の命令を前に尻込みしたという事実の説明になっている。フロイトが「文字どおり恐れおののき」ながら、「法外」でほとんど適用不可能に思える命令を前にたじろぐとすれば、それは一方で彼の愛情があまり貴重であるために、誰にでも与えることができないからであり、他方で「隣人」が悪人であるかもしれないからだ。[98] ラカンによれば、フロイトは家父長的な快楽主義のせいで、また自らの情動を管理しようとするブルジョワ的配慮によって、件の命令にたじろぐのだという。[99] ところで、ラカンにとってこのブルジョワ的な尻込みは、もう一つ別の尻込みを隠蔽し、抑圧するものである。より真正で根本的な後退を目立たなくするものであり、つまりこの後退は、隣人愛の厳しすぎる命令を前にした後退ではなく、フロイトに快楽へのアクセスをしそこなわせる後退なのである。[100]

こうした理由からしてみても、ラカンが隣人愛の格率に対するカントの同じような尻込みを取り上げなかったのは不思議だ。カントの尻込みはまったくもって明快であり、実際、彼は『実践理性批判』の第二章で「汝自身を愛するように隣人を愛せ」という格率について数ページを割いて言及している。彼はその格率が道徳律と調和することを考慮しながらも、「聖性」の危険、つまり宗教的ないし神秘主義的快楽のおそれがあるとして、格率から離れるよう我々を促しているのである。[101]

しかし実際のところ、ラカンは利他主義――隣人の通常のイデオロギー――を侵犯的に解釈するよう我々をけしかけつつ、利他主義が隠蔽するものをそこで暴露している。すなわち、真に倒錯的でサド的で秘教的な地平を暴露するのであり、この地平から実際に快楽における他者の人物像が形成されてくるのである。

ラカンから見れば、「他人のための善」という利他主義の伝統的解釈は間違っているのだ。この解釈は二つの基本的障害に逢着してしまう。

（1）通常の利他主義のなかで私が望むのは、私の善に倣った他者の善である。私が他者の善を望むのは、それが私の善行の似姿でありつづけるかぎりにおいてのことだ。ラカンはこう注釈している。「これはそこまで高くつくものではない[102]」。

（2）他人の善を望みながら、おそらく私は自らの善を犠牲にしているのだが、こうした犠牲のうちに他人の幸福が霧消してしまうなどと誰が言えるだろうか？　犠牲が本物でないことを各人が感じとっているのは明らかであり、そのとき他者は我々に対して何らかの献身の意志を示すのである。「君のためを思えばこそ」というお決まりの文句。

ラカンは利他主義を真にサド的なものに読み変えようと乗り出している。たとえば、自分のマントを二つに割いて寒さに凍える貧者に着せた聖マルタンの有名な利他主義を例に挙げながら、救済された乞食について語っているときがそうだ。「しかしおそらく、服を着たいという欲求を超えたところで、彼は別のことを乞うていたのだろう。聖マルタンに殺されること、あるいは犯されることを[103]」。このように想定された乞食の聖マルタンに対する反応は、ジュスティーヌ――隣人愛に満ちたジュスティーヌ――によって救われたサドの英雄たちの反応そのものである。

ユダヤ＝キリスト教的命令の真の問題とは、私がかくあってほしいと願う他者の快楽のことではなく、私の隣人が抱く有害で邪悪な快楽に立ち向かうことであり、これこそ私の愛にかかわる真の問題として提示されているのである。
我々はまさに秘教的な教会、グノーシス派の教会の地下礼拝堂（クリプト）のなかにいるのだ。そこでの隣人愛の行為は、ミサの帰り際に何枚かの硬貨を貧者に恵んでやることではない。その教会——神秘主義的な教会——において、我々は悪の奥底にまで降りてゆき、真の隣人であるべき人、すなわち最も遠くにいるがゆえに最も近しい者と出会うのである。私とこの隣人とが隔てられている距離のおかげで、他者は我々にとって重要な存在となるのだ。聖女がその体を洗った水を飲み干したという癩病人、あるいは彼女がその糞を食らったところの病人と同じように[104]。

だとすれば、真の施しを行う主体、そうした主体の隣人愛、つまり隣人を自分自身と同じように愛するという「魔法にかけられた」慈愛のなかには、〈物〉に対する最も遠回りでありながら最も強烈なアプローチがあるのだ。「名づけようのない物」、すなわち「内なる地獄」への接近である[105]。

ここで描き出されているのは、隣人愛の「マゾヒズム的」解釈である。事実、慎み深さのモデルに基づいて隣人を作り上げるブルジョワ的利他主義を乗り越えなければならないし、この利他主義を主体が快楽——自らの快楽——に到達するところの深淵に仕立てあげなければならない。快楽のなかにあってこそ、他者はあたうかぎり最も近しい隣人になれる。なぜなら彼は「自己自身」の消滅と同化しているからであり、この「自己自身」に取って代わるからだ。隣人愛の残酷さとは、紋切り型の残酷さであり、「隣人の悪意」に帰される残酷さである。こうした悪意こそ、フロイトが隣人を自分自身のように愛せよという命令を非人間的なものと捉え、あまりに無理難題にすぎると考えたことの原因なのである。

以上のような態度のうちには、分析家としてのラカンに対して賭けられているものの一面が見出せる。彼が『転移』と題したセミネールのなかで自らに固有のものと定義していたように[106]、隣人愛が分析家の愛でもあることを考え合わせてもみればなおさらである。実際、ラカンが頻繁に分析家の立場を病人の糞を食らう聖女の立場とさほど遠くないものとして語っている事実を忘れてはならないだろう。「患者はなおもこう言う。私はあんたに身を捧げる。でも私の人格の贈与は——他者が言うように——、よくわからない！　妙なことに糞——我々の経験にとって本質的な用語でもある——の贈答にすり替わってしまうのだ[107]」。

しかし、ラディカルな利他主義にはもう一つ別の側面がある。隣人愛のなかで試される残酷さはもはや他人の悪意にではなく、私の悪意に帰されるのだ。格率のマゾヒズム的・秘教的解釈に代わって（ここでは聖女や分析家によって体現されている）、サド的・マニ教的解釈が現れてくる。隣人を愛すると「最も残酷な道に至ってしまう可能性がある[108]」とラカンが言明するとき、彼は魔法をかけられた隣人愛、すなわちサド的隣人愛の第二の解釈にも訴えかけているのだ。彼はそこから次のようなパラドックスを導き出している。「汝自身を愛するように隣人を愛せという命令を前にした尻込みは、快楽の手前にある防壁と同じものであり、それと逆のものではないのだ[109]」。

このように、ラカンがサドに対して感じた幻惑を根本から把握できる。この幻惑は、彼が同時並行的にサドに課した分析家の職業倫理上のレッスン、自身の幻惑を厳しく規制しようとして援用したレッスンと激しく矛盾している。つまりサドによってもたらされる計り知れないものとは、ごく単純に彼が我々に「ありのままの隣人の掟」を発見するやり方を教えてくれている点にあるのだ[110]。

サドのおかげで発見される隣人とは、我々と相似した人間、つまり我々が自らの鏡像と見なし、それと混同するような同胞ではまったくない。こうした混同は、我々の自我を特徴づける無知——自我は端から端まですっかり想像界の圏域に巻き込まれているのだから——と同種の無知を前提にしている。逆に隣人とは真の他者であり、我々が性交する際に所有するところの他者なのである[111]。隣人を最も根源的な他なるものとして暴露することは、同胞というイメージを手掛かりにした他者の想像的把握から離れるための方途なのだ。ありのままの隣人が住まう空間に到達するには、昇華されていない性的快楽を経由しなければならないのである[112]。

このようにラカンによるモーセ＝キリスト教的命令の新たな書き換えを提示できる。それは言うなれば「快楽のなかで汝自身と同じように隣人を愛せ」、すなわち「快楽のなかで汝自身を愛するように隣人を愛せ」となるだろう。こうしてサド的主体と他人との関係がどういったものなのかが明らかになる。その関係は他人についての伝統的認識を根本から破壊するのだ。だとすれば、他人を自分自身と同じように愛するのは、私が「何かしら残酷なもののほうへと」突き進むのと同じ意味になりうることが理解される。実際、私が快楽のただなかで経験するような自己愛に似せて隣人愛を想像しさえすれば、同じ意味になりうるのだ。ラカンの見立てによれば、「快楽とは悪である」。隣人の悪を想定しているかぎりにおいて、それは悪なのだという。ラカンの言説がきわめて重要な局面を迎えたときの発言だが、そこでは分析家のテクストとサドのテクストが、まるで同じ一編のテクストの表と裏になったかのように、完全に重なり合っている。[113]

ラカンが自らの身を置く悪の問題系に〈物〉の問題系を追加するとき、「快楽とは悪である」という決定的な考えはより明確に言い直されることになる。ラカンは次のように書いている。生殖行為において、つまり昇華されていない性的関係においては、「何かが損なわれうるのであり、そのことによって、存在は他の存在に対して〈物〉の生きながら死んでいる立場に立っているのである」[114]。したがって、いまや理解できるだろう、隣人を自分自身と同じように愛せという命令を前にした尻込みは、自分自身の快楽を前にしたときのたじろぎを隠蔽し暴露するものなのだ。

主体に他者のイメージの侵害を禁じる制限を乗り越えながらサドが明らかにするのは、この制限が人を欺くような想像的構造を呈しているということなのだ。したがって我々が他者のイメージを侵害することに尻込みするとすれば、我々の自我形成に寄与したイメージがそこに存在しているからなのである。[115]

つまりこうした中心となる点をめぐって、ラカンのサド読解は練り上げられてゆくのであり、そこで二者択一の選択肢が開かれてゆく。すなわち、サド的経験を致命的で取るに足らない不能に還元することで棄却するか

――「カントとサド」の結末部においてなされていたことだ――、サド的経験を開拓したうえでそこから悲劇的経験としての消失点を開いてゆくか――これは『精神分析の倫理』によって我々が連れていかれるところの消失点である――という二者択一である

サドが勇気をもって根気づよく真剣に読まれたにちがいないからこそ、倫理のレッスンが授けられるのだ。しかしもっと言うと、倫理の真相は、倒錯的立場が突き合わせにされたという条件がなければ明かされないのである。そもそもラカンはセミネールの冒頭においてでさえ次のような曖昧な発言をしていなかったか。「おそらく我々は倫理の領域で真の刷新を行うのを完全に断念しなければならないのだろう――だとすれば、ある程度までは次のように言えるかもしれない。そのことを示す何らかの兆候は、理論の進歩をさんざん遂げてきたにもかかわらず、我々が新たな倒錯の起源にすらなれなかったという事実のなかに垣間見える、と」[116]。

新たな倒錯の起源になること！　何とも奇妙な言い草だ……。

実際、サドとラディカルなやり方で再考に付された隣人の問題とを結びつけることで、ラカンはまさに「新たな倒錯」の起源になろうとしているようだ。ここでの倒錯とは、倫理と倒錯とを結びつける絆の結節点となるような、隣人愛にかんする宗教的テクストの倒錯である。サドに対するラカンの発言、「カントとサド」の結末部やセミネールに散在するいくつかの箇所での発言に影響を与えている後退がどういったものであろうと、他者の根源的否定というブランショの命題――そこでの他者はつねにすでに無価値な存在と見なされてきた――に抗してラカンが踏み出すこの一歩をしっかり記録しておかなければならない。ラカンから見れば、絶対的エゴイズムの名のもとでの他者の否定は、それと反対のもの、つまり他者の否定を享受するための大文字の他者＝絶対的他者の必要性と結びついているのだ。そもそもサドはこうした矛盾を自身の哲学のなかに組み入れているのである[117]。

ラカンにとって、他性はサド的経験の核心にあるものであり、最も曖昧な形、すなわち「隣人」という姿をとって現れる――隣人がまさしく主体の「悪意」として、「隣人と同じように愛されるべき悪意」として主体の核

心に据えられさえすれば。こういった愛の真実をなしている愛は、恋に落ちた神経症患者には知られることがないが、かといって万人にとって未知のものではない。なぜなら、いつだって「人が隣人を殺すのは愛によって」であるからだ。[118]

III　倫理への移行

一、サド的終末論

しかしラカンのサドとともに、最も重要な点はさらに先のところにあるのだろう。ラカンがそれまで身につけていた調子、精神分析の臨床家としてのスタイル、フロイトの特性を打ち捨てるとき、本質的なものが現れてくるのだ。

たいていの場合、ラカンはフロイトを合理主義者、ユングに抗して主体のミクロ世界と宇宙のマクロ世界を秘教的に結びつけるアナロジーを打ち破ることのできた合理主義者として高く評価しているが、[119]他方でこうした企図と一線を画してもいる。反転の動きが感じとれるのは、ラカンがサド的計画をとおして〈物〉を仔細に探究するときだ。また人間と宇宙のあいだにある何か、主体と世界、個人とコスモスの結節点に屹立する何かを〈物〉のうちに探るときも然りなのだが、この何かはラカンの言説を終末論的な問いへと導いてゆくものであり、[120]彼がセミネールのなかで言うところの「終末の日」[121]、つまり時代の終わりや世界の終わりの周辺に存在するものなのである。

倫理のセミネールにかんして言えば、「終末の日」の問題は徐々に導き出されてくる。一九六〇年一月の講義回において、ラカンはまず「人類の基盤」としての地球を巻き添えにしかねない原子爆弾についていくつか考察――ハイデガーの問いと無関係ではない考察――を述べることで、「終末の日」の問題を喚起している。[122]このように生命を徹底的に巻き添えにする可能性、「人類全体」にとって実存の問題が宙吊りにされてしまうこの可能性のなかにあっては、〈物〉は大量破壊兵器を生み出したであろう知の主体の側に見出せるのだ。

しかし「終末の日」の出現は、束の間のことにすぎない。ラカンはほんの一瞬喚起しただけで満足してしまうのだ。セミネールのずっと後の回、一九六〇年の五月にラカンは再び問題に立ち返っているが、前回とは違ったかたちで、つまり今度は厳密なやり方で終末論の主題をサドに結びつけている。

そこでの新たな考察もまた同時代のテクノロジーの動向を起点にしている。まず始めに召喚されるのは、核の大惨事ではなく、生物学上の怪物が氾濫するというひどく奇妙な仮説であり、ラカンはこれを「染色体の無秩序状態が引き起こす脅威」という言い方で予知している。[123] そしてこうした予知を最初に行ったのち、ラカンは核の大災害（カタストロフ）を改めて喚起するのである（「我々を脅かす巨大で現実的な猛威」[124]）。

ところでラカンから見れば、「それを思うことのタブー」に覆い隠されたこれらの「事態（ショーズ）」を解明し、我々に理解可能なものにしてくれるのは、サドにほかならないのだ。[125] ラカンにとっては、「二次的な破壊」「第二の死」というサド的カテゴリーのなかにこそ、[126] タブーの除去を可能にする鍵としてのシニフィアンが見出せるのであり、ここでのタブーとは、「終末の日」という概念を考える現代の可能性を上から押さえつけるタブーのことである。そこでのラカンは、フロイト的経験論・実証主義から逃れて、一種のきわめて不吉な霊知（グノーズ）のなかに足を突っ込んでいるようだ。絶対的破壊という観念的な仮説の跳ね返りのなかに、生命はもともと「腐敗」として定義されうるものだという考えが密かに入り込んでしまっている。そこにはまた「ゴミが無造作に積み上げられているところにこそ、人間的なものが存在している」とか、人間自身が「計り知れぬゴミ」であるという考えが潜んでもいる。[127] この件にかんしては後述することになるだろう。

とくに重要なのは、ラカンの考察のまさにこの箇所にサドが侵入してくるという点だ。ラカンは「第二の死」というカテゴリーを最も基礎的な歴史上の現在に結びつけながら発掘するのである。この現在は我々の歴史に属する現在、「終末の日」の現在と言い直せるだろう。まぎれもなくこうしたサドの侵入は、ラカンがためらいつつも最高度にサドを真剣に受け止めた瞬間を示しているのである。(128)

サドを真剣に受け止めるラカンの態度は、何かしら本質的なものに依拠している。つまり、同時代思想の現在のなかでは、虚無と否定の存在論のまわりでは言語化されていないものに依拠しているのだ。こうした読み方は、サドの哲学と〈物〉の反映のなかに捕捉された死の欲動とを結びつけることで、問題の核心へと向かっている。〈物〉は原則的に見えないもの、表象されないもの、言語化されないものであるにもかかわらず、他ならぬサドがこれを言表可能なものにすることができるのだ。

二、第二の死

第二の死とは何か？　サドにおいてこれは何のことをいうのか？

サドの根幹をなす公理とは、自然は永続的な運動であり、アルチュセールが提示したところの、「主体なき訴訟（プロセ）」という唯物論的概念によってより明確に言い表すことができる運動であるということだ。つまりサド的自然とは非人称的訴訟、あるいは主体なきプロセスなのである。こうした公理に次のような考えが結びついている。あらゆる種類の犯罪・破壊・荒廃は、この永続的運動、つまり自然という主体なき訴訟＝プロセスに関与し、その永続化に——代行者として——寄与しているという考えである。なぜなら、あらゆる破壊活動はエネルギーの生産であり、あらゆる死は破壊＝腐敗＝発生というサイクルのなかで生命の糧となるからだ。サド的自然のなかでは、何も死ぬことがなく、何も破壊されず、何も失われることがない。というのも腐乱した身体の全部分は、新たな形で生まれ変わるために、分解されることしか期待していないからであり、破壊のプロセスは、それじたいが生み出すエネルギーによって、サイクルの運動そのものを賦活するからである。(129)したがって殺人は、犯罪から絶えまなく結果を受けとるだけで自身を保つことのできる自然にとってみれば、有益な行為なのだ。自然は破壊しなければ生産できないのだから（生＝死のサイクル、誕生＝消滅のサイクルなど）、殺人や破壊行為はサドの英雄たちの一部によって自然を歓ばせる方法として（たとえば、『新ジュスティーヌ』のロダンはそう捉えている[130]）、あるいは同じサイクルに身を置く偉大な錬金術師アルマーニの言葉によれば、自然を「手で慰める（マスチュルベ）」方法として捉えられている[131]。

サドが提示する第二の命題は、犯罪は存在しないというものだ。殺人が罪であると人間に信じ込ませるのは――人間を世界の中心に据えることで――、人間のナルシシズムにすぎない。ところで、殺人が自然のサイクルの際限なき生命維持プロセスに帰されるとすれば、殺人によって消滅するものは何もないということになり、犯罪という概念は人間中心主義的な偏見にすぎないことが明らかになってくる[132]。こうした反人間学的論理はきわめて重要である。むろんこの論理は、過激な反人間主義の吹き荒れた二十世紀にサドがもたらした幻惑の一要素として機能している。犯罪の否定、犯罪の存在論的否定は、人間をナルシシズムを取り除いた立場、人間主義的な想像界の淀みから完全に解き放たれた立場へと送り返すのである。偉大なリベルタンでありながら後に宰相となる権威的アナーキストのノワルスイユは、自身の行いの意味を徹底的に考え抜くことに最も熱心なサド的主体の一人であるが、ジュリエットに対してこう説明している。「つまりいかなる犯罪も実在していないのだよ。いつだって生き生きとしている自然を冒瀆する方法なんてまったくない……いつだって自然はあまりに人智を越えているものなのだから、どんなことが起こりうるか予想しようがない[133]」。

サドの言説の核心は、もちろんその論理構成の概念的細部にあるのだが、否定という言説行為じたいにもある。語るのは犯罪者であり、彼は犯罪という概念を否定するときも、人を殺し、犯し、痛めつけ、拷問しようとしている真っ最中なのだ。つまり彼は犯罪を最も極端なやり方で実践しているときでさえ、犯罪の不在を主張しているのである。サドの言説の信憑性という問題は、論理的あるいは弁証法的観点からだけでなく、とりわけ叙述の観点からも評価されなければならない。犠牲者を前にした犯罪の否定は、犠牲者の姿をとった犯罪の実在を直接的に否定することでもあるのだが、おそらく――哲学的信憑性のまったき主張である以前に――犯罪そのものや他者の破壊によってもたらされる快楽の中心的要素なのだろう[134]。

サドの唯物論的公理、そして彼と結びつく数多くの相関物は、作品のなかでさんざん繰り返されるわけだが、それらをとりわけ強烈かつ決定的に反復するのは教皇ピウス六世であろう。犯罪についての彼の長談義は、ジュリエットが自身の身体と引き換えに得たものだが、ラカンはそこから「第二の破壊」や「第二の死」という概念を引き出すことになる。

そこには我々がいましがた説明したところの二重の要請が見出せる。すなわち、一方で自然は殺戮や破壊を必要としているが、他方で犯罪という概念はただ人間の虚栄だけに帰されなければならないということだ[135]。しかし大半のサド的主体と性質を異にした思想家であるピウス六世は、この二つの前提から、前代未聞のきわめて重要な哲学的結論を導き出している。もし自然が起源もなければ目的もない主体なき盲目的プロセスだとすれば、その生産物や成果は「創造物」ではない。つまり自然は何も創造しない。自然の活動が産み出すのは――彼がそこで使う造語によるなら――「結果としての（レジュルタティフ）」ものでしかなく[136]、こうした考え方は創造説の見通しと完全に手を切ることを想定している。創造がないとすれば、自然の生産活動の成果はある意味において自立しており、自然の力とはまったく異質のものである。こうして人間は自然に依存しなくなるのだ。なぜなら自然が図らずも人間を生み出したのであり、両者のあいだに「実質的な関係」は存在していないからである[137]。つまり各自は互いから独立しており、それぞれに固有の法則に基づいて機能しているのだ。ピウス六世は十八世紀の唯物論者たちの誤謬、彼らがはまった哲学的前提の主要な罠、全体化という罠に陥っていない。それ以上に彼は唯一物じたいのうちにある形而上学の堕落、すなわち因果関係から総合を想定する決定論に屈していないのだ。決定論的な関係がないというのは、諸々の実体が互いに異なる性質をしていて、異質な存在として自立しており、それぞれに固有の法則に従っているからである。こうした実体の自立性によって、たとえば親殺しの罪の否定が正当化される。なぜ

なら「父と息子のあいだには何の絆もない」のだから。(138)

極めつけの唯物論者にして一貫した反創造説論者のピウス六世は、犯罪の実在だけでなく、死の実在までも否定する。(139) こうした一連の否定から、ラカンにとってあまりに重要なカテゴリー、すなわち第二の死というカテゴリーがサドの言説のなかに出現してくるだろう。まさしくセミネールにおいてラカンがサドの言説を引用・注釈するそのときに。

ピウス六世の論証は次のようなものだ。自然の核心には破壊＝創造のサイクルがあるのだから、死も犯罪も存在しない。しかし、任意の主体が死体の蘇生プロセスに異議を唱え、このプロセスじたいを廃棄できるとすれば、彼は最終的に「第二の破壊」に到達するであろう。ラカンの言葉をつかうなら、絶対的無気力としての死そのものに至るということだ。(140)

このように、二種類の破壊行為、自然を歓ばせる二通りのやり方があるのだ。一つ目は、破壊＝生成プロセスの原則にかなう通常の意味でのサド的犯罪のことであり、二つ目は、一つないし複数の生命の破壊ではなく、人間世界に固有の生命維持プロセス――このプロセスが死の原理に結びついているかぎりにおいて――を絶対的に破壊することである。(141) ここにはフロイトが『快楽原則の彼岸』のなかで提示した死の欲動が見出せる。

しかし実際のところ、第二の死あるいは二次的な破壊は、サド的主体の到達できないところにある。彼はそれを想像することしかできず、またこうした第二の死のリミットはサドにおいては「理論上」でしか乗り越えられていない。(142) 事実、ピウス六世はジュリエットにこう言っている。「全面的破壊［第二の死］の残忍さをもってしても自然を歓ばすことはできない。だから、少なくとも居所的な残忍さによって自然を歓ばせなさい」(143)。ピウス六世が人間世界の「全面的破壊」という仮説をはっきり表明する唯一の人であるにしても、(144) この仮説はサドの英雄たち何人かの発言のなかに何度も現れている。ジュリエット自身、ピウス六世と出会う前に、「生の限界を超えるまで犯罪をつづけることができる」と感じていたし、(145) もっと後になると、友人のクレールヴィルに対して教皇の思想を熱心に宣伝するようになるだろう。[146] 女魔術師のラ・デュランもこう言っている。「私がもっている情熱のうちで、犯罪を世界中に広めようという情熱ほど熱烈なものはない。もし世界中を私の仕掛けた罠に陥れることができるとしたら、私は何ら良心の呵責を感じることなく世界を粉砕することでしょう」[147]。最後に特筆すべき例としてモベルティの次のような発言があるが、そこでは形而上学と幻想（ファンタスム）がただ一つの表現のうちに総合されている。「俺が勃起するとき、全世界が存在しなくなればいいのに」[148]。

しかし、誰もがみなこうしたサド的不可能性、つまり第二の死となるべき絶対的犯罪を犯すことの不可能性に突き当たってしまう。次のように言うことさえできるだろう。この最終的な不可能性のなかには、サド的主体に固有の悪の不安、悪に対する恐れ、彼が決して本当に出会うことのない悪への恐れがある、と。「私は絶望しているのよ。自分が望む犯罪にはどこにいっても出会えず、そのかわりに偏見しか見出してこなかったんだから」[149]。

こうした第二の死はたしかに快楽原則を超えた快楽への欲望――絶対的無気力へと至る欲望――、死の欲動と深く結びついた欲望なのだが、ついにラカンはそこから次のことを認める。実際、こうした欲望の言語化はサド以前にはなされないままだった、と。

> そしてサドの思想はこうした真に特異な過剰をでっちあげるまでになるのだが――我々は神秘主義的なセクトが昔から定式化しえてきたものを知らないわけではないが、少なくとも表面上、サド以前にこういった過剰が構成されることはあまりなかったのだから、前代未聞の過剰と言ってよいだろう――、この過剰とはつまり、犯罪によって人間は自らに固有の掟の軛から自然を解放することができるということだ[150]。

三、ラカン、黙示録、ハイデガー

したがってサドを真剣に受け止めるラカンの手つきは、いわばラカン的幻想（ファンタスム）と呼ばれるものと一致している。

黙示録の幻想、すでに見てきたように、生物学上の大惨事あるいは核の惨劇という幻想である。ラカン的幻想は時代のファンタスムでもあり、モーリス・ブランショやルネ・シャールといった多くの者たちと共有されている。この不安を境に現代とそれ以前の時代を区別したいという欲望が強迫観念のうちに看取できるかぎりにおいて、歴史上のファンタスム、歴史性のファンタスムでもある。[151] 死の欲動はその影響力を測ることが喫緊の課題になっているところの「歴史的」側面を含んでいる、という非常に重要な考えをとおして、ラカンがピウス六世の長談義を注釈つきで導入したとすれば、それはまったくの偶然ではない。[152] そこには思想にとって、六〇年代の思想にとって極端なかたちで構造化を促進するような枠組みが見出せるのだ。六〇年代は核の不安が浸透した時代であり、現在の歴史的シークエンスが、固有のサイクルのなかで、「存在者(エタン)のサイクル全体、たとえば喪失と回帰という動きのなかでの生命」を再検討する可能性として現れてきた時代である。[153]

存在するものすべて、生命のプロセスを含めたすべてを徹底的に解体する可能性が、サドによって公にされ思考可能なものとされたわけだが、この可能性は――「存在者」という語が使われていることからもわかるように――ハイデガーと結びつけられている。[154]

ラカンがセミネールのなかで参照するハイデガーのテクストは、すでに我々が引用したところの、「物」というタイトルが付けられた論考である。そこでハイデガーは、違った調子に基づいていながら、倫理に関するラカンの探求と共鳴している。しかし「〈物〉」の面だけでなく、黙示録の面からしても、ラカンのハイデガー参照はまったく明瞭なものではなく、曖昧なリファレンスとさえ言える。[155]

ハイデガーにとって核の脅威という「第二の死」は、過ぎ去った不安なのである。なぜなら、大惨事は来るべきものあるいは目前に差し迫ったものではなく――ラカンが恐れていたように――、すでに起こった出来事にほかならないからだ。「人間はずっと昔に起こってしまったことを見ていない」。ハイデガーは原爆についてこう語っているのだが、「地球上の生命を殲滅させる」に十分でありえた水爆についてさえ同じことを述べている。彼の結論はこうだ。「恐るべきことはすでに起きてしまったというのに、いまさらこの途方にくれた不安は何を懸念しているのか？」[156]

実のところ、結局は非常にストア派的であるハイデガーが大惨事をすでに起こったことと見なすのは、核のラディカルな破壊力を発見するずっと以前に――ハイデガーによれば――、西洋哲学が物を「物として」破壊する知恵を産み出してきたからである。[157] しかしハイデガーの冷静さは、彼がサドをとおしてではなく、ヘルダーリンやニーチェをとおして「第二の死」という主題を解読したことにあるのだろう。[158] とりわけヘルダーリンのおかげで、しかもニーチェによって――少なくともハイデガーのニーチェによって――、黙示録は大惨事として一義的に捉えられることなく、その原義的な意味にしたがって、暴露として認識されるようになる。「科学技術の両義的本質をよく観察すれば、そこに秘密の星座、秘密の星の運行があることに気がつく」[159]。こうした脅威と救済の結合のなかには――同じく「つねにすでに」のなかには――、ハイデガー的弁証法の操作が垣間見られるのであり、結局のところ、この操作は無秩序を措定した後にいつだって秩序を回復しようとするのだ。

そもそもハイデガーは「第二の死」の問題を導入して主題化したのち、「差し迫る世界の消滅」という西洋の強迫観念を過小評価し、この強迫観念にかんして「文字どおり安易」で「脚色されたルポルタージュ」のことを語っている。[160] 事実、破壊の問題、人間の欲望がもつ破壊性の問題はハイデガーの哲学において二次的な主題にすぎず、彼にとっては「破壊」よりも「悲しみ（デゾラシオン）」のほうが重要なのである。なぜなら、破壊は生育したものや構築されたもの、あるいは取るに足らないものを廃棄するにすぎないが、「まさに悲しみは束縛するものや妨げとなるものをことごとく培養し拡張してゆく」からだ。[161]

ラカンが公然と打ち出したハイデガーとの親近性は、実は両者が根底から隔たった場所に身を置いていることを示している。「第二の死」の本質そのものをよりよく把握するために、ラカンはこの死を「シニフィアンの力の無効化」として説明するのだが[162]、ハイデガーは世界を「無意味の虚無のなかで回転するものとして」捉える考えを嘲弄することで、こうした無効化を前もって否定していたのである。[163]

　しかし本当のことを言えば、ハイデガーは徹頭徹尾ラカンと対立しているのではないか？『存在と時間』のハイデガーから「物」のハイデガーに至るまで。後者において、人間主体は「死すべきもの（モルテル）」という総称的かつ複数形の呼称でしか呼ばれていない。死すべきものはある意味でハイデガーの言葉（パロール）の中核をなすシニフィアンになっており、人間を「生きている存在（エートル・ヴィヴァン）」として表象する形而上学に真っ向から抗するものである。[164]「死すべきもの」にかんして、ハイデガーは「存在の避難所」としての死について長々と語ったのち次のように結論づけているが、それはギリシャ＝ゲルマン的思想のスタイルをこのうえなく純化させた言い方になっている。「分別ある生者はまず死すべきものに生成しなければならない[165]」。

　ハイデガーはラカンからかなり遠いところにいる。なぜならハイデガーにおける死は、いかなる時でも、死の欲動との結びつきのなかで、つまり「第二の死」として考えられることがないからだ。彼にとっての死が「無の箱舟」でありながら同時に「存在の避難所[166]」でもあるとすれば、ごく単純に言って、彼の存在論が――レヴィナスが目の覚めるほどはっきりと説明していたように――以下のことを想定しているからである。すなわち、本質は虚無の間隙をことごとく埋めてしまい[167]、死についての真正で充実した思想を不可能にしてしまうということだ。「物」におけるハイデガーの存在論は、ゲルマンの神話や秘教主義の近傍で絶えず繰り返される語りをつうじて、あらゆる死・メランコリー・死の欲動に対する救済策を練り上げてゆく。救済策とは、「～がある（イリヤ）」という匿名のノイズによってすべての空隙を機械的に埋めてゆくことであると同時に、「天と地と人間と神との」大掛かりな異教的戯れを実現することでもあり、いま列挙した四つの要素はまさにハイデガーが「物」のなかで提示した「四者で構成されるもの（キャドリパルティ）」である。実際、この四者があるおかげで、暗い森（シュヴァアルツヴァアルト）の小屋の前に座っている賢者は、過去・現在・未来の大虐殺の後に必ず訪れるはずの晴れ間を信心深く待つことができるのだ。[168]

　だからこそハイデガーはショアーや殲滅という行為じたいを考えることができなかったのだ。「彼らは死ぬのか？」というガス室の犠牲者にかんして発した問いに対し、ハイデガーは自らこう答えている。「彼らは滅びるのだ。彼らは殺される。［……］彼らは死体製造のストックとして備蓄される部品になるのだ[169]」。強制収容所の犠牲者たちが「死ぬことができ」ないのは、死が人間の現存在（ダーザイン）に属しているからである。ハイデガーが現存在に支配されない別種の死の可能性とどれほど無縁であるかがわかる。別種の死とは、第二の死のことであり、強制収容所のユダヤ人たちが経験した死と言ってよいだろう。

「戯れ」――諸々の構造の先験的（ア・プリオリ）な戯れ――は、「物」の結末部分において、ワーグナーのオペラのような様相を呈してくる。あらゆる四部劇がそうであるように、そこでは「積分という存在が世界の戯れなのである[170]」。互いに結びついた諸々の象徴、「鏡」や「ロンド」や「指輪」（リング）へと次々に移り変わる象徴は、トートナウベルクの古代魔術師にとってのタロット占いと同じく、暗号化された秘教的価値をもつ要素なのだ。「ロンドは指輪となって自らに巻きつき、反射作用を発揮する。指輪は四者［天、地、人間、神々］を示しながら、それらの単純さが放つ光によって照らし出すのである[171]」。

だとすれば、ハイデガーの「物」がラカンの〈物〉と正反対であることも理解できる。ハイデガーの物はもろもろをかき集めるが、分散させることはなく、破壊せずに留めおくのであり、つまり世界を展開してゆくのである。世界は現象学的世界でありつづけ、やがて異教的神話の世界となるのだ。

「死へと差し向けられた存在」（エートル＝プール＝ラ＝モール）を標榜する偉大な哲学者が、死を十全かつ哲学的に思考することを妨げているのは、自身の哲学の重要な点について、彼が死を偏狭に考えているからだ。ブランショはある程度までこのことを予感できていた（あくまでレヴィナスの読解に基づいてのことであるが）。ブランショが証明するところによれば、『存在と時間』においては――不安のテーマ系を扱っているにもかかわらず（あるいはそのせいで）――、死が人間の支配する領域に留まってしまっているという[172]。

レヴィナスが知らせてくれたように、存在論は死を十全に思考することを不可能にするものなのだ[173]。結局、サドや第二の死という概念から出発したラカンが、ハイデガーと通約不可能なほど隔たった考察にいたったとすれば、それはごく単純に言って、彼がドイツ哲学者の異教的存在論に創造論的（クレアシオニスト）と形容されるべき立場を対置したからである。第二の死の存在を信じるためには、創造を信じなければならない。したがって、第二の死というカテゴリーはサドによって発掘されたにもかかわらず、サド自身はこれを信じておらず、その可能性さえも信じていないのである。

ラカンだけが第二の死を信じているのだ。二十世紀後半が終わる頃にあってもひとり創造説を信じていた彼だけが、レヴィナスとともに。

四、創造論者としてのラカン

驚くべきは、ラカンがハイデガーの「物」というテクストを読んでいるときに、〈物〉をめぐって創造説の信仰を告白していることであり、しかもこの信仰告白がハイデガーが自ら選んだ例、すなわち壷の例に基づいてなされていることだ。

実際、ハイデガーは自身のテクストにおいて壷という任意ではない対象から論を説き起こしている。ラカンはこの対象を人間の存在や活動を構成する本源的要素ときわめて的確に形容しているのだが(174)、ハイデガーは特異な自立性のあるものとして——この自立性はそれじたいとして成立している——取り上げている。壷という対象は、自立していることによって、単なる他律的な道具としての対象から区別されるというのだ。

この自立性こそ壷を対象とは別の〈物〉として構成し、物性を客観性とはっきり異なるものとして作り上げるのだ。こうした物性によって、壷は〈物〉のモデルとなるだろう。なぜならそこに天と地と人間と神々の「四者で構成されるもの」が凝集するからである。対象と物の区別は、後者を前者が属するところの人間的決定の外へと引き上げようとしているのだ。したがって〈物〉としての物は、物質（マチエール）として製造・生産されたという事実によって決定されることがまったくないのである。[175] 水差し〔手つき壺〕の本質とは――一種の壺であるかぎりにおいて――、それが容器であること、つまり「何かを含む空間（ヴィッド）」であることなのだ。[176] だとすれば、職人は厳密な意味での壺を製造しているのではなく、空虚な空間に形を与えて、それを容れ物に仕立てていることになる。しかしこうした容れ物の存在と本質は、貯水と注水という二つの機能を集約していることにある。水やワインを注ぐという行為のなかに、天と地がそのつど存在しているのであり、[177]「死すべきもの＝人間」もまた存在している。水を注ぐことが聖別になりさえすれば、最終的に神々もそこに存在することになる。やがて「四者」が〈物〉のうちに、注ぐものとしての壺のうちに集結するだろう。壺が水やワインを溜めたことで、四者――天・地・神々・人間――は自らの存在が放つ光のなかへと赴くことができたのだ。[178]〈物〉とはこのようにかき集めるものであり、実際、互いに離れていた四者を近づけるのである。[179]

　ラカンによるハイデガーのテクストの利用、というよりハイデガー的な物への干渉は、実際のところかなり奇妙で滑稽なものである。それは機知に富んだラカンの見事な考察の一端をつうじて展開されるわけだが、ラカンはそこで空虚や充満のテーマを取り上げたうえで壺の存在を定義づけ、「マスタード壺」を例として選びながら、「ボルニビュス」〔フランスのマスタード製造業者〕という名のうちに神の名を認めるよう提案している。[180] 周知のとおり、ボルニビュスとは――ヴィネガー製造業者の息子であったラカンは誰よりもこの名をよく知っていた――、当時のフランスにおいて最も有名なマスタードの呼称である。

　ラカンがハイデガーを誤解していることが理解できたであろう。壺を壺として構成する空虚と充満の表象のうちでラカンの関心を引くのは、そこに言葉（パロール）とシニフィアンの機能を探し出すということなのだ。[181] ラカンによれば、シニフィアンと同じく壺が満たされうるとすれば、その壺が本質的に空虚であるからだという。すでに我々はハイデガーが思い描いたワーグナー的幻想、神々のために執り行われる人間の「解放」という幻想から遠いところに来てしまっている。ごく単純に言えば、我々は次のような原則そのもののなかに身を置いているのだ。すなわち、ユダヤ主義において、言葉（ランガージュ）が初めにあること——言葉が世界の構成であるかぎりにおいて——を認可する原則である。なぜそうしたことを認可するかといえば、言葉は本質的に間隙であるからだ。シニフィアンの構成は間隙からしか出来しえないのである。[182] 我々はここで創造のタルムード的解釈の現場にも立ち会っている。創造はそこで文字あるいはすべての文字の結合・配合・構成とされている。つまりシニフィアンの有機的結合であり、こうした結合のなかで、各々のシニフィアンは自分たちが互いに対立しているという原則によってでしか維持されない。この対立こそが間隙であり、創造が出現するところの穴なのだ。

創造の別の側面には、創造の分身とも言うべき事象がある。すなわち破壊であるが、これは文字どおり黙示録的世界観を抱え込んでいる。

我々が『黙示録』のなかに書物を食うという強烈なイメージを読みとるとき、これは何を意味しているのか?——書物それじたいが同化の能力をもち、文字どおり黙示録的な創造の基盤となるシニフィアンそれじたいを組み入れるということでないとすれば。[183]

こうした論法のなかで、ラカンは壺を——異教的な聖遺物であることをやめた壺を——倫理と本来の創造とを本質的に結びつけるものとして推奨している。なぜなら本来の創造とは、無からの創造、空虚を起点とする創造のことだからであり、そこでの空虚とはすなわち、彼が別のセミネールで言っているように、昔から「創造されたもの」の象徴とされてきた壺や甕を指すのである。[184]

ラカンにとって空虚とは、陶工がそのまわりに壺を作り出すところの空虚＝空間をいう。しかもシニフィアンを加工することが現実のなかに空隙や穴を穿つことと等しくなっているという点で——物としての壺がこの点を証明している——、この空虚は基礎的なものだ。[185] しかし空虚はそれ以上のものでもある。「無から（エクス・ニーロ）」を表す記号としてあるからだ。「壺という加工されたシニフィアンの導入は、すでに無からの創造という概念そのものである。そして無からの創造という概念は、まさに〈物〉が置かれた状況と同じ広がりをもっている」[186]。だからこそ、ラカンは〈物〉に対して新たなアプローチをかけることができる。〈物〉はそこで「現実界においてシニフィアンから影響を受けるもの」として現れてくるのだ[187]。

創造説の信仰告白をあまりに過激に展開したために、期待をことごとく裏切りながら、ラカンは次のように述懐するまでになるだろう――ガリレイをはじめとするすべての近代科学は、聖書的・ユダヤ的世界観に基づいてでしか発展することができず、ギリシャ思想を起点にすることがなかった。なぜなら、前者の世界観が象徴を差し押さえることの有効性を想定していたからだ。象徴の差し押さえを本質的に動機づけているのは、創造説の思想にとって「天空はもはや存在していない」という事実であり、ごく単純に言えば、そこにある諸々の天体もまた存在していない可能性があるということだ。「それらの現実性は主として人為的な性格によって特徴づけられて」おり、つまりそれらはまったく偶然的存在なのだ[188]。

とはいえ、ラカンが創造説を倫理の可能性、倫理の条件そのものとしての可能性に結びつけていないとすれば、何も本質的なことは言われていないのかもしれない。

五、サド、創造、倫理

「創造」という概念に賛意を表するラカンの過激な主張は、彼にとって基礎的な争点となるべき「第二の死」というサド的カテゴリーと密接に関係している。それらの主張は黙示録的な見通し（パースペクティヴ）のなかに決定的に組み込まれている。なぜなら、彼の見通しのなかで、創造と破壊という二つの概念はまったく連動しているからである。両者はいずれも空隙としてのシニフィアンの侵入を前提にしているのだ。これらすべての要素が次のきわめて重要な表明のなかで合流する。「終末の日、我々が「シニフィアンをとおして」持ち込んでいた空隙から、外観を形作っていた骨組みがことごく張り裂けて消滅することがあるかもしれない[189]」。

セミネールにおいてラカンが最初に行う倫理の探索は束の間のものだが、それでも衝撃的であり、後半の回でなされるより豊かなかたちでの倫理の定式化を予示している。ラカンが提示する倫理は二つの本質的な点と結びついている。ひとつは、ラカンにとって、無からの創造という思想によって開かれた領域からでしか倫理の問いは現れてこないという点である。二つ目は、無からの創造というカテゴリーによって二つの概念を互いに結びつけることができるという点だ。二つの概念とは、セミネールの結末で倫理の省察の核心となるべきもの、すなわち善と美である。

聖書のある一節は、陽気で楽観主義的な調子をつけられているが、次のことを我々に語っている。主は例の六日間で創造をなしとげ、最後に全体をじっと眺めて、それがよいものであることに気づいた、と。陶工についても同じことが言えるだろう、彼は壺を作り上げた後――これはよいものだ、すばらしい、しっかりしている。言い換えれば、作品という点で、それはつねに美しい[190]。

創造というカテゴリーは、セミネールのきわめて重要な時点、ピウス六世がジュリエットを前に開陳した主張、つまり死の欲動をめぐる主張が話題になるときに呼び出される。そこで判明するのは――ハイデガーの考察とは反対に――、死はラカンが言うところの「創造論的昇華」に照らされなければ、真に現れてこないということだ[191]。「創造論的昇華」の核となるのはつまり、ラカンが再度明示しているように、「無から」というユダヤ的カテゴリーなのである。ラカンはこう言明している。

死の欲動という概念は、構造化を促すような要素と結びついた、創造論的昇華なのである。この要素は次のような事態を生み出す。我々がどういったものであれシニフィアンの連鎖として現れる世界に存在しているものを相手にするとき、どこかに、いや、確実に自然世界の外側に、そうした連鎖を超えた場所、「無から」というそれ「死の欲動」が依拠し、そのものとして連動するところの場所があるということを。(192)

ラカンはさらに先へと行くだろう。というのは、一般的な見方に逆らって、フロイト当人を創造説に巻き込むまでになるからだ。(193) 彼は思想にとって無視できないような地位を「創造」という語に与えるのだが、その作業は一種の三段論法によってなされている。

> 私はあなたがたに証明する。欲動のなかに歴史的なものを生み出す場として、無からの創造という地点が必要だということを。はじめに言葉ありき。これはつまり、はじめにシニフィアンがあったということだ。はじめにシニフィアンがなければ、「死の」欲動を歴史的なものとして語ることは不可能である。だからこれを可能にするには、「無から」という面を精神分析的場の構造のなかに導入するだけで充分なのだ。(194)

ここで次のことに気がつくだろう。ラカンは創造説をその反義語である進化論にだけでなく、より根本的かつ真正なやり方で、すべての存在論に対置しているのである——存在論が「存在を永遠に存在者と関係させる」ことを想定しているとすれば。(195) つまりラカンはハイデガーと敵対する立場に身を置いているのだ。レヴィナスのそれと交差するようなこの立場は、「被造物性」というカテゴリーをめぐって発展してゆく。「被造物性」とは、いわば無秩序な空間であり、存在の原動力（コナトゥス）(196)に縛られたエゴイズムの策略——存在論的なものの完全なる自給自足体制——と関わりをもたず、これに抗するものである。

「無から」を起源とする「無」を想定しているかぎりにおいて、死の欲動が創造論的昇華だとすれば、サドは真の問題を呈していることになる。というのも、サドはこうした昇華のうちにまったく身を置いておらず、逆に狂信的な進化論者を自任しているからである。宇宙や自然や死について長広舌をふるうなかで、英雄たちの口を借りながら、とりわけ最も威信のある「司教哲学者」ピウス六世をつうじて、サドは世界と現実を始まりも終わりもないプロセスとして、永続的で永遠なるサイクルとして絶えず定義しつづける。したがって、すでに見たように、サドの形而上学は犯罪という概念も、死や破壊という概念[197]さえも認めないのだ。「あぁ！　死すべき不幸なものよ、破壊できるなどと奢ってはいけない。そんな行為はおまえの能力を超えたことなのだ。形を変えることぐらいはできるだろうが、無に帰せしめることなどおまえには到底できっこないのさ[198]」。

六、「第二の死」の発明

したがって、ラカンの主張に反して、「第二の死」という概念はサド作品に存在していない[199]。だからこそ、ラカンはこの概念をでっち上げ、発明しなければならず、この概念がサド作品に存在しているという幻覚を生じさせる必要があったのだ。

「第二の死」には二つの起源がある。ひとつはギリシャ起源だが、そこでの「第二の死」は意味が制限されており、つまり二回目に殺すことを意味している。『アンティゴネー』において、ティレシアスがポリュネイケス――アンティゴネーの兄――の埋葬を拒否したクレオンに言う台詞のなかに、こういった死が言及されている。「死者を二度殺す必要はない[200]」。

「第二の死」という表現の他方の起源はより重要だ。表現はラカンの分析にとって鍵となるテクストのなかに現れるのだが、というのは、ごく単純にヨハネの『黙示録』が問題とされるからだ。これは死のなかの死であり、永遠の死、地獄の内部じたいでの死という意味での「第二の死」である[201]。「第二の死」という表現は、ラカンがサドをとおして確認したものを示すために当てられた神学的表現であり、すなわち「主体の消滅が倍加されるところの」極限にいたる死のことなのだ[202]。

ユダヤ＝キリスト教のテクストだけが死の欲動を完全かつ最高度に名指すための的確なシニフィアンをもたらすことできるという考え方は、一応筋が通っている。反面、口ごもったサド的主体が「第二の死」と名づけるべきところを正反対の「第二の生」という表現で表してしまうというのも、もっともなことだ。このことは彼が誰からも「第二の生」を奪うことができないという事実からうかがえる。

よりよくそれ［自然］に仕えるためには、我々が埋葬する死体から結果として生じる再生という現象に抗うことができなければならないだろう。殺人は我々が打ちのめす個人から第一の生を奪うにすぎない。彼から第二の生を奪えるようにならなければならないのであって、おそらくこの生のほうが自然にとって有益なのだ[203]。

ラカンがこうして死の欲動を創造論的昇華に結びつけるのはもっともなことだが、とはいえサドをこの昇華のなかに位置づけるのは間違っている[204]。同様に「第二の死」という表現がサド作品のうちにあると考えるのも間違いなのだが、サドの言説からこうした表現を導き出すのは至極当然なのである。というのも、サドの英雄たちは一種の幻想として「第二の死」に絶えず向き合いながら、そこに到達できないことを嘆いているからだ。「第二の死」を原則的に禁じるサド的システムに固有の理由からそう言えるのである。

大文字の他者との関係が話題にされていたときよりも、むしろここにおいて、サド的倒錯が主体を追いやるところの不能が明らかにされている。実際、サド的主体たちが死の欲動という幻想に取り憑かれ、表面上の破壊を越えた破壊活動、死を超えた死をもたらす殺人を試み、永続的な効果を期待できる犯罪の計画をとおして、自分たちの存在をも超えたところで犠牲者を無に帰せしめようとするとしても、彼らは最終的に非超越論的な悪で満足することを受け入れなければならない。ごく単純に言って、非創造的存在〔神〕の無意味な世界に住まう彼らは、取るに足らない行為しか犯すことができないからだ。

彼らは何も破壊しない。というのも彼らの形而上学じたいのなかで、生は破壊不可能なものであり、物質の偉大なる自然サイクルのなかにあるかぎりにおいて、生は全体に溶け込んでいるからだ。したがってラカンが次のことを認めるのも至極もっともである——倫理は創造の哲学のなかにしか真の形而上学的下部構造を見出せない、なぜなら、存在論に抗う倫理は生と死のあいだに間隙と結節点を組み入れるからであり、それらは言葉、シニフィアンの連鎖、シニフィアンそれじたい、言語活動の前提となっている。

つまり、犯罪を犯すサド的主体はつねに悪に対して行き詰まっているのであり、永遠の不能に陥っているのだ。彼は犯罪を犯すことで快楽にいたろうとするのだが、そこでの快楽は創造を信じることを前提にしている。快楽が生ずべき犯罪のなかで標的になっているのは、つねに創造であるからだ。しかし犯罪者は創造を信じることも、悪を信じることもできず、我々がサドとともに見てきたように、犯罪や死の実在さえも信じることができない。したがって他者は——犠牲者は——決して破壊されえない。なぜなら、定義上、倒錯者は自らの不滅性を信じているからであり、またこうした信仰があるおかげで、彼は人を殺せるからだ。(205)

サド的主体は侮辱され、拷問され、無に帰せしめられた犠牲者に対して勝利の美酒を味わうことができる。たしかに彼は苦悶の叫びのなかに男根的権力としての大文字の他者——彼は自らが幻覚によって感知する快楽をこの他者に捧げている——の応答が響くのを聞くことができる。おそらく目の前の他者を破壊することで隣人——快楽のなかで彼が自分自身にとってそうであるところの隣人——に到達することもできるのだろうが、それでもなお到達できない何かが存在しつづけている。この何かこそ〈物〉であり、第二の死の標的なのだ。つまり完全消滅という概念じたい、死の欲動によって企図されてはいるものの、究極においては矛盾をはらんでいる。それはあらゆる主体にとって、まさしく死の欲動の下僕となるべき、語る存在すべてにとって矛盾をはらんだ概念なのだ。

七、サドの敗北

いまや我々はラカンのサド読解をめぐる探索の最初に舞い戻っている。当初の読解において、ラカンはあらゆる手段をつかってサドという人物像、一般的な倒錯者の人物像を失敗と不能のそれに還元しようとしていた。しかし我々がいましがた理解したばかりの事柄は、我々が分析の前半部で提示したこととまったく食い違っている。倒錯者に教えを授けるラカンの知識人としての立場は、職業倫理上の姿勢と呼ばれてきたが、いまやこうした姿勢につづいて倫理的立場が現れてきたのである。

この立場に到達するために、ラカンはサドの言説と密接に向き合わなければならなかった。サドの言説を横断しつつ、耐え忍び、時に引き受けたり、そこにいくつかの真実を認めたりしなければならなかった。だからこそ彼はカントよりもモーセや聖書を経由する必要があったわけだし、言説——倒錯者の言説の裏側に隠された真の言説——の起点をはっきり示せるように、創造というカテゴリーまで選び出す必要があったのだ。ラカンにとってこの真なる言説は、『創世記』で七回繰り返される次の記述よりほかに根拠をもちえないらしい。「神はそれがよいものであることに気づいた」。あるいはこう見事に翻訳されていた。「言い換えれば、作品という点で、それはつねに美しい」[206]。したがってラカンはサド作品を「悪いもの」と捉える必要があったのだ。「悪い」とは二重の意味においてであり、すなわち読むに耐えないもの、そして意地の悪いものということである[207]。

ある意味において、上述の発言はラカン的倫理を表す最初の言葉であるのと同様に、その真相を示すものとなっている。それはサドの言説に対してだけでなく、ラカン自身に対しても解毒剤の役割を果たしているのであり、つまり彼の言説や発言の影の部分すべてに対して解毒作用を発揮しているのだ。この影の部分をとおして、ラカンの霊知に対するある種の幻惑を時折垣間見ることができるのであり、そこでは人間が落伍者やパラサイトといったグノーシス的人物像と結びつけられている。ラカンのいくつかのテクストには、こうした魅惑された状況が認められる。たとえば、彼がベケットを落伍者としての存在に迫ることができた作家として賞賛するときがそうだし、濡れたまま打ち捨てられた下着から発するネズミの死骸のような臭いのうちに人間の本質が表れているのを見てとるときも然り[208]。文明を下水の表象として定義するとき、自らの運命をゴミ箱の表象に結びつけたと言い張るとき[209]、自分にとって福音書は世界を汚物にまみれた本来の姿に戻すことで真実を伝えていると言明するとき[210]、宇宙のなかでの地球を「片隅に打ち捨てられた腕時計」と定義するときもそうだ[211]。以上に列挙した箇所は「性的関係は存在しない」という命題[212]や「白人の女神」に捧げた奇妙なオマージュ[213]と共鳴するところだが、いずれにせよあからさまなかたちで、創造を美しいものとして残酷さやおぞましさを堰き止める防壁に喩える見方に真っ向から抗している。ラカンが喚起するのはそれとは逆のことで、いわば世界を死の欲動や永続的な腐敗の支配下に置くための方法なのである。

倫理あるいは倫理の働きとは、ラカン自身において――倒錯者だけに向けられているのではなく――、堕落の悲観主義を堰き止める防壁として役立つものなのだ。

ラカンがサドを探究してゆくなかで、この防壁は最終段階をもつようになる。つまりソフォクレスを淵源とする女性の名、アンティゴネーを検討する段階のことだ。この最終的な名こそ、いまから探求していかなければならない。

IV　ジュスティーヌの姉としてのアンティゴネー

一、ふたたびジュスティーヌ――退屈、善、美

精神分析の倫理は同名のタイトルをもつセミネールにおいてようやく真正かつ十全なかたちで定式化される。その作業はラカンが提示する『アンティゴネー』の読解に基づきながら、彼の教育的実践も後半にさしかかった

一九六〇年六月の講義回においてなされた。精神分析の倫理に先立つものとして、悲劇の本質についての長大な議論から構成された一つの審美観が提示されている。悲劇は「美」をめぐって、陵辱に動じないものとして定義される「美しさ」をめぐって起こるというのだが、そこでの美（しさ）は、〈物〉への到達という根源的恐怖へと至るのを堰き止める基礎的な防壁とされている。ラカンにとってこうした美の問題の経由は、サド読解からソフォクレス読解へと、ジュスティーヌからアンティゴネーへと急旋回するきっかけとなっている[214]。

美についてのラカンの考察は、厳密にサド的な問題を出発点にしている。ラカンによれば、その問題とはサドを読むことで引き起こされる退屈さの問題であり、より具体的に言えば、諸々の快楽のシーンを縁どる退屈な長談義のことである。こうした問題はラカンにとってバタイユと激しく対立する契機となる[215]。バタイユにとって、サドのくどくどしい哲学談義は作品のエロティックな緊張をおびやかすものであり、サド作品の他ならぬ価値は異常としての存在を我々に受け入れさせることにあるからだ[216]。バタイユの解釈は「間違い」だとラカンは語っているが、なぜならサドにおける退屈さはまったく違うものだからだ。ラカンにとって、サドの単調な長談義から生じる退屈さとは「心理的に息苦しくなるような興奮の中心や絶対的なゼロ地点が接近してきたことに対する――読者のであろうと作者のであろうとかまわないが――存在の応答」にほかならない[217]。

「存在（エートル）の応答」という退屈の定義は並外れたものだ。〈物〉が快楽の領域に出現したことへの人間（エートル）の反応。ここでの退屈は、名づけようのないものや耐えられないものに逆らうプロセス、非人間的なものによって導入された隙間に抵抗するプロセスとして現れるのだ。退屈とはこういったものであり、ラカンによれば、退屈は長談義から生じてくるのだが、その支えとなるのは存在であり、基本的に非人称的で不分割の存在なのである（「読者のであろうと作者のであろうと」）。

我々はサドとともに存在論の領域に身を置くことになる。そこでは虚無が不可能なものであるため、虚無が出現するときはいつでも、その空虚を埋めて中性化する存在の応答がただちに要請されてくる。なぜなら、存在はわずかであっても空虚な間隙に耐えられないのだから。つまり応答とはここでは退屈さのことなのだ。退屈のうちにある中性的なものこそ、〈物〉の深淵が露見したときに存在が表明しうる唯一の応答なのである。[218] 痛ましい応答であり、そもそもおのずから失効してしまうメランコリックな応答だ。というのは、こうした強度の低い中性的なもの――退屈――は、すぐさま強度の高いもう一つの中性的なもの、つまり〈物〉という中性的な怪物によって吸収されてしまうからだ。実際、ラカンが「絶対的なゼロ地点」と形容しているのだから、〈物〉もまた中性的なものなのである。

こうした痛ましい応答は、いかなる場合でも防壁としての役割を果たすことがなく、主体が「この中核的な空虚の方向に」――そこで隣人の身体が分断される――突き進むのを妨げることもまったくない。というのも、まさにこういった形をとって、我々の前に快楽への入り口が現れてくるからだ。[219]

ところで、サドは犠牲者の不滅性という矛盾への道を開いている。つまり分断が期待されているにもかかわらず、サド的快楽が到達する身体は、打擲によって決して傷つけられることがない身体、決して刻印を残されることのない身体、つまり永久に損なわれない身体なのであり、ジュスティーヌというヒロイン以上にこういった身体を体現している者はいない。

犠牲者はあらゆるつらい仕打ちに耐えて生き延びる。彼女は自らが特性としてもつ性的魅力において身を持ち崩すことすらない。作者の筆はことあるごとにしつこく彼女の性的魅力を蒸し返すのだが、たとえば次のような描写全体のなかにそれを表している――彼女はあいかわらず世界で一番綺麗な目をしていて、外見もこのうえなく魅力的で感動的なものだ。毎度自身の作中人物たちにかくも紋切り型の見出しをつけようとする作者のこだわりは、それじたいにおいて問題(プロブレム)である。[220]

サドにおけるこうした女性身体についての常同症(ステレオティピー)が問題と言われている。なぜなら、問題を呈示したにもかかわらず、ラカンはこれを解決できないらしいからだ。実際、彼はこうした女性身体の不変性を古典的な強迫観念の症状に帰することで、巧みに問題を避けている[221]。

問題の解答を見つけ出すには、セミネールの次の回――死の欲動に当てられた回――まで待たなければならないだろう。そこでの解答とはすなわち「美」であり、「美」というカテゴリーこそ、最も強烈な残酷さが襲ってきたときの女性身体のしなやかな抵抗を概念的に解き明かす手がかりを与えてくれる。つまり「美」は過激な欲望、第二の死の欲望、破壊を超えた破壊の欲望という名づけようのない領域に直面した主体を引き留める真の防壁なのである[222]。ジュスティーヌが不滅なのは、彼女をとおして、美の経験が演じられているからだ。こうした経験をするのはサド的主体自身なのか？　それとも女性身体の不変性がこの経験を我々のために――倒錯者ではない我々のために――立証してくれているのか？　倒錯者と非倒錯者の区別は、ラカンにおいては非常に強力なものであるが、一時的に消えてしまったのだ。

退屈が〈物〉への到達という恐怖に対する存在側からの非効率的な応答だとすれば、美や美しさはよき応答、破壊的欲望に対する実際的な防壁となるもう一つの応答として定義できる。今回は存在からの応答ではなく、創造からの応答が問題になっているかぎりにおいて、死の欲望を妨げている。というのも、ラカンからしてみれば、「美」は創造者にとってのみ存在しているからだ。「作品という点で、それはつねに美しい[223]」。つまり退屈と美はいずれも、欲望が快楽を企図しているかぎりにおいて、欲望の極端な破壊的性格が露見したことに対する可能的な応答なのである。たとえば、ボードレールの「死骸」という詩は――彼の作品はことごとくそうだが――、退屈と美というそれぞれの応答がもたらす諸々の展開を想像させてくれるだろう。

以上のように美というきわめて驚くべきカテゴリーが形成されるわけだが、そのせいでセミネールの流れが根底から変わってくる。つまりこのカテゴリーのおかげで、ラカンはソフォクレス、悲劇的なもの、アンティゴネーを導入できるようになるのだ。

現代性（モデルニテ）の言説領域において、「善」が悪に対する不十分な防壁として排除されるのは予想できるとしても、[224]反面、善を美に置き換えて、後者を「真の防壁」「善の原理の彼岸」として押し出すことには何も明白な根拠がない。[225]「美」は現代的なカテゴリーではないからだ。ボードレール、ランボー、マラルメが自らの詩的革命の中心に美を決定的なかたちで位置づけたとしても。サルトルが――以下のことにしばらく留意しなければならない――『存在と無』において美をサディズムの経験における主要なカテゴリーに仕立てあげたとしても。サルトルにとってサディズムの経験は、マゾヒズムの経験とともに、性的態度の基礎的地平である。彼から見れば、性交や快楽のせいで、つまり他人の身体の地位が肉体から対象へと移行するなかで、欲望は失敗を運命づけられている。[226]欲望に固有の目的――欲望の化身たちの相互性――はこうして絶たれてしまうのだ。この断絶こそサディズムとマゾヒズムを性的関係の唯一の地平として、つまり非相互性として構成するのである。[227]

サルトルは美や美しさの機能をサド的猥褻に抗するものとして定義している。美は自由と必然性の交差という予測不能性として、ヴェールとして、肉体を覆いながらそれを到達しえないものにする透明な衣服として現れてくるのだ。美はつまり自由が他者に固有のものであることを暴き立てるのだが、そこでの他者とは、我々が自らの存在を根本的に変更し、自らの対他存在を敢然と引き受けないかぎり到達しえない他者のことだ。サルトルが恩寵（グラース）とも呼んでいる美に抗して、猥褻なものやぶざまなもの（ディスグラシュー）、つまり裂け目が対置される。サディストは犠牲者がこうした裂け目のもとに連れていかれ、それに同意することを望んでいるのだ。サディストは恩寵を破壊したいと熱望し、その結果、他者の自由が人為性に飲み込まれるという新たな他人の総合を築き上げるのだが、とはいっても、そこでの恩寵はサディズム的欲望――人間の欲望のうちに芽生えてくるもの――に対するバリケードないし防壁と見なせるのである。

ラカン的美はこうした概念を新しく過激に再定義したものだ。[228]伝統的に美は我々を不滅性へと導き、死すべきものが永遠なるものや不変のものに参加するのを手助けする概念であるが、[229]ラカン的美は――装置のラディカルな介入のなかで――死の欲望の隠れた存在に応答するものなのである。さらに言えば、美は死の欲動が猛威をふるうのを抑える防壁なのだ。しかし、美はその本質的な両義性をまとって現れてくる。というのも、あらゆる防壁、あらゆる境界がそうであるように、美もまた内部と外部双方に関わっているからだ。こうして美は攻撃を制止し、攻撃から我々を守ってくれるのだが、同時に破壊の行われている場がどっちの方にあるのかを我々に指示してもいる。[230]つまり美のサド的両義性というものがあるのだ。なぜなら、ラカンが言うように、美が「陵辱に動じない」としても、美は結果として陵辱に合図を送り、陵辱を呼び出しているからだ。[231]だとすれば、犠牲者の不滅性は「典型的なサディズムの筋書き」を構成する要素の一つなのである。苦しみが犠牲者を身体的分断や細分化に至らせることがないとすれば、それはサド的主体にとって苦悶の対象が「破壊しえない基盤」になれる可能性を保持してはならないからだ。[232]よってサルトルとは反対に、ラカンは美の経験が倒錯者のそれでもあると考えているのである。

二、アンティゴネー、あるいは「サド的タブロー」

美のカテゴリーをとおしてジュスティーヌの不変性の問題を解決するそのときに、ラカンは――余計な説明は一切なく――次回以降の講義回でアンティゴネーの人物像を導入することを予告している。

サドのヒロインとソフォクレスのヒロイン、この二つの女性像のあいだにどんな関係がありえるというのか？ラカンはこのとき「苦しみと婚約した娘」アンティゴネーにかんするキルケゴールの偉大なテクストの読解＝翻訳を想起していたのだろうか？[233] この読解＝翻訳はクロソフスキーが一九三八年の社会学研究会――サドについての最初の公演の数ヶ月前――で行ったものだ。

ジュスティーヌ／アンティゴネーの関係は幻想的な関係でしかありえず、概念的あるいは理論的な関係ではない。また、すでに提示されたラカン的幻想の問題を導入しなければ、『精神分析の倫理』に偏在する黙示録的向性（トロピスム）を考察しないかぎり、彼女たちの関係を理解することはできない。

アンティゴネーの「形而上学的」立場がジュスティーヌの状況とまったく関係ないとしても、ソフォクレスの劇には、大きく見開かれたラカンの目から見て画（タブロー）をなすシーン、サドに似つかわしい画となるようなシーンが存在している。バルトが言うような意味でのサド的タブローであり、サド的シーンが造形じたいにおいて活人画や映画フィルムの一コマ、固定したイメージと一体になっているところのタブローである。(234)

どういったシーンなのか？　それは劇中の三つ目の対話部分（エペイソディオン）に位置している。ほぼ同時に――少なくともラカンがこの場面から作り出したタブローのなかでは――、クレオンがアンティゴネーを生きたまま地下に葬り去ることを決定し、合唱隊が愛の神エロスに訴えて美の化身たる若き娘のイメージを喚起し、最後にこの美の化身が挽歌（ラメント）を我々に聴かせるというシーンである。(235) こうした三つの行為からなる場面は、ラカンのセミネールのなかで執拗音型（オスティナート）のように繰り返し奏でられる。とりわけアンティゴネーの顔にエロスが顕現するところに注意が払われるのだが、そこでは彼女の美しさがイメージとして可視化された欲望の美しさになっているという。ラカンはこれをアンティゴネーの「輝き」と呼んでいる。(236)

このシーンの地位はあまりに特異であるため、ラカンはこれを文字どおり演劇の様式に基づいて論じるのではなく、幻想のカテゴリー、*イメージ*のカテゴリーのもとに固定して論じている。そこでのイメージとは、二つの面で構成される不動の表象、劇作品において連続的なやり方で――ドラマの様式に基づいて――展開されるものを重ね合わせる表象のことだ。(237)

実際、アンティゴネーは欲望を定義づける照準点を我々（ヌー）に見せている。この照準は、いままではっきり言い表せなかった、わけのわからない謎を含んだイメージのほうへと向かってゆくだろう。というのも、人（オン）がこのイメージを見つめた瞬間、そこに含まれる謎に面食らって目をしばたいてしまうからだ。しかしこのイメージは、アンティゴネー自身の魅力的なイメージであるかぎりにおいて、悲劇の中心にあるものなのである。［……］このイメージに我々は幻惑されるわけだが、正確に言えば、イメージが放つ耐えられないほどの輝きに、我々を怖気づかせるという意味で、我々を抑止すると同時に禁圧するようなイメージの中身に、つまりはイメージのうちに含まれる人を当惑させるものに魅かれるのだ――彼女はかくも恐ろしいほどに意志的な犠牲者なのである。[238]

アンティゴネーは一つのイメージなのであり、このイメージははっきりと言い表せないまでに謎なのであり、「耐えられないほどの輝き」を放つという点で魅力的なイメージなのだ。このように「我々」と「人」という人称に身を置くことで、欲望の主体、つまり死の欲望、境界侵犯の欲望、本質的な恐怖の限界を乗り越えようとする欲望の主体に取って代わるのは、ラカン自身なのである。欲望の主体というのは、この欲望が美によって当惑させられるかぎりにおいてなのだが、そこでの美とはすなわち「我々を怖気づかせるという意味で、我々を抑止すると同時に禁圧するようなイメージの中身」のことなのである。[239]

こうしたシーンがサド的なものであることは、ラカンの目から見て疑いのないことである。したがって、クレオンさえもサド的主体となる。彼はカント的法（ヘーゲルの命題）をまったく表象することなく、まさしくサドにおいて見られるような「防壁を打ち壊そうとする」欲望の主体を体現しているのだから。[240] クレオンは、「第二の死」という幻想に取り憑かれている。なぜなら、彼はアンティゴネーの兄であるポリュネイケスを二度殺そうとし、この人物がいかなるかたちであれ埋葬されるのを拒否するからだ。[241] そこでのクレオンは、カント的道徳律――少なくともこの前兆のもとにクレオンは逃げ込むふりをする――とサド的快楽の交差を示す完璧な例なのである。

美のイメージとは、庇護者的なものであったり、攻撃に対する抵抗であったりするどころか、まさしくサド的なイメージ、「犠牲者の感動的な露出」のイメージ、「あまりにさらけ出され、あまりにうまく産み出された美しさ」のイメージにほかならないのだ。[242] そもそもラカンは、クレオンがアンティゴネーの拷問を命じる瞬間に名を与えるために自身の考えをまとめようとするとき——彼はこの瞬間について絶えず注釈を加えている——、自らの分析をセミネールの聴衆に共有させようとして、もっぱらサドというリファレンスを引き合いに出している。「断言しておこう。サドにおいて、このことは主人公が被る試練の七度か八度くらいのレベルに置かれている。あなたがたが事の重大さに気づくためには、おそらくこうしたリファレンスが必要になるだろう」[243]。ここでのサドは、一九六三年の「カントとサド」においておそらくそうであったように、ソフォクレスの陳腐なコピー——ソフォクレスの「しかめ面」——として引き合いに出されているのではない。サドは——唯一彼だけが——『アンティゴネー』における美を適切な次元で感知させてくれる存在なのである。

まぎれもなく、ジュスティーヌとアンティゴネーの類比は基礎的な概念転移を想定している。この転移は「第二の死」——すでに見たように、サドのなかに誤って見出されたもの——から「二つの死の間」へと我々を移行させるのだが、後者はクレオンによって生き埋めの刑に処されたアンティゴネーのイメージに由来しているのだ。[244] 二つの概念が互換可能に思えるかぎりにおいて、こうした転移は漠然としており、ラカンによってほとんど明らかにされないまま放置されている。「第二の死」と「二つの死の間」を同一のものにしているのは、両者がいずれもそれぞれの限界にまで、純粋な欲望の実現にまで至っているという点であり、この欲望は「死そのものの単純な欲望」[245]、過激な破壊的性格をまとった欲望のことである。

アンティゴネーにおいてこうした限界へのアクセスは、彼女によって生が死と混同されている、生が死を浸食しつつ死が生を浸食しているという事実のうちにある。つまり欲望に対する美の効果として定義づけられる領域である。[246] サドにかんして言えば、「第二の死」という概念はいまや「二つの死の間」と混同されて、ほとんど全面的な再検討の対象となっている。この概念はもはや生命のサイクルにおける絶対的破壊という幻想に関わるだけでなく、犠牲者（ジュスティーヌ）の身体の不滅性という現象に照準を定めてもいるのだ。[247]

ジュスティーヌのイメージとアンティゴネーのそれとの重ね合わせは、ラカンによる倒錯的・サド的欲望の正当化と地続きになっているだろう。女性身体の際限なき破壊（アンティゴネー）がその完璧な不滅性（ジュスティーヌ）のうちに重ね入れられているからだ。こうした正当化は、アンティゴネーというソフォクレスの女主人公が引き受けるメランコリックな姿勢の陰で行われるのである。

だとすれば、こう言うことができる。アンティゴネーの「二つの死の間」に垣間見られる光景のなかに、動かしがたい腐敗を約束されているあらゆる存在の将来のなかに、ラカンは純然たる幻想の激しさをもってジュスティーヌの裸体、その美しさが放つ輝きで後光の射した身体——拷問と体刑を受けているにもかかわらず、あるいはそのせいで——を幻覚のうちに見てとるのだ、と。

したがってここで理解できるのは、ラカンがソフォクレスの劇の核心的シーンを「サド的タブロー」として受信し、把握し、見ているということである。このシーンは純粋なイメージとしてラカンの欲望を巻き込むのであり、彼はその唯一の目撃者として我々の前に現れるのだ（「人がこのイメージを見つめた瞬間、［このイメージに］面食らって目をしばたいてしまう」）。この純粋なイメージは、唯一の目撃者——ラカン——の欲望を巻き込んでいるにもかかわらず、同時に威圧を加えることによってこの欲望を禁じるのであり、そこでの威圧の起源となるものこそ、美なのである。

こうした幻想から身を守る必要があるかのように、まるでそこでの告白を正当化するためであるかのごとく、ラカンはこう付言している。痛みの作用と美しさの現象との結合は抑制的タブーの対象になる、と。ある意味において、ラカンはこのタブーを我々のために、アンティゴネーをつうじて除去してくれているのだ。[248] こうしたタブーの除去は、美の本性じたいを対象としているかぎりにおいて、美的構造へのアプローチを伴っている。したがって――ラカンが説明するところによれば――、一度ならずカントに立ち返りながら、「知のなかで作動する諸々の形式は、カントが我々に告げているように、美の現象のなかに関わっているのであり、そこに対象は関係していないのである」[249]。この点について、ラカンはソフォクレスとサドの類比と並行しながら、サドとカントの関係を再び確認しているのであり、カント的な美的イメージにかんして次のように語りかけている。「あなたがたはサディズムの幻想との類似性を把握していないのか[250]?」

三、倫理――倒錯と昇華

我々の分析のいまの時点では、こうした奇妙な作業からどのようにして倫理が生まれえるのか見当がつかないだろう。そこでは女性身体のメランコリックな態度、二つの死の間に置き去りにされ悲嘆にくれたアンティゴネーの態度が、全面的にエロス化された女性身体、体刑によって不朽のものとされながら第二の死へと運命づけられた身体――つまりジュスティーヌの身体――の出現に対して、遮蔽幕や支柱として、言うなれば架台として機能している。しかし倫理とは、まさしくカントやソフォクレスを杖にしながらサド的倒錯の危険な道を横断してゆくことをいうのだろう。すなわち精神分析の倫理であり、まるでこの倫理がいわゆる「悲劇的恐怖」、ある種の美との邂逅が経験されるところの恐怖からしか生じえないとでもいうように。

美との邂逅という経験はどのようなものなのか? どういった種類の経験なのか? こうした問いに対して、ラカンは自身の考察に注釈を加えたすぐ後に明瞭な回答を出している。「美の機能とは、我々に人間と彼自身の死との関係の地位を示すこと、この地位をひたすら眩暈のなかに示すことである」[251]。

死との関係は欲望の関係であり、美はこの関係の真実を眩暈――「本質的な忘我状態」、あらゆる批評的判断のぐらつき[252]――のなかに、いわゆる「純粋な欲望」として[253]、固定するのである。美が我々のもとに暴露するこの真実は、そこにアクセスする者にとって、神託のように預言的で予告的なイメージなのだ。「人間と彼自身の死との関係の地位」を示し、しかも「眩暈のなかに」この地位を示すのだから。実際、悲劇的な真実である。黙示録的経験の新しい段階であり、ここでは昇華のとりわけ強烈な経験とされている。

我々はどこにいるのか？　おそらく複数の要素が結合し、混同され、重ね合わさっている地点にいるのだろう。しかしラカンの言説が力を汲んでくる供給源とした空隙のせいで、これらの要素は総合されることがない。結びつけられているのは、すでに見たとおり、欲動と退屈、倒錯とメランコリー、第二の死と二つの死の間、ジュスティーヌとアンティゴネーである。しかし以上のことすべてを解き明かす鍵となるのは、ラカンが基本的に二つのきわめて重要なカテゴリー、すなわち倒錯と昇華を結びつけている点だ。両者は互いに結合され、互いの間を移動し、区別されながらも相互に伝染しあう。

ラカンにとって昇華と倒錯を対照させるこうした戯れが必要であるのは、他方の助けがないと一方の真実に完璧なかたちで到達することができないからである。まるで昇華の経験は倒錯のそれに――少なくとも部分的に――立脚していないと実現されえないとでもいうように。

ある意味で倒錯が支点となるべきこの段階がなぜ長くつづかないかといえば、こうした場合、自然な欲望――単なる感覚の欲望――がまったくあてにならず、どういったかたちであれ崇高なものへの到達を可能にしてくれないからだ。感覚としての自然な欲望は力なき欲望であり、「我先に譲歩する」欲望なのである。[254]まさしくすぐに譲歩してしまうという理由から、自然な欲望は美と死との決定的な邂逅に至ることができない。こうした感覚の欲望は「まず生きよ（プリモム・ヴイヴエレ）」という平板な声調のなかにあり、[255]ラカンが言うところの「善の奉仕」に帰されてしまうのだ。また我々は倫理に迫ってきているのだから、次のことも付け加えておこう。自然な欲望の人間――普通の人間――は、倫理の領域とまったく正反対の有罪性〔罪責感〕のなかにしか身を置けないように思われる。というのも、有罪性は「どういったものであれ創造者にとって自身の憎しみの反映［……］、彼自身をあまりに脆弱で出来損ないの被造物にしてしまった反映」であるからだ。[256]

つまり普通の人間の一義的な態度に対抗して、昇華と倒錯、アンティゴネーとジュスティーヌの可能的な接合があるのだ。注目すべきは、すでにセミネールの第一部において、ラカンが倒錯と昇華という二つのカテゴリーを接近させていたという事実であり、そうした作業は、カントの純粋倫理原則の再検討によって、つまり快楽と死の問題を起点としてなされていた。(257)

ラカンは妥協のプロセス、人間主体が社会的制約とともに通過するプロセスと伝統的に結びつけられていた昇華の概念を移動させるのである。ラカンにとって昇華が集団的・文化的・想像的加工と切り離せないものであるとしても、(258)昇華を屈服させるように見えるこの同意は、昇華の原動力を理解するのに不十分なのだ。昇華の真の枠組みとは、主体と〈物〉の関係である。なぜならラカンによれば、「崇高な対象は〈物〉の代替物のようなものだ」からだ。(259)したがって昇華は抑圧と注意深く区別され、脱性化や制止のいかなるプロセスとも混同されず、倒錯的立場と対称的なものとして位置づけられている。(260)

こうした昇華と〈物〉との結びつきは疑わしいものだ。すでに見たように、〈物〉は我々が想像したり思い描いたりできないものなのだから。(261)だとすれば、論理的帰結として次のように結論づけなければならない。いかなる形態の昇華においても決定的なのは空虚であり、(262)この空虚が表象不可能なものとしての〈物〉の現前を印づけるのだ、と。つまり昇華の核心には表象不可能なもの――空虚――があり、これは昇華の根本的構造のようなものなのである。美はそこで昇華を説明する概念として、この空虚を抱えるものとして現れる。美が我々を当惑させるとすれば、美が昇華に特有のねらいを満足させるからだ。人間はそこで何かしら現実的なものを失うよう要請されており、このことはある種の空虚の機能によってなされるのである。

昇華と美のなかに空虚という経験を導入したラカンにとって最も重要な点は、我々を「無から」――倫理を下支えする基礎的土台――に連れてゆくことであり、この「無から」によって、昇華という経験が主体と主体自身の死との対決であることが理解できるようになるのだ。(263)

倒錯と昇華はいずれも死の欲動を地平に据えたラディカルな経験なのである。倒錯とは、欲望の破壊性を第二の死にまで、虚無にまで、絶対的無気力にまで推し進めるよう促す〈物〉に立ち向かうことだ。美が主体に対してフィードバックの効果を及ぼすおかげで――この眩暈のなかで彼自身の死が彼に合図を送る――、昇華は人間主体にとって次のような経験となる。すなわち、人間主体は自身の実在と結びついたシニフィアンの連鎖――名の連鎖、記号の連鎖、言葉(パロール)の世界――に連なることができないのを直感で知るのである。[264]

我々はついにラカン的倫理の核心に到達した。なぜなら、人間主体にとって自らの死についての知に到達することは、彼自身が被造物――言葉を話す存在としての――であるかぎりにおいて、自らの本質へのアクセスでもあるからだ。創造説だけが我々に自らの偶然性へのアクセスを許してくれるのであり、同時に、我々が物や生きている存在からなる世界を徹底的に破壊する可能性に到達できるのは、この仮説のおかげにほかならないのである。[265]

よって、昇華――自分自身の死を先取りした経験としての美を目にしたときの欲望の当惑――が人間を形成していることになる。人間は存在論的な意味で充満した存在〔存在の充満〕ではないということに気がつくよう、言語活動が人間自身に要請しているのだから。[266]人間の実在は記号の構造じたいを抱え込んでいる。その構造とはすなわち、空虚と充満のはためき、現前と不在との間隙および結合である。

主体は自らがシニフィアンの連鎖、世界の言説、創造の言説に参画できない可能性を受けとるわけだが、こうした可能性への到達は、たとえばハムレットが反芻していたような、存在しないべきか〔「生きるべきか、死ぬべきか」〕いう観念的経験ではまったくない。それは堂々巡りで出口のないハムレットの言葉を超えたところにある。「〜がある(イリヤ)」という存在の単調な定型に呑み込まれて無力化された死を参照させることなく、こうした存在の痛ましい無関心から生まれる不安に立ち返らせることもなく、シニフィアンの連鎖に連なれない可能性への到達は、ラカンのねらいにおいて、よりいっそう意味深長な見通し(パースペクティヴ)のなかで定式化される。すなわち「最後の審判の見通し」である。[267] この見通しは明らかにすべてを変えてしまうのだが、その点については後で再び触れることにしよう。

それでは美の機能とはどういったものなのか？ なぜラカンは六〇年代の現代人の目から見て廃れたカテゴリーを再び導入するのか？ ラカンの理論において、美は対象を触知可能にすること以外の役割をもっていないと言えるだろう。つまりここでは死の経験、死の欲動の経験——あらゆる知覚から原則的に免れているかぎりにおいて——を可視化し、知覚可能なものにし、感じとれるものにし、表象可能なものにするということだ。[268] 美は言葉で表現できない死の経験にラカンが言うところの「共示的リファレンス」[269] をまとわせる。この共示的リファレンスは、形、広がり、色、イメージ、光というシニフィアンのはためきに取り憑いているのだから。人間主体の自らの死への到達におけるシニフィアンの機能は、美という光明のなかに、自らのメッセージを知覚可能にする驚くべき存在を見つけ出すのだ。美は人間存在にシニフィアンの神託を知覚させる必要なイメージなのであり、そこでのシニフィアンとは、感じとれるイメージ、色つきのイメージ、暴露、歪み、眩暈といったかたちをとって現れる、空虚と痕跡の純粋なはためきなのである。

四、欲望

ラカンの倫理は欲望の倫理である。シモーヌ・ヴェイユにとってそうであるように——はからずも彼女はサド的な思想家である——、ラカンにとっても、善への意志という努力は「破壊される恐怖に陥った我々自身の凡庸な部分によって」分泌された嘘でしかない。[270] だとすれば、ラカンはヴェイユというクリスチャン哲学者の言葉を援用できるだろう。彼女は宗教的なものを意志の世俗的モラルと対立させながら、「欲望こそが人を救済するのだから宗教的なものは欲望を糧にしているのだと語っている。[271]

両者の親近性を完全に理解するには、偶然にも我々が先のページで滑り込ませた用語、すなわちラカンが用いた「最後の審判」という用語に立ち返らなければならない。「欲望の実現という問題は必然的に最後の審判の見通しのなかで定式化される[272]」。『精神分析の倫理』のセミネールによって、欲望はもはや法や去勢コンプレックス――人間主体を全能に対する幻想から解放するもの――だけに関わるものではなくなった。要求の際限なき空隙を乗り越えろという、ラカンが欲望を位置づけるところの命令において、欲望は宗教的かつ神学的なものとの接触という論理のなかでしか、つまり「最後の審判の見通し」のなかでしか定式化できないようだ[273]。

　まさにこうした枠組みのなかで、ラカン的格率――彼の倫理の定式そのもの――が表現されるのであり、そこでラカンは、人間主体が犯しうる唯一の過ちは自身の欲望にかんして譲歩したことだと認めるのである。

　大いに物議をかもしたこの表明を理解するには、それを「最後の審判」という必然的な見通しのなかで解釈しなければならず、同時に以下のことを理解しておく必要がある。すなわち、ラカンにとって問題なのは、真実が遡及的にしか語られえないところの倫理であり、欲望が帰納的（ア・ポステリオリ）に把握されるところの倫理であるということだ。「自らの欲望を実現したということが何を意味しうるのか、自問してみなさい――こう言ってよければ、結局のところ、それは自らの欲望を実現したということなのかどうかを[274]」。

　ラカンの格率は、主体に「自身の欲望にかんして譲歩する」ことがないようきつく命じ、その欲望を一種のニーチェ的生気論（ヴィタリスム）において無理やり満足させるような、命令的格率ではまったくない。ラカン的格率とそこから派生してくる倫理は、ただ一つの時間性、すなわち悲劇の時間性、「最後の審判」の時間性、回顧の時間性しかもっておらず、したがって過去形でしか定式化されないのだ。「あなたは自身に取り憑く欲望にしたがって行動したか[275]？」セミネールのもう少し後のところでラカンは格率を書き換えているが、それもあいかわらず過去形であり、回顧の様式をとっている。「私は以下のことを提案しておく。人が負うべき唯一の罪とは、少なくとも精神分析的観点においては、自身の欲望にかんして譲歩したことなのである[276]」。

　我々はいぜんとして分析主体の領域、無意識の主体の領域にとどまっているのか？　答えはイエスだが、だとすれば、この主体に向けられた言葉（パロール）、彼に欲望の実現についての問いを帰納的なやり方で投げかける言葉は、実際には大文字の他者から発せられる言葉であり、どこでもない場所からやってきた言葉である。こうした言葉が表明される時制は過去形だが、かなり特殊な過去形だ。なぜなら、「手遅れ」という過去であり、「最後の審判」の過去、事後性の過去なのだから。

つまり、ラカンにはいかなる「生気論」も存在していないのだ。欲望の勇壮さ（ヒロイズム）があるとしても、それは生の勇壮さではまったくなく、生がもつリビドーの砦を猛々しく守ろうとする傾向でもない。なぜなら、リビドーは我々に死の基礎的地位を忘れさせるものだからだ。[277] 欲望の勇壮さとは、ラカンが「疲れきった」主体と呼ぶ存在の悲劇的な勇壮さなのである。この勇壮さは死が生を浸食しはじめてようやく定式化される。悲劇的勇壮さ、絶望の勇壮さ、苦悩の勇壮さ、そこでの人間は――自らの死と一体になっている自分自身、美が目を眩ますようなメッセージのなかで表現する自分自身との関係において――「誰の助けも期待する必要」がない。[278] しかも勇壮さというのは、「最後の審判」という観点からみて、欲望が「絶対的条件の見通し」のなかでしか生じてこられないからでもある。[279] この絶対的条件は、主体が自らを基礎づける空隙の意味を理解したり、理解しなかったり、あるいは理解するのが遅すぎたりするかぎりにおいて、運命――宿命（ファートゥム）――に類似している。そこから美の経験の神託的かつ預言的性格が生じてくるのだ。つまりその経験とは欲望の経験であり――『精神分析の倫理』でラカンが言った意味において――、我々が自らの死に対して占める地位を教えてくれるということであり、こうしたことは眩暈のなかで行われるのである。[280]

ラカンにおける倫理的格率の遡及的性格は、倫理がその本質じたいにおいて審判であり、審判の本質であるという事実と結びついている。というのも、この審判は「最後の審判」、「我々の行動についての審判」[281] であるからだ。したがってラカンは次のように断言する。行動とそこに取り憑く欲望との関係を審判するからこそ、精神分析は最後の審判の見通しを倫理の再検討に必要なモデルとして捉えるのだ、と。[282]

よって、ラカンがここで定式化したような倫理は二つの面をもっていると言えるだろう。ひとつは、倫理があらゆる存在論〔ontologie〕――ラカンはこの用語を「羞恥学 hontologie」と表記する[283]――の外側で定立され、創造と被造物の思想のなかに位置づけられることを想定している。そこから作品の「美」やその必然的帰結としての破壊、つまり「終末の日」という黙示録の時が生じてくる。したがって、欲望がそこで死によって、死の見通しによって固定されるかぎりにおいて、美は生じてこられるのである。倫理の第二の側面は、問題とされているのが悲劇的倫理であり、最終的に悲劇的恐怖や「最後の審判」(「終末の日」と共鳴する最後の審判)[284]に帰される倫理であるということだ。こうした倫理は、ひとたび行為がなされると、人間主体に遡及的に投げかけられる問いのかたちをとって現れる。

極端に厳格な倫理であるが、その厳格さは有罪性に基づいた道徳的禁欲主義に帰されるものではまったくない。というのもこの倫理は、カント的道徳律とまったく同じく、規範的内容をことごとく欠いた空疎なものだからであり、しかもその激しさは、カント的モデルによって引き上げられた、空虚の射程を捉えているからだ[285]。したがって、大文字の他者が身を置くこの場所は――そこから、自身の欲望にかんして譲歩したのか否かという、人間主体に宛てられる問いが出来してこられるわけだが――、それじたいで空虚な場所であり、誰にも占拠されていない場所なのである。そこを占拠しようとやってくる者がいるとすれば、それは詐称者、謎めいた主人、司祭といった人物像にほかならないだろう。

ある意味において、自身の欲望にかんして譲歩したという過ちとはどのようなものなのか、倫理から道徳的「善」と結びついた内容をことごとく切り離すメカニズムとは何なのか、こういった問題を理解可能にしてくれるのは、またしてもサドなのだ。理解するとは――ラカンにおいてはつねにサドによって――、その問題に裏面から光を当てるということである。サド的主体が――たとえばジュリエットに語りかけるクレールヴィル――悪事を犯したことの後悔はそれを犯さなかったことの後悔に比べれば何でもないと語るときがそうだ[286]。悪事を犯したことの後悔とは、自身の欲望に譲歩したことの後悔であり、犯さなかったことの後悔は、自身の欲望にかんして譲歩したことの後悔である。いつだってサドの考え――サドの倫理――は「私はそれ以上のことをできたが、実際にはしなかった」というものだ。[287] サドにとって、自身の欲望に身をまかせることでモラルに背く者は、善をなすことで自らの犯した悪事をいつでも償うことができる。かたや自身の欲望にかんして譲歩する者は、自分が実現したいと望んでいたであろう悪事を犯していないのだから、享受しそこねた快楽を二度と取り戻せないだろう。[288]

ラカンは自らもまた倫理の諸規範を転倒するために、サドの言説の構造を利用するのだ。なぜなら、サドと同じくラカンにとっても、倫理に背くという行為は「善き理由」や「善き意志」に基づいてでなければ実行できないからである。人が主体の倫理に真の意味で違犯するのは、いつだって善の名においてなのだ。[289] しかしサドとは反対に、倫理の諸規範を転倒しながらも、ラカンは諸価値を転倒するよう命じるようなモラルの悪魔的裏面を提示することはしない。悲劇の思想家であるラカンは価値の領域に身を置いていないからだ。つまりラカン的反転はそれとは別の見通しへと我々を連れ出すのである。価値の領域はラカンのテクストにおいて砂漠のような空間に等しい。だからこそ、人間主体はもっぱら自らの実在に、存在することの純粋な責任に帰されるのであり、そこには善のモラルは幻想であるという確信のようなものがあるだけなのだ。したがって、ラカンがその肖像を描くところの悲劇の主人公は、「疲れきった」主体であるだけでなく、裏切られた主体ないし自己を裏切る主体、自己を裏切りながら「普通の人間」に近づいてゆく主体でもあるのだ。[290]

こうした「モラルなき」倫理は、「欲望へのアクセスに対して」対価を支払うのに役立つだろう。[291] このアクセスの対価はつねに一つ、同じものしかない。すなわち、死である。というのも、死は昇華の主体が到達するところの美によって予示されており、主人公はそこからメッセージを受けとるからだ。主人公はこのメッセージを他者・他人に伝えて、この他者・他人を自分自身から解放しようとすることで、メッセージじたいを普遍化できたりできなかったりするわけだが、これはアンティゴネーの行為と同じである。ラカンによれば、彼女はクレオンを自分自身もろとも二つの死の間に引きずり込むからだ。[292]

五、ジュスティーヌの最後の化身

自身のサド読解が「カントとサド」（一九六三年）においてどうしようもなく行き詰まってしまう前に、ラカンはサドのジュスティーヌの最終的化身を発見する。それはクローデル作品のヒロインであるシーニュ・ド・クーフォンテーヌという至高の人物像のなかに見出されるのだ。こうしたジュスティーヌの最後の召喚は、『精神分析の倫理』の直後につづく『転移』（一九六〇年〜一九六一年）のセミネールにおいて行われる。

ふたたび劇作品が取り上げられるわけだが、今度は「キリスト教的悲劇」であり、『人質 *L'Otage*』という『堅いパン』『辱められた教皇』を含めた三部作の第一作目である。

『人質』の舞台はナポレオン治世下のフランス、第一帝政末期である。教皇は作品のなかでもっぱらピウスと呼ばれているので、ピウス七世でしかありえないのだが、彼はサド作品に登場したピウス六世の後継者にほかならない。この教皇は当局に訴えられて、シーニュという恐怖政治の際に財産を没収された貴族に匿われている。[293] 教皇をナポレオン麾下の警察から救い出すためにシーニュのもとに連れてきたのは、ジョルジュ・ド・クーフォンテーヌという彼女の従兄弟であるが、彼はシーニュが献身を誓った亡命者かつ追放者である。

ところで、『アンティゴネー』の場合と同じく、我々はこの劇作においてもサド的なシーンに立ち会っている。むろん、シーニュと教皇の関係はサドにおけるジュリエットとピウス六世の関係──乱交的＝狂躁的な関係──と通じるところがまったくない。クローデルがひねり出した筋書きは、トゥーサン・チュルリュールという第三のきわめてサド的な人物をめぐって展開される。彼は魔術師とシーニュの侍女とのあいだにできた息子で、元修道士でありながら恐怖政治のときにクーフォンテーヌ家を皆殺しにした張本人であり、新たな権力の中心人物の一人になっている。取引は簡単なものだろう。彼は教皇がシーニュの庇護下にあることを知っているので、前者の命と自由を引き換えに後者に結婚を申し込むのである。サド的な山場が最高潮に達するのは、シーニュの聴罪司祭――バディロン神父――が「地上の現人神」を救うためにチュルリュールの脅しに屈することは義務も同然だと彼女に迫るところである。

長々と前置きを弁じ立てることもなく、またしてもサドにすっかり幻惑されたラカンは、シーニュが身を置く悲劇的立場を第二の死あるいは二つの死の間の立場にすぐさまスライドさせ、この立場は「サド的位相（トポロジー）」に属すると再び主張する。(294) 生贄にされたものが「生命以上に価値あるもの(295)」に帰しているかぎりにおいて、ここにも第二の死の空間が見出せるのであり、同時に第二の死に対する制限としての美の空間が再び見出せる。しかし、ここからが最も重要な点なのだが、シーニュ・ド・クーフォンテーヌによって、『精神分析の倫理』において公理化された二つの立場――アンティゴネーの立場とサド的主体の立場――が、すでに我々を過剰のなかに連れ出していたにもかかわらず、それらの限度内において乗り越えられてしまうのだ。

シーニュとアンティゴネーの本質的相違は、後者が犠牲的行為を行うなかで自分自身と完全に一致している点、彼女が自らにかかわる動機のために、すなわち自身の兄のために行動している点にある。他方のシーニュは自らの意志に逆らって、つまり「最も深い内面の根底にまで自らの存在にかかわっているものすべてに逆らって(296)」行動しているのだ。犠牲はシーニュをとおして受け入れられ、その後になると、自殺とも言える彼女の行動をつうじて確固なものとなるだろう。シーニュの「自殺」はまったく新しい政治的・歴史的状況を枠組みとしている。すべてが一変して、ルイ十八世が戴冠するからだ。チュルリュールはきわめてサド的な論理にしたがって、復古王政に再び合流し、王を歓迎するのである。仲介役をつとめるのはジョルジュ・ド・クーフォンテーヌであり、彼はこの機会に乗じてチュルリュールを殺そうとする。事を予期していたチュルリュールが最初に引き金を引き、従兄弟を助けようとシーニュが飛びかかったが、それも失敗に終わり、結局彼女は弾にあたって死ぬことになる。

クローデルのシーニュとサドのジュスティーヌの相違は——これも本質的相違である——、ラカンが指摘した次の点にある。サドはジュスティーヌをとおして美を崇敬し、「陵辱に動じない」[297]ものに仕立てあげるが、対するクローデルはこうした崇敬にまったく従っておらず、この点で真の現代人なのである。死に瀕したシーニュは「顔面の痙攣によって荒れ狂った女として」我々の前に提示されている。[298]ラカンはこう説明する。「こうした苦しみに耐える生のしかめ面は、死のしかめ面や引き抜かれた舌のゆがみよりも、美の地位を侵害するものなのだろう。引き抜かれた舌にかんしては、クレオンによって発見されるときの、縛り首にされたアンティゴネーの表情のうえに思い起こすことができる」[299]。

クローデルの「悪神」はギリシャ悲劇の神と比べると並外れて悪意に満ちている。というのも、ギリシャの神は自身がつかさどる不幸（アーテー〔人を過ちや悪事に駆り立てる狂気の女神〕）の構造をつうじて人間と結びついているからだ。シーニュによって、我々はあらゆる意味を超えたところにいるのである。犠牲はその目的を愚弄することにしか行き着かないのだから。「父」としての教皇ピウスは救出されたが、彼は無力な父でしかなく、復元された正当性——王の正統王位継承権——はカリカチュアでしかないのである。

我々はもはや恐怖や憐れみをとおしてカタルシスのなかにいるのではなく、「乗り越えられたすべての恐怖と憐れみを横切って」いるのであり、つまりはサド自身が決定的な修正を施したようなカタルシスとそれほど遠くないところにいるのだ。[300]ラカンはサドとクローデルとの結合を確認しながら、次のように付け加えている。クローデルは『人質』のなかで「それに対してはサドのリファレンスだけが有効であると思われるところの欲望のイメージ」を表現している、と。[301]

しかし同時にラカンがクローデルとともに再確認しているのは、キリスト教的ないしユダヤ＝キリスト教的リファレンスがもつ無視できない無尽蔵の特性であり、[302]これはまたしてもヘーゲルに抗するものなのだ。[303]キリスト教がまだ持てる力を出し切っていないとすれば——ラカンがこのセミネールの最後で言うように——、それは古代悲劇の運命の下部構造を放棄してしまったからである。ギリシャのアーテーは我々に象徴的負債の罪を負わせていたが、この負債をキリストをつうじて打ち捨てることで、我々はさらに大きな不幸、「この運命はもはや何ものでもない」という不幸を背負いこんだのだ。[304] 我々に残る罪状はまさしく「運命の神が死んだ」[305] ことと引き換えに償われなければならない。こうした目的の愚弄、彼女を苦しめる意味の無効――彼女の犠牲に対して向けられた第二の死のように――を要請するのは、運命の人物像の消滅にほかならず、そこには二つの死の間が導入されている。というのも、彼女に要請されているのは「彼女を怖がらせる不正そのものを快楽として引き受けること」[306]、すなわちチュルリュールと結婚して婚礼を挙げることなのだから。

シーニュによって、美は陵辱に動じないものではなくなったのであり、辱められたのだ。シーニュの顔面を襲った痙攣はこうした辱めの表徴(シーニュ)にほかならない。こうした痙攣は、彼女が死に瀕しているときだけでなく、侮辱が彼女の美しさを抑えつけたときから、神を信じない共和主義者で大虐殺の首謀者チュルリュールとの婚礼に口頭で同意した瞬間から現れているのである。しかもクローデルは第二幕の冒頭で次のようにはっきりと示している。この痙攣はまるで「ノンと言っている人」のように顔が右から左へ揺れることである、と。苦しみに耐える生のしかめ面であるが、ラカンにとってこれはジュスティーヌの損なわれぬ身体と比較されてはじめて、彼女の身体との違いにおいてようやく信じうるものとなるようだ。だとすれば、以下のことが理解される。サド／ソフォクレスのカップルに対して、クローデルが昇華と倒錯、崇高な対象と〈物〉との関係・結合のなかに余分な切り込みを付け加えているとすれば、それは十字架に全面的な忠誠を誓うためであり、ラカンの目から見れば、このイエスの十字架は上述の結合を支える非の打ちどころのない完璧な基盤なのである。

シーニュによって体現される「ノン」という女性の態度は、アンティゴネーとジュスティーヌにもまったく同様に関わってくる。しかもこの態度のうちでは、数えきれぬほど性的暴力がなされようとも（ジュスティーヌ）、もっぱらただ一人からの暴力であろうとも（シーニュ）、誰からも暴力を受けないとしても（アンティゴネー）、女性の「ノン」が女性に確固たる処女性を保証するのである。いま理解すべきなのは、サド的犠牲者の不滅性はその永遠なる処女性の不滅性であるということだ。

こうした女性の態度によって、男性に三つの態度の可能性が開かれる。まず「我々のもの」、英雄でも倒錯者でもなく、普通の人間の態度がある。ごく単純に言えば、これは「定立された美」を体現する女性の肖像に魅惑されることであり、ある意味において我々――「一般の男」――は、聖母マリアに対するヨセフのように、この女性像の見せかけの夫になったのかもしれない。クローデルにおいて、こうした態度は三部作のつづきに登場するオルソという人物によって例証されている。オルソはオリアンの兄であり、シーニュの孫にあたるパンセ・ド・クーフォンテーヌの愛人である。彼は死んだ兄弟に取って代わり、若い娘が身ごもる子供の父親になるのだが、この娘が決して自分のものにならないであろうことを知っている。[307] こうした態度は、人間主体の態度であり(「我々、主体は」[308])、つまり大文字の我々［Nous］の態度であり、というのも「我々はそのことについて何も理解できない」からだ。[309]

二つ目の態度は、非人間的主体のそれ、倒錯的主体のそれであり、これはシーニュに向き合ったチュルリュール男爵によって表象されている。彼はまさしく美を辱めた者であり、犠牲者たちを彼岸においてまで苦しめることに専心したサン＝フォンのように、女性に科す悪をその生命の彼方にまで及ぼそうとつとめる者である。[310] 彼はシーニュが婚姻の際に神前で発した「ウィ」を、彼女が死の際に引き受けて繰り返し口にすべき記号（シーニュ）に仕立てるのだ。この「ウィ」は否定を表す彼女の痙攣と矛盾していて、さながら彼女が同意した秘蹟に対する冒瀆であり、聖なるものの核心において尻込みするようなものである。[311] チュルリュールという倒錯者の人物像は、その表現においては、サドの英雄たちの精彩に富んだ激しい侵犯行為ほど人目を引くものではない。しかしラカンによれば、彼はそうした侵犯行為よりはるかに大胆で狂っている人物像なのであり、ポジティヴな意味での「甚大さ」として現れているという。[312] ラカンはつづけて言っている。「いずれにせよ我々が疑えないのは、少なくともクローデルが自分の書いたものをわかっていると思い込んでいたことだ。いずれにしても、それは書かれたのである。そうしたことが人間の想像力のうちに生じてこられたのだ[313]」。

「欲望のなかにはつねに何らかの死の恍惚があるのだが、この死は我々が自分に科すことのできない死なのだ」とラカンは言っている[314]。このことが先述した二つの態度――一般的なものと倒錯的なもの――を可能にするのであり、それらはいずれも不能の態度なのだ。しかし第三の態度というものがあり、これはつまり英雄のそれ、倫理的主体のそれである。ラカンはこの主体を「自らの男性性のなかで自己を確立し維持する真の人間、完成された人間」として描いている[315]。クローデルにおいては、パンセが身ごもった子供の実父であるオリアンのことであり、彼は自らの欲望にかんして譲歩しなかったために男性性の被害を被ったわけで、つまり彼自身が死なのである。

こうした死のなかに、我々がいままでラカン的倫理について言ってきたことのすべてが再確認される。美についての倫理、黙示録的でありながら悲劇的でもある美の特性についての倫理であり、クローデルはそのヴァリアントを我々に提供してくれているのだ[316]。

六、サドと縁を切る

『転移』のセミネールは、クローデルのサド的読解にまったく取り憑かれているのだが、だからといってサドと縁を切れないでいるわけではないだろう。縁切りは最終講義である一九六一年六月二十一日に行われる。束の間ではあるが、そこでラカンはサドの出現によって生じた問題、前年に『精神分析の倫理』のセミネールで扱った問題のすべてを再び取り上げている。

その箇所において、ラカンは我々がそこにとどまることなくひたすら指摘しつづけた一つのポイント、すなわち美を男根の象徴に送り返すポイントをとりわけ主張している。たしかに美は定立された形象としての女性、この形象のなかに凝固する女性の姿をとったイメージであり、まさにこうしたイメージのせいで、我々は〈物〉の把持を望むことに尻込みするわけだが、このイメージのなかに、我々は魅惑的で人を怖気づかせる美の身体に覆い隠された男根を想定しているのである。なぜなら、「男根(ファルス)がまさしくイメージにおいて欠如しているもののなかに具現化されているのは明らかである」からだ。[317]

これですべてか？　いや、必ずしもそうではない。ラカンは二年にわたるセミネール——『精神分析の倫理』と『転移』——で自身がサドについて言いえたことの要点を語ったのであり、以降のセミネール——『同一化』や『不安』——で付け加えることがあるとしても、そこでサドが論じられるのはもはや偶然にすぎない。ラカンがサドについて書いた唯一のテクスト、「カントとサド」（一九六三年）にかんしては、すでに確認したように、期待を裏切るものである。ラカンはセミネールでの閃きの数々を雑然とそこに寄せ集め、結論として、サドを取るに足らない不能に還元してしまったのだ。

真の結論の時は『転移』のセミネールの最後の回、一九六一年六月二十一日に訪れる。思想に真の縫合をほどこす瞬間であり、きわめて深刻な瞬間であるが、ラカンのレトリックで言えば、反転と中断の身振りがなされる瞬間と表現されるだろう。

ラカンがサドに本当の別れを告げる最後の言葉とはどういったものなのか？　その言葉は我々に次のことを告げるためのものだ。すなわち、最も重要なのは誰もが驚嘆するジュスティーヌの身体の不変性ではないということであり、サドにおける真の主体はジュスティーヌではなく、ジュリエットであるということである。[318]要するにやや唐突な反転を導くための言葉なのだ。

ジュスティーヌは「影」でしかなく、ジュリエットこそ夢見る唯一の女であり、欲望のあらゆる危険に身をさらしている。ジュスティーヌを形容する「影」、ジュリエットにかかる「夢見る」という用語は、いずれもピンダロスの言葉から借りてきたものである。「影の夢、人間[319]」。

ジュスティーヌはジュリエットの夢のなかにいる影でしかない。ジュリエットだけが存在しているとすれば、それは結局夢の領域において主体が影より強いものだからだ。主体はそこで影の効果を一掃できることに気づき、「それが影でしかないことを知る」可能性を発見するのである。[320] 夢の領域じたいのうちで、主体は──つまりジュリエットは──影よりも現実的なものがあるという考え、少なくとも「欲望という現実的なものがあり、この影によって私はそこから引き離されている」という考えに到達できるのだ。[321]

おそらくジュリエットについてこう言えるだろう。彼女は隣人を愛するように、つまり自分自身を愛するように残酷なやり方でジュスティーヌを愛している、と。

ラカンにとって肝要なのは、自身もまた影を離れてイメージから抜け出すこと、「美に敬礼する」こと、つまり美を讃えたのちに別れを告げること、美が作り出す眩暈から、美の想像的機能から完全に解放されることなのである。

サドを経由するというのは、奇妙な道のりであったろう。サドをとおして、ジュスティーヌの身体の不変性を探ることで、ラカンは美の横断へと乗り出し、幻惑の時期にまでたどり着いたのだ。幻惑の時期とは、たとえば『アンティゴネー』の幻覚にとらわれたサド的シーンに直面するとき、あるいは『人質』のまた別のシーンに向き合うときである。

どうやって美に敬礼すべきか？　美の正体を暴くだけでは、そこにたくし込まれたであろう一種の男根崇拝（娘(ガール)＝男根）をうかがわせるのに十分でない。[322] 目を覚ますだけでいいのだ。ジュリエットはこうした目覚め、つまり影の中断と消滅を表す名である。この目覚めを表す名は「ジュスティーヌ」だけではなく、ジュピターもまたその象徴であり、とりわけ不幸がつづくジュスティーヌの息の根を止めた雷がそうである。ラカンはこの雷について一度も語ったことがなく、結論のときになってようやく言及するにすぎない。「雷は右胸から入ってきたのだった。彼女の胸と顔を焼き尽くしたのち、腹の真ん中から抜けていったのだった」[323]。こうした描写は『ジュスティーヌ』のなかにもある。「雷は口から入ってきて、ヴァギナから抜けていったのだった」。『ジュリエット物語』の決定版にも同じような描写が出てくる。(324)

ジュスティーヌとジュリエットの入替えは、欲望がその影よりも優っていることを物語っているのだが、それ以上のことを言っているわけではない。なぜならジュリエットにかんして――セミネールにおいて彼女が問題にされたことはほとんどないにひとしい――、ラカンは次のように述べるだけだからだ。「むろん、我々は自分たちがこうした同伴者〔＝ジュリエット〕にふさわしいとは思っていない。なぜなら、彼女は遠くまでいってしまっているのだから。彼女のことを社交的な会話のなかであまり持ち出すべきではないですね」(325)。究極のアイロニーだ。というのは、セミネールの精髄をなす精神分析的語りのなかでさえ、彼女のことが言及されることはあまりないだろうから。したがって、反転のレトリックは中断のレトリックでもあることが明らかとなる。思考の中断、沈黙のレトリックである。

もう十分に語ってきたことだが、こうした思考の中断は「カントとサド」の発表によって揺るぎないものとなる。そこではサドがもはや不能の主体としてしか描かれていない。しかし、いずれにしてもこのテクストはジュスティーヌに対する否認を確認しているのだ。ジュスティーヌは、その美しい身体が不変であるという点で、単調であることでしか唯一性（ユニシテ）をもてない。かたや拷問執行人の集団には――この集団にラカンは「ジュリエット」という総称的な名を付与している――少なくとも「多様性」というアドバンテージが与えられているというのに。(326)

では、最終的にジュスティーヌはどういう状況にあるのか？　そうはいっても、彼女には完全に消滅しないための場所が用意されているのではないか？　おそらく用意されているのだ。一九六一年十一月のある日、『同一化』のセミネールの途中でラカンが漏らした打明け話を信じるとすれば――

> 私は自分の傍らに、私が現存在（ダザイン）としてあるところの共存在（ミットザインデン）の取り巻きのなかに、サドへのオマージュとし

てジュスティーヌと名づけた一匹の雌犬を飼っている。ぜひとも信じていただきたいのだが、私は彼女に偏向的な虐待をいっさいしていない[327]。

第三章　ザッヘル＝マゾッホ、ドゥルーズの策略

「ミシェル［・フーコー］がサドに相当な重要性を与え、私が逆にマゾッホに同じことをしているとすれば、それは偶然からではないと思う」
——「欲望と快楽」[1]（一九七七年）

「あまりにナイーヴな学者たちからあまりにナイーヴすぎると見られるのは、策略の運命である」
——『シネマ2——時間イメージ』[2]

ザッヘル＝マゾッホという名

フランス思想の核心にザッヘル＝マゾッホという名が出現することのうちには、何かしら魅惑的で汲み尽くせないものがある。それは束の間の熱狂のさなか、サドへの情熱が頂点に達した頃のことだ。この出現はジル・ドゥルーズという署名を擁しており、二つの時期にわたって展開された。まず始めに、「ザッヘル＝マゾッホからマゾヒズムへ」という論文が『アルギュマン』誌の一九六一年一月号に掲載されたことがある。[3]これは奇妙で特異な論考であり、社会学主義や疎外批判や当時のユートピア思想の影響が色濃い他のもっと古典的な論考と比べると、根本的に逸脱した論考である。

第二の時期は一九六七年である。ここで俎上に載せられるのはもはや論文でもなく、著作でもない。著作めいたものと言っていいだろう。すなわちマゾッホの有名な小説『毛皮を着たヴィーナス』の序文のことだが、単

なる序文であるにもかかわらず、表紙でタイトルロールの位置を占めているからだ。著者名はドゥルーズであり、メインタイトルは「ザッヘル＝マゾッホ紹介」となっている。他方、それより小さいフォントでサブタイトルにこう記されている。『毛皮を着たヴィーナス』全文併録、オード・ヴィルムによるドイツ語からの翻訳」。こうした編集の奇妙な配列(アジャンスマン)は、ミニュイ社の「アーギュメンツ」叢書において見られるわけだが——この叢書からは一九五七年にバタイユの『エロティシズム』、一九四九年にブランショの『ロートレアモンとサド』が出ている——、叢書と同じ名を冠した雑誌はすでに五年前に廃刊している。きわめて特異な配列の仕方に関わったのは、おそらくドゥルーズ本人だろう。この配列によって、彼は同時代人たちと差別化され、自らの名をザッヘル＝マゾッホというサドと対称をなす名に重ね合わせたのだ。

まずこれらの名の対称性は、サドをサディズムに接続し、マゾッホをマゾヒズムに繋げるというように、固有名詞を普通名詞に結びつける共通したプロセスに関わっている。ドゥルーズが最初のパラグラフで説明しているとおり、この現象はサドとマゾッホがいずれも偉大な臨床家であり、自身の著作に人間観・文化観・自然観をまるごと参入させることができるような、「偉大な人類学者」でさえあるという事実を示している。[4]

しかし二人の対称性のうちには、それ以上のものがある。両者が「分身」であるところに特殊でユニークな力があるのだ。彼らはまったく撞着的な関係にありながら、ほとんど誰も一人称で公然と引き受けることのできない二種類の態度へと我々を導いてゆく。すなわち、打ちのめすことに歓びを覚える態度と、打ちのめされることに快楽を感じる態度である。おそらく、かつてボードレールが人間の大胆さの欠如と診断したもののせいで、[5]言語はついに事象を命名するのに固有名詞を選ぶようになってしまったのだ。ここでの固有名詞は、倒錯的欲動の個人的な緯糸(たていと)と人間学的な緯糸をただ一つのシニフィアンのうちに混ぜ合わせて混同するものである。あたかも言語がサドやマゾッホをとおして倒錯を個人化しながら、それを普遍的な共同体から遠ざけ、しかも同一の固有名詞によって、自らの不能性、すなわち倒錯を共同体から引き離すことができない自らの無力さを意味しようとしているかのように。なぜなら、呪われてさえいるこの固有名詞は、自らが指示するもののどうしようもなく人間的な性格を証明してもいるからだ。

二十世紀全体をつうじて、サドの名は――「文学のうちで名づけられない存在の最たるもの」[6]――、自らに暴力性を装填してゆく方向に少しずつ移行していったのであり、そうした移行から一種の剰余価値、威光（プレステージ）の剰余価値を獲得するにいたったのだ。貴族的で悪魔的な威光、残酷さや力を備えた威光であるが、一つにまとめて要約すれば、支配の威光となるだろう。しかしマゾッホにおいては同じことが言えなかった。マゾッホの名は、クラフト＝エビングの『性的精神病理』のせいで十九世紀後半には普通名詞にされてしまい、こうした固有名詞から普通名詞への不吉な昇格から何も得るものがなかった。サド作品以上に、マゾッホ作品は絶えずマントに覆われたまま読まれつづけたわけだが、それはなぜかというと、サド的な支配の威光に代わるものとして、彼の作品は恥辱（オント）以外のものを読者に与えることが決してなかったからだ。おそらくこの恥辱は倒錯の論理そのものにおいてすべてのマゾヒストの告白に覆いをかけ、色をつけるものであり、こうした倒錯のなかで、主体は支配され、叩きのめされ、辱められることを熱望するのだ。

サドの名に対抗してマゾッホの名を選んだことで、ドゥルーズは奇妙な孤独のなかに身を置いたわけだが、事はそれだけで済まない[7]。マゾッホの名を選ぶという身振りに対して、それが内蔵する謎めいた広がりをまるごと与えてやらなければならないのだ。まず始めに、そこに哲学的な身振り、一つの戦略、きわめて巧妙な操作を見てとらなければならない。この操作は差異化の行為であり、その大胆さは自身の不透明さ〔難解さ〕を糧にしている。

差異の選択は、ドゥルーズのたどった行程においては何も珍しいことではない。となれば、『ザッヘル＝マゾッホ紹介』を『アンチ・オイディプス』に結びつけたくもなる。前者は六〇年代の知的ドクサのいくつかに対して反宣伝を繰り広げたテクストであり、かたや後者には七〇年代の構造主義的・ポスト構造主義的な現代性の公共要理（カテキスム）に論争をしかける側面があって、この側面は前者と同じく撹乱をもたらす役割を果たしていた。

したがって、『ザッヘル＝マゾッホ紹介』は『アンチ・サド』というタイトルになりえたのかもしれない。それほどこの著作は『アンチ・オイディプス』と共通する要素を抱えているのだ。共通の要素とはすなわち、父の人物像、法、男根……の信用を失墜させること。ドゥルーズ的冒険という文脈に置きさえすれば、『ザッヘル＝マゾッホ紹介』はまったく理解不能ではなくなるのである。しかし、『ザッヘル＝マゾッホ紹介』のうちにはそれ以上の何かがある。実際、『アンチ・オイディプス』はソフォクレスの主人公やフロイトといった名に比肩しうる固有名詞をいっさい提示していない。この慎重さは賢明である。逆に『ザッヘル＝マゾッホ紹介』によって、ドゥルーズは自己を発見し、哲学者たちに「仮面をつけたまま進め」と命じるデカルト的要請に従うのをやめるのだ。彼はマゾッホという名と連れだって先に進むのであり、このきわめて慎みに欠けた名は、不完全で歪んだ暴露という逆説的な方式に基づいて仮面を剥ぎとってしまう。実際、マゾヒストの顔面、伏せ目がちの目と従順な表情を備えたその顔は、何も主張しないし、何も暴き立てないのである。

さらに言えば、ドゥルーズはこうした身振り――マゾッホの賞賛によって、マゾヒストの肖像に愚かしくも同化されてしまう危険を冒したこと――の根本的な曖昧さを、多義的な身分の追加として冷静に引き受けたように思われる[8]。ずっと後になってから、一見発表されるために書かれたのではない一九七七年のテクストのなかで、フーコーとの対立を話題にしたドゥルーズは曖昧さを認め、否認を選びとりながら次のように結論づけている。「私はマゾヒストでミシェルはサディスト、と言うだけでは足りないのだ。たしかに見事な言い草ではあるだろう、しかし真実ではない[9]」。

ドゥルーズ的ユーモア

『ザッヘル＝マゾッホ紹介』の意義をよりよく評価するには、知的シーンのなかでの差異化という純粋な戦略に帰されるものと、それよりも深遠な何かに属するものを切り離さなければならないだろう。深遠な何かとは、いわゆるドゥルーズ的身体と呼ばれる、きわめて明白でありながら地味でもある特異な身体であり、その爪の長さや困難な息づかいにいたるまで感知できる身体のことである。哲学者の身体あるいは気質の特異性は、彼がそのスタイルや声色やシステムによって異彩を放つために実践する戦略に役立つことがある。しかし大抵の場合、この特異性は手の届かない部分でありつづけ、あらゆる思想の到達しえない現実でもあるのだ。マゾッホはドゥルーズが駆使した表面の戦略の一つであるわけだが、彼がこの到達しえない現実にも関わっているというのは、いかにもありそうなことだ。

『ザッヘル＝マゾッホ紹介』には戦略が随所に張りめぐらされている。きわめて単純な例を挙げるとすれば、ドゥルーズがかの偉大なる序文につけた副題――「冷淡なものと残酷なもの」――は明白で実用的（プラグマティック）な機能を担っている。一方でサドとの対称性をただちに定立し、他方ではマゾヒストにまつわる紋切型の主題からマゾッホを救い出し、冷淡と残酷という二つの付加形容詞によってその主題に異議を唱えるのである。しかしテクストの主部において、ドゥルーズは欠けていた第三の用語を体系的に復元している。単純な対称性を揺るがすもの、すなわち「感情的（サンチマンタル）」という形容詞である。残酷さと冷淡さが問題になるたびにドゥルーズは、この第三の要素を付け加えて、マゾヒスト的主体のまさに三位一体を構成してゆくのだ。『毛皮を着たヴィーナス』は最初から終わりまでティツィアーノ〔イタリア・ルネサンス期の画家〕の記号の下にあり、肉体と毛皮と鏡の神秘的な関係のうちにある。そこで冷淡なものと残酷なものと感情的なものとが結びつくのである」[10]。また他のところでも、彼は「冷淡さと感情性と残酷さからなる三位一体」[11]について語っているだろう。「感情的」という語が副題から外されたのは、すでに作動していた表面の戦略の邪魔になりかねないからだ。表面の戦略とはすなわち、マゾッホにサドに対する歯止めの役割を担わせるという戦略であり、こうした戦略を演出できるのは厳密なシンメトリーだけである。つまり六〇年代の知的シーンのなかでのマゾッホの役割とは、サドを乗り越えることなのだ。サドを乗り越えるとは、当時、次のような諸々のカテゴリーとは異なる態度・定式・概念を提示することを意味していた。すなわち、身体、法、他者、欲望、快楽、悪、セックス……。それらによって思想の地平がまさに構成されかけていたのであり、この地平に対して各人は何らかの態度表明をしなければならなかったのだ。

熱のこもった一種のコンセンサスができあがって、友人であり同志であり分身でもあった同時代人たちがもっぱらサドという絶対的他者のことだけを語っているときに、マゾッホという名を覆っていたものを剝ぎとるという行為は、おそらく戦略として切ったカードにすぎず、それ以上のことではないのだろう。このカードは差別化の機能しかもっていないであろうし、カードを切ったプレイヤーにとっては、その思いがけない特性の閃きを場に投入することでしかなく、姑息なポーカーの一手にすぎないだろう。カードそのもの――マゾッホ――は一派をなしたり、繁栄を築いたり、実りを結んだりすることができないものなのだから。こうした対決の争点はまず哲学者の人物像じたいを対象としているのだろう。だとすれば、ドゥルーズはこの哲学者の人物像と主人のそれとを切り離そうとするであろうし、後者にはサドというモデルによって一つのスタイルとドゥルーズが敵対する一連の態度とがまるごと付与されている。何年かのちにドゥルーズはこう書いている。「主人のサディスト的イメージは切断され、麻痺され、自慰的な痙攣に還元されてしまう。それと同時に、マゾヒスト的な従者は己を追い求め、発展し、変貌し、自らを試し、舞台のうえで主人の不十分な機能として自己を形成してゆくのである」[12]。だとすれば、こうした仮説のなかで、マゾッホの名は二次的な重要性しか帯びていないのかもしれない。それは名義貸しの名でしかなく、サドによって開かれた思想の領域――倒錯の領域、時代の最も高尚な真実のもろもろが演じられ、討議される領域――において、サドに対する有効な異議申し立てを可能にする名にすぎないのかもしれない。ドゥルーズはサドに抗してサドの影・分身・繁栄、つまりサドと正反対の像を対置するのであり、この像をとおせば、正反対でありながら類似的な価値の出来によって、新たなユートピアのモデルや新しい人間学が決定可能になるだろう。こうした見通しのなかでは、おそらく次のようにすら言えるかもしれない。マゾッホは他の人物たちの名を隠す見事な偽名でしかなく、彼らの名の個別的な強度がわずかでも発揮されれば、マゾッホの名がサドの名に肩を並べることなど不可能になる、と。我々はどうしてカフカがこれらの名の一つになりうるかという問題をもう少し先のところで見てゆくことになるが、さしあたりここで言えるのは、どうしてルソーを想起しないのかということだ。ルソーについてドゥルーズは一九六二年の論文で言及しているが、これはマゾッホを初めて論じたテクストの翌年に発表したもので、「カフカ、セリーヌ、ポンジュの先駆者、ジャン＝ジャック・ルソー」という奇妙なタイトルがつけられている[13]。サドを持ち上げるためにルソーを狂気の圏域から排除したフーコーの『狂気の歴史』とほぼ同時期のテクストである。

　ドゥルーズにおけるルソーは、もう一人のマゾッホとして現れる。つまりルソーはマゾヒスト的ユーモアという大テーマと結びつけられ、「子を罰する厳しい母親」や「子を再生させるとても優しい母親」とともに、マゾッホに馴染みの第二の誕生のテーマに接続されるのだ[14]。だからこそ、『ザッヘル＝マゾッホ紹介』は明らかに「ルソー的な」テクストなのである。サド的体制に逆らうマゾヒスト的契約の擁護のうちには、「フランス人よ、共和国民になるためにはあと一息だ」〔『閨房哲学』に挟み込まれた政治的パンフレット〕と『社会契約論』との対決が容易に読みとれる。前者は全編にわたりサド的体制の政策に向かって敷延され、他方の後者は主体間に契約的関係を想定しているからだ[15]。

　マゾヒズムを話題にしながら、ドゥルーズは契約という概念を発掘してかくも満足しているわけだが、この概念はルソーのなかで見出されたものである。しかしサドの名に抗してルソーの名を持ち出したとしても、何の得があっただろうか？　意味がないとまでは言わないが、おそらくこれでは弱いだろう。こうした観点からすると、契約の擁護は、ルソーの甘ったるさをとおしてではなく、マゾヒストの倒錯をとおしてこそ、つまりこれをもって堅牢なサド的体制に抗することで、よりいっそう実りあるものになったのだ。

「名には名を」というドゥルーズの戦略の核心において、マゾッホという名には、同時代人たちがサドを読むときにもってした真剣さに直接ねらいをつける、狡猾な余剰価値をもたらす利点があったのだ。この余剰価値とは、ユーモアのそれである。サド的アイロニーに対抗して、ドゥルーズはこのユーモアをマゾッホの強力な武器の一つに仕立てるわけだが――こうしたことすべてが少し後の『意味の論理学』（一九六九年）でなされているように――、同時にこれをソクラテス的アイロニーに抗するストア派や禅の武器にもしてしまう。[16] だとすれば、そこでのユーモアとはドゥルーズ自身のユーモア、彼のマゾヒズム礼賛のユーモアであるのだろう。去勢不安を引き起こすアイロニー（ソクラテス、サド、ラカン）に対して、ユーモアの言説という別種のものが対置されるのであり、この言説は法の絶対的に空虚な性格からあらゆる結果を引き出したのち、この空虚じたいに依拠しながら、ユーモラスな転換を実行するのだ。すなわち、マゾッホ、カフカ、ドゥルーズの登場である。[17]

このような仮説において、ある意味、『ザッヘル＝マゾッホ紹介』はユーモアを示す驚異的な言動なのかもしれない。バタイユ、ブランショ、ラカン、フーコーらによって、我々は法を上から思考し、超越しようとつとめるわけだが、そこにはある意味で反俗的（シニック）なアイロニー、場合によっては悲劇的なアイロニーが横たわっている。マゾッホによって問題とされるのは、サド的な試み（自惚れの試み）を乗り越え、それをマゾヒスト的ユーモアで超越することである。マゾヒスト的ユーモアとは、支配されたいという強い欲望によって、あらゆる支配の実質的で天才的な破壊を引き起こすものなのだ。この奇妙なユーモアのうちで、奴隷は自身の従属の意図的な性格によって、自らが置かれた立場の不条理さによって、あらゆる法を破壊するのである。というのも、制裁や罰は常軌を逸した強い欲望にしか、比べようもなく計り知れない快楽への欲望にしか従うことがないからだ。ドゥルーズが標的にするものがあるとすれば、それはサドを取り巻き、おそらくサドに由来する真剣な精神なのであろう。

ドゥルーズの真剣さ

しかし、すべてはドゥルーズがある笑い話を否定したことに始まっているのではないか？　サディストとマゾヒストの出会いを冗談にした有名な話――マゾヒストが「私を痛めつけてくれ！」と言うと、サディストが「いやだ」と答えるというものである。ドゥルーズはこの冗談話をわざわざ語ってみせた後、次のような手厳しい解説を加えている。「あらゆる滑稽話のなかでも、この話はとくに馬鹿馬鹿しい。そこで語られていることが起こりえないからというだけでなく、倒錯の世界を評価する際の、愚かしい思いあがりに満ちているからだ。いずれにせよ、それが不可能であることに変わりはない[18]」。

滑稽話――疑いなく滑稽な話――を紹介しておきながら、これをありきたりな真実らしさと突き合わせることで否定する手つきのうちには、何らかのマゾヒズムが働いているのではないか？「真のサディストはマゾヒスト的犠牲者を決して受け入れることがない。［……］しかし、マゾヒストはそれほど真にサディスト的冷血漢を受け入れないわけではない[19]」。上述の冗談はあまりにもサディストにおもねっているので、ドゥルーズはその面白みを味わうことができないのだ。いずれにせよ、真剣さはユーモラスな主人――マゾッホ――のせいですっかり疑わしいものになってしまい、結局のところドゥルーズの「マゾヒズム的」冒険のうちに居場所がなくなっている。したがって、マゾッホの名を単なる戦略や差別化の行為に帰するだけでは、不十分なのだ。ドゥルーズの策略のうちにはそれ以上の何かがある。

また、現代のドクサにおいて、マゾッホのおかげで異議申し立て可能になるものすべてに注意を払わなければならないとすれば、とりわけ最も根拠の弱い異議申し立てに対してそうする必要がある。こうした異議申し立ての例はたくさんあるが、なかでもドゥルーズがユングを選り好んで参照したことが挙げられる。当時、ユングの名は現代性の思想家たちによって追放されていた。というのは、彼がナチスやファシストたちと付き合いがあったと見なされていたからだけでなく、原型的な象徴主義や奇妙な秘教主義(エゾテリスム)を頼りにしつつ――ユングの著作はこうしたものにどっぷり浸かっている――、漠然とした混合主義(サンクレティスム)というかたちをとった宗教的なものと熱烈な関係を結んでいたからである。ユングの名は『ザッヘル＝マゾッホ紹介』には登場しないが、一九六一年の『アーギュメンツ』誌に掲載された「フロイトとユング」という論文の長い注のなかで言及されている。ドゥルーズはユングに頼った自身の解釈、マゾッホにおける母のイメージを「無意識の深層にある原型」とする解釈を正当化し[20]、ユング特有の「原初的イメージ」という概念をフロイトの分析法に抗して押し出している[21]。ところで周知のことだが、『アンチ・オイディプス』においてドゥルーズは、母親の問題のいくつかの点でユングがいかに重要であるかを再確認している。「つまりユングがエディプス・コンプレックスは自己以外のものすべてを意味していると言うのは、至極もっともなことなのだ。またそこでの母親は大地であり、近親相姦であり、無限の再生でもあると彼が言うのも、まったくもって正しい（ユングの間違いはこのようにしてセクシュアリティを『乗り越えられる』と信じていることだけだ）。身体的コンプレックスは、生殖の錯綜体を指し示しているのである[22]」。

したがって、マゾッホの名によって可能となる「差別化」の背後には、もう一つ別の線、現代性の偉大な理論的選択に対する真の反抗がそこに浮かび上がってくるような、より濃密で複雑な線が隠れている。そうした反抗が慎ましやかなものでありつづけ、ドゥルーズによって主題化あるいは明示化されておらず、決して攻撃的な色調を帯びることがないからといって、我々はこれを過小評価してはならない。そもそも、ドゥルーズにおける論争的な表現様式を深く読み込まなければならない時が来るだろう。たとえば次のような表現様式は巧妙なものだ。

すなわち、執拗でありながら真に公然となされることのない差別化、軋轢を生みながら沈黙しつづける記号、こうしたことすべての核心に現れてくる、固有名詞（マゾッホ）と反固有名詞（アンチ・オイディプス）の激しい暴力性。かくも激しく名に抗しているにもかかわらず、精神分析に対するきわめて激しい負荷から明らかにラカンが除外されていることに驚かないでいられようか[23]？　こうした驚きは新しい哲学者たち（ヌーヴォー・フィロゾフ）に反抗する嘲笑的で辛辣なパンフレットを読むとさらに倍加する。そこには彼らを最も熱心に擁護した者の名が欠けていて、欠けているだけに目立っている。その名とはすなわち、ミシェル・フーコーである[24]。

サディズム、マゾヒズム、倒錯——死の本能

ドゥルーズの企図を深く理解するには、おそらく彼がマゾッホとサドを峻別するためにテクスト全体をつうじて濫用する教育的明晰さに騙されてはならないのだろう。ドゥルーズの方法はいかにも教師らしいもので、二人の倒錯者を概念と概念を戦わせるがごとく体系的に対置することを内実としている。サドがスピノザ主義者なら、マゾッホはプラトン主義者。サドが否定に属しているとすれば、マゾッホは否認に従っている。サドが機械的に繰り返される反復を好むとすれば、マゾッホは美学的な宙吊りを駆使する。サドがアイロニーなら、マゾッホはユーモア。サディストの冷淡さが感情性に逆らうものだとすれば、マゾヒストのそれは官能性に抗するもの。サドが体制側の人間なら、マゾッホは契約の人……。こうしたやり方はあまりに入念なので、著作を締めくくる際、ドゥルーズは十一の項目からなる要点一覧表を提示することになる。これらの項目は、サド＝マゾヒズムという概念を決定的に無効にしたうえでサドとマゾッホを区別し、後者にふさわしい栄光——彼が浴しない栄光——を与えることを可能にする強固な対立点を構成している。しかし、マゾッホを自律的な主体に仕立てようとするの

は、おそらくマゾヒズムの本質と矛盾する企てだろう。マゾヒズムのエートスがそれを奉じる主体に要請するのは、拘束されたまま縛りつけられ、恥ずべきおかしな存在にされ、理解されずに軽蔑され、無に帰されつづけることだからだ。

そもそも語と語、概念と概念、名と名を突き合わせる二元的対立のシステムによって、ドゥルーズはマゾヒズムをサド的モデルに適合させているのではないか？　押しつけがましい対称性の法則によって、二つの倒錯を実際に繋ぐ分かちがたい絆を少しずつ編み出しているのではないか？　結局、倒錯というカテゴリーそのものを頻繁に駆使することで、幾度もサドとマゾッホを一枚の紙の表裏のように一体化せざるをえなかったのではないか？

以上のことは、「死の本能」――ドゥルーズはこの用語を「死の欲動」という古典的なそれよりも好んでつかう[25]――を論じたきわめて重要な箇所で問題となる。ラカンと著しく違う点なのだが、ドゥルーズは倒錯と昇華を結びつけながら対置する。彼によれば、昇華は性的快楽を超越して別の領域での充足を目指すが[26]、倒錯はそれとは逆で、脱性化に再性化が伴っており、この再性化は脱性化とは別の基盤に依拠して行われるという。つまり倒錯者はタナトスをよりよく再性化するために、エロスを脱性化して辱めるというのだ。倒錯者が冷淡で冷ややかなのはエロスの脱性化が原因であり、この脱性化がより強くなっただけに、タナトスの再性化、つまり死のリビドーの備給はいっそう強くなるのである[27]。

ドゥルーズのエロスとタナトスの解釈はきわめて明快だが、問題もある。なぜなら、ドゥルーズが描く倒錯のプロセスは、サド的主体とマゾヒスト的主体において構造的に同じものであり、両者は共通の襞をとおして混同され、倒錯者という単一の主体に溶け込んでしまうのだ。しかもドゥルーズはこうした同一性を認めざるをえなかった。後に十一の差異の作用〔戯れ〕をふたたび我慢強く執拗に持ち出すことになるとしても。この作用をもってしても何も変わらず、二つの態度に本質的で共通の地平、つまり死の本能が構成されるのを無効にすることはできない。サディストとマゾヒズムに同一のプロセスという考えは、『差異と反復』において再び組み立てられるだろう。[28]そもそも少し後になって、ドゥルーズはサディズムとマゾヒズムの区別を諦めて、サド＝マゾヒズムというカテゴリーに再び逢着することになるのだが、たとえば、フランシス・ベーコンについての著作ではこのカテゴリーを何の躊躇いもなくつかっている。[29]『ザッヘル＝マゾッホ紹介』において演出されたマゾヒスト的主体の自律性は、実のところ、幻想（ファンタスム）を考慮に入れた結果でしかないのだ。すなわち、マゾヒスト的主体という幻想である。

このように、ドゥルーズが身を捧げて打ち込み、絶えず煽り立てるこの奇妙な使命、サドのせいで押し込まれたマイノリティの境遇からマゾッホを救い出すという使命の存在を素朴に信じると、袋小路にしか行き着かない。たしかにドゥルーズは、「聖マゾッホ」を書きたくてしようがない聖人伝の作家、おそらく当時でいえば『聖ジュネ』を書いたサルトルの真似をしようとか、それを超えてやろうといった野心に燃える作家とは異なる存在なのである。

否認対否定

したがって、倒錯の統合された領域におけるマゾヒスト的主体とサディスト的主体の根元的な一体性を確認することで、ようやくドゥルーズが描いた二つの対立点、否定と法をめぐる、教訓に満ちた対立点を考慮に入れることができるようになる。

マゾヒズムの問題においてドゥルーズが取り組む最初の点が「否定」であるのは無視すべきことではない。いまや知られたことだが、当時「否定」は魔法の言葉であり、合流点となるような概念であった。超越的な効力を備給するためであれ、逆に概念じたいを失効させるためであれ、この概念に対して態度決定することが必須だったのである。我々はこの分野におけるブランショの大胆さをひととおり見てきた。またフーコーが否定や矛盾というカテゴリーに代えて新しいカテゴリーを打ち出したこともすでに見たとおりである。すなわち侵犯というカテゴリーであるが、彼はこれが哲学を外へと開いてゆくだろうと期待していたのだ。ところでドゥルーズもまた、フーコーのように、否定や否定的なものの価値を全面的に貶めようと企図する。しかし、そのために彼は一見脆弱でほとんど批判がましくない主体（マゾヒスト的主体）と、否定よりもはるかに魅力に劣るように思われる概念を引き入れることになるだろう。その概念とはすなわち、否認である。

すべてはサドとサディズムが基本的に失敗しているという考えから出発しているのだ。否定の超越性はサド的主体を満足させることに失敗しているのであり、このことは逆説的ながら超越的プロセスそれじたいに起因している。なぜなら、否定すべき対象がそこに決してなく、つねに不在だからだ。[30] そこから自身の犯罪が宿命的につまらないものであることに対するサド的主体の絶望が生じてくるのであり、彼の犯罪は、結局のところ、自身のうちにある絶対的な悪の欲求を満たすことがないのである。[31]

ドゥルーズによれば、この絶望はサドにおいて観念的に表現されており、彼が自然について打ち出す二つの理論――ラカンとともに我々がすでに説明した理論――のうちに見出せるという。一方は表面的な犯罪に供された即時的自然、破壊に到達しえない、いわば所産的自然であり、他方はそれとは異なる自然、いわゆる能産的自然である。[32] サド的主体の夢、自らが消滅したのちも作動しつづけるような永続的な罪を犯したいという、クレールヴィルが語っていた夢は、[33] しょせん夢でしかないのだ。

サド的否定の原理に対するこうした否認は、哲学的な慎重さの結果ではまったくない。ドゥルーズは二つの自然、二つの否定を区別するサドの理論を利用して、それらを包含する新たな区別、すでに垣間見たように、死の欲動と死の本能の区別を導入している。

「死の欲動」というフロイトが提示した概念では足りないようだ。なぜなら、ドゥルーズによれば、それは無意識において生の欲動と混ざり合ったものと見なされているからである[34]。したがって純然たるタナトス、超越的原理としてのタナトスを指し示そうとするときは、別のカテゴリーが必要になる。その概念こそが、死の本能なのである[35]。

ドゥルーズがそこで想定しているのは、マゾヒスト的主体は死の本能という純粋かつ超越的なタナトスと実際に遭遇できるということである[36]。こうした想定ないし仮説の手引きによって、我々はサディストの武器に抗するマゾヒストの武器、すなわち否認を理解するようになるだろう。そこでのパラドックスとは以下のようなものだ――いくら否認が一般的に否定の下位段階と見なされていようとも、否認こそが「純粋否定」なのである[37]。

ドゥルーズにとって、それは倒錯的否認のプロセスについての一種の現象学をフェティシストの否認という最も明白なモデルに依拠しながら提示する機会であった。フェティシストにとって、フェティッシュ――女性の靴やストッキング――は、女性が所有するであろう男根のイメージを代替するものなのである。こうしてフェティシストは女性がペニスを欠いているという事実を否認するのだが、この否認は同時に彼がそのことを知っているという事実を伴っている。ドゥルーズによれば、マゾヒストはサディストのように世界を破壊したいという執拗な欲望にではなく、世界を否認したいという欲望に取り憑かれているという。「純粋で理想的な根拠を現出させるために、人は現実的なものの妥当性に異議を申し立てるのだ[38]」。

否認のプロセスは、対象の集積としての世界を標的にしているだけではなく、世界を目指す志向性、すなわち性的快楽に関わっているのであり、この性的快楽じたいが否認によって打ち壊されるのだ。まさしく快楽が感じられる瞬間に、この快楽は否認され、マゾヒスト的主体は「セクシュアリティなき新たな人間」に同化できるのである[39]。したがって否認は否定が生み出せないものを獲得することに成功する。否認は存在しているものを中性化することで、我々を所与ではない地平へと導くのであり、つまりは現実的なものの屈強な性格から実際的に逃れる唯一の方法なのである。

こうしたマゾヒズムの優位性を打ち立てたからこそ、ドゥルーズはマゾヒズムのニーチェ的な意味での評価を提示できるのであり、つまりは諸価値の配置図を作成できるのだ。こうして彼はマゾヒストの受動性のきわめて能動的な性格を証明できるようになる。虐待者は外からマゾヒスト的主体に押しつけられる異邦人として現れるのではまったくない。ドゥルーズによれば、虐待者はマゾヒストの欲望の所産であり、マゾヒストこそが女の虐待者を教育して自らのパートナーに仕立てあげるのである。その点において、マゾヒスト的主体は真の教育者なのであり、サドの地獄からやって来る背徳的な教育者たちよりもはるかに真剣で真正な存在なのだ。したがって、虐待者の「サディズム」はサド的世界に由来するサディズムではまったくなく、マゾヒストの幻想から発した特殊なサディズム、というよりむしろ、もっぱら能動的否認の倒錯したプロセス上に築かれる彼の「プログラム」から出現したサディズムなのである。

カントの法、ユダヤとマゾヒストの法

法をめぐって、法との関係をめぐって、ドゥルーズの企図は真の特異性と奇妙な才能を垣間見せる。サドを注釈する者たちの大半がそうしたように、ドゥルーズもまた、カントを自身の考察の出発点にした。プラトンによって法が善に依存するようになったとすれば、カントの登場以来、事が逆転して、善が法に依存するようになる。法はもはやそこから自身の権利を引き出すところの上位の原理——善——に基づいていない。法は自分自身に適用されなければならず、自分で自分を根拠づけなければならないのであって、外的で上位にある原理すべてを排除するものなのだ。これがカントによって生み出されたコペルニクス的転回の定義そのものなので

ある。

こうしてドゥルーズは同時代人たち――アドルノからボーヴォワールまで――に共通のテーマを再び取り上げ、ラカン的なスタイルにおいて、次のように述べる。カントのせいで「法の対象は本質的に遠ざかってゆく」と。[40] 法は純粋な形式であり、その形式的な完璧さのなかで／によって有効となるのであって、この完璧さだけが法の普遍主義を認可しうるのだ。

しかしドゥルーズと他の者たちとの大きな違いは、以下の点にある。ドゥルーズは法の空虚や形式主義を啓蒙思想の合理主義に帰するどころか、カント的転回をユダヤ的な逐語性（リテラリテ）［字義どおりであること］や形式主義の回帰、つまりユダヤ的律法の回帰と結びつけ、[41]「転回（レヴォリューシオン）」という語――カントの有名な「コペルニクス的転回」――に「回帰」の原義的かつ天文学的な意味を付与しているのだ。その後まもなくして、彼はこの命題に独自の解釈をほどこすのだが、それがすなわち法のカフカ的読解――つまりマゾヒスト的かつユダヤ的解釈――である。内容が空虚であるとき、法はよく知られることのないまま作用し、人がすでに罪を犯している彷徨の領域を定義づけるのである。彷徨の領域とはつまり、法が何であるかを知る前に人が境界を侵犯してしまった領域のことだ。[42]

ドゥルーズが提示したカント――カント的道徳律――とユダヤの法との非常に強く深い結びつき、カフカへの明らかな参照とマゾッホ自身のユダヤ化によって確認され支えられたこの結合は、[43] ドゥルーズの介入のなかでもきわめて重要な操作である。この結合はドゥルーズの特異性だけでなく、マゾッホをサドの対抗馬として選んだ事実に刻印を打っている。注目すべき例外であるフーコーを除いて、同時代人の大半が――アドルノ、ラカン、ボーヴォワール、アーレントが――、多かれ少なかれニュアンスがあるにしても、カントとカント的道徳律を全体主義的な世界に結びつけ、カント的形式主義を人間の主観性から離れた理性の非人称的で自律的な行使に帰しているとすれば、ドゥルーズは問題をまったく別のやり方で捉えている。カントのうちで彼が関心を抱くのは、法の純粋な直解であり、法が内容を欠いて、その形式的な表示よりほかに実在性を持たなくなることである。カフカへの参照によって、劇的なやり方でカント的道徳律を法の主体の現実的な実践のなかで明らかにすることができる。「法の対象が本質的に遠ざかってゆく」というのは、人は法が何であるかを知らないということであり、つまるところ、結果的に法に従う者が自分のほうが正しいと感じられないことに変わりはないのである。逆に彼は自分に罪があると感じてしまう。なぜなら彼はあらかじめ罪のある存在なのだから。言い換えると、法は法に従う者の有罪性を醸成するのである。

ところで、こうした分析は法の問題の核心をついている。フロイトとラカンがこだわった問題であり、彼らはそこで一つの謎の形式そのものに出くわしたのだった。すなわち、法に従えばより自分が正しく感じられるのではなく、主体がより徳高くなればなるほど、法はいっそう厳しいものになってゆくという謎であり、法を信じれば信じるほど、私は法に従属してしまい、法は厳密で容赦のないものなってゆくという謎である。フロイトは『文化への不満』においてこう指摘している。道徳意識は欲動を打ち捨てることの原因ではまったくなく、むしろその結果である、と。それはつまり、私が欲動を断念すればするほど、道徳意識は尋問調になってゆくということだ。ラカンはといえば、『精神分析の倫理』において、フロイトを経由しながら次のように問題を検討している。

> 道徳意識は磨かれれば磨かれるほど、ますます要求がましくなり――実は我々がそれに背くところが少なければ少ないほど、ますます残酷になるのだが――、我々がまさに激情と欲望の奥底で自らの行動を自粛することでこの意識が我々を求めにくるのを強いているだけに、いっそう口やかましくなるのだ。要するに、こうした道徳意識の消しがたい性格、その逆説的な残酷さは、そこから個人のなかに、彼に与えられた満足感によって育まれる寄生虫のような存在を生み出すのである。(44)

しかしラカンは――ある程度まではフロイトと同じように――、パラドックスがはらむ文字どおり哲学的で倫理的な問題を回避しつつ、このパラドックスを「自然状態で機能する」道徳意識の分析から切り離し――とはいえこの分析は必要なものなのだが――、もっぱら病理学的で臨床的な症例[45]、すなわちマゾヒストという「すすんで自分を罰する」主体の人物像をとおして検討するのである[46]。ドゥルーズだけが――ただしマゾヒズムに関わるドゥルーズという意味だが――以下のことを見抜くことができた。すなわち、法の残酷さのパラドックスはマゾヒスト的主体の専売特許ではまったくなく、その構造じたいにおいて法に内在するものなのだということ。ラカンがパラドックスの問題を最後まで突き詰められないのは、法に内在的な残酷さを認めてしまうと法じたいの信用を失墜させかねないからだ。

法の残酷さの問題はサド的な問題でもある。法の冷淡さは絶えず問題にされ[47]、とりわけ諸欲動の永続的で、際限のない、飽くなき犠牲として定義されているが、それは遡及的な場合も含まれており、ひとたび欲動が充足されると、この犠牲は良心の呵責として現れる。この点についてのサドの偉大なる主張は、ジュリエットの口から次のように語られるだろう。「意識には、高められることで消滅してしまう、という魂の他の感情と比べて特別な点がある」[48]。これはまさしく法が主観性との関係において果たす機能についてのフロイトの発言と対称をなしている。フロイトによれば、私が法に従うために自我を無化すればするほど、超自我を強化することになり、今度は超自我が自我に対する攻勢を強めてゆくことになるからだ。サドの場合、これとは正反対である。つまり私が超自我――法の審級――を無化すればするほど、自我を強化することになり、今度は自我が超自我に対する攻勢を強めてゆくことになる。実際、ジュリエットは以下のことを反駁不可能なもの、つまり快楽を享受したいという全面的な欲望の観点からみて反駁不可能なものとして定めているのだろう――意識（フロイト的に言えば超自我）は高められることで（自我があるせいで）消滅してしまう。

こうしてサドは、快楽享受の肯定によって、法の残酷さというパラドックスに決着をつける。快楽のパラドックスを天才的に解決したのはサドだけではない。同じ問題はニーチェの思想の核心にもあるだろう。とりわけ『道徳の系譜学』において見られるのだが、すでに述べたとおり、この無上にサド的な著作のなかで――「人が苦しむのを見るのは善いことであり、苦しませるのはさらに善いことである」[49]――、ニーチェは定言命令のうちに漂う「残酷さの臭い」をさかんに言い立てている[50]。ごく簡単に言えば、彼の主張とは次のようなものだ――道徳律はもともと他者に対して／逆らって行使される残虐性にほかならず、この残虐性は自己自身にも跳ね返ってくる。

ドゥルーズ、レヴィナス、マゾッホ、法

フロイトやラカンとは反対に、ドゥルーズは法の残酷さの問題を最も深いところで、まったく普遍的な側面（これは構造的な側面であり、マゾヒストの病理に回収されない）とほとんど本来的な側面から捉えるのであり、こうした捉え返しはカントのユダヤ的読解をつうじてなされる。実際、ドゥルーズはこうした大胆さを持ちえた唯一の人である。唯一の人？　いやそうではない。なぜならレヴィナスがいるからだ。

レヴィナスもまた法のパラドックスの問題を呈示するのだが、ドゥルーズのように命令の残酷な非人称性に基づいて定式化するのではなく、主観性に基づいて、つまりきわめてポジティヴな方式にのっとって問題を差し出している。「応答可能性の無限とは、そのアクチュアルな無限性ではなく、引き受けられるにつれて生じてくる応答可能性の増大を表している。義務は遂行されるにつれて拡大してゆく。私が自らの義務をよく遂行すればするほど、私の権利はますます少なくなってゆく。私が正しければ正しいほど、私はいっそう罪深くなる[51]」。

レヴィナスはここでドゥルーズが提示した法の「ユダヤ的」解釈の妥当性を追認し、道徳意識の際限なき要求

はまったく病理的でも病的でもなく、法の本質なのだということを併せて確認している。しかしこうした際限なき要求を乗り越えるべきもの、転覆すべきものとして捉えるのではなく、レヴィナスは逆にその要求のなかに「自我」の最も過激なかたちでの顕現、快楽を享受する自我と対立する道徳意識の自我の現れを見るのであり、こうしたことはまったく肯定的な意味で捉えられている。

快楽の自我が自己中心的な自我、絶えずこの中心の周りを回っている自我だとすれば、際限なき有罪性としての応答可能性〔責任〕の出現によって、自我はおのれを空無化することができる。快楽という求心性の引力から逃れて、自己を空無化するということ。そこでの自我は絶えず自己を空無化する絶え間ない努力のなかで自らを確立しつづけるのである。ドゥルーズが言う法の残酷さは、「私が正しければ正しいほど、私は罪深くなる」という事態を引き起こすものだが、まさしくレヴィナスが言うところの善性[52]を正確に定義している。これ以上互いに対称的な二つの解釈を見出すことはできないだろう。論争的なシンメトリーであり、これはドゥルーズが別に行った多くの哲学的な態度鮮明によって確認されるものだ[53]。

レヴィナスの天使のように純粋な読解に導かれて、ドゥルーズは次のように述懐している。「法の直線の裏側には、善性の土地が未開拓のまま果てしなく広がっている[54]」。したがって、あらゆる期待に逆らい、彼はこの問題を出発点として善の残酷さの問題を導入することができるだろう。善とは選択としての主観的なもののカテゴリーであり、そこには、法の残酷さを英雄として崇高なかたちで肉化したヨブの肖像とシルエットがほの見えるのだ。ジュスティーヌの兄としてのヨブであり、彼はジュスティーヌと同じく、自身が徳高くなればなるほどますます不幸を身に受け、そのつどさらなる苦しみと通じてしまうのである。

レヴィナスはこうした考察を目も眩むほど長く引き延ばしてゆく。というのも、法の無限性のうちで問題となるのは、カントの場合のように、当為（ゾーレン）つまり義務ではないからだ。そこで争点となっているのは、ハイデガーが『存在と時間』で定義した債務の概念とも違う、一つの債務なのである[55]。レヴィナスはそこで道徳的行為に囚われた主体がたどる残酷な道行きのアナーキーで表象不可能な冒険を展開することができたのだ。法の残酷さは「他者というわが隣人の強迫観念」にほかならず、この強迫観念は「私が思いのままに過ちを犯さなかったことを責め立て、あらゆる自己意識よりも素早く、自我を私の同一性(アイデンティティー)の手前にある自己へと帰着させ、私を丸裸にする」ものなのである。(56)

他者の眼差しによって／のために道徳的主体を丸裸にする手つき、引き留められることなく他者に供されてしまったという事実を語る大仰な感性、主体を「苦痛の狭められた面でのねじれ」に導く才能は、(57)逆説的にもレヴィナスを介して、我々を純粋なマゾヒズム――病理あるいはパトスとしてのマゾヒズム――へと立ち返らせるものなのかもしれない。レヴィナス自身がこの接近を認可しているのだからなおさらだ。「私はマゾヒストとして思考していると人に言われる。我々はマゾヒズムのなかにいるのであり、すでにして倫理のうちに身を置いているのだ(58)」。

こうしたレヴィナス的マゾヒズムが生じる可能性によって、ドゥルーズが発動させた問い、すなわちマゾヒズムの構造を道徳律の構造そのものに折り返すことで作動させた問いがいかに重要で豊穣なものであるかがわかる。しかし正確に言うなら、レヴィナスの「マゾヒズム」はマゾヒズムの単なる一種ではなく、むしろ次のように言えるだろう。仮にレヴィナス的マゾヒズムというものがあるとすれば、それを引き受けるのは非倒錯的ないし「非逸脱的」マゾヒストであり、むろん裏返しのかたちではあるが、そこから偉大なるサド的詩人ルネ・シャールは、ナチスの占領下のさなかに闇との戦いのなかで、「逸脱していない悪」が生じる可能性を創造したのだ。(59)

倒錯したマゾヒスト的主体の立場もまた、この可能性を最も完全な普遍性をまとった法に導いてゆくのだが、その導き方はレヴィナス的主体のそれとまったく異なっている。ドゥルーズのマゾヒスト的主体は、法が築かれるところの根源的な空虚から、すなわち法がよく知られないまま作用するという事実から、あらゆる結果を引き出す。しかし、それらの結果はまさにユーモラスなものである。ごく単純に言って、それらはあらかじめ罰されること、すぐに罰してくれるよう頼み込むことにあるのだ。罰それじたいを法の厳密な同義語として捉えるマゾッホは、法の先取りとしての罰を受けとり、法が服従するところのものを破壊する新たな服従を生み出すのである。以来、法の空虚は空虚の最たるものとして確立される。というのも、罰は先立ついかなる過ちにも対応していないからだ。したがって、法の空虚が超越性や超越的な深刻さの指標となるかわりに、取るに足らないものに転化してしまうのは自明のことであろう。つまり原因と結果が逆にされているのだ。なぜなら、罰は考えうる道徳上の過ちすべてに先立っているからであり、罰は潜在的な過ちに対する制裁ではなく、禁じられた快楽がまさに罰としての鞭打ちを生じさせるかぎりにおいて、過ちを生み出しているからである。こうしてマゾヒスト的主体は罰のなかに快楽――法によって禁じられていると見なされていた快楽――を感じる口実を見出す。これこそドゥルーズが言うところのマゾヒストのユーモアそのものであり、マゾッホのユーモア、カフカのユーモア[60]、現代的なユーモアと形容されているものなのだ。このユーモアは言うまでもなくレヴィナスの深刻さと対立しているのだが、ドゥルーズ自身はそこにサド的アイロニーを対置している[61]。

　つまり法に異議申し立てするのに二つのやり方があるのだ。一方にはサドとアイロニーがあり、これは上から法を乗り越えてゆく方法である。つまり法の上位にある原理を肯定し、法のまやかしを暴露するということだ。バタイユのおかげでわかったことだが、法は法の言語以外の言葉をもたない暴君にしか仕えることがない。サドを元凶とするこの原則は「プラトニズムの転倒」として現れてくる。なぜなら、サドと法との突き合わせのなかで我々が出くわすのは、悪――善に取って代わる悪――にほかならないからだ[62]。他方、こうしたサド的アイロニーに対してマゾヒストのユーモアがある。このユーモアによって、法は下から乗り越えられてしまう。原理〔原則〕の面での超越ではなく、結果を掘り下げてゆくことによって、過剰な情熱によって、法の令状を字義どおりひたすら厳密に適用することで乗り越えてゆくのであり、それは奇妙で静かな笑いへと通じている。「鞭打ちは、勃起を罰したり未然に防ぐどころか、それを煽って肯定するのである[63]」。

ユーモラスなマゾヒストは結果の論理家であり、同じくサド的な皮肉屋(アイロニスト)は原理の論理家なのだ。実際、倒錯者とともに問題となっているのは、論理であり、論理の転倒なのである。したがって、『意味の論理学』においてドゥルーズがその関心のすべてをルイス・キャロルやストア派といったマゾヒストに寄せたことの意味が理解されるであろう。実際、彼らはみな結果の論理家なのである。

ドゥルーズのサディズム

しかしユーモアがあるとすれば、つまり策略がそこにあるのなら、ドゥルーズが企図したサドを貶める操作、サディズムのマゾヒズムへの転倒を頭から信用してはいけないのかもしれない。こうした策略の価値は、マルクスによるヘーゲルの転倒、ニーチェによるプラトンの転倒、サドによるルソーの転倒を物差しにすれば、おのずと知られることになる。つまり弁証法をその根底から再編成し、哲学をイデアの天空から引きずりおろし、感性の掟をセックスの掟に転倒させることは、疑わしいとされているものを確認することの逆説的形態なのであろう。

ドゥルーズにかんして言えば、事はもっと狡智で油断がならない。たとえば、次の事実を考慮しないでいられようか？　マゾヒズムのマニフェスト――「ザッヘル＝マゾッホからマゾヒズムへ」――を『アーギュメンツ』誌に発表した一九六一年、ドゥルーズはより大規模で現代性に計り知れない衝撃を与えた別の仕事、すなわち翌年発表されることになる『ニーチェと哲学』の執筆に全精力を傾けていたのである。なぜこの事実が重要かというと、ニーチェは明らかに反マゾッホ的存在であり、しかもサドやサド思想との密やかながら深遠な対話を下支えする存在であるからだ。そもそも、マゾヒズムにまつわる多くの概念がニーチェの哲学的才能――この才能をドゥルーズはきわめて特異な深刻さをもって投資〔備給〕するわけだが――によって乗り越えられ中性化されてしまうことを認めないわけにはいかないのではないか？

　こうして否定という概念の批判は、フェティシズム的否認を詭弁のように擁護することを手段としなくなり、その代わりにより単純明快な手段として、ニーチェ的肯定を採用するのである。ニーチェによって、諸々の価値は否定的なものにではなく、ありのままの肯定に依存するようになる。否認がマゾッホをとおして想像力の範列的根拠として、[64] 現実的なものの理想的宙吊りとして定義されてきたとすれば、ニーチェ的肯定は否認という操作そのものを取るに足らないものして、思考の場じたいをそのあるべき真の地点、いま・ここに移行させる。つまり肯定によって、別の世界のために残されていた余地がなくなってしまうのだ。[65] そしてこう言えるだろう。あらゆるマゾヒズムの哲学に抗して、ニーチェ主義は現実的なものへの愛なのである。[66] 内在論は、結果の論理家としてのマゾヒズムの圏域であるように見えるが、実は真のコギトとしてニーチェ的主体のコギト以外のものをもっていないのだ。

　もっとも、こうしたニーチェ的肯定の力はきわめてサド的に表現されており、まるで激しく緊迫した破壊的リビドーによって力を補給されているかのようである。「私は破壊の悦びを自らの破壊力に相応しい程度において知っている」とニーチェは『この人を見よ』に書いている。[67] ニーチェ的創造主は「あらゆる共通価値の積極的破壊としての破壊活動」を旗印にしているのだ。[68] ニーチェによって、そのようなものとしての否定が退けられることはまったくなく、これは自らの恥ずべき小心さから「ノン」と言えなくなるマゾヒスト的主体においても同様である。逆に、否定は肯定の条件と見なされるのだ。[69] したがって、ドゥルーズは正当にもニーチェ哲学における愚者（アーヌ）の役割を相対化するのであり、そこでの愚者とは否定することを知らず、[70] ある状況においては――たとえばエルサレム入城の際にキリストが跨がっていたロバのように――マゾヒスト的主体により相応しくなれる者の謂いなのである。「肯定はそれじたいでは決して肯定されないだろう。まず否定が反動的力との紐帯を断ち切り、滅びゆかんとする人間のうちで肯定的力とならないかぎりは[71]」。

ゆえに、ドゥルーズのニーチェ主義はサディズムになりうるだろう。なぜかといえば、そもそもサドと同じく、ニーチェが否定をルサンチマン——否定の伝統的な避難場所であり、否定が陥る袋小路であるところのルサンチマン——から救い出したからではないだろうか。権力への意志のおかげで、否定的なものはサドの場合と同じく、最も崇高な権力を引き受けるものとして、法の二つの暴政の幕間で奏でられるカオスの幸福な音楽として、攻撃性や悦ばしき破壊となる。こうしたサド的カオスの間奏によって——ドゥルーズはこれを見事に探し当てている[72]——、サド的無秩序(アナーキー)とニーチェ的無秩序が接近可能となるであろうし、実際、ドゥルーズはマックス・シュティルナーの仲立ちによって両者を同一視している[73]。この二つの無秩序は同一の主人公として「戴冠せるアナーキスト」というきわめて重要な人物像を共有しうるだろう[74]。

結局、ドゥルーズの体系のなかにはマゾッホに影響を及ぼす何か、彼をマージナルな存在へと追いやる何かがある。それはドゥルーズのプラトンやヘーゲルに対する依存であり、というのも、彼は同時代人たちと同じくヘーゲルやプラトンから逃れて両者を転倒させなければならないという至上命令に囚われているからだ。

しかし事はそれだけでは済まない。サドとニーチェを深いところで哲学的に結びつける何かが存在する。すなわち、諸価値の可能的転換の根拠となる系譜学の企みであり、この企みの最も速やかな帰結であるところの人間の駆逐である。

ドゥルーズが自身のニーチェ論を系譜学という概念を論じるところから始めて、この概念をニーチェ主義における構造化(ストリュクチュラン)を促す要素に仕立てているのは、故なきことではない。ところで、この系譜学という思想はすでにサドの哲学において作動していた。サドが各時代をつうじて道徳的諸価値の転換を再構成してゆくとき、一種の文化的相対主義あるいは啓蒙思想に由来する歴史主義に同意する必要はなかった。事実、モンテスキューからディドロやルソーにいたる啓蒙思想は、社会的伝統・制度・慣習を絶えず問うたのであり、たとえば、すでにモンテーニュがそうした作業を着手していた。たしかに系譜学と評定が問題となっているのであり、そのことはサン＝

フローランがジュスティーヌに言う次の台詞によって証明されている。「個人の品位を高め、身分を区別し、貧者を金持ちの目につくところにさらし、状況が変われば貧者の不遇な境涯に陥るかもしれないという不安を金持ちに抱かせながらも、文明はすぐさま恵まれた者の心のうちに、富を失うとしても不運な者を救って自らも楽になりたいという欲望を生じせしめたのだ」[75]。

まさにこうした系譜学的再構成の「方法」にのっとって、絶えずサドは高貴と見なされる感情に低俗な原因（オリジンヌ）を付与し、逆もまた然りとばかりに、後者に前者を宛てがうのである。こうした作業は、ニーチェと同じく、「原因」を「文明」という概念をとおして自身が描き出すものの抑圧された地層に仕立てあげることでなされる。たとえば、人を縛り首にしてオーガズムに達したときに縄を断つ「ロープカッター」遊び――ロランがジュスティーヌに無理やりやらせる遊び――は、サド自身の「博学な」ノートのなかで次のように説明されている。

> この遊びは［……］我らが祖先のケルト人たちのあいだで頻繁に行われたものだ。ほとんどすべての逸脱した遊興、この作品のなかで部分的に描かれる放蕩の特異なパトスの数々は、おかしなことにいまでは法から警戒されるものになっているが、かつては我々よりよほど優っている祖先たちが打ち興じた遊びであったり、合法的な慣習であったり、宗教的な儀式であったりしたのだ。今日、我々がこれらを犯罪にしてしまっているのである。[76]

サド作品には見事な系譜学が数多く見られるわけだが、それは愛について、[77] 歓待について、[78] 人間の同胞愛についての系譜学であったりする。[79] こうしたカテゴリーと同様に、勇気についての系譜学も提示されるのだが、そこで読者はまさしく転換――ニーチェ的な意味での――に立ち会うことになる。皮肉なことに、この転換はまったく系譜学的なやり方で卑劣さを奨励しているからである。[80] いずれにせよ、以上に挙げたテーマとカテゴリーに相当するものはすべて『道徳の系譜学』に見出すことができる。

たしかにサドの名は『ニーチェと哲学』のどこにも現れていない。しかしこの不在はおそらくドゥルーズの深遠な計画を証明するものだろう。ニーチェと同じくマゾッホをとおして、サド抜きのサディズム、きわめてドゥルーズ的なサディズムを生み出そうという逆説的な計画である。

とはいえ、そんなに逆説的なのか？　マゾッホにかんするドゥルーズの深遠な思想とは、次のようなものではないのか？　すなわち、虐待者はマゾヒスト的主体の純粋な創造物であり[81]、マゾヒスト的主体は自身が対象となるサディズムの形成において自己実現を行う主体であり、マゾヒズムの本質は実のところ他者に投影されたサディズムであるという理想化された意味において、マゾヒスト的主体はまさにサディズム的なものを含まないサディズムを幻想によって生み出す主体であるということだ。

そもそもこう主張することはできないだろうか？　結局のところニーチェはサドとマゾッホをかなりの程度において和解させている、と。一方で彼は『ツァラトゥストラはかく語りき』において「君は女に会いに行くのか？　なら鞭を持っていくのを忘れるな！」[82]と言い、他方で一八八二年の五月、鞭を手にしたルー・アンドレアス＝ザロメの乗った荷車にパウル・レーとともに繋がれた、これ以上ないくらい純粋なマゾヒズム的伝統にのっとった写真を撮らせる。ニーチェが首謀者とされているこの儀式を、ドゥルーズはマゾッホの装置に本質的なものと的確に定義した[83]。しかし意味深いものではあるが、これは挿話にすぎない。ドゥルーズのサディズム、サド抜きのサディズムの問題はニーチェの名を超えたところにまで及んでいるのだ。たとえば、そのことはドゥルーズがミシェル・トゥルニエの小説『フライデーあるいは太平洋の冥界』を注釈した文章――一九六九年の『意味の論理学』に収録される――において明確になる[84]。おそらく現代性とまったく懸け離れた作家を扱っているという理由で、ドゥルーズ研究者たちに過小評価されているこのテクストにおいて、ドゥルーズは根底において倒錯の問題に再び立ち返り、とりわけサディズムの圏域じたいを起点にしながらこの問題を決定的なやり方で解明している。

他者というカテゴリー、というよりむしろ他者の消滅――「他殺（アルトリュイシッド）」――をめぐって、サドの思想は決定的なものとなる。ドゥルーズの主張によれば、他者の排除は倒錯の構造のなかに想定されており、いわばその条件ならびに先見的（ア・プリオリ）原理となるので、他者の殺害は倒錯の結果ではまったくないという。ところで、この二つの要素は本質的にサド的な問題であり、マゾヒズムの問題ではまったくない。

ドゥルーズは倒錯の構造を他者の構造に逆らってこれを破棄するものとして再定義したうえで、もっぱらサディスト的主体をその明証的な例として挙げている。「たとえば、サディストが他者からその他人としての資格を剥奪するのは、彼がそうしたいから、あるいは彼がその他者を苦しませたいと望んでいるからではない」。むしろ逆で、「大文字の他人という構造が欠けているから、それとはまったく違う構造、自身が住まう生き生きした世界の条件となる構造のもとに生きているからこそ、サディストは他者たちを犠牲者つまり共犯者として把握するのだ。しかし犠牲者であれ共犯者であれ、いずれの場合も彼らを他人としてではなく、逆に他人とは異なる大文字の他者として扱うのが常なのである[85]」。ここで例示されているのは、何もサディスト的主体だけではない。ドゥルーズはサドの人格と名に訴えてもいる。

さらに基本的なことを言えば、『ザッヘル＝マゾッホ紹介』のときのように、サドは法や男根（ファルス）や父やエディプスの表象として現れることがなくなる。ただしサドの名の下にはすでに「分子的な」影がはっきり浮かび上がっているのだ。分子的（モレキュレール）な影とは、ドゥルーズがちょうど構想しはじめていた「アンチ・オイディプス」の人物像が前兆や気配として現れたものである[86]。実際ドゥルーズは、サドにおいては、犠牲者や共犯者がその他性の欠如によって「分身」にされたり、連合した「要素」にされたり、「自分自身の分身、原子的要素を征服するために自らの身体からつねに逃れる分身」にされたりすると書いている。注においては次のような文言も見られる。「サドにおける、分子の組み合わせ（コンビネゾン）という永遠のテーマ[87]」。

ドゥルーズは分子的なサド、『アンチ・オイディプス』の悦ばしきカオスや身体の分散を予示するようなサドを我々に見せつけることで、根底から変節したわけではない。彼はごく単純にマゾヒストから見たサド、マゾヒストが想像するとおりのサドを我々に提示したにすぎないのだ。だとすれば、こう言えるかもしれない。ドゥルーズのマゾヒスト的体制が作り出したサド抜きのサディズムの傍らには、サド込みのサディズムが控えており、後者はいぜんとして前者との一貫性を保ちつづけている、と。なぜなら、そこで召喚されるサドはある意味においてマゾヒストという差異を貫入されたサドだからであり、つまりは自らの表象の統一性へといたる権利を剝奪され、相似の不可能性に服従しながら、ある意味でマゾヒスト＝犠牲者の眼差しに屈服し、この眼差しによって粉砕されているからである。

ドゥルーズ的策略

よって我々の仮説は二段階に分けて定式化できるだろう。一つ目は、ドゥルーズのマゾヒズムを素朴に捉えてはならず、そこでのドゥルーズはあまりに狡智にすぎるということだ。すでに発表済みのテクストと（『ニーチェと哲学』からトゥルニエやゾラについてのテクストに至るまで……）矛盾しており、マゾヒズムを奨励するはずの『ザッヘル＝マゾッホ紹介』でさえ内部に矛盾を孕んでいる。こうした矛盾は「死の本能」や倒錯という総括的概念にかんして現れていたわけだが、とくに後者はサディズムに対してマゾヒズムが現実的に自立しているという思い上がった主張を廃棄するものであった。二つ目の仮説は、それでもなおドゥルーズのマゾヒズムを真剣に受け止める必要があるということである。そうすることで、倒錯の圏域のなかに、サドの公認教義によって定立されたサディズムとははっきり異なる、原初的なサディズムを描き出すことができるようになるからだ(88)。サド抜きのサディズムであろうと、サド込みのサディズムであろうと、どうでもよい。というのは、そこでのサドはきわめて特異なサドであり、脱構築された分子的なサドであり、差異の存在論というドゥルーズのプログラムに組み込まれたサドだからである。

具体的にドゥルーズにとって重要なのは、ある意味で二乗になった倒錯をつくり出し、疎外と正常化を強いるような外面的で紋切型の読解からサドを救い出し、そこにマゾッホという人物像を投影することであり、マゾヒズムの差異を構成する各要素はサディズムの態度を根底から歪曲し、後者もまた同じ要領で前者を歪曲するのである。それほどマゾヒストは自身の特質に固有のルサンチマンから解放されるのにサディスト的主体を必要とするのだ。[89] まるで差異をつけながら倒錯を倒錯自身に、サドをマゾッホに、マゾッホをサドに重ね合わせることによって、ドゥルーズは精神科医という祭司の眼差しから倒錯者を救い出そうとしているかのようだ。[90]

我々はいまや露わになったドゥルーズ的策略に直面している。結局のところ、この策略は倒錯をめぐる最も激しい強度の哲学的実験にほかならない。倒錯者は我々に空間なき表面の世界への道をひらき、我々を人間や意識や主体が決定的に消滅した世界に到達させ、我々に既存の哲学とは違う新たな哲学を提供するのである。

あらゆる哲学的策略と同様、ドゥルーズの策略は一見ヘーゲル的策略、つまり理性の策略と類似しているようだが、実はそれよりずっと特異なものである。理性の策略というものがあるとすれば、それはマゾッホの姿をとったサドの勝利、マゾヒズムを装ったサディズムの勝利でしかないだろう。ヘーゲルの場合と同じく、その策略は矛盾によって遂行されるはずのものだ。なぜなら、客観的策略がその意図を実現するのは、いつだって自らと反対のものの力を借りてのことだからである。特異なものは普遍的なものに寄与し、エゴイズムは公共善に利するよう働き、マゾッホはサドのために一肌脱ぐだろう。[91] サドはマゾヒストがいるからこそ、支配者は支配されたいと願う者がいるからこそ、主人は奴隷がいるからこそ、かつてないほど傅かれるようになるのだ。しかし倒錯的策略はこうした合理的策略よりさらに先へといっている。前者に含まれる二項対立や矛盾はあくまで見かけ上のことにすぎず、結局のところ、その機械仕掛けは循環的で、悪循環でさえあり、終わりのない、きわめて滑稽なものなのだ。

策略はヘーゲルの場合のように合理的なものの勝利ではなく、現実的なものの勝利なのである。どういうことかといえば、ドゥルーズが『千のプラトー』でマゾヒスト的言説について説明していたように、[92] 倒錯者は幻想に従うよりもむしろ、ある一つのプログラム、つまり法の執行者である祭司から逃れるプログラムに従属しているということだ。策略によって、あらゆる検疫——そこでは戦略と賽の一擲がただ一つの動きのなかに混同されているわけだが——から逃れることが可能になり、そのことから策略にかかった者は、ジョイスの作品に登場したユリシーズさながら、自分自身を超えたところに、誰でもない者（ペルソンヌ）の皮膚のなかに連れていかれる。ギー・ラルドローがドゥルーズにかんして書いているように、[93] それは予測不可能な配列（アジャンスマン）のなかでの「自己の策略」なのだ。「この新しい哲学的操作を何と命名すればいいのか？　なにしろこの操作は、プラトン的転向と前ソクラテス的転倒に同時に逆らっているのだから。少なくともこうした新しいタイプの哲学者の挑発のシステムに相応しい倒錯という語を付与できるかもしれない。この語が表面の奇妙な技術（アール）を含意しているとすれば[94]」。

哲学と倒錯

哲学において、倒錯とは哲学者に自身の凋落から逃れられると信じさせるものである。倒錯的言説は十分に歪んでおり、難解な点や解しがたい結び目、秘教すれすれの抽象的概念を十分に含んでいるため、哲学者は自らの編み出す概念が——いわば牛乳が腐ってしまうように——観念論に陥らないことを願うようになるだろう。観念論がひどくなると、最も鋭いカテゴリー、最も大胆な公理、最もうまく嵌め込まれた概念でさえ万人に共通の場となり、大学や新聞メディアに身を置くブヴァールとペキュシェの末裔たち〔フローベールの小説『ブヴァールとペキュシェ』を踏まえた表現〕にとって、このうえなく使い古された紋切型になってしまう。我々はここで倒錯をドゥルーズの人格や個性にかかわる「情動」として捉えることは絶対にしない。ドゥルーズにおいて倒錯は哲学の分野、概念の領域、思索の範囲に属しているのであり、そうした場の純粋な同義語なのかもしれないのだが、実際、『意味の論理学』の第二部を通読するとそう思いたくもなる。だとすれば、『意味の論理学』は『倒錯の論理学』というタイトルでもありえたのかもしれない。

あらゆる倒錯の原理のうちでも、バタイユは最も基本的なものを発掘した。すなわち不統一性（イレギュラリテ）、原理としての不統一性である。この主要な仮説に付け加えるべき点があるとすれば、不統一性の原理は、様々な対象・存在・態度に適用されるより前に、まず倒錯それじたいと倒錯の地位に適用されるということだ。

ドゥルーズは絶えず自らの立場を変化させながらも、こうした倒錯じたいに対する不統一性の原理を熱烈に支持していたようだ。彼は『意味の論理学』において倒錯を「哲学的操作」と定義しつつ、その意義を引き受け、さらに倒錯を――今度はサドの助けを借りたおかげで――逆に深層の冒険へとのめり込む神経症や精神病との差異づけによって救済の表象に結びつけるわけだが[95]、とはいっても倒錯を見限り、それが乗り越えるべきもののために、すなわち神経症や精神病の表象のために放棄していることに変わりはない。神経症は、ヒステリーとともに、ドゥルーズがフランシス・ベーコンを論じながら絵画との本質的な絆を築くなかで最も長きにわたって称揚しつづけた表象であり[96]、他方の精神病は、「スキゾ」と同様、『アンチ・オイディプス』に偏在する表象であって、当初は倒錯者の人物像に対抗するものであった[97]。「スキゾ」は計り知れない表象で、概念としては軽いものだが、そもそも概念というより「神話素（ミテーム）」に近い。フーコーはこの表象を「明瞭ではない」と少しばかり婉曲的ながらかなり正直に定義している[98]。「スキゾ」は短絡的な表象であり、略語がもつ奇妙なまでの卑俗さがそれに拍車をかけているわけだが（「スキゾフレーヌ」の略）、ドゥルーズはやがてこの表象に飽きてしまうだろう。おそらくこの表象は『アンチ・オイディプス』全体とともに諷刺的言説——ドゥルーズが『意味の論理学』でつかった表現だが、そこでは精神分析家の諷刺という意味である——として捉えなければならない。つまり「汚水溜」にまで行かなければ止まることのない退行の驚異的な技術[99]、「それが進むごとに背後に積み残してゆく糞便混じりの土」を露わにする技術なのだ[100]。

ドゥルーズの全著作、概念、哲学的人物を扇動する深刻な不統一性は、「ダンディズム」に帰されるべきものではない。「ダンディズム」は、ドゥルーズにかんして共通の場のようなものとして再帰してくる語だが、これは件の不統一性に込められた真剣さによって一掃される。この点からたしかに感じられるのは、不統一性があらゆる種類の策略をつうじて「サン＝フォン」的なものに達しようとしていることであり、つまりこうした新しく不完全で非人称的な言説、「哲学を刷新するにちがいない奇妙な言説」を実現しようとしているということである[101]。以上のことはあまりに真剣であるため、まさしくここで、常軌を逸した行程、遊戯、一つの特異性からまた別の特異性への跳躍、意味と非意味の共存、「形のない純粋なもの」のなかで、「永遠の真実」のような何かに触れなければならなくなるのだ[102]。

おそらくドゥルーズが倒錯を救済に読み替え、その他の相反する表象に置き換えることで倒錯を放棄したのは、もっぱら倒錯のうちに残存するいまだ個人的、心理的で、触知できる、身体的なもの（つまり祭司によっておそらくは解釈可能なもの）を「永遠の真実」に変換し、『意味の論理学』で言及されるこの「真実」を法からの絶え間ない窃取（シュストラクシオン）〔法から絶えず差し引きされるもの〕に変換するためだったにちがいない。

去勢[103]

『意味の論理学』の第二部は、倒錯者から見てきわめて重要なカテゴリーである去勢にまったく前代未聞の地位を与えている。それは当時支配的だったラカンの諸命題にまっこうから逆らう地位である[104]。

ドゥルーズ的去勢は物理的表面から形而上学的表面へと移行する可能性を準備するものだ。それはなぜなのか、どういう点においてそう言えるのかをこれから見ていこう。しかしそのまえにまだ検討していない『ザッヘル＝マゾッホ紹介』のある命題を紹介しておかなければならない。そこでは去勢が本質的な転倒の契機としてすでに位置づけられているからだ。父や男根や法の視点を抱える精神分析の領野において、去勢不安は一種の罰、制裁、懲罰として現れることで近親相姦を禁止する機能をもつ。マゾヒストの視点からすると、まったく逆である。息子の去勢は近親相姦を妨げるどころか、逆にその成就に必要な象徴的条件なのだ[105]。マゾヒストの息子は去勢された主体でありながら、男根をもつ母親に向き合っているからこそ、近親相姦を実現できるのである。去勢の知られざる役割は次のように描かれる。マゾヒストは自らの再生を可能にする男根を母親に貸し与えることで彼女を理想化し、父親がこの第二の誕生のうちで占める場所がなくなるように彼を排除する。こうしてマゾヒストはありのままの性的快楽を否認し、その生殖能力を廃棄したうえで、再生の悦びに変えてゆくのである。

マゾヒストの去勢の構造主義的装置はまったく思弁的＝投機的なプロセスなのだが、とはいえそのプロセスは、去勢の基盤となる活動、対象を否認するがゆえに理想化する活動によって、あるいは去勢に含まれる「反復－快楽」の関係のラディカルな変造によって展開される。『差異と反復』の諸命題を先取りしながら、ドゥルーズはいかに倒錯者の去勢がこれに先立つあらゆる物象の反復を解き放っているかを証明しているのだ。反復は再び見出されるべき快楽によって要請されているのではなく、先立つ快楽すべてから独立したのであり、「観念、理想」になったのである。[106] このように倒錯者は——というのもこの仮説はサディストだけでなくマゾヒストにも関わってくるのだから——、意味の論理学の核心で反転を起こしているかぎりにおいて、あらゆる通常のコギトから区別される主体なのだ。倒錯者は絶えず意味(サンス)の論理学のなかを、内在的装置にしたがってあらゆる方向(サンス)に、駆けずり回るのである。

『意味の論理学』では、真の哲学の地位に到達する「思弁的生」というものが発想されているが、この発想の出発点になっているのは、死の本能は思弁的事象であるという考えを文字どおりに受けとるべきだという主張である。[107] そこでの去勢はかつてないほど強固な役割を担っており、セクシュアリティの身体的表面を思考の「形而上学的表面」に投影する跳躍を可能にするものとして現れる。[108] ラカンの聖典において、象徴的去勢——脅威としての——は主体を真の欲望、完全に象徴化された成人の欲望、つまり母親からも父親からも切り離された、近親相姦的ではないセクシュアリティに到達させるものだったわけだが、[109] ドゥルーズが考える去勢は、身体の性的なものを純粋かつ単純に除外することで宙吊りにするものなのだ。

死の本能——「思弁的生」の下部構造としての[110]——と「ドゥルーズ的」去勢とを結びつけるのは、我々が先に詳述したような、倒錯主体に固有のエロスの脱性化のプロセスなのである。

『意味の論理学』では、このプロセスが十全なかたちで昇華と倒錯とを結びつけている。[111] 思弁的で形而上学的な行為としての思考は、セックスのメタファーなのだ。思考は去勢の傷を思考の亀裂として再備給する。[112] 思考はこうした備給を出来事(エヴェヌマン)のかたちで、つまり純然たる出来事、思考の出来事として遂行するのであり、この出来事は思考によって／のなかでしか実現されえないのである。我々は倒錯者の非身体的なものを再び見出すことになるが、そこで思考は身体が生み出しうるものすべてを越えてゆく。身体〔形〕を持たないがゆえに出来事は燦然と輝くのであり、思考によってのみリビドーを備給されうるのだ。ドゥルーズはこの瞬間を厳密に存在論的観点から「存在の外（エクストラ＝エートル）」と定義しているが[113]、そこから我々が先に持ち出した諸々の「永遠の真実」が導き出されてくるのである。

昇華から倒錯への移行は神経症患者の排除をとおして行われる。彼は世界の物理的表面にからみついて身動きできないでいるからだ。つまり神経症患者に倒錯的芸術家の立場が対置されるわけだが、サドやマゾッホによって体現される後者は、物理的表面から純然たる出来事が生起する形而上学的表面へと移行する。ここでの芸術家は脱性化のプロセスを首尾よく成し遂げる唯一の者なのである。こうした物理的表面から形而上学的表面への跳躍は倒錯に属している[114]。ドゥルーズは『ザッヘル＝マゾッホ紹介』で展開したタナトスの存在についての諸命題をここで再導入し、去勢を媒介としながら、思弁的行為と死の本能との等価関係を打ち立てることに成功する。エロスとタナトスを結びつける動き――振り子のような動き――の極端な振幅によって、形而上学的表面がそのものとして描かれるのであり、この表面のうえに行為の永遠なる真実が書き込まれるのである。この表面こそ倒錯者の空間にほかならず、表面の芸術家である倒錯者はつねに身を落とし深層に転落するリスクを背負っている。つまり神経症に陥ったり、犯罪に走ったり、低俗な現実化や犯罪的な退行に落ち込む危険にさらされているということだ。

倒錯者とは最も純粋な形而上学的空間へと通じている主体なのであり、彼が去勢のなかで／によって獲得した知は、秘教的な知なのである。したがってドゥルーズはすでに引き合いに出されたサドとマゾッホという二つの名に第三の名――彼はこの人物を長らく研究してきたのだ――を付け加えることを提案する。倒錯者により明解な可視性を与えることのできる名、すなわちルイス・キャロルという、破壊的ではない、吃音症で左利きの、罪なき倒錯者である[115]。

『アンチ・オイディプス』のおかげで、ドゥルーズはこうした形而上学から離れてニーチェ的な生気論を援護することができたようだ。しかし『アンチ・オイディプス』のドゥルーズが死の本能を生の抑制、生の価値下落として批判したとすれば[116]、それはフロイトよりもさらに先へと行くためである。死の本能よりも、彼は死それじたいについて直接に語ることを選ぶ。「しかも死の本能は存在しない。なぜなら無意識のなかには死のモデルと死の経験が存在するからである」[117]。

そもそも『差異と反復』と『アンチ・オイディプス』の連続性は、両者がブランショの同じ箇所を参照している点において確認される。この参照は一方から他方へ転写されているのだが、ドゥルーズはそこで死の偉大なる僕（しもべ）になっている。「人は死ぬ。絶えずそして果てしなく死につづける……」[118]。「死をスキゾ化する」ことが重要なのだ[119]。つまり、フロイト的な死の本能をそれに抗するあらゆる障壁や制限から決定的に解放することで[120]、ブランショをはじめとする「恐怖の作家たち」とともに[121]、「人（オン）」という不定人称の際限なき匿名性のなかで、「死のモデル」としての器官なき身体に身をさらさなければならないのである[122]。

現実界

倒錯的実験としての哲学はドゥルーズをラカンやフーコーに比べてきわめて特異な存在にしている。ドゥルーズにおいてその経験は、明らかに、去勢が快楽の地平——思考とエクリチュールの新たな地点——に変貌することとして示されているのである。こうした思弁的活動の倒錯した地平は、寓意的で厄介なイメージとして形象化される。すなわち「余分な身振りによって自慰にふける手と、一義的なものへと通じる、純粋な出来事が語る魔法の言葉を砂のうえに書きつけるもう片方の手の」姿をとって現れるのだ[123]。

〈一義的なもの（ユニヴォック）〉とは、まさに表面において輝きを放つものだ。表面とはすなわち、多義性、跳躍、反転、見せかけ（シミュラークル）、他殺、拷問、マゾヒズムのプログラム、去勢、勃起、「動脈のようにばちんと鳴る鞭打ち[124]」、しかめ面、汚水溜の間隙のことである。

しかし、多義性や諷刺や笑いの回帰が約束されている世界において、〈一義的なもの〉とは一体何なのか？ごく単純に言えば、それは現実界〔現実的なもの〕であろう。現実界とは、作品を構成するすべての無秩序な多様性を超えて、基礎的な地位を占めるものであり、法に帰せられる摂政〔代理支配〕を根こそぎ排除するものである。法は現実界によって足蹴にされ、踏みにじられるのだ。現実界はカオスであり、たとえば『アンチ・オイディプス』の最も優れた箇所では、このカオスを享受させ、振動させることが問題となっていた。[125] 現実界は〈一義的なもの〉であり、そこでの〈一義的なもの〉とは、非意味（ノン＝サンス）、空虚な地点／場、死の場所、ゼロ価値、[126] ブランショ的な意味での純粋に中性的なもの、「存在の叫び」[127]、差異の存在、反復の存在[128]である。つまり現実界によって、制度をつくり出す収斂点、たとえば法、主人、大文字の他者、欠如といったものをことごとく失墜させることができるのだ。

非意味でありながら特定の意味も配分するこの〈一義的なもの〉は、[129] 主体を主体として文化の領域に組み入れる象徴的秩序〔象徴界〕を構成するものではない。それはブランショの言う中性的なもの、不確定な「ゼロ」、ざわめきと叫びが響く下部地帯ないし地下世界、閃光を放つカオス、乗り越えることのできない亀裂、文字どおり漠然としたものと最も近いところに位置しているようだ。よって現実界とは「死そのものの分散、死でありながら同時に生でもあるものの散在、想像可能な関係すべてを不安定になるまで揺るがす死と生」のことなのである。[130]

ドゥルーズの〈一義的なもの〉によって構成されるこうした空虚な場所は、象徴的秩序とは別の秩序に属している。このことを我々に確信させてくれるのは、『アンチ・オイディプス』の決定的な発言をおいてほかにない。ラカンの象徴界はその根拠に空虚を含めることができない、とドゥルーズは説明している。ラカンの象徴界は「思考の境界をずらす」ことができると豪語しているが、[131] こうした思い上がりは葬り去らなければならない。ドゥルーズによれば、象徴界は自身がもつ宗教性に満ちたもの、すなわち剥奪、命令、意味といったものをことごとく「空欄〔空虚な枠〕」に変造しているという。もともとそれらは有罪性、存在の不満、タブー、欠如によって神学的な系列を構成するものであり、そこで中心的原理になっているのは、とりわけ宗教的な原理、つまり超越性なのである(132)。空虚な点あるいは意味の論理学に内在的な非意味としての〈一義的なもの〉は、象徴的秩序に比肩しうる唯一の秩序、すなわち現実界を根城にしているのであり、よって現実界とは、意味（サンス）のなかに方向（サンス）が存在していないがゆえに、おのずから意味をもつことができない非意味にほかならないのだ。

現実界には、存在しうる唯一の騎士がいる。『差異と反復』の主人公、『アンチ・オイディプス』や『千のプラトー』にも再登場する「戴冠せるアナーキスト」であり(133)、倒錯者の基礎的かつ歴史的（イストリアル）――こう言ってよければ――人物像である。周知のとおり、アルトーのヘリオガバルス〔『ヘリオガバルスあるいは戴冠せるアナーキスト』〕に由来するこの人物は、自身の妄想を家族の寝室の外に、諸々の人種、民衆、多様性、言語のうえに投影する。「タントラの卵」が器官なき身体を孕むように(134)、秘教的な哲学だけがこの人物を抱え込むことができるわけで、そこでの秘教主義とは、ユングやルイス・キャロルの力を借りることで、現実界の〈一義的なもの〉の表象、つまり「平凡な日常やそれとは真逆の狂気の苦しみによってあまりにも早く覆い尽くされてしまう出来事」を固定化しうるものなのだ(135)。

秘教的作品の傍らで、その表面や思考の円環構造において、ドゥルーズの哲学的言説は哲学の常識から懸け離れた策略の場として秘教主義に多大な地位を与えている。こうした秘教的思想はおそらくすべてではなく、作品のアルファでもオメガでもないので、厳密に学術的な規範にしたがって読み解くことができるだろう。しかしそうすると、この思想のきわめて重要な逸脱、マゾッホが我々にそこへと至る道を開いてくれたところの逸脱を見逃してしまうかもしれない。つまり、ドゥルーズのマゾヒズムとサディズムの核心において、最も執拗かつ厳密に実行された形而上学的配慮と思われるもの、すなわち法からの窃取を見逃してしまうおそれがあるのだ。

おそらく、諸々の概念の境界において真の哲学的人物として浮かび上がってきたもの、「全体的人間」というポスト・ヘーゲル的なイメージから遠ざかりながら漸進的に形成されてきた人物像、すなわち「新たな人間」という人物像を見逃してしまうことにもなるのだろう。「新たな人間」とは、『ザッヘル＝マゾッホ紹介』では「セクシュアリティなき」あるいは「性愛なき」人間として、[136]『意味の論理学』では「純粋に無性的（アセクシュエル）な」人間として、[137]『アンチ・オイディプス』や『千のプラトー』では「器官なき身体」として描かれてきたものである。こうした秘教的人物像の最終形態――まさに三つの頭文字からなる《CsO》〔「器官なき身体 Corps sans organes」の略称〕――のなかにこそ、いわゆる倒錯をめぐるドゥルーズの哲学的経験が宿ることになるのであり、しかもその経験は男根的表象の「マトリックスの裂け目」[138]――ほとんど「けがれなき構想」[139]――に対する服従の儀式というこれまた特異な形態をとって現れる。この「裂け目」のなかで、『ザッヘル＝マゾッホ紹介』で長々と語られたマゾヒスト的主体の時代錯誤な願い、生殖能力の破棄によって可能となるまったく近親相姦的な再生への望み、[140]父がいかなる役割も果たすことのない第二の誕生の夢が成就するのであろう。[141]

　そのとき哲学は、自身の思考のうちで現実的になりうるもの、むろん想像的でしかありえないものについて、何事かを語ることができるのである。

フーコー、ラカン、ドゥルーズ

　まさにフーコー、ラカン、ドゥルーズをとおして、サドの対話が成立したのだ。それは三声の対話なのか、それとも三つの対話というべきか？　たしかに共通の道筋を辿っているところもあるが、だからといって同じ場所へと至るわけではない。カントの場合と事情は同じだ。三人にとってのカントは、決して同じものではなかった。フーコーにとってカントはまず、境界を思考したうえでサド的な侵犯を認可する者であり、ひとたびサドが放棄されると、もはや侵犯を必要としない思考の主要なリファレンスでありつづけた。ラカンにとってカントがサドを認可する者であるのは、この哲学者が善を現象的対象として倫理から排除するからであり、道徳律のうちに空虚を導入しているからである。やがてこの空虚は、死の欲動の悲劇という観点からの考察をとおして、倒錯と昇華をともに考えるのに適したきわめてサド的なカテゴリーとなるだろう。ドゥルーズにおいては、まず「ユダヤ的な」カントが召喚される。逐語性〔字義どおりであること〕とよりを戻した法の恐るべき残酷さによって、道徳律をユーモラスなかたちで迂回させるために、マゾッホを容認するカントである。

しかしこれらの重大な相違があるにもかかわらず、サドに直面した三人の思想家がカントを召喚する手つきには、根本的に共通する何かが潜んでいる。つまり知への意志のなかに、理解したいという欲望（リビドー）のなかに、サドを真剣に受け止める際のきわめて近似的なやり方のなかに、共通の何かがあるのだ。

それ以上のことがあると私は思う。彼らのサドとの対話において共通するのは、サドが同じような哲学的暴力、本質的に反実証主義的な暴力、しばしば反哲学の様相を呈しうるほどに暴力的なやり口によって、多元決定されている点である。とりわけフランスにおいてカントが二十世紀全体を覆い尽くした実証主義の大波の原因であっただけに――この実証主義は二十世紀の核心にいたるほど重大なものだった――、いっそう反実証主義が必要であったのだ。精神分析によってであれ、マルクス主義の内部においてであれ、まさしく思想が価値破壊的なものでなければならない時だったのだ。ある意味において、二十世紀の哲学は支配的な実証主義とそれに敵対するあらゆる種類の思想との戦いであったのだろう。現象学者から我々がここで対象にしている現代性（モデルヌ）の担い手たちにいたるまで。とりわけサドは否定の名の代表であり、この名を起点として何事かの破壊が可能になるのである。

フーコー、ラカン、ドゥルーズが、倒錯者との関係において、互いに相容れない態度をとっているとすれば――フーコーは唯一無二の「狂人」を持ち上げるために倒錯者を無視し、ラカンは倒錯者を警戒しつつ幻惑されるがままになり、ドゥルーズは倒錯者を一つのモデルに仕立てあげる――、サドという倒錯者は一種の矛盾点、差異のポイントになっており、このおかげで、まだ現代とは言えそうもない六〇年代において、美酒のように強烈で危険な空気を嗅ぐことができるようになったのだ。こうした矛盾点になっているからこそ、サドは真の対話の起源になりえている。サドとの対話は自己との対話でもあり、これはモノローグの最も厳密な形態である。だからこそサドは、三人の思想家において、奇妙な地位を占めているのだ。フーコーにおいては崇められたのち火刑に処せられ、ラカンにおいては厳しい監視のもとで隔離された後、文字どおり魅惑的で悲劇的で黙示録的な考察をつうじて再びすくい上げられ、ドゥルーズにおいてはマゾッホのためにまず廃棄されるが、実際はドゥルーズ流のマゾヒズム——新機軸の用語をまといながら、サド抜きのサディズムへの道を開くマゾヒズム——をとおして全面的に再考されていた。

こうしたことすべては、哲学的対話が真に意味しうるところを寓意しているのではないか？

第三部　サド的主体の利用――クロソフスキー、ソレルス、バルト

第一章　ピエール・クロソフスキー、二乗にされたサド

「テル・ケル」

我々はピエール・クロソフスキーを彼の著作である『我が隣人サド』とともに一九五〇年代の黎明期に置き去りにしてきてしまった。『我が隣人サド』はバタイユやブランショに接岸しながら、彼らにインスピレーションを与え、そして彼らのより強烈な過激さによってある意味「乗り越えられて」しまった著作である。また「隣人」の問題をめぐって、ラカンがこの著作に注釈をほどこしつつ反駁したことも我々はすでに見てきた。

しかし、ブランショとラカンがおそらく当時のクロソフスキーの決定的発言を減殺するために立った好意的な高みに惑わされたままでいてはまずいだろう。同じく、クロソフスキーが一九六〇年代のさなかにサドの問題に再び立ち返ったこと——結局この回帰もまた決定的なものである——の重要性を完璧に見定める必要があるだろう。

この二回目の発言はまず一九六六年五月二十二日に「テル・ケル」――グループが当時根城にしていたレンヌ通り四十四番地の建物――で行われた講演「サドにおける記号と倒錯」に端を発する。[1]講演は「サドあるいは悪虐の哲学者」と改題され、一九六七年冬の「サドの思想」と題された雑誌の特別号に発表されるだろう。この特別号にはフィリップ・ソレルスの「テクストのなかのサド」、ロラン・バルトの「犯罪の木」、ユベール・ダミッシュの「過度のエクリチュール」、ミシェル・トールの「サド効果」などが掲載されている。[2]同じ年、クロソフスキーの講演は「我が隣人サド」を併録するかたちで書籍化され、スイユ社の「ピエール・ヴィヴ」叢書から刊行されることになる。

この講演にはきわめて象徴的な何かがある。この講演は同じくクロソフスキーが一九三九年二月七日、バタイユによって創立された社会学研究会で行い、サドという現代人にとっての財産に寄与することの少なくなかった講演、すなわち「サドと革命」と呼応――要するに関係――しているからだ。[3]

以下の細かい情報はすべて重要である。クロソフスキーがつけた最初のタイトル、「記号と倒錯」は当時のスタイルに完全なかたちで、というよりほとんど過剰なまでに合致していたが、幸運なことに「悪虐の哲学者」という反哲学的人物像に取って代わられることになる。むろん、そこにはソレルスがクロソフスキーの存在をとおしてバタイユとの間に架け渡した橋が介在している。そして、当時始動したばかりでありながら、すでに知的シーンでの影響力においてほとんど絶頂期にあった「テル・ケル」が背景にある。「テル・ケル」の影響力の磁場の中心となるのは雑誌であったが、一九六四年三月十三日にフランシス・ポンジュの取りなしによって開始された有名なシリーズ講演もまたそうだった。[4]そこではエドアルド・サングィネーティ、ウンベルト・エーコ、ロラン・バルト、マルスラン・プレネ、ドニ・ロッシュが次々登壇することになる。

当時の状況を測る定点、そこから『テル・ケル』のサド特集号出版という一九六七年の出来事があらゆる意味――政治的・哲学的・文学的意味――を帯びてくるような定点を示す必要があるとすれば、ソレルスの極端に短いテクストを取り立てて挙げておかなければならないだろう。すなわち、サドについての諸々の発言に組み入れられていない、「サルトルの幻想（ファンタスム）」というテクストである。

そこでは何が問題にされているのか？　サルトルは『キャンゼーヌ・リテレール』誌に非常に重要な対談を載せているが、そこで彼は自身に寄せられた「構造主義者からの」批判、とりわけ「参加の文学」に関するロブ＝グリエの批判とサルトル的ヒューマニズムに対するフーコーの批判に応えている。(5) しかしソレルスから見れば、問題の本質は別のところにある。党派同士の争いなど顧みないソレルスは、サルトルがサドについて長々と語ったパラグラフにもっぱら関心を寄せるのだ。そこでサルトルは『弁証法的理性批判』のなかですでに提示されていたいくつかの命題、ボーヴォワールの『サドは有罪か』から着想を受けた命題を非常に性急なやり方で再び取り上げている。(5)

『弁証法的理性批判』のサルトルにとって、サドの経験は自身の階級から追放された一人の貴族の経験であり、この貴族は自身の考えを表現するのに新興階級――ブルジョワジー――の基調をなす諸々の概念しか見つけ出せず、「それらを変形しながら、それらをつうじて自らを歪曲しつつ」使用したのだ。(7) こうしてブルジョワ的普遍主義は「ブラックユーモアの方法」であることが露見し、その結果、サドの思想はまさしく狂気の内部に「異議申し立ての」なおも根強い力を保持することになる。なぜなら、その思想は「分析的理性」に基づくブルジョワ思想を逸脱させることに寄与しているからである。(8)

しかしソレルスが注目する対談において、以上のことはさほどデリケートな話ではない。サルトルにとっては、サドをとおして自身の新たな敵、つまり現代性の担い手たちを厄介払いすることが肝要であったからだ。サルトルは次のように説明している。「サドはブルジョワの自然に相似した自然の理論を構築してゆくだろう。次のような唯一の差異づけをしながら――自然は良きものであるどころか、悪しきものであり、人間の死を望んでいる」。(9)

ソレルスは自らの有利な立場を利用して、「次のような唯一の差異づけをしながら」という表現を「滑稽」と捉えてはばからない。我々はといえば、その後にくる論理的帰結を理解することになるだろう。サルトルにとって、人間の死がサドとブルジョワ哲学とを何ら本質的に区別するものでないとすれば、そのことはごく単純にフーコーと現代性全体もまた——彼らにとって人間の死はライトモティーフであるわけだが——ブルジョワジーの陣営に留まっているということを意味する。

　ソレルスはサルトルの追従めいた発言を反転させるのだ。彼によれば、サルトルこそブルジョワ思想の領域に身を置いているのであり、その文学研究のなかでギュスターヴをとおしてフローベールを批判し〔『家の馬鹿息子』〕、ステファヌをつうじてマラルメを批判することで〔『マラルメ論』〕、「実際にテクストを」語ることができない自らの無能さをさらけ出しているという。サルトルのブルジョワ根性は彼が自らに与えた権利、すなわち「ブルジョワ的筋書きを構築する」権利——この筋書きのなかで、彼が扱う作家は「市民小説（ロマン・ブルジョワ）の登場人物の役回りを担う」——のなかに潜んでいる(10)。サルトルは言語活動という行為じたいを基礎的審級として考慮することがほとんどできず、この行為を彼が言うところの「実践的惰性態（プラティコ＝イネルト）」に還元してしまうわけだが、こうしたことはまったく神話化された＝欺かれた（ミスティフィエ）思想に特有の症状である。

　サドを証人にすること、そこから各人が他者を基本的な敵——ブルジョワジー——の陣営に追いやることによって、サドの判別機能、最大公約数としてのサド、つまり思想の領域における主要なシニフィアンとしてのサドの役割が露わにされる。

　ソレルスのサルトル批判はまったく些細なことではない。六〇～七〇年代に主調となっていたのは、それまで支配的だった思想、とりわけサルトルの思想を過去の闇に葬り去ることであり、そこには切断の欲求がはっきりと現れている。新たな二十世紀をこの時期に生み出すきっかけとなるような切断である。そもそもクロソフスキーはサドへの回帰をかつての自分の思想との断絶として引き受けるのであり、この引き受けは自身の講演の出版の際に書いた「前書き」のなかで行われるわけだが、彼はそこで一九四七年の『我が隣人サド』の蒙昧主義を批判し、サドを「ほとんどワグナー的な」ロマン主義のなかに、つまり十九世紀のなかに溺れさせてしまったと認めている。[11] 一九六七年冬の『テル・ケル』サド特集号の野望とは、現代性の担い手たちが順繰りに取り交わした政治的契約を履行すること、すなわち新しい世紀を創成することにほかならなかったのだ。

サドが断絶のシニフィアンだとすれば、彼が招来するのはまさに永続的な断絶である。というのも、『テル・ケル』サド特集号の主要な三人の寄稿者は、自身のサド論を補足し、追認し、さらにはエスカレートさせてゆくからだ。クロソフスキーは一九八〇年の『生きた貨幣』で三度目のサド回帰を果たすことになるだろう。[12] バルトは「犯罪の木」という自身にとって最初のサド論に「サドII」を付け加え、一九七一年にこれを再版する。[13] ソレルスは「テクストのなかのサド」の後も幾度となくサドについて言及するが、たとえば一九七五年の「サドへの手紙」では反サルトルに代えて反ラカンの戦線を張り、さらに後の著作のいくつかにおいても同様の態度をとる。主要なものを挙げれば、『時間のなかのサド』の後に出た『至高存在に抗するサド』である。[14]

記号、エクリチュール、テクスト

言語活動の問題がこれまでのサド読解のなかにまったくなかったわけではない。想起されるのは、サドの言語活動と虐殺者のそれ――よき〔正当な〕理由の背後に悪を隠蔽しているかぎりにおいて、虐殺者は国家の表象である――の決定的な対立をめぐるバタイユのきわめて重要な発言である。またブランショの発言も想起される。たとえば「重大な無作法」（一九六五年）のなかで、[15] 彼は決定的なやり方で「エクリチュール」という中心的カテゴリーを孤立化させたうえで、「書くこと」を「サド独特の狂気」と定義づけているが、[16] そこでの狂気はエロティックな想像の領域さえ越えた熱狂であり、「中断を想定せず、終わりも考えていない」言語活動に固有の熱狂なのである。[17]

しかしバタイユにおいてもブランショにおいても、言語活動は別のものの探求に向かう最初のステップでしかない。たとえばブランショは、言語活動について発言したのち、「文学と死への権利」（一九四七年〜一九四八年）のなかですでに表明されていた自身の妄想にすぐさま立ち返ってしまう。「蜂起」という点で革命期の恐怖政治とサドの犯罪とが一致しているという妄想であり、その「蜂起」――歴史の純粋な裂け目――において、肯定と否定とがそれぞれ絶頂に達し、「エネルギッシュな人間」「至高の人間」「全体的人間」が、「存在がもはや無限の運動、つまりおのずから消滅し、自らの消滅のなかで絶えず生起する無限の運動でしかなくなる」段階に到達できるという妄想だ。[18]

ブランショとバタイユの大胆さ――互いにきわめて近しい大胆さ――はなおも人間学の範疇、つまりサド的人間（バルトにとって「ラシーヌ的人間」が存在したように）の人間学のうちにあるだろう。一九六七年の『テル・ケル』によって開始された運動は、新しい者たち――そして最後の者たち――の運動、現代人たちの運動であり、その一体性はブランショやバタイユのポスト・ヘーゲル的見通しをはるかに超えたところにあり、そこで対象となるのは、より厳密に言えば、記号、エクリチュール、テクストである。

明らかに、クロソフスキーはこうした言語の転換期に参画している。クロソフスキーが自らに科したこの断絶は、ある意味で彼自身に帰属するものではあるが、部分的には『言葉と物』のフーコーに由来しており、事実、この著作はサドについての講演と同じ年、一九六六年に発表されている。クロソフスキーはその時期のフーコーから着想を得ながら、彼を乗り越え、また歪曲してゆくのだ。

『言葉と物』においてフーコーは、一時的ながらきわめて重大なやり方で、『狂気の歴史』や「侵犯への序文」といった初期のサドにかんするテクストによって開かれた見通しを撓めてしまっていた。[19] そこでフーコーは、サドが狂気の名の膨大なリスト（ヘルダーリン、ネルヴァル、ヴァン・ゴッホ……）を豊かにしているという自身の系譜学を再確認し、ルソーの排除を維持しながらも、とりわけ第四章（「語ること」）と第七節（「言語活動の四辺形」）において、言語活動が決定的な役割を担うことになる一つの問題を導入している。すなわち、言語活動はさまざまな歴史上の襞と不連続性が展開される戦場として現れるという問題である。フーコーは――『エクリチュールの零度』のバルトの諸命題を踏まえながら――、古典主義の言語活動は内的な透明性のうちにあり、そこでは名が言説の「終局点」になっているという事実を主張する。[20] そのうえで歴史上の時代区分から離れて、いくらか挑発の気持ちから、ヴィクトル・ユゴー――そして言うまでもなく、ルソーを――古典主義の範疇に組み込むようになるのだ。[21]

フーコーによれば、こうした文脈において、サドは言語活動のうちに新たな秩序を導入する唯一の者なのであり、そこでの秩序は、言語活動を「生の存在（なま）」として出現させることで、名の至高性のまわりをめぐる「レトリックの旋回」から遠ざかるのである。[22] つまりそこでの新たなものとは、言説・言語・記号の排他的領域において行われる、文字どおり系譜学の作業であり、クロソフスキーはこのきわめて重要な作業を活用するのである。

反一般性――記号

クロソフスキーが種の繁殖の性的規範と社会的再生産の方式としての古典主義的言語活動の規範との対照に基づいて「書くこと」の問題を開拓するとすれば、それは部分的にフーコーから着想を受けているからだ。しかしフーコーが一種の両義性のうちにとどまっているのに対して――つまりサドは秩序との断絶でありながら、同時にその単なる限界でもある[23]――、倒錯者の言説により信頼を置いているクロソフスキーは、反一般性をシステムとして打ち立て築きあげる力をサドに付与している。

一方には、種の繁栄の原則を基盤とする制度〔体制〕の世界があり、これは相互性・説得・同一性・矛盾の原理をおのずから想定しているので、そこでの言語活動は普遍的理性に対応している。他方には、つまりサド的な方面には、「完全なる怪物性」の原理があるわけだが、これは諸々の倒錯的特異性の交換を可能にする言語活動を前提にしており、そこでの倒錯的特異性は「人間として生きることの諸機能」を相矛盾したものにしようと企図している。[24] サド的行為はこうした実験的思考の場なのであり、この思考は理性や普遍によって棄却されたさまざまな現象をもとに展開してゆくのである。

つまり「倒錯的理性」というもの――検閲的理性の複製であり、この理性を自身に組み込むことで違反〔陵辱〕を構築できるようになる倒錯的理性――があるわけで、この理性は規範的理性の否定のなかでしか定式化されない。倒錯的理性の内部では、サディズムが自分自身について自らの言説の基本的な策略として語る嘘を最大限に優遇しなければならない。こうして完全なる怪物性の場としての普遍的売春の主題は、自我と身体の所有〔固有性〕と最も厳格な規範とをアクティヴなものとして維持することで、それらの侵犯を享受できるようになるのだ。だからこそクロソフスキーは、サディズムを解放的な「ユートピア」、何がしかのイデオロギー的審級と混同されうる「ユートピア」として捉える考え方を明確に否定する。なぜなら、彼から見れば、たとえ個人間の相互性の次元で理解可能な身振りであろうとも、倒錯者は自身の身振りについて語るべきことなど何も持ち合わせていないからである。

したがって倒錯者は「サド的哲学」の代わりに記号学を採用するのであり、これは「反哲学」になりうるものとして好都合なのだ。倒錯的身振りは徹頭徹尾内容のない純粋な記号となり、無数の犠牲者に同じ身振りを与える場合であれ、無数の身振りを一人の同じ犠牲者に与える場合であれ、反復を特徴とした偏執狂的身振りとなる。記号は来るべき思想の新たな対象なのである。記号は概念に代わるものであり、記号学は概念的解釈、つまり哲学に代わるものなのだ。

記号学あるいはサド的な反哲学の鍵となる三つのカテゴリーとは、コード、記号、構造である。[25] サドの発明はとりわけ倒錯のコードを打ち立てたことにあり、それまで支配的であった沈黙のなかに基本的な断絶を持ち込んでいることから、聾唖者の手話に匹敵しうる発明である。天才的で思いがけない発明であるが、というのは、これによって「非言語活動」としての倒錯のなかに記号と構造が導入されるからだ。

クロソフスキーは、あらゆるサド的身振りを記号と構造の用語によって解釈した最初の人である。最初の最も根源的な行為からいえば、彼は肛門性交のうちに自然に反する行為とか性的放縦というようなお決まりの表象を超えた何かを最初に見てとった。クロソフスキーから見れば、肛門性交は一つの記号、「鍵となる記号」、これを中心にしてすべてが巡っているところの記号であり、他のすべての記号を解き明かす鍵となる代表的記号なのだ。[26] 事実、肛門性交は同性愛に還元されることもなくなるのであって、クロソフスキーは、バルトと同じく、同性愛を明白にサディズムから切り離している。こうした理由から、同性愛はいかなる本質的な言語活動の原因にも、いかなる特殊な記号学システムの原因にもなりえず、社会的一般性の基礎と矛盾するところがまったくないのである。[27]

記号としての肛門性交は、倒錯的システムに対する自身の支配〔摂政〕を保証する三つの特徴を抱えている。それは「種の規範にとって致命的な」何かを保持しているがゆえに最も絶対的な記号であり、[28] 規範の存在――この記号によって全面的に覆われる規範の存在――をとおしてでしか理解できないがゆえに最も両義的な記号であり、この規範の障害があってはじめて公然と示されるがゆえに最も侵犯的な記号なのだ。

しかし最も重要なのは、クロソフスキーが肛門性交それじたいに記号学的地位を与えながら、サド的エクリチュールが新たなテクスト性へと通じていることを想定するときの操作である。倒錯的行為はそのものとしては虚無を約束された、自らを破壊する定めにある行為であり、充足されるやいなや快楽のなかで消えてしまう、その先の展開のない身振りであるが、サドという新たなテクストはこうした行為について一つの解釈を提示する。この解釈は一瞬のはかない身振りを永続的システムとして編成し、自らを超えて生き延びるのに不足していたコードをそこに付与し、倒錯的行為の永続性、つまりその絶対的権威が成立する可能性の条件への道をひらくのである。倒錯性は一つの理性に到達するのだが、この理性は教義的な力に起因しているのではまったくなく、身振りを記号に変え、記号をコードのなかに組み込み、そのコードを構造に仕立てるテクストの能力に根ざしているのである。(29)

倒錯的身振りを永遠のものとするクロソフスキーの記号学は、この身振りが言説として成立し、一般性の言説に接ぎ木され、その間隙のなかに組み込まれることを可能にする。そしてこうした機会によって、倒錯が世界の秘められた法則であることを確認できるようにするのだ。

こうした発見は社会批判を誘発するものではまったくない。なぜなら、社会批判に変わってしまうと、倒錯は自分自身を否定しかねないからだ。しかし倒錯が諸制度のなかに自らの実践と支配の条件をはっきりと見れば見るほど、倒錯の勝利はますます確かなものとなる。倒錯的行為のなかに「価値破壊」があるとすれば、この行為が身振りの特異性によって諸々の社会的営為の核心に位置を占め、一撃ですべての社会的営為から表現と通常の内容をことごとく取り除き、それらを空虚な行為に帰しながら、父祖伝来の人間的コミュニケーションの法則と縁を切っているかぎりにおいてである。

たしかに倒錯者は自らの身振りを論理立てたり、「語ったり」しながらコミュニーションをしているように見えるが、実際に行われているのは、コミュニーションの見せかけ(シミュラークル)でしかなく、そこには歪んだ相互性しかない。なぜなら、倒錯は自分だけがこのように振る舞い、なすがままに行動していることを知っているからだ。(30) よって二つのタイプの表現が倒錯者に、とりわけサド的主体に与えられている。ひとつは、集団や秘密結社の内部での暗黙［共犯］の駆け引きであり、他方は、道徳的主体つまり犠牲者のうちに突拍子もない身振り、この主体に

「自分自身の恐怖」を悟らせるような身振りをひそかに期待する策動である。[31]

反復

身振りを記号に変換させるクロソフスキー的カテゴリーとは、繰り返しあるいは反復というカテゴリーであり、これは行動することと書くことを結びつけたり引き離したりする激しい動作のうちにある。このようなアプローチをつうじてこそ、クロソフスキーは同時代人たち（ブランショ、バタイユ、ラカン）がぎこちなく呈示した問題、つまりサド作品の読みづらさの問題を解決できると思っているのだ。

クロソフスキーによれば、サドの読みづらさは、倒錯の伝達不可能なものと、コミュニケーションの慣例的形態――伝達不可能なものが自らを展開させながら寄生する場所――との裂け目に起因している。こういった介入においては、伝達不可能なものが明確に現れるたびに、慣例的なものが読解不可能なものとなる。したがって読みづらさの原因をなす文彩〔表象〕とは、反復すなわち偏執狂的単調さなのであり、そのなかで他に還元しえない自らの経験を取り戻そうとするサドの戦いが繰り広げられるのだ。実のところ、サド的エクリチュールとは常軌を逸した行為を現実化〔現勢化〕することである。異常な行為がエクリチュールのなかで実質的なものとなるには、この行為を無感動に反復し、執拗に繰り返すことを経なければならず、こうした反復のラディカルな形態の例として挙げられるのは、『ソドム百二十日』における拷問のリストと連禱である。繰り返される行為の現実化をとおして、エクリチュールは思考の恍惚をもたらすのであり、これはサドのテクストの核心に見出せるものなのだ。言語活動のうちに組み込まれた機械的装置のような反復は、最終的にはこの言語活動を締め出し、言語活動のなかに非言語活動が出現するのを許してしまう。そこでの非言語活動は何かが外部でありつづけていること、表象の外にとどまっていることの指標なのだ。こうした「外に」あるいは「外部」こそ、バルトが執拗のプロセスと名づけてサドの言説の特徴としたものであり、彼はこのプロセスに古典主義的再現の言説に特有の一貫性のプロセスを対置している。

「外部」は記号の倒錯的構成に相応しいものとしてサドの読みづらさの原因になっているわけだが、同時にフーコーの主要なテクストと共鳴していることも理解しなければならない。そのテクストとは、一九六六年五月に「テル・ケル」で行われたクロソフスキーの講演の翌月に発表された、「外の思考」である[32]。フーコーにとって重要だったのは、実証主義の危険性――現代性の言語学的転換がこうしたリスクを冒させる――から免れる記号の思考を構築することであった。言語活動は構造主義的操作によって極度の自立性を付与されたわけだが、この自立性は一種の形式的実証性にではなく、エクリチュールに固有の空間となるべき空虚や深遠の発見に、発話主体が消え去る場としての外部の発見に通じているはずなのだ[33]。クロソフスキーだけでなく、フーコーにとっても、こうした「外の思考」の真の起点となるのは、サドなのである。

外部はテクストの扉を叩いて繰り返し打撃を与えつづけるわけだが、その執拗な反復は強度をもった弓〔弓状の強度〕であり、そのことによって、言語活動そのもののなかで倒錯的行為の可能性を測ることができるようになる。サドのテクストは異常行為の可能性を潜在的に維持するこうした「外部」によって不吉なものとなるのであり、常軌を逸した偏執狂的で読解不可能な反復によって、倒錯的行為がそれを表象する言語活動によって中性化されないこと、重要なのは言葉によるサディズムだけではないことが理解されるようになるのだ。反復の果てしないスパイラルに捕捉されているかぎりにおいて、サドの言葉は文学の内部に響き渡るわけだが、それは外部から繰り出される打撃なのである。だとすれば、もはやサドの言葉と快楽行為が実際に享受される「閨房」とを隔てるものは何もない。

クロソフスキーは、快楽と倒錯的恍惚のために、サドのテクストに現実的な地位を与えようとする。なぜなら、サド作品は読者を外に連れ出して、「テクストのなかに収まっていないらしいもの」を見に行かせようとする不吉な誘惑としての価値しかもっていないからだ。(34) つまりサドのテクストは、エクリチュールを「文学の空虚さ」から解放し、(35) 純文学（ベル＝レットル）の意図とは別の意図を実現し、魅惑され虜になった読者を変容させ、その身体のなかに入り込み、その内部で反響しながら、この読者を放蕩家（リベルタン）が待ち受ける外部へと連れてゆくのである。

生きた貨幣

しかし、第三のクロソフスキーがいる。第一は一九四七年の『我が隣人サド』のクロソフスキーであり、サドを神学化していた。第二の彼は『悪虐の哲学者』においてサドをテクスト化した。第三は一九七〇年に出版された『生きた貨幣』の彼であり、(36) サド作品に欲動的生の政治経済的側面への道を開いてやるのである。

発言は完全に価値転覆的なものだ。クロソフスキーの出発点は、同時代の産業社会に対する政治側からの批判、情動や精神的生活の名の下に行われ、左翼ヒューマニズムに由来するこの批判を覆すことにあった。こうした左翼の「社会」批判は迷信に基づく批判であり、欲動的生の文字どおり金銭ずくの性格をまったく無視している。(37)『生きた貨幣』においてクロソフスキーは、ポスト六八年世代のドクサを根本から見直そうとするのであり、そこには『アンチ・オイディプス』におけるドゥルーズ／ガタリの政治的に不適切な発言すべて——彼らは明らかにクロソフスキーから着想を得たわけだが——を先取りするような口ぶりがある。クロソフスキーは、ドゥルーズ以前に、資本主義と欲動的なものを結びつける根源的な絆、一方で商品経済の脱領土化された流れのなかにありながら、他方でこの流れじたいの抑圧的プロセス、規範の空間を構成するプロセスのうちにも見出せる絆を浮き彫りにするのだ。しかし後のドゥルーズ／ガタリの主張とは逆に、こうした基本的な結びつきの描出を可能にするのは「スキゾ」ではなく、倒錯者であり、倒錯者のなかでもとりわけサドだというのである。

クロソフスキーの著作は類い稀な複雑さを呈しており、少なからぬ読者を困惑させてきた。[38] クロソフスキーは「悪虐の哲学者」の教訓を経済に適用するのであり、教訓とはすなわち、規範性の外観を呈しているにもかかわらず、諸制度が実際は倒錯的偏見にしたがって機能しているという事実の――サドをとおした――発見である。身体の取引（女、少年、少女によって支払うこと）がもはや経済的交換の明瞭な秩序のなかで行われなくなったとしても、実際はこうした取引が死んだ貨幣（金銭）の媒介という口実のもとに存在しているのであり、死んだ貨幣の媒介は、ファンタスムや身体という生きた貨幣とともに／に基づいて行われる現実的交換のアリバイにすぎない。[39] 同様にクロソフスキーから見れば、すべての物〔対象〕は、経済の流通経路のなかで、現実的要求を表面的に満たすことをねらった道具としての地位をもっているが、逆説的にも、それらが純然たるシミュラークルとしてまずは想像的欲求――実際には無益で常軌を逸した対象――を倒錯的なやり方で満たすのでなければ、消費者たちにとって必要な物となることができない。[40] 物や商業的媒介や社会的交換の慣習的使用を打ち壊しているからこそ、新たな産業文明は、密かな一貫性のない暗黙のやり方で、倒錯経済を反映することができるのであり、たとえば*浪費*――バタイユ的な意味で――はそうした倒錯経済の表れの一つなのである。

「悪虐の哲学者」の論法にのっとって、倒錯は本質的に種の生殖・繁殖・更新のプロセスに抗するものとして再定義される。倒錯経済は感覚と快楽の新たな対象を選びとり、これらを採用する代わりに、社会のなかで生殖機能を構造化する対象を排除するのであり、最終的には生殖機能じたいを宙吊りにしたままにしておくのである。[41]

クロソフスキーによって定立された倒錯と現代社会との関係の複雑さは、次のような根本的問題に起因している。倒錯した情欲の経済が産業手段を自由に使用することができないとしても（倒錯的情欲は「法外な＝価格外の（オール＝プリ）」ものである）、逆は真なのだ。つまり現代の産業と経済は倒錯的快楽を*モデル*として、自らの機能の明かしえぬ規範として利用するのである。明かしえぬ規範とここでいうのは、産業文明は自身が再生産のパラダイムに基づいて機能していると主張するからだ。「法外な」倒錯的対象によって表象可能な快楽のモデルと、商業の対象〔商品〕のあいだには、激しいエントロピーの関係がある。というのも、経済的規格化によって換金可能〔貨幣化可能〕な物が産出されるが、他方で倒錯的対象は換金されえないからである。クロソフスキーの主張を補完するならば、資本主義の剰余価値や「利潤」はこうした堕落ないしエントロピーのなかにあると言うことができよう。

倒錯システムと産業システムのあいだには、互いに数え切れないほどの借用があり、関係性もきわめて欺瞞に満ちているのだが、それは両者がともにア・プリオリに対立した価値を相殺するシステムだからだ。したがって貨幣は――たとえば、売春の貨幣は――、貨幣の流通ならびに倒錯の表象システムにおいて交換価値しか持っていないにもかかわらず、顧客と娘の取引――つねに不均衡な取引――のおかげで、倒錯的ファンタスムの換算不可能な価値の記号として地位を確立することができる。こうした可能性はクロソフスキーが好んで借用した、スタンダールに馴染みの格言によって例証されている。「自らを与える術をもたなかったであろう女は、自らを売ることができる[42]」。

貨幣は交換の中性的で妥協的で媒介的な記号であることをやめる。社交的世界においては、そういった記号としてあるように見えてしまうからだ。商品の一般等価物でありつづけながらも、貨幣は基本的な埋め合わせ〔補完物〕となって、交換や愛の贈与をめぐる人間的原理を非人間的遊戯に変えてしまうのであり、そこでの非人間的遊戯とは、買収、貨幣による身体の所有、間主観性の本質的構造としての売春なのである。

だとすれば、貨幣とは愛をめぐる人間的原理をファンタスムによって転用するものであり、こうした転用によって、身体と存在〔人間〕の商業的奴隷制が認可されるのだ。さらに言えば、クロソフスキーにとって、商取引とその媒介となる要素――貨幣――は、「異常性の閉鎖的世界」と制度的規範の世界との歪んだコミュニケーションを可能にするものである。非合法的ながら魅惑的なコミュニケーションであるのだが、というのは、その

「歪み」が非合法性によって守られているからであり、実際、この非合法性はあらゆる明晰化を禁じている。社会とは非人間的取引にそれを庇護するような慎み深い影をまとわせる審級なのであり、そうすることでこの取引を保護しつつ助長しているのだ。

機能の非対称性、つまり現代世界と倒錯世界との数かぎりない非合法的取引を組織するこの非対称性は、ある基本的な差異を根拠にしている。制度的規範の世界は現実の富――すでにそこにある富――に基づいて財をなすことを目指すが、かたや倒錯的システムにおいては、存在しない財――まだそこにない財――を破壊しなければならず、これはほとんど「損して得とる」人間の遊びに近い奇妙な投機的破壊なのである。こうした意味において、倒錯者の閉鎖的世界とりわけサドの世界は、贋金を惜しみなくばらまくことによって、人間間の交流不可能性とファンタスムの伝達不可能性に制裁を加えるのである。

クロソフスキーにとって、それはサドとフーリエを対立させる機会、つまりサド精神のユートピア的妥協策すべてを退ける機会であった。フーリエのユートピアにおいては、解放的なシミュラークルの姿をとったファンタスムの流通が信じられている。しかしクロソフスキーによると、サドにおいては事情が逆で、ファンタスムは複製不可能なのである。ファンタスムはその源泉であるところの肉体から区別できず、流通することもないのだ。

ブルジョワの商業・産業的世界がフーリエのユートピアと取り結ぶ関係は、サドの倒錯的世界との関係よりもはるかに単純で、曖昧なところが少ない。制度的世界はユートピアをまるごと回収し、それを予測計算・利益・収益性といった観点から我が物にする術を知っている。たとえフーリエの空想的言説が経済的貪欲さに反抗するポイントをいくつか打ち立てようとしているとしても[43]。クロソフスキーはサド的システムをフーリエ的ユートピアに対する批判の先取りとして捉えるまでになるだろう[44]。一方には、欲望と出会いが洪水のように流通する理想郷としてのユートピアがあり、他方には、「完全なる怪物性」を体現するサド的世界に固有のファンタスムがある。後者において求められるのは――前者の世界とは反対に――、稀少さであり、計量不可能なものであり、根源的孤独であり、社会的秩序から犠牲者を引き抜いてくるためにその秩序のことをまったく知らないままの、孤立した状態なのである。サド的世界とは、通過する際に、大罪という伝達不可能なメッセージしか後に残さないような世界なのだ。倒錯者の大罪を社会的に評定することができるとすれば、ただ一人の主体の快楽が我々の世界に引き起こすことのできた荒廃（大虐殺、悲惨、苦しみ）によってなのである。

サドと現代性

実のところ、クロソフスキーの主題が多くの読者にとってきわめて難解に見えてしまったのは、彼の分析が時に矛盾をはらみ、若干の要素を付け足しながら舞い戻ってくることがあるからで、互いを打ち消しあうようなそれらの要素が読者を戸惑わせることがままあるからだ。

実は、クロソフスキーが結局において決着をつけられなかったものとは、倒錯的主体と同時代の産業社会との結びつきの実態なのである。産業社会は一九七〇年代、つまりクロソフスキーが作家活動をしていた時期に、その基本的なメカニズムを白日のもとにさらけ出していた。バルザック的世界においてすでに読みとれたメカニズムであり、そうした観点からすると、バルザック的世界はクロソフスキーが言うところのサド的世界なのである。[45]

クロソフスキーの分析に固有のこうした問題点は、我々とサドとを分かつ根本的なアナクロニズムに起因している。サド当人は前産業的世界、すなわち倒錯的感情の生きた対象とそのシミュラークル――貨幣によって獲得できるようなシミュラークル――との距離がそれほど離れていない世界に組み込まれていた。支配の構造がほとんど封建的できわめてアルカイックであったこと、貧窮状態が極まっていたこと、治外法権の空間が存在していたこと、規範的制度がまさに脆弱であったこと、生や身体の価値がほとんどなかったこと――こうしたことすべてのおかげで、倒錯者がきわめて原始的な状況——最も生（なま）な欲動が満足のいく取引を容易に交渉できる状況——を作為的かつ人工的に再現できる世界が可能となったのである。こうした事態はそもそも第三世界の最も貧困な場所でも起こりうることであり、たとえば、バルトは自身のサド論においてこのことを指摘している[46]。以上のこととは反対に、産業社会は倒錯的主体の粗野な快楽とそれに代わりうるシミュラークルとの溝をいちじるしく掘り下げてしまった。社会的・産業的・商業的シミュラークルの介在によって、この溝を倒錯行為の反復や繰り返しといった新しい可能性を認可するような場に仕立てあげたのである。そこでシミュラークルは、凝集して塊になる性質をもっていることによって、交換の卑俗な流通経路をたどることによって、「模造品」に順応することによって、倒錯の新たな段階〔度合い〕を獲得するのであり、クロソフスキーは倒錯を貴族的観念として捉えていたがために、こうした段階を見据えることができなかったのだ。

事実、クロソフスキーは新しく場に出された手札に対して一種のためらいを抱いている。そのとき二つの仮説が競合していた。ひとつは、我々の世界を統べる謎の主人——そのシステムが社会経済を密かに支配している——としての倒錯者の特権を維持するという仮説であり、他方は、体制のシステムそれじたいに欲望の充足を目的としない物〔対象〕を生み出す主導権を付与するという仮説である。後者における物とは、欲望の充足を目的としないといいながらも、自身の無益さや有害性によって定義づけられる物であり、もはや純粋なシミュラークルでしかなく、要するに倒錯の領域において仮構される物と言ってよいだろう。

倒錯者を主人とする最初の仮説は、あまりにロマン主義的で勇壮にすぎ、バルザックの世界に顕著な悪のヒロイズムに属するものだ。実際、バルザックの登場人物であるヴォートランは、『娼婦の栄光と悲惨』の結末で、ノワルスイユやサン＝フォンやシジといった十八世紀のサド的国家アナーキストの真の継承者となっている。第二の仮説はモラル化をねらう社会批判——左翼の道徳主義——へといたる危険があり、こうした批判に反対するクロソフスキーは賢明にも著作の冒頭で我々に警告を発していた。したがって二つの仮説は彼の著作のなかに絶えず同居しているのであり、数多くの逆説的で挑発的な発言――それじたい倒錯的な発言であり、クロソフキーはこれらを好んで増殖させてゆくわけだが――を許す緊迫した状況のなかで互いを支えあっているのである。

ある意味において、クロソフスキーの分析の根底に隠されているのは、倒錯の図式に基づいた社会化の方法が大衆に伝播してゆくことへの予感である。まさしくゴミや非現実的な物の生産として消費活動が行われること、テレビや今日のインターネットのような大衆メディアによってあらかじめ定められた人工的図式のなかに人間関係が移行してゆくこと、身体が全面的に物象化されること……。つまり、伝統的な資本主義の時代においては、死の欲動は大きな戦争やそれより後の大衆による大々的な政治運動によってうまく整理誘導されてきたわけだが、現代つまり六〇～七〇年代から、消費社会や消費行為のただなかにおいて、テレビや電子媒体の方式によって支配されることになる他者との社会的関係において、死の欲動は集団的生の捌け口そのもののなかに自らの展開の場を見出すようになるのだ。

ジュリエット

クロソフスキーの両義的な立場は、まったく明瞭な一つの意志があることに起因している。すなわち、倒錯者の特権を守ろうという意志である。こうした立場は落ちぶれないこと、倒錯者を完璧に貴族的な立場――よく言われてきたように――から陥落させないことを前提としている。いかなる場合でも社会批判のために倒錯を利用すれば、サドや彼の欲望の道連れたちを戦闘者の役どころに落とし込みかねない。倒錯の貴族政治は、純然たる支配の貴族政治なのである。ジュリエットはこうした支配をさらに先へと推し進める女性なわけだが、そこでの彼女の売春は身体そのものを誇大評価する行いなのだ。ジュリエットによって、倒錯の支配は価格の高騰を当て込むようになり、主体は吊り上がった価格を自らの道徳的堕落や際限なきエゴイズムの肯定に応じて我が物にしてゆく。堕落すればするほど、主体はますます自らの最も原始的な利害関心を満足させ、いっそう自らの価格を吊り上げてゆくのである。こうした二つの要素は一種の弁証法的堂々巡りのなかにある。身を落とすことで倒錯者は自らの身体に対する所有権を無効にするわけだが、他方でその身体を十倍も価値が上がった状態で、ファンタスムの供給された領域として、純然たるファンタスムの圏域になった身体として回収しているからである。

この意味において、ジュリエットはきわめて重要な登場人物であり、彼女のおかげで、クロソフスキーはサドの世界を我々の世界に転位することができるのだろう。実際、ジュリエットはサド作品に登場する大半の放蕩家たちとは異なっており、領主であれ泥棒であれ、彼らは封建的関係を体現するアルカイックで未発達な世界の住人なのである。ジュリエットのせいで、すべてが変わってしまう。女として、彼女もまた価格をもっているが、男のリベルタンたちは価格をもっていない。女として、彼女は社会のなかで公認された使用価値と交換価値をもち、それらの価値が彼女を商品に仕立てる。ジュリエットはきわめて現代的なのであり、というのは、自ら主体＝商品となって、商品の交換と価値づけの経路の終局点のなかに自らの主体としての行く末を引き受けているからである。ジュリエットは自らのファンタスムとしての価値を吊りあげることのできる女なのだ。各々は万人に帰属し、万人は各々に帰属するというサド的原則に同意したうえで、彼女は女として、主体として、商品として、主人として現れることができ、こうした女性を経由して、サドの封建的世界が我々の世界へと変容してゆく。我々の世界とは、近代世界のことであり、『ジュリエット物語』の執筆と同時期に統領政府とナポレオンの執政とともに築かれはじめた世界のことである。

売春する主体、売りに出せる主体、頭から爪の先まで社会化された主体としてのジュリエットは、同時に生産者であり、消費者であり、製造物でもあるわけで、あらゆる無償性を根本から廃棄する者なのである。こうした意味で、クロソフスキー的に言うならば次のように言えるだろう。ジュリエット、それは社会である、と。

この格率によって、倒錯と社交的世界の連結点をはっきりと指し示すことができる。女がその連結点であることは、サドが我々を導いてゆくところのアイロニーが最終地点に達したということにほかならない。

第二章　フィリップ・ソレルスをつうじてサドを書く

「時間のなかのサド」

あらゆるサドの偉大な読解のなかでも、ソレルスのそれは非常に特異なアンガージュマンの典型をもたらしている。その読解を盛り立てる強度やエネルギーを超えたところに、サドとの個人的結びつきと言えるようなものが存在しているからである。一九八九年、ソレルスは『至高存在に抗して』というサドの偽書を著す。[1]自分の名ではなくサドの名において、このリベルタン哲学者の「未発表作」を書き、自らをサドの替え玉ないし存在しうる生まれ変わりに仕立てあげるのだ。

サドにかんするどんな主張や解釈よりも、ソレルスの発意は、サド作品を真剣に受け止めることへの回帰をよく表している。二十世紀のサド解釈とも異なり、パゾリーニが「ソドムの市」で提示した書き換えからも区別されるソレルスの試みは、我々のうちにある現代的な強迫観念をサドという人物像に転位するどころか、逆にその人物像をまるごと我々の現在に移し入れ、サドの身体・言語・肉体を我々と同時代のもの——我々が自分自身に対してそうである以上に現代的なもの——として作りあげるのだ。サドの「真剣さ」からインテリゲンチャの悪癖であるピューリタニズムを根こそぎ除去するのに、これ以上うまいやり方はない。

まぎれもなくソレルスから見れば、サドの真の友人は彼について何かを書きつのる者ではない。真の友人はおそらくサドを読んだことすらないであろうが、少なくともその創造行為のなかでサドとすれ違ったことのある人である。たとえば、ランボー、ニーチェ、プルースト、ピカソ、セリーヌ、フォークナー、フランシス・ベーコンといった人たちのことだ。

そこでのソレルス、つまり一九八九年にサドの名において政治的・哲学的攻撃文書（パンフレ）を書いたソレルスは、六〇・七〇年代の熱狂的なサド信奉に参加した者ときわめて異なっていながら、同時にまったく同一人物でもある。ソレルスのひたむきなメッセージ——このメッセージによって彼は絶えず異なる者でありながら同一の者でありつづけるわけだが——が言わんとするのは、我々はいまだサドを読んでいないということであり、読んでいるとしても、サドにアクセスするにはまだまだ遠いところにいるということなのである。読むというのは、おそらく不完全な行為でしかないのだろう。

いままでのサドの「読み」が繰り返し犯してきた失敗を最も明白に表す兆候の一つは、大半の読み手がサドを実際に引用できていないという奇妙な無能性のうちに見てとれるだろう。このことはブランショからラカン、フーコーにいたるまで言えるのであり、思い起こしてもみれば、論証上の必要から『閨房哲学』の最終シーンをパラフレーズせざるをえなかったラカンは、省略なしというやり方を拒みながらも、ある種の臆病さをもって次のように書かなければならなかった。「梅……にかかり、あそこを縫い閉じられ、母親は禁じられたままだ」(2)。ソレルスはといえば、身じろぐことなくサドを引用し、そうすることで、前述のサドの偉大な読み手たちにサドの言葉を引き受けることを禁じた制止作用の裏をかいている(3)。ソレルスは分別をもって、彼らの沈黙のなかに、サドの文章がもつ苛烈な非人間性〔残忍さ〕を無効にして穏当な発言しか引用させなくする検閲のなかに、サドを黙らせるやり方、サド作品の「重大な無作法」を中性化するやり口――こうした「無作法」を人々は絶えず賞賛してきたにもかかわらず――を看取できたのだ[4]。

ソレルスの経験、より正確に言えば、彼が八〇年代にサドの偽書を著すことでなした経験によって、読解の野望が二つの領域にまたがることになる。つまりサドはそこで最も重要な同時代人とされながら、同時に彼が生きた時代の特殊な光明のなかで捉えられ、その光によって照らし出されるのだ。ソレルスはサドをサド自身の言葉、十八世紀の言語、サド独自の文体において書き換える必要性を生々しく感じていたのである。我々はここで時代が急旋回する地点に立っている。つまり時代錯誤の緊張のなかに、時代と時代が交差するただなかに――こうした交差は時代＝時間というものの最も本来的な形態であろう――身を置いているのだ。

サド自身が十八世紀の終わりに口を開いた時間の重大な裂け目の一つのなかに位置づけられているからこそ、彼の作品は特殊な形態の超歴史性を獲得しているのである。作品は歴史を超えたものである。作品の本筋となる主題は、サド自身によって、唯一無二の審級、歴史がそこから力を補給し、自らの言説としての力を発揮できるように否認するところの審級のなかに投影されているからだ。すなわち、セックス、性の快楽、身体、個人的・集団的身体性といった審級である。こうした意味において、ソレルスのサド、ソレルスによって書かれ書き換えられるサドは、我々に以下のことを教えている。すなわち、歴史ないし歴史の言説とは、その本質において、自らの真実を忘却し、排除し、抑圧することであり、そうした抑圧こそが、歴史を真の怪物に仕立ててしまうということ。

ソレルスの特異性は、すべてについて／おいてサドが正しいと認めるところにある。つまりサドが何のためらいも、おそれも、気まずさも表に出さないことの正しさを明らかにするのである。こうしたサドへの全面的賛同にナイーヴなところはない。バランスをとるための対蹠点として、そこにはサド的でないものすべてに対するラディカルな批判が含まれている。たとえば啓蒙（リュミエール）と現代性（モデルニテ）への批判が要請されており、これらはいずれも、表面的には近しいという理由で、サド作品に対する最後の防壁と見なされている。結局、ソレルスのサドへの賛同は、我々を取り巻く悲惨に満ちた恐るべき現在に対する批判を前提にしているのであり、こうした現在のなかで、とりわけサドにかんすることで言えば、アメリカの大学が振りかざす絶対的権威、現代においてサド作品を打ち砕きそこから真実の力を奪い取るマシーンのような権威への批判を想定しているのだ(5)。サドはフランス人であり、貴族であり、カサノヴァやモーツァルトの『ドン・ジュアン』と同時代の人間なのである。

「テル・ケル」

一九六七年、『テル・ケル』の「サドの思想」特集号を企てたとき、ソレルスは八〇年代における孤高とはまったく反対の立場に立っていた。つまり彼は全体的企ての原動力となるような集団的運動の中心にいたのであり、最も狡智に長けた職人の一人として、現代のオデュッセイア〔冒険〕に全面的に参加したのである。「テクストのなかのサド」という彼の論考は、特集号のちょうど中心に位置しており、クロソフスキーやバルトのテクストの後につづき、ユベール・ダミッシュの「過度のエクリチュール」とミシェル・トールの「サド効果」に先立つものである。

雑誌の主宰者の手によるこのテクストには、他の筆者たちの論考よりも、以下の問題点が際立っている。知的領域の問題点、政治上、美学上、文化上の問題点であり、このことは同じ特集号に彼が発表したもう一つのサド論——クロソフスキーの章で問題にした、本質的に論戦的な論文「サルトルの幻想」——を取り上げた際にすでに確認したところだ。彼が十年後に発表するまた別のテクスト、「サドの手紙」においても事情は同じである。

一九七五年冬の『テル・ケル』に掲載されたこのテクストは、その一部がラカン批判に宛てられているが、要約すれば次のようになるだろう。「サドを生かしたままにしておくにはどうしたらよいか?」あるいは「彼のテクストが語りつづけるためにはどうしたらよいか?」つまり、形容詞にすることでサドを中性化する操作からサド自身を救い出す必要があるということであり、こうした還元化の責任は臨床精神分析によるところが大きい。「サディズム的な（サディック）」、「口腔サディズムの（サディック＝オラル）」、「肛門サディズムの（サディック＝アナル）」……こうした形容詞化は悪魔祓いのプロセスとして現れてくるものだ。

そのタイトルからして、また二つのエピグラフ——新たな解釈学を呼びかけるバンヴェニストとニーチェのそれ[6]——からしても、「テクストのなかのサド」はその頃支配的だったテクスト論〔テクスト内在主義〕のなかにどっぷり浸かっている印象を与えるだろう。当時テクスト論を主に表明していたのは、近刊予定されていたジュリア・クリステヴァの『セメイオチケ』、バルトが準備していた『S／Z』、デリダが大部分のページを自身の小説作品に割きながら、一九六九年の『クリティック』誌に発表した『散種』の初稿[7]、「テル・ケル」が一九六八年にスイユ社から刊行した『全体の理論』（共著）などである[8]。いずれにせよ、二つのエピグラフは書籍として発表されたときには消え去り、バタイユの『呪われた部分』からの引用というただ一つのリファレンスに取って代わられることになるだろう[9]。「物質（マチエール）は……非論理的差異によってでしか定義づけることができない。この差異は、犯罪が法に対して表象するものを、宇宙の経済に対して表象する」。これはまったく別のプログラムであり、そこで前面化されているのは、一方では物質と犯罪、他方では経済と法という二重になった対照関係である。ずれ込みは少なくとも二つの次元にわたっている。一方では暴力、論戦を仕掛けるような関係を導入する。物質と犯罪の相似性を奨励しながら実証主義的唯物論に対抗し、法を世界の共通秩序と同一視することで古典的なラカン主義に異を唱えるのである。他方でソレルスは、唯物論それじたいの内部において、そこに残存しているはずの形而上学的なもの、観念論的なものを追い払い、いかなる包括的記号内容（シニフィエ）をもってしても解明しえない、「非論理的差異」という合理主義の見地からすればまったく不可解な概念を導入するのだ。

〈大義〉なし

一九六七年のテクストの主要な成果は、〈大義〉〔Cause〕というカテゴリーの周りを回っている。サドによって我々が解放されるところのカテゴリーであり、サド作品はこのカテゴリーを粉々に打ち砕くわけだが、その消失は彼の手引きで我々が身を任せることになる容赦なき自由の原因そのものである。後で見ることになるように、〈大義〉は多くの意味において理解されなければならない。ここでは取り急ぎ次のような意味で理解しておこう。原因、善、合目的性、価値、母概念、原理、目的、よき動機、因果関係、誠実さ……。サドが行った操作の決定的な性格が明らかになるのは、ソレルスが二十年後の『時間のなかのサド』において、サド作品による〈大義〉というカテゴリーの消去と破壊がいかに重要であるかを余すことなく再確認したときである[10]。

ここでのソレルスの身振りには孤独なアンガージュマンを思わせるものは何もない。彼は形而上学的空間を脱構築する大掛かりなプロセスのなかに参入し、当時アクチュアルだったまったく新しい唯物論、ルイ・アルチュセールが扇動者の一人であった唯物論に奉仕するのである。アルチュセールの唯物論がまったくサド作品を無視しているのは、ピューリタニズムがそうさせる以上仕方のないことだが[11]、ソレルスはといえば、こうした複数の起源――ギリシャ、中国、ヨーロッパ――をもつ唯物論の回帰にサド的自由、サド的身体、サド的快楽――サド的宇宙の物質じたいのなかで作動する快楽――を注入して新陳代謝を図っている[12]。〈大義〉とは、時間・身体・流れ・偶然性・確率過程・終わりなきもの・起源なきものが自由に伸長したり展開したりする可能性を妨げるものにほかならず、いま列挙したものは世界の物質そのものを――アルチュセールのきわめて唯物論的でサド的な言い方によれば――「主体なき訴訟〔プロセス〕」として構成する要素なのだ。

ソレルスとアルチュセールを分かつのは、以下の事実である。熱心な共産党員であった後者が長きにわたって――妻であったエレーヌの殺害にいたるまで――自身の思索をマルクス主義的伝統における内部抗争の狭いゲームのなかで維持したのに対し、ソレルスは形而上学を危機に陥れる試みをより広く雑多な結果にまで敷衍し、陰気な支部集会や「党」大会で議論されるものよりもずっと現実的な対象〔主題〕にまで広げてゆく。新しい唯物論によって備給されるべき新たな対象のなかでも、サドは性の領域、身体と器官の領域、快楽の領域の自由な解放を可能にしてくれる対象なのであり、これらの領域はことごとく〈大義〉によって隠蔽され、消去され、中性化されてきたものだった。しかし、とりわけサドは〈大義〉とその支配的で従属的な力を系譜学的に識別する作業に協力する者である。彼のおかげで、臆することもたじろぐこともなく女に尋ねることができ、エロスと哲学の例外的な激しさをもって――ある意味ではサディスト的に――女に問うことができ、女と〈大義〉を結びつける根源的絆――女は〈大義〉の最も根源的な誘因であり道具である――を理解すること、ある意味において女を〈大義〉と同一視することが可能になるのであり、こうした〈大義〉を拷問にかけなければそこから自由になることはできないのだ。

そもそも〈大義〉と女を結ぶ絆は、ソレルスの代表作の一つ、『女たち』の核心にあるものだろう。一九八三年に発表されたこの小説において、ソレルスは先立つ時代、つまり現代という時代全体を回顧しつつ再考している。〈大義〉と女の相似性は、フィクションの力を借りて、死の包括的プロセスの内部に――両者の相似性はこのプロセスの主要な動因の一つである――今度はラディカルな形象を見出すことになる。つまりそこにはただ一つの〈大義〉、特定の〈大義〉しかなく、それは女という〈大義〉なのである。

つまりサドによって道が開かれたのだ。その唯物論がきわめて大胆であったために、サドは自らの生み出す人間主体がバタイユの言う「非論理的差異」を絶えず繰り返し横断してゆくのを許可する。「非論理的差異」とはすなわち、物質、身体、男根的快楽、笑い、歓びであり、反哲学のプログラムを内に秘めた反〈大義〉である。

このように、サドは様々な人物像や数多くの人物を追放することを可能にする存在なのだ。たとえば、「掟の女(ファム＝ド＝ロワ)」という非常にネガティヴな人物像がそうだが、これは一九七五年の「サドの手紙」において「反動的な人物像、サドのエクリチュールの母体」として登場する。[13] サドは掟の女に白昼堂々と、まるで騎士団長ドン・ジュアンのように絶えず挑みつづける。掟の女は「社会の秘密を強化する」存在だからだ。[14]

こうした死闘のなかでのサドの役割とは、〈大義〉を破壊し、これを白日の下にさらすという最も簡単な行為において粉砕することである。というのも、「すべてを語る」というサドの原則は、〈大義〉を揺るがして、その重々しい組織を失墜させるだけで十分に達成できるものだからだ。ソレルスから見て、〈大義〉の権力に深く関わる基本的な秘密の一つとしてあるのは、母親であり、あるいはむしろ、母娘のあいだの端から端まで疎外された絆である。この絆はサドが生存中に絶えず解こうとしたものであり、具体的に言えば、義母であるモントルイユ法院長夫人と彼が欲情を抱いたその娘たち——妻としたペラジーと愛人にした妹のアンヌ＝プロスペール——との絆である。[15]『閨房哲学』の最終章全体が証明しているように——ウジェニーは乱交のさなかに自身の母親を著しく常軌を逸したやり方で拷問にかける——、サドはこの絆を作品のなかでも断ち切る。こうした秘密の暴露、〈大義〉の破壊はあまりに転覆的なエクリチュールをとおしてなされており、実際、このエクリチュールは「母と娘」のあいだで働く象徴化のプロセス、〈大義〉の核心にあるプロセスを遮断し、打ち壊してしまうのである。[16]「テクストのなかのサド」という一九六七年のテクストによって、〈大義〉の問題が包括的で体系的、ほとんどマニ教的な〔善悪二元論的な〕やり方で呈示されるわけだが、そこでは二つのタイプの言説が対立している。ひとつは、欲望から免れ、全面的に〈大義〉に帰依した神経症的態度であり、他方は、当時「理論」と呼び習わされていたもの、エクリチュールやテクスト——思考の実際的条件を変更しうる思考やエクリチュール——に同化する倒錯的態度である。[17] 神経症は形而上学的かつ虚無主義的な観念論〔理想主義〕にすっかり権力を委ねるものであり、そこでの観念論は、「制度化された」言葉（パロール）としての宗教がその支配的で可視的な代表となっているが、とはいえあらゆる制度によっても体現されている。「神経症患者」対「倒錯者」の図式は、すなわち、疎外され、抑鬱的で、従属的で、臆病で、小心で、不気味で、極端に社会化され、痛ましい主体と、自由で、活発で、積極的で、記憶をもたず、超自我をもたず、脱社会化された、幸福な主体との戦いの図式なのだ。精神分析のリファレンスとまったく無関係に定義され、しばしば括弧にくくられることもある「倒錯的」立場は、主体に自分自身の言語活動を実践する可能性を開くのであり、これは「別のもの」（〈大義〉）の記号としてではなく、自分自身の記号、つまり「自分自身と同一の」記号としての言語活動を経験させるということなのである。(18)

　唯物論の伝統を新たに書き換える仕事と並行して、ソレルスは倒錯という概念を徹底的に再考しようとつとめ、やがてこの概念から臨床的背景を根こそぎ抜きとるだけでなく、その通常の意味、つまり犯罪的態度という意味――この態度は敵対する社会の単なる表象でしかない――をも除去する。(19) 肝要なのは、「倒錯」をニーチェやバタイユ的な意味での価値に作り変えることである。ここで「サド的無気力（アパシー）」がきわめて重要になってくる。というのも、この無気力によって、倒錯者を自らの性癖や「自らの趣味の単なる充足」に甘んじる者として脇に退けておけるからだ。神経症患者はといえば、言語活動と記号の体系（エコノミー）のなかに留まる者であり、この体系は結局のところ自身の神経症的組織を転倒することができない。

　一九六七年の『テル・ケル』誌上に発表されたソレルスのテクストは、ほとんどつねに現在形のテクストとしてあり、まるでサドが現代において、燃えるようなアクチュアリティのなかで、神経症と倒錯の根本的な相克を引き取りながら語っているかのようだ。「神経症に対する戦いは絶望的なものだ。しかし、それでもなおこの戦いを過度にまで推し進めなければならない。神経症が永久にその犠牲者となるような過度にまで(20)」。

　ソレルスから見れば、サド的唯物論は身体の唯物論であると同時に、エクリチュールの唯物論でもある。したがって、サドのテクストはこうした物質から切り離された〈大義〉の基盤として立ち現れるどころか、破壊的な舞台装置を展開してゆくような横断を実行するのだ。「サドのエクリチュールは肉体をとおして我々のなかを通り過ぎてゆくように企図されている。まるで自身が破壊しようとしていた身体を横断しながら、そこに普遍化された恐るべきX線分析を導入するかのように[21]」。

つまりいかなる時でも、読者がおのずから充足しているという幻想は成り立たないのだ。読者はテクストと同等の存在では決してなく、いくら彼が目下読んでいる作品のアクチュアリティ――いま・ここ――を熱烈に希求したとしても同等にはなれない。ソレルスからしてみれば、サドを裁くことは我々を裁くことなのであり、だからこそサド作品が仕掛ける基本的な罠によって、我々――読者――は「サドのエクリチュールの影」にされてしまうのである[22]。簡単に言い表すことのできる罠だ。すなわち幻想の罠そのものであり、これによって、我々はつねにエクリチュールの獲物を「表象の影」のために解き放つ危険にさらされているのだ[23]。これで以下のことが理解された。サドのテクストがはらむ乗り越えるべき危険(リスク)とは、サドを神経症的に読むことの危険であり、イメージから直に読むこと、表象＝ミメーシスのなかでぐらつくような読み、つまりはサド的な〈大義〉に囚われた読書の危険なのである。

サドを唯物論的かつ倒錯的に読むこと――神経症的にではなく――は公理として以下の点をはらんでいる。すなわち、エクリチュールは決して読むこと(レクチュール)＝読みにはなれないということであり、エクリチュールが定言命令として抱えているのは、読者は決してテクストの終わり、エクリチュールの最後に行き着くことができないという事実なのだ。こうしたレクチュールとエクリチュール、読者と書き手、テクストと幻想の乱暴な区別のなかでこそ、作品の根源的な物質性〔即物性〕、作品という装置の汲みつくせぬ内在性、言葉と記号からなるそのシステムの無限性が展開されるのだろう。

こうしたレクチュールの「不可能」は「限界の経験」、限界の成就した経験であるが、ブランショやバタイユが呈示した「不可能」とはかなり違っている。この「不可能」は対象を黙らせたままにしておかないのだ。偉大な先人たちやバルトのような近しい友人たちのいう「不可能」とは反対に、ソレルスのいう「不可能」の機能は、読むという行為の不十分さそのものを証明することにあり、ここで読むという行為は現代的な実践（プラクシス）の中心に据えられたのである。この不可能はエクリチュールの疎外不可能な優越性、その非還元性を打ち立てる役割を担っている。こうした優越性を、サドは最高度の力への意志を際限なく過剰に推し進めるなかで、誤解の余地のないやり方で実現するのである。

「至高存在に抗して」

『至高存在に抗して』はソレルスによって書かれたサドの偽書である。サドを差出人にしたこの「手紙」は、一七九三年十二月七日、彼の逮捕の前日、恐怖政治のさなかに書かれたものとされ、当時ローマに亡命していたベルニス枢機卿に宛てられている。一七七五年、枢機卿がその地で大使をしていたときに、サドは客として招かれていた。そもそもベルニスは『ジュリエット物語』で女主人公がローマに滞在する場面に登場しているのだが、彼女は詩作をしていることから「ヴォーキューズの詩人」と呼ばれる人物に迎え入れられて、次のように言っている。「私はこの宮廷にいる我らが大使、ベルニス枢機卿宛ての手紙を何通かたずさえているのです。枢機卿はこの私をペトラルカに匹敵する魅力的な優しさで迎え入れてくれました」[24]。

さらに先のところで、彼女は枢機卿の書いた反宗教的で猥雑な二編の詩に言及しており、とくに二番目のものは猥褻な冒瀆的行為という点で度を超えている[25]。非常に長い乱交のシーンがこれに先立ってあるのだが、この乱痴気騒ぎはベルニスとアルバーニ枢機卿によって企画され、後者が所有する有名な別荘で開かれている[26]。ジュリエットはこの機会に乗じてアルバーニから百万フラン以上の金を巻き上げたのだった。

いずれにしても、サドの手紙は偽のテクストなのだが、その「作り物めいた」性格や実際の作者の身元に疑念を抱かせるところはまったくない。[27] もちろん、そこには女性主体の問題が過激なかたちで、「掟の女」というすでに馴染みの人物像の姿をとって、まるで〈大義〉——恐怖政治下に行われていた至高存在の崇拝——と結託しているかのように再提示されている。ソレルスはギロチンをとおして実現化される欲動と、男性を去勢しようとする女性の熱望とのあいだに相関関係を打ち立てているのだ。そこで明らかとなるのは、両者が係留される地点において、至高存在の崇拝が母性崇拝——至高存在の崇拝はこの人工物でしかない——をほとんど隠蔽していないという点である。[28] 我々はここで〈大義〉の核心に達しているのだ。

より総合的にみれば、テクストは恐怖政治に抗するきわめて激しい哲学的・政治的パンフレットである。「ああ、光（リュミエール）よ、啓蒙よ、結局おまえは闇を準備するものでしかなかったのか？」[29] こうした著しく激しい攻撃は、ソレルスのサドをアドルノやアーレントによってなされた啓蒙（リュミエール）への批判に結びつけるものかもしれない。しかし実際はまったく別のことである。ソレルスにとって、サドはアドルノのようなポストモダン的な懐疑主義・悲観主義の試みや、アーレントのような全体主義批判を発展させるための口実として役立つものではない。そこでの恐怖政治の系譜学ははるかに不透明なものであり、理性の弁証法が問題にする闇よりもはるかに暗い闇と結びついているのだ。ソレルスによって印づけられた本質的なカップルは、ルソー／ロベスピエールの組み合わせであり、両者はいずれも「女たち」に仕え、前者は彼女らにかしずく「聖具室係の男」であり、後者は「永遠のろくでなし」として彼女たちの司祭をつとめる。[30] これは見かけ上の歴史を反転した真実である。ロベスピエールというスキュラ〔六つの頭と十二の足をもつギリシャ神話中の怪物〕、ルソーという聖なる騎士の背後にあるのは、実は「最低の頭痛持ちの女が発する毒気に捧げられた崇拝」であり、[31] ギロチンが機械的に生み出す死の背景にあるのは、苦しむ女の泣き言やメランコリーなのだ。[32] ここで倒錯者と神経症患者の対立のなかに二つの固有名詞が加えられた。すなわち、サド対ルソーの戦いである。

「至高存在」に象徴的な地位を付与しながら――そこから恐怖政治の野蛮な退行、その時代の過剰な心理的・政治的・文化的退行が生じてくるであろう――、ソレルスは歴史のプロセス上に口を開けた断層を探り当てる。大革命はこの断層の数かぎりない表象の一つでしかなく、この断層に逆らって、サドの貴族的立場は真の隠れ家〔拠り所〕を提供しているのだ。

歴史の策略というヘーゲル的表象――歴史は理想の目的（〈大義〉の目的）の名の下にあらゆるおぞましさの正当化を許可するというまでに楽観主義的な表象――に抗して、ソレルスのサドは正反対の概念、まったく否定的できわめて反歴史的な、歴史のキマイラという概念を対置する。つまり歴史は自身が創造したキマイラであり、この怪物に仕え、自分自身に仕えるのであり、それは一種の自己演出的な預言、そこから自身の実在性を引き出すところのまやかしだというのだ[33]。キマイラは空想と怪物という二つの意味で理解されるべきだろう。怪物を養う空想であり、この空想によって育つ怪物である。これはアドルノが言うような「理性」、自分自身を破壊することのできる悪魔的弁証法を内に秘めた「理性」というだけではない。ソレルスによって創造されたサドから見れば、まさしくアクティヴな神話としての――空想＝怪物としての――歴史、強力な見せかけ（シミュラークル）あるいは非人称的なモレク〔聖書に登場するカナンの地で崇拝された異教の神〕としての歴史が問題とされているのだ。

理性は歴史よりも基本的なものだが、歴史は理性よりもずっと強力で重要な神話である。歴史を装置として構成する弁証法は、他の何よりも強く全体化を目指す弁証法であり、人間のうちの現実的なものを解明するのではなく、この現実的なものを把持し、捕まえ、疏外し、それじたいで歴史的な計画のなかに閉じ込めようとする。こうした非人称的怪物がもつ野望とは、自らの支配権力を他に匹敵するものがない絶頂点にまで引き上げることであり、この絶頂点は、まるで完全なる犯罪のなかで、怪物自身の消滅、つまり怪物自身の二重の意味での終わり（ファン）（目的と完了）と合致しているのだ。「ひとたび確立され、新たな司祭たちによって支えられ、崇められ、かしづかれると、言うまでもなく、それ［歴史のキマイラ］は歴史の終焉（ファン）＝目的を決定づけてしまう(34)」。

歴史の空想的（シメリック）プロセスとは以上のようなものである。歴史は本質的にイデオロギー、つまり実現化されたイデオロギーであり、これは歴史が――人間の目から見て――獲得できた見せかけの集団的現実によって、歴史が絶えず予告しながら導き出してくる似非の間主観性によって成立するまやかしのうちでも最も強力なものなのだ。まやかしとしての歴史、時の解放や人間の進歩の解放としての歴史は、ひとたび自身の目的に達すると、この目的を純然たる支配に置き換えようとする意図のなかでしか展開されず、恐怖政治はこの純然たる支配、つまり催眠的で不変の全体性のうちに凝り固まった支配のありうべきイメージの一つなのである。恐怖政治をとおして、歴史［小文字の歴史］の終わり＝目的となった歴史［大文字の歴史］は、自らを絶対的権力として築きあげる。当時において歴史の手段を構成していたものすべて、その夥しい数の道具、たとえば、理性、平等、自由、同胞愛、民衆といったものが、ラディカルな反転のうちに露わになるのだ。「自由？　かつて誰一人いま以上に自由でなかったことはない。まるで夢遊病者の大群だ。平等？　刎ねられた首たちにしか平等はない。同胞愛？　かつて密告が今日ほど盛んだったことはない。我々は万人による万人の絶滅を堅固にする人間的情熱の結び目を決然と暴き立てたのだろうか。こうした暴露がいまほど成功したことはなかったであろう(35)」。

歴史によって促されたとされるこうした価値転倒には、人間の欲望の移り気な性格を語る古臭い言説に帰されるような、レトリックの逃げ口上がまったく見られない。そこで要（かなめ）となっているのは、我々がよく知る表象、すなわち死であり、ブランショ、ラカン、ドゥルーズを迂回するなかで何度となく遭遇してきたところの死なのである。この死ははっきりと快楽に抗する方向に向かっており、つまりは「真剣な！　産業的な！　陰気な！

技術的な」死なのだ[36]。

恐怖政治のなかで作動する死がこうしたものであるのは、その死が下部構造としてサド的欲動とはまったく違う渇望、不滅への渇望を抱えているからであり、至高存在の崇拝はこうした渇望の表面的兆候の一つでしかない。歴史に内在する政治的審級に基づいて、また解放的とされている政治の領域そのもののなかで、理性の政治的崇拝と不滅信仰と死の崇拝とが深い連帯関係を結んでいるわけだが、これらはまさに現代的な全体主義の三位一体であり、フランスの恐怖政治はその最初のシークエンスの一つなのである。

恐怖政治においては、ギロチンによる死の全般的な機械化が、至高存在の崇拝と結びつけられながら、政治的なものに基づいた「不滅」の約束を伴っている。また死の全般的な機械化は、革命の支配プロセスを確立するために、自身がその申し子たらんとしていた唯物論を完全に放棄しなければならない。ソレルスはロベスピエールにラ・メトリの唯物論、とりわけその『霊魂論』を対置している[37]。この唯物論は自然の唯物論、「テクストのなかのサド」でもよく言及されるルクレティウスやデモクリトスの唯物論とそれほど違わないものだが、〈大義〉のあらゆる形而上学と遊戯の内在的弁証法とを対立させるものだ。

すでに理解されたであろう。不滅性――恐怖政治の言説のうちでも根元的かつ中心的テーマであり、死への憧れ、大虐殺（ジェノサイド）の沿岸すれすれにまで達している所与の死への憧れに依拠したテーマ――は、〈大義〉すなわち歴史の〈大義〉に帰依する恐怖政治の主体を構築するのに、必要不可欠な要素なのだ。こうした不滅性こそ、ソレルスのサドが――同様に「テクストのなかのサド」を書いた二十年前のソレルス自身が――執拗に攻撃したものにほかならない。この攻撃をきっかけにソレルスが再発見した次のサド的定式は、実際にサド作品のなかでも響き渡っているかのようだ。「我々が理解していないものの原因（コーズ）として、我々がそれよりもさらに理解していない何かを決して受け入れないようにしよう[38]」。いかなる〈大義（コーズ）〉の思想とも本質的に無関係であるからこそ、真の唯物論は革命思想と相容れないのであり、いつだって革命思想の基本的核となるものは、きわめて形而上学的〔観念的」なのである。

こうして不滅性は〈大義〉の主要な背景として、死の原理をはらんだ恐怖政治を賦活するものとして――死の原理は恐怖政治の機能に本質的なものだ――、つまり乱痴気騒ぎとは正反対の、絶えまなくつづく処刑の祭典という「死のごとく耐えがたい(モルテル)見世物」しかもたらせないものとして立ち現れてくる。[39] 不滅性は基本的に死に関わっているわけだが、というのは、その計画が不変的で、無気力で、まったく動かない、等質的かつ永続的なものだからであり、〈同一のもの(メーム)〉――人間社会の終わりとして、循環の始まりとして樹立されるもの――に依拠した人間性の構築のなかでしか不滅性が充足されないからだ。ところで、等質的なもの、無気力なもの、永続的なもの、同等のものとは、ことごとく死の欲動を表す名である。

以上のような恐怖政治の世界に抗して、ソレルスのサドは快楽の唯物論〔物質主義〕を対置する。すでに見たように、そこで原則となるのは「大義なし」であり、存在・事物・主体の貴族的自立性の原則、非論理的差異の原則である。そもそもこうした立場は、知識人の人物像にダメージを与えないわけがない。とりわけ現代の知識人に対してそうなのだが、この人物像はソレルスが創造したサドのテクストに偏在しており、これは偽書というテクストに特有のアナクロニズムが働いているからである。実際、テクスト中最も諷刺の効いた箇所において、サドは恐怖政治の新たな神を命名するのにどんな呼称が提案されたかをベルニス枢機卿に伝えている。「大いなる他者」、「精神」、「物自体」、「即自」、「存在」、「虚無」、「無意識」、「存在し損ない(マンカエートル)」。[40] ここには二十世紀が崇めた偉大なる理論上のフェティッシュがことごとく認められる。これらのフェティッシュに対抗して、ソレルスのサドはまるでナイフ投げ遊びのように、新たなアナクロニズムを発揮しながら、次のように提案している。「モリエールなら言っただろうが、どうして我々の神を『肺(プーモン)』と呼んではいけないのだろうか?」[41] サドが恐怖政治と対立させた固有名詞は、ラ・メトリを除けば、フラゴナール、ミケランジェロ、ベルニーニ、カサノヴァ、モーツァルトといった芸術家の名だけである。

恐怖政治のなかにその真の基盤である不滅性を見定めるというソレルスの選択は、時宜にかなったものではない。ここで想起されるのは、例のサドの遺言である。シュールレアリストによってあれほど美化された遺言、おそらくブランショが自身の抱える「死への権利」の強迫観念のなかに組み込んだであろう遺言、つまりサドはひとたび死を迎えたのち、人々の記憶から消え去ることしか望んでいなかったという内容の遺言である。その根底には、ある一つのサド像を構想するためのロジックが潜んでいる。歴史をめぐる大問題でもある核心的な問題、すなわち死の問題をめぐって恐怖政治に戦いを挑むサド像である。

第三章　ロラン・バルトとサド的中性

胸甲（プラストロン）

後期バルトにおいて、写真家のモデル――『明るい部屋』で使われるラテン語由来の用語によれば、「スペクトルム」――と真に肩を並べるものがあるとすれば、それはサドの犠牲者のイメージのなかにしかない。むろん、写真家はポーズをとらせているあいだモデルを絶えず痛めつづけるわけだが、それはサディズムのうちでもごくわずかなものでしかない。写真を撮るという行為にサドが介在しているというのは、それよりも重大でいっそう根源的な理由があるからなのだ。写真家がモデルに強いる拘束は、死刑の真似事（シミュラークル）なのであり、この死を否認することによってこそ本質的なサディズムが展開されるのである。こうした否認の機能はまさしく絶対的権力を認可すること、写真家の自己中心的で孤独な快楽を可能にすることにあるのだ。

永遠に固定化される宙吊り状態のなかで、犠牲者――モデル――は生き生きと「なる」ように、生き生きと見えるように、微笑み、自然に振る舞い、任意の身振りを行い、自身の美を引き出すよう促される。要するに、自身の犠牲者としての立場に同意してそれを粉飾するように、自身を痛めつける虐待者の共犯者になるように、自らの身体と態度のなかで死と生、対象と道具とを調和させ、倒錯者の対象としての完璧な影像になるよう唆されるのだ。サルトルが言うようなこうした肉体の猥褻さは、打ちのめされた身体の大仰な身振りとサド的主人の命令によってついに明らかになるのであり、この純然たる人工性のうちには、もはや快楽享受の自由のほかにいかなる自由も存在していないのである。[1]

　写真のモデルは写真家というサド的監督の権威のもとでこうした態度を受け入れなければならないわけだが、この態度を他の何よりもよく表す言葉がサド作品のなかに見出せる。すなわち、胸甲である。[2]「胸甲（プラストロン）」というサドの用語を引用し評価した稀有な論者の一人であるバルトは、この言葉を死――主人の陶酔状態に牛耳られた純然たる受動性――のミクロ的経験とまったく等価なものに仕立てあげる。「プラストロン」はサド作品にきわめて頻繁に現れる言葉であり、たとえば『ジュスティーヌ』の主人公が「よき女友達」である女優のマリー＝コンスタンス・ケネーに宛てた献辞のなかに出てくるのだが、[3]とりわけ頻出するのは『新ジュスティーヌ』である。この作品において女性は「享楽の機械」として定義され、享楽の「胸甲」、[4]つまり支え、架台、補強材でしかないとされている。ジュスティーヌが幽閉されているサント＝マリー＝デ＝ボワの修道者たちは、もっぱら若い少年を所望し、「若い娘は彼らの残酷な色欲の胸甲（プラストロン）としてしか」使われることがないというのだが、[5]こうした例は他にも多数挙げられるだろう。[6]サドが用いる「プラストロン」の語義は今日では忘れられてしまったものだ。現代においてこの語は「タキシード・シャツ」のことをいい、かたや「胸甲をつけて保護する（プラストロネ）」という動詞は間違って派生され、「気どってみせる（パラデ）」という意味で使われている。十八世紀において、プラストロンは剣術で身体を保護するために使うコルセットの一種を指し、そこから派生して、攻撃や打擲あるいは痛罵の言葉にさらされる男を意味するようになった。サドが用いたのはこうした剣術における語義である。すなわち剣の一撃から身を守るサポーターのことだが、そこで剣の一撃は鞭の一撃に変わり、性的な意味で襲いかかったり、つねったり、噛んだりする、サドが言うところの「冷やかし」になったのであり、これらの「冷やかし」の行為によって、犠牲者は物〔客体〕にされ、主人がもつ快楽と死への欲望の純粋な表面ないし支えに変えられてしまうというわけだ。

「私は完全なイメージになった。つまり死の化身になったのだ。他者たち——大文字の他者——は私から私自身を奪う。彼らは残忍なやり方で私を一つの物〔客体〕にしてしまう。彼らは私を意のままに従わせ、自由に使えるように支配するのである」(7)。このように「プラストロン」という語が介されることで、写真の像（スペクトルム）はジュスティーヌの言説、純粋にサド的な犠牲者の言説を文字どおりに語り出すのである。

最も重要な点がそこに現れているように思われる。写真という行為によって生み出される人工物のなかに現れているのだ。すなわち、私は粉飾された死でありながらも生きているという点、行為が私を否定・客体化・固定化しているだけにいっそう私は死にながら生きているという点である。モデルを縛りつける完全な不動状態と(「もう動かないようにしよう」)、写真家が表明する至上命令とが結びつくところで、モデルはその表情・眼差し・微笑み・舞台装置への参入をとおして、ありうべき最も生き生きした人間になるのであり、こうした根本的矛盾、不動性のなかでの可動性というダブル・バインド(矛盾した要請)のうちにこそ、写真を撮るという欲望のきわめてサド的で倒錯的な性格が現れているのだ。プラストロンとしてモデルは微笑みながら、写真家が彼に科したがっている死に自ら身を投じるのであり、かたやこういった献身によって、写真家は犠牲者の同意に幻想を抱くことができるのであって、そこでの犠牲者の従順さは写真家のファンタスムに宛てられた「承諾（ウィ）」なのである。

サド的行為と写真を撮る行為は、『サド、フーリエ、ロヨラ』（一九七一年）の末尾を飾る「サドII」以来、すでにアナロジーで結ばれていた。しかもこの結びつけは、「犯罪の木」――一九六七年冬の『テル・ケル』に発表された最初のサド論――で展開されたアプローチからの根本的な変化を示していた。

どういった変化なのか？「犯罪の木」は模範的なサド読解であったが、当初担わされたテクストとしての役割にとどまるものだった。すなわち、サド『全集』第十六巻の序文という役割であり、当初この巻の冒頭に「犯罪の木」は掲載されていたのだ。バルトが「サドII」を書く必要を感じたのは、まぎれもなくこの最初のテクストにいくらかの不備があったからであり、とりわけフーリエに深い共感を示すあまり、サドの非還元性を過小評価するきらいがあり、その結果、サドのテクストにユートピアへの向性（トロピスム）をダブらせる傾向が生じていたからである。[8] サドとフーリエの対立点はのちにクロソフスキーが築き上げていくものだが、ここではとくにバルトの最初の主張を否定する目的をもっていたと考えられるだろう。[9]

そもそもバルトは以前の思想と距離をとっていることを際立たせるために、一九七〇年に書いたテクスト、正確に言えばフーリエについてのテクストを利用するのである。[10] とりわけこの利用は偉大な原型的理論から現代的な侵犯を引き出すためになされるわけだが、そこでの原型的理論とは、一方では欠如と昇華の祭司としてのフロイト、他方では欲求の思想をものにした政治の処方医としてのマルクスである。原型的理論の担い手である両者の接合は、総合的精神、全体主義化の魔へと至る可能性があったわけで、バルトが論じたサドはこうした魔の犠牲者であったのだ。[11]

一九六七年の最初のサド論において、バルトは六〇年代初頭に開かれた文学をめぐる見通し（パースペクティヴ）、彼自身が一九六六年の「物語の構造分析入門」によって力強く寄与することになった見通しに依然として深く根を下ろしている。「犯罪の木」という当初のタイトルは――バルトは書籍化する際にタイトルを「サドI」に変更している――、チョムスキーや生成文法がよくつかう、「樹形図」という言語学の概念から借用したメタファーである。[12]「サドII」は以上のことすべてと縁を切っている。同じく、あらゆる種類のフロイト的／マルクス的人間学とも一線を画している。こうした断絶と引き換えに、「サドII」は「サドI」においてある意味サドから剥奪したもの――倒錯[13]――を再びサドに返上し、しかもこの復元作業のなかで、倒錯を再定義しようとしつつ、そこにまったく新たな思想の空間を穿とうとするのである。フロイト的枠組みから切り離されたこの思想のなかで、倒錯は**エクリチュール**のほぼ同義語となり、新たな現代性（モデルニテ）に参画していたバルトにとっての最優先事項となるのだ。

去勢

思い出してもみれば、ドゥルーズによって、ザッヘル＝マゾッホを経由しながら、去勢には奇妙な役割が宛てがわれていた。そこでの去勢は肯定的・根源的・倒錯的役割を担っており、[14]これはラカンの世界に特有の象徴的機能と正反対のものであるが、ラカンの去勢はといえば、おとなしくこれに従う主体にとって、法の秩序を組織するものであった。ところですでに指摘したとおり、バルトは同時期に去勢という概念を自らの仕事の転換点の一つにしたのである。この転換点のおかげで、彼の仕事は現代性の中心（記号学、物語論（ナラトロジー）……）から現代性の偏心へと移行する。つまり『S／Z』において、[15]『サラジーヌ』というバルザックの短編の分析をつうじて、去勢の問題がまったく逸脱したかたちで出現してくるのだ。『サラジーヌ』は、ある彫刻家がザンビネッラという歌手に恋をして、この美しい人物を女性と思い込むが、実は去勢（カストラート）された男性であることが明らかになるという展開の物語である。

バルトの注釈は人を戸惑わせるものだ。というのも、彼は去勢やカストラートによって出来する問題は、男性主体のそれではなく、女性性のそれであると主張するからである。カストラートあるいは去勢のおかげで、女性主体は昇華を目指す表象システムのなかに捕捉されるのであり、このシステムを支える造形としてのカストラートは、そのなかで女性性の目的論的――最終的――本質として現れることができる。カストラートとはつまり、完全なポイントにまで達した女性性であり、その完全性は彼自身の美しさによって保証されているのである。(16) ザンビネッラはこうした完璧な身体であり、そのなかに女性は――彼女は部分的対象（脚、首、胸、手……）のかたちでしか自然に存在できないのだから――自身の統一性を見出す。造られた傑作としてのカストラートは、女性の多様性をめぐる無限のサイクルを遮断することで、彼女らをただ一人の女のなかに固定するのだ。そしてカストラート――ザンビネッラ――が不可能な本質、つまり永遠に追求される女性的なものの本質であるからこそ、サラジーヌ――バルザックの彫刻家――は、カストラートのうちに自身の美学的理想が造形として実現されているのを見るのである。しかしこの本質が詐称として捉えられたために、ひとたび真実が知られるやいなや、彼はザンビネッラをモデルとしてつくった自作の彫刻を破壊してしまう。バルトは一種のサラジーヌであるのかもしれないが、だとしても彼にとって真実の露見は不快なものではなかったはずだ。なぜならバルトは彫刻家ではなく、文字を素材とする作家だからである。おそらくバルトにとって、去勢の象徴的印としての「Z」というカストラート――「ザンビネッラ Zambinella」――の頭文字のうちにこそ、女性がまさしく純粋な記号――「Z」――の姿で捉えられているのであり、この表象はランボーの『イリュミナシオン』における「H」――同名のタイトルを冠した詩がある――と同じくらい完璧なものだ。要するに、中性（ヌートル）の完璧な表象である。(17)「女性的なもの」を去勢の象徴となる一つの文字として把握することから、バルトは女性の身体が孕みうる中性をめぐってさらなる逸脱を展開してゆくだろう。その逸脱のうちには、デザイナーのエルテについての考察、彼が女性の身体を文字に見立てて造った「アルファベット」をめぐる考察も含まれてくる。なぜなら、こうした文字化によって、女性は肉体の犠牲を払ったうえで、読まれるべく造られたシルエットに変容するからだ。[18]

ドゥルーズによって、去勢はマゾヒズム的あるいは倒錯的向性として把握され、物理的表面から形而上学的表面への移行の可能性を実現する。バルトはこうした去勢に別の役割を担わせるのであり、この役割は内容面ではドゥルーズが与えた役割と異なるが、構造の点では等しい価値をもっている。ここでの我々の仮説は次のようなものだ——彼にとってはほんの立ち寄り〔移行〕にすぎなかった『サラジーヌ』の読解がなければ、バルトは「サドII」でサドを本気で再び取り上げることはなかったのではないか。

バルザックとサドの関係性とは——クロソフスキーの後期テクストの余白に現れたそれとは別に——どういったものなのか？　バルトにおいてその関係はきわめて局地化されたものであり、まず『サラジーヌ』のロマネスクな素材のなかに現れる。ザンビネッラの物語は『ジュリエット物語』におけるローマの挿話と同じ枠組み・登場人物・時代を採用している。キーギ公は若い少年の去勢に出資して彼を見事な歌姫に仕立てあげる恐るべき老人であり、シコグナラ枢機卿はこの少年の公的な庇護者であるが、彼らはジュリエットがローマに滞在しているときに出会う人物の分身と見なせる。すなわち、前者とほぼ同じ名をもつジジ〔ギーギ〕枢機卿やブラシアーニ〔ブラッチャリーニ〕伯爵であり、『ジュリエット物語』に登場する彼らは、倒錯・犯罪・怪物性どの点においても『サラジーヌ』の二人の人物にひけをとっていない。バルザックの物語中で、サラジーヌがザンビネッラの性的アイデンティティを暴露することになる夜会は、ローマのフランス大使館で催され、これはベルニス枢機卿——彼との邂逅はジュリエットが経験する最も風変わりな出会いの一つである——が起居する場所であった。[19]ザンビネッラを象り、シコグナラ枢機卿によってヴェールをかけられたサラジーヌの彫刻が保管されている場所は、アルバーニ荘であり、ここはジュリエットがローマ式の乱痴気騒ぎを最初に経験した場所の一つでもある。二つのエピソードの時間的ずれはきわめて少なく、実際、サラジーヌが一七五八年にローマに到着しているのに対し、ジュリエットの滞在はサド自身がローマで生活していた時期、つまり一七七五年から一七七六年の時期に位置づけられる。

去勢された女――中性

次の事実を意味深いものと捉えずにはいられない。すなわち、バルトが基礎的対象に仕立てあげた最初のサド的対象は女性であり、しかも去勢された女性であるという事実である。「あらゆる放蕩家は、快楽を感じているとき、女性の性器を細心の注意を払って隠そうとする癖をもっている[20]」。

これは「サドII」冒頭の一文だが、きわめて重要で問題含みである。実際、サド作品のあらゆる放蕩家がこうした「癖」をもっているわけではない。そのことは絶えずさらけ出されるジュスティーヌの性器やジュリエットの性器が証明してくれる。そもそもバルトが提示した最初の例の一つがブルサック伯爵の例であるというのはかなり問題である。ブルサックはジュスティーヌに拷問をかける者の一人であり、彼女が恋に落ちる唯一の男である[21]。というのも彼は――作中で明かされているように――稀有な同性愛者の一人であり、肛門性交において「つねに女[22]」であり、女性的なジェンダーを憎んでいるからだ。『新ジュスティーヌ』においては、事態がより明らかになる。実際、ブルサックは愛人である自身の忠実な従僕ジャスミンに対し、女性についてこう語っている。「ほら、この穴の開いた腹を見てみろよ……この禍々しいマンコもほら。馬鹿らしさ〔不合理〕が供儀を捧げるお寺とはこのことさ[23]」。

つまり、バルトは体系的ではない癖を体系化しているのである。とはいえこの癖をでっち上げているわけではなく、事実、次のようなジュリエットの発言はバルトが言う意味と適合しているようだ。「あれほど滑稽に、私の前が彼らの罵詈雑言の種になっているあいだ、親愛なる後ろ好きの伯爵は（何ということでしょう！　不幸にも、あらゆる放蕩家たちと同じだわ！）、私の後ろをこれ以上ないほど注意深く検分していました」[24]。サド的放蕩（リベルティナージュ）のたしかに意味深い「傾向」が問題になっている。こうした女性器——「空虚」[25]——に対する嫌悪がサド作品の最初で基礎的な特徴にされなければ、バルトの誇張はあながち間違いではなくなるだろう。

ブルサック伯爵の例から想定できるのは、サドを同性愛に引き寄せるのがバルトにとって必要だったということだが、そんなことはまったくない。逆にバルトは、サドと同性愛の世界とのあいだにまったく隙のない境界を設定するのだ[26]。こうした分離の理由は単純だが、その結果は強烈である。さまざまなアイデンティティ——そのうち最も意味深いのは、ウケ／タチの対立によって決定されるアイデンティティである——を構築しようとする同性愛の文化とは逆に、サドのテクストは絶えず反転する記号の際限なく自由なゲームのうえに立脚している[27]。ひたすら社会の文化的装置を反映するだけの同性愛の世界に対して、サド作品は中性の帝国を経験し想像することを認可し——去勢された女性はその最初のモデルであるが——、つまりはまったく観念的な身体を解放することを可能にするのだ。なぜならサド作品はもはや遊びと転倒に満ちた、尋常ではない表面でしかないからである。

こうした中性的空間の解放はまず女性身体の位相に起因している。「女」だけが男性の挿入を導く対称的な場、すなわち肛門と性器という二つの選択肢を提供するからだ。ところが放蕩家は、後者を否認することで、つまり同じ身体の領域のなかで一方に抗して他方を選ぶことで、きわめて特異な中性化を生じさせる。バルトによれば、それは男らしさと女らしさの単純な二項対立に基づいた常識に対する真の「逸脱」なのである。女性器を隠蔽しているので、サド的主体は若い娘の犠牲者を少年たちや男と同等と見なすことがまったくない。それとはまったく反対に、サド的主体はまず性差を無効化しつつ否認するのであり、こうした否認によって、倒錯的構造の核心に参入するのである。

ここでの中性は以下の事実によって育まれることになる。中性は純然たる記号学の体系を打ち立てる一種の方程式あるいは性的な代数学によって生み出されるという事実である。女性（F）が性器（S）と男性（H）との共通項である肛門（A）を述部としてもっているとすれば、FのなかでのSの中性化は、F＝Hという等式に至るどころか、FでもHでもないという新しいタイプの存在を生み出すことになる。この新たな存在は、「〜でも……でもない」という点で、中性をその語源的起源においてまでも実現するのである。

この「〜でも……でもない」がまったく肯定的であることに注目しよう。なぜならこの定式が生み出すのは、まさしく大文字の女〔*Femme*〕であり、この本質化を促す大文字こそ、バルトが性器なき「女」を問題にするたびに使っている文飾だからだ。つまり形而上学的領域の外で、定義上は大文字の記号〔Signe〕として理解されるべき本質であり、マラルメからバルトにいたるまで、世界をテクスト〔Texte〕や書物〔Livre〕として構築し展開するものである。したがってこうした去勢によって、大文字の女性にその記号的本質において到達できるようになるのであり、『S／Z』でも事情はまったく同じである。そこでは若い男の去勢――実際の去勢――によって、ザンビネッラの創造が可能になったのであり、彼女もまた女性主体の根源的本質が具現化された人物像なのである。ラカンやドゥルーズによって発見された去勢と昇華の結びつきがここで確認できるだろう。去勢に対する倒錯的関係は、精神病的倒錯者との関係のように、必ずしも死の欲動の幻覚的実践へと至るわけではなく、むしろ昇華への道を開きうるものであり、バルト的中性は間違いなくこうした昇華に参画しているのである。

ザンビネッラとまったく同様に、またバルトが『記号の帝国』のなかで論じた歌舞伎の女形――女形は「女〔Femme〕を模倣しているのではな」く、「女を意味している」とバルトは書いている[28]――とまったく同じく、性器を隠蔽されたサド的「女 Femme」は、昇華を促しながら中性化を目指すという二重の運動の舞台空間的効果なのであり、こうした運動のなかで、大文字の女性は大文字の記号として十全に展開されてゆくのである。

サド的「女」が昇華に属しているというのは、絶えず女性を痛めつけ、切り刻み、破壊し、すべての女性を際限なく殺しつづける作品に関するかぎり、きわめて怪しげな仮説である。したがってそこには一種の強権発動が前提とされているのだが、次にそのことを理解していかなければならない。

昇華、美

バルトが構築したようなサド的昇華はきわめて逆説的であり、倒錯領域の再定義を目的としている。バルトから見れば、昇華はサド作品のあちこちに偏在しており、女性主体をとおしてだけでなく、数多くのまったく思いがけない場所でも見受けられるのである。たとえば、乱交の「機械仕掛け」のなかでも昇華が働いている。たとえば、『ジュリエット物語』のフランカヴィル――サド作品に登場するもう一人の同性愛者――は、この「機械仕掛け」のおかげで、制限時間内に三百回尻を掘ってもらえるようになる。[29] 機械仕掛けとその前提となるシステムについて、バルトは次のように書いている。「機械とは仕事の昇華された象徴である。なぜならそれは仕事を遂行しながら、同時に仕事を免除するからだ」[30]。昇華はここで二つの特殊な原動力に依拠している。仕事を遂行しつつ免除するという積極的な中和（ヌートル）のプロセスと、機械によってのみ可能となる連続性の作用素であり、後者は崇高なものによって到達できる想像的統一性に適った弾力性を生み出す。

しかし女性身体がこうした特異な昇華の行われる決定的な場であるのは、我々がそこに明らかなかたちで美を見出しているからである。美はラカンのサド読解を取り上げた際にすでに問題にしたものだが、バルトはラカンとはまったく別のやり方で、サド作品のなかに張りつめる極度の緊張、拷問や体刑によって断片化された身体と身体の不滅性とを結びつけるこの緊張を解くのである。

一方でバルトは身体の断片化を、部位を羅列することでしか身体を語ることのできない言説の精神分析的構造と同一視する。実際、その反対側に、完全なる身体が存在しているわけだが、バルトはこの身体の結実体をヴィーナスのように優美な女〔*vénuste*〕と称している。(31) したがって女性身体の断片化は倒錯的体刑のうちに数えられておらず、当初は言説の存在論に結びつけられていたのだ。ここでの言説とは、精神分析の縛りによって、名づけたいものを切断し、分類し、二分化し、結合することを余儀なくされた言説のことである。実際、身体的対象（性器、尻、吐息、胸、腹……）を正確に命名できるメトニミーの形をとらなければ、身体を正確に語ることはできない。サドの倒錯的で名目的なフェティシズムは、実のところ言語の正確無比で完全な使用を反映するものでしかないのだ。そうした露骨なフェティシズムは、重ったるい婉曲語法や迂言法、同じく重々しく悪趣味なイメージを忌避するやり方でしかなく、「字義どおりのもの」、物や名の字義解釈、つまりは本質的な詩情(ポエティシテ)に達するための手法にすぎないのである。サドは「余計な付加がない」言語へといたる「意味の外」に位置を占めているのであり、(32) だとすれば、我々はここできわめてバルト的な経験、『記号の帝国』によって最もよく例証されたあの経験――言葉の精神分析的かつ字義どおりの使用をつうじてテクストの純粋な経験に到達するということ――のなかに身を置いていることになる。つまり問題とされているのはサディズム抜きのサドであり、サドのテクストをその厳密な詩的性格(ポエティシテ)のなかで一挙に塞き止め、維持し、ほとんど枠で囲い込むことなのだ。世間が抱くイメージやサディスト的幻想を除去されたサド、心理学的意味づけ〔付加〕から免れたサドであり、そこでの心理学的意味づけとは、ありのままの言葉に無感覚な普通の読者が、サドを思い描きながら、自分の読んでいるテクストに絶えず投影するところのものなのである。

逆に完全で統一のとれた身体は、身体のステレオタイプな表象（「ミネルヴァの背丈」、「フローラの清らかさ」）しか提示しない期待はずれのものに思えるが、実際はバルトに典型的な反転によって、この種の予定されていた失敗に打ち克っている。バルト的反転において、見かけの凡庸さは「無味乾燥」として露見し、この「無味乾燥」をつうじて、我々を中性――字義通りの言葉の堅固さや露骨さとは対称的で異なるもの――へのアプローチに導いてゆくからだ。こうした凡庸から無味乾燥への反転、無味乾燥から中性への反転は、サド作品とのきわめて特殊な関係を前提にしており、その関係はラカン、ソレルス、ブランショにおいてはレクチュールの乗り越えを意味するものであった。

ここで想起されるのは、ラカンが『アンティゴネー』にまつわる幻覚的で幻想的な経験を呼び出したときの奇妙なやり方である。ラカンはそれによってサド的なシーンを現出させ、クレオンによるアンティゴネーの断罪という中心的なエピソードに重ね合わせていた。まさにこの種の操作のおかげもあって、バルトはサドにおける女性身体の優美さのなかに中性的なものの実現を生起させるのだ。ラカンは「輝き」について、スペクタクルを前にして瞬く自らの目について語っているが、バルトはといえば、同じやり方で自らの読者としての立場から抜け出ながら、サドのテクストから離れ、身体の輝かしく舞台空間的な経験へと赴いている。この経験こそ主体に美の顕現を感じさせることのできる唯一の経験であり、そこでの美はサド作品の核心に現れているのだ。バルトによれば、それは「強烈な衝撃」の経験なのである。[33]

バルトの演劇的経験はラカンの非常に高尚な経験の対極にあるように見える。それはきわめて下品な経験であり、演劇の限界に位置するような経験でさえある。なぜなら問題となっているのが「パリのキャバレー」で上演される「女装した男たち」の見世物だからだ。[34] とはいえここで思い出されるのは、『フェードル』を観劇したプルーストと同じく、バルトにとっても、真の経験はいわゆる文芸のプチブル的価値を挫折させるものであるということ、プロレスの試合はギリシャ悲劇を映し出す鏡そのものになりうるということである。[35] さらに言えば、女装した男たちとともに、女性性じたいのなかでの女性性の根本的な中性化が問題とされていないだろうか？　そんなことはどうでもよいことだ。見世物の下品さそのもの、その直接的なエロティシズムのおかげで——それが引き起こす「強烈な衝撃」によって——、解除の設定が可能になるのであり、これはサド的な美が一見自身の構成要素であるように見える諸々のステレオタイプに対して行う操作なのである。サドにおける完全なる身体の美とは、実際は「舞台の照明がさんさんと輝くなかで遠くから眺められた身体なのだ。それはただ非常によく照明を当てられた身体でしかなく、遠く均質的なその照明は、個体性を消去するものだが、ヴィーナス的優美さだけは消さずにおくのである[36]」。

こうした優美さに捕らわれるためには、テクストから抜け出なければならない。「作中人物の美しさに対するサドの（一見かなり平板な）ほのめかしが私にとって退屈なものでなくなり、欲望の光と知性のすべてによって輝き出すためには、パリのキャバレーの照明を浴びた身体を前に強烈な衝撃を感じるだけで私には十分だったのだろう[37]」。

ラカンの場合と同じく、そこでの美は退屈さに代わる応答なのだ。退屈さは、サドの読者が強烈で思いがけない視覚的体験、その本質が光と等しい、光と似た経験に訴えないかぎり、ずらされたり乗り越えられたりすることがない。その光＝経験とはすなわち、ラカンにとってはアンティゴネーの輝きであり、バルトにとっては光に包まれた異装愛者の身体なのだ。いずれの場合においても、美はまさに陵辱を妨げ、退屈さを堰き止めるものなのである。

しかしバルトにとって、美が身体を「まったく望ましいもの〔欲望をそそるもの〕」、絶対的に到達不可能なもの」として位置づけるとすれば[38]、それはいわば倒錯的昇華という装置の効果そのものなのであり、その効果を解毒するものではない。読むという行為のなかで、退屈さの罠にかかった主体をその無気力な状態から解放する経験によって支えられていさえすれば、眼差しは犠牲者を美の主体に仕立てあげる視線になれるのであり、そうした生成は眼差しじたいが犠牲者を導いてゆくところの不滅性によって可能になるのである。

美によって、身体のステレオタイプな単調さが回帰してくるだけではない。美は——全体性としての美は——その反対物、すなわち断片化された身体に向かって作用してもいる。このことはサドにおいて一つのタイプの身体から別のタイプの身体への移行が絶えず起こっていることの原因になっている。そこでの美はバルトが言うと

ころの「結合体の超越性」なのである。(39)

周知のとおり、サド的身体はエロスの文法に可能なあらゆる機能を果たす。その器官はあらゆる結合の可能性を満たし、その論理上の可能性を数かぎりない発展や逸脱で飽和させるのであり、サドが発明した乱交のピラミッドはこうしたことを完璧に描き出している。しかし以上のような途方もない結合体に加えて、ありうるすべての消失点を吸収するような、きわめて重要な付加物があり、これは恍惚的でアウラのような感情をとおして付加される。つまり、これこそが美なのである。美とはそうした付加物であり、諸々の身体を──身体同士の相互的浸透を──縫い目のない一着の衣服に変えるアウラなのである。

身体に艶を与え、油をさし、塗油さえする恍惚、そこから身体を恩寵に満ちた一種の浮遊状態に至らせるこの恍惚を、バルトは昇華を促す一つのプロセスに結びつけている。このプロセスと比較しうる参照点は、音楽で言うところの「分節法（フレージング）」であり、つまりは「楽句（フレーズ）の崇高な」結びつき、(40) 造形と声調とリズムと音声とが高次元で一体化する可能性である。だとすれば、バルトが『S／Z』で去勢を話題にしながらザンビネッラの美について書いていたことをそこに適用できるだろう。すなわち、去勢は「放射する欠如」、伝染性のある力であり、そこで昇華を促す放射のアクティヴな原理とは、中性、去勢じたいの中性、ここでいうところの美の中性なのである。

フォトグラフィー／ポルノグラフィー

『明るい部屋』のなかで、バルトが写真のモデルの経験をサドのテクストをつうじて明らかにしたとすれば、彼はすでに『サド、フーリエ、ロヨラ』において、サド的表象と写真、写真表象とポルノ表象が通底していることを直感していた。(41)

まず最初にバルトは、サドのモデルが映画のモデルになりえたにちがいないと考えた。これは『新ジュスティーヌ』の特殊な拷問が描かれた一節に基づく推察である。当のシーンにおいて、ジュスティーヌは放蕩家たちに囲まれ、拷問者はそれぞれ彼女に特別な苦しみを与える任務を負っている。ジュスティーヌは回転し、その度ごとにまるで時計の針が文字盤の一箇所にぶつかる動きさながら、任務を負った放蕩家から次々と循環的に拷問を受けることになる。[42] バルトはこうしたサド的実践のうちに連続したイメージ（毎秒二十四）の映画的原理がひそんでいることを見抜く。この原理は「連続したイメージが他ならぬ時間、つまり時計に基づいて起動する」非人称的プロセスを生み出しているというのだ。[43]

　しかしこうしたアナロジーは抽象的なものにとどまる。そこでもまた、サド的遊戯の造形モデルの構築を可能にするのは、個人的で舞台空間的な経験なのだ。「見られた物」の援用は、バルトがそこで子供時代の思い出を呼び出しているだけに、ますます注目に値する。思い出によれば、バルトは非常に幼い頃、「田舎の敬虔なチャリティー・バザー」に行ったことがあるという。バザーでは「大掛かりな活人画」が上演されていたのだが、当時の「彼はこうした俗な遊びがサド的タブローと同じ幻想的本質を帯びていることを知らなかった」[44]。

　ピクチャレスクな思い出（「敬虔なチャリティー・バザー」）に、追憶の経験という概念が付け加えられている。「彼は知らなかった」という言い草は、子供を見世物（スペクタクル）に立ち会うことのできたポジションに位置づけるものであり——子供が何も理解しないまま両親の性交に立ち会ってしまうというフロイト的原体験のシーンのように——、性的かつ不在の手がかりを内包するこの見世物は、暴力的な事後性の働きによって、『眠れる森の美女』の舞台となるような田舎のシーンをエロス化するのである。しかしこの最初の天啓は第二の啓示によって二重化されている。そこで子供時代の活人画とサド的シーンは、フィルムの一コマ（フォトグラム）のなかに、つまりひと続きの映画から捉えられ抜き出されたイメージのなかに、真の記号学的基盤を見出すのであり、この基盤こそ両者〔活人画とサド的シーン〕をアナロジーで結びつけ、それぞれの根源的本性を暴くものなのだ。フィルムの一コマは映画と対立しているが、前者は後者から天引きされたものである。映画的操作の連続したイメージに抗して、フィルムの一コマは固定したイメージを対置する。それは固定された奇妙なイメージであり、写真以上に衝撃〔捕捉〕をうまく表し、生命ある存在を暴力的に捕まえる「差し押さえ」を表示するイメージなのである。フィルムの一コマはそこで映画的行為の倒錯あるいはその倒錯的な廃棄物として現れる。それは何かしらのフェティッシュ、何事かの断片化が眼差しのなかに侵入し、観客を倒錯者に変えてゆく瞬間なのである(45)。

フィルムの一コマは「テクストの新たな化学」として現れ、「言説と身体の融合」の可能性へと繋がってゆくような、まったく例外的な何かを実行するのだ(46)。ラカンやその他の者たちとともに、サドの読者であるバルトがなぜ視覚的に強烈な――時にトラウマティックで衝撃的な――経験に頼らなければならなかったか、その理由が「テクストの新たな化学」のうちに見出せるだろう。バルトはその経験に頼ることで、サド的身体、つまり拷問を受けた身体や快楽を享受する身体の特異で異常な可塑性に眼差しの焦点を合わせてゆくのである。

こうした諸々の視覚的経験は何かしら幻覚的なものをはらんでいる。それらはことごとく光の経験に結びついているのであり、要するに光が現実界についての過剰なイメージをつくり出す瞬間なのである(47)。

政治的なもの

死の欲動を排除する昇華／倒錯の組み合わせを構築することで、バルトはブランショがつくり出したのとは正反対のサド像、あらゆる否定性の外に位置を占めるサド像を描き出そうとする。否定や否定的なものを遠ざける手つきは、バルトがサドを話題にするときつねに見出せる。この手つきは執拗に繰り返されるパラドックスをつうじて明らかになるのだが、たとえば、バルトがサド的倒錯を洗練の原理〔原則〕と同一視する際のパラドックスがそうだ。バルトはこの概念をサドが妻と交わした書簡のなかから借りてくる。実際、バスティーユに囚われた夫に汚れた下着を求める妻への返信のなかで、サドはこの要求が性癖を満たすためのものだと信じるふりする。

> 魅力的な女よ、あなたは私の汚れた下着、私の古着が欲しいというのですか？　あなたはこれが完璧に洗練された趣味であることをご存知なんですか！　あなたは私が物事の価値をどのように感じているかよくわかっていらっしゃる。わが天使よ、お聞きください、私はこの点にかんしてあなたを満足させたいと心から望んでいるのです。なぜなら、あなたも知ってのとおり、私はあらゆる趣味、すべての酔狂を尊んでいるんですからね。どんなに奇異であっても、私はそれらをまったく尊重すべきものと思っています。だって人はそれらを飼いならす主人にはなりえないし、あらゆる趣味と酔狂のうちで最も特異で滑稽なものは、よくよく考えてもみれば、つねに洗練の原則に由来しているのですから。[48]

あらゆる倒錯の根拠となる洗練の原理は、暴力・死・悪意といった、大半のサドの読者——とりわけブランショ——がサディズムに内在的なものと見なしてきた概念に抗する原理なのである。倒錯的快楽の一枚岩的で一義的な側面もまた、「洗練の原理」によって否定される。バルトから見れば、この原理は逆に「快楽の意味じたいを断片化し、複数化し、粉砕する」ことを認可するからだ。[49] 要するに、サドが妻に宛てた手紙を参照することで、大半の論者が見逃してきたサドのユーモアを再導入することが可能になるわけで、きわめてサド的なこのユーモアは、現実原則を除去する言説の可能性に依拠しているのである。

死と否定の排除から主要な結果としてまず生じてくるのは、サドを政治的あるいはイデオロギー的に読むことに対する批判である。たとえば、サド的乱交はしばしば工場の作業場、流れ作業、機械化（マシニスム）と類比されているが、これは明らかにあらゆるポスト・ヘーゲル的弁証法、新自由主義型資本主義のもたらす災いを予告するサドについての弁証法――当時流行だったような――からまったくかけ離れた傾向である。バルトが自身の行うサドと資本主義との接合を、何らかの告発のために利用することはまったくない。彼が類比のゲームのなかから引き出すのは、もっぱらこの種の非人称的快楽、セクシュアリティが全面的に展開される快楽への関心だけである[50]。したがって彼はサドを政治に参入させるという愚を犯さないよう、我々に絶えず警鐘を鳴らしているのだ。サドに価値転覆の力があるとしても、それは自由や解放を促す同時代的要求と決して結びついていない。逆にその力は、政治的言説を語ることに不向きな言葉（パロール）の創造のなかに、そうした言葉を導くサド的プロセス――繰り返し、反復、単調、妄執――をとおして、潜在しているのである。

バルトにとってサドは、プチブルの視線で眺めると価値が損なわれてしまうのではないかという危惧を起こさせる作家なのだ。七〇年代のプチブルはもはや五〇年代のそれではなく、激烈な神話分析（『神話作用 *Mythologies*』）の対象でもなければ、コンサバとかプジャード派とかいう右翼的プチブルでもない。サドのテクストをその視線のもとに陥しめかねないプチブルとは、語のあらゆる意味において、極左のプチブルであり、当時非常に活動的で、文化の領域を席巻するきらいのあったプチブルのことなのである。バルトは彼なりのやり方で、サドを封建的貴族として描いたブランショのやり方（「彼は一人の貴族である。自らが居を構える中世風の城の銃眼に愛着をもっていた貴族[51]……」）とは違うかたちをとりながら、誤解を打ち壊そうとする。「サド的パートナーたちは、仲間でもなければ、友達でもなく、闘士でもない[52]」。

ブランショから見れば――少なくとも五〇年代のブランショから見れば――、サドの貴族的立場は、彼を政治的なものから遠ざけるどころか、恐怖政治の主人、恐怖政治期の革命的主体として政治の領域に連れ戻すものなのである。貴族的立場にいたからこそ、際限のない不確定な暴力が許されていたのであり、こうした暴力のなかで死は至高の存在になっていたのだ。またブランショには、革命から自らの出自であるプチブル的背景を取り除く必要もあった。というのもプチブルという階級、ロベスピエールからサン＝ジュストまで偉大な革命家たちが属するこの階級は、ヘーゲルの図式で言えば、伝統的に奴隷の階級であるからだ。いつのときも奴隷の反抗は熱に浮かされた一時の花火でしかなく、結局は新たな従属に帰着してしまうのである。

バルトから見れば、七〇年代の新たなシークエンスにおける争点は、以上のような議論とはまったく別のところにある。なぜなら政治的なものは、以前はまだ特異で歴史的で強烈な言語でありえたが、いまやプチブルの自発的な固有言語そのものになってしまったからだ。サドのテクストによって駆り立てられる欲求があるとすれば、政治的言説から完全に断固として離れたいという欲求しかないのである。

バルトのサドのうちに読みとれるのは、左翼的プチブルによる小文字の「神話 mythologies」であり、サドはこれを解毒する薬なのだ。「礼節」と題された断章においてバルトは、サドが自身の創作ノート・校正・修正稿を書くとき「あなた」という敬語をつかい、手直しすべき箇所を自分自身に提案しているという事実に注釈を加えている。バルトはこの敬語（ヴヴォワマン）のなかに「異議によってタメ口（チュトワマン）の体系的実践を然るべき（順応主義的な）場所に戻す至高の転覆」を認める(53)。ここでのタメ口はプチブル精神のうちで最も強烈な神話的なものが言語において発揮された痕跡であり、こうした作用は革命的プロセスのなかで作動するものだ。つまり一七八九年の革命と恐怖政治のさなかに課せられ、五月革命の最中・以降に押しつけられたタメ口なのである。サドの「礼節」はプチブル的コードより上等なコードに送り返されるものでは決してなく、テクスト中の事実、根源的なエクリチュールの事実に帰されるものなのだ。その事実とはすなわち、自分自身を引用するという奇妙で驚異的な営為であり、主体のいわば実践的な宙吊りであり、言語活動によって、記号の戯れや代名詞のもつさまざまな可能性の駆使によって、プチブル的で進歩主義的な粘着から逃れることである。「ポルノ作家、文字どおり淫蕩を描く作家は、自らの孤独を前面に押し出し、誠意、暗黙の合意、連帯、平等といったあらゆる人間関係の道徳性、つまりはヒステリーを拒否する(54)」。サドが用いる「あなた」という呼称から次のことがうかがえるだろう。粉砕され、関係の純然たる「ヒステリー」に帰されてしまうのは、左翼的進歩主義から自然に発生してくる政治的神話（誠意、暗黙の合意、連帯、平等）にほかならず、これらに抗して、エクリチュールの背徳性、その本質的な孤立性が対置されるのだ。

したがって政治的なものが厄介な問題となるのは、とりわけ言語活動の領域においてなのである。というのも、政治的なものは「システムの言説」でしかなく、この点において、「純粋にイデオロギー的なもの」、「反映としてのイデオロギー」と親和しているからだ。言説としての政治的なものがはらむ「体系的」構造に抗して、バルトは客体もなければ主体もないサド的言説、記号や意味の置換と散種がおびただしく行われる場としての言説を対置する。こうしたバルトの立場は、まったく孤立したものではない。バルトとはまったく異なるやり方ではあるが、ミシェル・トールもまた、一九六七年冬の『テル・ケル』において、サドを政治に参入させることを嘲笑った。「大いに心配されるところだ。サドは左翼の聖人になりえるのか？[55]」

バルトはまったく新しい命題を提示するのだが、この命題は、倒錯的主体と否定の倒錯とを可能なかぎり最もラディカルなやり方で引き離そうとする彼の努力と相関的である。すなわち、「ごく単純に倒錯は人を幸せにする」ということだ[56]。この命題が結果としてまずもたらすのは、迫害され、呪われ、監禁され、検閲されてきたサドにまつわる紋切型のイメージすべてを除外するということである[57]。

サド作品がはらむ唯一の否定とは、他者や自然や神の否定ではなく、言語への全面的な献身〔執着〕をつうじた現実原則の否定なのである[58]。この否定のなかで、サドの文章は考慮に入れるべき唯一の現実界（レエル）、つまり完全に現実化された内在性の場となるのだ。以上の観点から、『テクストの快楽』（一九七三年）を先取りするバルトは、一九七一年六月付の『サド、フーリエ、ロヨラ』序文のなかで、ソレルスの「テクストのなかのサド」に呼応するように、〈大義（コーズ）〉の言説として成立するすべての言説を徹底的に批判し、「快楽」を〈大義〉という概念と最も敵対したカテゴリーとして定立するのである[59]。

サドがいかなる〈大義〉とも無縁なのは、サディズムが排除されているからというだけでなく、言語（ランガージュ）の中性じたいのなかで、結局サドが何も語らず、語るべきことを何も持たず、すべての指示対象と記号内容(シニフィエ)に対して言語を徹底的に孤立化させる主人であるからだ。サドが組織するまったく新たな言語は、「物質的空虚」から出来してくるはずのものであり、この言語によって統制される「唯物論的儀式」の彼岸には「何もない」[60]。こうした無(リヤン)こそ、虚構の帝国〔絶対的権威〕なのである。

サドをこのように読むことは一種の愉しき苦行であり、大いなる規律によって、サディズムだけでなく、表象やイデオロギーをも排除・無効化する苦行なのだ。こうした営為と等しい価値をもつのは、セリーヌの『皆殺しのための戯言』をその反ユダヤ主義に毒されることなく読み通すことかもしれない。すなわち、あらゆる象徴化の作用を絶えず忌避しつづける読書、読んでいる当の作品からいかなる結論も導き出すことのない読書である。サドのエロティシズムとセリーヌの暴力性は、こうした読書の行為のなかにこそ十全に現れているのだろうし、以上のことは反象徴的な彼らの言説の見かけ上の明晰さに逆らう傾向である。だとすれば、サドのサディズムは「サドのテクストの粗野な(下品な)内容」でしかないのだろう[61]。こうした非常にリスキーで逆説的な立場を最も正確に定式化しうるとすれば、政治的なものというカテゴリーにまつわるパラドックスの一種の反転ということに尽きる。「サドがあらゆるテクストのうちで最も純粋なものを生み出したとすれば、私は次のことを理解すると思う。政治的なものは、サドのテクストとしては私の気に入るものとなるが、サディストのテクストとしてとなると、そうはいかなくなる」[62]。

物事を難解にすると同時に明らかにもするパラドックスが、ここで頂点に達したということだ。

つまりブランショやバタイユ、初期のクロソフスキーからも遠いところで、バルトはサドを慄（おのの）きも震えもせずに読むのである。サドの一連の拷問は、バルトの目には「ほとんど恐るに足らないもの」と映るのだ。なぜなら、それらは一種の「抽象化」に帰されるものだから。[63]

しかし「サドII」には、バルトが困惑（トゥルーブル）を露わにする瞬間がある。『閨房哲学』のミスティヴァル夫人に科せられた拷問を話題にするときがそうであり、この場面では、彼女の性器と肛門が、サン＝タンジュ夫人に手ほどきされた実娘のウジェニーの手によってもろとも縫い閉じられることになる。思い起こしてもみれば、この拷問をつうじてサドを克服したと豪語することができ、二重の縫合という点から、そこに以下の仮説の証拠を見てとったのだった——サドは実際には近親相姦のタブーを破れず、母は禁じられた存在でありつづけ、法は依然として絶対的権力にとどまっている。[64]

ラカンとは異なる、中性の原理に一貫して即した読み方をするバルトは、女性主体の去勢をこの原則のもとに位置づけた。彼が困惑にとらわれたのは、まさしく「縫合が去勢を挫折させる」という事実に起因している。[65]この縫合は女性の本源的去勢に問題含みの副次的去勢を付け加えるのである。しかも非常に奇妙なことに、バルトは次のことを付言している。「縫い閉じること、結局それは縫合なき世界を取り戻すことであり、完璧に＝神（ディヴィヌマン）によって分断された身体を——この断片化はあらゆるサド的快楽の起源である——傷のない滑らかな身体、完全なる身体のおぞましさに帰することである[66]」。

パラドックスだけで構成された一文だ。縫い閉じることは、縫合なき世界を取り戻し、身体の断片化を神聖なものとしたり、滑らかな身体をおぞましいものに変えたりすることだというのだから。これらのパラドックスは、バルトの分析をつまずかせることになる要所であろう。バルトがここでおぞましいものと言明している完全で滑らかな身体は、我々が先に言及した美の表現、すなわちヴィーナスのような優美さ、光によって照らされ捕捉される身体、中性によって昇華される身体にほかならないのではないか？

滑らかなものの中性は、その起源のせいで、おぞましいものに転化してしまうのだ。起源とはつまり、女性の元々の去勢に科せられた縫合的去勢であり、思い起こしてもみれば、そこにこそ――バルトから見れば――、サドにおける女性主体の性器なき女性としての、純粋な記号としての原動力が潜んでいるのだった。

縫合は既成の去勢に新たな去勢――暴力的な否定――を加え、この去勢じたいによって欲望の賭け金〔争点〕としての女性主体を再帰させながら、最初の去勢を無効にするのである。どうやらここで、我々は「単調で」どうでもよい一連の拷問から離れて、正真正銘の身体毀損から生じた障害（トゥルーブル）について触れることができるらしい。この障害は、縫合という拷問が女性身体を傷つけもしなければ分断もせず、逆にこれを滑らかにし〔統合し〕、おぞましいものと定義された全体性に至らしめているだけに、いっそう強烈である。ある意味において、このおぞましいものはサドの現実界になりうるのかもしれず、死へと通じるこうした現実界こそ、バルトが絶えず遠ざけ隠蔽しづけるものなのだ。

サドを論じるバルトを襲った第二の困惑を指摘しておくのも一興だろう。この困惑はもう少し後になって、バルトがパゾリーニの「ソドムの市」の感想を公にしたとき生じてくる。バルトの見方は総じて否定的なものだが、彼自身が提示した次の定式によってきわめて正確に要約できる。「ファシズムを非現実化するものはすべて間違っている。そして、サドを現実化するものもすべて間違っている」(67)。しかし我々にとって重要な点はここにはない。それは最終的に露わにした気詰まりのなかにあり、結局においてパゾリーニの映画を「サド的対象」、「絶対に回収不可能な対象」に変えてしまうかぎりにおいて(68)、この気詰まりはさりげない肯定的要素になっている。バルトが「ソドムの市」を観て感じた気詰まりは、題材の違いがあるとはいえ、『閨房哲学』の縫い閉じられた性器について感じた困惑と姉妹関係にある。この気詰まりもまた、強く現実的なものに関わっているのだ。バルトによれば、ファシズムを歴史的システムとして真に――正確に――分析しなかったという過ちを犯しているにしても、パゾリーニは本質的な何かには触れており、ファシズムを「実体」として描き出しながら、肝心な要素を暴いているという。なぜなら――バルトが言うには――、そこでのファシズムの「実体」は「政治的理性が死の欲動に生彩を与えにくる」様式の一つであるからだ。[69]

倒錯を称揚する「サドII」において徹底的に否認されていた死の欲動が、ここでは「死の欲動に生彩を与える」というフロイト的表現をとおして、まったく厄介(トゥルブラント)なかたちで再浮上してくる。このように、おそらく死の欲動はまったく不在のものではなく、ただ単に知覚できないものか、不可視のものなのである。だとすれば、気詰まりや困惑はこうした死の欲動の突発的な生彩化、政治的理性が快感／快楽のテクストのなかに起動させる生彩化に由来しているのだろう。

しかし『明るい部屋』という遺作となったメランコリックな最後の作品の一節、本章の冒頭でも引用した写真のモデルをめぐる一節を読むと、サドにおける死の欲動が還元されないもの、否認しえないものであることは明らかである。「胸甲」という語をきっかけにして、写真家のモデルの経験にサドが回帰してくるわけだが、バルトはこの語によってサド的拷問の犠牲者の側に立つのだ。バルトは写真家がモデルに強要する大仰な身振りを、放蕩家が鞭打ちによって愛らしい犠牲者に強いるそれと同じ強度で感じとる。生き生きとしているふりをしなければならない生者はシミュラークルとなり、犠牲者の分身となるのであって、そうした犠牲者の苦悶の叫びと動きは、拷問を科す者にとって、合意のサインとなるのだ。

死は化身となってそこに存在している。なぜなら、死の欲動だけが死を現出させることができるからであり、この欲動は生と混じり合って、生を内側から蝕み、そのなかに身を隠しながら、生に死の装いをまとわせ、犠牲者に自分がもはや純粋な快楽の些細な部分〔無〕でしかなくなるような運命を割り当てるのである。

エピローグ——パゾリーニ、ブランショ、レヴィナス

サド／パゾリーニ——悲劇的立場と倒錯的立場

「ソドムの市」〔「サロあるいはソドム百二十日」〕を見直すことは、そのつど唯一無二（ユニーク）の経験となる。これは映画を見直したり、新しく注釈し直したりしてそこから決定的な真実を引き出すということではない。ほとんど周知のとおり、そんなことは不可能である。

ただ見られるがままというのではなく、不可避的に目に焼きついてくるからこそ、「ソドムの市」はサドと現代性との対話のエピローグとして我々の前に立ち現れてきたのであろう。この映画はサドと現代性の対峙をあまりに強烈で暴力的なもの——耐えがたいほど高次元の暴力——に仕上げているので、両者の対話は、絶えず我々につきまうものでありながらも、密やかなかたちでしかもはや続行されえず、ある者にとっては忘却と諦めのなかで、パゾリーニの映像が消失してしまうほどの不透明さ〔難解さ〕のなかでしか続けられなかったのである。

だとすれば、こうも言えるだろう。現代性の担い手たちのうちでも、パゾリーニはサドを理解するときにもってすべき真剣さを最高度にまで引き上げた人にちがいない、と。この真剣さは、現代の悲劇性〔悲惨さ〕という悲劇的空間の真剣さなのである。

数あるサド作品のなかから、パゾリーニは最も非人称的な作品である『ソドム百二十日』を選んだわけだが、この作品にはもはや内面性はまったくなく、いかなる主観性の発露もない。『ジュスティーヌ』と『ジュリエット物語』が意識を表象する二つの人物像を寓意しているとすれば、『ソドム百二十日』は我々を意識、筋、登場人物、顔といったものから遠ざけ、あらゆる象徴主義、ドラマ、結論から解放するのである。一七八九年七月十四日のバスティーユ襲撃において、原稿が決定的に失われてしまったのを知ったときのサドの苦しみがいかに大きいものであったかを理解するのはたやすい。同時に、パゾリーニが同時代のサドの読み手たちの動向――彼らは『閨房哲学』に登場するサド的な二人の姉妹の運命により深い関心を寄せた――から部分的に逸脱しながら、最も現代的で表象不可能なサド作品に取り組んだことの意味も容易に理解できるのである。

悲劇とは、否定的な弁証法である。悲劇の主人公はあらゆる答えを超越した過ち、あらゆる答えを取るに足らないものにしてしまう過ちを犯した罪人なのであり、この過ちのなかにこそ、人間がなす行為の残忍さ（イニュマニテ）＝非人間性が表れているのだ。それにしても、クローデルの三部作を分析するなかで、キリスト教時代の悲劇性が異教的悲劇の悲惨さよりも無慈悲で深遠であると認めたラカンはなんと正しかったことか！　ラカンはシーニュ・ド・クーフォンテーヌというクローデルの女主人公を論じながら、そこで問題となっているのが過ちなき悲劇であり、この悲劇によって彼女の潔白が証明されかねないことに気づいていた。過ちなき悲劇の主人公は、たとえネガティヴなものであろうと、あらゆる運命を剥奪されているのである。

ラカン以前の、マルクス主義の伝統に則った一派は、キリスト教の悲劇性――パスカルやラシーヌのそれ――のなかに、ラカンが読みとったのとまったく同様の決定的教訓を見出していた。しかしこれは無意識の迷路に立ち向かうのではなく、歴史の迷路に立ち向かうための読み方であり、というのも歴史は隅から隅まで疎外された構造であるからだ。こうしたマルクス主義者たちのなかでも、ルカーチは神の沈黙が新しい悲劇的主体を誕生させる可能性の条件になりうることを予感した最初の一人であった。政治的主体ともいえるこの悲劇的主体において、意識の弁証法はことごとく乗り越えられるであろうし、こうした乗り越えじたいにおいて、件の主体は大文字の行動〔Action〕、そこで呼びならわされた言い方にしたがえば、実践（プラクシス）のなかに突き落とされるだろう。おそらくこの新たな悲劇性は、ブルジョワ的ヒューマニズムから離れ、あらゆる道徳的安逸を廃棄し、歴史上に働く否定的力を誇張し、政治的主体を予測不可能な内容をもたない未来に賭けることのほかは何も当てにしない主体に仕立てあげ、陰険で残酷な破壊を受け入れるための方法であったのだろう。しかも哲学の伝統的理想を乗り越える必要もあった。アドルノの定式によれば、哲学はいかなる肯定的要素にも到達してはならず、肯定性は必然的に否定されるべきものであり、とくに社交的世界を脱神話化する責務をになう手段としての理性のなかでも否定されなければならない[1]。こうしたマルクス主義の悲劇的方法は人間が自身の不幸、一般的な不幸、自らに固有の不幸に立ち向かうのを助けるべきものだったのだ。

言うなれば、「ソドムの市」によって、パゾリーニはキリスト教の悲劇性とマルクス主義の悲劇性の現代における継承者となるのだろう。遺産を受け継ぐための条件の一つ、すなわち遺産を破壊することに尻込みしなかった継承者である。しかも以上のことは悲劇的思想のロジックそのもののうちに含まれる傾向である。

サドのおかげで、パゾリーニは悲劇的否定性を極限まで徹底できるのだ。パゾリーニにおける悲劇的受難（パッション）は、もはや主観性によって引き起こされるものでさえなくなり、誰のものでもない受難になったのである。いかなる個々の犠牲者によっても体現されることなく、いかなる意識——歪んだ意識や狂気というかたちも含めて——によっても表象されることのないままに、供儀は最後まで遂行される。自殺と同様、狂気は主人公やヒロインの譫妄ではなく、彼らを閉じ込める歴史的疎外の極端な反映でもない。つまりフェードル、オレスト、シーニュ・

ド・クーフォンテーヌ、あるいは「テオレマ」（一九六七年）の父親が抱えるような譫妄ではないということだ。「テオレマ」というパゾリーニのもう一つの傑作では、一人の若い男が工場を経営するイタリア人の金持ちの家に現れ、家の者たちと女中を誘惑したのち、突如姿を消して、彼なき後の空虚のなかに連中を置き去りにする。映画は父親＝経営者が全財産を譲渡し、駅のなかをさまよって若い青年の眼差しに射すくめられたのち、砂塵と硫黄の臭いのたちこめる火山の丘に足を踏み入れ、極限の不安に苛まれながらそこをよじ登っていくところで終わる。

「テオレマ」とは反対に、「ソドムの市」では狂気がいたるところにある。そこでの狂気は世界の非人称的構造であり、若き日のミシェル・フーコーが喚起した制度と見事に結びついている。『狂気の歴史』の序文において、フーコーは再び世界のアルカイックな秩序となった狂気の「到達できない原始的な純粋さ[2]」、つまり「歴史の弁証法」を絶えず打ち壊しつづけてきたであろう「悲劇性の不動の構造」を喚起したのだった[3]。「ソドムの市」の狂気がフーコーと食い違っているのは、後者が狂気を作品の不在と見なしているのに対し、前者の狂気が作品（ウーヴル）をなしているという点でしかない。しかし作品としての「ソドムの市」が自らのうちに作品の不在を内包していると想像することもできるだろう。こうした不在は数ある無為（デスーヴル）のうちでも最も過激なもの、すなわち死によって表されているである。

「ソドムの市」によって我々が導かれる現代の悲劇性には、どのような新しさがあるのか？　それは悲劇がドラマの不在そのもののなかで進行しているという点にある。なぜならドラマには、個人化の作用や個人が相克を肉化する傾向があるせいで、悲劇がその実現となるべき出来事、すなわち人間の死を心理学に還元してしまう恐れがあるからだ。

古代やキリスト教の悲劇が再現するドラマのうちには、歴史の残忍さが個人の情熱〔情念〕のかたちをとって内面化されている。異常な行動、非合理的な行為や失敗は残忍さ（イニュマニテ）＝非人間性を媒介する表象であり、これらをとおして人間は自らの謎に直面するようになるのだ。「ソドムの市」がきわめて現代的であるのは、二十世紀がこれらの媒介物を取るに足らないものにしてしまったことを公的に認める点にある。大文字の歴史は個人の動機という点では完全に理解不可能なものとなり、一人あるいは複数の登場人物によって体現される媒介物はことごとくまやかしとなる。いまや悲劇の前提となっているのは、人間主体の徹底的な解体なのである。

注目すべき重要な点は、バルトが「ソドムの市」への批判のなかでもう一つのマルクス主義的伝統に訴えていることだ。すなわち、悲劇的立場に抗して経験的唯物論の習わしを対置してきたという伝統である。経験的唯物論もまた叙事詩的なもの〔勇壮なもの〕をつうじて行動や実践の哲学を展開してきたのであり、バルトにとってその象徴的人物でありつづけてきたのは、ブレヒトであった。ブレヒトそして叙事詩的啓蒙主義とともに、歴史の条件が考慮に入れられるわけだが、それは神秘的な力としてではなく、人間たちによって創り出され維持されるものとして考慮される。[4] この観点からすれば、バルトは終始一貫している。彼はパゾリーニがファシズムを非歴史化（理想化）し、サドを歴史化（現実化）していることを非難するからだ。この意味において――本書の冒頭で我々が予感していたように――、パゾリーニはアドルノの側に立っているのであり、実際、後者はまさしくブレヒトがナチズムをギャングスター、ごろつき、ゆすり屋といった弱々しいメタファーで表象したがったことを嘲弄していた。ファシズムの起源を社会の余白部分に位置づけてしまうことで、ブレヒトは自身が取り交わした啓蒙的な契約を履行できなくなる。契約の内容とはすなわち、社会自身が社会を全面的に破壊するという、ナチス・ドイツを特徴づける主要な事実をどうやって理解すればよいのかという問いである。[5]

アドルノの悲観主義は合理主義を批判しているにもかかわらず、合理的な悲観主義にとどまりつづけているのだが、それでも彼はブレヒトの失敗を受けて、ナチズムを表象することは不可能だと結論づけている。というのも、ナチズムには主体の自由が存在せず、絶対的不自由は表象の対象たりえないからである。[6]

パゾリーニと「ソドムの市」の新しさは、こうした不可能を除去することにある。彼が提案する美学的・政治的・形而上学的解決策は、倒錯のそれであり、「絶対的不自由」を知悉した倒錯主体のそれであるが、これは「絶対的不自由」を利用しつつ弄び(もてあそび)、自分自身を死の欲動の別名であるこの不自由にまでならしめる倒錯主体の営為なのである。

ここで、つまりナチズムとサディズムと倒錯とがきつく結び合わされる地点、不安と狂気の結節点において、パゾリーニが発掘しようとする悲劇的構造がその力のすべてを発揮しているのであり、全体性を志向するこの完璧な構造は、いかなる終わりももたないがゆえに、出口＝解決なき構造なのである。

キリスト教的悲劇の形而上学が応答なき神に与えられた問いの世界を問題にしているとすれば、現代の悲劇はそれよりも高等な沈黙〔不解答〕を暴いていると言えるだろう。「ソドムの市」で応答せぬまま沈黙をつづけるのは、神――ラカンの用語で言えば、大文字の他者――だけではない。神とともに現実界もまた応答するのをやめてしまったのだ。応えてくれるのは、世界と欲望と言葉の根本的構造となった死だけであり、この死は宛てなきホロコーストのかたちをとって現れる。倒錯とファシズムが婚礼のダンスを踊りはじめるのはこのような地点においてであり、このダンスは死・血・糞尿――サド＝パゾリーニ的地獄を構成する三つの圏域――の掟だけに従うことを旨とする不自由のただなかで行われるのだ。[7]

アイロニー

根源的な悪との対決を我々に経験させるために個人を不在にし、意識や主人公を排除すること、犠牲者たちは若者の漠然とした群れにすぎないという事実――これらがすべて『ソドム百二十日』のサド的論理を叶えるものであることは言うまでもない。

しかし逆説的なことに、諸々の顔は「ソドムの市」というアイデンティティなき世界のなかでなければ、あそこまでうまく活写されることはなかった。犠牲者が言葉(パロール)を発しないこと――あるいはきわめて稀にしか発しないこと――、彼らの思考を我々が知らずにいること、これらは彼らの絶望にアクセスする条件そのものなのだ。犠牲者の絶望へのアクセスとは、まさしくキリスト教的悲劇性の絶頂に到達するということであり、キリスト自身の言葉で体現されたこの絶頂は、人糞まみれの盥のなかに裸のまま浸かった犠牲者の一人によって再開され(8)、大声で、しかもドラマの主体となった悲劇の合唱隊(コロス)としての「我々」の名において繰り返し叫ばれる。「あぁ、神よ、あんたはなぜ我々を見捨てたの(9)?」

このように映画のなかにはいくつかの表徴がきわめて倹(つま)しいやり方で配されており、この倹しい配置は、死がその絶対的な支配体制〔摂政制〕を敷くなかで時折許可するものなのだ。実際、若い娘に執着する拷問者たちの異常な振る舞いに対して――母親は娘を獣たちから守ろうとして死に、娘は死んだ母親を悼んで泣きつづける――、聖母マリアの不可侵な存在が呼応している。また別の若い娘が密かにマリアに跪いて礼拝するシーンがあるが、やがて彼女はその祭壇の前で首を搔っ切られた――生け贄にされた――姿で発見される。聖母マリアは他の犠牲者たちの祈りのなかでも繰り返し現れてくる。

パゾリーニの悲劇のなかでキリスト教的装置の永遠性が主に表れているのはこうした瞬間であり、それは映画的にも非常な奇跡の瞬間なのである。そこではサド的儀式が行われるなかで、一人の若い餌食――地面に跪いた少年――が土埃に「ディオ Dio」と神の名を刻む姿が映し出される。この映像によって観客は視線の反転を強いられ、スクリーンに裏返って映る文字を解読しなければならなくなる。「ディオ」という三つの文字を描く手つきこそ、キリストのエクリチュールが顕現する瞬間なのであり、このエクリチュールは、「ディオ」という儚(はかな)げな筆跡――土埃に描かれた筆跡、土埃の筆跡――のなかに、唯一性〔神性〕の個体化――現前――の神秘そのものをたくし込んでいるのである。このことは、文字を描く行為がぞんざいで、何も考えず、まるで夢見心地になされているように、つまり純然たる自由の行為のように見えるだけにいっそう顕著なのだ。[10]

しかし、以上に挙げてきた表徴はことごとく死の儀式の運命（ファートゥム）——すべてがこの儀式に帰属しているわけだが——と比べればあまりに微かで、付随的で、脆弱なものであるため、そこから皮肉的な（アイロニカル）解釈を導き出すこともあいかわらず可能だ。すでに見たように、ドゥルーズはこうしたサド的アイロニーを実に見事に探り当てていた。

皮肉的な解釈は、そもそも本書の冒頭で我々が「ソドムの市」に現れる政治的表徴に対して行ったものだった。事実、我々は犠牲者の一人——他の犠牲者たちの密告によって召使いの女と寝ているところを急襲され、主人たちに銃殺された青年——が振り上げる拳を馬鹿馬鹿しいものと捉えたのである。我々はこの重々しく象徴的な振る舞いをサド的主人の勝利に供された添え物、主人の快楽のための一要素と見なしたのだが、ここで付言しておくと、こうした傾向は銃弾に撃ち抜かれた若い男の身体が、その姿形においても悩ましげな様子からしても、聖セバスチャンというマゾヒストの原型を再現しているだけにいっそう顕著なのである。

ところで、アイロニーは古くから悲劇的世界の核心にあるものにほかならない。なぜならアイロニーは悲劇的世界を根拠づける意味の論理（学）に深く関わっているからだ。苦々しい運命は皮肉であるし、父親に息子を殺させたり、息子に父親を殺させたりする巡り合わせや偶然——オイディプスとライオス——もまた皮肉である。アイロニーはいわば意味の馬鹿馬鹿しさを究極的に証明するものなのであり、こうした不条理の証明のなかで、因果関係の脆弱さが最終的な審級として立ち現れてくるのである。アイロニーは悲劇的主体のうちに残る唯一のユーモアなのだ。悲劇的主体はつねに最悪のやり方を引き受け、そこで自らの存在論とした失敗の構造を確認しながら、ユーモアとしてのアイロニーを発揮するのである。こうしたアイロニーは伝統的悲劇においてはたやすく探し当てることができる。しかし作中主体も主観性もないパゾリーニの現代的悲劇性においては、見分けることがより難しくなっている。いたるところにあるのではないかと疑えるだけに、識別が難しいのだ。キリスト教的表徴や政治的表徴をサドのアイロニーとして疑えるならば、ファシズムの装いを呈しているかぎりにおいて、映画のなかで作動しているサディズムもまたアイロニーとして、つまりサディズムそれじたいの告発として捉えられるだろう。この種の解釈はたしかに存在するし、映画のクレジットに記された、ブランショ、バルト、ソレルス、ボーヴォワール、クロソフスキーへのリファレンスじたいを皮肉と捉えるむきさえある。実際、パゾリーニはサドとナチズムを再び結びつけることで、彼らの読み方とはまったく違う何らかの表明を提示しているのかもしれない。サドとナチズムの関係は、現代の読み手たちが何度となく振り解こうとした結び目にほかならなかった。

　サディズムをアイロニーとする見方は——当時は道徳上の目的をはらんだアイロニーであったわけだが——、いまの我々から見ると、とても手に負えない仮説である。というのも、スクリーン上に再現されるものは何一つナチズムやファシズムの幻想に属しておらず、それらはすべてパゾリーニ的リビドーの領域にとどまっているからである。映画で表象されるサディズムがこの世界の悪を告発する意図をもっているという仮説を信じるのは、『ジュスティーヌあるいは美徳の不幸』の序文でのサドの警告を真に受けるのと同じくらい、ナイーヴな解釈だ。かの序文は読者に向けて次のように言っている。「『ジュスティーヌ』を読み終わった後、一言、君はこう言うだろう。『あぁ！　こうした数々の罪深き光景のおかげで、どれほど私が美徳を愛することに誇りをもてることか！悲嘆のなかの美徳はなんと崇高であることか！　不幸によってどれだけ美徳が美しくなることか！[11]』」パゾリーニが美徳——政治的な徳——を招き入れるのはこの美徳をより効果的に破壊するためでしかないだけに、告発的なアイロニーがあることを根拠に彼の映画を有徳のものとして読み解く無邪気さはよけいに許しがたい。「『ソドムの市』の主張は権力の無秩序状態（アナーキー）や歴史の不在を告発することだと私が言うとき、私の真剣さを疑える者などいるだろうか？　ひとたび口に出して言われてしまうと、この種の主張は硬直化し、嘘になり、言い訳じみて、偽善的なものになってしまうのだ[12]」。

　この発言はごく単純に次のことを意味している。「ソドムの市」にアイロニーがあるとしても、そこまで平板で粗野な意味の体制に属するものではありえないということだ。つまり、まったく異なる性質のアイロニーが問題とされているということである。

パゾリーニのポリティックス

「ソドムの市」には誰ひとり存在していない。複雑で手の込んだ運動をそこから観測できるような主観的構造は何もなく、ただ我々はその運動の脅威を感じとるだけである。よって倒錯に固有のアイロニカルな空間に到達するためには、映画から抜け出て、パゾリーニが「ソドムの市」の撮影中／以前に発表した膨大な数のテクストを考慮に入れなければならない。一九七三年から一九七四年のテクストは『海賊評論』に[13]、一九七五年のものは『ルター派書簡』にまとめられている[14]。これらは記事や短いテクスト、断片的あるいは続き物の発言を集めたものであるが、いずれも「ソドムの市」の創造過程や成立が影を落としており、そこから影響を受けている。

こうした大量のテクストを前にすると思わず魅了されてしまう。それらはしばしば時勢の要請のもとに、イタリアの全知識階級を敵に回すことになった激しい論争のさなかに書かれているからだ。つまり、すさまじい暴力的衝動と極端な挑発趣味に駆り立てられ、策略と無邪気さ、残酷さと愛情の混じりあった状況に迫られて書かれているのであり、これらの対立する要素はテクスト群の主調を特徴づけるものである。

パゾリーニが掲げる「マルクス主義」は——彼は絶えずイタリア共産党への支持を表明しつづけたわけだが——きわめて重要である。マルクス主義のおかげで、彼はブルジョワジーを階級ひいては支配階級として同定し、この階級の支配に奉仕する現代的疎外のプロセスを見定めることができたからだ。この意味において、パゾリーニはブルジョワジーを罪人とする共産主義者のなかでも最もラディカルな存在なのである。同時代的な疎外の分析は、アドルノ（『ミニマ・モラリア』）やバルト（『神話作用』）によって着手された大量消費、消費社会、コミュニケーション社会に対する批判の延長上にある[15]。しかしさらに先へと進むパゾリーニは、大量消費（社会）の帰結や結末を極端なやり方で際立たせ、現代の経済プロセスを人類学的革命として、ナチスの計画と論理的かつ通時的に連なる真のジェノサイドとして特徴づけるのである。彼の目に同時代的ファシズムの表象として映る消費社会は、ムッソリーニの時代のファシズムよりも残酷で、破壊力の強い、罪深いものとして現れている。なぜなら、消費社会は民衆がこの社会の諸構造とより全面的に密着することを前提としているからだ[16]。

合理主義的なマルクス主義がブルジョワジーに対する冷静沈着な態度――ブルジョワジーは歴史の壮大な弁証法、人類の普遍化のプロセスにおいて必要な一段階にすぎないとする見方――を想定しているとすれば、パゾリーニが信奉する悲劇的なマルクス主義はこれとはまったく違う解釈を展開している。パゾリーニをはじめとする「別の一派」にとって、ブルジョワ的普遍主義は普遍化の歴史上の一段階などではない。彼らの仮説によれば、普遍化は全面的で、統一化された、線的なプロセスとしてあるからだ。ブルジョワ的普遍はむしろ失敗した普遍そのもの、でっち上げられた普遍なのであり、その成果といえば、特異なものを徹底的に疎外したことしかない。したがって、こうした偽の普遍、まったく見かけだけの普遍――純然たるまやかし――は進歩の弁証法を構成する歯車などでは決してなく、典型的なブルジョワジーの企てに利用される武器なのであり、まやかしのプロセスの総体に帰属しているのである。

以上の視点は基本的なものであり、商業社会で作動する「新たなファシズム」――快楽主義の一般化、つまり虚無に対する権力の付与を原理とするファシズム――という命題の土台そのものとなる。ブルジョワジーを同時代の歴史的道具としてつかう普遍化のプロセスは、大文字の精神〔Esprit〕の出現・征服・支配に関与するどころか、逆にこの精神を死へと追いやり、あらかじめ計画されていた消滅に追い込むのだ[17]。

ブルジョワジー――支配階級としてのブルジョワジー――が本質的に敵だとしても、永遠にパゾリーニ的言説の標的となりつづける忌むべき対象はブルジョワジーではなく——あまりに抽象的な観念であり、目に見えない表象である——、「プチブルジョワジー」なのだ。我々はすでに「サド的なもの」の探索のなかで——とりわけブランショ、クロソフスキーにおいて——この押しつけがましい、どこにでも顔を出す、お喋りで、多産な階級に出くわしてきたが、むろんバルトにとっては嫌悪の的であった。プチブル階級は最終的なブルジョワ革命によって直接に産み出された支配的な社会集団であり、普遍化を目指す諸々のブルジョワ的価値をたずさえた覇権主義的集団である。このことは、彼らのもつブルジョワ的諸価値がいわゆる「民主化」と呼ばれる政治・経済的下部構造を呈している点から指摘できる。

パゾリーニの分析には一切の妥協がない。誰に対しても容赦することなく、自らが帰属するプチブルの一部、明らかに彼の映画の観客、彼の著作の読者となる人たちを重要視してもいる。彼らは左翼、極左、新左翼のプチブルであり、パゾリーニが絶えずその長い髪、無気力な顔、互いに取り替え可能な脱性化された顔つきとシルエットを嘲弄しつづけたところの人たちである[18]。パゾリーニが何ページにもわたって嫌悪感を表明しつづけたこの快楽主義的プチブルは、彼にとって現代人の典型的モデルでしかなかったのであろうし、実際、彼はこの階級を新しい「人種」と同定している[19]。

文字どおりパゾリーニ的な過激性のなかで、マルクス主義からの根本的な撤退が行われているのは明らかだ。たしかにパゾリーニは、とりわけ革命を起こせという至上命令の度重なる要請によって、マルクス主義をいぜん自らの政治的言説の土台にしている。ところが、まさしく進歩主義的マルクス主義の教典を打ち捨て、左翼的プチブルジョワジーを自身の言説の主要な標的に選ぶことのなかに、パゾリーニ的アイロニーが宿っているのだ。明示的な構造とメカニズムを呈しているがゆえに悲劇的なアイロニーなのであり、「ソドムの市」はこうしたアイロニーが遊戯や魔術幻灯（ファンタスゴマリア）として映し出される闇と光の空間なのである。

つまり一九七四年から翌年にかけてパゾリーニが展開した政治的発言の大半は、アイロニーのシステムを醸成することに寄与している。最も範列的な例として挙げられるのは、当時プチブル階級がとりわけ正当な権利として要求していた中絶に対するパゾリーニの反感である。アイロニーは――パゾリーニの哲学的考察すべてに潜んでいるのだが――、二重の態度のなかにすぐさま看取できる。事実、パゾリーニは中絶に反対しているのだが、中絶の法制化には好意的なのだ。自ら断りを入れているように、彼の立場は当時中絶に反対していた保守的ブルジョワジーの政治的立場と同じではない。[20] パゾリーニにとって、ブルジョワの法的・政治的観点からの中絶否定は、真の否定ではないのだ。こうした反対によって、ブルジョワジーはただ単に自らに相応しい大量消費と快楽主義のイデオロギーから遅れをとってしまっているだけであって、このイデオロギーの後押しがあれば、彼らは逆に中絶賛成にまわらなければならないはずなのである。だからこそ、パゾリーニは中絶への権利のために戦う。なぜなら彼はあまりに深いところから中絶に反対しているので、ブルジョワの権力が自身の行う現実の政治と一致するものを法的に拒否できるとは認識していないからだ。

しかしパゾリーニのアイロニーは、彼が中絶に反対する根深い理由に触れてもいる。彼の反対は極端なのだが、というのも彼にとって中絶は人殺しと同じであり、プラグマティズムから中絶を擁護する人たちは根本的な残忍さ＝非人間性を示していることになるからだ。[21] そもそもパゾリーニは自身の中絶反対のうちに逆行的あるいは反動的な先入観があることを認めている。そこには生命を宗教的な意味で聖なるものとする考え方があるだけでなく、[22] 彼自身が告白しているように、女性を純潔のままにしておきたいという秘められた欲望が根底にある。[23] 中絶の否定はより根本的で本質的な否定を覆い隠しているのであり、根底においては異性間性交、いわゆる「正常な」[24]性交に対する同時代の寛容を否定しているのである。パゾリーニによれば、一方で性的自由が神経症の一般化を引き起こし、現代のカップル——倦怠、心配、不安、抑鬱のモデル——はそうした傾向の産物であるという[25]。第二に、こうした性に対する寛容は本質的に異性愛に利するものであり、その内部に「彼／彼女の」性交を新たな規範として押しつける機械的な傾向を抱えている。そのかぎりにおいて、寛容は正常性と社会の規範への渇望を増大させることにしかならず、その結果として生じてくるのは、性的マイノリティに対する新たな不寛容であるというのだ。こうした不寛容は間違った寛容を根拠にしているがゆえに、過去への退行によって生み出される不寛容よりもずっとたちが悪い[26]。

中絶批判をめぐる最後のポイント——起源として暴かれる終局点——は、以上に挙げてきた一連の結果が最後にたどりつく人類学的破局（カタストロフ）に関わってくる。この破局をパゾリーニは次のように定式化している。「男同士の友情と勃起の勝利に代わって、カップルと性的不能の勝利がやってくる[27]」。

全体的社会事実としての中絶に反対するパゾリーニの立場を理由づけるのに、これほど純粋で、正確で、本質的な根拠はない。中絶に対する寛容とそれに関連するすべての社会的行動（性的寛容、規範としての異性愛……）は、男と男を結びつける基本的絆の破壊から生じてきたものであり、勃起あるいは勃起した男根は、こうした絆の象徴的表現——女の不在を前提とする表現——なのである。

そこでのアイロニーは非常に重大だ。生命の神聖な性格にまず動機づけられていた中絶反対論が、その動機と何ら矛盾することなく、男根崇拝をとおして男の絆の神聖化と結びつけられているのだから。

パゾリーニが参照する方程式（一方に男同士の友情と勃起を配し、他方にカップルと性的不能を置く方程式）は、極端に形式化された公理的側面によって、以下のことをほのめかしている。すなわち、パゾリーニはここで単なる個人的立場に満足することなく、むしろ普遍化を促す言説を希求しているということだ。友情を結び男根を勃起させる男は、同性愛者というマイノリティの人物像と何ら似ているところがない。それは逆に普遍的なものへと向かう主体、純然たる男性主体なのであり、世界内での彼の存在を構成する友情は、男性が一人残らず勃起状態を経験するかぎりにおいて、あるいは男性が女性と区別される存在でありさえすれば、すべての男性に関わってくるものとなる。

　ブルジョワジー、中絶、性的自由に対するパゾリーニの批判は、アルカイックな社会の崇拝を真の出処としているだけに、いっそう暴力的で、黙示録的で、至福千年説（ミレニアリズム）の様相が濃い。アルカイックな社会とは、古代イタリアが典型としてよく当てはまる異教=キリスト教的（パガノ=クレティアン）社会のことであり、そこでの男根は半ばキリスト的で、半ばディオニュソス的な神性として崇められている。男根を母への捧げ物とする点でキリスト的であり、「花咲く乙女たち」――「ソドムの市」の四人のサド的主人が最初に一堂に会するとき、このプルーストの言葉を面白がってつかったのだが――から遠く離れて男性の分身（オルター・エゴ）と快楽を共有する点でディオニュソス的なのである。(28)

　以上のことから、パゾリーニのアイロニーが意味するところ、すなわち悲劇的アイロニーでありながら倒錯的アイロニーでもあるということが理解された。アイロニーによって、公にされた立場――たとえば、中絶への反対――は、当時の政治的言説に共通の普遍的なもの、ブルジョワ的普遍として解釈できなくなるのだ。つまりまったく違うコードに従っているわけだが、だからと言ってこのコードはある種の普遍性の要求を諦めていない。要求されているのは、同質のものや任意の主体を当てにするのではなく、純然たる異質性（性の区別）や原初的シニフィアン（屹立した男根）を根拠とする普遍性なのである。

　なぜなら、そこでは普遍的なものじたいをめぐる争闘が繰り広げられているからであり、パゾリーニのアイロニーがこうしたあまりに特異な権力に到達していることの意味を根拠づけるところに問題の争点があるからである。ブルジョワジーの空虚で抽象的な普遍に抗して、パゾリーニはいわば男根的普遍と呼ぶべきものを対置する。男根が太古からの表象、識別の完全なる原理、意味の論理（学）となるところの普遍である。我々はいまやサド的宇宙の核心にいるのだ。

アルカイックなもの

現代世界が廃棄した古代文化、いまや名残りしかとどめていないこの文化の価値づけは、政治的にどのような意味をもつのか？　マルクス主義に依拠するパゾリーニの立場は、深遠な原始主義（プリミティヴィスム）によって明らかになる。この原始主義は、民衆の禁欲主義と窮乏を彼らの純粋性の保証として、彼らが疎外されえない基本的本質のなかにとどまる条件として捉えるのである。階級間の相違が極度に広がっているところの文化とは、疎外のプロセスが何ら影響力をもたず、効果を発揮しない文明のことをいうのだ。だからこそパゾリーニは、悲劇のアルカイックな宇宙がいまなお息づく世界として第三世界を神話化しえたのであり、そのことは彼の非常に美しい映画「アフリカのオレステイアのための覚書」（一九六八年〜一九六九年）が証明している。悲劇の領域とは、付属品をことごとく取り除かれ、運命の根源的空虚に帰された世界、死が唯一可能な解決策であるような相克の世界である。かたやブルジョワの世界は媒介の世界であるがゆえに、悲劇を抑圧し禁じる世界であり、そこでは存在と物象の全面的な実現が宙吊りにされてしまう。

しかし結局のところ、第三世界はそれじたいブルジョワ的腐敗や西洋の模倣に囚われたかたちで現れてきたものらしい。古代世界という、出口なき相克が繰り広げられる原始的世界を体現しようとするパゾリーニから見れば、そこにはもはや倒錯的コミュニティー、ここで言うところのサドの共同体しか存在していないのである。この共同体においては、サド＝マゾの関係が支配の関係を永久に固定化されずコード化もされない遊戯のうちに凍結してしまうため、主人と奴隷の関係が弁証法的に発展できず、人間を大文字の歴史のなかに組み込むこともできなくなるのだ。

十八世紀末の近代精神医学のうちに古典主義時代の強制的な狂人監禁よりもずっとたちの悪い疎外を見てとったフーコーと同じやり方で、パゾリーニは進歩を本質的に疎外を促すものとして捉えつづける。また以下の事実も偶然のことではないだろう。まったくフーコーと似た調子で、パゾリーニは自身の『ルター派書簡』――この書簡は一人の反エミール論者に宛てられている――を「怪物ルソーの亡霊」ではなく、「横柄なサド侯爵の亡霊」に捧げているのだ。[29] 明らかに逆説的なのは、パゾリーニがこうした態度を引き受けたそのときに、フーコーがそこから撤退し、過去の自らの立場を否定しながら、『狂気の歴史』の時代にはあれほど重要視していたサドの名を廃棄したことである。

つまりパゾリーニとって問題なのは、純粋にアルカイックなものの可能性をいまここで維持することなのだ。アイロニカルな微笑はある意味で唯一の媒介――一か八かの媒介――なのであり、この媒介をとおして、純粋にアルカイックなものの可能性がそれについてまったく何も知らない世界に向けて差し出されているのである。この微笑は多かれ少なかれ読解可能なかたちをとって現れ、耐え難いほどサド的なものにまで到達しうるのだが、このときパゾリーニは、医学や社会の進歩が子供の死亡率を減少させ、結果として新たな人種の出現を可能にしてしまったことを嘆いている。新たな人種とは生き残った者たちのことであり、彼らは本質的に弱い人間であるがゆえに、「正常さを気にかけ」、「群れへの全面的で躊躇なき加入」を志向する一種の下層民を形成し、大量の「従順な者たち」を生み出しているというのだ。[30]

ここにナチスの定式への参照――もちろんアイロニカルな参照ではあるが――を看取しないでいられようか？すなわち「弱者に死を」[31]という遠くニーチェからインスピレーションを受けた定式への参照である。耐え難いほどサド的なこの事態は識別可能な微笑によって強調されているのだが、たとえばそこでパゾリーニはスウィフトを参照しながら、犯罪行為を徹底的に駆逐するために、「義務教育の中学校をただちに廃止しよう」と提案している。[32] 彼にとって、中学校は「プチブル的生活への手ほどきをする学校」のようなものだからだ。[33] ここでのパゾリーニの立場は、監獄の若い犯罪者たちの境遇を改善しようとする進歩主義的モラリストに対するジュネの痛烈な批判とよく似ている。[34]

ジュネと同じくパゾリーニにとっても、善（進歩、自由、寛容、教育……）は端から端まで神話化された現実界＝現実的なものなのであり、こうした社会的拘束のプロセスに直面すると、善は疎外されえない審級の典型である悪をアイロニカルかつ悲劇的に対置することでしかなくなってしまうのである。こうした善悪二元論の政治空間への波及は――二十世紀に特有の現象であるが――、倒錯主体がそこから引き出す法外な利益によって正当化されている。そうすることで倒錯主体は自らの支配欲を普遍化し、政治的・社会的闘争の核心に刻み込むことができるのであり、こうした闘争のなかにおいて、追放者、罪人、「反抗者」が一種のサド的民衆を形成するのであって、倒錯者は彼らの主人、少なくとも彼らを導く思想家兼詩人なのである。

こうした悲劇的でアイロニカルな姿勢が絶頂に達した作品こそ――そこでは「テオレマ」で起こっていることとはまったく違って、いかなる転換も予想しえない――、「ソドムの市」にほかならない。我々はいまやあたうかぎり最も純粋な悲劇的立場の渦中に身を置いているのであり、そこでは解決の不在のなかに解決がひそんでいる。つまりサド＝ファシズム的儀式においては、快楽は死ぬこととして遂行されるのである。解決の不在を提示すること、あるいはあまりに激烈なアイロニーが含まれているために不可能で、耐え難く、とても受け入れられない解決策を提示することではじめて、一つの問題（プロブレム）をその威力もろとも伝えることができるようになるのだ。

何が問題なのか？　欲望の名において行われる現世批判の破壊的性格が問題なのである。現世批判は倫理的に必要なことであるが、欲望の名においてなされた場合、現世との妥協あるいは共謀のなかに巻き込まれてしまうだろう。この意味で「ソドムの市」は、全面的に欲望とラディカルな背徳性に支えられた現世批判の極端な写し絵なのであり、この写し絵は誰であれ見る者を無傷のままにしておかないのだ。ラディカルな現世批判が意味をもつのは、一種の新たな意識、叫びが最も適切な表現となるような耐え難いものの意識を発掘する場合でしかない。どんなものであれ、批判的意識とその対象とを区別しようとする言説は、無味乾燥になったり、妥協に落ち着いたり、破綻から何事かを救い出したいという欲求に陥るおそれがある。真の現世批判とは自らの手を汚さずにはいられないものであり、批判の対象となるこの世界に組み込まれないために、自らの破壊を希求するのである。「ソドムの市」はそういった映画なのだ。

だとすれば、パゾリーニが「ソドムの市」について語った文章の意味がここで理解される。作品は「中世的な謎」として、「非常に謎めいた、聖なる表象」として立ち現れてくる、と語るその文章は「ソドムの市」を最もよく定義しているのだ。また、パゾリーニが作品から意味を取り出すのを拒否したことの意味もよりよく理解される。「したがってこの映画は理解されてはならない。理解されたとしたら、何と不幸なことか[35]」。

謎という概念はキリスト教の原始的演劇にだけでなく、諸々の宗教的ドグマにも関連している。なぜなら宗教的ドグマは理性の弁証法に到達しえないからだ。まさしくこうした隠秘的性格によって、あるいは弁証法から免れているおかげで、大文字の謎は、有限なものがその有限性の最も痛ましいポイントにまで到達するのを可能にするのである。

パゾリーニはこうして痛みの極点に達した有限性を謎のなかに、謎の意味を語ることの拒否のなかに、つまりはタブーのうちにとどめておくのであり、そのことがあるからこそ、我々はそれぞれの映像、次から次へと繰り出される映像すべてにおいて耐え難いものに耐えるという所業を受け入れざるをえなくなるのだ。

「ソドムの市」の封切りがサドと現代性との対話を断ち切る実質的原因であったかもしれないと考えるのは、思想史に対してかなりナイーヴな見方をすることになってしまうだろう。そもそもひとたび断絶がなされたとしても、沈黙が完全なものとなるにはまだ遠い。現代の思潮から発したサドについての重要なテクストはその後も書き継がれている。フィリップ・ロジェ、シャンタル・トマ、マルセル・エナフ、アニー・ル・ブラン[36]……。しかしそれらはサドとの対話ではもはやなく、ただ単にサドについての言説にすぎない。

したがって、まったく反対の主張を提示することができるかもしれない。すなわち、サドとの対話が影を潜めてきてから、ようやく「ソドムの市」が可能になったということだ。「ソドムの市」の時代――つまり一九七四年から翌年――は、まぎれもなく現代性の領野において、政治だけでなく、哲学や文化の領域、いわゆる観想（テオリア）の領域において転換点をなしている[37]。転換点であると同時に溶解点でもあり、まず第一に我々の関心事であるサド的なものすべてに関わってくるポイントである。我々が先に注釈しえたように、サドを悪魔祓いするフーコーの方針転換は実際、パゾリーニの「ソドムの市」と期を同じくしていた。

それから数年ののち、サドの読み手として弟子筋にあたるフーコーの後を追って、ブランショもまた同じ対象からの離脱を表明する。

偶然ではなく、サドと距離をおくこの時機は、八〇年代初頭に展開された数多くの議論、知識人の「コミュニズム」――二十世紀の主要なシニフィアンの一つ――からの撤退にまつわる議論によってもたらされたものだ。一九八三年、ブランショは『ロートレアモンとサド』（一九四九年）を出したのと同じ出版社――ミニュイ社――から、『明かしえぬ共同体』という異様なタイトルの奇書を上梓する。これは二つの独立したテクストからなる作品だが、ひとつは「コミュニズム」という語から出発して、バタイユにおける共同体の概念にきわめて回りくどい注釈をほどこす「否定的共同体」、二つ目は我々にとって最も重要なテクストとなる「恋人たちの共同体」であり、これはマルグリット・デュラスの『死の病い』という非常に美しい物語を論じたものだ。

「否定的共同体」において、ブランショは「コミュニズム」という語を決して否認することなく、この語に共同体が厳密に内包する一つのヴィジョンの危険性を対置する。危険性とは、「最も不健全な全体主義」のそれである[38]。これこそ明らかなかたちでサドとの違和が生じてくるきっかけなのだが、サドについてブランショは次のように語っている。サドのシステムに恐ろしいほど反駁の余地がないのは、サド自身が絶対的な内在性、外部なき世界を信奉していることに起因する、と。非常に曖昧なやり方ではあるが、ここでブランショは倒錯が棲みつくことのできる継ぎ目の正確な在り処を示している。すなわち、絶対的内在性によって人間＝死すべき存在（モルテル）が不滅の存在に変貌できる瞬間を示しているのだ。死すべき存在というのは、すべての人間が死ぬ定めにあるからであり、不滅の存在というのは、この死によって終わりなき永生の夢が可能になるからである。実際、内在的生じたいのうちには終わりなど存在しえない[39]。

ブランショにとって必要なのは、バタイユの名誉を挽回することであり、ある種のヒロイックな調子によってバタイユの言説に付与されたであろう魅惑的なコノテーションをすすぐことなのである[40]。そのことによって、バタイユと彼に結びつけられていた二つの固有名詞を引き離すことが肝要なのだ。固有名詞の一方は傲岸の罪を着せられたニーチェであり[41]、他方は死を一つの限界とするのをやめたサドである[42]。

カフカをつうじて、我々はすでにサドに対するブランショの方針転換を看取してきた。死を焦点としたこの転換は、競合する二つの矛盾した表現をつうじてなされる。ひとつは「超越的否定」の発揚としての「サディズム」であり、他方はこれとはまったく逆の表現、「否定的超越性」の表現としての「カフカ主義」である。一方では死が他者の超越的否定のなかにもたらされ、他方では死が否定的超越性として受けとられ、甘受される。一九八三年の「否定的共同体」にはこうした対立の解説が見出せるのだが、ブランショはそこからあらゆる帰結を導き出している。サド的主体は、前述した死との関係のなかで――そこでは彼自身のものも含めて死がまったき快楽となる――、密封された自閉状態に到達する。逆に、ブランショが喚起する共同体は他者の死によって全面的に支えられている。この死は否定的な出来事として、共同体に異議を申し立てながら、同時に共同体を可能にしている。というのも、定義上この死は共同体を「死にゆく隣人たち」の総体として構成する共通の出来事だからである。[43] 共同体を創立するものは、共同体を解体するものでもある。不完全性を起源とする共同体は、自身の消滅、自身の無効性をその帰結とするのであり、ブランショが最終的に言うところの「死に身をさらすこと」を下部構造とする未知の責任へと片づけられてしまうのである。[44]

このように、サドと距離をとる最初のステップは婉曲的で間接的なものでありつづける。この段階は、ブランショがバタイユについて成し遂げたメジャーな仕事のマイナーな帰結としてあるのだ。

恋人たち

デュラスの小説に注釈を加える機会に乗じてブランショがより明確にサドとの絆を断ち切るのは、『明かしえぬ共同体』第二部においてである。『死の病い』は、「同性愛者」で「永遠に女性的なものから切り離された」男と、関係の欠如に基づくこの関係のために犠牲を払わされる女との交際を描いている。ブランショの解説によれば、「デュラスは恋人たちのロマン主義的結合を超越しなければならないと予感した」のであり、つまりこうした超越こそ「恋人たちの共同体」を構成するものだという。[45]

サドとの絶交の最初の時期が、一九七六年に『知への意志』を発表したフーコーからインスパイアされているのは明らかだ。思い起こしてもみれば、この主要な著作においてフーコーは、サドが実際のところ侵犯の秩序にではなく、絶えず人々を教化し、性にまつわる言説を展開しつづける西洋の秩序に属していると語っていた。フーコーによるサドの過小評価は――しばしば軽蔑的でさえある――、ブランショの筆致のなかにも見出せるのだが、たとえば次のように書かれている。「いわゆる娼館やそれに類する場所は、サドの城塞ほどには、社会を揺るがすことのできるマージナルな状況を形成していない。というのも、逆にこうした専門的な場所はいぜんとして認可されたものであり、本当は禁じられているだけにいっそうこの傾向が顕著なのだ[46]」。

禁忌と権利、秩序と周縁、中心と周辺、それぞれのあいだに新たな弁証法を打ち立てる反転というのは、きわめてフーコー的である。フーコーの場合と同じく、新たな「権力の分析論」を主張することが必要なのであり、この主張はいまや全能となった社会それじたいを出発点にしなければならないのだ。

しかしブランショはこうした外面的なサド批判にとどまらない。彼はサド的主体から破壊的威光を剥ぎとり、これを恋人たちの共同体に移し替える。つまり世界、歴史、革命、エクリチュールにかんするサドの黙示録的解釈をそのままのかたちで取り上げ、一見サド的狂乱のグループよりも威光のない、恋人たちという新たな集団に結びつけるのである。実際、恋人たちが社会の破壊という本質的目的をもっているとすれば、彼らはそれを終末論的な至高の目的として抱えているのであり、そもそも彼らを唯一の保持者とするこの目的＝終末(フアン)は「世界消滅の脅威」なのだ[47]。黙示録の新たな騎士である彼らこそ、こうした「第二の死」の担い手なのであり、思い出してもみれば、こうした絶対的破壊がどれほどラカンというサドの読み手を呼び出していたことか。

すぐさま明らかになってくるのは、すでにサドにかんしてそうだったように、デュラスの恋人たちが世界を政治的に読み解く行為と深く結びついているということだ。恋人たちが喚起される前に六八年五月〔五月革命〕が喚起されており、そこでは事件の際に展開された一種の共同体、万人に蜂起を訴えた言論の自由をつうじて、

「計画なく」、平等と同胞愛に基づいて成立した共同体が非常に美化されて讃えられている。六八年五月は、ルネ・シャールが「即時的普遍」のなかで喚起した「共同の現前」という意味での詩的革命であるというのだ。[48]

こうした束の間の、すぐに解体してしまう共同体の力を根本から定義づけているのは、いうなれば差し引かれるべき要素である。すなわち、いかなる権力も引き受けないという本能的拒否であり、ブランショはこの態度をイタリック体で顕彰しながら「不能の表明」と名づけている。[49]「不能（アンピュイッサンス）〔無力〕」という語はあまりに意義深いものであるために、ブランショはもう一つの出来事を称揚するときにもこの語を用いている。その出来事とは一九六二年の大規模なデモのことだが、このときシャロンヌ駅で左翼の闘士たちがモーリス・パポン率いるド・ゴール派の警察によって殺されたのだった。[50]「きわめて大きな力である。なぜならこの力は、衰えを感じることなく、自らの潜在的で絶対的な不能を含んでいたからだ[51]」。

「不能」という語によって、恋人たちの共同体と、二つの歴史的共同体——六八年五月の革命と六二年のデモからなる共同体——とが結びつけられるのである。

不能

「恋人たちの真実の世界」がはらむ最初のパラドックスは、その世界が存続するために愛をまったく必要としていない点にある。愛することの不可能、いわゆる愛の不能性＝無力さは、不能であるにもかかわらず、あるいはそのせいで、差し引きされるべき愛の形にさえなりうるのであり、これこそ愛の真実の形なのである。こうした苦悩、「生きた情熱の欠如」のせいで他者に近づけない無力さは——この強迫観念がそこでは中心的になるのだが——、デュラスの小説の核心にあるものであり、だからこそ彼女はこれを「死の病い」と名づけるのだ。愛の不能性は、小説のなかで、「自分と似た者たち、つまり他の男たちとしか通じてこなかった男[52]」と、「幾つかの夜、あるいは一生と引き換えに購われた契約に縛られる」若い女とを結びつける絆になっている。[53]六八年五月やシャロンヌの犠牲者のためのデモの場合とまったく同じく、男の女に対する「不能」は普通の不能ではまったくない。ブランショは「衰弱した男の凡庸な性的不能」が問題となっているのではないと言明している。[54]「不能」という語は、まったく正確な表現ではなく、デュラスのテクスト中にも現れず、むしろ作品と矛盾するものであるだけに、いっそう重要性を帯びてくるのだ。そもそもブランショ自身がそのことを認めているように。「彼［男］はすべきことを全部やっている[55]」。「全部」と言っているにもかかわらず、ブランショはあえて「不能」というこの語を選んだのだ。

この不能は凡庸というにはあまりにほど遠いため、何かしらサド的なもの、むしろサディズム的なものを表している。『存在と無』におけるサルトルのサディズム分析のいくつか、同じ主題に関するラカンの臨床的考察、あるいはサド自身の考察を思い出してみればわかるだろう。[56]デュラスの小説中の男は、サディスト的主体と同じく、他者の生死を賭けた応答、若い女の肯定的応答をことごとく抑圧するのだが、というのもブランショの定式によれば、その応答が「生のひけらかし（表面化）であり、ところが彼［男］にはそうした生がずっと前から剥奪されている」からだという。[57]

当然、以下の事実に注意を払わなければならない。否応なきサドからの離反のきっかけとなるテクストにおいて、ブランショはサドの名を口にすることなく、デュラスの根底に実はサドが潜んでいるという読みを提示しているのだ。しかもこうした抑圧的不能の分析のなかで、名を明かされぬサドは、レヴィナスから借りてきた語彙によって色づけされているかのようだ。色づけは他者の脆弱さ、とりわけ女性という他者の脆弱さというテーマをめぐってなされており、そこでの脆弱さは彼女の本質的弱さが肉化したこと――つまり女性の肉体、挿入可能な肉体、非男根的肉体になったこと――だけでなく、顔を自らの場とする他者に身をさらすことにも起因している。「身体はまったく防御手段をもっておらず、顔から足の先までつやつやと滑らかなのだ」[58]。レヴィナスと同じくサドにおいても、こうした脆弱さと可視性は、まっこうから反抗する応答があるにもかかわらず、殺しを求める呼びかけになってしまうのだ。「首締め、強姦、虐待、罵詈雑言、憎しみの叫び、死ぬほど耐えがたいすべての情念の暴発」とブランショはデュラスを引用しながら列挙している。[59] つまり、デュラスは生きることにおいても愛することにおいても、無力な主体の眼差しに女性の「永遠の裸体」をさらしているというのだ。レヴィナスにおいて女性はつねに「最初の女」であり、サドにおいてはつねに同じ女なのだが、つねに同じということは、その女が破壊不可能であいかわらず同一の女だからである。

実のところ、デュラスのテクストの裏側でブランショが企図しているのは、サド的主体と「不能の」恋人とのあいだで根本的に共通しているものから出発して、サドを乗り越えることなのだ。実際、不能は、そのあまりに特異な定義からすれば、サドの主要なカテゴリーである無気力と張り合う使命を帯びている。ブランショはサド的無気力をサド作品のうちに見定め、きわめて逆説的な激しさと強度にいたるまで、これに重大な機能を担わせたわけだが、こうした無気力に基づいていたからこそ、サドにおいて否定的なものの存在論が出現しえたのだろう。思い起こしてもみれば、サド作品とりわけ『ジュリエット物語』に現れる無気力はサド的主体の構成要素であり、サド的主体の乱暴で背徳的な行動は、カント的原則に則った道徳的行為とまったく同様に情念を欠き、カント主義者たちが言うところの「病理的なもの」から免れている。サド的無気力はサド的主観性を構造化する要素なのであって、この主観性のおかげで、他者を超越的否定のなかで根本から否定しうる絶対的無感覚が正当化されるのだ。

以上のような最初の時期に、ブランショはサド的殺人者の無気力とデュラス的恋人の無感覚・無力・不能のあいだのアナロジーを指摘する。[60] ブランショの言説の第二の時期は、差異の時期、乗り越えの時期である。サド的無気力が犯罪つまりは死へのアクセスを可能にするものであるのに対し、恋人の不能は、死を呼び出しているにもかかわらず、同時に死を貶め、観念的に宙吊りにしてしまう。誰しもが気づいているように、デュラスの主人公は実はブランショ的主体なのだが、彼の不能性は、[61] サド的無気力の手前にありながら同時にそこを超えてもいる不能性なのである。それは一見サドの虐待者よりも穏健に見えながら、実際は「サド自身も経験したことのない過剰」に達している主体の性向なのだ。[62] この過剰は死そのものが価値を失っていくところ、つまり不能がより高次の中性へと至る場所に住まっているのである。

中性と倒錯

ブランショはデュラスの作中主体をアレゴリーの地位にまで引き上げたわけだが、こうした主体とともに、一つの倒錯がまた別の倒錯に取って代わったのだ。これは我々をより高次の段階、否定的なものを理解させる段階に導くためである。サド的倒錯——そこでは体刑、拷問、苦悶、死が無気力な快楽の素材そのものとなる——に代えて、ブランショはもう一つの「倒錯」である同性愛を前面に押し出してくる。ブランショによれば、女性主体に対する無感覚をとおして、サドが経験したことのない過剰へと通じる同性愛である。「倒錯」という語はここでは括弧つきで言われており、ただ単に男性主体の不能を非自然的なものに同定しようとしているにすぎない。この場合の倒錯はそれじたいで一つの欲望、いわば「欲望なき欲望」[63] であり、それは——同性愛者の不能は——倒錯的欲望の本質そのものなのだ。

デュラスのテクストにはない不能をでっちあげたのと同様、「同性愛者」という語をつかうのもブランショだけであり、デュラス自身はこの語を持ち出すのを注意深く控えている。[64] つまりこの名を口に出して言いたいというブランショ側からの奇妙なこだわりが見出せるのであり、あたかも同性愛者という「主体」を肉化することが彼にはどうしても必要であったかのようだ。この主体を一つのアイデンティティと混同すること、同性愛者を規範や「正常な人間」――五〇年代のブランショが「サディスト的人間」を定義づけるために区別としてつかった用語を借りれば――との関係のなかに位置づけるアイデンティティと同一視するということ、あるいはそうしたアイデンティティから免れる可能性をこの主体に与えないということである。「同性愛の」主体は――というのもブランショはそのようにはっきり言っているのだから――、ブランショの目から見れば、このアイデンティティと同一の役割を担っている。すなわち「正常な人間」が自分自身を理解するのを助けるという役割であり、同性愛者はこの役割を果たすのに、相手が「あらゆる理解の条件」を変更し[65]、上位にある真実の体制に到達するのを後押しするのである。

そこでの真実とは何か？　真実とは次のようなものだ。「失敗こそ彼らの完璧な結合［恋人たちの結合］が行き着く真実のかたちなのであり、完璧な結合とは、つねに実現されないことで実現されるこの結合の虚偽なのである[66]」。

「倒錯的」主体という存在のおかげで、我々はどういう点で失敗が真実であるのか、どうしてそこでの真実が虚偽の真実――慣例からいわゆる愛と呼ばれるところの虚偽――になるのかを理解できる。ある意味において、デュラスから借用したブランショ的カップルは、真実の高等な様式にのっとって、次のような公理を示している。すなわち、性的関係など存在しないという公理であり、これはサド的な様式（性的関係の欠如に付け加えられた殺人）でもなく、ラカン的な様式（快楽は定義からして関係を禁じるものであり、愛は関係の断念を可能にするものである）でもない[67]。

ブランショに突きつけられるべき真の問いとは、なぜ彼がサドを乗り越えるために、女性と倒錯的関係を結んでもいる主体、その不能が「欲望なき欲望」であるところの主体を呼び出さなければならなかったのかということだ。この問いは次のように定式化できるだろう。なぜ無為（デズーヴルマン）――ブランショの存在論において至高の価値を体現するもの——は超然とした無関心に立脚することができないのか？　なぜ同性愛はブランショ的中性が中性的なものに触れるのを妨げようとするのか？

バルトが『テクストの快楽』で言っていたように、倒錯的な中性は存在しないのではないか？　もしかすると中性は倒錯的態度を表す兆候の一つなのだろうか？　さらに言えば、そこにレヴィナスとの対立の理由があるのではないか？

ブランショにとって倒錯的主体は——ここでは同性愛者、かつてはサディストであったわけだが——、中性に存在の形を与え、これを具象化する手段なのだ。実際、我々は不能という語を真剣に受け止めなければならない。ブランショの注釈に絶えずつきまとうこの語は、まさしく具象化されえないものの具象化なのである。なぜなら、不能は肉体が形成しうる様態を呈しておらず、人の姿をとった不在そのもの、肉体のなかの不在、すなわち想像しえない(アンフィギュラーブル)ものであるからだ。

ブランショ的不能は想像しえないものとして、言語や世界の彼方に位置づけられている。だからこそ、この不能に近づき語ろうとすると、どんな言葉も必ず空中分解してしまうのだ。不能がそれじたい描きえないものであるからこそ、是が非でもそこからイメージをつくり出すために、ブランショは同性愛者で甘んじたのだ。つまり自らの不能を力に変え、そこから表象(フィギュール)をつくり出そうと決めた主体に乗り換えたということである。不能を倒錯者として具象化すると、問題が生じてくる。というのもこの具象化は、サドのような場合であれデュラスのような場合であれ、到底容認できない怪物的なイメージを産み出すことにしかならず、そこには破壊的欲望や支配への意志をはらんだイメージが伴うからだ（「首締め、強姦、虐待、罵詈雑言、憎しみの叫び、死ぬほど耐えがたいすべての情念の暴発」[68]）。

ブランショがこうした支配を無為や中性を内包する高級な不能のイメージないし代替イメージとして構想しえたのは、そこでの支配が一般的な支配によって生じてくる問題を解決するものでもあったからだ。倒錯者の支配はいわばこの世のものではない理想郷であり、というのも、倒錯者の支配はブランショにとってはサドと完全に混同され、デュラスにとっては執筆活動と一体になるからである。

ブランショの著作の『明かしえぬ共同体』という包括的できわめて奇妙なタイトルが意味をもちうるのは、まさにこの時である。

倒錯について明かしえぬものが存在しているのであり、ブランショがサドについて言った「重大な無作法」とはこのことなのだ。また、告白＝同意がないところには明かしえぬ何かがある。なぜなら、いかなる告白もそれを言うことができず、どんな言語活動もそれについて語ると曖昧にならざるをえないからだ[69]。

エクリチュールという「死の病い」は、カフカ、キルケゴール、デュラス、そしてブランショ自身において、死の不可能性としての死でもあるのだ。「彼は生きなかったがゆえに死ぬ。自らの死がいかなる生との決別でもないままに、彼は死んでゆく[70]」。こうした絶対的な受動性のうちに、不能がその計り知れない欲動とともに力強く流れ込んでいるのであり、このことは人間が吊り下がっているところの普遍的な無為を表しているのである。

不能の政治性

我々は死の二つの可能性――サドとカフカ――を喚起したわけだが、ブランショはこれらを非常に重要な二つの歴史的・政治的可能性に結びつけている。まず一つ目はサドの可能性であり、これは暴動と恐怖政治に、つまり我々が本書の第一部で暴動を扇動する主人の態度として、貴族のテロリストの態度として定義づけたものに結びつけられる。二つ目はデュラス的主体の可能性だが、これは歴史上新しい集団的示威行動の形態に結びつけられている。というのも、ブランショは「恋人たちの共同体」の冒頭において二つの群集の例を挙げているからであり、それらは「民衆の現前」という明確な形をとっている。[71] これら二つの例はサドやサン＝ジュストやロベスピエールの恐怖政治とは違って、同時代的なものである。すでに見たように、話題とされているのはまず六八年五月、そして一九六二年二月八日にシャロンヌ駅で殺されたコミュニストの闘士たちを弔うデモである。

持てる力を際限なく発揮した「民衆」の現前。この現前は自らの力を局限しないために、「何もしない」ことを受け入れる。[72] 我々はここで恐怖政治からまったく懸け離れたところにいるのだが、というのも、恐怖政治においては「各市民がいわば死への権利をもって」おり、市民は「市民であることを明確にするために死を必要としている」からだ。[73]

死は「明かしえぬ共同体」、不能の共同体とともに消えてはいなかったのだ。ただし死はもはや与えられたり、受けとられたりするものではなくなり、同伴されるものとなる。なぜなら、「何もしない」のを受け入れる示威行動の一つは、「死者たちのお供をする」[74]、つまりモーリス・パポン指揮下のフランス警察によって殺されたシャロンヌの死者たちに付き従うものだからだ。

こうした死者たちに付き従う葬列によって、すべてが一変してしまった。人は死を迎え入れ、死を耐え忍び、死に同伴するようになったのだ。典型的なサド的世紀であった二十世紀、つまり死の世紀においては、ヘーゲルが的確に言い表したように、人間の頭があたかもキャベツの頭のように切り落とされたわけだが、こうした時代は見たところもう存在していない。ブランショが雄弁に語るところによれば、二十世紀は最終的に喪の世紀、不能の世紀、不可能の世紀、無為の世紀となって終わったのである。

しかしブランショが喚起したもう一つの事件、「六八年五月」はまた違ったパラダイムに通じている。

計画の欠如。そこにこそ容易に捉えられない類稀な社会の不吉でありながら恵まれた特徴があった。雑然とした秩序、曖昧な専門化を助長する数々の「委員会」を介していたにもかかわらず、この社会は存続し定着する運命にはなかったのだ[75]。

しかしシャロンヌの死者たちに従う葬列と同じく、六八年は恐怖政治の対称物ではない。それは絶対権力の裏面としての不能ではなく、時代と歴史の一時的宙吊りであり、「雑然とした秩序」という撞着語のうちにすべての力を無効化することなのだ。

ブランショは自身の物語めいた語りにおいて半過去をつかっているが、そこでは、現代の叙事詩的なものがある一つの装置のなかで展開している。その装置をとおしてすべての出来事が逃げてゆき、一つの時間、謎めいた神秘的な時間性が忍び込んでくる。装置とはすなわち、フィクションの時間性、登場人物の時間性である。

すべてが受け入れられていた。敵を認識することの不可能性、逆境の特殊な形態を考慮に入れることの不可能性、こういったことが事態を活気づけていたのだが、やがて終結に向かって沈んでいった。しかもこの結末は、事件が起こって以来、決着をつけることを何ら必要としていなかった。事件？　そんなものが本当に起こったのか[76]？

不能性がそこでは勝ったのだ。不能性は時代の本質であり、事件の本質なのである。それだけのことか？　いや、それだけではない。もう一つ真実のポイントがある。おそらく今までよりずっと重要なポイントだ。

かつてのブランショがサドをつかいながら遂行するのを控えたこと、たとえばサド的な倒錯主体とナチズムとの対決、つまり超越的否定と皆殺しという行為をつかさどる哲学との突き合わせがそうだが、彼はこうしたことをデュラスの小説中に発見した「倒錯的主体」をつかって実行するのである。すなわち「同性愛者」、不能の主体、女性との関係を欠いた主体をつかって。[77]

実際、ある脚注において――ブランショが脚注をつかうことはめったにない――、彼はデュラスの主人公と関連づけつつ対照させながら――この主人公が女性から離れているかぎりにおいて――、男性の集団について言及している。グループをなす男たち、「昇華されたものであろうとなかろうと」、一種の同性愛を構造としている男たちの集団のことだが、そこで括弧つきの例として、ほとんど説明のないモノグラムのかたちで提示されたのが、「SA」と呼ばれるナチスの「突撃隊 *Sturm Abteilung*」である。[78]

サドが論じられているときに絶えず出現しようとしながら出現できなかったものが、こうした非常に奇妙なかたちで突然現れてきた事実を、どのように理解すればよいのか？

そこには、死と快楽の核心にある破綻の脅威に対するいまや絶対的となった意識――そもそもサドを放棄したのはこうした意識の主要な結果である――、死の二重性と快楽の二重性の意識があるのだ。ブランショは先に急ぐために、そして直ちに理解してもらうために、フロイトの名を口にしながら、「死の欲動」という基本的なカテゴリー、決定的に等質的なもの、〈同一のもの〉〔le Même〕や等質的なものの絶対的支配に由来する「最大限に達したエントロピー」を援用する。ブランショが指摘したような側面から、サドに情熱を傾けた時代の「死の欲動」は真に解明されてこなかったわけだが、こうした「死の欲動」を表現しているのは歴史上一つの名しかなく、歴史的現実においても一つの事件しかない。ここで「SA」というモノグラムが指し示している事件、すなわちナチスの驚くべき所業である。つまりサドとともに長いあいだ熱心に夢想されてきたものと真逆の所業であり、暴動、恐怖政治、サド的死、革命といったかたちで現れた夢想とはまったく別種のものだ。

デュラスの主人公をメランコリックかつ奇妙なやり方で讃えながら、非関係〔関係の欠如〕としての関係について考察をめぐらすなかで、突如ブランショのうちに至上命令のようなものが現れてくる。すなわち、こうした非関係が――女性から切り離された「同性愛者」という人物像の象徴となるこの関係が――、〈同一のもの〉を求める欲求や等質的なものの支配によって規定される政策を擁護するのに役立てられないようにせよ、という命令である。つまり単独の人間の無為、あるいは不能性とその即時的普遍のなかで練り歩く群集の無為の裏側に、ブランショは非関係の脅威——非関係に基づくすべての関係に固有の脅威——に関する自らの知・知識・不安をそのまま残しておくのだ。いわゆる「倒錯」についての自らの知識を残しておくということであり、そこでの脅威とはすなわち、今後警戒すべき絶対的破綻の脅威である。

例の脚注においてこうした脅威に対して応答しているのは、実はレヴィナスである。ブランショはいわばレヴィナスに発言権を譲るかたちで、彼の思想をその名を出す必要のない括弧にくくって引用している。「女性は、〈同一のもの〉や〈等質的なもの〉の反復である集団が、実際は差異のみを滋養として育つ真実の愛を破壊するものであることを知っている。［……］そこでの女性は、社会的紐帯の静謐な連続性を乱しにくる『闖入者』なのであり、彼女はタブーを認めないのだ。彼女は明かしえぬものと結託しているのである」[79]。なぜなら女性はまさにそのとき形成されるからであり、レヴィナスが『全体性と無限』で書いているように、女性は「本質的に普遍化に反抗する」もの、「社会的結びつきとまったく対極にいる存在」でありうるからだ[80]。実際、彼女は闖入者であり純然たる差異なのである。

レヴィナスとサド

どう結論を下せばいいのか？　どのようにして結末に一つの決着をもたらせばいいのか？　いかなる結論も出さないためには、手短に片づけなければならない。ごく単純に次のことを伝えておこう。ブランショがサドから解放されるためにレヴィナスを必要としたことを知ったときの我々の驚きである。これまで我々がサドについて探索をつづけてきたなかで、かなり頻繁にレヴィナスに出くわしてきた――たとえば、ラカンの傍らで、存在論に抗する創造というコンセプトの展開や大文字の存在〔l'Être〕の無限性のなかで、ドゥルーズを超えたところに、マゾヒズムをつうじて。マゾヒズムのなかでの法の残酷さ、私がそこに参入するにつれて増大してゆくこの残酷さを、レヴィナスは絶対的他者との関係から正当化・神聖視するわけだが、その結果、あらゆる倒錯性が消滅してしまったのである。そして我々は最後のところで、サドに抗するブランショとともにレヴィナスと再会したというわけだ。

サド論へのレヴィナスの回帰は、何かしら意義深いものを含んでいるだろう。レヴィナスはサドについて言及したこともないし、おそらく読んだこともないのだから。そこに悪に対する善の側からの応答を見てとるのは安易だろう。それは妥当性を欠いた安易さであり、というのも、サドがかくも簡単に二十世紀を席巻しえたのは、善がいまや使い物にならなくなり、歴史のゴミ箱のなかに打ち捨てられ、貧窮者たち、犠牲者たち、死に瀕する子供たちの絶望を癒す手段とさえ見なされなくなっていたからだ。妥当性のない安易さというのは、レヴィナスが絶えず自身の著作のなかで善がまやかしである可能性、決して拭いきれないその可能性を提示しているからである[81]。

私には逆にこう思える。招かれてもいないにもかかわらず、レヴィナスがかくも頻繁に登場しえたのは、根源的な何かが彼とサドとを、彼と悪とを結びつけ、つまりは彼とサド的経験とを非常に緊密に結びつけていたからだ、と。何かがサドとレヴィナスを相互的に結びつけているようにも思える。あたかもルソーに抗して展開した激烈で血生臭い論争に導かれて、彼自身がルソーの頭を飛び越し、未来の聴衆にしか聞き取れない問い、彼のおかげでようやく聴取可能になる問いを投げかけるまでになったかのように。

レヴィナスとサドの親和性は、ラカン、ドゥルーズ、ブランショとは関係なく、ただサドの小説を読むなかで時折現れてきた。とりわけ『ジュリエット物語』は、ドストエフスキー的経験とも言える、きわめてレヴィナス的な何かに肉迫している箇所がある。たとえば、小説冒頭の、デルベーヌ夫人がにらみを利かすなかでジュリエットが堕落の修行に励む場面がそうだ。そこで悪は一つの快楽として描かれており、悪の誘惑に二度と抵抗しないでいられるように、この快楽を生と生活の習慣、慣習、月並みな条件に仕立てなければならないとされている。いかなる抵抗もそこでは命とりになり、ごくわずかでも魂の「気弱さ」を見せれば、堕罪による救済を永遠に取り逃がしてしまうことになる。[82] ここには、反転されたかたちで、ある種の現象学の諸要素が見出せるのではないか？ そこでは、最大限の規模に達した時間、「永遠」という時間が、直接かつ密接に意識と結びつけられ、意識のごくわずかな震え、サドが喚起したようなレヴィナス的でもある震え、つまり気弱さに接続されているのだ。

さらにはっきりと言ってしまえば、時折、サドの非常に暴力的な経験のいくつかのうちには、レヴィナスのなかにしか答えと説明を見出せないような何かが存在しているようだ。たとえば『ジュリエット物語』には、我々がラカンの章ですでに注釈した例のエピソードがあり、そこではクレマンがジュリエットに対し以下のことを説明している。男と女が共有する快楽は純然たる詭弁、まやかしであり、むしろ絶対的他者〔大文字の他者〕が苦しむ必要があるのだ、と。なぜなら快楽が見せかけでありうるとしても、痛みはそうなりえず、苦悶の叫びは快楽の喘ぎとは違って、必然的に真正なものであるからだ。[83] サド的主人の言説には、文字どおりレヴィナス的な不安、他性の不安、他性の根源的かつ絶対的な不確かさからくる不安が見られないだろうか？ レヴィナスにおいては、眼差しさえこうした他性の保証にはまったくなりえず、結局のところ、他性を要とするシステムが絶対的に重要であるのは、まさしくこの他性が底知れぬほど脆弱であることに起因しているのだろう。痛みをつうじて、苦痛の叫びによって、倒錯者は最後に一つの応答が自身に向けて差し出されたと確信し、こうした他者からの応答のうちに、男根（ファルス）の審級としての絶対的他者を十全なかたちで享受できる。それはレヴィナスにおいて顔の知覚不可能な動きが神の痕跡としてあるのとまったく同じことなのである。

ジュスティーヌの冒険がレヴィナス的主人公のそれでもあるというこの考えは、なかなか拭い去ることができない。辛抱強いジュスティーヌの神への信仰は、悪や悪者たちの勝利によって神が存在しないことを示す証拠のすべてに反抗している。リベルタンたちが諸々の掟や最も基本的な慈愛の心を踏みにじれば踏みにじるほど、彼らの勝利と繁栄はいっそう確かなものになってゆく。ジュスティーヌが善によって悪意に応えれば応えるほど、この世界での彼女の立場はますます不幸なものとなる。サドが絶えず我々に見せつけているのは、ジュスティーヌの純粋な魂が、この世での自身の不幸を示す明白な事実や、彼女を屈服させようとリベルタンたちが飽きもせず繰り返すさまざまな論証に対して反抗する様なのである。彼女から疑いの溜め息が漏れることもある。ごろつきたちに殺されかけていたサン＝フローランの命を救った後、彼女は彼に犯され、殴られる（「結局そういうことなのね、畜生（ピュタン）……」）[84]。目覚めたとき、闇のただなかでほとんど裸のまま殺されかけ、絶望の淵にいた彼女は自殺の誘惑に駆られるのだが、すぐさま気を取り直す。「痛みの最初の衝撃が過ぎると、しばらくのあいだ気が沈んだ。涙に濡れた私の目はおのずと天の方に向かっていった。［……］私はあの強き神の膝下に身を投げ出す。不信心な者たちによって否定されているあの神は、貧しき者、打ちひしがれている者の希望なのだ」[85]。ジュスティーヌはヨブのように祈るのである。

　作品中の注目すべき事実に気づけていないのではないか？　ジュスティーヌが決して善を捨てず、瀆神の言葉も吐かず、創造主を否定しない一方で、彼女の妹であるジュリエットは、少なくとも一度、悪の前で尻込みしたのだ。それは『ジュリエット物語』第三部において、サン＝フォンがフランスの人口の三分の二を亡き者にしようと恐るべき大虐殺の計画を立てているときのことである。サン＝フォンが自説を開陳しているあいだ、ジュスティーヌはほとんど感じとれないほど微かに身震いし、微かであったにもかかわらず、当のサン＝フォンに気取られてしまうのだが、こうした震えだけでも、彼女が善の不安に屈服した罪を負っていることを示すのに十分だ。翌日の夜、ジュリエットは夢を見る。常軌を逸した女が自分の家に火を放ち、妹のジュスティーヌが助けを求めて手を差し伸べてくるのを眺めるという夢。目覚めた後、彼女は次のように理解する。「あぁ、天にまします神よ！　私は負けたのです！　一瞬、悪であることをやめてしまった。目の前に差し出された恐怖に打ち震えてしまった。私は不幸に飲み込まれてしまうでしょう、これは確かなことです……」[86]。このときから彼女の冒険が始まるのであり、事実、彼女を殺すことを決心したサン＝フォンに追われて逃亡するはめになるのだ。

　このように、ジュスティーヌが数限りない悪の誘惑を受けつけないのに対し、ジュリエットは少なくとも一度は善——善は自らの主張を語るのに弁護士を必要としない——に譲歩している。というのも善の呼びかけ、あの純粋な震えは内部から自発的に湧き上がってくるものであり、絶対的他者という、ジュリエットの内部で彼女に語りかける存在に由来するからである。彼女がその後に見る夢は、こうした善の現前のまったく主観的な側面を際立たせている。意識を超えたところにある主観性、肉体の震えから生まれてくる主観性であり、それは無意識の闇をとおして露呈してくるのだ。

　悪を理解できないジュスティーヌと少しずつ善に敏感になるジュエットとの隔たり、つまり両者のあいだにある微小な距離とジュリエットの微かな気の緩みから、サドとレヴィナスとの対話が可能になってくる。なぜならこうした気の緩み（デファイヤンス）＝減退によっておのずとサド作品のなかに真の形而上学的問いへの道が開かれてくるからであり、この道は純粋な唯物論のせいで永久に閉じられてしまったかもしれないのだ。実は、人間の気の緩みは悪それじたいの減退でもある。そこに善の謎が含意されているからである。

レヴィナスと悪

　しかしサドとレヴィナスとの対話を可能にするもう一つの条件がある。より基本的な条件であり、もはやサドの側にではなく、レヴィナスの側にある条件なのだが、先に挙げた条件と対称の関係にある。レヴィナスが善の減退の可能性を受け入れるということではないのだが、いずれにしても、彼のなかで悪は決して過小評価されることなく、弁神論——つまり悪の弁証法的説明、悪に対するポジティヴな目的の付与によって神の善意を正当化すること——として相対化されることもない。

ヨブの友人たちは彼の不幸を神意として正当化するためにあらゆる説明を講じるが、ヨブ自身はそれらを退けている。レヴィナスにとって、悪は統合不可能な過剰であり、任意の弁証法に還元されえない混乱なのである。最終的に悪に神聖な役割を付与しようとする弁神論の試みはすべて棄却される。なぜならこうした悪の正当化は、「神を世界の現実として考える一つの方法」であり、無限を有限性の観点から考えるということだからである。[87]「無用な苦しみ」という非常に優れたテクストの注のなかで、レヴィナスは自らサドの言説と完全に対称的な言説を語っているようだ。彼がサドを二十世紀に投影していたとすれば。弁神論の可能性に完全なる終止符を打ったのはアウシュヴィッツであり、というのは、いまや他者の痛みを肯定的に正当化することは、あらゆる背徳性の源であるからだ。[88]サドにとってもレヴィナスにとっても、よき苦しみなど存在しないのである。

レヴィナスが悪にこうした重要性を付与したことは、重大な結果を招く。だからこそ、デリダは「暴力と形而上学」において的確な目をもって、レヴィナスを敬虔に読むことを徹底的に否定しながら、次のように書くのだ。「神がいるというだけで、レヴィナスの世界は最悪で純粋な暴力の世界、背徳そのものの世界にならずに済んでいる[89]」。神がいるというだけで、すべての対峙関係が殺人、強姦、「最悪で純粋な暴力」によって規定されなくなるというのは、まさにレヴィナスが絶対的他者を最も根源的な先行物として措定したからこそであり、絶対的他者が顔という剝き出しのものであるからこそであり、剝き出しのものがつねに窮乏、懇願、救済の要請として与えられ、提示されているからこそであり、つまりは被造物間の関係のうちに世界の構成要素としての絶対的非対称性が存在しているからこそなのだ。しかし神がいるだけでレヴィナスの世界がサドの世界にならずに済むというなら、神の仮定をごく微かでも覆い隠しさえすれば、サドの世界は想定可能な世界となる。

いずれにしても、デリダのおかげで、最も過激な残酷さに従うレヴィナスの世界、本質的にサディストの世界をより深く解釈することができたのだ。こうした解釈は、絶対的他者の超越的・宗教的人物像——神——のなかに暴力の条件そのものを見定めることで可能になるのであり、そこでの暴力は大文字の法によって、「殺すな」という命令によって禁じられたものと見なされている。レヴィナス的世界は倒錯的な世界でさえある。実際、すべての他性が神のなかに、絶対的で、果てしのない、外面化された大文字の他者のなかに逃げ込んでしまったからこそ、レヴィナス的宇宙において、被造物間の暴力がかくも自然に致命的なものとなってしまうのであろうし、この暴力は神が下すブレーキよりほかに障害物をもたない。したがってレヴィナス的世界が倒錯的というのは、暴力に対する救済策——他性をもっぱら神と同一視すること——が人間から人間特有の防護手段を奪い取るという意味においてなのである。神の絶対的超越性こそ人間になされる最初の暴力であるという点で、倒錯的と言えるのだ。デリダによれば、絶対的他者が神であるなら、そのとき人間は「他者の他者」になりえない[90]。この不可能性が最も絶対的な暴力、サドのそれと等しい暴力を許してしまうのであり、それは犠牲者も加害者もいない非人称的な暴力となるであろう。神が干渉もせず、語りかけもせず、現れもしないがぎりにおいて、他者・他性なき暴力なのである。

つまりデリダはレヴィナスの誤りを指摘しているのだ。哲学上の過ちであり、この誤りは彼の著作を一種の「非哲学」[91]、あるいは「前哲学」とでも言えるようなより低次元のものに貶めているというのだ。

しかしレヴィナスの暴力は違う捉え方ができるのではないか？　サドが我々の研究対象であるから言うのだが、レヴィナス思想の核心に潜むサド的経験を違うやり方で捉えられないだろうか？　サド的経験はレヴィナスの著作の誤りのなかではなく、むしろすべての誤りに反して、彼の思想がサドについて語りうることのなかに——それまでサドについて語ってこなかったにもかかわらず——潜んでいるのではないか？

こうした可能性はもう一つのレヴィナス読解からもたらされる。デリダの論考に数年先立つものであり、彼はこの読解が振りまく非常な教えを享受したがらなかった。すなわちブランショが『終わりなき対話』で提示した読解のことなのだが[92]、これを検討することで、あんなにも我々を不安がらせたサドをめぐる冒険を最後まで推し進めることができるだろう。

ブランショがレヴィナスのなかに発見する暴力は、デリダがその後に発掘しようとしたそれに劣らず「恐ろしい」ものだ[93]。

ブランショは我々とレヴィナスがどこに位置しているのか、どういった暴力のなかに身を置いているのかを理解していた。つまり我々が実践（プラクシス）——労働、飲食、繁殖——に基づく人間的な共同体のなかにいないことを理解していたのであり、こうした共同体は相変わらず弁証法的な暴力、戦いや否定と結びついた暴力を引き起こす原因なのだ。レヴィナスとともに、我々は新たな邂逅のなかに、「本来的で、おぞましく、節度も限界もない」関係のなかに身を置いているのである。

このとき私の介入、つまり自我の介入は労働の不完全な暴力、拒否がもつ限定的で覆い隠された否定にとどまることがない。ここで私がなおも権力としての立場を明確に示すとき、私の権力は死にまで波及しうるものであるが、この死は部分的な死ではなく、徹底的な（ラディカル）死である[94]。

我々はまたすぐにサド的宇宙、サド自身と出会えるのではないか？　むろん、彼の名は明かされていないわけだが。こうした**殺人**の世界は——殺人は他のすべての破壊活動から区別されるのであり、というのもその他の暴力、通常の暴力がいぜんとして労働・所有・需要の領域に属しているからだ——、何がしかの目的を有し、何がしかの欲求に応えている[95]。殺人の世界は他者の顔と親密で絶対的な絆を結んでいるわけだが、それは顔が暴力を制止しうるからというだけでなく、顔が殺しを遂行する身振りよりも殺人をより深く定義づけるものであるからだ。ブランショが我々をレヴィナスの理解へと導いてくれるのはまさしくこの地点であり、かのレヴィナスは理解するのを意図的かつ執拗に拒否している[96]。

デリダは絶えず〈同一のもの〉の問題を前面に押したがるのだが、というのも彼によると、絶対的他者は〈同一のもの〉と何ら関係がなく、暴力を禁じることができないからである。つまり〈同一のもの〉の問題はブランショの読解と一瞬も触れ合うことがない。〈同一のもの〉に助けを求めるのは、徹底的な死の世界、アベルとカインのあいだで繰り広げられる死の世界においてはまったく的外れの振る舞いなのである。徹底的な死という汲めども尽きないパラダイムのうちに問題が賭けられているのだから。

アベルを好みカインを嫌うという神の寵愛の不可解な不平等は、[97] 他者のなかで私を絶対的に超え出るもの、還元不可能でありつづけるものを完璧に表象している。この不平等こそ他性そのものなのだ。これこそレヴィナス的世界が提示する争点であり、不可知なものとの取引の争点なのだ。ブランショが断言しているように、レヴィナス的世界によって導かれる不可知なものとの取引は、デリダがほのめかしていることとは反対に、「前哲学的」なものではなく、まったくもって哲学的なものである。なぜなら哲学者とは、驚嘆する人間ではなく、恐怖する人間あるいは恐怖に恐怖する人間であるからだ[98]。

だとすれば、次のことが言えるかもしれない。他者の根源的（ラディカル）他性、我々と他者との関係を織り出す不公平（アンジュスティス）は、啓蒙哲学の進歩主義からヘーゲルやデリダを経て正統的マルクス主義にいたるまで、絶えず西洋式合理主義によって還元され、隠匿され、否定され、弁証法に組み込まれてきたのであり、つまりこうした根源的他性は相似的であると同時に相反する二つの方法によって引きとられている。すなわちサド的方法とレヴィナス的方法であり、いずれも同一のおぞましい思考の努力を完遂しているのである。両者の応答は通約不可能なものだ。殺すか、それとも語るか。

レヴィナスの深遠さは、死の欲動を自らの哲学を基礎づける素材として組み入れたこと、顔のなかに死の欲動に抵抗しうる唯一の場所を発見しえたことにある。この深遠さには一つのロジックがある。すでにラカンを論じた際に見たように、存在論から抜け出し、人間は被造物であると仮定するやいなや、人間がもつ徹底的＝根源的な破壊衝動の重要さ、黙示録のようにつねに起こりうる内在的な破壊衝動の重要さを認めざるをえなくなるのだ。

美

レヴィナス哲学の核心に死の欲動があることは——それはサド作品のうちに読みとれる死の欲動と並行しながら対立してもいるのだが——、おびただしい数の兆候から明らかになる。

たとえば、彼がラカンによって第二の死と名づけられたものを殺人者のうちに探し当てるときの、反復的でほとんど強迫的なやり方がそうである。殺人者を殺す者としてのマクベスを論じる際、レヴィナスは幾度となくこのシェイクスピアの主人公が抱える絶望を話題にしている。すなわち、彼の自殺が宇宙の完全なる破壊に相当しえず、その復活が虚無の不活性な状態に一致してしまうことからくる絶望である[99]。

サドにおいて、顔が攻撃の対象になることは決してない。サド的主人は決定的に不可識別者（アンディセルナーブル）の世界を選択したのだ。つねに、ずっと以前から、彼は顔に代えてその形態学的ネガを採用してきたのであり、顔のカリカチュアでもあるそのネガとは、サドの用語にしたがえば、尻のことである。『ソドム百二十日』において美を競うコンクールが対象にしているのは、もっぱら若者たちの尻であり、集団でまとめて見せるという理由から、彼らの顔は覆い隠されている[100]。作品を映像化したパゾリーニは、犠牲者たちの顔を入念かつ完全に覆い隠すことでこうした対比を際立たせた。さらに言えば、ジュスティーヌに投げかけられたクール・ド・フーの次の台詞は、サド的言説を象徴するものと見なすことができるだろう。「たしかに顔を見ておかねばならない。私に必要なのは尻なのだがね」[101]。こうしたサドの想像世界における顔の消去は、ジュスティーヌの死の際にも確認できる。妹のジュリエットとノワルスイユの手で外に投げ出された彼女は嵐のさなか雷に撃たれ死ぬのだが、そのとき「醜く損なわれた」のは顔ではなく「死体」であり、まるで顔が存在していないかのようなのだ。しかもリベルタンたちが歓んだのは、雷が「尻を敬してそこを損なわなかった」ことだった[102]。

顔をサディスト的欲望の標的から外すというサドの基本的方針については、幾通りかの解釈が可能だ。最も明白な理由として挙げるとすれば、サド的主体が人間の顔に対して徹底的に無関心である点であろう。積極的無関心と言えるのだが、なぜならこの無関心は犠牲者それぞれを差別化しないこと、つまり彼らを識別不可能なものにすることに通じているからである。顔に取って代わる人間の「尻」は、こうした無関心がはらむ深遠な意志を表している。ただの無関心以上のものがあるからだ。クール・ド・フーがジュスティーヌの顔の代わりに尻を所望するのは、顔が彼の精力を萎えさせ、その機能不全、一時的な不能の原因として立ち現れてくるときなのだ。ここでの否認は、相変わらず、見たくないものを本質的なものとして認める一つの方法なのである。「一貫した無理解が明白に表しているように、無理解はある認識を前提にしている。一貫した無理解においては、否定されているものがいわば認められていることをしっかりと受け入れなければならないのだ[103]」。おそらくサドは顔を実際に中性化しているわけではない。そのことは尻が顔に対して裏打ちの作用を果たしているという理由だけで十分にわかるだろう。

ひょっとしたらサドの顔に対する否認は、ブランショ、バルト、ラカンを苦しめた例の謎を解き明かす鍵なのかもしれない。すなわち、犠牲者の破壊不可能性という謎である。顔がサド的プロセスのなかに決して組み込まれないからこそ、犠牲者はまったくの無に帰されることがないのではないか？　だからこそ、犠牲者は破壊不可能な存在なのではないか？　だとすれば、顔の否認は顔のうちに他性の根源的な場所、絶対的他者が住まう真の場を認める間接的かつ否定的な方法なのかもしれない。

顔の不在は、破壊をめぐる終わりなき弁証法——歪んだ弁証法——の核心に潜んでいる。諸々の顔の欠如は、犠牲者が無差別に次々と出現させることで果てしなくつづく殺人のサイクルを可能にし、サド的殺戮にしばしばジェノサイドの様相を呈するような無限量の犠牲者をもたらす。しかし顔の不在は、逆にこうした果てしのない殺人が実際には遂行されることがないという事態を引き起こすものでもある。「終わりなき」はそこでは「未完了」ということになるのだ。すでに見たように、サド的主体は自らが直面するこの不可能性、つまり殺しの欲望を満たすことができないという不可能性を完全に意識している。彼のフラストレーションはつねにそこにあり、このフラストレーションが語られるわけだが、彼自身はその理由を理解していない。最も狡猾なサド的主体たちが自身の慰めとなる一種の形而上学的アリバイをもつようになるほどである。そのアリバイとはすなわち、死は存在せず、殺人もまた然りというのものだ。すべては自然に内在的な非人称的サイクルのなかで捉えられ、中性化されるのである。

　思い起こしてもみれば、ラカンにとって、美こそ攻撃的な倒錯に対する防壁となるものであった。レヴィナスには、こうした美と同じ美徳、同じ抵抗力、同じ機能——防壁と境界——をもつものが見出せる。無関心（アンディフェランス）＝無差別を本質とするそこでの美は、降伏しないという事実によって定義されるのである。[104]

　ラカンの解釈はサドに向けて強行的に発動された暴力のようなものであり、テクストが表すものではなく、テクストが意に反して想定を許すものに基づいてサドを解釈しようとしている。哲学から遠く離れて、ラカンは探偵さながらテクストに語らせるのである。これがいわゆるサドを真剣に受け止めるということなのだ。しかも、そこから暴力的で時代錯誤的な置き換えがでっち上げられることになる。ラカンの言葉によれば、そこにはサド、ジュスティーヌ、アンティゴネー、核の脅威、クローデルが一緒に住まっているというのだから……。

　ラカンの解釈において重要なのは、その解釈が彼の作品のうちに——潜在的であろうとなかろうと——含まれる諸々の本質的な争点へと我々を導いてゆく点である。彼の解釈は我々を美の問題へと導いてくれているのであり、そのことはレヴィナスが顔の問題のもとに我々を連れてゆくのと同様なのだ。

　サド自身によって書かれたようなサド的経験は、美についてのラカンの解釈とまったく対応していない。つまりサド的経験は自身に固有の破壊・残虐嗜好の裏面を解明しうるような何事かをまったく読みとらせてはくれないのだ。サド的経験がそういったことについて何も語ってくれないのは、ごく単純に言って、サドにおける倒錯的経験が全的なものではないからである。それは完全ではなく、完全になることもできない。彼のテクストは結局我々に完全な形での倒錯的経験を与えることができないのだ。

倒錯的経験の内部からこの経験の未完成の意味を理解するためには、テクストと作家を変えてみなければならない。なぜ、どのようにしてサドにおける美と顔――いずれも彼自身が決して言及しなかったものだが――は主人の絶対的権力に固有の不能性の起源そのものとなるのか。これを理解するには、変えなければならない。世紀も変えなければならない。我々の世紀、ラカンとレヴィナスが生きた世紀、つまり二十世紀のほうへと向かわなければならない。具体的には、ジュネの世界へと赴かなければならない。ジュネはそのバロック的できわめて豊穣な散文作品において、倒錯の表と裏を深いところまで照らしつくしてくれたわけだが、そこでは美と顔がラカンとレヴィナスの宛てがったような基礎的役割を果たしている。たとえば次に掲げる『薔薇の奇跡』の一節では、サド作品で起こっていることとは反対に、犠牲者が主人の監視の眼を離れてこう語っている。

私はまだこのような非常に美しい顔を持ち合わせていた。私にとって美が自分の純潔を保護する一種の鎧になっていることに気づいて、私は驚いた。そのとき私は、なぜこのうえなく美しい青年たちがこのうえなく汚い年寄りどもに嫌がる様子もなく身をまかしてしまうのかを理解したのだ！　彼らを汚すことのできるものなど何もない、彼らの美が彼ら自身を護ってくれているのだから。(105)

我々は驚愕のただなかにいる。恐怖にとらわれながらも、自らの美のなかに無限の不滅性を見出したときの犠牲者の驚き――ラカンがジュスティーヌの美をうちに彼女の破壊不可能性を維持するものを発見できたのとまったく同じだ。いかなる汚（けが）れも犠牲者に及ぶことがない。打擲であっても、純粋な暴力であっても事情は同じである。ジュネは次のようなきわめて重要な言い方をしている。

　ディヴェールは殴りたかった。拳が向かっていった。ルーは動かなかった。彼の名が彼自身のまわりに不可侵の領域をつくりだしていた。顔にまつわる美がつくりだすのと同じくらい不可侵の領域を。[106]

　結局、ジュネがここで語っている不可侵の領域とは、サド的な場のことだ。サド自身はこの場について何も語っていないが、すべてがそこに収斂するところの正確な場所なのだ。まさに絶対的他者の場であり、他性の場そのものである。ジュネは雷に撃たれるようにサド的行為――殴るという行為――から啓示をうけて、この場を壮麗な場所ではない場所（ノン＝リュー）〔免訴〕に局地化しながら、一点の曇りもない完全性――美――として名指し、そのアウラを可視化する肉――顔――を与えているのだ。
　犠牲者とともに、我々はサドの眼差し、サドの暴力から免れている。それはサドの眼差しがはらむ真剣さと滑稽さから免れているということなのである。

注

＊　サドの小説作品は《10／18》叢書から引用するが、『美徳の不幸』（『ジュスティーヌ』の最初のヴァージョン）に限っては、ジャン・ポーランの序文が付された《フォリオ》叢書を底本とした。

序言

（1）サドの読み手としてのスタンダールについては、次の論文を参照のこと。Alain Goldschläger, « Stendhal, mauvais disciple de Sade », in *L'Année stendhalienne*, IV, Honoré Champion, 2005.

（2）Le 13 mars 1835, in *Œuvres intimes*, t. II, éd. par Vittorio Del Litto, Gallimard, « Bibliothèque de la Pléiade », 1982, p. 240.

（3）一八四三年七月の『両世界評論 *Revue des Deux Mondes*』に発表した彼の記事「文学状況をめぐるいくつかの真実 Quelques vérités sur la situation de la littérature」を参照のこと。

（4）Jean-Jacques Lefrère, *Arthur Rimbaud*, Fayard, 2001, p. 522. この点について、ヴェルレーヌの「悪い噂のバラード」が「きわめて高貴なサド侯爵」に宛てられていることを想起しよう。

（5）ボードレールにかんしては、次を参照のこと。*Écrits sur la littérature*, Le Livre de Poche, 2005, p. 543. 引用のテクストは一八六五年から一八六七年の間のものであるはずだ。

（6）*Histoire de Juliette*, t. I, 2e partie, 10 / 18, p. 424.

（7）*Belluaires et porchers (1884-1894)*, J.-J. Pauvert, « Libertés », 1965, p. 126.

（8）*Mon Journal*, lettre à André R., mai 1897, *Journal*, t. I : *1892-1907*, présenté par Pierre Glaudes, Robert Laffont, « Bouquins », 1999, p.

199.

（9） E. et J. de Goncourt, *Journal*, t. I, Robert Laffont, « Bouquins », 1989, p. 417 (année 1858).

（10） « Le mal dans le platonisme et dans le sadisme », *Œuvres complètes*, t. VII, Gallimard, 1976, p. 372-373.

（11） « Introduction à l'œuvre du marquis de Sade » (1909), in *Les Diables amoureux*, *Œuvres en prose complètes*, t. III, sous la responsabilité de Pierre Caizergue et Michel Decaudin, Gallimard, « Bibliothèque de la Pléiade », 1993, p. 799.

（12） « Folie, littérature, société » (décembre 1970), in *Dits et écrits*, t. I, Gallimard, « Quarto », 2001, p. 975.

（13） スウィンバーンの文章を、バタイユは『文学と悪 *La Littérature et le mal*』のサドを扱った章のエピグラフとして引用している。そこではスウィンバーンが敵対者の一人であるエルネスト・クルエ（一八六二年）について書いた批評テクストが問題となっているのだが、このテクストは次の著作のなかで読める。*Apologie de Sade*, Éditions À l'Écart, 1993, p. 145. しかし、R・M・ミルンズに宛てた手紙の一通において、スウィンバーンはサドをあえて嘲笑しようとしてもいる（*op. cit.*, p. 150）。サドのなかに殲滅や大量殺人の概念が存在するということについては、サン＝フォンの「フランス荒廃化」計画を例として挙げるしかないだろう。この詳細な計画は大衆の奴隷化と文化の骨抜き、病院や保護施設の破壊、飢饉の技術などを経由するものであり（*Histoire de Juliette*, t. II, 3e partie, 10 / 18, p. 92-93）、そこには「たった一日で数千人」の大量虐殺によって大衆を破壊するというきわめて現代的な発想が見てとれる（*op. cit.*, p. 119）。

（14） スタンダール・エ・シ社から出た三巻本のエディションのこと。

（15） たとえば、次の二つの論文。« Éléments d'une étude psychanalytique du marquis de Sade », in *Revue de psychanalyse*, 1933, t. VI, n° 3-4 ; « La monstruosité intégrale », in *Acéphale*, n° 1, juin 1936.

（16） セリーヌのサド的側面については、言うべきことが多いだろう。たとえば、『皆殺しのための戯言』〔邦題は『虫けらどもをひねりつぶせ』〕の長い記述についてであるが、そこでセリーヌはボロクロムというブルガリア人を喚起している。この人物は、『ジュリエット物語』のいかにもサド的な主人のように、広大な王国を総べる憎まれ王――「死ぬほど憎まれる」王――になることを夢見る。「王である私は、自分の臣下たちの誰よりも――まだそれが可能であるならば――卑劣であったかもしれない。絶対的に憐れみのない、言葉もない、情け容赦もない臣下たちの誰よりも。このような意地の悪い、またそれ以上に憎々しく、絶対的に孤独な大衆！　私は彼らを恐喝によって、処刑によって、侮辱によって、絶えまない挑発によって、支配したかもしれない［……］私は薔薇（ロジエ）と薔薇冠（ロジエール）の乙女たちの途方もない競合を組織したかもしれない……それらすべてを鞭打ち、死に至らしめるために……下々の者たち皆の前で……」（*Bagatelles pour un massacre*, Denoël, 1937, p. 219-220）。ジュネにかんしては、サドとのアナロジーはずっと変わらずあるものだ。どちらも刑務所について書いているからという理由にすぎないかもしれないが、それでもジユリエットが吐いた次のような短い台詞がある。「裏切れば裏切るほど、私は勃起する」(*Histoire de Juliette*, t. II, 3^{e} partie, 10 / 18, p. 12)。あるいは、快楽と死刑台を結ぶ絆についてサドが語った文章(*ibid.*, p. 336)、法王という人物を両者がほぼ同じように扱っていること(ジュネの戯曲『彼女 *Elle*』、サドについては、『ジュリエット物語』[t. II, 4^{e} partie, p. 433-450]を参照のこと)、そして最後に、薔薇に対する違反的な崇拝を共有していること……。他にも要素はたくさんあるが、これらすべてによってジュネはサドと近しい相貌をもつようになる。我々は本書の最後でこの問題に立ち返るつもりだ。

(17) 一七九四年三月八日にサドが保安委員会に宛てた手紙を参照。この手紙は次の著作のなかに引用されている。Jean-Jacques Pauvert, *Sade vivant*, t. III, Robert Laffont, 1990, p. 126.

(18) このことはブルトンが引用している。*Anthologie de l'humour noir*, Le Livre de Poche, 1970, p. 41. 実を言えば、この「神話」はランボーのそれと重なり、同一化という神話の典型的な方法に由来している。ポヴェールの指摘によれば、一八一一年の書簡において、サドは件の「神話」とは逆に、自分の遺灰をソマーヌに撒いてほしいという希望を述べていた(*Sade vivant*, t. III, p. 433)。また、『新ジュスティーヌ』第十章において、サドは次のような「倒錯した書き手たち」の肖像を喚起していなかったか?「これらの倒錯した作家たちは、その退廃があまりに有害で、生き生きとしたものであるがゆえに、独自のおぞましいシステムを刻印しつつも、自分たちが犯した罪の起源をその生の彼方へと広げることしか企図しないのだ」(chap. X, 10 / 18, p. 367)。『ジュリエット物語』のサン=フォンは、ヒロインに向かって次のように説明している。「あぁ、ヘロデと同じように、私は自分の残忍さを墓の彼方へと延ばしてゆきたいと思っている」(t. I, 2e partie, 10 / 18, p. 336)。

(19) Préface de Gilbert Lery à Maurice Heine, *Le Marqui de Sade*, Gallimard, 1950, p. 9. ジルベール・ルリィとサドにかんしては、イヴ・ボヌフォワの非常に素晴らしいテクストを参照のこと。Yves Bonnefoy, « La cent-vingtième journée », paru dans *Critique*, mai 1958, repris dans *L'Improbables et autres essais*, Gallimard, « Folio », 1992.

(20) Préface aux *Infortunes de la vertu*, [1945], Gallimard, « Folio Classique », 1980, p. 27. 次も参照のこと。« *Les Infortunes de la vertu* du marquis de Sade », *La Nouvelle Revue française*, septembre 1930.

(21) « Justine ou le nouvel Œdipe », *ibid.*, p. 30.

(22) *Ibid.*, p. 51.

(23) *Anthologie de l'humour noir*, éd. cit., p. 39.

(24) *Ibid.*, p. 40. ブルトンが『狂気の愛 *L'Amour fou*』のなかでサドについて書いている箇所も参照のこと(*Œuvres complètes*, t. II, Gallimard, « Bibliothèque de la Pléiade », 1988, p. 762)。

(25) ブルトンに忠実なモーリス・ナドーは、「シュールレアリスト・サド」に一章を割いているが、件の問題については非常に淡泊である（Maurice Nadeau, « Exploration de Sade », in *Œuvres de Sade*, textes choisis par Maurice Nadeau, Éditions de la Jeune Parque, 1947）。この時代のサドに対する無理解を示す例は他にもある。たとえば、次を参照のこと。André Suarès, « Le marquis de Sade », [1936], in *Ames et visages, de Joinville à Sade*, Gallimard, 1989.

（26）　ブルトンが次の論文のなかでも件のシーンを引用していることに注目しよう。« De la survivance de certains mythes et de quelques autres mythes en croissance ou en formation » (1942), in *Œuvres complètes*, t. III, Gallimard, « Bibliothèque de la Pléiade », p. 141. このシーンはサドに特有のものではない。サド以前では、レチフ・ド・ラ・ブルトンヌの『堕落百姓娘 *La Paysanne pervertie*』のなかにも見出せる。

（27）　典拠となるバタイユのテクストは、「花の言語 Le langage des fleurs」と題されている（*Documents*, n° 3, juin 1929, in *Œuvres complètes*, t. I, Gallimard, 1970, p. 173-178）。ここでのサドの挿話は、アポリネールによって伝えられた少しばかりいかがわしい伝説に属している。アポリネールじしんもこの挿話をあまり信じていない（*op. cit.*, p. 795）。バタイユは次のような『ジュリエット物語』のコルドリの言葉を引用したほうがよかったのかもしれない。「彼女に最後のオマージュを捧げなければいけない。私の蛮行が彼女の薔薇を枯れさせてしまう前に」（t. III, 6ᵉ partie, 10 / 18, p. 352）。あるいは、サン＝フォンの次のような言葉。「あぁ、もしもノワルスイユの庭の薔薇の木々が口々にこう言うとしたら！ 私たちの美しさはいったいどんな物質に負っているのか、と」（t. I, 2ᵉ partie, 10 / 18, p. 273）。

（28）　*Second manifeste du surréalisme*, Gallimard, « Idées », 1977, p. 148-149.

（29）　バタイユ全集第二巻に収められているこのような記録のほかに、読者はミシェル・シュリヤの評伝を参照することもできるだろう（とりわけ「シュールレアリスムの秘められた気取り Les secrètes mignardises du surréalisme」と題されている章）。Michel Surya, *Georges Bataille, la mort à l'œuvre*, Gallimard, 1992, p. 171-174. バタイユはブルトンのピューリタニズムを非難し、この詩人のサドに対する称賛をいんちきと捉えている。バタイユのヴィジョンが、この時代においてでさえ、ブルトンのそれよりもはるかに深遠なものであることは言うまでもない。バタイユのサド読解の意義は、サドのうちに出現する「糞便の力」を明証したことにある。この力はまさしく文化人類学と異質学の対象であり、少なくともそれらの学問が最初に定式化する対象である。

（30）　「封主 *Suzerain*」の最終節を参照のこと（*Fureur et mystère*, in *Œuvres complètes*, introduction de Jean Roudaut, Gallimard, « Bibliothèque de la Pléiade », 1983, p. 261）。また、シャールの『主なきマルトー *Marteau sans maître*』中の詩「サド、天空の泥からついに救われた愛、人類が飢餓に抗するにはこの遺産だけで充分だろう Sade, l'amour enfin sauvé de la boue du ciel, cet héritage suffira aux hommes contre la farine」、あるいは、非常にサド的な「ジャコメッティを祝す Célébrer Giacometti」――ジャコメッティのモデルであった、カロリーヌを話題にしている――も参照してほしい（*Le Nu perdu*, *op. cit.*, p. 431）。

(31) シャールとサドについては次の研究書と拙稿を参照のこと。Paul Veyne, *Char en ses poèmes*, Gallimard, 1990 ; Éric Marty, « René Char, Sade et Saint-Just », *The French Review*, mai 1989, n° 62.

(32) ブルトンが『黒いユーモア選集』のなかで引用している（*Anthologie de l'humour noir*, éd. cit., p. 42）。サドのうちに「オルフェウス的主体」が見出せることを正当化するために、イヴ・ボヌフォワが『ありそうもないこと *L'Improbable*』のなかで援用したのも「愛」であった（*L'Improbable*, Mercure de France, 1949, p. 127）。

(33) « Présentation des œuvres du marquis de Sade », éd. cit., p. 800.

(34) とはいっても、ギー・ドゥボールの『サドのために上げる怒りの叫び *Hurlements en faveur de Sade*』（一九五二年）、ペーター・ヴァイスの『マルキ・ド・サドの演出のもとにシャラントン精神病院患者たちによって演じられたジャン＝ポール・マラーの迫害と暗殺 *La Persécution et l'assassinat de Jean-Paul Marat représentés par le groupe théâtral de l'hospice de Charenton sous la direction de Monsieur de Sade*』（一九六三年）――フランスでは一九六五年にスイユ社から翻訳が出た――、あるいは、三島由紀夫の戯曲『サド侯爵夫人』のことも忘れないようにしよう……。

(35) たとえば、「反哲学者」という語は「文化の多義性、理解せよ L'équivoque de la culture, comprendre」のなかに現れる（*Venise*, n° 16, septembre 1956, in *Œuvres complètes*, t. XII, Gallimard, 1988, p. 447）。しかし、この語はすでにトリスタン・ツァラが『反哲学者Ａａ氏 *Monsieur Aa l'Antiphilosophe*』（一九二〇年）のなかで用いており（*Œuvres complètes*, t. II, Flammarion, 1975）、ラカンはルイ・アルチュセールを話題にするときにこのテクストを参照している（以下の拙著を参照のこと。*Louis Althusser, un sujet sans procès*, Gallimard, coll. « L'Infini », 1999, p. 74）。

(36) ラカンの次のような軽蔑的な発言を参照してほしい。「マゾヒズムは周縁的な事象だが、それじたいのうちにほとんど戯画的なものを抱えている。これは十九世紀末のモラリストたちの探究によってかなりの程度露わにされてしまったものである」（*Le Séminaire, livre VII : L'Éthique de la psychanalyse*, édition établie et présentée par Jacques-Alain Miller, Seuil, 1986, p. 280）。

(37) この種の仕事は次の注目すべき研究書においてなされている。Françoise Laugaa-Traut, *Lectures de Sade*, Armand Colin, 1973. より最近のものでは、ミシェル・ドロンの評伝がある。Michel Delon, *Les Vies de Sade*, Textuel, 2007.

(38) *La Nouvelle Justine*, t. II, chap. XI, 10 / 18, p. 7.

(39) *Ibid*.

(40) *Cahier du sud*, n° 285, 1er trimestre 1947.

(41) マッソンは「サド的想像力についてのノート Note sur l'imagination sadique」、ブラヴェルは「悲劇の人サド Sade le tragique」。後者のテクストは、《フォリオ》叢書版『閨房哲学』（*La Philosophie dans le boudoir*, Gallimard, « Folio », 1976）に付されたブラヴァ

ルの序文に着想を与えたものだ。

（42） *Critique*, numéros d'août-septembre et d'octobre 1947.

（43） 掲載は一九四七年五月十二日である。「プラトニズムとサディズムにおける悪 Le mal dans le platonisme et le sadisme」というタイトルで、『全集 *Œuvres complètes*』の第七巻に収録されている。

（44） この書物は、一九六三年、ミニュイ社から序文付きで再版されるだろう。

（45） フランス語版は一九七四年にガリマール社から出版され、その後、《テル Tel》叢書に入る。

（46） *Les Origines du totalitarisme*, Gallimard, « Quarto », 2002, p. 643. この本の初版は一九五一年である。すでに一九四三年、非常に上品な作家であるエルンスト・ユンガーは、コクトーのある映画が上映された際、かなりの不快感をもってフランス知識人のサドに対する幻惑を指摘していた（*Journaux de guerre*, t. II : 1939-1948, Gallimard, « Bibliothèque de la Pléiade », 2008, p. 475）。当時のフランスの極右知識人のうちにサドが胚胎していたことにかんしては、ジュネの友人であるフランソワ・サンタンが自身の『日記』のなかでサドを話題にして次のように書いている。「馬鹿げた行為によって、ジャコバン精神を破壊する者（ジュスティーヌ、あるいは反サン＝ジュスト）」（*Minutes d'un libertin*, 1938-1941, Le Promeneur, 2000, p. 135 [1er août 1940]）。

（47） « Kant avec Sade », *Écrits*, Seuil, 1966, p. 780.

第一部

第一章

（1） このエピソードは『ソドム百二十日』第四部ではまったく異なるかたちで現れる。「下っ端の厄介者の一人とオーギュスティーヌの情事」(p. 419)。

（2） パゾリーニが映画のタイトルを「ダダ」にしようとしていた事実に注目しよう。絶頂期にあった当時の彼は、曖昧さを抱え込みながらも、明確にファシズム・サド・現代性とを関連づけていた（Hervé Joubert-Laurencin, *Pasolini, portrait du poète en cinéaste*, Cahiers du cinéma, 1995, p. 281）。

（3） エズラ・パウンド（一八八五年～一九七二年）はアメリカのモダニズムの詩人であり、ムッソリーニが試みたファシズムの冒険に巻き込まれた。一九二四年からイタリアに居を構えた彼は、プロパガンダのために国営ラジオで働いた。

（4） この短くも美しい詩の断片は、フランソワ・ソーゼの翻訳で読むことができる（*Les Cantos*, préface de Denis Roche,

Flammarion, 2002, p. 650)。詩編七十八において、パウンドがサロをほのめかしていることに注目しよう。「この湖の方へと流れてゆく水は／シルミオにおいてかくも静まったことはなかった／アーチの下では／フォレステリア、サロ、ガルドーネが／共和国を夢見る。サン・セポルクロ／金属のような四人の司教は／燃えさかる炎に舐められ、廃墟のなかには、信仰が――／祭壇の上には、目に見える聖遺物箱がいくつか置かれて」(*op. cit.*, p. 459)。

(5) 一九七五年四月二日の対談(Hervé Joubert-Laurencin, *op. cit.*, p. 269)。

(6) « Sade-Pasolini » (*Le Monde*, 16 juin 1976), in *Œuvres complètes*, t. IV, Seuil, 2002, p. 944-946.

(7) « Sade, sergent du sexe » (1975), in *Dits et écrits*, t. I, éd. cit., p. 1686.

(8) 『時間イメージ *L'Image-temps*』において、ドゥルーズは一方に「テオレマ」(一九六八年)を対置する。これは「問題の多い」映画であり、ある問題――テレンス・スタンプによって体現された「外部の使者」――によって「定理に基づくもの(テオレマティック)」を複雑にする映画であるという(「私は自分自身でも答えることのできないある問題に取り憑かれている」)。他方で『ソドムの市』は「定理」にとどまり、しかもその定理は死の定理であるとする(*Cinéma*, t. II : *L'Image-temps*, Minuit, 1985, p. 226-229)。

(9) セルジュ・ダネーはパゾリーニにおけるこうした中断の機能を強調したうえで、その機能をパゾリーニ自身の死に結びつけている。「恐怖政治を描いたこの映画は、人々に経験され、支持され、産むべきものを生み出した。そうした傾向はパゾリーニの死とともに一九七五年頃から停滞せざるをえなくなった」(Serge Daney, *Persévérance*, entretiens avec Serge Toubiana, POL, 1994, p. 85)。

(10) *Op. cit.*, t. II, 4e partie, p. 410. アナーキーの真の哲学はジジによって定式化されているが、彼はこの哲学の優位性を義務――「自身の構成を作り変えようとするときは自ら無秩序のなかに身を投じなければならないという政府の義務」――をとおして説明している。ジジによれば、ここでの新しい政府は、その創設のときに必要だったアナーキーよりも必然的に劣るという。なぜなら、政府じたいがそのアナーキーから派生しているからだ(*op. cit.*, p. 413)。虚無主義的なテロもまた存在するが、たとえば、その首謀者であるアルマーニはこう言っている。「それは十から十二リーヴルのパン、水とやすり屑と硫黄でこねられたパンを作り出すことでしかなかった。これらのパンは地上の三、四ピエごとに、数リューおきの間隔で、互いにおよそ二十プースの距離をとって配置されたのだ。これらの塊〔大衆〕が熱気を帯びてくるやいなや、おのずと暴発が起こったものだ。我々がこうした支所をあまりに多く増やしてしまったために、島全体が最も激しい動乱の一つを経験することとなった。この動乱はなおも数世紀のあいだ島を揺がしつづけえたかもしれない。メシーヌでは一万の家屋が倒壊し、五つの公的施設が壊され、二万五千の魂が我々の途方もない悪意の餌食になってしまった」(*La Nouvelle Justine*, chap. XI, t. II, p. 47)。

(11) *Histoire de Juliette*, t. II, 4e partie, p. 425.

(12) *Histoire de Juliette*, t. I, 2e partie, p. 399.

(13) *Présentation de Sacher-Masoch*, Minuit, 1967, p. 76-77.

(14) この作品は一九三四年に出版された。ポール・テヴェナン Paule Thévenin によって編纂された『全集 *Œuvres complètes*』の第七巻に収録されている。

(15) ドゥルーズには、「戴冠せるアナーキスト」への参照が非常に多い。たとえば、次を参照のこと。*Mille plateau*, Minuit, 1980, p. 196-197 ; *L'Île déserte et autres textes*, Minuit, 2002, p. 190.

(16) « Les paralipomènes d'Ubu » (*Revue blanche*, 1er décembre 1896), in *Tout Ubu*, Le Livre de Poche, 1962, p. 165.

(17) *Journal du voleur* [1949], Gallimard, « Folio », 2001, p. 214.

(18) この年、ドイツ語版がアムステルダムのケリドー社から出版された。アドルノとベンヤミンの書簡によれば、ホルクハイマーは少なくとも一九三〇年代中盤からサド研究に従事している（lettre du 2 juillet 1937, *Correspondance, 1928-1940*, Gallimard, « Folio », 2006, p. 226）。アドルノがサドを読み出したのは（おそらくフランス語版で）、一九三八年以降、ニューヨークにおいてである（*op. cit.*, p. 328 et 345-350）。

(19) アドルノについては、次の著作が参考になるだろう。Gilles Moutot, *Essai sur Adorno*, Payot, 2010.

(20) アドルノにとって、ナチズムはファシズム（Faschismus）の謂いである。両者の区別は当時ほとんど知られていなかった。フランスでは、一九七五年以降、つまりショアーと結びついたナチスの特質が暴かれてからにすぎない。

(21) ニーチェにかんしては、脱ナチス化の企てはきわめて早かった。たとえば、バタイユは一九三七年、「ニーチェとファシストたち Nietzsche et les fascistes」において、エマニュエル・レヴィナスの発言を、非常に厳しく批判している。レヴィナスはといえば、「ヒトラーの思想をめぐるいくつかの考察 Quelques réflexions sur la philosophie de l'hitlérisme」（一九三四年）において、ナチスドイツが他でもなく「ニーチェ的権力への意志」をひたすら称揚していたと考えていた。バタイユのテクストは一九三七年一月二十一日の『アセファル *Acéphale*』誌に（*Œuvres complètes*, t. I, p. 461-462 に収録）、レヴィナスのそれは、一九三四年九月一日の『エスプリ *Esprit*』誌に発表されている（*Quelques réflexions sur la philosophie de l'hitlérisme*, Éditions Payot & Rivages, 1997 に再編集されたかたちで収録）。今日、ニーチェの脱ナチス化は充分に確立されたものなので、若きアルチュセールが一九五〇年代に自明のこととしてニーチェをファシズムと同一視するのを目の当たりにすると（このような見方は間違っているが）、驚きを禁じえない（« Le retour à Hegel », in *Écrits philosophiques et politiques*, Le Livre de Poche, 1999, p. 249, note 2）。こうした脱ナチス化の操作の作為的性格については、フーコーが力強く立証するところのものだ。一九七六年、この操作がひとたび成功すると、彼は対談のなかで次のように言明している。「たとえばある時期において、ニーチェを参照したければ、人々はこう言わなければいけないと信じていた。ニーチェは反ユダヤ主義者ではなかった、と」(« L'extension sociale et la norme », in *Dits et écrits*, t. II, Gallimard, « Quarto », 2001, p. 78)。

(22)　フランス・ファシズムのありえたかもしれない経験と——ブランショの場合のように、内面では体験されたわけだが——、ナチス全体主義もしくはファシスト国家の経験——ドイツ人とイタリア人が現実に体験したような経験——とを比較することはできない。

(23)　この「余談II」は「啓蒙 Aufklärung という概念」という章の後に続くものである(*La Dialectique de la raison*, Gallimard, « Tel », 2003)。

(24)　Hannah Arendt, *Eichmann à Jérusalem, rapport sur la banalité du mal* (1963) ; Jean-Claude Milner, *Les Penchants criminels de l'Europe démocratique*, Verdier, 2003.

(25)　*L'Anti-Œdipe*, Minuit, 1972, p. 133.

(26)　ラカンがアドルノのテクストを知らなかったという説は、『クリティック』誌の「カントとサド」にある次のような指摘が『エクリ』では削除されている事実によって立証される。「ここでのサドは転倒の最初の一歩なのである。かたやカントはその転回点なのであり——いくらこのことが人間の冷酷さという観点からみて辛辣に思えようとも——、我々がこれを知っているとしても、そのものとして位置づけられることのない転回点なのである」(*Critique*, avril 1963, nº 191, p. 292)。しかし、いくつかの符号から、ラカンがアドルノのテクストを知っていたと考えることもできる。たとえば、ラカンは「快楽をその滝状の性質として表すほどの、想像を絶した、これらの人間ピラミッド」について語っており(*Écrits*, Seuil, 1966, p. 786)、これはアドルノが「サドの乱交騒ぎの組み体操式ピラミッド」に言及する箇所と非常に細かい点まで一致している。(*op. cit.*, p. 99)。

(27)　*Présentation de Sacher-Masoch*, Minuit, 1967, p. 72.

(28)　*Critique de la raison pratique*, trad. française de F. Picavet, PUF, 1971, p. 26.

(29)　*Op. cit.*, p. 99-100. アドルノは、サド的乱交での快楽の偶像崇拝とナチスの祭典や集会とが作り物めいた性格という点で同一であることを論じている(*op. cit.*, p. 114-115)。

(30)　*Ibid.*, p. 99-101.

(31)　*Ibid.*, p. 103.

(32)　*Ibid.*, p. 109-110 et 116-117.

(33)　*Ibid.*, p. 118-119.

(34)　*Ibid.*, p. 104.

（35）　*Ibid.*, p. 121. この問題にかかわるバタイユの明晰さについては、次を参照のこと。Michel Surya, *Georges Bataille, la mort à l'œuvre*, Gallimard, 1992.

（36）　*Minima Moralia*, fragment 150, Payot, 2003, p. 319.

（37）　*La Dialectique de la raison*, p. 127. 強調は筆者。

（38）　*Histoire de Juliette*, t. III, 5e partie, éd. cit., p. 95-96.

（39）　*Ibid.*, p. 85.

（40）　*Ibid.*, p. 105.

（41）　この概念は、マルクスの商品の物神崇拝についての考察から部分的にインスパイアされており、とりわけ『パリ、十九世紀の都市』（一九三九年）のなかに現れる。

（42）　この点については、アルチュセールのアドルノの言説に対する激しい批判を参照のこと。*Pour Marx*, François Maspero, 1973, p. 236-237, note 7.

（43）　Adorno, *op. cit.*, p. 110.

（44）　*Ibid.*

（45）　*Ibid.*, p. 111. ここにはブルジョワ的イデオロギーへの批判、憐れみを他の数ある要素とともに最も普及した要素の一つとするイデオロギーに対する典型的でほぼ完璧な批判が見出せる。ルソーの基礎的装置である憐れみの問題については、アルチュセールの分析を参照されたい、その分析によれば、憐れみから他者の苦しみへと移行するなかで、他者の苦しみがサドにおいて快楽を生じさせるものであるかぎりにおいて、ルソーがサドの分身であることが明らかになるという（Louis Althusser, *Politique et histoire, de Machiavel à Marx*, Seuil, 2006, p. 315-316）。サド作品は憐れみを熱心に否定する箇所に満ちており、そのことがアドルノの主張を根拠づけている。自然法に対しての例外である憐れみは、一種の悪徳、偽装されたエゴイズムとして定義されている。たとえば、ノワルスイユの主張を参照のこと（*Histoire de Juliette*, t. I, 2e partie, p. 223 et 240）。

（46）　*Ibid.*, p. 125-127.「『おまえにとっての最大の脅威はどこにある?』とある日ニーチェは自問した。『憐れみのなかだ』。憐れみの否定によって、ニーチェは、慰めとなる主張が発せられるたびに露呈される人間の揺るぎなき信念を救い出したのだ」（p. 127）。

（47）　以下を参照。Vincent Descombes, *Le Même et l'Autre*, Minuit, 1979, et Dominique Auffret, *Alexandre Kojève*, Grasset, 1990. アルチュセールは少しばかり異なるリストを作成し、これを手厳しいアイロニーとともに嘲弄している。「当時は半ば沈黙していたくせに、以来、華々しく騒ぎ出した連中（サルトル、メルロ＝ポンティ、レイモン・アロン、R・P・フサール、ブリス・パラン、カイヨワなど)」(« Le retour à Hegel », *Écrits philosophiques et politiques*, t. I, Le Livre de Poche, p. 252)。

(48) 一九三九年一月十四日の『ムジュール *Mesures*』、一九四六年から一九四七年の『クリティック *Critique*』誌に掲載されたコジェーヴの論考群を参照のこと。

(49) 以下を参照。*Écrits philosophiques et politiques*, t. I, éd. cit. このテクストは『南方手帳 *Cahiers du Sud*』第二八六号、すなわちサド特集号の次の号に発表されている。

(50) 『火の分け前 *La Part du feu*』(一九四九年)に収録されている。

(51) このテクストは『クリティック』誌の一九六三年八月・九月号に掲載されたのち、以下の著作に収録された。*Dits et écrits*, t. I, éd. cit., p. 267.

(52) *Différence et répétition*, PUF, 1968, p. 1.

(53) こうした理由から、「ヘーゲルへの回帰、講壇修正主義の骨頂 Le Retour à Hegel, dernier mot du révisionnisme universitaire」という啓示的なタイトルのついた、アルチュセールのきわめて反ヘーゲル的な驚くべきテクストを参照されたい。このテクストは『ヌーヴェル・クリティック *La Nouvelle Critique*』誌の一九五〇年九月号に発表されたのち、以下の著作に収録されている(*Écrits philosophiques et politiques*, t. I, éd. cit., p. 251-264)。実際は、彼にとって真の反ヘーゲル主義者はマキャベリであろう。周知のとおりサドがマキャベリストであるだけに、余計にそう思える。マキャベリとともに、アルチュセールは歴史的偶然性の哲学、空虚・中性・暴力・行動・行為・欲望の哲学を見つけ出すのであり、とりわけそこに見られるのは人間学のまったき欠如である。アルチュセールによれば、マキャベリは人間について語らず、人間の欲望や悪意といったものを語るのだという。マキャベリの「孤独」というものがあるのだ(つまりどんなヘーゲル主義にも取り込まれないもの)。なぜなら彼の理論は人間学にも、歴史の循環理論にも根ざしていないからである(*Politique et histoire, de Machiavel à Marx*, éd. cit., p. 244)。

(54) Alexandre Kojève, *Introduction à la lecture de Hegel*, [1947], édition et transcription par Raymond Queneau, Gallimard, « Tel », 1979, p. 93-94.

(55) たとえば、「サドと革命 Sade et la Révolution」という一九三九年二月七日の講演、あるいは「完全なる怪物性 *La monstruosité intégrale*」(in *Acéphale*, n° 1, juin 1936)。

(56) このテクストは一九六七年に再版され、『悪虐の哲学者』につづくかたちで収録される。この点については本書の第三部で取り上げることになるだろう。

(57) 『我が隣人サド』でフランス革命に触れた我々にとって興味深いパートには、何かしら予言めいたところがある。一九三九年二月七日の社会学研究所での講演をそのまま本文として使っているからだ(Denis Hollier, *Le Collège de sociologie, 1937-1939*,

Gallimard, « Folio », 1995)。

(58) 「したがって大文字の歴史は、主人と奴隷の総合が実現するときに終わりを迎えるだろう。この総合とはすなわち、全体的人間、普遍的で等質的な国家の市民である［……］」（*Introduction à la lecture de Hegel*, [1947], Gallimard, « Tel », 1979, p. 172）。

(59) « La structure psychologique du fascisme » (*La Critique sociale*, novembre 1933), in *Œuvres complètes*, t. I, Gallimard, p. 338-371.

(60) 注目すべきことに、サドにかんしてつかわれる「全体的人間 homme intégral」という表現はバタイユにも見出せるだろう。『エロティシズム』でこの人間を論じる章では、一つの時代――人類が「万人に等価な必然性」を生み出せない自らの無力性を露呈していた時代――における大文字の主人という原始的人物像を指す言葉としてつかわれている（*Œuvres complètes*, t. X, éd. cit., p. 165）。しかしブランショにもこの語は現れており、そこでは「サド的主体」を形容している（*Lautréamont et Sade*, Minuit, 1963, p. 36）。

(61) たとえば、「無神論は貴族的態度である」というロベスピエールの有名な言葉（一七九三年十一月二十一日の演説より）。

(62) したがってサドの目からみると、恐怖政治は自身のシステムのカリカチュアになっている。なぜなら、恐怖政治の犯罪は絶えず政治的アリバイに覆い隠され、厳密に責任の面では、官僚的決定という最も空虚なかたちで容認されてしまうからである。

(63) ヘーゲル的弁証法の倒錯については、この倒錯からランボーが『地獄の季節』で生み出したものを論じた拙稿を参照されたい。« Arthur Rimbaud, l'inhospitalité intime », in *De soi à soi, l'écriture comme autohospitalité*, Presses universitaires Blaise-Pascal, 2004, p. 255-257.

(64) ヘーゲルの主人と奴隷の弁証法をマルクス主義的かつ楽観主義的に解釈したこの読みは、万人を納得させるものではなかった。たとえば、アルチュセールはこの読解を「ファシズム的」と非難しているし（« Le retour à Hegel », *op. cit.*, p. 262）、ラカンにとって、この弁証法は実は「人間による人間の搾取が人間関係の本質を構成している」ことを前提にするものだ（*Le Séminaire*, livre I : *Les Écrits techniques de Freud*, texte établi par J.-A. Miller, Seuil, 1975, p. 169）。

(65) 『ジュリエット物語』には真の系譜学的方法が見出せる。この方法によって、サドは道徳のさまざまなカテゴリーをめぐって諸価値の一覧表（タブロー）を打ち立てているのだ。たとえば「同胞愛」にかんして、選びとられた例にいたるまでニーチェの著作で読むことができるような一節を書いている。「いわゆる同胞愛の絆を考え出したのは、弱者でしかありえない。なぜなら、何も必要としていなかった最強者がこの絆を生み出したというのは、自然な発想ではないからだ。最も弱い者を鎮めるために、最強者が必要としたのは己の力だけであり、同胞の絆ではまったくない。よって、この絆は弱者の作物にほかならず、子羊を狼に結ぶつける絆がそうであるのと同じくらい――『あなたは私を食べてはいけません、だって私もあなたと同じく四本の足をもっているのですから』［ラ・フォンテーヌの寓話「狼と子羊」に登場する子羊の台詞］――、くだらない理屈にしか基づいていないのである」（*op.*

cit., t. I, 1re partie, p. 223)。サドは力を道徳化することへの批判を行っているわけだが、ここでは力の道徳化がまさにニーチェの場合と同じく「子羊の三段論法」という形で現れている（*Généalogie de la morale*, 1re dissertation, fragment 13, Gallimard, « Idées », 1972, p. 57)。我々はドゥルーズのサド読解を論じる際にこの問題に立ち返るだろう。

（66）『ジュスティーヌ』のロランという登場人物がすぐに想起される。彼は自らの絞首刑を歓んだため、ジュスティーヌは死の瞬間に彼を救い出さなければならなかった。しかし概して言うなら、サド的主体の性的優位は——この優位が彼のリビドーの途方もない強度に起因しているとすれば——、本質的に次の事実に結びつけられている——彼を満足させるために、欲望は彼を導いてすべてを危険にさらすよう仕向け、この満足そのもののなかで、通常の満足（社会再構成のプロセスに完全に組み込まれた満足）のリミットを乗り越え、死に立ち向かってゆくという事実。サド的主体は自らの快楽のなかですべてを危険にさらし、至高の快楽としての死を取り込む。だからこそ、ジュリエットの女友達であるボルゲーズにとって、「斬首刑そのものは［……］一つの快楽なのだろう」（cité par Blanchot dans *Lautréamont et Sade*, p. 29)。

（67）孤独を人間的状況の基本要素と定めることで、主人は奴隷より優位に立つ。奴隷はといえば、卑屈にも他者の可能性を信じ込み、つまりは自らの欲望の地平線としての死に立ち向かうことを拒んだのである。認識はサド的英雄がまったく知らないコンセプトであり、実際、彼はこれを棄却している。たとえば、『新ジュスティーヌ』第十八章でロランがこの問題について長い演説をぶつところを参照のこと（*La Nouvelle Justine*, t. II, p. 320-321)。またサドはこの演説に注釈を付しており、次のような一文で締めくくっている。「無気力、無頓着、ストイシズム、自己の孤独、こうした態度のなかでぜひとも魂を高めていかなければならない、この世で幸せであろうとするならば」（*ibid.*, p. 323)。『ジュリエット物語』の次の一節も参照のこと。「人間はすべて孤立した状態で、互いが互いをまったく必要としないまま生まれてくる」（*Histoire de Juliette*, t. I, 1re partie, p. 222)。

（68）この点にかんしては、アルチュセールが『マルクスのために』でブルジョワ的イデオロギーの機能について分析した箇所を参照。「十八世紀をつうじて、新興階級であるブルジョワジーが平等・自由・理性という人間主義的イデオロギーを展開するとき、彼らは自らの要求に普遍性という形態を与える。まるでそうすることで、人類じたいを自分たちの味方に引き入れようとし——人類を解放するのは彼を搾取するためでしかないだろう——、そのために彼らを作り上げるとでもいうように。これこそ不平等の起源にまつわるルソー的神話なのだ。金持ちは貧乏人にまだ誰も考えついたことのない『最もよく練られた主張』を述べたて、彼らが自由を生きるのと同じように服従を生きるよう説得するのである（*Pour Marx*, p. 241)。アルチュセールがここで反ルソーとしてのサド——反『社会契約論』としての『閨房哲学』あるいは『ジュリエット物語』——を取り上げていないことが悔やまれる。

（69）デリダの明快な言説を参照のこと。« De l'économie restreinte à l'économie générale », in *L'Écriture et la différence*, Seuil, « Tel Quel », 1967, p. 375.

（70）『ジュリエット物語』の注において、サドは一七八九年という年を「妄想と狂気（デレゾン）」の年と形容している（t. II, 3e partie, p. 248, note 4）.

（71）*Lautréamont et Sade*, p. 21-22.

（72）こうした知識人と民衆の結託については、アルチュセールの次の一節を参照。「よって、この現実的革命は哲学とプロレタリアの共同作品であるだろう。なぜなら、哲学において人間は理論的に肯定され、プロレタリアにおいては実のところ否定されるからである」（*Pour Marx*, p. 233）。

（73）本書の第三部を参照。

第二章

（1）キルケゴールの『不安と戦慄』（一八四三年）。パウロの『コリント人への第一の手紙』第二章三節、『第二の手紙』第七章十五節などを参照のこと。キルケゴールにおける「真剣さ」の概念については、『不安の概念』を参照されたい。そこで「真剣さ」は、ある人が自らの行う反復のなかで同じことを繰り返すときの独創性として定義されている（*Le Concept d'angoisse*, Gallimard, « Idées », 1969, p. 151）。

（2）*Histoire de Juliette*, t. I, 1re partie, p. 264, note 20.『新ジュスティーヌ』において、サドは悲劇の道徳的機能という考えをも茶化し、悲劇のうちに最も残酷な快楽を実践しようとする傾向を見ている（*La Nouvelle Justine*, t. II, chap. XIX, p. 392-393）.

（3）たとえば『新ジュスティーヌ』に登場する「自らの情念に身をまかせる個人によって生贄にされた主体」としての犠牲者を参照（t. II, chap. XVI, p. 222）。サディストの行為はそれじたいで「供儀」あるいは「供儀の執行」として表されることがままある（*ibid.*, chap. XVII, p. 270）。もちろん、こうした用例は非常に多い。

（4）« Le mal dans le platonisme et dans le sadisme » (12 mai 1947), in *Œuvres complètes*, t. VII, p. 371.

（5）*Ibid.*

（6）*Ibid.*, p. 372.

（7）*La littérature et le mal*, [1957] Gallimard, « Idées » 1972, p. 143.

（8）そうした動きをとおして人間は「ありのままの姿（我々が経験することのできない不確かな全体性）に等しく」なる（*ibid.*, p. 144）。*L'Érotisme*, éd. cit., p. 180 も参照されたい。

（9）「我々はここで今まで書かれたことのなかったような最もスキャンダラスな作品を手にしている［……］。つまり我々はある意味で身近に、文学というかくも相対的な世界のなかで、まさしく絶対的なものを抱えているのだ」（*Lautréamont et Sade*, p. 17）。

（10） « L'insurrection, la folie d'écrire », *L'Entretien infini*, Gallimard, 1969, p. 325.

（11） *Ibid.*, p. 333.

（12） さらにバタイユはこう付け加えている。「最も病的なのは、この読書によって官能的に昂ぶる人にほかならない」（*La Littérature et le mal*, p. 143）。見てわかるとおり、バタイユの真剣さとブランショの真剣さは二つの気質を映し出している。おそらくここでバタイユはかなりの純情さを露呈しているのだろう。サルトルはこの純情さを非常に早い時期に看取し、一九四三年の有名な注釈のなかで一種のサディズムをもって細かく分析した（『シチュアシオンⅠ』収録の「新しい神秘家 Un nouveau mystique」）。「感情があれだけ厳しくなっているときに、バタイユ氏の『思想』がかくも軟弱で漠然としているのは、ただただ残念なことである」（*Situations I*, Gallimard, « Idées », 1975, p. 208）。

（13） *Lautréamont et Sade*, p. 18.

（14） *L'Entretien infini*, p. 481.

（15） *Le Séminaire*, livre VII : *L'Éthique de la psychanalyse*, éd. par Jacques-Alain Miller, Seuil, 1986, p. 259.

（16） *Les Constructions de l'universel*, PUF, 1993, p. 52.

（17） *La Littérature et le mal*, [1957], Gallimard, « Idées », 1972, p. 121.

（18） *L'Érotisme* p. 178. 同じ考え方がかなり後になってブランショのなかに、とりわけ『災厄のエクリチュール』（一九八〇年）のなかに見出せる。「私がサドが好きだと語ることは、サドとまったく関係がないということだ。サドは愛されることも甘受されることもないであろう。彼が書くものは我々を絶対的に惹きつけながら、絶対的に遠ざけているのだから。つまり、遠ざけながら魅惑しているのだ」（*L'Écriture du désastre*, Gallimard, 1980, p. 77）。

（19） *La Littérature et le mal*, p. 129.「[……] 彼が唯物論者であったことは確かだ。しかしそのことで自身の問題にけりをつけることができなかった。すなわち彼が愛したところの悪の問題、彼を断罪したところの善の問題である」。

（20） *L'Entretien infini*, p. 324.「奇妙なユーモアと凍りついた陽気さ」（*Lautréamont et Sade*, p. 47）とも言っている。

（21） この非常に重要な問題については、拙稿の注釈を参照されたい。*Jean Genet, post-scriptum*, Verdier, 2006, p. 92-93.

（22） セリーヌは『ギニョルズ・バンド *Guignol's Band*』において、ジュネは『犯罪少年 *L'Enfant criminel*』のなかで。

（23） *Bâtons, chiffres et lettres*, Gallimard, 1950, p. 152. こうしたサドとナチズムの同一視を危惧しているからこそ、ルネ・シャールは——戦後に出版されたまさしくレジスタンス作品としてのテクスト、『ヒュプノスの断想 *Feuillets d'Hypnos*』のなかで——サドの名をナチスの恐怖の埒外にとどめておくのだ（とりわけ断章二一〇番を参照）。

（24） *Journal, 1922-1989*, éd. par J. Jamin, Gallimard, 1992, p. 419-420. モーリス・ナドーはファシストの肉付けに反対して「『国家的

サディスト』という人物像」に異を唱えている（« Exploration de Sade », *op. cit.*, p. 55）。

（25）*L'Éthique de la psychanalyse*, p. 273.

（26）以下を参照。Céline, *Romans*, t. III, Gallimard, « Bibliothèque de la Pléiade », 1988, p. 764-765.

（27）実際、すでに引用したところだが、バタイユはナチズムをほのめかす次のような発言をしている。「まさしく、ふざけることはできない。なぜなら、情念の暴発が生じているからであり、情念の暴発とはすなわち善だからである。この善によって、つねに人類は我々が見てきたようなかたちで活気づくことができたのであり、比類なき残虐さをもって行動することを許されたのだ。他方で、彼らが善を我々がよく知るところの貧しいものに還元しているとしても！」（*Œuvres complètes*, t. VII, p. 372-373）。

（28）ある出席者はサド的拷問が「戦争中に行われた」こと――そこでは「人々全員が死体焼却炉に投げ込まれた」――と同一視できないか尋ねている（*ibid.*, p. 376）。

（29）*Ibid.*

（30）ここでは単に、「殲滅 extermination」という語がサドのなかに見出せることを指摘しておこう。たとえば、次の文中にある。「ルイ十五世の時代に、貧民をすべて容赦なく捕らえて殲滅させよう exterminer という提案がなされた。かくも賢明な体制に相応しいこの計画は、我々の世紀に影響を及ぼすことができたかもしれない。もしそうであったら、今日、我々があの汚らわしいダニに苦しめられることもないだろうに」（*La Nouvelle Justine*, t. II, chap. XIX, p. 392）。

（31）無気力はストア派から借りてきた概念であり、事実、ブランショはこのことに気づいたうえで、ジュスティーヌ／ジュリエットのカップルのうちにストイシズムの反転を看取している。つまり、ジュスティーヌが苦しんでいるのにもかかわらず、ストイシズムによって自分が自由だと信じているのに対し、ジュリエットは逆のストイシズムによって、自らの苦しみを快楽に転化させているというのだ（*Lautréamont et Sade*, p. 28）。無気力はプラトン主義的な概念でもある（cf. H.G. Gadamer, *L'Éthique dialectique de Platon*, Actes Sud, 1994, p. 233）。

（32）冷静に残酷な行為をなすという発想は、サド作品の至るところに現れている（もっぱらというわけではないが）。ジュリエットの女友達であるクレールヴィルは、情動から免れたこうした悪の理想を見事に表現している。「私の魂は平然としているの。どんな感情にも揺さぶられることがない、快楽を除いてね。私はこの魂に現れる感情、欲望、動きすべてを制御しているのよ。だから私のなかでは、すべてが頭の意のままになっているというわけなの」（*Histoire de Juliette*, t. I, 2e partie, p. 339）。教育係として彼女はジュリエットについてこう語っている。「彼女が色欲のまったくない悪のなかに、彼女自身にとって色欲に存在するところの完全なる悦楽を見出せるようになるといいわね。媒体がまったくなくても悪を実践できるようになってほしいものだわ」（*ibid.*, t. II, 3e partie, p. 89）。同じような発言はサン＝フォンの口からも語られている。

(33) *Œuvres complètes*, VII, p. 379.

(34) *Faut-il brûler Sade ?* [1955], Gallimard, « Idées », 1972, p. 72. 初出は『現代 *Les Temps modernes*』、一九五二年十二月、第七四号。

(35) 以下を参照。*La Philosophie dans le boudoir*, p. 178. それでも、リベルタンは自らに役立てるときには法を使うことがあるということを指摘しておこう。

(36) *Dits et écrits*, t. I, p. 1688.

(37) *La Littérature et le mal*, p. 130.

(38) *L'Érotisme*, p. 186.

(39) *Présentation de Sacher-Masoch*, Minuit, 1967, p. 17. こうしたバタイユへの同意は見かけだけのものではない。実際、ドゥルーズは皮肉を交えてこう付け加えている。「このことから、マゾッホの言語活動が逆説的でもあると結論づけなければならないのか？しかし今度は犠牲者たちが、自分自身に対してそうであるところの虐殺者と同様に、虐殺者に特有の偽善をもって語り出すという理由で？」(*ibid.*)。クレール・パルネとの対話で、ドゥルーズはバタイユに対して非常に厳しい言葉を放っている。「ジョルジュ・バタイユは非常にフランス的な作家である。彼は些細な秘密を文学の本質に仕立ててしまった。その中に母がいて、その下に祭司がいて、その上に一つの目があるというふうに」(*Dialogues*, avec Claire Parnet, Flammarion, 1977, p. 59)。

(40) *L'Érotisme*, p. 187.

(41) *Ibid.*, p. 187.

(42) *Ibid.*

(43) *Ibid.*, p. 188.

(44) *Ibid.*, p. 186.「私は逆側からの物語を想像した。証言者を殴った虐殺者が書きえたかもしれない物語を。ろくでなしが書き、私が次のような箇所を読むところを想像したのだ。『私は彼に飛びかかって汚く罵った。後ろに両手を縛られていた彼は応戦することができなかったので、私は彼の顔に拳を力一杯押しつけた。彼は倒れ、私は踵で蹴り飛ばしてけりをつけた。うんざりした私は、腫れあがった顔に唾を吐きつけた、云々』」。そしてバタイユは次のように結論する。「虐殺者がいつかこのような物語を書くというのは、ありそうもないことだ」。

(45) « Réflexions sur le bourreau et la victime », *Critique* (1947), in *Œuvres complètes*, t. XI, p. 266.

(46) 「今日の神話 Le Mythe, aujourd'hui」を参照されたい。これは『エロティシズム』と同年——一九五七年——に上梓された『神話作用 *Mythologies*』の後書きである。

(47) たとえばこうした観点にこそ、『文学とは何か』のサルトルと『エクリチュールの零度』のバルトとの真の対立がある。前者にとっての問題は態度と社会参加（アンガージュマン）のモラルであり、前者にとっては、すべてが「私」ないし「彼」と言うときのやり方、あるいは複合過去よりむしろ単純過去を使うという方法の問題に集約されている。

（48）『存在と無 *L'Être et le néant*』第三部（「対他存在 Le pour-autrui」）第三章二節の「他者に対する第二の態度――無関心、欲望、憎悪、サディズム Deuxième attitude envers autrui : l'indifférence, le désir, la haine, le sadisme」を参照。

（49）*L'Être et le néant*, [1943], Gallimard, « Tel », 1976, p. 455-457.

（50）サド的暴力は語られることで非暴力に転化するという考えの裏には、語りはそれじたいにおいてよいものだというユダヤ＝キリスト教的公理が潜んでいる。非常に興味深いことに、ヴァルター・ベンヤミンにも同じような言語活動による暴力の非暴力への転化が見出せるのだが、今度はヤハウェに投影されている。逆説はサドの場合と類似している。なぜなら、語るという活動に立脚しているからこそ、神の暴力は非暴力になるというからだ。しかし逆説が裏返しにもなっている。神の語りが殺すことのタブーに基づいているのに対し、サドの非暴力は殺人教唆、殺しの命令に基づいているからである。ベンヤミンについては、「暴力批判論」（一九二〇年～一九二一年）と次の拙稿における注釈を参照のこと。« À propos d'État d'exception », in *Une querelle avec Alain Badiou, philosophe*, Gallimard, « L'Infini », 2007.

（51）*La Littérature et le mal*, p. 134.

（52）*L'Éthique de la psychanalyse* (*Le Séminaire*, livre VII), éd. cit., p. 236-237.

第三章

（1）« La littérature et le droit à la mort », in *La Part du feu*, Gallimard, 1949, p. 311. この肖像の最初の部分にかんしては、レヴィナスがブランショの肖像――彼は一九二五年から翌年のあいだにストラスブールでブランショに会った――を素描した次の文章を想起せずにはいられない。「私は彼を描写することができない。非常な知性、自分を特権階級だと思わせる思想という印象をすぐに抱いた。[……] 彼はつねに最も高尚で、高貴で、厳しい道を選択していた。こうした精神的な気高さ、思想の生まれながらの貴族的性格は、最も重要なものであり、人を高めるものだ」(François Poirié, *Emmanuel Levinas*, La Manufacture, 1990, p. 71)。サドの「慇懃さ」についてのブランショの注は、おそらくノディエがタンプル塔でサドと邂逅したときの証言（おそらく想像上の邂逅）から着想を受けているのであろう。「私は彼が慇懃なまでに礼儀正しかったこと、人が敬意を払うものについては何であれ恭しく語っていたことしか覚えていない」(J.-J. Pauvert, *Sade vivant*, t. III, éd. cit., p. 325)。

（2）*Critique*, août-septembre 1946, nº 3-4. この論文にブランショの思想すべてが詰め込まれているわけではないが、後になってそっくりそのまま繰り返されるであろう表現がいくつか見受けられることはたしかだ。たとえば、「絶対的エゴイズムの原理」についての表現、欲望における平等と相互性についての表現がそうであるし、サド的世界の「砂漠」と諸々の主体の「無限に互換可能な」性格については、パラグラフまるごと見出せる。しかしブランショが「否定」をめぐる自らの理論を練り上げるのは、とりわけこれらの箇所においてなのだ。ブランショがサドの名を一九四六年以前に書き留めていることを指摘しておこう。たとえば、カミュの『シーシュポスの神話』に関する論考において（*Journal des débats*, 25 novembre 1942, repris dans *Faux pas*, Gallimard, p. 68）。

（3） このテクストが一九六五年にジャン＝フランソワ・ルヴェルの監修で出版された『フランス人よ、共和主義者になりたければあと一息だ』に序文として収録されたことも付言しておこう（*Français encore un effort pour être républicains*, dirigée par Jean-François Revel, Éditions J.-J. Pauvert, coll. « Liberté », 1965）。

（4）「いずれにしても、これらの人物こそ［ブランショ、バタイユ、クロソフスキー］、一九五〇年代頃、誰もがそこに閉じ込められていたところのヘーゲルの眩惑から我々を脱出させることにまず着手した最初の人たちであった」（*Dits et écrits*, t. II, Gallimard, « Quarto », p. 589）。フーコーが一九六三年のロジェ・ルポルトについてのテクストに提示した結論も参照されたい。それによれば、ブランショ、クロソフスキー、バタイユは、カントやニーチェとともに我々が立ち返るであろうところの複雑な系譜に連なりながらも、「思考を無理やり哲学に帰着させる弁証法的言語」に揺さぶりをかけ、そこでの思考に「和解なき戯れ、同一性と差異とのまったく侵犯的な戯れ」の余地を残そうと努めているという（*Dits et écrits*, t. I, p. 296）。あるいは一九六四年、クロソフスキーに関する論考で、フーコーはこの作家の言語活動を次のように定義している。「ブランショやバタイユのそれと同じくらい本質的なものであり、というのも、彼の番になって、いかに思考の重大な部分が弁証法の外にその輝かしい軽妙さを見出さなければならないかを我々が教わることになるからだ」（*ibid.*, p. 357）。

（5） ブランショ／ヘーゲルの関係をめぐる分析については、次の著作の第一章を参照のこと。Marlène Zarader, *L'Être et le neutre. À partir de Maurice Blanchot*, Verdier, 2001. とりわけ『終わりなき対話』の一節を参照した箇所を参照されたい。サドを問題にした同一の段落に位置を占めるその一節において、ブランショは次のように書いている。「いや、人間は自らの否定性を行動のなかで汲み尽くしたりしない。いや、彼は自身が体現する虚無を変換したりしない。おそらく彼はすべてのものと張り合い、あらゆるものを意識することで、絶対的なものに到達できるのだろう。しかし、絶対的なものより否定的思考の情熱がそこではいっそう極端なものとなる。なぜならその情熱は、応答に直面すると、応答じたいを宙吊りにする問いを導入することができ、あらゆるものの実現に直面すれば、異議申し立てという形で無限なものを再び活性化させる別の要請を維持しうるからである」（*L'Entretien infini*, p. 304）。

（6） 本書のエピローグを参照。

（7） このことはとりわけ「文学と死への権利」のなかで看取できる。そこでブランショは後戻りできない否定の絶頂にいるサドを演出したのち、きわめて古典的な弁証法を展開する最終部に帰着している。つまり否定が再び肯定になるわけだが、というのも、言語のなかで／によって消去されたものが、実際は言葉のなかに脅威というよりもむしろ逃げ場を見出しているからである（*La Part du feu*, p. 318）。

（8） *Ibid.*, p. 36.

（9） *L'Entretien infini*, p. 327.

（10） *Ibid.*

（11） *Ibid.*

（12） « Le langage à l'infini » (1963), in *Dits et écrits*, t. I, p. 284.

（13） キルケゴールは十九世紀の反ヘーゲル的英雄である。「例外」、唯一のもの、特異なものをとおして大文字のシステムから逃れ、我々を「精神の弁証法的歩み」や「歴史における理性の働き」のなかに捕捉するヘーゲル的全体化から免れようとしているからだ。彼がさまざまな筆名で著作を量産したのは、こうした冒険的試みによるものである。

（14） *Lautréamont et Sade*, p. 31.

（15） ブランショはこの換称法を『終わりなき対話』のテクストのなかでも使っている（*L'Entretien infini*, p. 327）。バタイユにとって、サドは「孤独な人間」である。

（16） *Lautréamont et Sade*, p. 37-38.

（17） 世界の分割と解体はサドの語りにおいてつねに言及されるものであり、言うまでもなく、快楽と結びついていることもしばしばである（*Les 120 Journées de Sodome*, 1er partie, 28e journée, p. 333）。『ジュリエット物語』のブリサ＝テスタ（ボルシャン）についても同様であり（*Histoire de Juliette*, t. III, 5e partie, p. 91）、またジュリエット自身もこう語っている。「私がもっている情熱のうちで、それ［犯罪］を世界に普及させようという情熱ほど熱烈なものはない。もし世界中を私の仕掛けた罠に陥れることができるとしたら、私は何ら良心の呵責を感じることなく世界を粉砕することでしょう」（*ibid.*, p. 310）。あるいは次のような発言もある。「俺が勃起するとき、全世界が存在しなくなればいいのに」（*ibid.*, p. 387-388）。しかもブランショはこうした存在論的大変動の可能性の例を数多く挙げている（*Lautréamont et Sade*, p. 40-41）。

（18） これこそ殺人について長広舌をふるうピウス六世の議論の要点である（*Histoire de Juliette*, t. II, 4e partie, p. 454-463）。この点についてはラカンをめぐる本書の第二章、レヴィナスを扱うエピローグで長々と論じることになるだろう。

（19） 以下を参照。Adorno et Horkheimer, *La Dialectique de la raison*, p. 49.

（20） *Lautréamont et Sade*, p. 39. ここでバタイユのテクストがブランショの思想に立ち返っているのを見てとることができるだろう。サド的憎悪をめぐるブランショの分析のなかに、バタイユがまったく違った観点から笑いについて書いた事柄が見出せるかもしれないのだ。たとえば、デリダが提示した二つの否定の対立、消去されたものを保存して留めおくヘーゲル的な「よき否定」とバタイユの「抽象的否定性」との対立を参照してほしい。デリダにとって、バタイユの笑いは抽象的否定性（過剰、消費、遊戯、至高性の同義語）から突発的に生じるものであり、ヘーゲル的な「よき否定性」を喜劇あるいは「笑える」ものに反転させるものなのだ。ヘーゲルのように、否定的なものの論理を止揚（アウフヘーベン）の言説によって意味の構成や内面化と協合させるまで推し進めるかわりに、笑いの抽象的否定性は否定的なものの顔面を痙攣させるように引き裂くのであり、そこでは否定的なものを否定するものが、肯定的なものに変換されることのないように、汲み尽くされるのである（« De l'économie restreinte à l'économie générale », repris dans *L'Écriture et la différence*, Seuil, 1967, p. 404-406）。

（21） *Ibid.*, p. 406.

（22） *Lautréamont et Sade*, p. 48.

（23） *Ibid.*, p. 48-49.「正常な人間」というカテゴリーは、バタイユが『エロティシズム』のサドを論じた第二部（「サドと正常な人間」）で取り上げることになるだろう。この命題はバタイユに最も強烈な印象を与えるものであり、むろん、彼はこれを見事に引き受けている（*L'Érotisme*, p. 167）。ブランショの文章はサドのそれと関連づけられるべきものだ。「あぁ、虐殺者たちよ、監禁者たちよ、あらゆる治世とあらゆる政府の馬鹿者どもよ、いつになったらおまえたちは人間を囲い込んで殺すことの技術より人間を知ることの技術を優先するようになるのか？」（cité par Michel Leiris, *Journal, 1922-1989*, Gallimard, p. 819）。

（24） 我々が後で取り上げる『サン＝ジュスト選集』序文のなかで、マスコロは次のように書いている。「普通の、あるいは『正常な』人間としての我々にとって［……］」（Saint-Just, *Œuvres choisies*, Gallimard, « Idées », [1946], 1965, p. 33）。

（25） *Les Mots et les choses*, Gallimard, 1966, p. 339.

（26） *Différence et répétition*, PUF, 1967, p. 268-269.

（27） *Pour Marx*, p. 143-144. 我々は第一章でこのテクストをすでに参照した。

（28） *L'Entretien infini*, p. 324.

（29） モーリス・ナドーはこの表現をサド選集の序文で取り上げている。「彼はすべてに抗して、万人に抗して定立される唯一のものになるのだ」（« Exploration de Sade », *op. cit.*, p. 18）。

（30） この問題は大文字の他者［l'Autre］とともにラカン、ドゥルーズ、レヴィナスのなかにも見出せるだろう。実際、レヴィナス的な大文字の他者――この他者は顔にほかならず、その超越性が私を貫いている――についても事情は同じなのではないか？　それは他人抜きの絶対的他者なのではないか？　というのも、この他者の超越性はまさに彼が現象学的な意味での世俗の圏域と無関係であることに由来しているからだ。

(31) 言説のロジックを覆すようなこの種の現代的立言については、次を参照のこと。Gilles Deleuze, *Différence et répétition*, PUF, 1967, p. 293.

(32) 私は「終末論」という厳密に神学的な用語を最終的な終末＝目的を抱えた教説という意味でつかっている。そこでは主体が現在を密かにもう現在となっている未来として引き受けることができる。これは「あらゆる理解の諸条件」を変更する可能性によって誘発される事態である。

(33) « Le marxisme contre la révolution », *La Revue française*, n° 4, avril 1933 ; réédition dans *Gramma*, n° 5, 1976, p. 56-57. この問題については、デリダが「文学と死への権利」について提示した分析を参照のこと。*Maurice Blanchot critique*, sous la direction de Christophe Bident et Pierre Villar, Éditions Léo Scheer, 2003, p. 595-624.

(34) *Saint Genet comédien et martyr*, Gallimard, 1952, p. 212. しかしサルトルにおいては、彼自身も書いているとおり、たとえ「モラル」という語によってだけだとしても、彼の終末論がブランショのようにニーチェ的彼岸の領域に属しておらず、むしろヘーゲル的止揚に送り返されることは明らかだ。サルトルの終末論がほとんどカント的な義務と責務のモラルに位置づけられているのに対し、ブランショは「〜への権利」という領域に身を置いている。このような義務の道徳と権利の肯定との対立にかんしては、ブランショが「百二十一人宣言」［アルジェリア戦争時に知識人たちが署名した宣言］と不服従への権利をめぐってこの対立に言及した文章を参照のこと（*Écrits politiques, 1953-1993*, présentation d'Éric Hoppenot, Gallimard, 2008, p. 60）。

(35) « Marxisme et humanisme », in *Pour Marx*, p. 243.

(36) « Le monde sans âme », *La Revue française*, n° 3, 25 août 1932, p. 469.

(37) *Lautréamont et Sade*, p. 31.

(38) 「人は自身の思想を現代化することなく次のように言うことができる。サドは世界という概念のうちに超越性の痕跡そのものを認めた最初の一人である、と。というのも、虚無という概念は世界の一部になっているので、人は世界の虚無をつねに世界であるところの一つの全体の内部においてでしか思考できないからだ」（*ibid.*, p. 41）。

(39) *Ibid.*, p. 33.

(40) *Ibid.*, p. 36.

(41) すでに見たように、殲滅という概念はサド作品に現れる。ここではさらに別の例をいくつか挙げることができるだろう。フランス国民の三分の二を殺す計画を語ったベルモール（*Histoire de Juliette*, t. II, 3e partie, p. 120）、あるいは「人口減少」について語ったサン＝フォン（*ibid.*, p. 183）。「百万の犠牲者」という表現で犠牲者が話題になることもよくある（*ibid.*, p. 298-299）。

(42) *Lautréamont et Sade*, p. 48.

(43) 偶然の一致だが、一九四七年、ブランショがファシストであった時期の友人であるティエリー・モーニエもまた『美徳の不幸』の序文でサドについて書いている。しかしモーニエは単なるブルジョワになってしまっており、彼のサド読解は興味深いものではありながら、きわめて穏当であり、誇示という概念に基づいて、この概念をサド作品が「深遠である理由」と見なしている（Préface aux *Infortunes de la vertu*, Éditions Valmont, 1947, p. XI）。

(44) たとえば一九五三年、ブランショはマスコロの著作『コミュニズム』にかんして次のように書いている。「いずれにせよ、マルクスの一文――『自由の王国は需要と外的目的の支配が終わるときに始まる』――が同時代人たちに正しい道の探求と可能的な未来の決定以外のものを約束していないのではないかと疑う者は誰もいない」（*La Nouvelle NRF*, décembre 1953, repris in *Écrits politiques*, 1953-1993, Gallimard, 2008, p. 20）。

(45) *Ibid.*, p. 311.

(46) *Ibid.*

(47) *Ibid.*, p. 309.

(48) *Ibid.*, p. 308.

(49) *Ibid.*, p. 310. 供儀的態度はすでにブランショによって見事に印づけられていた。一九三〇年代にブルジョワ的な安逸や懶惰を非難する際、彼はこう書いている。「実のところ、彼らはそのことだけを忘れたのだ。出来事に譲歩することが今後なくなるように、悪運に対して身を守るために、心地よい供儀の掟とただ一つの身体を脱ぎ捨てる必要性だけを忘れたのである」（*La Revue française*, 25 août 1932, n°3, p. 462）。

(50) この表現は我々が以下で示すジェラール・ルブランの著作のタイトルであり、次の非常に見事なページから我々は着想を受けている（Gérard Lebrun, *L'Envers de la dialectique. Hegel à la lumière de Nietzsche*, Gallimard, 2004, p. 203-204）。

(51) « La littérature et le droit à la mort », *op. cit.*, p. 310.

(52) *Ibid.*

(53) *Lautréamont et Sade*, p. 34.

(54) « La littérature et le droit à la mort », in *La Part du feu*, p. 311. 奇妙なことに、「蜂起、書くことの狂気」のなかでブランショは、ロベスピエールとサン＝ジュストについてのヴィリエの有名な言説を取り上げることで、自らの発言に歴史の真実味を付与しようとしている。二人の恐怖政治家は、死刑判決に署名することに疲れ果てていたとき、「『ジュスティーヌ』の数ページ」を読みにいって、また署名しに戻ったというのだ。ブランショによれば、こうしたヴィリエの言説は「馬鹿馬鹿しいもの」であるにもかかわらず、「何かしら正しいことを語っている」という (*L'Entretien infini*, p. 338)。

(55) *Ibid.* ここでブランショはコジェーヴの発言をほぼ一言一句正確に転写している。たとえば一九三三年から翌年にかけての講義「ヘーゲル哲学における死の観念」(『ヘーゲル読解入門』に補遺として収録)の二つの重要な回における発言、とりわけ恐怖政治を論じた箇所である (*L'Introduction à la lecture de Hegel*, éd. cit., p. 557-558)。「キャベツの頭」というイメージはヘーゲルがつかっており、とりわけ『精神現象学』第六節「絶対的自由と恐怖政治」のなかに現れる。

(56)『終わりなき対話』においてこの問題について書かれている箇所を参照。「あと一歩のところで死刑台はサドの首を仕留め損ねるわけだが、これは単なるミスにすぎない。もし仕留めていたとすれば、恐怖政治は我々に無神論の殉教者をもたらしていたことだろう。むろん、これもまた別の誤解によって生じる事態であるが」(*L'Entretien infini*, p. 341)。

(57) *La Part du feu*, p. 311.

(58) 周知のとおり、寡婦はギロチンを表す名の一つである。« Kant avec Sade », *Écrits*, éd. cit., p. 786.

(59) *Miracle de la rose*, in *Œuvres complètes*, t. II, Gallimard, 1951, p. 308.

(60)『ジュリエット物語』のデルベーヌ夫人の発言だが (*Histoire de Juliette*, t. I, 1re partie, p. 92)、ブランショ自身によって「サドの理性」のなかで引用されており (in *Lautréamont et Sade*, p. 20)、ラカンはこの発言からカントの法のサド的反転を定式化することになる。フーコーはサド的システムの狂躁的=乱交的性格に非常に敏感であり、サド的平等を次のように要約している。「私は君から私の欲望が望むであろうものをすべて引き出すつもりだが、もちろん、君も私に対して同じように振る舞ってよいことになっている」(« Débat avec G. Preti », 1972, in *Dits et écrits*, t. I, Gallimard, « Quarto », p. 1244-1245)。『閨房哲学』において、サドをこう書いている。「それを望んでいるであろうすべての人たちに等しく身を任せるという特別な条項のもとで、[女たちは] 同じように自分たちが満足を与えるに値すると考える人たちすべてと享楽にふける自由をもっていなければならない」(*La Philosophie dans le boudoir*, p. 193)。

(61) *Histoire de Juliette*, t. II, 4e partie, p. 48.

(62) Claude Lefort, « Sade : le Boudoir et la cité », in *Écrire à l'épreuve du politique*, Calmann-Lévy, 1992. ルフォールの発言はやや複雑であり、正確に言うなら、複雑になってくると無意識にブランショの立場に合流してしまう。というのも、サド的共和国は結局のところ主体に自らの抱えるおぞましいものをさらけ出させるきっかけであり、この意味で、専制君主の国家や有徳の共和国よりも上位のものとなるからだ。

(63) このようにマスコロはランボーがポール・ドメニーに宛てた有名な手紙を幾度となくほのめかしている。「詩人は全感覚の長きにわたる、大掛かりな、理性にかなった錯乱によって見者となるのです。あらゆる形態の愛と苦しみと狂気。彼は自らすすんで自分のなかにあらゆる毒を追い求め、それらを汲み尽くし、精髄しかもたないようになるのです。えも言われぬ責め苦ですが、そこで彼はあらゆる信仰、あらゆる超人的力を必要とし、とりわけ偉大なる病人、偉大なる犯罪者、偉大なる呪われし者――そして至高の知者になるのです！――なぜなら、彼は未知なるものに到達するのですから！　すでに豊かなものであった自らの魂を他の誰にもまして育てあげたのですから！　彼は未知なるものに到達するのです、そして気が狂ったようになって、ついには自分の見たヴィジョンを理解することができなくなるとしても、彼はそれらのヴィジョンを実際に見たのです！　彼がかつてない事態、名づけようのない事態によって自らを高揚させながらくたばるとしても、それが何でしょう！　やがて別の恐るべき働き手たちがやって来るのですから。他者が倒れ込んだ地平から、彼らは仕事を始めることでしょう！」

（64）　*Le Communisme. Révolution et communication ou la dialectique des valeurs et des besoins*, Gallimard, 1953. この著作についてのブランショの論文、すなわち一九五三年の『新フランス評論』十二月号に掲載され、『政治論集 *Écrits politiques*』（Gallimard, 2008）に収録された論文を参照のこと。マスコロは上の著作で次のように書いている。「すべてを否定するような徳のほかに、人間のなかに保存すべきものなど何もない」（p. 151）。マスコロはナチズムからこうした否定的徳を除去し、ナチズムを逆に肯定として、愛に満ちた秩序と潔癖の世界として定義づけている。ナチス親衛隊そのものは「抽象的善の最後の化身」と定義されている（p. 151-154）。

（65）　« Préface » à Saint-Just, *Œuvres choisies*, [1946], Gallimard, « Idées », 1965, p. 52. この序文はジャン・グラティアンと署名されている。より控えめなかたちであるが、同種のテーマはサルトルの「沈黙の共和国」のいくつかの箇所のなかに見出せる。

（66）　*Ibid*., p. 49.

（67）　*Ibid*., p. 50.

（68）　*Ibid*., p. 51.「すべてを単純化する時代においては、この物のために死など何でもないかのように振る舞う方法を見つけたといえるような物をそのつど命名することができるだろう」

（69）　*Ibid*.

（70）　「進歩主義者たち」がサドについて書いていることを指摘しておこう。カミュはサドの「保守的ニヒリズム」を告発した『反抗的人間』（一九五二年）において、ボーヴォワールは『サドは有罪か』（一九五五年）において、サルトルは『弁証法的理性批判』の数ページのなかで。サルトルはサドの経験を自らが属する階級から追放された貴族の経験と見なし、彼が自己を表現するために新興階級のさまざまな概念を駆使して、それらを歪曲し、それらをつうじて自己を歪曲したと指摘している。最も興味深いサドについての発言は、ボーヴォワールのそれである。彼女は、サルトルがジュネを読んだのといくぶん同じように、寛容さをもってサドを読んだ。志向性という観点からサディズムを考え、残酷さをめぐる一種の現象学を提示するのだが、彼女の発言できわめて重要なのは、自由な奴隷を見出せず、犯罪がそれ自身を活気づける意志と決して一致しないサド的計画が失敗に終わることを証明している点である。彼女はサドのエクリチュールの循環的構造を明らかにし、それがやがて孤独に追いやられることになる自らの囚われの状況に対する反応＝反動でしかないことを示した。彼女は当時流行のサルトル的人間主義にとらわれた結論を下すことで著作を締めくくっている。「サドの証言の至高の価値をなしているのは、彼が我々を不安にする点である。サドによって、我々はさまざまな表象のかたちをとってこの時代に取り憑いている本質的問題を再検討しなければならなくなる。その問題とは、人間と人間をつなぐ真の関係である」(*Faut-il brûler Sade ?*, Gallimard, « Idées », 1955, p. 82)。

(71)『エロティシズム』の第二部は「サドと正常な人間」と題されている。

(72)「こうした感動的な犠牲者、しがらみを断った無責任な脱走者こそ、現代人を最もおぞましい社会のガレー船へと導いているのであり、我々は自分たちのもとに訪れるこの犠牲者を引き取るのである。我々の日常的任務は、こうした虚無の存在に対して彼の意味への道を拓いてやることにある。慎しみ深い同胞愛のなかでそうするのであり、この同胞愛に釣り合うかたちで我々はつねに不平等なのである」(« L'agressivité en psychanalyse », 1948, in *Écrits*, Seuil, 1966, p. 124)。

(73) *Réflexions sur la vie mutilée*, [1951], « Petite Bibliothèque Payot », 2003, p. 26.

(74) *Ibid*

(75) *Ibid.*, p. 27.

(76) *La Dialectique de la raison*, p. 127.

(77) *Minima Moralia*, p. 28.

(78) *Pour Marx*, p. 236. この点については、マスコロが『サン＝ジュスト選集』の序文で書いていることを参照。「しかし人間しか見ていない者は、人間のすべてを逸してしまう」(« Préface », *op. cit.*, p. 11)。

(79) *Lautréamont et Sade*, p. 76.

(80) *Ibid.*, p. 181 et 33.

(81) *Ibid.*, p. 177. テクストは次のようにつづく。「しかし昨日と今日のあいだで変化が甚大になるおそれがあることもまた確かである。闇がこのうえなく深まるときに目を見開いたままでいること、穏やかで月並みな明晰さを安易に享受すること、最初の態度から次の態度に移る人間はもはや同じ人間ではない。実際よりも自分が変わってしまったと思いながら、自らが退ける過去にすがりつき、闇のさなかに繰り広げた昔日の戦いのうちに闇に対する不健全なおもねりしか認めず、かつての陰鬱な意志のなかに弱さや遊び、何の真剣さも価値もない経験しか認めようとしなくなるだけに、彼はいっそう変わってしまうのだ」。

(82) サド的否定の超越性と正反対の「否定的超越性」という表現は、次のテクストでカフカが論じられる際に現れる。« L'espace

et l'exigence de l'œuvre », in *L'Espace littéraire*, [1955], Gallimard, « Idées », 1968, p. 74.

（83） *L'Entretien infini*, p. 191.

（84） *Ibid.*, p. 192.

（85） *Ibid.*, p. 195.

（86） *Ibid.*, p. 200.

第二部

第一章

（1） « Un débat Foucault-Preti » (1972), in *Dits et écrits*, t. I, p. 1243-1244. ジュリオ・プレティ（一九一一年～一九七二年）は非常に優れたカント研究者である。

（2） 「文学の制度全体、エクリチュールの制度全体にかんして、私は次のことを強く言いたい。彼［ジュネ］のように言いたいのだ。あんなものはどうでもいい、と」（« De l'archéologie à la dynastique », *Umi*, mars 1973, in *Dits et écrits*, t. I, p. 1281）。『思考集成』での別の発言（t. I, p. 986, p. 1071）、一九七〇年の渡辺守章との対談も参照のこと（*ibid.*, p. 986）。

（3） 講演は『カイエ・ド・レルヌ *Cahier de L'Herne*』のミシェル・フーコー特集号に掲載されるだろう。フーコーはこのニューヨーク州立大学においてフローベールの『ブヴァールとペキュシェ』についての講演も行っている。

（4） « Le langage à l'infini », *Tel Quel*, n° 15, automne 1963 (*Dits et écrits*, t. I, p. 285). 実際、「異議申し立て」はブランショにおいて基礎的なカテゴリーである。たとえば『友愛』では、芸術の「終わりなき異議申し立て」が語られている（*L'Amitié*, Gallimard, 1971, p. 45)。しかしこのカテゴリーは、おそらくフーコーがバタイユの『内的体験』のなかに発見したものだろう。「異議申し立ての原理は、モーリス・ブランショが基礎として主張する諸原理の一つである」（*Œuvres complètes*, t. V, Gallimard, 1979, note p. 24）。

（5） *Dits et écrits*, t. I, p. 1690. この対談は『シネマトグラフ *Cinématographe*』の一九七五年十二号から一九七六年一月号にかけて発表された。これはフランスにおける「ソドムの市」（一九七六年五月）の封切りに先立つものである。

（6） すでに引用した一九七二年のプレティとの対談を参照のこと。「言わせてもらうと、私はサドを未来の預言者としてというより、十八世紀の最後の証人として見ている（実際、彼は出自の環境のせいもあってそうであった）」（*Dits et écrits*, t. I, p. 1243）。

（7） フーコーが定める時代区分ははっきりしないものだ。ある時は「よき二世紀」（*La Volonté de savoir*, Gallimard, 1976, p. 31-

32）、ある時は「三世紀」と言ったりする（*ibid.*, p. 71）。

（８）　« Folie, littérature, société », in *Dits et écrits*, t. I, p. 977.

（９）　« Foucault étudie la raison d'État » (1979), in *Dits et écrits*, t. II, p. 805.

（10）　« Entretien avec Michel Foucault » (1978, publié en 1980), in *Dits et écrits*, t. II, p. 866.

（11）　たとえば一九七九年、『狂気の歴史』にかんして、フーコーは自説の歴史的信憑性に問題があることを認めている。当時の彼は次のように説明している。「私は一種の歴史的フィクションを実践しているのだ。ある意味で、私は自分の言うことが真実でないことを非常によくわかっている。［……］しかし、私の著作は人々が狂気を知覚するやり方に一定の影響を与えたのである」（*ibid.*, p. 805）。

（12）　この点については、一九七四年の対談で彼に投げかけられた問いを参照のこと。「あなたは自分の哲学を直接に表現するのを避けているようだ」（« Prisons et asiles dans le mécanisme du pouvoir », 1974, in *Dits et écrits*, t. I, p. 1390）。

（13）　デリダのきわめて論争的なテクストを参照のこと。« Cogito et histoire de la folie » (1963), repris dans *L'Écriture et la différence*, Seuil, « Tel Quel », 1967. それに対するフーコーの返答も同時に参照されたい。« Mon corps, ce papier, ce feu » (1972), in *Dits et écrits*, t. II, p. 1113-1135.

（14）　狂気をその研究以前に存在したであろう対象＝物と見なすのではなく、分割作業の所産として定義することで、フーコーはルソーの「社会契約」に対するアルチュセールの身振りを引き継いでいる。アルチュセールによれば、契約者は「契約」に先立つ存在ではなく、「契約」によって産み出された存在なのだ。以下を参照。Louis Althusser, « Sur le Contrat social, les décalages », in *Cahiers pour l'analyse*, n° 8, réédité, avec une préface de Patrick Hochart, aux Éditions Manucius, « Le Marteau sans maître », 2009.

（15）　たとえばフーコーが次のように書くときがそうだ。「無分別の経験の特質とは、狂気がそこで自分自身の主体に［なっている］ということであ」り、「十八世紀末に形成される経験のなかで、狂気が自分自身との関係から疎外され、自身が受けとる対象＝客体の地位のなかで自律性を失う」ということである（*Histoire de la folie*, 3e partie, chap. III, « Du bon usage de la liberté », p. 553）。ここには二つの問題点がある。狂気が無分別の同義語になっている点。しかし他方で、疎外という概念が、原則的にフーコーの思想とは無縁のものであるにもかかわらず、主体／客体の関係のなかで弁証法的に用いられているという点（この点は後述の議論を参照されたい）。

（16）　*Histoire de la folie à l'âge classique*, [1961], Gallimard, « Tel », 1976, 3e partie, chap. III, « Du bon usage de la liberté », p. 553.

（17）　*Ibid.*, 3e partie, chap. V, « Le cercle anthropologique », p. 633.

（18）　*Ibid.*, p. 635-636.

（19） この点については次を参照。*Ibid.*, 3e partie, chap. III, « Du bon usage de la liberté », p. 552-553.

（20） *Ibid.*, 3e partie, chap. IV, « Naissance de l'asile », p. 616.

（21） *Histoire de la folie*, 3e partie, chap. V, « Le cercle anthropologique », p. 651 et sq. 本書の第一部で取り上げた反ヘーゲル的人物像としてのサドが、ここで再び見出せる。ピネルとヘーゲルの同一視は「精神病院の誕生」の章（p. 597）でなされているが、そこではヘーゲルがピネルによって引き出された教訓を厳密なかたちで定式化していることが明らかになる。フーコーから見れば――これは当時レヴィ＝ストロースを含めた同世代の言説のうちでも最もラディカルな反人間主義であるが――、人間主義、人間学、弁証法は互いに結束しているのだ（« L'homme est-il mort ? », 1966, in *Dits et écrits*, t. I, p. 569）。問題とされているのは――ヘーゲル的であると同時にサルトル的でもある全体化の試みにおいて――、知によって人間が自身の疎外化から解放されるように仕向けることであり、つまりは人間が自らに固有の自由と実存を引き受ける主体になれるように、人間を完全な知の対象に仕立ててあげることである（« Foucault répond à Sartre », 1968, in *Dits et écrits*, t. I, p. 691）。

（22） 以下を参照。*Critique*, n° 191, p. 307. フーコーにおもねるようなこの評言は、後に『エクリ』が改訂される際、削除されるだろう。おそらく『エクリ』の編集者であるフランソワ・ヴァールの手によるものだが、当時の彼はフーコーを完膚なきまでに批判する仕事に打ち込んでいた（*Le Structuralisme en philosophie*, Seuil, 1968）。

（23） *Histoire de la folie*, 1re partie, chap. III, « Le monde correctionnaire », p. 137.

（24） *Ibid.*, p. 138.

（25） *Ibid.*, 3e partie, chap. I, « La grande peur », p. 453.

（26） *Ibid.*, p. 453.

（27） *Ibid.*, 3e partie, chap. III, « Du bon usage de la liberté », p. 535.

（28） *Ibid.*, 3e partie, chap. III, p. 536, note 1. このことは以下の事実があるだけにいっそう意義深い。二十年後、サドを悪魔祓いしつつ、フーコーは引用の箇所を再び取り上げ、サドが規律社会と結託していることを明らかにするのである。

（29） 「冷静沈着で根気強いサドの言語活動もまた、去る時代の無分別をめぐる諸々の言葉を拾い集めている。しかも未来にむけて、それらに実際よりはるかに遠い意味を与えてもいる」（*ibid.*, 3e partie, chap. V, « Le cercle anthropologique », p. 657）。

（30） 「狂気の自由は、狂気を囚われの身にしておく城塞の高みからしか広がっていかない。ところで、狂気は『そこで監獄での陰鬱な身分や、迫害された者の無言の経験しかもっておらず、我々はといえば、脱獄囚としての狂気の人相書きしか手にいれていない』」（« Préface à Histoire de la folie », reproduite dans *Dits et écrits*, t. I, p. 192）。フーコーがここでパラフレイズして引いているのは、「封主 Suzerain」という詩である（*Œuvres complètes*, Gallimard, « Bibliothèque de la Pléiade », 1983, p. 261）。引用者によってデフォルメされており、ルネ・シャールがサドを形容するために使った語はことごとく狂気を定義するものにされている（原テクストでは迫害された者 persécutée と脱獄囚 évadée が男性形になっている）。フーコーのテクストは「狂人」について語った署名のないシャールの詩を引用して終わっている。「ほとんど囁くこともない悲愴な仲間たちよ、灯し火を消してから行け、宝石も返すのだ。おまえたちの骨のなかで新たな謎が歌い出す。おまえたちの正当な異常さを展開せよ」（*ibid.*, p. 195）。「消えた灯し火」は福音書の狂った処女たちの挿話を参照している。

（31） *Histoire de la folie*, 2e partie, Introduction, p. 441.

（32） そのかぎりにおいて、三年後のフーコーが『言葉と物』で次のような仮説を提示するのはしごく当然のことではないか？——結局、構造主義は十九世紀の実証主義的プログラムの単なる延長にすぎないのだろう、と（*Les Mots et les choses*, Gallimard, 1966, p. 317-318）。

（33） *Histoire de la folie*, 3e partie, chap. I, « La grande peur », p. 455.

（34） Préface à l'édition de 1961, in *Dits et écrits*, t. I, p. 190.

（35） *Ibid.*, p. 191.

（36） *Ibid.*, p. 190.

（37） リストじたいにはいくつかヴァリアントがある。ルーセル、ゴヤ、ヴァン・ゴッホなどが付加されることがあるからだ。

（38） 『新フランス評論 *La Nouvelle Revue française*』一九六一年十二月号に掲載され、その後『終わりなき対話 *L'Entretien infini*』に収録される。

（39） *L'Entretien infini*, Gallimard, 1969, p. 297, note 1. ブランショにおいて「無為」という概念は、一九五五年に発表された『文学空間』以来、とりわけマラルメをめぐって用いられる（「マラルメという経験」）。たとえば以下を参照。*L'Espèce littéraire*, Gallimard, « Idées », 1968, pp. 44 et sq.

（40） *L'Entretien infini*, p. 299. このようにフーコーがブランショに対して借用と引用の戯れを繰り広げているにもかかわらず、彼らのサド像は同じものではない。ブランショのサドは結局のところ残酷さ、犯罪、恐怖政治のサドであり、フーコーが問題としたのは本質的に被監禁者としてのサドである。

（41） 例えば以下を参照。Jürgen Link, *Hölderlin-Rousseau, retour inventif*, traduit de l'allemand par Isabelle Kalinowski, Presses universitaires de Vincennes, 1995.

（42） こうしたルソーの排除は、ルソーがきわめて曖昧で説得性に欠けるグループのなかに組み入れられることで、さほどショッキングなものでなくなってしまっている。「タッソーの狂気、スウィフトの憂鬱、ルソーの錯乱は彼らの作品のうちにある。それらの作品じたいが彼らのうちにあるのとまったく同様に」(*Histoire de la folie*, 3e partie, chap. V, « Le cercle anthropologique », p. 660)。

(43) « Introduction à *Rousseau juge Jean-Jacques. Dialogues* » (1962), in *Dits et écrits*, t. I, p. 215.

(44) *Histoire de la folie*, p. 663. 強調はフーコーによる。

(45) « Introduction à *Rousseau juge Jean-Jacques. Dialogues* », *op. cit.*, p. 216.

(46) « Folie, littérature, société » (1970), in *Dits et écrits*, t. I, p. 977.

(47) *Ibid.*, p. 980-981.

(48) *Histoire de la folie*, 3e partie, chap. V, « Le cercle anthropologique », p. 658.

(49) こうした反復/破壊の側面を、フーコーは二年後に「言語の無限反復」のなかで再び取り上げて展開している。「サド以前に、サドのまわりで、人間・神・身体・性・自然・聖職者・女性にかんして思考され、語られ、実践され、欲望され、尊ばれ、愚弄され、糾弾されたであろうものはことごとく、細分漏らさずに反復されている。[……]それらは弁証法によって報われることなく、徹底的に枚挙される方向で、反復され、組み合わされ、切り離され、反転され、そして再度ひっくり返されるのだ」(*Dits et écrits*, t. I, p. 284-285)。

(50) *Histoire de la folie*, 3e partie, chap. V, « Le cercle anthropologique », p. 658.

(51) *Ibid.*, p. 659.

(52) *Ibid.*, p. 660. このように「悲劇的なもの」に訴えかけることで、フーコーはある意味ラカンに追いついており——ラカンはアンティゴネーをサドをめぐる思索の終局点に据えるだろう——、とりわけ後に批判することになるパゾリーニの映画を先取りしている。この点については、本書のエピローグを参照されたい。

(53) *Ibid.*

(54) *Les Mots et les choses*, éd. cit., p. 223.

(55) *Ibid.*

(56) *Ibid.*, p. 134.

(57) *Ibid.*, p. 339.

(58) デリダは例外だろう。「遊戯」や「差異」について書かれた彼の文章の多くは(たとえば、『グラマトロジー』に収録されたもの)、フーコーの「侵犯への序文」を直接の起源にしているようだ。

(59) *Histoire de la folie*, p. 138 (1re partie, chap. III, « Le monde correctionnaire »), p. 453 (3e partie, chap. I, « La grande peur »).

(60) しかし、一九七三年から翌年にかけてコレージュ・ド・フランスで行われた「精神医学の権力」についての講義において、フーコーは精神病院での演劇の実践に関心を示している。「患者に自分自身の狂気を喜劇として演じさせていたのです。狂気が演出され、そこに虚構のリアリティが束の間与えられたのです［……］」（*Dits et écrits*, t. I, p. 1546）。ところで、これはまさしくサドが行ったことなのだが、サドの芝居の狂気じたいは、当時同じ演劇療法を実践していたエスキロールによって激しく批判されている（以下を参照。J.-J. Pauvert, *Sade vivant*, t. III, Robert Laffont, 1990, p. 348-357）。サド自身は五十人以上の患者を治癒したと主張しているようだ。「私は自分がいる施設で芝居を指導した。この芝居は恐怖の温床であったのか？ もしそうであったとしたら、十年もの間、あの芝居が持ちこたえ、認可され、足繁く通われることがありえただろうか？ もしそうしたものに近いのだとしたら、五十人以上の病人を治癒しえただろうか？」（lettre du 4 mai 1811 citée par J.-J. Pauvert, *op. cit.*, p. 425）

（61） Cité par Foucault dans *Histoire de la folie*, 1re partie, chap. III, « Le monde correctionnaire », p. 147. アントワーヌ・ロワイエ＝コラールについて、ポベールはこう言っている。「彼の錯乱は悪徳のそれだ……」（以下を参照。J.-J. Pauvert, *Sade vivant*, t. III, éd. cit., p. 397-403）。

（62） *Histoire de la folie*, p. 147.

（63） *Histoire de Juliette*, t. III, 5e partie, p. 237-242.

（64） 以下を参照。la troisième partie d'*Histoire de la folie*, chap. IV, « Naissance de l'asile ». フーコーはピネルの神話を総括している（p. 596-597）。

（65） ある意味において、シャラントンにおけるサドは自らの劇団を組織することで、反ヴェスポリの立場をとるようになるだろう。しかしこうしたサドの側面にフーコーはそれ以上の関心を示していない（以下を参照。*ibid.*, p. 151, note 2）。

（66） 「ここの独房棟は糸杉の植わった巨大な中庭を囲むかたちになっている。糸杉の緑が陰気なせいで、この囲い庭はまさしく墓場のような外観を呈している」（*Histoire de Juliette*, t. III, 5e partie, p. 238）。「独房」という語は、正確に言えば「強制独房」であり、『狂気の歴史』に引用されたさまざまな報告書が証言しているように、古典主義時代の精神病者を監禁する空間のことだ（*Histoire de la folie*, 1re partie, chap. V, « Les Insensés », p. 195）。こうした強制独房が廃止され、ピネルの尽力によって狂人の処遇が自由化されたおかげで、一八一〇年のサドは独房に監禁されなかったのだろう（以下を参照。J.-J. Pauvert, *Sade vivant*, t. III, p. 411-412）。

（67） *Ibid.*, p. 239.

（68） *Ibid.*, p. 240.

（69） 『狂気の歴史』におけるフロイトの地位はきわめて曖昧である。ある時は啓蒙思想によって発動された狂人の「解放」プロセスを継承する者とされ、ある時はそのプロセスと手を切る者とされているからだ。このようにフーコーは「精神分析による解放」と啓蒙思想の立場を対置したのち（*ibid.*, p. 544）、精神医学的実証主義の構造が「フロイトの研究が努力したにもかかわらず」

依然として残ってしまっていると考え（p. 573）、同様にピネルの思想が「多くの側面において」精神分析じたいのなかに残存していると指摘する（note 1, p. 629）。しかし実際のところ、これもフーコーが言っているのだが、フロイトは精神病院的構造を「医者の手」のうちに移動させたにすぎないのだ（p. 631）。以上のようなフロイトの地位の曖昧さは次の定式が述べられるまでずっと変わらない――精神医学の俗物根性は「フロイトまで、あるいはフロイトあたりまで［原文ママ!］」つづいている（p. 646）。フーコーはこう書いている。「精神分析は狂気の形態のいくつかを解決できている。ただし、無分別の至高の働きとは無縁のままだ。精神分析は解放することも、書き換えることもできない。ましてやこうした骨の折れる仕事の本質的な部分を説明することさえできないのだ」（p. 632）。

（70） *Ibid.*, 3^{e} partie, « Introduction », p. 442. こうした「英雄的な」サドの立場は次の理由からも問題が多い。サドが「狂人たち」で構成される軍隊の長になっているからであり、「狂人たち」はといえば、屈服して狂気のなかに転落したとされている（*Histoire de la folie*, p. 441）。フーコーはヘルダーリン、ネルヴァル、ニーチェ、レイモン・ルーセル、アルトーらにかんして「狂気の放棄のなかでの無分別の経験の疎外」と書いている。

（71） *Histoire de la folie*, 3e partie, chap. I, « La grande peur », p. 472.

（72） *Ibid.*, p. 455.

（73） *Ibid.*

（74） *Ibid.*, 3e partie, chap. V, « Le cercle anthropologique », p. 638.

（75） *Ibid.*

（76） *Ibid.*, 3e partie, chap. IV, « Naissance de l'asile », p. 632.

（77） « Le langage à l'infini » (1963), in *Dits et écrits*, t. I, p. 283.

（78） *Ibid.*, p. 284.

（79） « Préface à la transgression » (1963), in *Dits et écrits*, t. I, p. 262.

（80） « La pensée du dehors » (1966), in *Dits et écrits*, t. I, p. 548-549.

（81） « Préface à la transgression », *op. cit.*, p. 268.

（82） *Ibid.*, p. 272.

（83） 「つまり、この思想［サドの思想］は狂気の作物（ウーヴル）であり、世界がそこから目を逸らすような退廃をモラルにしたのである。［……］病の産物としての哲学がはじめて白日のもとに生み出されたのであり、この哲学は、異常な個人の優位性を唯一の保証とするシステムを論理的で普遍的な思想として図々しく肯定したのだ」（*Lautréamont et Sade*, éd. cit., p. 47）。

(84) *L'Érotisme*, in *Œuvres complètes*, t. X, Gallimard, 1987, p. 254.

(85) 以下を参照。Éric Marty, *Louis Althusser, un sujet sans procès*, Gallimard, « L'Infini », 1999.

(86) *Histoire de la folie*, 3e partie, chap. III, « Du bon usage de la liberté », p. 574. この主題にかんしては p. 572-574 を通読されたい。

(87) フーコーは次のように説明している。カントは「いぜんとして謎めいた様式にのっとって、形而上学と我々の理性の限界についての考察とを関連づけた」(*Dits et écrits*, t. I, p. 267)。カントは哲学の観点を無制約から遠ざけることで限定し、他方でヘーゲルは、無制約を無制約じたいによる制約の否定と同化して復元するのである。

(88) *Ibid.* こうした批判は少しばかり奇妙である。たしかにカントにはある種の人間学が認められるとしても、『純粋理性批判』や『実践理性批判』が人間学で特徴づけられているとは言えないからだ。カントは人間学の特殊な性格を非常によく意識しているので、『人倫の形而上学』で自身の倫理学を企てる際には断固として人間学と異なる立場をとっている。そこでは純粋な道徳哲学の根本的必要性を語っているわけだが、この哲学は「経験論的でしかありえないものや人間学に属するものをことごとく除去されているだろう」(« Préface », *Fondements de la métaphysique des mœurs*, trad. de Victor Delbos, Delagrave, 1981, p. 77)。これはアドルノやボーヴォワール、そしてある程度まではラカンをおびえさせた例の形式主義(フォルマリスム)にほかならない。

(89) *Ibid.*, p. 264. 引用括弧がついているにもかかわらず作者の名が付されていないこの文は、『エロティシズム』第二部最終章──『マダム・エドワルダ』序文」でもある──から引かれている(*Œuvres complètes*, t. X, Gallimard, 1987, p. 263)。しかし引用は一部削除されていて、フーコーとバタイユがまったく同じこと言っているかどうかは定かでない。バタイユはこう書いている。「我々はすべての言葉を超越する特定の言葉、すなわち神という語を支障なく言語活動に付け加えることはできない。付け加えた瞬間から、この語は自らを超越して、その限界を目も眩むほど著しく破壊してしまう」(*op. cit.*)。

(90) *Ibid.*, p. 264-265.

(91) *Ibid.*, p. 266.

(92) *Ibid.*, p. 268-269.

(93) 倒錯という発想はある時から輪郭が現れてくるが、狂気が「自らの倒錯に委ねられた狂気」と「英雄的な狂気」に新しく分割されるなかで、単なる所与として現れるにすぎない。倒錯という必然的にフーコーの思想と無縁なカテゴリーからは、何も導かれてこないのである。以下を参照。*Histoire de la folie*, 3e partie, chap. IV, « Naissance de l'asile », p. 569.

(94) « Préface à la transgression », in *Dits et écrits*, t. I, p. 264.

(95) 以下を参照。*Dits et écrits*, t. I, p. 1180-1181.

(96) « L'extension sociale de la norme » (mars 1976), in *Dits et écrits*, t. II, p. 77.

(97) Entretien avec P. Bonitzer et S. Toubiana (1974), in *Dits et écrits*, t. I, p. 1522-1524.

(98) « Sade, sergent du sexe » (1975), in *Dits et écrits*, t. I, p. 1686. これはバルトの主張でもある。

(99) *Ibid.*, p. 1688-1689.

(100) *Ibid.*, p. 1689-1690.

(101) *Sade, Fourier, Loyola* (1971), in *Œuvres complètes*, t. III, Seuil, 2002, p. 811.

(102) *Histoire de la sexualité*, t. I : *La Volonté de savoir*, Gallimard, 1976, p. 30.

(103) *Ibid.*

(104) *Ibid.* この驚くべき主張を正当化するために、フーコーは『ソドム百二十日』から次の文章を引用している。「我々の物語には、最も偉大で最も広範な詳細が必要となる。あなたがたがいかなる事情もごまかさないという条件がなければ、我々は語るべき情念のうちで人間の風俗や性格に関するものを評価できない。そもそもごく些細な事情であっても、我々があなたがたの物語に期待するものに限りなく役立つのだ」(*Les 120 Journées de Sodome*, p. 30-31)。

(105) こうした考えは『啓蒙とは何か』のアメリカ版において展開されている(*Dits et écrits*, t. II, p. 1384)。フーコーは「限界」という概念を侵犯の思想と関係ないところで定義している(p. 1393)。

(106) *La Volonté de savoir*, p. 53-60.

(107) *Ibid.*, p. 58.

(108) *Ibid.*, p. 61.

(109) *Ibid.*, p. 64.

(110) *Ibid.*, p. 137-139.

(111) 「軍靴、略帽、鷲の標章といった代物が、とりわけアメリカで熱狂的に求められることがあるのはなぜか? 我々が身体の解体という大いなる歓びを経験できず、この不可能性のせいで、綿密で規律的で解剖的なサディズムに甘んじているからではないか?」(*Dits et écrits*, t. I, p. 1689)

(112) バタイユの名をサドの名に結びつけて排斥する手つきは、『知への意志』のなかにはっきりと現れる。一抹の軽蔑をもって、フーコーは両者のうちに単なる「『価値転覆』の保証」を見てとっている(*op. cit.*, p. 198).

(113) *La Volonté de savoir*, p. 195-197.

(114) « Juliette ou Raison et morale », *La Dialectique de la raison*, [1947], Gallimard, « Tel », 2003. 本書第一部第一章を参照のこと。

(115) 一九八二年から一九八四年のあいだに、フーコーはカントのこのテクストについての注釈を積み重ねるように書いている。

(116)　*Le Gouvernement de soi et des autres. Cours au Collège de France, 1982-1983*, Gallimard-Seuil, 2008, p. 13-14. いずれにしても次のことを指摘しておこう。すでに以前から、フーコーは哲学を診断的なもの、つまり現在（プレザン）とはどういうものかを語るものとして定義づけていた（*Dits et écrits*, t. I, p. 693）。

(117)　フランス革命についてのカントのテクストは、『啓蒙とは何か』の後、一七九八年に書かれ、『諸学部の争い』に収録されている（*Le Gouvernement de soi et des autres*, p. 20-21）。フーコーはとりわけカントの次の文章について肯定的な注釈を加えている。「実際、人類史上のこうした現象はもはや忘れられようがない。なぜなら、それは人間の本性のうちにある一つの傾向、すなわち進化の能力を暴いているからであり、いかなる政治も巧緻すぎたためにそれ以前の出来事の経過からこうした能力を取り除くことはできなかったであろう」（*op. cit.*, p. 20）。

(118)　*Qu'est-ce que les Lumières ?*, présenté par Olivier Bréal, Éditions Bréal, « La Philothèque », 2004, p. 81-82.

(119)　« La vie des hommes infâmes » (1977), in *Dits et écrits*, t. II, p. 243.

(120)　*Le Courage de la vérité*, Gallimard-Seuil, 2009, p. 178. 奇妙なことに、サドの名は索引に載っていない。『思考集成 *Dits et écrits*』の索引において、本文中頻繁に引用されたサドの名が省略されているのとまったく同様に。

(121)　サドの対話相手に「ノン」という権能が付与されていないというのは、バタイユの『エロティシズム』での有名な発言を引き継いでいる。「人間の可能性が発揮されるかどうかは、乗り越えがたい眩暈に襲われた一人の人間が何とかしてノンと答えようとした瞬間にかかっている」（*Œuvres complètes*, t. X, p. 64）。

第二章

(1)　« Kant avec Sade » (1963), in *Écrits*, Seuil, 1966, p. 769. ラカンは、ユーモアは強烈な超自我を表している、というフロイトが『機知——その無意識との関係』で提示した視点を歪曲している。

(2)　*Ibid.*

(3)　カントが「善 *Gute*」と「幸福 *Wohl*」を対置している点を参照のこと。*Critique de la raison pratique*, trad. de F. Picavet, introduction de F. Alquié, PUF, 1971, chap. II : « Du concept d'un objet de la raison pure pratique », p. 59-68. ラカンにおいて、つまり「カントとサド」では、「満足感 bien-être」は快楽原則に属しており、「善 bien」は道徳律の対象とされている（« Kant avec Sade », p. 766）。

(4)　*Ibid.*, p. 765.

(5)　少しばかり倒錯的なやり方で、ラカンはこの「空虚」のうちにエロティシズムの無意志的効果を見出すまでになるだろう

（« Kant avec Sade », p. 768）。

（6） *Le Séminaire*, livre XI : *Les Quatre Concepts fondamentaux de la psychanalyse* (1964), éd. par J.-A. Miller, Seuil, 1973, p. 247.

（7） 「世界から血の臭いと拷問が完全に消え去ったことは一度もない（老カントにおいてさえ然り。定言命令には残酷さがぷんぷん臭っている）」（*La Généalogie de la morale*, 2e dissertation, § 6, trad. d'Henri Albert, Gallimard, « Idées », p. 89）。以下も参照。*Le Gai Savoir*, fragment 335.

（8） ラカンはスピノザとカントを対置している。前者には欲望に対する悠長とした楽観主義があり、後者においては、あらゆる内容を取り除かれ、「人間的な愛情の対象」となるものをことごとく除去された道徳律が、「純粋な状態にある欲望」、つまり犠牲と対象の殺害という欲望と同一視される可能性があるという（*Les Quatre Concepts fondamentaux de la psychanalyse*, p. 246-247）。

（9） *L'Éthique de la psychanalyse (1959-1960)*, éd. par J.-A. Miller, Seuil, 1986, p. 96.

（10） 侵犯にかんするテクスト（一九六三年）において、フーコーはこう書いている。「こうしたあまりに純粋で複雑な存在を考えようとする際、この存在に基づいて、それが描き出す空間のなかで思考してみるには、この存在から倫理との怪しげな親近性を取り除いてしまわなければならない」（*Dits et écrits*, t. I, éd. cit., p. 265）。

（11） ニーチェに抗して、ラカンは自身の考察を「道徳的経験についての理論上の考察」と定義している（*L'Éthique de la psychanalyse*, p. 46）。

（12） たとえば、こうした検討はモニック・ダヴィッド＝ミナールによって見事になされている。Monique David-Ménard, *Les Constructions de l'universel*, PUF, 1993.

（13） « Kant avec Sade », *éd. cit.*, p. 768-769.

（14） *Ibid.*, p. 770.

（15） *Histoire de Juliette*, *éd. cit.*, t. I, 1re partie, p. 92. ラカンはサドが「実際に」提示した格率を知らないわけではない。というのも彼はそれを『精神分析の倫理』のセミネールのなかで引用しているからだ（*L'Éthique de la psychanalyse*, p. 237）。

（16） *Critique de la raison pratique*, éd. cit., chap. III, « Des mobiles de la raison pure pratique », p. 92.

（17） 『閨房哲学』の序文になるはずだったこのテクストは、まず『クリティック』誌（nº 191, avril 1963）に発表され、いくつかの変更を加えられたうえで『エクリ』（一九六六年）に収録された。

（18） 主要なものとして『同一化 *L'Identification (1961-1962)*』、『大文字の他者から小文字の他者へ *D'un Autre à l'autre (1962-1963)*』、『精神分析の基本概念 *Les Quatre Concepts fondamentaux de la psychanalyse (1964)*』、とりわけ『転移 *Le Transfert (1960-1961)*』がある。

（19） *L'Éthique de la psychanalyse*, p. 71.

(20)「クライン的結合とは次のようなものだ——〈物〉の中心地に母という神話的身体を据えたこと」(*ibid.*, p. 127)。

(21) *Ibid.*, p. 69.

(22)『来るべき書物』の収録された「セイレーンの歌 Chant des sirènes」冒頭でのブランショの注釈を参照のこと。*Le Livre à venir*, [1959], Gallimard, « Idées », 1971, p. 15-17.

(23) *L'Éthique de la psychanalyse*, p. 296.

(24) *Ibid.*, p. 66. この概念はフロイトの『科学的心理学草稿』というテクストに現れる。

(25) *Ibid.*, p. 58.

(26) ラカンはこのハイデガーのテクストを参照している（とりわけ以下のページを参照のこと。*ibid*, p. 145)。我々は彼の読解を後で取り上げることになるだろう。

(27) ハイデガーにとって、真の秘密、存在の秘密とは死にほかならない。「死は無の方舟である。すなわち、あらゆる点から考えて、単なる存在者では決してなく、存在じたいの秘密を構成するまでにいたるものなのだ」(« La Chose », in *Essais et conférences*, [1958], trad. d'André Préau, Gallimard, « Tel », 1980, p. 212)。

(28) « Fonction et champ de la parole et du langage en psychanalyse » (1953), in *Écrits*, éd. cit., p. 318.

(29) *L'Éthique de la psychanalyse*, p. 124.

(30) インセストタブーと同列に並べられる去勢コンプレックスによって、主体は諸々の幼児期の神話を解消できるのだが、倒錯者はそれらを解消できずに必ず維持してしまう（母はペニスを備えたままになり、彼自身は母の欠けたペニスとして存在する）。この「コンプレックス」は主体に法への道をひらき、彼を言語活動の象徴的機能へと導いてゆくのであり、ラカンにおいては、〈物〉の不在・欠如を受け入れ可能にするもの、つまりこの欠如の支配と受容をもたらすものなのだ。

(31) « Kant avec Sade », p. 773.

(32) *Ibid.*, p. 787.

(33) *Ibid.*, p. 788.

(34) ここでブランショが再び見出せる。

(35) *Ibid.*, p. 787.

(36) *Ibid.*

(37)「破廉恥な言動のさらなる連続は、教育的意図が一般に展開されるところの不能性のうちに認められるべきであろう。ここでは幻想が教育的意図そのものに逆らって働いているのだ。そこから、教育の結果のあらゆる有効な説明を妨げる障害が生じてくる。結果を生じさせたものが意図から生じたものだと認められないからだ。こうした特徴はひどく滑稽なものでありえただろうし、サディズムの不能性の賞賛すべき結果でありえただろう。サドがこの特徴を取り逃がしたことは、大いに考えさせられる問題だ」(p. 787)。ここには他者の否定と教育への強い欲求とのあいだで揺れるサドの矛盾という陳腐な主題が見出せる。

(38) *Ibid.*

(39) *Ibid.*, p. 788. ラカンはここでルナンの『イエスの生涯』を引用しているが、奇妙な引用の仕方だ。なぜなら、原書では数ページ離れたところに位置する二つの発言の抜粋をくっつけてしまっているからだ (Ernst Renan, *La Vie de Jésus*, Calmann-Lévy, 1957, p. 289 et 293)。『精神分析の倫理』にも同じようなキリストに対する賞賛が見出せる (*L'Éthique de la psychanalyse*, p. 115).

(40) 「なぜならこうした指摘［ルナンの指摘］は人が知るところの結果によって価値をもつからだ。つまり我々が言いたいのは、パリサイ人の列に並ぶ使徒［パウロ］の召命と、パリサイ人の徳の普遍的な勝利のことである」(*ibid.*, p. 788)。

(41) しかし、きわめてヘーゲル的な弁証法の内部においては真実であろう。そこでは否定の対象――パリサイ人の法――が、アルカイックな内容を取り除かれて、普遍化（万人のためという普遍化）の対象そのものとなっているからだ。

(42) *Ibid.*, p. 788. 以下を参照。*La Philosophie dans le boudoir*, éd. cit., p. 180. いずれにせよ、ラカンがここでサドの残酷なユーモアをあまり重要視していない点に注目しなければならない。

(43) *Ibid.*, p. 790.

(44) *Ibid.*, p. 789. 侵犯が法の承認（アヴー）であることを、サド以上によく知っている者はいない。しかしここでの「承認」とは何を意味するのか？ サド作品に登場する女性の一人がこの問いに答えてくれるだろう。すなわちオランプという女性だが、彼女は自身の父親を殺す以外のことを望んでいない。ところが、彼女がジュリエットに要求するのは、父殺しを鼓舞する言葉ではなく、逆に法を想起することなのである。「さぁ、引き篭もりましょう。あんたは私のあそこを愛撫するのよ。そのあいだ、あんたは私にあらゆる罪の恐怖を感じさせてくれるでしょう。［……］あんたが私を改宗させようとすればするほど、私は自分がもくろんでいる罪の計画のなかで揺るぎのない存在になってゆくことでしょう。この戦いは私の勝利をもって終わるでしょうけど、この戦いから私にとってあまりに激しい悦楽の動きが生じてくるわけだから、私の錯乱にはもはや限界なんてなくなるのよ」(*Histoire de Juliette*, t. II, 4e partie, p. 375)。

(45) 「いずれにしても、［こうしたサド的な力への憧れ］は我々に次のことを充分に示してくれている。クロソフスキー自らそれを信じていないと強調しながら示唆しているように、サドが一種の無気力に達したということ、言うなれば、言語（ランガージュ）に取り憑かれた『我々の世界のなかに、覚醒した状態に、自然の懐に舞い戻った』ということは、問題になりえないだろう」(« Kant avec Sade », p. 790)。

（46） *Ibid.*, p. 790. すべての「現代人」のうちでラカンのサド批判に最も激しい敵対の意を示したのは、フィリップ・ソレルスである（以下を参照。« Lettre de Sade », in *Tel Quel*, printemps 1975, repris dans *Théorie des exceptions*, Gallimard, « Folio », 1995, p. 49-50)。

（47） クロソフスキーのテクストというのは、『我が隣人サド *Sade mon prochain*』のことである。

（48） *Ibid.*, p. 789.

（49） 「孤立主義」という語は、見かけからしてまさしくサドに負った造語であり、実際、『美徳の不幸』(Gallimard, « Folio Classique », 2007, p. 81)、『閨房哲学』(p. 141)、『新ジュスティーヌ』の第一章（t. I, chap. I, p. 29）に現れる。より一般的には――サドによれば――、この語は自然人が陥る絶対的孤立状態に帰すことができる。「あらゆる被造物は孤立した状態で、互いをまったく必要とすることなく生まれてくる」(*Histoire de Juliette*, t. I, 1re partie, p. 222-223)。

（50） 「我々が思うに、サドは自らの悪意と十分に接しておらず、そのために隣人と出会うことができないのだ。彼はこの傾向を多くの者、とりわけフロイトと共有している。なぜなら、こうしたことは時に老練な人間たちがキリスト教的命令を前に尻込みする唯一の理由にほかならないからだ」(*ibid.*, p. 789)。しかし以下の事実に注目しよう。こうした観点を『転移』（一九六〇年～一九六一年）のセミネールの最後に繰り返し持ち出していながら――そこで彼はフロイトがキリスト教的命令を「自分が理解できたものの埒外に」置き去りにしたと言明している（*Le Séminaire*, livre VIII, Seuil, 1991, p. 460）――、『精神分析の倫理』においてラカンは逆にこう言っているのだ。フロイトはキリストの格率を「『文化への不満』の正当で驚くほど妥当な停止点となるべき命令に仕立てたのであり、この停止点は彼が自身の問いの必然性によって導かれるところの理想的な終点なのである――なぜなら、フロイトは何であれ自らが検討すべきものの前で尻込みしたことは一度もなかったのだから」(*L'Éthique de la psychanalyse*, p. 115)。

（51） クロード・ルフォールにとって、『閨房哲学』に見られる、若きウジェニーを教育しようというサドの欲望は、彼が他人抜きにはやっていけないことを証明するものなのだ（« Sade : le boudoir et la cité », éd. cit.)。本書の第一部第二章もあわせて参照されたい。

（52） クロソフスキーに対してそうであるように、ラカンは賞賛と批判のあいだに巧妙な仕掛けを張っている。『精神分析の倫理』において、彼は聴衆にブランショのサド論を読むよう勧めているが、「カントとサド」の出だしの文章はブランショを批判するものだ。それはサドがフロイトを先取りしているという考えの「愚かさ」を嘲笑するようなものであり（*L'Éthique de la psychanalyse*, p. 765)、サドは「フロイトに先立つ」というブランショの発言（*Lautréamont et Sade*, éd. cit., p. 46）に直接向けられたものなのだ。さらに先のところでは、サディストは「大文字の他者の存在を否定している」という考えを痛烈に批判しているのだが（*op. cit.*, p. 778)、こうした考えがブランショにおいて中心的なものであることはすでに見たとおりである。

（53） 「快楽は、自身が固有の意図そのもののなかにあることを図々しく認めるために、自らを一組のカップルの極に仕立てあげる。このカップルの他方の極は、快楽がサド的経験の十字架を打ち立てるために大文字の他者のかわりにすでに穿ったところの、空虚な穴のなかにあるのだ」（« Kant avec Sade », p. 771）。

（54）『同一化』のセミネールの一九六二年三月二十八日の回を参照のこと（*L'Identification*, *Le Séminaire*, livre IX, inédit）。「大文字の他者が応答しないからこそ——『まったく応答しないだろう』とは言えないし、最悪の事態は必ずしも確かでないのだが——、主体は対象のなかに最初の要請の効果を見出すことになる」。この点については次も参照。Mustafa Safouan, *Le Structuralisme en psychanalyse*, [1968], Points-Seuil, 1983, p. 48 ; Philippe Julien, *Pour lire Jacques Lacan*, Points-Seuil, 1990, p. 124-125.

（55）*Le Transfert* (*Le Séminaire*, livre VIII), éd. cit., p. 453.

（56）『同一化』の一九六二年四月四日の回（*L'Identification*, *Le Séminaire*, livre IX, inédit）。

（57）*L'Être et le néant*, [1943], 3e partie, chap. III, Gallimard, « Tel », 1976, p. 453. この情熱的な章で、サルトルはサディスト的主体と犠牲者との関係を自由という観点から解釈している。

（58）一般的に、対象aはカール・アブラハムが導入した部分対象のラカン版として定義されている（*Le Séminaire*, livre VIII : *Le Transfert*, p. 448）。それは統一化されたイメージや身体の全体的イメージに組み込むことができない幻想の対象であり、「身体の断片」である。最初に失われるこの対象のはかなく捉えどころのない性格が、欲望の探究を持続させるのだ。

（59）*Le Transfert*, p. 453.

（60）*Ibid.*

（61）「ところで、痛みよりも激しい感覚はほかにないのだ。その感銘は確かなもので、快楽の感覚のように欺くことがない。というのも、快楽の感覚は女によって絶え間なく演じられるもので、実際に女がそれを感じることは絶無に近いのだから」（*Justine ou les Malheurs de la vertu*, éd. cit., p. 173）。この主張は『ジュリエット物語』においてノワルスイユの口から繰り返されることになる（*Histoire de Juliette*, t. I, 2e partie, p. 332-333）。

（62）我々はここでピエラ・オラニエが『同一化 *L'Identification*』のセミネールの一九六二年五月二日の回について提示した主張にしたがっている。彼女はこう説明する。「倒錯者にとって、他者は実在性をもたない。男根のほとんど匿名的な基盤としての実在性を除いて。倒錯者はこうした男根のために供儀的儀式を執り行うのである」。

（63）こうした読解はサドだけにとどまらない。基本的に倒錯主体に関わっているのであり、主に犠牲者の人物像をめぐってのことなのだ。たとえば、ラカンがホロコーストと呼ぶものにかんしてそう言えるのだが、倒錯的主体はこうしたユダヤ人の殲滅のなかに大文字の他者——この場合、「謎めいた神」と呼ばれる——の欲望が存在するという証言を見出そうとする（*Le Séminaire*, livre XI : *Les Quatre Concepts fondamentaux de la psychanalyse*, p. 247）。しかし諸々の例証もまた、あまり「輝かしく」ない例に依拠したものだ。たとえば同じ方向に向かっているとされる露出狂の人物像がそうだが、ラカンはこの例から倒錯者は「大文字の他者が存在している側に」いるのだと結論づけている（*D'un Autre à l'autre, 1968-1969*, Seuil, 2006, p. 253）. こうした明確な例において最も重要な点は、「文字どおりかつ結局のところ、大文字の他者の領域に眼差しを現出させること」であり（p. 254）、なぜなら倒錯者は実際に「大文字の他者、つまり盲目でおそらく死者のような得体の知れない存在が快楽を享受する」ことに身を捧げているからだ。よって倒錯者は小文字の他者の身体、つまり対象の身体を探りながら、そこに大文字の他者の快楽の声を聞くのである。倒錯者とは信仰をもつ者、大文字の他者を信仰する者であり、「それは信仰の守り手なのである」（p. 256）。

（64）*Les Quatre Concepts fondamentaux de la psychanalyse* (*Le Séminaire*, livre XI), p. 168.

（65）『同一化』の一九六二年五月二十八日の回（*L'Identification, Le Séminaire*, livre IX, inédit）。

（66）*Ibid.*

（67）« Kant avec Sade », éd. cit., p. 773.

（68）*Le Transfert* (*Le Séminaire*, livre VIII), p. 455.

（69）*D'un Autre à l'autre* (*Le Séminaire*, livre XVI), p. 256. ラカンからしてみれば、ここで欲望が基本的に倒錯的であること、神経症は倒錯を真実とするものについての無知、つまり欲望についての無知にほかならないことが明らかになる。神経症患者の倒錯的幻想については、次を参照。*L'Angoisse* (*Le Séminaire*, livre X, Seuil, 2004), p. 62-63.

（70）*Le Transfert* (*Le Séminaire*, livre VIII), p. 449.

（71）「我々はここで、フロイトが自身が理解できたものの埒外に置き去りにした真実にたどりつくのだ」（*ibid.*, p. 460）。

（72）「［その格率］を翻訳しようとは思わない。なぜなら、おそらくそれはキリスト教的なものではないからだ。ある種の理想という意味で――信じていただきたいのだが、キリスト教はまだ持てる力を出し切っていない――、それはむしろ哲学的理想なのだ」（p. 460）。

（73）*Ibid.*

（74）« Kant avec Sade », éd. cit., p. 789.

（75）*L'Éthique de la psychanalyse*, p. 126-127.

（76）*Ibid.*, p. 12 et 13.

（77）「宗教界において、得体の知れぬ眩暈が道徳的考察に取り組む人々――我々の経験が彼らに与えるものを前にして――に襲いかかるのを目にするのは、時に奇妙なことでさえある。彼らが時に過剰で喜劇的とさえ思える楽観主義の誘惑に屈したり、異常性の削減が過ちの消失に通じうると考えたりしているのは、驚くべきことだ」（p. 10）。私はこうした「理解可能な道徳主義」を私のジャン・ジュネについての仕事〔Éric Marty, *Jean Genet, post-scriptum*, Éditions Verdier, 2006〕に対する反応のなかで確かめることができた。

(78)「いまやサドはある種の人々のイデオロギーのなかに到来して、地位を向上させるまでになる。そこから次のように言うこともできる。彼は過剰なものとは言わないが、少なくとも混乱した何かを抱えているのだ、と」(p. 95)。

(79) *Ibid.*, p. 220. ラカンはこうしたきわめて厳しい態度を示したうえで、次のように言っている。「取るに足らない側面、マニアックな側面――人口に膾炙した言葉を使うなら――をなすものが、我々の目から見れば、サドが小説に仕立てた構築物のなかで明白に現れている――生き生きした構築物の不快さが絶えず現れているのであり、そのことじたいによって、神経症患者たちは自身の幻想のいくつかをかくも告白しづらくなっているのだ」(p. 97)。

(80) この点にかんしては、ラカンがシナイ山での神とモーセの邂逅を詳述する際の強い思い入れを参照されたい (p. 83)。とりわけ『転移』のセミネールの最後で、ラカンがモーセと一種の同一化を行っていることに注目しよう。「重要なのはつまり、私はあえて期待するということである――たとえあなたがたが私を探し出しに来た場所が少しばかり荒れ果てた砂漠であるとしても」(*Séminaire* VIII, p. 447)。

(81) *Ibid.*, p. 89.

(82) たしかにインセストタブーは十戒のなかにはないが、レヴィ記の第十八章で定式化されている。「あなたがたのうち誰も自分の肉親に近づいて、これを犯してはならない」。その後十八節にいたるまで、あらゆる近親のケースを列挙したリストがつづく(汝の父、汝の母、汝の父の妻、汝の姉妹……)。

(83) *Ibid.*, p. 84.

(84)「私はこれらの十戒を理解している。それらの結集は、選ばれし民として異彩を放つ人々の原因になっており、しかもこの原因はそこまで過去に埋もれたものではない」(*ibid.*, p. 97-98)。

(85) *Ibid.*, p. 99.

(86) *Ibid.* 嘘つきのパラドックスが記録しえない、こうした嘘のポジティヴな機能については、ラカンが精神分析家の嘘を語った次の箇所を参照のこと。*Le Séminaire* XI, p. 38.

(87) *Totalité et infini*, [1971], Le Livre de Poche, 2000, p. 43.

(88) *L'Éthique de la psychanalyse*, p. 101.

(89) *Ibid.*, p. 96. ラカンが結論づけるこの失敗は、カント的倫理がナチスの全体主義のうちに回帰していることを論じた、アドルノの分析と関連づけられるべきものだ。

(90) *Ibid.*

(91) *Ibid.*, p. 97.

(92) *Ibid.*, p. 92.「倫理的要請が絶頂に達するとき、一部の人たちの感情にとってあまりに奇妙かつ破廉恥なやり方で、何事かが最終的に汝自身を愛するように隣人を愛せというかたちで言われるようになるのは、まさに人間主体と彼自身との関係の掟によって、主体が欲望との関係のなかで自らの隣人となるからである」。

(93) たとえば、『マタイによる福音書』第二十二章の三十六～四十節と、これをイメージ化したパゾリーニの映画〔『奇跡の丘』〕を参照のこと。

(94)「利他的であることは善の性質を帯びている。しかしそれは隣人愛ではない」（*L'Éthique de la psychanalyse*, p. 219）。

(95) *La Communauté inavouable*, Minuit, 1983, p. 22.

(96)「隣人」という語は、とりわけレヴィナスの『存在するとは別の仕方で、あるいは存在することの彼方へ』（とくに第三章のパラグラフC「親近性と強迫観念」）において展開かつ分析されている。隣人との関係の残酷さはサドとの関連から反転されており、とりわけレヴィナスが「隣人の迫害的な糾弾のもとで」自我が自己に生成する瞬間を分析するときに現れている（*Autrement qu'être ou Au-delà de l'essence*, Le Livre de Poche, p. 139, note 2）。

(97) *Ibid.*, p. 229.『災厄のエクリチュール』においてブランショがラカン的視点に触れているかどうかは定かでない。彼は一見その視点に近づいているような一文を書いている。「隣人としての他人とは、私が支持することのできない関係のことである。この関係への接近は死そのものであり、致命的な隣人関係なのだ」（*L'Écriture du désastre*, Gallimard, 1980, p. 42）。

(98) *L'Éthique de la psychanalyse*, p. 218-219.

(99) *Ibid.* 同じ考えが『転移』の最後にも出てくる（*Transfert*, *Le Séminaire*, livre VIII）, p. 460）。

(100) *L'Éthique de la psychanalyse*, p. 219.

(101) *Critique de la raison pratique*, éd. cit., p. 87-94.

(102) また別の機会において、ラカンはこう言っている。「ある人に善を意志する *velle bonum alicui* とはすなわち、ある人に善を望むことである。結局それは彼の問題を引き受けることであり、彼を自分に従わせることなのだ」（« Excursus », le 3 février 1973, Milan, in *La Salamandre*, Milan, 1978, p. 87）。

(103) *L'Éthique de la psychanalyse*, p. 219.

(104) ラカンが引用しているのは、癩病人の足を洗った水を恍惚として飲み干すフォリーニョのアンジェラ、あるいは病人の糞を食らう福者マリー・アラコックである（*ibid.*, p. 221）。

(105) *L'Éthique de la psychanalyse*, p. 221.

(106) ラカンがそこでモデルにしているのは、アルキビアデスの愛を拒否するソクラテスの人物像である（*Le Transfert*, p. 460）。

(107) *Les Quatre Concepts fondamentaux de la psychanalyse*, p. 241.「補注 Excursus」のなかでのラカンの執拗な発言も参照のこと。「精神分析的言説を支持する方法など絶対にない。つまり私が言いたいのは、それを正当化する手段がないということだ。あなたが精神分析家という危険な専門家の一人でないとすればの話である。というのも、そうでない以上、件の言説はまったく容認できないからだ。つまりそれはまったくおぞましい立場なのであり、私がこうしたことを言わなければならないのは、ここに集う人たち、おそらく精神分析家になりたいと思っている人たちのためなのだ。あんなこととしてはいけない。忌々しい立場なのだし、人から糞扱いされるのだから。お分かりですよね？」（*op. cit.*, p. 94）。

(108) *L'Éthique de la psychanalyse*, p. 229.

(109) *Ibid.*

(110) *Ibid.*, p. 232.

(111) サド的他者、マニ教徒的他者をとおしてたしかに感知される側面である。ボードレールはこうした他者であったわけだが、彼は次のように書いている。「愛の行為には拷問や外科手術と大いに似たところがある」（*Fusées*, Gallimard, « Folio », 1996, p. 76）。

(112) *L'Éthique de la psychanalyse*, p. 234.

(113)「『文化への不満』といったテクストでのフロイトに従いつづけるなら、我々は以下のことを定式化しておかなければならない。すなわち、快楽は悪であるということだ。フロイトはその点について私たちの手をとって導いてくれている――快楽とは悪である。なぜならそれは隣人の悪を含んでいるのだから」（*L'Éthique de la psychanalyse*, p. 217）。ラカンはこう付け足している。「もし私がこの抜粋の出典をあなたがたに教えなかったとしたら、これはサドのテクストだとあなたがたに思わせることができたかもしれない」（*ibid.*）。

(114) *Ibid.*, p. 347. したがって、ラカンはこう述べることもできた。サディズムの快楽は不可能なもの――この快楽が埋め合わせしようとするところの不可能――、すなわち「結合的快楽」に最も近くありたいと望んでいる、と（« Excursus », éd. cit., p. 85-86）。

(115) *L'Éthique de la psychanalyse*, p. 230. この問題については、鏡像段階を参照のこと。他者のイメージとしての主体の「理想的自我」は自我の構成材料である、というそこでの考え方をとくに参照されたい。この考え方はラカンが理想的自我の象徴的側面に対置した想像界の八方塞がりの立場を表している（Philippe Julien, *Pour Lire Jacques Lacan*, Points-Seuil, 1990, p. 68）。

(116) *L'Éthique de la psychanalyse*, p. 24.

(117) おそらくラカンとブランショの対立は、後者がサドについて提示した注釈のなかで、性的快楽が言及されていないだけにかえって際立っているという点に起因しているのだろう。

(118) « Excursus », éd. cit., p. 86.

(119) *L'Éthique de la psychanalyse*, p. 110-111. しかしこのオマージュは実のところ曖昧である。しかも二年後の『同一化』のセミネールのなかで、ラカンが自然の「ゲーテ的」・原型的・「微視巨視的」ヴィジョンへの関心を露わにしているだけに、いっそう曖昧なものとなる。こうしたヴィジョンへの幻惑はユングという悪い例を援用することでしか払拭されない（*L'Identification*, inédit, séance du 27 juin 1962）。より古典的に考えるなら、ラカンのユングに対する伝統に則った批判を参照のこと。« Sur la théorie du symbolisme d'Ernest Jones », in *Écrits*, p. 701.

(120) ラカンはこの語をセミネールのなかでつかっている（*L'Éthique de la psychanalyse*, p. 126）。問題とされる原爆の「具現化」を示すためにニュアンスをつけているとしても。この点については、次のきわめて興味深いテクストを参照。Philippe Lacoue-Labarthe : « De l'éthique : à propos d'Antigone », in *Lacan avec les philosophes*, Albin Michel, « Bibliothèque du Collège international de philosophie », 1991, p. 24-26.

(121) *L'Éthique de la psychanalyse*, p. 147.

(122) *Ibid.*, p. 125.

(123)「二次的破壊の可能性は、染色体の無秩序という脅威とともに、突如我々に触知可能なものとなった。後者の脅威は、生命の輪郭をつなぎとめる舫い綱を断ち切る可能性があるだろう」（*ibid.*, p. 272）。

(124) *Ibid.*, p. 273.

(125) *Ibid.*

(126) 前者の表現はセミネールのなかに、後者は「カントとサド」のなかに現れる。我々はこの二つの定式にかんして後述することになるだろう。

(127) *Ibid.*, p. 272 et 273.

(128) しかしサドに対する不快感はその後も表明されつづける。たとえばラカンが「常軌を逸したテクスト」、「恐怖に満ちたすばらしき駄作」と語っている箇所がそうである（*ibid.*, p. 273）。相矛盾する発言が絶えず交錯するのだが、そこで問題となっているのは、時に「つまらない幻想」であったり、時に「真に奇妙な過剰」や「おそらく前代未聞のもの」を最終的にでっちあげる思想であったりする（p. 303）。

(129) ジュスティーヌに語りかけるブレサック伯爵によれば、「自然は自らの構成（エコノミー）を乱すような犯罪の可能性を我々の手中に残しておかない」。つづけて彼はこう言っている。「自然には個々の人々が必要なのか？　自然が我々に愛を吹き込み、それで被造物が出来あがるのだ。自然にとって破壊活動は必要になるのか？　自然は我々の心に復讐、吝嗇、贅沢、野望といったものを植えつけ、その結果、諸々の殺人が生まれてくるのだ」（*Justine ou les Malheurs de la vertu*, p. 81）。

(130)　*La Nouvelle Justine*, t. I, chap. VI, p. 214-215. したがってサドは自然のなかでこれらの主張を最もよく例示する地球上の場所をことごとく特権化してゆく。たとえば火山地帯、つまり燃えさかる溶岩が最も破壊的なスペルマと類比できるような火山がそうである（*ibid.*, t. II, chap. XII, p. 42-43, et chap. XV, p. 218-219）。

(131)　*Ibid.*, t. II, chap. XI, p. 45.

(132)　限りなく繰り返されるこの命題の論証を参照のこと。たとえば、『新ジュスティーヌ』のロダンは次のように言っている。「誰かが我々人類の崇高さを私に納得させてくれたら、その崇高さが自然にとってあまりに重要であるため自然の掟が必然的にこの変貌に苛立っているということを証明してくれたら、私は殺人が罪であると信じることができるだろう」（*op. cit.*, t. I, chap. V, p. 148）。

(133)　*Histoire de Juliette*, t. I, 1re partie, p. 216. しかもブレサックはジュスティーヌにそれは「殺人を罪に仕立てあげる人間の奢り」であると言っている（*Justine ou les Malheurs de la vertu*, p. 181）。

(134)　サドの発言を寓意するモデルの一人として、犯罪友の会メンバーのある男が挙げられる。彼は決して真実を語ることがないのだが、なぜなら嘘と中傷だけが「彼を勃起させる」からだ（*Histoire de Juliette*, t. II, 3e partie, p. 46）。

(135)　*Ibid.*, 4e partie, p. 453-455.

(136)　*Ibid.*, p. 455.

(137)　*Ibid.*, p. 456.

(138)　ここで問題とされているのは、サン＝フォンの発言である（*Histoire de Juliette*, t. I, 2e partie, p. 313）。

(139)　*Ibid.*, t. II, 4e partie, p. 459-461.

(140)　まさにピウス六世はこう言っている。「殺人は我々が打擲する個人から第一の生を奪うにすぎない。より自然に役立つためには、彼から第二の生を奪いとることができなければならない」（*Histoire de Juliette*, t. II, 4e partie, p. 463）。

(141)　自然によって生産と殺害の能力を付与された人間の治世が消滅してしまったとしたら、自然は生きた新しい種を産み出さなければならなくなるだろうし、そうなることで、自然の生殖欲動は充足されるだろう。逆に地上の平和と調和は宇宙全体の崩壊を生じさせかねない。「天体はすべてその動きを止めるだろう［……］もはや引力も運動もなくなるだろう」（*ibid.*, p. 462）。

(142)　ラカンはサドにおける第二の死が純粋に理論上のものにとどまっていると考えており、幻想の領域に足を踏み入れていない（*L'Éthique de la psychanalyse*, p. 232）。しかし後につづく引用が示しているとおり、これは必ずしも確かではない。

(143) *Histoire de Juliette*, t. II, 4e partie, p. 467-468.

(144) 悪意に満ちた至高存在についてのサン＝フォンの有名な長談義、体系化をも要求しうる議論があるが、ラカンが真に関心を抱いたのはこれではない。この長談義は、他のものと同じく、罪のなかに罪を求めるという原則に基づいて構築されている。しかし「第二の死」はピウス六世にとって不可能であるのに対し、サン＝フォンにとっては可能なのだ。後者にとっての第二の死とは、彼岸において再び死を科すことである。サン＝フォンは無理やり犠牲者たちに悪魔との契約を結ばせるのであり、この契約によって、彼らは地獄へと導かれ、この世で科せられた苦しみを際限なく引き延ばしてゆくことになるだろう。「そして我々は甘美な快楽を味わうことになるだろう、彼らを永遠の限界——もし永遠が限界をもちうるとすれば——を越えたところにまで押しやったことで」(*Histoire de Juliette*, t. I, 2e partie, p. 461)。しかしこうしたシステムの欠如は、彼が地獄や神や「創造」を強制的に信じさせていることにひとしい。つまりクロソフスキーが『我が隣人サド』で分析したグノーシスの造物神（デミウルゴス）である。ラカンはサン＝フォンの発言を「一貫性がない」(« Kant avec Sade », p. 776)、「そこまで斬新なものではない」(*L'Éthique de la psychanalyse*, p. 232 et p. 254-255) と評している。

(145) *Histoire de Juliette*, t. II, 4e partie, p. 298.

(146) *Ibid.*, t. III, 5e partie, p. 163.

(147) *Ibid.*, 6e partie, p. 320.

(148) *Ibid.*, p. 388. ついでながら、サド的主体はドン・ジュアンの正反対であると指摘できるだろう。後者は次のように言っている。「アレクサンドロス大王のように、私は別世界があることを望んでいるのかもしれない。そこで恋愛の征服地を拡大していけるように」(*Dom Juan*, acte I, scène 2)。したがってドン・ジュアンとサドを比較するのは間違っている。この点については次の論考を参照のこと。Denis de Rouge-mont, « Don Juan », in *L'Amour et l'Occident*, « 10 / 18 », 1962, p. 177-181.

(149) *Histoire de Juliette*, t. II, 3e partie, p. 54.

(150) *L'Éthique de la psychanalyse*, p. 303.

(151) たとえば、ブランショの『終わりなき対話』第十三章（「時代の変化について——回帰の要請」）を参照。そこでブランショは次のように書いている。「神がいようと原子があろうと、すべてが人間に依存しているわけではない。［……］［原爆は］極限の脅威を表す卑俗な記号でしかなく、この脅威は、時代から時代への移行、おそらく歴史から超歴史的時代への移行を必然的に際立たせるものだ。［……］原爆とは現代の科学技術すべてが人間の流儀に逆らって誘導する目に見えない脅威の可視化された警告なのである」(*L'Entretien infini*, éd. cit., p. 402-403)。このテクストは『新フランス評論 *La Nouvelle Revue française*』の一九六〇年四月号にまず発表されたわけだが、これはつまりラカンがセミネールでこの問題に迫る一ヶ月前のことである。

(152) *L'Éthique de la psychanalyse*, p. 248. ラカンは次のように言いながら、この問題に後で立ち返っている。「まさしくこの問題が歴史と結びついているからこそ、問題が生じるのだ」(p. 277)。

(153) *Ibid.*, p. 277.「欲望の動きが一種の暴露というラインを経るからこそ、死の欲動というフロイト的概念の出現が我々にとって意味をもってくる」(*ibid.*)。

(154)「ある時、人間は現実や世界のなかに数学の言説を発信し、流通させるすべを学ぶ。この言説は、何もかも忘れ去られるのでないかぎり、先へと進めないだろう。物事がひとりでに機能するかのように続いてゆくためには、シニフィアンの小さな連鎖がこの原則に作用しはじめさえすればいい。その結果、我々はシニフィアンの絶対的権力によって生まれた物理学の言説が自然の統合や解体と踵を接してゆくのかどうかを自問することになるだろう」(*ibid.*, p. 277)。

(155) 他の人たちの注釈によってもあまり明らかにされていない。たとえば、『ラカンと哲学』のアラン・ジュラン＝ヴィルは次のように説明している。「ハイデガーが最も日常的な〈物〉について語っていることは、ラカンの母性的な〈物〉についての理論と正確に結びついている」(Alain Juran-ville, *Lacan et la philosophie*, PUF, 1984, p. 217)。傍点は筆者が振ったものだが、少なくともこの「正確に」という副詞は大げさである。同じような解釈はフィリップ・ジュリアンの小著ながら非常に有益な著作のなかにも見出せる。ジュリアンは同じくハイデガーの〈物〉とラカンのそれとの類似性を強調しながら、さらにラカンが解釈したアンティゴネーの運命のなかにハイデガーの「死へと差し向けられた存在」の等価物を看取しさえするだろう。これは驚くべき解釈なのだが、というのも、ラカンによれば、逆に「死へと差し向けられた存在」こそアンティゴネーの運命を特徴づけているからだ(Philippe Julien, *Pour Lire Jacques Lacan*, Points-Seuil, p. 112)。

(156) « La Chose », in *Essais et conférences*, [1958], trad. d'André Préau, préface de Jean Beauffret, Gallimard, « Tel », 1980, p. 195.

(157)「科学の知はすでに物としての物を破壊してしまったのだ。原子爆弾が炸裂するよりもずっと前に」(*ibid.*, p. 201)。

(158) ここで想起されるのは、これら三つの名がフーコーにおいて分かちがたく混ざり合っていることである。

(159) « La question de la technique », in *Essais et conférences*, éd. cit., p. 45.

(160) *Qu'appelle-t-on penser ?*, trad. d'Aloys Becker et Gérard Granel, PUF, 1973, p. 35. これは一九五一年、つまり前年六月の「物 La Chose」と題された講演のすぐ後に行われた講義である。

(161) *Ibid.*, p. 36.

(162) *L'Identification*, séminaire inédit, séance du 28 mars 1962.

(163) *Qu'appelle-t-on penser ?*, p. 35.

(164) « La Chose », p. 213.

（165） *Ibid.*

（166） *Ibid.*, p. 212-213.

（167） *Autrement qu'être*, éd. cit., p. 15. ここにハイデガーとラカンの真の対立がある。というのは、後者にとって、間隙はシニフィアンや言葉（パロール）の結節点の核心にあるものであり、つまりはそのシステムの中心にあるものだからだ。

（168） この点については、次を参照。Rainer Schürmann, *Le Principe d'anarchie. Heidegger et la question de l'agir*, Seuil, 1982, p. 252-276. むろん、我々はハイデガーの「遊戯」に微笑みをもって賛辞を送るシュールマンに同調しないし、またこの「遊戯」と無秩序の概念を同格に並べる手つきにも同意しないだろう（「遊戯」という語は、その最も高尚な哲学的意味において、レヴィナスに帰されるものであり、実際に彼は『存在するとは別の仕方で』のなかでこの語を我が物と主張している）。しかしこの非常に見事な著作において、一般的構成の論述は卓越している。

（169） この発言は「危険 *Die Gefahr*」と題された一九四九年のハイデガーの講演のなかに現れる。我々はエマニュエル・ファイユの疑わしい翻訳を参照したが、引用した箇所にかんしては正確な訳である。Emmanuel Faye, *Heidegger. L'introduction du nazisme dans la philosophie*, Albin Michel, 2005, p. 492.

（170） « La Chose », p. 215.

（171） *Ibid.* ハイデガーの「生気論」にかんしてはアドルノの発言を参照のこと。*L'Actualité de la philosophie*, Presses de l'ENS, 2008, p. 12-13.

（172） *L'Espace littéraire*, « La littérature et l'expérience originelle », Gallimard, « Idées », p. 325-326. ブランショが参照したレヴィナスの著作は、『時間と他者 *Le Temps et l'Autre*』である。

（173） したがってフッサールのなかにさえ、黙示録的大惨事を考えられないという不能性が確認される。たとえば彼が次のように言うときがそうだ。「以下のことが明白となる。万一にも物の世界が消滅するとすれば、意識をもつ存在、そして一般的に経験されたあらゆる流れは必然的に一変してしまうだろう。しかし意識をもつ存在はその実在まで侵されることはないであろう」(Edmund Husserl, *Idées directrices pour une phénoménologie*, trad. de Paul Ricœur, Gallimard, « Tel », 1985, p. 161)。

（174） *L'Éthique de la psychanalyse*, p. 144.

（175） 「水差しは単なる壷ではない。なぜなら前者は作り出されたからである。しかしそれは壷なのだから、作り出される必要があったのだ。［……］こうした水差しの在り方に固有の事態は、決して製造によって作り出されることがない」（« La Chose », p. 198）。

（176） *Ibid.*, p. 199.

(177) *Ibid.*, p. 204.

(178) *Ibid.*, p. 205.

(179) *Ibid.*, p. 219.

(180) 「あなたがたがボルニビュスという名のうちに認めてきたものを私は厭わないつもりだ。この名は最も豪奢で慣れ親しまれたマスタード壺の表象の一つに相当しており、神格化された名の一つである。というのも、あらゆるマスタード壺を満たしているのは、ボルニビュスなのだから」（*L'Éthique de la psychanalyse*, p. 145）。ラカンは十年後に再びこの話題を蒸し返している。*L'Envers de la psychanalyse*, *Le Séminaire*, livre XVII, p. 211.

(181) 「なぜなら、壺が空虚と充満との組み合わせによって導入するものとは、世界におけるシニフィアンの機能であるからだ」（*ibid.*）。

(182.) 後に『大文字の他者から小文字の他者へ』のなかで、ラカンは壺のユダヤ的側面を再び主張するだろう。『精神分析の倫理』での自身の発言を長々と喚起したのち、彼はこう付け加えている。「我々が死海文書〔一九四七年以降、死海で発見されたユダヤ教古文書〕を見つけ出したのは壺のなかであったこと、これは以下のことを我々に感じさせるために起きた事実である。すなわち、中にあるのはシニフィエではなく、まさしくシニフィアンにほかならないということだ」（*D'un Autre à l'autre*, p. 16）。

(183) *L'Éthique de la psychanalyse*, p. 340.

(184) *Le Transfert*, p. 456.「何が問題となっているのか？　次のことにほかならない――この貴重な物〔……〕、この陶磁器、この小さな壺、昔から創られたものの象徴とされてきたこの壺のことであり、そこでは各自が自分自身に何らかの粘性〔一貫性〕を与えようとしている」。

(185) *L'Éthique de la psychanalyse*, p. 146.

(186) *Ibid.*, p. 147.

(187) *Ibid.*, p. 150. こうしたアプローチはもう少し先にいくと次のようなかたちで明示されることになる。「〈物〉はこうした最初の基礎的関係から影響を受ける現実界の何かである。この関係が人間をシニフィアンの道へと巻き込むのだが、というのも、人間はフロイトの言うところの快楽原則に従っているからだ。この関係についてあなたがたの頭のなかで明らかになっているのは――私はそう願っているのだが――、それがシニフィアンの優位にほかならないということである」（p. 162）。

(188) *Ibid.*, p. 147.

(189) *Ibid.*, p. 147. 後になってラカンはすでに我々が引用した次の一節を述べている。「我々が『黙示録』のなかに書物を食うという強烈なイメージを読みとるとき、これは何を意味しているのか？――書物それじたいが同化の能力をもち、文字どおり黙示録的な創造の基盤となるシニフィアンそれじたいを組み入れるということでないとすれば。この場合、シニフィアンは神となり、同化それじたいの対象となるのである」(p. 340)。

(190) *Ibid.*, p. 147.

(191) *Ibid.*, p. 251.

(192) *Ibid.*, p. 251-252.

(193) *Ibid.*, p. 251.

(194) *Ibid.*, p. 252.

(195) *Ibid.*, p. 253.

(196) たとえば、以下を参照のこと。*Autrement qu'être ou Au-delà de l'essence*, éd. cit., p. 147-148. 原動力(コナトゥス)はスピノザの概念であり、ラテン語では「跳躍、本能的な生気の高まり」を意味する。

(197) 「死は存在しない」とピウス六世はジュリエットに語っている(*Histoire de Juliette*, t. II, 4e partie, p. 450)。

(198) *Ibid.*, p. 463.

(199) 「カントとサド」において、ラカンは「第二の死」という用語がそこでは「形式的に表現されている」と主張している(p. 776)。

(200) 『アンティゴネー』の第五エペイソディオンを参照。*Antigone*, trad. par Robert Pignarre, Garnier-Flammarion, 1964, p. 93. ルコント・ド・リールは次のように訳している。「死者を殺すことにいかなる武勇があるというのか?」

(201) 以下を参照。*Apocalypse* II, 11, XX, 14 et XXI, 8.

(202) « Kant avec Sade », p. 776.

(203) *Histoire de Juliette*, t. II, 4e partie, p. 463.

(204) 実際、彼はセミネールのなかでこう言っている。「サドにおいてそうであるように、死の欲動という概念は創造論的昇華なのである」(*L'Éthique de la psychanalyse*, p. 251)。

(205) このような観念論はジュネ作品の核心にあるものだ。次の拙稿・拙著を参照のこと。« Genet à Chatila », in *Bref séjour à Jérusalem*, Gallimard, « L'Infini », 2003, p. 143-151 ; *Jean Genet, post-scriptum*, Verdier, 2006.

(206) *L'Éthique de la psychanalyse*, p. 147.

(207) 「本が読むに耐えないというのは、その本が悪いものであることを証明しているのだろう。しかしここでの文字どおり悪いものとは、その邪悪さ mauvaiseté——十八世紀にはまだ使われていた用語をつかうなら——を保証するものであるのかもしれず、この邪悪さこそ我々の探求の対象そのものなのである」(*ibid.*, p. 237)。

(208) *Le Transfert* (*Le Séminaire*, livre VIII), p. 451.

(209) この点にかんしては、次の論考の前半部分を参照のこと。« Lituraterre », in *Autres Écrits*, Seuil.

(210) *Encore* (*Le Séminaire*, livre XX, Seuil, 1975), p. 98.

(211) *L'Éthique de la psychanalyse*, p. 365.

(212) 次の拙稿を参照のこと。« Lacan et Gide, ou l'autre école », dans *Lacan et la littérature*, Manucius, 2005.

(213) ラカンが『春のめざめ』〔フランク・ヴェーデキントの戯曲〕の序文で述べた非常に驚くべき結論を参照。「ロベール・グラーヴが表明しているように、父自身、つまり我らすべての永遠なる父がとりわけ白人の女神の名にほかならないのかどうかをいかにして知りえようか。グラーヴによれば、この女神は時代の闇に埋もれるあまりそこでの差異になり、永久に自身の快楽のなかに住まう大文字の他者になってしまう――無限の諸々の形態のようなものであり、彼女こそ我々を宙吊りにしてくれるだろうという確信がないかぎり、我々はこれらの形態を列挙しはじめることがないのである」(*Autres Écrits*, p. 563)。

(214) この問題は『精神分析の倫理』の編集者が表紙絵を選定する際にも突きつけられたはずだ。結局採用されたのはサドの肖像〔マン・レイの「サド侯爵の想像的肖像」〕であったが、これはもっともな選択である。裏表紙に抜粋されたテクストがこの選択を裏づけている。

(215) こうした隔たりは、彼が次のテクストのなかで『マダム・エドワルダ』や『内的体験』にオマージュを捧げることで帳消しにされている。« Du traitement possible à la psychose » (1958), in *Écrits*, p. 582-583.

(216) 以下を参照。*L'Éthique de la psychanalyse*, p. 236-237. 一見すると、ラカンはバタイユの「サドと正常な人間 Sade et l'homme normal」の一節(*L'Érotisme*, *Œuvres complètes*, t. X, p. 190-191)のことをほのめかしている。しかし実のところ、ラカンはバタイユの思想を歪曲しているのだ。バタイユはサドの長談義のうちに我々を暴力から遠ざけるものを見てとるのであり、この隔たりは意識と暴力とのあいだで繰り広げられる終わりなき弁証法的遊戯の一要素なのである。そこで意識と暴力は互いを求め合い、求め合いながらよりうまく接近するために、互いを遠ざけるのだ(この点にかんしては本書の第一部第二章を参照)。

(217) *L'Éthique de la psychanalyse*, p. 237. 強調は筆者。

(218) こうしたサド的「退屈」はラカンによってその存在を暴露されるわけだが、ボードレールにもまったく同じものが見出せる。『悪の華』に収録されている「読者に Au Lecteur」の最終二節のなかに現れるのだが、そこで言われている「優雅な怪物」とはサド的怪物のことだ。

(219) *L'Éthique de la psychanalyse*, p. 237.

(220) *Ibid.*, p. 238.

(221) *Ibid.*, p. 238-239. サディスト的主体は強迫神経症患者との親縁性を示しているのかもしれない。後者は自分自身にとって未知の恐怖の部分に到達するのを慎んでいるからだ。

(222) *Ibid.*, p. 256.

(223) *Ibid.*, p. 147.

(224) ラカンにおける善の否定は、それが善の根本的「二重性」を明らかにしていることから、現代的な脱神話化のパースペクティヴに組み込まれている。というのも、「自然的善」などまったく存在せず、あるのは「可能的な力」であり、人間と「善の現実」との関係はことごとく「想像的他者」に対して、つまりこの他者から「善の現実」を剥奪する可能性との関連において構成されるからだ（*L'Éthique de la psychanalyse*, p. 274）。

(225) *L'Éthique de la psychanalyse*, p. 278.

(226) *L'Être et le néant*, 3e partie, chap. III, éd. cit., p. 447.

(227) *Ibid.*, p. 450. この命題はラカンによって激しく批判される。「鏡像段階」のなかで、彼は「性的関係の窃視症的＝サディスト的」理想化を嘲笑している（*Écrits*, p. 99）。

(228) ラカンはこう説明している。「総じて言えば、ここに美の機能について何かしら新しいものが生まれる可能性があるのだ」（*L'Éthique de la psychanalyse*, p. 299）。

(229) 以下を参照。*Le Transfert* (*Le Séminaire*, livre VIII), p. 153-154.

(230) *L'Éthique de la psychanalyse*, p. 256. 美はそのことをただ指し示すだけである。なぜなら、この防壁があるおかげで、我々は防壁の彼岸があることを知るわけだが、だからといって「彼岸に何があるかについては、我々は何も知らない」からだ（*ibid.*, p. 272）。

(231) もう一つの曖昧さをここで指摘しておこう。美は定立された形象として女性の姿をとって現れ、この形象のなかで凝固してしまう。こうした外観の威圧によって、我々は〈物〉を掴もうとすることに尻込みしてしまい、つまりは怖気づいて第二の死に到達するのを諦めてしまうのだ。このような女性像としての美は、男根の表象と一体になり——「娘（ガール）＝男根」とラカンは『転移』のセミネールのなかで言っている（*Le Transfert*, p. 450）——、人を怖気づかせるほど魅惑的な美の身体を構成するのである。なぜなら、「まさしくイメージにおいて欠如しているもののなかに、男根が具現化されているのは明らかである」からだ（*ibid.*, p. 453）。こうした考えは『精神分析の倫理』にも現れている（p. 349）。サドのリファレンスがいかに重要であるかがわかるだろう。というのも、倒錯的主体が女性身体をとおして対話する相手とは、こうした男根にほかならないからだ。

（232） *L'Éthique de la psychanalyse*, p. 303. 次のことを指摘しておこう。一九六一年のメルロ＝ポンティ論において、ラカンはこの問題が自身にとっていかに問題含みで未解決のものであるかを再び表明している。彼によれば、「陵辱に動じない美」はサディズムについてのサルトルの分析、つまりサディズムは他者の身体を猥褻なものに還元するという分析を否定するものだが、とはいえ「きわめて謎めいたもの」でありつづけるという（« Merleau-Ponty », in *Autres Écrits*, Seuil, p. 180）。そこでわかるとおり、ラカンからしてみれば、サドにおける美の防壁の機能はサルトルの場合とは逆なのである。

（233） この読解は一九三八年五月十九日になされ、対するクロソフスキーのサドにかんする講演は一九三九年二月七日に行われた。Denis Hollier, *Le Collège de sociologie, 1937-1939*, Gallimard, « Folio », 1995, p. 253 et sq.

（234） Roland Barthes, « Sade II », in *Sade, Fourier, Loyola* (*Œuvres complètes*, t. III, Seuil, 2002, p. 835-836).

（235） 『アンティゴネー』の七七三〜九〇二行。ここではラカンが引用した翻訳、すなわちロベール・ピニャールの翻訳を使用した（Sophocle, *Théâtre complet*, trad. par Robert Pignarre, Garnier-Flammarion, 1993）。

（236） ラカンは「目に見える欲望」を合唱隊（コロス）からの引用（« imeros enragès »）として語っており、ピニャールはこの語を「光り輝く魅力 attrait qui rayonne」と訳している（*ibid.*, p. 88）。このシーンはラカンが『精神分析の倫理』で唯一注釈した劇中のシーンであり、「カントとサド」においてだけでなく、『転移』のセミネールでも言及されている（*Le Transfert*, p. 322-323）。

（237） ラカンに賛辞を送っているにもかかわらず、ニコル・ロローは「劇抜きのアンティゴネー Antigone sans théâtre」という説得力のあるタイトルをもつ発言のなかでこう指摘せずにはいられない。ラカンのアンティゴネー論では「劇 théâtre が本当に得をしている」のかどうか定かでない、と（Nicole Loraux, *Lacan avec les philosophes*, Albin Michel, 1991, p. 42）。

（238） *L'Éthique de la psychanalyse*, p. 290.

（239） 強調は筆者。ここでラカンの分析におけるアンティゴネーの人物としての地位を問わなければならないだろう。たとえばクローデルにかんして、ラカンはパンセ・ド・クーフォンテーヌを話題にしながら次のように言っている。「我々は、生きている人物の意味と同じように、パンセ・ド・クーフォンテーヌの意味を問うことになるだろう」（*Le Transfert*, p. 352）。

（240） *Ibid.*, p. 297. 厳密に言えば、ラカンの読解はことごとく反ヘーゲルであろうとしている。彼は市民権と「家の守護神たち」、普遍的なものと個別的なものの分割を融和しようとするヘーゲルの解釈を非常に厳しく批判している。ラカンにとって情念に逆らっているのは、「権利」ではなく――先人たちや神々の権利といった別の権利に対抗する市民権ではなく――、過ちなのである（p. 291）。

（241） *Ibid.*, p. 297.

（242） *L'Éthique de la psychanalyse*, p. 304.

(243) *Ibid.*, p. 311.

(244) 主人公は「死が生を侵食する領域」にいるわけだが、この領域は「第二の死」と等価なものと見なされている（*ibid.*, p. 331）。

(245) *Ibid.*, p. 329. 注目すべきは、「第二の死」の起源がヨハネの『黙示録』だとすれば、「二つの死の間」についても事情は同じだということだ。「人間たちは死を求めるだろうが、それを見出すことはないだろう。人間たちは死ぬことを望むだろうが、死は彼らから逃れるのである」（『黙示録』第九章六節）。

(246) *Ibid.*, p. 291.

(247) しかし、次のことはたしかである。ラカンは「二つの死の間」を「第二の死」として定義することで、サドに付与した当初のラディカルな意味を維持しようとしている。なぜなら「変容や腐敗と生成のサイクル、つまり歴史じたいにかかわるすべてのことを宙吊りにする存在との関係」が問題にされているからだ（*ibid.*, p. 331）。

(248) 「しかもその点のなかにこそ、苦痛の作用と決して強調されることのない美の現象との結びつきが潜んでいる。あたかもそうした結びつきに得体の知れないタブーがのしかかっているかのように」（p. 303）。

(249) *Ibid.*, p. 304.

(250) *Ibid.*

(251) *Ibid.*, p. 342.

(252) *Ibid.*, p. 328.

(253) *Ibid.*, p. 323 ou 329.

(254) 「倒錯的欲望に固有の探求がはらむ想像的あるいは現実的な関係はことごとく、自然な欲望、感覚の本来的な欲望がその方向に突き進めないことを我々に示唆するためだけに存在している。そうした道のりの途中で、この欲望はすぐに屈して、我先に譲歩してしまうのだ」（*ibid.*, p. 273）。我々は後にラカン的倫理の格率を検討することになるが——そこでラカンは、人間主体に対して、自身の欲望に譲歩しなかったことを想定している——、そのときラカンが上の引用で「譲歩する céder」という動詞を使っていたことを思い起こすべきだろう。

(255) *Ibid.*, p. 357.

(256) *Ibid.*

(257) *Ibid.*, p. 129. カントの二つの教訓話は「純粋実践理性の分析論」定理三・課題二の欄外注記に載っている。「理性的な存在が格率をいくつかの普遍的な実践法則として思い描かなければならないとすれば、彼はそれらを意志を決定づける原則としてでしか、物質をとおしてではなく、単に形式をとおしてでしか思い描けない」(*Critique de la raison pratique*, éd. citée, p. 26 et 30)。他のところで、ラカンは倒錯と昇華の極端な相似性を明らかにしている。たとえば『同一化』のセミネールがそうだが、そこでラカンは二つのタイプの鏡を対置している。一方に暗い鏡――倒錯者の鏡――があり、そこでは対象aが現前しているかのように、幻想に覆われながら、あらゆる反映を曇らせるものとして存在している。他方には明るい鏡があり、その明るさがラカンが美と呼ぶところの防壁となっている(*L'Identification*, séance du 27 juin 1962).

(258) *Ibid.*, p. 118.

(259) *Le Transfert* (*Le Séminaire*, livre VIII), p. 362.

(260) *L'Éthique de la psychanalyse*, p. 132-139.

(261) 本章のイントロダクションと次を参照。*L'Éthique de la psychanalyse*, p. 150.

(262) *Ibid.*, p. 155.

(263) *Ibid.*, p. 179.

(264) *Ibid.*, p. 341. 人間、「つまり生きているもの」はいかにして自らと自らの死との関係に到達できるのかという問いに対し、ラカンはこう答えている。「シニフィアンのなかにあってこそ、自身がシニフィアンの連鎖を構成しているからこそ、主体は自らが体現する鎖に自分が連なれない〔自分が欠けることがある〕ことを直感で知るのである」。

(265) *Ibid.*, p. 147. 本書の二〇〇―二〇二頁も参照。

(266) *Ibid.*, p. 345.

(267) *Ibid.*, p. 340.

(268) Laplanche et Pontalis, *Vocabulaire de psychanalyse*, PUF, p. 374.

(269) *L'Éthique de la psychanalyse*, p. 342.

(270) Simone Weil, *Attente de Dieu*, Fayard, 1966, p. 190-191. これらのテクストは一九四二年に書かれた。

(271) *Ibid.*, p. 191.

(272) *L'Éthique de la psychanalyse*, p. 340.

(273) ジャン=クロード・ミルネールの考察を参照のこと。彼によれば、欲望の主体は自分の欲望について何も知ることができないという。この主体は自分の背中にある瘤の色を見られない囚人のような存在なのだ(Jean-Claude Milner, *Les Noms indistincts*, Seuil, « Fiction & Cie », 1983, p. 115)。

(274) *Ibid.*, p. 341.

(275) *Ibid.*, p. 362.
(276) *Ibid.*, p. 368. ジャック＝アラン・ミレールは第二十四回のこの講義に「君は自分の欲望に応じた行動をしてきたか？」というタイトルをつけ（p. 359）、引用中の過去時制をしっかりと尊重している。
(277) 『精神分析の倫理』において、リビドーは我々を束の間の瞬間のなかに、死との対決の彼方に連れ去り、「我々にそれを忘れさせる」ものとして定義されている（p. 345）。
(278) *Ibid.*, p. 351.
(279) *Ibid.*, p. 340.
(280) *Ibid.*, p. 342.
(281) *Ibid.*, p. 359.
(282) *Ibid.*, p. 361. ラカンはこう説明している。自身の教育の本質は「私が最後の審判の見通（パースペクティヴ）しと呼んだものを把持することにあったわけで、つまり私が意味したいのは、精神分析が我々を連れてゆくところ、すなわち行動と行動に宿る欲望との関係を倫理の見直しの基準として選びとるということである」。
(283) *L'Envers de la psychanalyse* (*Le Séminaire*, livre XVII), p. 209. ラカンがあえて記したこの綴りは、死に差し向けられた存在の失敗を印づけるものだ。
(284) ラカンがこのヨハネの表現を使用している箇所を参照。*L'Éthique de la psychanalyse*, p. 147.
(285) *L'Éthique de la psychanalyse*, p. 364.「この領域はまさしく空虚の射程を捉えていて、カントの定義が厳密に適用されると、この空虚のなかに置かれるのだ」。
(286) *Histoire de Juliette*, t. II, 3e partie, p. 10.
(287) *Ibid.*
(288) *Ibid.*「私はそれを十分にしなかったことを後悔し、自分の頭の貧弱さを責めていた。そのとき私が心に抱いたのは、犯罪を犯していながらすべてを成し遂げなかったことの後悔は、脆弱な魂の持ち主が美徳から離れたことに対して感じる後悔にまさるという感慨であった」（p. 216）。
(289) *L'Éthique de la psychanalyse*, p. 368.
(290) *Ibid.*, p. 368.
(291) *Ibid.*, p. 370-371.
(292) 『アンティゴネー』の結末で、クレオンはいまやはっきりと自分のことを生者たちに囲まれた死者のように語りだす。例の事件において、文字どおり自らの財〔善〕をすべて失ってしまったからだ。悲劇的行為をとおして、英雄はその敵対者をすすんで解放するのである」(*ibid.*, p. 369)。

(293) 一八〇一年に政教条約(コンコルダート)が結ばれたにもかかわらず、ピウス七世はナポレオンから敵として個人的に睨まれることになるだろう。一八〇九年に彼は捕縛され、一八一二年から一八一四年にかけてフォンテーヌブローに強制的に蟄居させられる。『人質』のエピソードはまったくクローデルの創造である。このフィクションの起源は家族に伝わる神話であり、実際、クローデル家は一七九三年の宣誓拒否僧を匿っていたらしい(*Mémoires improvisés*, Gallimard, « Idées », 1969, p. 13)。

(294) *Le Transfert*, p. 322.

(295) *Ibid.*

(296) *Ibid.*, p. 323.

(297) *Ibid.*, p. 324.

(298) *Ibid.*, p. 324.

(299) *Ibid.*

(300) 本書第一部第二章の冒頭を参照。サドがアリストテレスのカタルシスについて書いた箇所もあわせて参照されたい。*Histoire de Juliette*, t. I, 1re partie, p. 264, note 20.

(301) *Le Transfert*, p. 326.

(302) ユダヤの表象はシシェルという人物とともにクローデルの三部作のなかに現れる。シシェルは、チュルリュールの愛人でルイ・ド・クーフォンテーヌの妻、盲目の娘パンセの母でもあり、シナゴーグを表象する人物である(*Le Transfert*, p. 361)。シシェルのおかげで、ラカンはユダヤの主題にかんして次のように言うことができた。「ユダヤ人が向かうところ、それは唯一現実的なものの万人による共有であり、唯一現実的なものとは、快楽のことである」(*ibid.*, p. 343)。

(303) *Ibid.*, p. 330.

(304) *Ibid.*, p. 354.

(305) *Ibid.*, p. 355.

(306) *Ibid.*

(307) *Le Transfert*, p. 363.

(308) *Ibid.*, p. 364.

(309) *Ibid.*

(310) *Ibid.*, p. 352.

(311) このエピソードはクローデルが提示した第四幕の異稿（ヴァリアント）のなかで最もよく表象されているが、自身の破滅に対するシーニュの「ノン」、赦しを拒否することで自身を断罪する彼女の態度じたいもまた、このもう一つの「結末」のなかに見出せる。こうした振る舞いが聴罪司祭——彼女に犠牲的行為を促した者——を前にしてのことであるだけにいっそう、無意識に発する言葉や顔面の痙攣が唯一の応答として、彼女は「ノン」としか言えないという事実として現れてしまうのだ（*ibid.*, p. 325）。

(312) *Ibid.*, p. 326.

(313) *Ibid.*

(314) *Ibid.*, p. 364.

(315) *Ibid.*

(316) *Ibid.*, p. 417.

(317) *Ibid.*, p. 453. この仮説は疑わしいものだ。なぜなら、男根がイメージのなかにありながらイメージにおいて欠如しているものであるとしたら、美の崇高さの構成要素である空虚はどうなってしまうのか？　我々が本章の前半で証明したように、欲望の対象のなかに男根の存在を想定しようとするには、倒錯者がいるだけでは不足ではないのか？　サド的主体はエロティックな儀式における男根との対話のなかで現れていたわけで、その儀式を不滅の美、つまり際限なき破壊へと通じている美に直面しながら讃えるのである。

(318) *Ibid.*, p. 455.

(319) *Ibid.*, p. 433.

(320) *Ibid.*, p. 438.

(321) *Ibid.*

(322) *Ibid.*, p. 450.

(323) *Justine ou les Malheurs de la vertu*, p. 316.

(324) *Histoire de Juliette*, t. III, 6e partie, p. 500.

(325) *Le Transfert* (*Le Séminaire*, livre VIII), p. 455.

(326) 「幻想の対象aであることで、現実界に身を置いた拷問執行人の一団は（ジュリエットを見よ）、さらなる多様性を得ることができるのだ」（« Kant avec Sade », p. 775）。

(327) 一九六一年十一月二十九日の回。ラカンはここで「現存在 *Dasein*」（そこにあること、あるいは実在）を「共存在 *Mitsein*」

(共に在ること)に関連づけながら、ハイデガーの語彙を模倣している。

第三章

(1) In *Deux régimes de fous*, Minuit, 2003, p. 119-120.

(2) ドゥルーズはパゾリーニを話題にしながら、この格率を定式化している。*Cinéma*, II : *L'Image-temps*, Minuit, 1985, p. 42.

(3)『アーギュメンツ』はエドガー・モランによって創刊され、編集委員としてロラン・バルト、ジャン・デュヴィニョー、フランソワ・フェジト、ピエール・フジェロラを擁した雑誌だが、この当時は哲学者のコスタ・アクセロスが主幹であった。当時フランス共産党に反対する左派勢力の牙城となった幾多の雑誌のうちの一つであり、マルクス主義の解体計画が展開されていた。ドゥルーズが執筆陣に加わった号の主題部分は「愛情問題」というタイトルがつけられており、彼の論文は「夢と現実」の項に掲載されている。この号に参加したのはほかにエドガー・モラン、フランソワ・シャトレ、コスタ・アクセロス、ヘルベルト・マルクーゼ、オクタビオ・パスなどがいる。

(4) *Présentation de Sacher-Masoch*, p. 16. ドゥルーズは文字どおり同じ命題を『意味と論理学』の結末で再び定式化するだろう。そこではサドとマゾッホが「驚異の臨床家、驚くべき症候学者」として描かれている(*Logique du sens*, Minuit, 1969, p. 276-277)。

(5)「強姦、毒薬、ナイフ、放火が/その愉快なデッサンによって/我らの惨めな宿命の凡庸なカンヴァスを飾るにいたらないのは/いやはや! 我らの魂が十分に大胆ではないからだ」。『悪の華』冒頭の「読者へ Au Lecteur」を参照。サド=マゾヒズムを名指すのに、ボードレールが「自らに復讐する者」という意味の発音不可能なギリシャ語の連辞、« Héautontimorouménos » を選んでいたことに注目しよう。

(6) Swinburne (sous le nom d'Ernest Cloüet), *Apologie de Sade*, [1862], À l'Écart, Reims, 1993, p. 144.

(7)「人は働いているとき、絶対的な孤独のうちに必ず身を置いている。派閥をなすこともできず、派閥に属することもできないのだ。違法なもぐりの仕事しかないのである」(Gilles Deleuze et Claire Parnet, *Dialogues*, Flammarion, 1977, p. 13)。

(8)『アーギュメンツ』誌でのドゥルーズの最初の発言は、明らかに曖昧なものであると言ってよい。この発言は「愛情問題」というテーマを設定しながら、作家たちの発言のなかに彼ら側からの何らかの主観的な備給があることを想定しているわけだが、そもそも問題はそこまでナイーヴではない。というのも、ドゥルーズはこの問題を「おしゃべりな」哲学者にかんして、この哲学者が語る諸々の情動に対して提示しているからだ(ジョー・ブスケの傷、ニーチェの狂気、アルトーの分裂症)。そこで彼は次のように書いている。「抽象的な思想家には何が残されているのか?[……]こうしたお喋りについての専門家になることか?[……]それとも、自らそこで少しばかりのことを経験しにいくことか? 傷を延長するのに十分なだけ、かといって取り返しがつかないほどそれを深めることなく、ちょっとだけアルコール中毒患者や、狂人や、自殺者や、ゲリラ兵になってみることだろうか?」(*Logique du sens*, p. 184)。

(9) « Désir et plaisir », in *Deux régimes de fous*, p. 120.

(10) *Présentation de Sacher-Masoch*, p. 61.

(11) *Ibid.*, p. 47.

(12) « Un manifeste en moins », in Carmelo Bene, *Superpositions*, Minuit, 1979, p. 89-90. 自らの発言が弁証法的に解釈されるのを忌避するために、ドゥルーズは以下のようにつづけている。「下僕は主人の反転したイメージではまったくなく、その生き写し(レプリカ)でもなく、その矛盾したアイデンティティでもない」。

(13) 『アート』誌の一九六二年六月号に初掲載されたこのテクストは、『無人島 *L'Île déserte et autres textes*』(Minuit, 2002) に収録された。

(14) *Ibid.*, p. 57. ユーモアについては、『アンチ・オイディプス』におけるルソーの「悪ふざけ」へのオマージュも参照されたい。*L'Anti-Œdipe*, Minuit, 1972, p. 133.

(15) とりわけ以下を参照。*Présentation de Sacher-Masoch*, p. 20. 後付けのかたちで、ドゥルーズはこうしたマゾヒスト契約とサディズムの制度との対立に、自らの著作の斬新さを理解するための核となるような役割を与えるだろう (lettre de Deleuze à Arnaud Villani, in Arnaud Villani, *La Guêpe et l'orchidée*, Belin, 1999, p. 57)。ルソーにおける契約概念については、同時期のアルチュセールのきわめて重要なテクストを参照のこと。*Sur le contrat social* [paru d'abord dans *Les Cahiers pour l'analyse* en 1967], Manucius, « Le Marteau sans maître », 2009.

(16) *Logique du sens*, Minuit, 1969, p. 159-167.

(17) カフカは『ザッヘル=マゾッホ紹介』においてマゾッホの分身として現れる。ドゥルーズは、グレゴール・ザムザという『変身』の主人公の名はマゾッホへのオマージュであり、前者は後者の愛称のようになっているという有名な説を支持している (« Re-présentation de Masoch », in *Critique et clinique*, Minuit, 1993, p. 73, note 1)。

(18) *Présentation de Sacher-Masoch*, p. 36.

(19) *Ibid.*

(20) « De Sacher-Masoch au masochisme », *Arguments*, n° 21, p. 45.

(21) *Ibid.*, p. 46. こうした注解は『アンチ・オイディプス』ではニュアンスをつけられているようだ (*L'Anti-Œdipe*, Minuit, 1972, p. 152-153)。

(22) *L'Anti-Œdipe*, p. 191. 我々はここでガタリの名を出さないことにする。この引用箇所を書いたのがドゥルーズであることは明らかなように思われるからだ。ユングはドゥルーズの偉大な著作である『差異と反復 *Différence et répétition*』(PUF, 1968) にも現れていたし、『千のプラトー』(たとえば第十章) にも出てくるだろう。

(23) ラカンは「欲望機械」と相性のよい「対象a」や「部分対象」を提唱しているおかげで容赦なき批判から免れている (*L'Anti-Œdipe*, p. 368 et sq.)。しかしラカンが享受するこうした「恩恵」は著作全体の主張によって否認されているようだ。ラカンが複数の機会にわたってドゥルーズにオマージュを捧げていたことに注目しよう。たとえば一九六八年から翌年にかけてのセミネール、『大文字の他者から小文字の他者へ』では次のように言っている。「マゾヒストの快楽は類似的な快楽である。[……] 大文字の他者を契約の方式のもとでのみ構成される領野に仕立てようと努力するなかで――非常に幸いなことに、我らが友人のドゥルーズはそこでの契約を重要視して、精神分析のうちに幅をきかせる沸き立つような愚かしさを補ってくれたわけだが――、主体は剰余享楽の道を経由して快楽に接近しつつ、崩れゆく均衡を当てにしているのだ」(*D'un Autre à l'autre*, Seuil, 2006, p. 134)。

(24) « À propos des nouveaux philosophes et d'un problème plus général » (1977), repris dans *Deux régimes de fous*, Minuit, 2003. ドゥルーズが「新しい哲学者たち(ヌーヴォー・フィロゾフ)」に対して直接的で論争的な攻撃をしかけたのは――彼のキャリアにおいてきわめて例外的なことだが――、自分が彼らの出現に一定の責任があるという、多かれ少なかれはっきりとした意識があったからであろう。『アンチ・オイディプス』において次のような決定的な問いを投げかけただけにすぎないとしても。「こうしたことがうまくいかなくなりはじめる時期を考えるとすれば、どこまで遡るべきなのか? レーニンまでか、マルクスまでか?」(p. 450)。この問いじたいが「新しい哲学」の出現を許してしまうものであったわけだが、「新しい哲学」とは、結局のところ「ポップな哲学」の一形態にすぎなかったのかもしれない (以下を参照。« Rhizome », in *Mille plateaux*, Minuit, 1980)。

(25) 「それ」「タナトス」を指し示すために、フランス語のなかから「本能」という名詞を取りのけておかなければならない。これはタナトスという超越性を示唆しうる、あるいはそうした超越論的原理を指示しうる唯一の名詞である」(*Présentation de Sacher-Masoch*, p. 28)。こうした言語上の選択の理由は、ドゥルーズが『意味の論理学』に補遺として収録した、見事なゾラ論のなかで部分的に見出すことができる。「ゾラと裂け目」と題されたこのテクストにおいて、ドゥルーズは裂け目と遺伝と死の本能とを結びつけながら同一視しているが、死の本能のなかで各要素は互いに二重になっている。そこで『居酒屋』の主人公は「純然たる死の本能」を備えた者と見なされる (*Logique du sens*, p. 381)。

(26) *Présentation de Sacher-Masoch*, p. 101. ここで思い出されるのは、ラカンにとって昇華はこうした超越を前提としていないということである。

(27) *Ibid.*, p. 102.

(28) 「脱性化は［……］破壊的かつ前提的概念としての快楽原則の適用を禁じ、そのうえで再性化を行う。サディズムとマゾヒズムのケースにおいて見られるとおり、再性化において、快楽はもはや純粋で冷淡な思考、無気力で凍りついた思考しか備給しないのである」(*Différence et répétition*, PUF, 1968, p. 151)。

(29) 「生には器官なき身体への両義的なアプローチが数多くある（アルコール、ドラッグ、分裂症、サド＝マゾヒズムなど）」(*Francis Bacon, logique de la sensation*, t. I, La Différence, 1984, p. 34)。同様に『千のプラトー』でも、マゾヒストは厳密に「サディスト」の姿をとった虐待者に遭遇する。「彼［マゾヒスト］はサディストや売春婦といった相手によって縫い閉じられる。目、肛門、尿道、胸、鼻を縫い閉じられるのだ」(p. 186)。

(30) 実際、サド的否定の超越性は、対象が――破壊されるときに――「つねに、すでに、以前から」取るに足らないものとして扱われていたことを前提にしている (Blanchot, *La Part du feu*, p. 36)。

(31) *Présentation de Sacher-Masoch*, p. 25-26. こうした絶望はサド作品の英雄たちにおいて頻繁に現れる。たとえば、ジュリエットの女友達であるクレールヴィルは次のように言っている。「私は絶望しているのよ。自分が望む犯罪にはどこにいっても出会えず、そのかわりに偏見しか見出してこなかったんだから」(*Histoire de Juliette*, t. II, 3e partie, p. 56)。

(32) *Présentation de Sacher-Masoch*., p. 28.

(33) クレールヴィルは言っている。「私はその効果が永遠に作用しつづけるような犯罪を見つけ出したいのよ。たとえ私自身が事を起こせなくなっても、ほんの一瞬の生もなくなるよう働きつづける犯罪を。眠っているときでさえ、つまり私が何らかの無秩序の原因になっていないところでも、その無秩序が全面的な汚染やきわめて明白な障害を引き起こすまで広がっていけるよう働きつづける犯罪を。私の生を超えてまで効果が長引くよう働きつづける犯罪を」(*Histoire de Juliette*, t. II, 3e partie, p. 151)。

(34) *Présentation de Sacher-Masoch*, p. 27.

(35) *Ibid*., p. 28.

(36) 「問題は次のようなものとなる。こうしたサディストの投機的方法とは別の『方法』がないだろうか？」(*ibid*.)。別の方法とはつまり、マゾヒストの方法のことだ。

(37) *Ibid*.

(38) *Ibid*., p. 30.

(39) *Ibid*., p. 31.

(40) *Présentation de Sacher-Masoch*, p. 73. ドゥルーズは注においてラカンが一九六三年の『クリティック』誌に発表した「カントとサド」を参照している。

(41)　「おそらくそれ［こうしたカント的転回］は、世界における重大な変化を表していたのだろう。キリスト教世界を超えたユダヤ教的信仰への回帰の最終的帰結を表してもいただろう」(*ibid.*)。
(42)　*Ibid.*, p. 73.
(43)　カフカはカントに次いで出来する最初の固有名詞である。ドゥルーズは道徳律に由来するカント的世界についてこう注解している。「カフカはこうした世界を描き出すことができた。しかし問題になっているのは、カントをカフカの傍らに置くことではなく、ただ法にまつわる近代的思考を形成する二つの極を取り出すことだけなのだ」(*ibid.*, p. 73)。反面、ドゥルーズはマゾッホがユダヤびいきであることを繰り返し主張している。
(44)　*L'Éthique de la psychanalyse*, p. 107-108.
(45)　パラドックスを「自然」状態で検討しないことを正当化するために、ラカンは奇妙な言い訳をしている。「もはや我々がそこで自己を再発見することはないであろう」(*ibid.*, p. 108)。
(46)　*Ibid.* 後続のセミネールにおいて、ラカンは彼にとっては疑わしいこの問題に立ち返っているが、以下の点を除けば何も新しい考えを主張しているわけではない。すなわち、逆の方向、快楽の方向に向かう主体はその意図にもかかわらず道々で障害にしか遭遇できないということだ(*ibid.*, p. 208)。
(47)　たとえば『閨房哲学』において、法は「おのずから冷淡なもの」と言われている(*La Philosophie dans le boudoir*, p. 178)。
(48)　*Histoire de Juliette*, t. II, 4e partie, p. 298. この発言についてソレルスが「テクストのなかのサド Sade dans le texte」で提示した注釈を参照のこと(*L'Écriture et l'expérience des limites*, Points-Seuil, 1971, p. 63)。
(49)　*La Généalogie de la morale*, 2e dissertation, fragment 6, Gallimard, « Idées », 1972, p. 91.
(50)　*Ibid.*, p. 89.
(51)　*Totalité et infini*, [1971], Le Livre de Poche, 2000, p. 274. この点については以下の参照のこと。Jacques Derrida, « Violence et métaphysique », in *L'Écriture et la différence*, Seuil, « Tel Quel », 1967, p. 142, note 2.
(52)　*Ibid.*
(53)　こうしたドゥルーズとレヴィナスの激しい対称性は、後者が言う「顔 visage」の世界と、前者がおそらく反レヴィナス的な挑戦として提示した「頭 tête」の世界との基本的な対立にまで延びていくだろう(*Francis Bacon, logique de la sensation*, t. I, La Différence, 1984, p. 19)。ドゥルーズから見れば、「顔」は解釈の順応性や順応主義を先導しつつ統制するものであり、「心中の現実的なものを支配的現実にあらかじめ順応させる」ものである(*Mille plateaux*, t. II de Capitalisme et schizophrénie, avec F. Guattari, Minuit, 1980, p. 206)。レヴィナスの「顔」の思想に対して過激で論争的な反抗を仕掛けながら、ドゥルーズは『千のプラトー』のまるまる一章を割いて「顔」を論じ、次のように書いている。「〈未開人たち〉は最も人間的で、最も美しく、最もスピリチュアルな頭をもつことができる。彼らは顔をもっておらず、それをもつ必要がないのだ」（*ibid.*, p. 216）。

（54） *Ibid.*

（55） とりわけ「呼びかけの了解と負い目」と題された第五十八章を参照（*Être et temps*, trad. d'E. Martineau, Éditions Authentica, 1985）。ハイデガーにとって、意識は「呼びかけ」として定義されるものであり、この呼びかけは「負い目をもつ存在」という最も本来的な自らの在り方への意識を喚起するものである。ハイデガーから見れば、呼びかけは何も語らないが、そのことが我々の意に反して何事かを呼びかけている。つまり呼びかけは私に由来していながら、私を超えてゆくのだ。基本的に重要なのは、ハイデガーは有罪性や過ちを前提とする〈負い目をもつ存在〉から宗教的な解釈（通常の意味での）をことごとく退けていることである（p. 203）。宗教的なタイプの呼びかけでは、呼びかけじたいを完全なかたちで響かせることができない（p. 203-210）。実のところ、呼びかけは現存在（ダーザイン）をその奇妙な孤立性のなかへと開いてゆくのであり、つまり現存在を論理の可能性の根拠となる不安に対して利用可能なものに仕立ててあげるのだ。ここでハイデガーとレヴィナスとのあいだに軽い接触のようなものがありうるとすれば――あくまで軽い接触にすぎないが――、前者がその全盛期において、キルケゴールの読解から受けた影響のなかにどっぷり浸かっているからである。

（56） *Autrement qu'être*, [1978], Le Livre de Poche, 2006, p. 147.

（57） *Ibid.*, p. 121.

（58） Emmanuel Levinas, *Entretiens avec François Poirié*, La Manufacture, 1987, p. 91.

（59） « (le mal, non dépravé, fantasque est utile) », *Feuillets d'Hypnos*, fragment 174, in *Fureur et mystère*, Gallimard, « Poésie », p. 132.

（60） ドゥルーズはここでもっぱら『審判』を参照しているが、次のことも忘れず付け加えている。「マックス・ブロート〔カフカの友人で紹介者〕が回顧しているように、カフカが『審判』を朗読したとき、聴衆は狂ったように大笑いし、カフカ自身も同じように笑ったのだ」（*Présentation de Sacher-Masoch*, p. 75）。

（61） イスラエル問題に対するドゥルーズの完全な無理解は、おそらくこうしたユダヤ法のマゾヒズム的解釈に起因しているのだろう。この問題については、拙稿を参照されたい。« Foucault, Deleuze, les juifs et Israël », in *Une querelle avec Alain Badiou, philosophe*, Gallimard, « L'Infini », 2007.

（62） *Présentation de Sacher-Masoch*, p. 76. プラトン主義の乗り越えと転倒というテーマは、明らかにドゥルーズ思想の核心にあり、とりわけ『ニーチェと哲学』や『意味の論理学』（「シミュラークルと古代哲学」の章）に顕著なものだ。

（63） *Ibid.*, p. 78.

（64）*Présentation de Sacher-Masoch*, p. 108-110.

（65）*Nietzsche et la philosophie*, PUF, 1962, p. 201-202.

（66）*Ibid.*, p. 207.

（67）以下を参照。*Ecce Homo*, IV, 2, cité par Deleuze, *ibid.*, p. 203.

（68）*Ibid.*, p. 304.

（69）*Ibid.*

（70）*Ibid.*

（71）*Ibid.*, p. 305.『ザッヘル＝マゾッホ紹介』の翌年に出版された『差異と反復』においても、否定の縮小をねらった概念としての否認はもはや問題とされていない。

（72）*Présentation de Sacher-Masoch*, p. 76-77.

（73）ニーチェとマックス・シュティルナーについては、次を参照のこと。*Nietzsche et la philosophie*, p. 185-186.

（74）『差異と反復』と『アンチ・オイディプス』を参照。後者においては、「戴冠せるアナーキスト」という概念がアルトナン・アルトーに基づいて位置決めされている。

（75）*Justine ou les Malheurs de la vertu*, p. 230.

（76）*Ibid.*, p. 257.

（77）「愛は国民的〔国家的〕偏見でしかなく、この偏見の起源にさかのぼれば、妻の監禁を慣習にしている全世界の人口の四分の三の人々は、いまだかつてこうした想像上の妄想を経験したことが一度もない。以上のことを容易に証明できるとすれば、事実がまさにこのとおりだと確信し、その確かな治療法にたどりつくのも、我々にとっては簡単なことであろう」（*Histoire de Juliette*, t. II, 1re partie, p. 126――系譜学は十数頁にわたって展開されている）。

（78）「歓待は弱者が説く美徳であった。住処もなく、活力もなく、他者に自らの幸福を期待するほかない弱者は、自身に拠り所を用意してくれる美徳を是が非でも奨励しなければならなかった」（*ibid.*, p. 241――ここでもまた、歓待の系譜学が数頁にわたって展開されることになる）。

（79）「すべてはこの馬鹿げた同胞愛、我々が教育によってその存在を教え込まれたところの同胞愛の根絶如何にかかっている」（*ibid.*, p. 299）。

（80）クレールヴィルは決闘の系譜学を提示しつつ、この同時代的な営為の価値を貶めている。かつてこの戦闘が介在者たちをとおして執り行われていたこと示しながら、そこでは「他人の大義のために戦った勝者が下賤な者と見なされるのがつねだった」

ことを証明するのだ（*Histoire de Juliette*, t. III, 5e partie, p. 193）。こうした証明により彼女は「名誉」を徹底的に批判することができ、ついには卑劣さを再評価するにいたる。「危険を恐れているからという理由で人間を軽視するということは、そいつが生を愛しているから軽視するということなのよ」（*ibid.*, p. 197）。ジュリエットはこう言って結論を下す。「偏見に打ち克てば打ち克つほど、人間はますます機知（エスプリ）に富むようになる」（*ibid.*, p. 198）。

（81）「我々が主張するのは、女の虐待者は完全にマゾヒズムに属しているということだ。たしかに彼女はマゾヒスト的な人物ではないが、それでもマゾヒズムの純粋な一要素なのである」（*Présentation de Sacher-Masoch*, p. 37-38）。

（82）*Ainsi parlait Zarathoustra*, 1re partie, « Des petites vieilles et des petites jeunes », trad. de G.A. Goldschmidt, Le Livre de Poche, 1972, p. 90.

（83）マゾヒズムにおける写真の役割については、『ザッヘル＝マゾッホ紹介』を参照されたい。ドゥルーズは写真の「宙吊り（サスペンス）」をマゾヒズムの宙吊りと類似したものとして語っている（p. 31）。かたや、バルトとプルーストは写真をサディズムに結びつけている。この点については拙稿を参照のこと。« Proust dans la chambre claire », *L'Esprit créateur*, vol. 46, n° 4, 2006.

（84）このテクストの初出は一九六七年七月号の『クリティック』誌である。奇妙なことに、そこにはドゥルーズが初期テクスト「女性の叙述――性をもつ他者の哲学のために」（« Description de la femme, pour une philosophie d'autrui sexuée », *Poésie 45*, octobre-novembre 1945）ですでに提示していた思想が多く見られる。この初期テクストもまたトゥルニエを参照しており、彼の「未発表作品」を引用している（p. 20）。

（85）*Logique du sens*, p. 371-372.

（86）「モル的」／「分子的」の対立は『アンチ・オイディプス』の根幹をなすものだ。一方には、パラノイア的主体と「モル的」大集合、「統計学的編成体や群居性、組織された群集の諸現象」があり、他方には、分裂症患者と「特異性、波動、粒子、部分対象と流れ」からなる「分子的」諸要素がある（*L'Anti-Œdipe*, t. I de *Capitalisme et schizophrénie*, Minuit, 1975, p. 332）。奇妙なことに、本文にはたびたび登場するにもかかわらず、サドの名は『アンチ・オイディプス』の索引に載っていない。『ザッヘル＝マゾッホ紹介』には、サドが統一のとれた厚みのある存在として紹介されるかたわらで、すでに上述のテーマが浸透している。たとえばドゥルーズが次のように書くときがそうである。「サドによれば、悪は猛り狂った諸分子の永久運動と一体のものとして定義される」（p. 103）。

（87）*Logique du sens*, p. 372 et note 27.

（88）すでに見たところだが、この仮説はドゥルーズ自身によって再認されている。「マゾヒストのサディズムというものがある。しかしサディズムはマゾヒズムの内部にあるのであり、これは真のサディズムではない」（« Mystique et masochisme », 1967, in *L'île déserte et autres textes*, p. 184)。

(89) こういったマゾヒストとサディストの交差は、『意味の論理学』において次のように明示されている。「マゾヒストは、苦痛を被っているというだけでなく、よき対象の残酷さにそのまま同一化することで自ら苦痛を与えたがっているという点で、抑鬱的立場に属している——かたやサディズムは、苦痛を科すというだけでなく、攻撃性の投影と内面化をとおして自身も苦痛を負わされるという点で、分裂病的立場に属している」(*Logique du sens*, p. 224)。

(90) 「祭司」というドゥルーズがニーチェから借りてきた人物像については、『千のプラトー』を参照。「欲望が裏切られ、呪われ、内在性の領野から逐われるたびに、そこには祭司が現れるのだ」(*Mille plateaux*, p. 191)。

(91) ヘーゲルにおける理性の策略については次を参照。*La Raison dans l'histoire*, traduction, introduction et notes de K. Papaioannou, « 10 / 18 », 1965, p. 106-113.

(92) ドゥルーズは九つの項目からなるマゾヒストの台本を提示し——「愛しい人よ、(1) 私をテーブルに縛りつけて、きつく縛りあげるがいい。十分から十五分、そのあいだに道具を用意すること。[……] (9) それでは、私を椅子に縛りつけていいだろう。両胸を鞭で三十発ぶって、一番細い針の山で突き刺しなさい。お望みなら、それらの針を前もって焜炉で赤くなるまで熱してかまわない。全部でもいいし、何本か選んでくれてもいいから」——、そのうえで次のように説明している。重要なのは幻想ではなく、プログラムであり、後者が前者と違うのは、現実的なものに関わっているからだ、と (Deleuze et Guattari, *Mille plateaux*, p. 187-188)。

(93) Guy Lardreau, *L'Exercice différé de la philosophie, à l'occasion de Deleuze*, Verdier, « Philosophia », 1999, p. 39.

(94) *Logique du sens*, p. 158.

(95) 「神経症と精神病は、深層の冒険である。[……] こうした構造が引き起こす困難もまた、深層の乱れと狂いを含意している」。第三の可能性を検討しなければならない。すなわち、トゥルニエのロビンソン〔『フライデーあるいは太平洋の冥界』の主人公〕が経験する他者なき世界の倒錯した可能性である。「他者の不在とその構造の崩壊は、世界を解体するだけでなく、逆に救済の可能性を開く」(*Logique du sens*, p. 366)。

(96) 『フランシス・ベーコン、感覚の論理学』(Éditions de la Différence, 1984) のなかで、ドゥルーズは絵を描くという行為を「ヒステリー」として定義する (t. I, p. 63)。とくに「ヒステリー」と題された第七章では次のように書いている。「実際、我々は絵画とヒステリーには特別な関係があるということを言いたいのだ。[……] それは画家のヒステリーではなく、絵画のヒステリーである。[……] 絵画はヒステリーであり、もしくは存在〔現前性〕をじかに見させるように、ヒステリーを変えてゆくのである」(*ibid.*, p. 37)。

(97) 神経症患者、精神病者、倒錯者の三位一体のなかで、倒錯者の人物像は、『意味の論理学』のときとは逆に、遠ざけられている。「倒錯者は詐術をそのとおり鵜呑みにする者である。社会が我々に差し出す領域性(テリトリアリテ)よりもはるかに不自然な領域性、まったくわざとらしい新たな家族、秘められた夢想的社会、あなたがたはこういったものを欲しがり、やがて手に入れるだろう」(*L'Anti-Œdipe*, p. 43)。同じやり口で、精神分析は「倒錯的」操作と同一視されるが、そもそも精神分析は「スキゾ」の操作と切り離せないものである。なぜなら、いかなる脱領土化のプロセスも倒錯的な再領土化の動きを伴わなければ遂行されないからだ(*ibid.*, p. 377)。

(98) フーコーはオイディプスの問題を見事に論じたテクストのなかでこう言っている。「『アンチ・オイディプス』のなかに見出せる分裂症という概念は、おそらく最も普遍的であると同時に、結果として最も練り上げられていない概念である。[……]このように、分裂症という概念は明瞭ではない」(« La vérité et les formes juridiques », 1974, in *Dits et écrits*, t. I, p. 1492).

(99) *Logique du sens*, p. 287.

(100) *Ibid.*

(101) *Logique du sens*, p. 131.

(102) *Ibid.*, p. 131-132.

(103) 「去勢の拒否は思考の錯乱を示している」(Jacques Lacan, *La Logique du fantasme*, séance du 1er mars 1967, in *Cités*, printemps 2010, p. 284)。

(104) 同時期に、去勢をめぐるこの本質的な問題はロラン・バルトを激しく揺り動かした。実際、彼は『S/Z』や先立つセミネールのなかでこの問題を論及対象にしている。

(105) *Présentation de Sacher-Masoch*, p. 81-82.

(106) *Ibid.*, p. 104.

(107) *Logique du sens*, p. 243.

(108) *Ibid.*, p. 254.

(109) この問題については、『アンチ・オイディプス』のなかで展開されるラカンの図式への批判を参照のこと。*L'Anti-Œdipe*, p. 351 ou 386 ou 393…

(110) *Logique du sens*, p. 244.

(111) *Ibid.*, p. 256.

(112) *Ibid.*

(113) *Ibid.*, p. 257.

(114) 「芸術家は文明の病人や文明の医者であるだけでなく、文明の倒錯者でもあるのだ」（*ibid.*, p. 278）。

(115) *Ibid.*, p. 283-284.

(116) *Ibid.*, p. 396-400.

(117) *Ibid.*, p. 397.

(118) *Différence et répétition*, p. 149 ; *L'Anti-Œdipe*, p. 395. 両著とも一九五五年のＮＲＦ社から出版された同じ旧版〔『文学空間』〕を参考文献として挙げている。死の本能に関するセリーヌの引用もまったく同様であり、これは『意味の論理学』に現れ（*Logique du sens*, p. 389）、そのままのかたちで『アンチ・オイディプス』に再掲されている（*L'Anti-Œdipe*, p. 400）。

(119) *L'Anti-Œdipe*, p. 395.

(120) こうして精神分析は「死の本能を操り、去勢を成就できる」者たちの行為として批判されるのだ。*L'Anti-Œdipe*, p. 399.

(121) *Ibid.*, p. 393.

(122) *Ibid.*

(123) *Logique du sens*, p. 283-284.

(124) *Qu'est-ce que la philosophie ?*, avec F. Guattari, Minuit, 1991, p. 189.

(125) 何たることか、時にこのカオスを和らげなければならないこともある。たとえば、『哲学とは何か』の慎重な結論では次のように言われている。「我々はカオスから身を守るために、ただ少しばかりの秩序を求めているだけである」（*Qu'est-ce que la philosophie ?*, p. 189）。

(126) *Logique du sens*, p. 90. 他のところと同じく、ここでドゥルーズはバルトによって定式化された「零度」の概念を再び取り上げている。ドゥルーズがバルトを引用していないのは、零度が後者においては厳密に構造主義的で、文字の純粋な外面性のうちにある概念だからだ。かたやドゥルーズにおける零度は現実界の強迫的な動きのことである。

(127) *Différence et répétition*, p. 52.

(128) 「反復とは、実現化された唯一の存在論であり、つまり存在の一義性なのである」（*Différence et répétition*, p. 188-189）。

(129) 「非意味は意味をもたないものであると同時に、意味の贈与を遂行しながらそのまま意味の不在に反抗するものでもある」（*Logique du sens*, p. 89）。

(130) Jean-Claude Milner, *Les Noms indistincts*, Seuil, « Connexions du Champ freudien », 1983, p. 13.

(131) *Logique du sens*, p. 89.

(132) *L'Anti-Œdipe*, p. 132-133.

(133) 「一義的存在は遊牧的配分であると同時に、戴冠せる無秩序でもある」(*Différence et répétition*, p. 55)。以下も参照。*L'Anti-Œdipe*, p. 330 ; *Mille plateaux*, p. 196.

(134) *Mille plateaux*, p. 190.

(135) *Logique du sens*, p. 290.

(136) *Présentation de Sacher-Masoch*, p. 31, 46, 109, etc.

(137) *Logique du sens*, p. 290.

(138) *L'Anti-Œdipe*, p. 331 ou p. 356.

(139) *Ibid.*, p. 355.

(140) *Présentation de Sacher-Masoch*, p. 87.

(141) *Ibid.*, p. 81.

第三部

第一章

(1) ドゥルーズ、ラカン、バルト、「テル・ケル」グループ全体が参加した講演の顛末にしては、以下を参照。Philippe Forest, *Histoire de « Tel Quel »*, Seuil, « Fiction & Cie », 1995, p. 338.

(2) 『テル・ケル』誌の第二十八号である。当時の編集委員会にはジャン＝ルイ・ボードリー、ジャン＝ピエール・ファイユ、マルスラン・プレネ、ジャン・リカルドゥー、ドニ・ロッシュ、フィリップ・ソレルス、ジャン・チボードーの名がある。

(3) この講演は一九四七年の『我が隣人サド』初版では冒頭に置かれ、一九六六年の『閨房哲学 *La Philosophie dans le boudoir*』(tome III, Cercle du livre précieux) では序文として収録された。

(4) ポンジュ全集の「年譜」によれば、この取りなしはカフェ・ド・フロールでのバルトとの「長談義」に先立つものであったという (*Œuvres complètes*, t. I, Gallimard, « Bibliothèque de la Pléiade », 1999, p. LXXXIX)。

(5) フーコーについては、とくに『言葉と物 *Les Mots et les choses*』の第九章「人間とその分身たち L'homme et ses doubles」を参照のこと。ロブ＝グリエに関しては、以下を参照。*Pour un nouveau roman*, Gallimard, « Idées », 1963.「ジャン＝ポール・サルトルが答える」と題された対談は、まず『アルク *L'Arc*』誌の一九六六年十月特別号に掲載され、『キャンゼーヌ・リテレール *La Quinzaine littéraire*』に一部が再録された（n° 14, 15-31 octobre 1966）。後にフーコーは同誌上でのジャン＝ピエール・エルカバッシュとの対談でサルトルに応答することになるだろう（*Quinzaine littéraire*, 1er-15 mars 1968, in *Dits et écrits*, t. I, p. 690-696）。この対談はフーコー自身によって否認された。

（6）すでに本書の第一部において、我々はサルトルとボーヴォワールのことをほのめかしておいた。サルトルのサド論は『弁証法的理性批判』の第三章に見出せる。

（7）*Critique de la raison dialectique*, [1960], Gallimard, « Bibliothèque de philosophie », 1985, p. 92.

（8）*Ibid.*, p. 92-93.

（9）Cité par Sollers dans *Tel Quel*, n° 8, hiver 1967, p. 85.

（10）*Ibid.*

（11）*Sade mon prochain*, précédé de *Le Philosophe scélérat*, Seuil, 1967, p. 13.

（12）初版は一九八〇年にテラン・ヴァーグ社からエリック・ロスフェルドの編集により、ピエール・ズッカの写真つきで出版された。その後一九八四年にジョエル・ロスフェルドの編集によって、ミシェル・フーコーの「序文としての書簡」つきで再版されている。クロソフスキーの次の著作も参照のこと。*Sade et Fourier*, Fata Morgana, 1974.

（13）*Sade, Fourier, Loyola*, Seuil, « Tel Quel », 1971 ; repris au tome III des *Œuvres complètes*, Seuil, 2002.

（14）« Lettre à Sade », Tel Quel, n° 61, printemps 1975, repris dans *La Guerre du goût*, Gallimard, « Folio », 1986.『至高存在に抗するサド *Sade contre l'être suprême*』の最新版は一九九六年にガリマール社から出版された。

（15）「蜂起、書くことの狂気 L'insurrection, la folie d'écrire」という題で『終わりなき対話』（一九六九年）に収録されている。

（16）*L'Entretien infini*, éd. cit., p. 327.

（17）*Ibid.*, p. 328.

（18）*Ibid.*, p. 336.

（19）これらのテクストを論じた本書の第二部第一章を参照のこと。

（20）*Les Mots et les choses*, Gallimard, 1966, p. 134.

（21）「ユゴーは［ヴァンサン・］ヴォワチュールの約束を果たしている」（*ibid.*, p. 134）。バルトはそこまで言わないだろう。次のように書いているからだ。「唯一ユゴーだけが、その文体の重みによって、古典主義的エクリチュールに圧力をかけることができ、このエクリチュールを破裂の一歩手前にまで導いてゆくことができた」（*Le Degré zéro de l'écriture*, in *Œuvres complètes*, t. I, p.

207）。しかしバルトは「非常に閉鎖的な言語活動」をめぐる神話研究のなかで、フーコーの視点を先取りしている。こうした言語活動は、その陰に同じような十八世紀的エクリチュールをつねに隠しており（*ibid.*）、つまりは断絶をロマン主義のはるか後、フローベールやマラルメの時期に位置づけているというからだ。

（22） *Les Mots et les choses*, p. 134.

（23）「サドは古典主義的言説・思想の究極に達している。まさしくそれらの境界に君臨しているのだ」（*op. cit.*, p. 224）。

（24） « Sade ou le philosophe scélérat », in *Sade mon prochain*, p. 20.

（25） *Ibid.*, p. 32-33.

（26）「倒錯者の身振りを解明しようとしながら、サドは倒錯のコードを打ち立てるだろう。そのコードの鍵となる記号は、コードじたいの構成内容、すなわち肛門性交という記号によって暴かれる」（*ibid.*, p. 32）。

（27） *Ibid.*, p. 31.

（28）クロソフスキーのこの銘句は、パゾリーニの「ソドムの市」のなかにそのまま引用されている。

（29）肛門性交に一つのコード、一つの言語（ランガージュ）を付与する必要があるのは、おそらく次の事実に起因しているだろう。神学的観点からすれば、肛門性交はそのおぞましい性格からして、またソドムが「口のきけない女（ミュエット）」を意味することから、「無言（ミュエ）の罪」と呼ばれる犯罪であるという事実である（R. Sinistrari d'Ameno, *De Sodomia*, 1754, Manucius, « Lieux d'utopie », 2007, p. 61）。

（30） *Ibid.*, p. 34-35.

（31） *Ibid.*, p. 36-37.

（32） « La pensée du dehors (Sur Maurice Blanchot) », Critique, n° 229, juin 1966 ; repris dans *Dits et écrits*, t. I.

（33） *Op. cit.*, in *Dits et écrits*, t. I, p. 548.

（34） *Le Philosophe scélérat*, in *op. cit.*, p. 54.

（35） *Ibid.*, p. 53.

（36）注（12）を参照。

（37） *Ibid.*, p. 14.

（38）たとえば、アラン・アルノーは『生きた貨幣』はクロソフスキーの最も謎めいた著作の一つである」と言っている（Alain Arnaud, *Pierre Klossowski*, Seuil, « Les Contemporains », 1990, p. 120）。

（39） *La Monnaie vivante*, éd. cit., p. 67-70.

（40） *Ibid.*, p. 9-11.

（41）　*Ibid.*, p. 18.

（42）　この言葉をニーチェは次のようにパラフレーズしている。「誰も彼女が与えられることを望んでいない。つまり彼女は売りに出されなければならないのだ!」以下を参照。*ibid.*, p. 55.

（43）　この点の詳細については、次を参照のこと。*Sade et Fourier*, Montpellier, Fata Morgana, 1974.

（44）　*Ibid.*, p. 28-29.

（45）　サドとバルザックの類似性については、アドルノがヴァルター・ベンヤミンへの書簡のなかで、後者が「無制限の叙述」と呼ぶものを語る際に指摘している（Adorno-Benjamin, *Correspondance, 1928-1940*, Gallimard, « Folio », 2006, p. 328 et 345-346）。「無制限の叙述」という表現は『ボードレール』のなかで「際限なき普遍化」と言い換えられている（*Charles Baudelaire*, « Petite Bibliothèque Payot », 1979, p. 63）。

（46）　「しかし、［サド的営為］がただちに実行可能であることを理解するには、発展途上国（この点において、十八世紀フランスとだいたい類似している）を旅行するだけでいいのだ。社会的断絶も、徴集の容易さも、主体のこだわりのなさ〔自由自在さ〕も、隠遁の条件も同じであり、言うなれば、処罰されないという点も同じである」（« Sade II », *Sade, Fourier, Loyola*, in *Œuvres complètes*, t. III, p. 816）。

第二章

（1）　まず一九八九年にサド名義で世に出されたこのテクストは、一九九二年、ガリマール社からソレルス名義に変更されて再版され、その後一九九六年に「時間のなかのサド」を併録して出版された。

（2）　« Kant avec Sade », *Écrits*, p. 790.

（3）　サドを「原文のまま」引用することの困難を明るみにしたのは、ユベール・ダミッシュである。彼の論文を参照のこと。Hubert Damisch, « L'écriture sans mesure », *Tel Quel*, n° 28, hiver 1967, p. 52, note 1.

（4）　以下を参照。*Sade dans le temps*, suivi de *Sade contre l'Être suprême*, Gallimard, 1996, p. 19.

（5）　*Ibid.*, p. 14-16.

（6）　ニーチェからの引用は次のとおり。「人には要求する権利などない。いったい誰が解釈しているのか？　情熱として存在しているのは（『存在』としてではなく、プロセスとして、生成として）、解釈それじたい、権力への意志のかたちをとった解釈なのである」。『一般言語学の諸問題』から抜粋されたバンヴェニストの引用は「人間は自然のなかではなく、文化のなかで生まれる」。

（7）　« La dissémination », *Critique*, février et mars 1969.

（8）　この全体〔集団の共著〕に参加したのは、フーコー、バルト、デリダ、ジュリア・クリステヴァ、ジャン・リカルドゥー、ソレルスである。

（9）　「テクストのなかのサド Sade dans le texte」はまず『論理 *Logiques*』（Seuil, « Tel Quel », 1968）に収録され、その後バタイユの引用を付されて『限界経験のエクリチュール *L'Écriture et l'expérience des limites*』（Points-Seuil, 1971）に収められた。物質と「犯罪」の同一視は、「呪われた」部分を過剰、横溢、浪費として定義することにつながってゆく。

（10）　「形而上学は空虚を恐れ、蛙たちは一人の王を要求しようとしている。〈大義〉、それこそが問題なのだ」（*Sade dans le temps*, éd. cit., p. 30）。

（11）　この時点でアルチュセールが引用しているサドに近しい唯一のテクストは、『O嬢の物語』〔ポーリーヌ・レアージュのポルノ小説〕である。*Lettres à Franca* (7 novembre 1964), Stock / Imec, p. 576.

（12）　より一般的に、ソレルスが関与した現代的「唯物論」について知りたければ、彼が著した次の評論を参照のこと。*Sur le matérialisme*, Seuil, « Tel Quel », 1975.

（13）　« Lettre de Sade », *Tel Quel*, printemps 1975 ; repris dans *Théorie des exceptions*, Gallimard, « Folio », p. 50.

（14）　*Ibid.*, p. 51.

（15）　サドと義理の妹との関係については、モーリス・ルヴェールによって発表された驚くべき資料を参照のこと。Maurice Lever, *« Je jure au marquis de Sade, mon amant, de n'être jamais qu'à lui… »*, Fayard, 2005.

（16）　*Ibid.*, p. 55-56. 以下も参照。« Sade dans la vie », in *La Guerre du goût*, Gallimard, « Folio », 1996, p. 471. こうした母娘関係の遮断は、フランスの貴族制度の特異な象徴空間における「親族の基本構造」という観点からも深く問うことができるだろう。

（17）　« Sade dans le texte », *L'Écriture et l'expérience des limites*, éd. cit., p. 53.

（18）　*Ibid.*, p. 52.

（19）　*Ibid.*, p. 54.

（20）　*Ibid.*

（21）　*Ibid.*, p. 57.

（22）　*Ibid.*, p. 58.

（23）　*Ibid.*, p. 57.

（24）　*Histoire de Juliette*, t. II, 4e partie, p. 318.

（25）　以下を参照。*ibid.*, p. 359-363.

（26） *Ibid.*, p. 334 以降を参照。アルバーニについては、バルトについて論じる本書の次章を参照のこと。

（27） たとえば「善良なるトマ・B……」という人物への言及があるが、そこに付された注には次のようにある。「姓が抹消されている。おそらく « Bernart » か « Bernard » であろうが、未知の人物である」（*Sade contre l'Être suprême*, éd. cit., p. 70）。

（28） *Ibid.*, p. 66.

（29） *Ibid.*, p. 69.

（30） 以下を参照。*Ibid.*, p. 66-69.

（31） *Ibid.*, p. 69.

（32） *Ibid.*

（33） *Ibid.*, p. 66.

（34） *Ibid.*, p. 66-69.

（35） *Ibid.*, p. 70.

（36） *Ibid.*, p. 71.

（37） 「魂の不滅！　哀れなラ・メトリ、彼もまた無駄に仕事をしたのであろう。魂と身体はふたつ一緒に、まるで一筆書きで描かれるように成立したと彼は考えていた」（*ibid.*, p. 77）。

（38） *Ibid.*, p. 30.

（39） *Ibid.*, p. 77.

（40） *Ibid.*, p. 74-75.

（41） *Ibid.*, p. 75.

第三章

（1） *L'Être et le néant*, [1943], Gallimard, « Tel », 1973, 3e partie, p. 451-453.

（2） 「『生き生きと見せる』ために写真家が演じる大仰な態度ほど滑稽なものはない（しかし我々がその受動的な犠牲者となり、サドが言っていたような胸甲になるとすれば話は別である）」（*La Chambre claire*, in *Œuvres complètes*, t. V, Seuil, 2002, p. 799）。

（3） 「しかし、勝ち誇る悪徳とその生贄として犠牲になる美徳をいたるところにもたらすこと。不幸から不幸へとさまよい、極悪人に玩ばれ、あらゆる淫蕩の胸甲となる不運な女を見せつけること［……］」（*Justine ou les Malheurs de la vertu*, 1791, p. 7）。

（4） *La Nouvelle Justine*, t. I, chap. X, p. 360.

(5) *Ibid.*, t. II, chap. XII, p. 66.

(6) ひきつづき『新ジュスティーヌ』(*ibid.*, t. II, chap. XIV) を参照。「お嬢さん、あなたは、ジェルナンド公のおかげで、この忌々しい女がもつ怪物的趣味の胸甲に私がなれるとでも思っているのですか?」(p. 151)。あるいは第七章の一節。「しかし我らの哀れな孤児の娘にかんしては事情が異なる。彼女は供儀が執行されているあいだ胸甲の役目を果たすことになる」(p. 270)。最後に次の一節。「彼女は公然たる淫蕩の胸甲になった」(p. 289)。

(7) *La Chambre claire*, éd. cit., p. 799.

(8) たとえば、バルトはこう書いている。「サドのユートピアは——そもそもフーリエのそれと同じく——理論的表明よりもはるかに日常生活の組織化に挑んでいる」(*Sade, Fourier, Loyola*, in *Œuvres complètes*, t. III, p. 715)。

(9) とりわけ、『生きた貨幣 *La Monnaie vivante*』(1971, éd. cit.) と『サドとフーリエ *Sade et Fourier*』(Fata Morgana, 1974) を参照のこと。

(10) 『サド、フーリエ、ロヨラ』中の「フーリエ」は、当初『クリティック』誌の一九七〇年十月号に発表された。そのときのタイトルは「フーリエとともに生きる」で、一九六七年にアントロポ社から出版された『フーリエ全集』第十二巻の書評として掲載された。

(11) フロイトをめぐっては、『サド、フーリエ、ロヨラ *Sade, Fourier, Loyola*』を参照 (p. 774)。マルクスにかんしては、「欲望を排除するもの」としての政治的なものに対する批判を参照 (p. 775)。あるいは次の一節。「今日の観点からすると(つまりマルクス以後)、政治的なものは必要な下剤なのだ。フーリエは下剤をおざなりにして、それを吐き出してしまう子供である」(p. 778)。

(12) チョムスキーにとって、異なるいくつかの連辞を結びつける文は、樹形図として表しうるものであり、そこで枝を構成しているのは文中の連辞である。

(13) バルトは最初のサド論のなかでこう書いていた。「サドは身体と衣服の関係を倒錯的に(つまり道徳的に)扱っているわけではない」(*Sade, Fourier, Loyola*, p. 716)。

(14) 『意味の論理学』(一九六九年)を分析した本書第二部第三章を参照。

(15) 『S/Z』は一九七〇年に出版されているが、実際は一九六七~一九六八年度に開始されたセミネールの成果である。

(16) *S / Z*, in *Œuvres complètes*, t. III, p. 149 et 211-212. これを注釈した次の拙稿を参照されたい。« Roland Barthes et le discours clinique : lecture de *S / Z* », *L'Essaim*, revue de psychanalyse, n° 15, Eres, p. 95-98.

(17) バルトの「Z」と同様に、「H」はランボーの詩のなかに出てくる女性の名「オルタンス」の頭文字である。

(18) « Erté ou à la lettre », in *Œuvres complètes*, t. III, p. 929-933.

(19) サドはイタリア滞在中にベルニス枢機卿と出会った。ベルニスは偉大なるリベルタンであり、カサノヴァの乱交仲間でもあった（Michel Delon, *Les Vies de Sade*, Textuel, 2007, p. 39）。

(20) *Sade, Fourier, Loyola*, p. 809.

(21) 「どんなに下劣な振る舞いをされたとしても、ブルサック伯爵を知った最初の日、私は愛撫によって強く惹きつけられるのを感じずに彼を見ることができませんでした。何をもってしても、この愛撫に打ち克つことはできなかったでしょう。［……］湧き出てくる情熱を消せるものなどこの世にはありません。もし伯爵が私の命をお望みになったら、私は何度でもそれを捧げたことでしょう」（*Justine ou les Malheurs de la vertu*, éd. cit., p. 71）。

(22) *Ibid.*, p. 65. バルトが提示したもう一つの例は、ジェルナンド伯爵である。伯爵は女を憎んではいないが、それでも極端に女嫌いな若い稚児たちを引き連れていた（*ibid.*, p. 200）。

(23) *La Nouvelle Justine*, t. I, chap. IV, p. 113.

(24) *Justine ou les Malheurs de la vertu*, p. 199. しかし女性器そのものを愛好する放蕩家たちもいる。『ソドム百二十日』の四人の放蕩家は均等に振り分けられており、二人は男色家（司教とデュルセ）、あとの二人は「前」を好むブランジ公爵とキュルヴェル法院長である。

(25) 「あぁ！［ともう一方が言った］この空虚よりひどいものはない」（*ibid.*, p. 199）。

(26) 「男色家はこの点について思い違いをすることがない。彼らは普段サドを自分たちの仲間の一人と認識するのを嫌うからだ」（*Sade, Fourier, Loyola*, p. 810）。「男色家 pédéraste」［元々は「少年愛者」を指すが、現代では同性愛者に対する侮蔑語にもなる］という不快を催させる廃れた語の使用からわかるのは、バルトが自分自身をそのように指示していないということだ。

(27) 「［サドのエロティシズムは］、性行為の特性に基づいたサド的交際の区分けを断念させる（我々の世界においてはまったく逆のことが行われている。我々はつねに男の同性愛者が『タチ』か『ウケ』かを気にするからだ。サドの世界では、性行為は主体のアイデンティティを識別するためのものでは決してない）」（*ibid.*, p. 726）。

(28) *L'Empire des signes*, in *Œuvres complètes*, t. III, p. 593.

(29) *Histoire de Juliette*, t. III, 5e partie, p. 216 et suivantes.

(30) *Sade, Fourier, Loyola*, p. 811.

(31) こうした対立は『S／Z』にすでに現れている（*S/Z*, p. 145-146）。「塗油され身体」をめぐってはp. 211-214を参照。

(32) *Sade, Fourier, Loyola*, p. 818.

(33) *Ibid.*, p. 813.

（34）　*Ibid*.

（35）　*Mythologies*, « Le monde où l'on catche », in *Œuvres complètes*, t. I, Seuil, 2002, p. 679-688.

（36）　*Sade, Fourier, Loyola*, p. 813.

（37）　*Ibid*.

（38）　*Ibid*.

（39）　*Ibid*., p. 814.

（40）　*Ibid*., p. 815.

（41）　まったく異なる見方ではあるが、ボードレールはすでに写真がポルノになる運命を予感していた（« Le public moderne et la photographie », *Salon de 1859*, in *Écrits sur l'art*, t. II, éd. par Yves Florenne, Le Livre de Poche, 1971, p. 20-22）。

（42）　*La Nouvelle Justine*, t. II, p. 421-422.

（43）　*Sade, Fourier, Loyola*, p. 833.

（44）　*Ibid*., p. 835.

（45）　*Ibid*. 前年にバルトが『カイエ・デュ・シネマ *Les Cahiers du cinéma*』に次の論考を発表したことに注目しよう。« Le troisième sens. Notes de recherche sur quelques photogrammes de S. M. Eisenstein » (*Œuvres complètes*, t. III, p. 485-506).

（46）　*Sade, Fourier, Loyola*, p. 839.

（47）　以下の事実に気づくだろう。『S／Z』においてバルトは、ルーヴル美術館所蔵の「エンデュミオン」と題されたジロデ＝トリオゾンの絵に言及しているが、これはバルザックの小説ではジョゼフ＝マリー・ヴィアンの絵の複製とされており、サラジーヌによるザンビネッラの彫刻の複製であるこの絵じたい、「すべてのイメージのうちで最もありのままのものを活写する」写真装置の概念に幻想を与えているのである（*S / Z*, in *Œuvres complètes*, t. III, p. 177）。

（48）　一七八三年十一月二十三日～二十四日付の手紙（*Lettres à sa femme*, présentées par Marc Buffat, Babel, 1997, p. 417 ; *Sade, Fourier, Loyola*, p. 849）。バルトが引用したものは原文と比べて若干違う。パゾリーニは映画のなかでバルトへのオマージュとしてこの文章を引用している。バルトによって倒錯の根拠とされる洗練の原理は、サドの小説作品にも現れ、たとえばノワルスイユの口から「快楽の形而上学」として語られている。（*Histoire de Juliette*, t. I, 2e partie, p. 331）。

（49）　*Sade, Fourier, Loyola*, p. 850.

（50）　*Ibid*., p. 811.

（51）　« La littérature et le droit à la mort », in *La Part du feu*, p. 311. 本書第一部第三章での注釈を参照のこと。

(52) *Sade, Fourier, Loyola*, p. 817.

(53) *Ibid.*, p. 816.

(54) *Ibid.*, p. 817.

(55) *Tel Quel*, nº 28, p. 66.

(56) 「ごく単純に倒錯は人を幸せにするということを、法やドクサや科学は理解しようとしない」(« La déesse H. », *Roland Barthes par Roland Barthes*, in *Œuvres complètes*, t. IV, Seuil, 2002, p. 643)。

(57) *Sade, Fourier, Loyola*, p. 705.

(58) 後にバルトが、『小説の準備』と題された一九七九年から翌年にかけての講義において、言語の絶対的権力を非難していたことに注目しよう(*La Préparation du roman*, p. 184)。

(59) *Sade, Fourier, Loyola*, p. 705.

(60) *Ibid.*, p. 701-703.

(61) *Ibid.*, p. 849.

(62) *Roland Barthes par Roland Barthes*, in *Œuvres complètes*, t. IV, p. 720.

(63) *Sade, Fourier, Loyola*, p. 848.

(64) « Kant avec Sade », in *Écrits*, éd. cit., p. 790. 本書の第二部第二章での分析を参照。また『閨房哲学』も参照されたい(*La Philosophie dans le boudoir*, éd. cit., p. 248-249)。同様の拷問は『ソドム百二十日』にも見出せる。

(65) *Sade, Fourier, Loyola*, p. 848.

(66) *Ibid.*

(67) « Sade-Pasolini », *Le Monde*, 16 juin 1976, in *Œuvres complètes*, t. IV, p. 945. 映画がフランスで封切りされたのは、一九七六年五月十九日である。

(68) *Ibid.*, p. 946.

(69) *Ibid.*, p. 945. ここでのバルトはきわめてフロイト的である。というのも、フロイトの主張によれば、死の欲動は情動によって生彩を与えられていないときは知覚から免れているからだ(Laplanche et Pontalis, *Vocabulaire de psychanalyse*, PUF, p. 374)。

エピローグ

（1）Theodor W. Adorno, *La Dialectique négative*, « Petite Bibliothèque Payot », 2003, p. 180.
（2）Préface à *Folie et déraison, histoire de la folie à l'âge classique* (1961), in *Dits et écrits*, t. I, p. 192.
（3）*Ibid.*, p. 190.
（4）「〔歴史の諸条件〕は一部の人間たちによってつくり出され、維持される（そして一部の人間たちがそれらを変えてゆくのだろう）」（*Petit organon pour le théâtre*, § 38, in *Écrits sur le théâtre*, Gallimard, « Bibliothèque de la Pléiade », 2000, p. 367）。
（5）*Minima Moralia, réflexions sur la vie mutilée*, éd. cit., p. 195.
（6）*Ibid.*
（7）パゾリーニの映画は四つの圏域（セルクル）〔日本版では「地獄」という訳が当てられている〕から成っている。変態の圏域、糞尿の圏域、血の圏域、四つ目は名前がついていないが、死の圏域である。
（8）こうしたサド的拷問はダンテの世界にも見出せる。『神曲――地獄編』二十八歌を参照。
（9）『マタイ伝』第二十七章四十六節。ここでのキリストの言葉はダビデの『詩篇』冒頭で再掲されたものである（第二十二章二節）。
（10）これはキリストが姦通した女と会うシーンで行った振る舞いにほかならない。パリサイ人が罪深き女をどう処遇すべきか尋ねているあいだ、地面に座ったキリストは夢を見ているかのように茫然と埃のなかに字を描く（『ヨハネ伝』第八章六節）。
（11）*Justine ou les Malheurs de la vertu*, p. 8.
（12）DVD版（Éditions Carlotta）のパンフレット、「ソドムの市について *Sur Salò ou les 120 Journées de Sodome*」を参照。
（13）P.P. Pasolini, *Écrits corsaires*, traduit de l'italien par P. Guilhon, Flammarion, « Champs », 1976.
（14）*Lettres luthériennes. Petit traité pédagogique*, traduit de l'italien par Anna Rocchi Pulberg, Points-Seuil, 2000. 次の著作の内容も考慮した。*L'Ultima intervista di Pasolini*, Allia, 2010.
（15）たとえば、「ジーザス」という「ジーンズ」の新しいメーカーのための宣伝文句を読解した「あるスローガンの分析 Analyse d'un slogan」（一九七三年五月十七日）は、バルトの神話分析と多くの点で重なるところがある（*Écrits corsaires*, p. 38-40）。事実、パゾリーニはバルトの記号学から非常に影響を受けていた。
（16）*Écrits corsaires*, p. 49 et p. 185 ; *Lettres luthériennes*, p. 27 et p. 49.
（17）*Écrits corsaires*, p. 54.
（18）特に次を参照。*Écrits corsaires*, p. 30-32.

(19) *Lettres luthériennes*, p. 180-181.

(20) *Ibid.*, p. 31.

(21) *Écrits corsaires*, p. 144.

(22) *Ibid.* パゾリーニは「神聖な sacré」という語がこうした「アイロニカルな」文脈でつかわれることについて語っているが（p. 177）、それでも語の価値を失墜させることなく、アイロニーの効果を維持させている（p. 179）。この問題については次も参照。*Lettres luthériennes*, p. 28.

(23) *Écrits corsaires*, p. 162.

(24) *Ibid.*, p. 175.

(25) *Ibid.*, p. 144-146.

(26) *Ibid.*, p. 175. ここでのパゾリーニの分析がことごとく「ソドムの市」で繰り広げられている出来事に対応している点に注目しよう（p. 174-175）。

(27) *Lettres luthériennes*, p. 121.

(28) 「花咲く乙女たちのかげで、彼女たちは自分らが不幸だとは信じないであろう。彼女たちはラジオを聴き、お茶を飲む。自由の零度地点において、彼女たちはブルジョワジーが何の躊躇もなく自分の息子たちを殺してきたのを知らないのだ」。映画のなかで四人の主人は笑いながらこのように言っている。プルースト、ヴェルレーヌ、バルトを混ぜ込みながら……。

(29) *Lettres luthériennes*, p. 42.

(30) *Ibid.*, p. 71.

(31) パゾリーニはニーチェとのアナロジーにきわめて自覚的である（*Lettres luthériennes*, p. 74）。

(32) *Ibid.*, p. 201.

(33) *Ibid.*, p. 202.

(34) とりわけ『犯罪少年 *L'Enfant criminel*』（一九四七年）を参照のこと。ジュネの主張は以下のとおり。「社会は自身を腐敗させてゆく要素をすべて排除し、無害なものにしようとする。思うに、社会は罪（フォート）と罰との道徳的距離、もっと言えば、罪から罰の観念への移行を縮めたいのではないか。私はこうした去勢の企みにほとんど惑わされない。実際、サン＝ティレールやベリル島の植民者たちが職業訓練学校にいるのと見かけ上は変わらない生活を送っているとしても、何のせいで自分たちがこんなところに、こんな辺鄙な場所に集められているのかを知らないはずがないし、それが悪であることを知らないわけがない」（*Œuvres complètes*, t. III, Gallimard, 1953, p. 384）。

(35) 一九七五年四月二日の対談より（Hervé Joubert-Laurencin, *Pasolini, portrait du poète en cinéaste*, p. 269）。

(36) Philippe Roger, *Sade, la philosophie dans le pressoir*, Grasset, 1976 ; Marcel Hénaff, *Sade, l'invention du corps libertin*, PUF, 1978 ; Chantal Thomas, *Sade*, Seuil, « Écrivains de toujours », 1994 ; Annie Le Brun, *Soudain un bloc d'abîme, Sade*, [1986], Gallimard, « Folio », 1999.

(37) この点については拙著を参照のこと。*Roland Barthes, le métier d'écrire*, Seuil, « Fiction & Cie », 2007.

(38) *La Communauté inavouable*, Minuit, 1983, p. 11.

(39) *Ibid.*, p. 11-12. この点は非常に重要だ。たとえば我々とアラン・バディウとの論争の核心にある論点であるわけだが、彼の哲学的仕事は徹底した内在性に支えられた「不滅性」に取り憑かれている。*Querelle avec Alain Badiou, philosophe*, Gallimard, « L'Infini », 2007. ブランショが肯定的な例として名指しした唯一の共同体がユダヤのそれ——宗教的であれ世俗的であれ、さまざまな形態のもの——であるのは、何も驚くべきことではない（*La Communauté inavouable*, p. 17, 29, 31, 40...）。

(40) 「こうした用語のいくつかがコノテーション（偉大さ、高尚さ）を帯びていることから、人はそれらを遠ざけたいと思うだろう。なぜなら神々の共同体ではないコミュニティは、まして英雄たちのそれではなく、支配者たちのそれでもないからだ」（*ibid.*, p. 24-25）。

(41) *Ibid.*, p. 41-42.

(42) *Ibid.*, p. 25.

(43) *Ibid.*, p. 22. 「死にゆく隣人」は章のタイトルになっている。

(44) *Ibid.*, p. 46.

(45) *Ibid.*, p. 81.

(46) *Ibid.*, p. 79.

(47) *La Communauté inavouable*, p. 80.

(48) *Ibid.*, p. 53.

(49) *Ibid.*, p. 54.

(50) Ibid., p. 55-56. デモは一九六二年二月八日に行われ、鎮圧の際にはとりわけ地下鉄シャロンヌ駅で殺傷者を出すこととなった。

(51) *Ibid.*

(52) *Ibid.*, p. 60.

(53) *Ibid.*

（54） *Ibid.*, p. 61.

（55） *Ibid.*

（56） サルトルとラカンについては、本書第二部第二章を参照。サド自身は『ソドム百二十日』において「サディズム」を不能に結びつけている。「つねに不能はいくぶんかこの種の気分をもたらす。いわゆる猥褻としての冷やかし taquinisme の気分である」（*Les 120 Journées de Sodome*, 4e journée, p. 132）。冷やかしはサディズムの一つの型である。

（57） *Ibid.*, p. 61. デュラスの小説において、男の側からの女性身体の生体反応に対する拒否はきわめて早くに現れる。「別の夜に、うっかりして、あなたは彼女に快楽を与え、彼女は喘ぎ声をあげる。あなたは喘ぐなと彼女に言う。もう喘がないと彼女は言う。彼女はもう喘がない」（*La Maladie de la mort*, Minuit, 1982, p. 84）。

（58） *La Maladie de la mort*, p. 21.

（59） *La Communauté inavouable*, p. 63. デュラスのテクストには明らかにこうした殺しを求める呼びかけがある。「それ［女の体］は首を絞められることを求め、無理やり犯されることを求める」（*La Maladie de la mort*, p. 21）。

（60） 「しかしながら彼女［デュラス］は、サドの想像世界（と彼の人生そのもの）が情念の戯れの凡庸な例として我々に提示した一つの可能性を再現している。無気力、無感動、感情の免訴、あらゆる形での不能は人間どうしの関係を妨げないというだけでなく、その関係を犯罪にまで導いてゆく。そこでの犯罪は無感覚の最終的で（こう言ってよければ）激烈な形態なのだ」（*La Communauté inavouable*, p. 81）。

（61） ブランショ自身の注がこの置き換えを理解させてくれる。「ある意味において、私がマルグリット・デュラスのテクストを正確に、然るべきふうに語っていないというそしりは免れえないはずだ」（*ibid.*, p. 83）。

（62） *Ibid.*, p. 82.

（63） *Ibid.*, p. 86.

（64） 「同性愛は――決して口にされないこの名にたどり着くとき――『死の病い』ではない。ただこの『病い』を現出させるだけである」（*ibid.*, p. 84）。デュラスの主人公の「同性愛者としての」アイデンティティはブランショの目から見てあまりに明白なので、彼はこの主人公をアルベルティーヌとの関係におけるプルーストと比較するまでになるだろう（p. 65）。

（65） *Lautréamont et Sade*, p. 49.

（66） *La Communauté inavouable*, p. 82.

（67） この点については、次の論文集に収録されたジッドとラカンに関する拙論を参照のこと。*Lacan et la littérature*, Manucius, « Le Marteau sans maître », 2003.

(68) *La Maladie de la mort*, p. 21. ブランショはこの箇所を引用している（*La Communauté inavouable*, p. 63）。

(69) ブランショは事態を違うふうに見ている。「**明かしえぬ共同体**——それはつまりこの共同体が自らを明かさないということなのか、それとも自らを暴き立てる自白の内容をもたない共同体であるということなのか？　というのも、この共同体の在り方について語ったときはいつでも、この共同体を欠如によって在らしめているものしか掴めなかった気がするからだ。ならば、何も語らずにいたほうがよかったというのか？」（*ibid.*, p. 92）。

(70) *Ibid.*, p. 85. ブランショは引用ではなくデュラスの文章をパラフレーズしている。彼女はこう書いている。「また、彼が決別すべき生を前提とすることなく、どんな生との決別についても知識をもつことのまったくないままに死ぬであろうという点において」（*La Maladie de la mort*, p. 24）。この点については、殺人と耐え抜かれた死との狭間にいるアルチュセールの立場を読み解いた拙著を参照されたい（*Louis Althusser, un sujet sans procès, anatomie d'un passé très récent*, Gallimard, « L'Infini », 1999）。

(71) *La Communauté inavouable*, p. 54.

(72) *Ibid.*, p. 55.

(73) « La littérature et le droit à la mort », in *La Part du feu*, p. 309.

(74) *La Communauté inavouable*, p. 55.

(75) *Ibid.*, p. 52.

(76) *Ibid.*, p. 54.

(77) 読者はここで、我々が本書の第一部第三章で引用・注釈したブランショの文章を思い出すことだろう。「我々が思うに、サドの独自性は、人間の至高性を否定の超越的な力のうえに築き上げるという極端に堅固な思い上がりのうちにある。否定の超越的な力は、自らが破壊する対象にまったく左右されず、諸々の対象を破壊する際も、それらの来歴を想定することさえしない。なぜなら、それらの対象をつねに、すでに、以前から無価値のものと見なしていたからである」（*Lautréamont et Sade*, p. 36）。

(78) ブランショは「対立」について次のように語っている。その「対立」は「男たちの同性愛的傾向——昇華されたものであろうとなかろうと（ナチスの突撃隊員）——と女性の力を借りて、彼らのあいだに集団をつくり出すものとして名乗りをあげる対立なのだ」（*La Communauté inavouable*, p. 69-70, note 1）。

(79) *Ibid.* 明らかに破綻という考えに取り憑かれたブランショが、異質なものが「排他的他性」になるときに起こりうる危険を同時に指摘していることに注目しよう（*ibid.*）。

(80) *Totalité et infini*, p. 297.

(81) たとえば、『固有名』で論じられる「欺瞞的博愛」の特性（*Noms propres*, Fata Morgana, 1976, p. 12）、とりわけ『全体性と無限』の序文を参照のこと。「モラルに騙されていないかどうかを知るのが最高度に重要であることは、たやすく了解されるだろう」(*Totalité et infini*, éd. cit., p. 5)。

（82）「もしあんたがそれ［堕罪］で止まってしまうほど臆病であるとしたら、それは永遠にあんたのものにはならないだろう」(*Histoire de Juliette*, t. I, 1re partie, p. 38)。

（83）*Justine ou les Malheurs de la vertu*, p. 173-174.

（84）*Ibid.*, p. 62.

（85）*Ibid.*, p. 62-63.

（86）*Histoire de Juliette*, t. II, 3e partie, p. 183.

（87）*De Dieu qui vient à l'idée*, Vrin, 1992, p. 199.

（88）*Entre nous. Essai sur le penser-à-l'autre*, Le Livre de Poche, 1991, p. 107-110.

（89）*L'Écriture et la différence*, Seuil, « Tel Quel », 1967, p. 158.

（90）「私が本質的に他者の他者であり、また私がそのことを知っているという事実。これこそ、レヴィナスの説明のなかに痕跡をまったく残していない奇妙な対称性の明白な事実なのだ」(*ibid.*, p. 188)。

（91）*Ibid.*, p. 225-226.

（92）『終わりなき対話』のうちでレヴィナスを論じているのは、「未知なるものの知 Connaissance de l'inconnu」、「言葉を保持する Tenir parole」、「第三類の関係 Le rapport du troisième genre」という三つの卓越したテクストであり、いずれも「複数性の言葉 La parole plurielle」と題された第一部に収められている。これら三つのテクストは当初『新フランス評論』の一九六一年十二月号、一九六二年二月号、一九六二年四月号にそれぞれ発表されたわけだが、つまり「暴力と形而上学」初出（一九六四年）の少なくとも二年前の仕事であるということだ。

（93）*L'Entretien infini*, p. 84.

（94）*Ibid.*, p. 86.

（95）*Totalité et infini. Essai sur l'extériorité*, [1971], Le Livre de Poche, 2000, p. 216 (« Le meurtrier seul prétend à la négation totale »).

（96）デリダの執拗な拒否、つまり理解することの拒否は、容認されたユダヤ的事実の拒否である。我々はデリダに固有のこの問題を、次の彼の著作『弔鐘 *Glas*』を論じた第四部「シャティーラでのジュネ Jean Genet à Chatila」においてすでに検討した。*Bref séjour à Jérusalem*, Gallimard, « L'Infini », 2003.

（97）「主はアベルとその供え物を顧みられた。しかしカインとその供え物は顧みられなかった」(『創世記』第四章四節)。

(98) *L'Entretien infini*, p. 71.

(99) マクベスの参照は『全体性と無限』で二度なされている（*Totalité et infini*, p. 155 et 256）。「マクベスは世界の破壊をその敗北と死というかたちで望んでいる。さらに深く突っ込んで、世界の虚無が、もし世界が創造されなかったとしたら猛威を振るったであろう空虚と同じくらい完全な空虚になることを望んでいる」（p. 256）。レヴィナスは『存在するとは別の仕方で』において再びこの問題に立ち返っている（*Autrement qu'être ou Au-delà de l'essence*, [1978], Le Livre de Poche, 2006, p. 14）。

(100) *Les 120 Journées de Sodome*, 27e journée, p. 330.

(101) *La Nouvelle Justine*, t. I, chap. III, p. 98.

(102) *Histoire de Juliette*, t. III, 6e partie, p. 500.8

(103) Jacques Lacan, « Propos sur la causalité psychique » (1946), in *Écrits*, éd. cit., p. 165.

(104) *Totalité et infini*, p. 210.

(105) *Miracle de la rose*, in *Œuvres complètes*, t. II, Gallimard, 1951, p. 261.

(106) *Ibid.*, p. 393.

訳者あとがき

本書は二〇一一年にフランスのスイユ社から刊行されたエリック・マルティ著『なぜ二十世紀はサドを真剣に受け止めたのか？』（Eric Marty, *Pourquoi le XX*^{e} *siècle a-t-il pris Sade au sérieux ?*, Seuil, « Fiction & Cie », 2011）の全訳である。なお原題の直訳は右のとおりだが、今回の翻訳に際して、より簡明な『サドと二十世紀』に変更したことをお断りしておく。

本書の特質について語る前に、著者の経歴を紹介しておきたい。エリック・マルティは一九五五年フランス生まれの批評家、エッセイストである。アンドレ・ジッドの『日記』をテクスト論の立場から分析した『日々のエクリチュール *L'Écriture du jour*』で批評家としてデヴュー。同作で一九八五年度の批評家大賞を受けたのち、ジッドの娘であるカトリーヌの指名により、『日記』の校訂作業に従事。一九九六年、この校訂版（プレイヤード叢書の『日記 *Le Journal*』第一巻目）でパリ第七大学から博士号を授与された。

ジッド研究においてきわめて重要な仕事をなしたマルティだが、本領はそこにとどまらない。彼の仕事の特質としてまず目につくのは、その言及対象の途方もない広範さである。著作として刊行されたものだけに限ってみても、ルネ・シャール、ヨハン・ヴォルフガング・フォン・ゲーテ、ジャン・ジュネ、アルチュール・ランボー、ルイ・アルチュセール、ジャック・ラカン、ロラン・バルトなどが挙げられる。近年はクロード・ランズマンの『ショアー』論や写真家とのコラボレーション（フォトフィクション）も発表しており、その関心をイメージの領域にまで広げつつあるようだ。

いわゆる二十世紀の「現代性（モデルニテ）」の圏域を縦横無尽に踏査する構えだが、本質的にその姿勢は師であるロラン・バルトの衣鉢を継ぐものと見てよいだろう。師に対するマルティの愛着は強く、これまでに二冊のバルト論を上梓し、また何よりも五巻からなる『全集 *Œuvres complètes*』（二〇〇二年）の編纂者をつとめている。言論による政治参加（アンガージュマン）にも積極的で、とりわけパレスチナ問題にかんしては、フランス内外の「イスラム・ボイコット」の風潮を批判し、親イスラエルの立場から哲学者のアラン・バディウと論争を展開した。フランスではバルト研究の第一人者としてだけでなく、バディウの論敵としてもマルティはよく知られているらしい（筆者が実際に目にした光景だが、さる哲学者がマルティ本人を前に「君の〈偉大なる友人（グランタミ）〉バディウが……」と切り出して聴衆が湧いたことがある）。さらにマルティは師が果たせなかった小説執筆にも取り組んでおり、二〇一八年現在までに四つの長編を刊行。一九九八年、パリ第七大学教授に就任し、現在に至っている。

マルティの仕事で邦訳があるのは次の二つである。本書と合わせて参照されたい。

『ルイ・アルチュセール――訴訟なき主体』、椎名亮輔訳、現代思潮新社、二〇〇一年。

『ロラン・バルトの遺産』、石川美子・中地義和訳、みすず書房、二〇〇八年（アントワーヌ・コンパニョン、フィリップ・ロジェのバルト論とともに、マルティが師との私的な交流を語った「ある友情の想い出」を所収）。

さて、そうした「ポストモダン」の論客が長らくフランス文学の「地獄棚＝閲覧禁止棚（アンフェール）」に位置づけられてきた作家に挑んだのが本書である。マルキ・ド・サド（サド侯爵）、本名ドナティアン・アルフォンス・フランソワ・ド・サドについては、本書の序言で詳しい経歴が語られているのでここでは屋上屋を重ねないが、言わずと知れた「サディズム（嗜虐症、加虐性愛）」の語源となる人物である。由緒ある貴族の家柄に生まれながら、「倒錯者」としての自身の本性を隠さず、大革命、恐怖政治、ナポレオン帝政といった政治の移り変わりに翻弄されて生涯の大半を精神病院で「狂人」として生きるはめに陥りつつも、タブーなき「作家」としての活動を執念深くつづけた。四〇歳頃から作品を書きはじめ、代表作に『ジュスティーヌあるいは美徳の不幸』（一七九一年）、『アリーヌとヴァルクール』（一七九五年）、『閨房哲学』（一七九五年）、『新ジュスティーヌ』（一七九七年）、『ジュリエット物語あるいは悪徳の栄え』（一七九七年）、『恋の罪』（一八〇〇年）、『ソドム百二十日』（一七八五年執筆、一九三一年〜一九三五年刊行）などがある。

マルティの問題設定はきわめて明快である。原書のタイトルにもなっているとおり、「なぜ二十世紀はサドを真剣に受け止めたのか」。主語よりもまず述部を問題にしなければならない。「真剣に受け止める prendre au sérieux」という動詞は「真に受ける」という訳語を当てることも可能だが、そのとおり現代以前にサドを「真に受ける」者は皆無にひとしく、その作品はたいてい「冗談」と見なされていた。サドよりもサディズムの異常性に目を奪われ、ある者は「こんな愉快な馬鹿には会ったことがない」と哄笑し（フローベール）、ある者は「神の侯爵」と呼んで崇め奉り（ポーラン）、ある集団は希代の詐欺師と見なして「遊戯」のなかに巻き込み（シュールレアリスト）、いずれにしてもサドを「特殊な症例」として扱ったからだ。

真剣に受け止める＝真に受けるとはどういうことか。マルティははっきりと定義している。「サドを真剣に受け止めることは、サドが我々すべてに関係していること、サドが我々の現実、正面から見据えなければならない一つの現実であることを意味しているのである」。サドは我々の外にいるのではなく、我々の隣に、我々の内部に実在している。その事実を正面から受け止めることが真剣さであり、この真剣さとともに我々の二十世紀、つまり問いの主語＝主体がようやく立ち現れてくるのだ。マルティの言う「現実」とは、「死の欲動」というフロイトが発見した内的現実であり、カント的理性やヘーゲル的弁証法の陰に隠された現実であり、言葉やイメージの世界とは隔絶された到達不可能な現実（ラカンが言うところの「現実的なもの＝現実界」）であり、また何よりも「ユダヤ人大虐殺」＝「ショアー」の体現する新たな歴史的現実であり、六八年以降のイデオロギーの争闘が生み出した様々な政治的現実、産業社会の進展によって露呈した「主体なき資本主義」（ドゥルーズやフーコーが言うところの「分裂症的資本主義」）の現実であるが、暗い鏡の反映のように、それぞれの現実の奥に顔を覗かせるのはサドであり、それらの現実を経験する我々の傍らにはつねにサドが伴走している。

「現代人」とはそういったサドとともにある現実を認識した人々であり、彼らはサドを真剣に受け止める現代の読み手であるかぎりにおいて、我々の二十世紀つまり「現代性」の担い手になりうる。ボードレールによって喚起された「現代性」という概念には、芸術（家）の対自的な自意識を促す契機が含まれており、マルティに言わせれば、それはサドを読む「真剣さ」の条件にほかならない。「真剣さの条件とは、反射性＝反省性である。反射性のないところに真剣さはない。物事がそれ自身に返ってくることがなければ、物事がそれと関係を結んでいる主体のところに反射してくるのでなければ、読む行為が読者に跳ね返ってくるのでなければ、読む行為がその行為じたいに跳ね返ってくるのでなければ、真剣さなどありえないのだ。事実、サドの真剣さを語ることはすなわち、サドを読むという行為のうちに賭けられている真剣さを語らなければならないということなのである」。

本書を読めば判然とするように、「現代人」はこうした「反射性＝反省性」を多かれ少なかれ身に受ける運命にある。サドをカントの形式主義とともにナチスや大虐殺（「ショアー」）と結びつけながら、その否定性を肯定に変えることで人間への信仰を維持しようとし、同時に「否定」の本質を超え出てしまうアドルノ。サドの脱ナチス化に急ぐあまり、そこでの暴力と理性の関わりに立ち迷い、サド的語りを犠牲者の語りに反転させてしまったバタイユ。同じく脱ナチス化の作業に従事しながら、「革命的主人」というサド像を前面に押し出したために自らの「ロマン主義的」体質を露呈し、現代人としての反省を強いられたクロソフスキー。サドのもつ「否定の超越性」によってヘーゲルの乗り越えに誰よりも肉迫し、作品にひそむユーモアを閑却するほどにサドを真剣に受け止めながらも、しばしばその真剣さに自身の右翼的な過去を思わせるような「秩序への回帰」を混ぜ込むブランショ。疎外されない「無分別＝狂気」の解放者、超越的法の限界を破壊する「侵犯」の体現者として長らくサドを英雄視していたが、自身の権力論の展開と「賢人＝哲学者」への生成の必要から、突如として態度を反転させ、かつての反権力的英雄を規律社会を代表する「性の法務官」と見なすにいたったフーコー。臨床家の立場から倒錯者サドを警戒し、その神話性を解こうとするなかで、「死」「他者」「無」の絶対性への抜きがたい執着から、時に「隣人」「創造」「美」といった神秘主義的リファレンスにまで訴えつつ、あたかも魅惑的なサドに導かれるようにして倫理の領域に突入するラカン──以上のサドの読み手たちと一線を画すのはドゥルーズであるが、サドに代えてマゾッホを持ち上げ、サド的カテゴリー（法、去勢、アイロニー、否定……）をマゾッホ的コンセプト（法の空虚、脱性化、ユーモア、否認……）で乗り越えようとする彼もまた、「倒錯者」をモデル化する試みのなかで両者を表裏一体に捉え、大元の枠組みであるサディズムから免れることがなかった。

「サドに挑むことは、挑む者を無傷のままにしておくような作業ではない」。この言葉のとおり、彼らはサドを斬りつけ、解剖し、時に同衾するかのように抱き込むなかで、返り血を浴びずには済まないようだ。自身の哲学や知識人としての姿勢、エクリチュールからスタイルにいたるまで、自らが作り出した「システム」を再検討する必要に迫られ、そうした跳ね返りを被りながら、彼らは「反転＝豹変」を繰り返すことになるだろう。否定から肯定へ、幻惑から断罪へ、警戒からまたしても幻惑へ、そして反省から新たな武装とともに再挑戦へ向かう者──クロソフスキー──までいる。

こうしたサドとの格闘を間近で見てゆくなかで、ある種の驚異をもって気づかされるのは、いぜんとして「亡霊」のようにそびえ立つサドの圧倒的な現前性＝存在感であろう。「勝ったり敗けたりする戦いの留まることのない泥沼から、目を逸らしてみたまえ。そうすれば、その影のうえに巨大で、輝かしい、何とも説明のつかない幽霊が立ち上がるのを目にするだろう。星々を撒き散らされた一つの時代全体のうえに、巨大で不吉なサド侯爵の像が立ち現れるのを目撃するだろう」（スウィンバーン）。無限を喚起してやまない長広舌、読みの不可能性へと逢着するほどの反復的エクリチュール、縦横に絡み合い互いに矛盾することも厭わない主人公＝英雄たちの発言――そうした「分子的な影」としてのサドが、立ち向かってくる読み手たちをものともせぬかのように、ある意味で変わらずに屹立していることに我々は驚くのである。そういった作家／テクストの厳然たる境位を揺るがしえたのは、「偽書」を著すまでにサドとの同一化を推し進めたソレルスであり、自らの死を賭してサドの地獄を視覚化することに成功したパゾリーニであったのだろう。

以上のようなサドの読み手たちの変容、サドを真剣に読むことで彼らのあいだに／内部に生まれた差異を、マルティは敏腕な探偵さながら追跡してゆく。テクスト内の発言相互のニュアンス、時の変化とともに生じる言説と言説との微妙な差異にまで目を配るマルティの姿勢は、彼らの「真剣さ」を――裁くとは言わないまでも――厳しくチェックし、試しているかのようであり、またその姿勢じたいが彼自身の「真剣さ」をも体現している。マルティの「真剣さ」は、時折彼が「我々」の名のもとに発する疑問や問題提起、躊躇いや迷いのうちにも現れているだろう。彼もまた「現代人」に連なる「ポストモダン」の読み手として「反射性＝反省性」を被っているのである。

翻訳に際しては、問題設定の明快さに鑑みて、できるかぎりわかりやすい訳文を心がけた。マルティの文章はきわめて論理的で、曖昧さを許さない展開になっているが、レトリックや言葉の選択で難解なところが多々あり、正確を期するあまりか、繰り返しの説明やいくぶん執拗な挿入句が現れる場合が少なくなかった。そのため訳文では許容できる範囲での意訳をほどこしたり、文の順序の入れ替えや、ダッシュや括弧で挿入的な説明を括るといった工夫を行ったことをお断りしておく。本文内で引用されている作品・著作・映画のタイトルについては、既訳があるものはなるべく揃えるようにしたが、原題と意味がかけ離れているものは直訳にし、既訳題を括弧で示しておいた。引用部の文章については、既訳を参照したところもあるが、マルティの論旨との整合性と文脈に合わせる必要もあったため、基本的に筆者が訳した。併せてお断りしておく。

余談になるが、本書の刊行から三年後の二〇一四年、サド没後二百年の記念すべき節目があった。フランスでは国際学会の開催や相次ぐ関連書籍の刊行などで非常な盛り上がりであったが、なかでも印象的だったのは、パリのオルセー美術館で催された大規模な展覧会である。「サド、太陽を撃つ Sade, attaquer le soleil」と題されたこの野心的なエクスポジションは、サド自身の言葉をパネルで引用しながら、いわゆる「サド的なるもの」の表象をテーマ別に総覧しようという試みであり、「残忍」「侵犯」「無限」「無神」といったお馴染みのカテゴリーとともに、サド作品の初版本や挿絵のコレクションだけでなく、革命期のポルノグラフィーからギュスターヴ・モローまでをも収めるいささか雑駁な展示であったが、サドという異能の作家が惹起した「反人間主義的」主題の軌跡がイメージで辿れるように工夫されていた。とくに入口には画幅に摸したスクリーンが所狭しと置かれて、「サド的」映画の印象的なシーンが次々と映し出されており、そのなかには大島渚の『愛のコリーダ』も垣間見られた。多少面食らったが、たしかに大島の映画はパゾリーニ経由でサドと正統に繋がっているのかもしれない。筆者の友人のシネフィルは、大島よりも神代辰巳だろう（神代の『女地獄――森は濡れた』は『ジュスティーヌあるいは美徳の不幸』が原作）、と不満の声を漏らしていたが……。

日本の「現代人」はどれほどサドを真剣に受け止めただろうか。澁澤龍彦、サド裁判、三島由紀夫（三島にかんしてマルティは注で言及している。一九五〇年代のサド的シーンに登場した例外の一つとしての『サド侯爵夫人』）……。ここで検討する余地も術もないが、この問いは「現代」の後を生きる私たちにも十分に突きつけられているだろう。何かにつけ「共感」を求めながら「共感」できぬものを排除してはばからない風潮が強い今こそ、サドは読まれるべきだと筆者は信じる――私たちの内なるサドは決して私たちを無傷のままにはしておかないはずだ。

最後に謝辞を申し上げたい。原著者のエリック・マルティ氏は、筆者の博士論文の指導教官であり、今回の翻訳に際しても励ましと多くのアドバイスをくださった。氏のスリリングな仕事の一端をこうして紹介することができ、教え子としては「役目を果たした」という安堵と喜びでいっぱいである。また日本の恩師である芳川泰久先生には、本企画の意義をいちはやく理解いただき、水声社への取りなしの労をとっていただいた。この企画は筆者がフランスでの博論執筆に難航している時期に生まれ、ある意味において「ブレイクスルー」のきっかけになったものなのだが、そうした経緯のなかで芳川先生の陰日向の援助がどれほどありがたかったことか――一生、頭が上がりません。日仏の二人の師に心からの感謝を。

本書は企画から完成にいたるまで、水声社の神社美江さんに大変お世話になった。怠惰な私のせいで訳了が大幅に遅れてしまったにもかかわらず、長丁場にわたって丁寧に校正いただき、恐縮のいたりでした。この場をお借りしてお詫びとお礼を申し上げます。ありがとうございました。

森井良

著者／訳者について——

エリック・マルティ（Éric Marty）　一九五五年、パリに生まれる。パリ第七大学教授、批評家、エッセイスト。ジッドの『日記』の校訂や、師であるロラン・バルトの『全集』を編纂した。邦訳された主な著書に、『ルイ・アルセチュール』（一九九九年。現代思潮新社、二〇〇一年）、『ロラン・バルトの遺産』（共著、みすず書房、二〇〇八年）などがある。

森井良（もりいりょう）　一九八四年、千葉県に生まれる。早稲田大学大学院文学研究科修士課程修了、パリ第七大学博士課程修了（博士）。現在、早稲田大学文学学術院講師。専攻、二十世紀フランス文学。主な著書に、*André Gide, une œuvre à l'épreuve de l'économie* (Classiques Garnier, 2017)、小説に、「ミックスルーム」（第一一九回文學界新人賞佳作）などがある。

装幀——滝澤和子

サドと二十世紀

二〇一八年一二月二〇日第一版第一刷印刷　二〇一九年一月一五日第一版第一刷発行

著者――エリック・マルティ

訳者――森井良

発行者――鈴木宏

発行所――株式会社水声社

東京都文京区小石川二―七―五　郵便番号一一二―〇〇〇二

電話〇三―三八一八―六〇四〇　ＦＡＸ〇三―三八一八―二四三七

［**編集部**］横浜市港北区新吉田東一―七七―一七　郵便番号二二三―〇〇五八

電話〇四五―七一七―五三五六　ＦＡＸ〇四五―七一七―五三五七

郵便振替〇〇一八〇―四―六五四一〇〇

URL : http://www.suiseisha.net

印刷・製本――モリモト印刷

ISBN978-4-8010-0365-1